O ÚLTIMO SUSPIRO DO MOURO

SALMAN RUSHDIE

O ÚLTIMO SUSPIRO DO MOURO

Tradução:
PAULO HENRIQUES BRITTO

2ª reimpressão

COMPANHIA DAS LETRAS

Título original:
The moor's last sigh

Capa:
Victor Burton

Preparação:
Carlos Alberto Inada

Revisão:
Eliana Antonioli
Isabel Cury Santana

Dados Internacionais de Catalogação na Publicação (CIP)
(Câmara Brasileira do Livro, SP, Brasil)

Rushdie, Salman
O último suspiro do mouro / Salman Rushdie ; tradução Paulo Henriques Britto. — São Paulo : Companhia das Letras, 1996.

Título original: The moor's last sigh.
ISBN 978-85-7164-534-9

1. Romance indiano I. Britto, Paulo Henriques. II. Título.

96-0249 CDD-891.4

Índices para catálogo sistemático:

1. Romances : Século 20 : Literatura indiana 891.4
2. Século 20 : Romances : Literatura indiana 891.4

2010

EDITORA SCHWARCZ LTDA.
Rua Bandeira Paulista, 702, cj. 32
04532-002 — São Paulo — SP
Telefone: (011) 3707-3500
Fax: (011) 3707-3501
www.companhiadasletras.com.br

Para E.J.W.

SUMÁRIO

ÁRVORE GENEALÓGICA DA FAMÍLIA GAMA-ZOGOIBY

Francisco DA GAMA = Epifânia MENEZES
1876-1922 1877-1938
[cas. em 1900]

Camões DA GAMA = Isabela SOUZA
1903-1939 1904-1937
[cas. em 1923]

Aires DA GAMA = Carmem LOBO
1902-1977 1904-1974
[cas. em 1921]
não tiveram filhos

Solomon CASTILE = Flory ZOGOIBY
1857-(?) 1917 1877-1945
[cas. em 1900]

Aurora DA GAMA — Abraham ZOGOIBY
1924-1987 1903-1993
[*conheceram-se em 1939*]

"Jimmy GRANA" = "Ina"
[cas. em 1975] (Christina)
ZOGOIBY
1947-1977

"Minnie"
(Inamorata)
ZOGOIBY
1948-1993
entrou para convento
1977

"Mainá"
(Filomela)
ZOGOIBY
1949-1981

"Mouro"
(Moraes)
ZOGOIBY
1957-

I

UMA CASA DIVIDIDA

1

Perdi a conta dos dias que transcorreram desde que fugi dos horrores da fortaleza louca de Vasco Miranda, na aldeia de Benengeli, nas montanhas da Andaluzia; fugi da morte na escuridão da noite, deixando uma mensagem pregada na porta. E desde então, ao longo de meu caminho, junto com a fome e o calor, não têm faltado maços de folhas rabiscadas, e marteladas, e interjeições secas de pregos de duas polegadas. Há muito tempo, nos meus verdes anos, minha amada me disse num rompante amoroso: "Ah, meu mouro, meu negro, que homem mais estranho, tão cheio de teses, sem ter uma porta de igreja onde pregá-las". (Ela, uma indiana confessadamente religiosa mas não cristã, fazia troça do protesto de Lutero em Wittenberg para zombar de seu amor, um indiano nem um pouco religioso, embora cristão: como as histórias se espalham, e em que bocas elas vão parar!) Infelizmente, minha mãe a ouviu; e retrucou, rápida como mordida de cobra: "Cheio de fezes, é o que você quer dizer". Sim, mãe, também neste assunto a última palavra foi sua: como em tudo o mais.

"Amrika" e "Moskva", alguém as chamou uma vez, Aurora minha mãe e Uma meu amor, aludindo às duas grandes superpotências; e as pessoas diziam que as duas eram parecidas, mas nunca vi a semelhança, jamais consegui vê-la. Ambas mortas, de causas não naturais, e eu num país longínquo, com a morte em meu encalço e a história delas na mão, uma história que vivo a crucificar nos portões, nas cercas, nas oliveiras, espalhando-a por esta paisagem de minha última viagem, a história que aponta para mim. Na fuga, transformei o mundo em meu mapa de pirata, cheio de pistas, cheio de xx assinalando o tesouro de mim mesmo. Quando meus perseguidores seguirem a trilha até o fim hão de encontrar-me à espera, sem queixas, ofegante, preparado. *Eis-me aqui. Não poderia ter agido de outro modo.*

(Para ser mais exato, eis-me aqui sentado nesta selva escura — isto é, neste monte de oliveiras, no meio de um arvoredo, observado pelas cruzes de pedra curiosamente tortas de um pequeno cemitério abandonado, a pouca distância do posto de gasolina Último Suspiro — sem a ajuda nem necessidade de nenhum Virgílio, no que deveria ser o meio do caminho da minha vida, mas que acabou sendo, por motivos complicados, o fim da linha, exausto, totalmente pregado.)

Mas sim, minhas senhoras, além de mim muitas coisas estão sendo pregadas. Por exemplo, bandeiras em mastros. Porém, após uma vida não muito longa (se bem que muito animada), constato de repente que não tenho mais teses. De crucificação, já basta a vida.

•

Quando a gente está perdendo o fôlego, quando aquele sopro que nos impele para a frente já quase se extinguiu, é hora de fazer confissões. Chame-se isso de testamento, ou lá o que seja; o último suspiro da vida. Daí este "eis-me aqui", tendo pregado as sentenças da vida à paisagem, tendo as chaves de uma fortaleza vermelha no bolso, nestes momentos de espera antes da rendição final.

É hora, pois, de cantar os fins — do que era e do que talvez não seja mais; do que havia de certo e também de errado. Um último suspiro para um mundo perdido, uma lágrima final diante desta extinção. Mas também um grito derradeiro de desafio, o desfiar do último novelo de novelas escandalosamente estapafúrdias (palavras hão de bastar, à falta de equipamento de vídeo) e muita cantoria barulhenta durante o velório. A história de um mouro, cheia de som e fúria. Querem? Bem, se não querem, lá vai assim mesmo. E, para começo de conversa, passem a pimenta.

— *O que que você disse?* —

As próprias árvores, atônitas, adquirem o dom da palavra. (E você, será que você nunca, na solidão e no desespero, falou com as paredes, com o seu cachorro idiota, com o nada?)

Repito: pimenta, por favor; pois, não fora a pimenta, o que ora está terminando no Oriente e no Ocidente talvez jamais tivesse começado. Foi a pimenta que fez Vasco da Gama singrar os mares, da torre de Belém em Lisboa até a costa de Malabar: primeiro a Calicute, e depois a Cochim, com seu porto espaçoso. Ingleses e franceses seguiram a trilha do pioneiro português, de modo que no período chamado Descobrimento da Índia — mas como pudemos ser descobertos se não estávamos cobertos antes? — éramos "menos um subcontinente que um subcondimento", como dizia minha famosa mãe. "Desde o começo, o que o mundo queria da desgraçada Mãe Índia estava claro como água", dizia ela. "Queriam mesmo eram sensações apimentadas, que nem um homem que vai atrás de uma piranha."

•

Minha história é a história de um mestiço nascido em berço esplêndido e caído em desgraça: eu, Moraes Zogoiby, conhecido como "Mouro", que vivi a maior parte da minha vida como o único herdeiro varão da fortuna amealhada no comércio de especiarias e quejandos da dinastia Gama-Zogoiby, de Cochim, agora banido da vida que eu não tinha motivo para não encarar como minha de direito por minha mãe Aurora, nascida da Gama, a mais ilustre de nossas artistas modernas, uma grande beldade e a língua mais ferina de sua geração, distribuindo sensações apimentadas a todos que dela chegavam perto. Nunca teve a menor piedade dos filhos. "Nós, *beatniks* munidos de terços e crucifixos, temos pimenta vermelha correndo nas veias", dizia ela. "Nada de privilégios para parentes de sangue! Meus queridos, comemos carne, e o sangue é nossa bebida de eleição."

"Ser rebento da demoníaca Aurora", disse-me o pintor goense V. (de Vasco) Miranda, quando eu era ainda jovem, "é ser, sem sombra de dúvida, um Lúcifer moderno. Ou seja: filho da rósea manhã." Nessa época minha família já tinha se mudado para Bombaim, e esse tipo de comentário, no paraíso do lendário salão de Aurora Zogoiby, fazia as vezes de elogio; mas relembro-o como uma profecia, pois um belo dia vi-me expulso daquele jardim fabuloso e lançado no Pandemônio. (Expulso do que é natural, que me restava senão abraçar seu contrário? Ou seja, o *antinaturalismo*, o único ismo de verdade que há nestes nossos tempos virados do avesso e sem pé nem cabeça. Tendo sido expulso pela Aurora que o deu à Luz, quem não haveria de buscar a Treva? Pois é. Moraes Zogoiby, expulso de sua própria história, caiu dentro da História.)

— *E tudo isso começou com um grão de pimenta!*—

Não apenas pimenta como também cardamomo, castanha de caju, canela, gengibre, pistache, cravo; e mais café em grão, e mais a poderosa folha do chá. Mas o fato é que, como dizia Aurora, "antes e acima de tudo, foi a pimenta, primeira e única — mas por que ser o primeiro quando se é único? Para que primar quando se é primeiro?". O que era verdade quanto à história em geral também se aplicava à fortuna de nossa família em particular — pimenta, o cobiçado Ouro Negro de Malabar, foi o artigo original de minha famigerada família, os mais prósperos comerciantes de especiarias e castanhas e folhas de Cochim, uma família que, sem embasar-se em nada mais sólido que séculos de tradição, arrogava-se a honra de descender, ainda que em bastardia, de ninguém menos que o grande Vasco da Gama...

Agora não tenho mais segredos. Já estão todos pregados por aí.

2

Aos treze anos de idade, minha mãe, Aurora da Gama, deu de perambular descalça pela casa de seus avós, um casarão cheio de cheiros, na ilha Cabral, durante as crises de insônia que durante algum tempo a afligiram todas as noites, e no decorrer dessas odisséias noturnas ela sempre escancarava todas as janelas — primeiro as janelas internas, teladas, que protegiam a casa dos mosquitos e das moscas, depois os caixilhos, e por fim as venezianas de madeira. Em conseqüência, Epifânia, a matriarca, mulher de sessenta anos — cujo mosquiteiro adquirira ao longo dos anos um certo número de furos pequenos porém significativos, que ela era míope ou pão-dura demais para perceber —, acordava todas as manhãs coçando os antebraços ossudos e azulados, cobertos de picadas, e soltava um grito ao ver a nuvem de moscas que pairava sobre a bandeja de chá e biscoitos doces colocada a seu lado pela empregada, Tereza (a qual mais que depressa escafedia-se). Epifânia entregava-se a um frenesi inútil, coçando-se, estapeando-se, dando estocadas a torto e a direito em sua curvilínea cama de teca, muitas vezes derramando chá nos lençóis de algodão rendados, ou na camisola de musselina branca, com colarinho alto, com franzidos, que ocultava o pescoço que outrora evocava comparações com cisnes, mas que agora era um acúmulo de pelancas. E, enquanto o mata-moscas em sua mão direita desferia golpes para todos os lados, e as longas unhas da mão esquerda esquadrinhavam as costas à cata de picadas cada vez mais recônditas, a touca de Epifânia da Gama caía-lhe da cabeça, revelando cabelos brancos amassados, que deixavam entrever nitidamente — triste dizê-lo! — faixas sarapintadas de couro cabeludo. Quando a jovem Aurora, escutando à porta, calculava que os ruídos de sua odienta avó (imprecações, porcelana a espatifar-se, o estrépito fútil do mata-moscas, o zumbido zombeteiro dos insetos) estavam chegando ao auge, ela sorria seu sorriso mais encantador e entrava no quarto da matriarca com uma alegre saudação matinal, cônscia de que a mãe de todos os Gama de Cochim galgaria os píncaros da fúria ao ver chegar esta juvenil testemunha de sua impotência senil. Epifânia, desgrenhada, ajoelhada nos lençóis manchados, brandindo o mata-moscas como uma vara de condão quebrada, e procurando uma válvula de escape para sua ira, dirigia à intrusa urros dignos de uma bruxa, uma *rakshasa*, uma *banshee*, para o deleite secreto da adolescente.

"Ah, menina, que bruto susto você me deu, um dia desses você inda vai me matificar do coração."

Assim foi que Aurora da Gama teve a idéia de assassinar sua avó a partir de um comentário feito pela própria vítima. Começou então a fazer planos, mas essas fantasias cada vez mais macabras, que envolviam venenos e barrancos, eram invariavelmente anuladas por obstáculos pragmáticos, tais como a dificuldade de obter uma naja e colocá-la entre os lençóis de Epifânia, ou o fato de que a velha megera se recusava a andar em qualquer terreno que, como dizia ela, fosse "inclinificado para cima ou para baixo". E, embora Aurora soubesse muito bem onde encontrar uma faca de cozinha bem afiada, e estivesse cônscia de já ter força suficiente para estrangular Epifânia, tais alternativas estavam fora de cogitação, porque ela não tinha nenhuma intenção de ser descoberta, e um ataque tão evidente poderia acarretar perguntas constrangedoras. Como o crime perfeito se recusava a revelar-se a ela, Aurora continuava bancando a neta perfeita; não obstante, com seus botões, ainda matutava, sem se dar conta de que naquelas ruminações havia muito da crueldade de Epifânia:

"Quem espera sempre alcança", pensava a jovem. "Eu esperifico."

Nesse ínterim, Aurora continuava abrindo as janelas naquelas noites úmidas, por vezes jogando fora pequenos enfeites valiosos, estatuetas de madeira com narizes que pareciam trombas, as quais boiavam nas águas da laguna que lambiam as paredes da mansão insular, ou peças de marfim delicadamente trabalhadas que, é claro, afundavam sem deixar vestígio. A família passava dias intrigada com tais ocorrências. Os filhos de Epifânia da Gama, o tio Aires e o pai Camões, acordavam e constatavam que uma brisa travessa havia levado safáris dos armários e papéis importantes das mesas. Zéfiros de dedos ágeis haviam desamarrado as sacas de amostras, sacos de aniagem cheios de cardamomos pequenos e grandes, e folhas de eucalipto e castanhas de caju que, como sentinelas, sempre ladeavam os corredores ensombrados da parte da casa onde funcionava a firma, motivo pelo qual sementes de feno-grego e pistácios espalhavam-se pelo assoalho gasto, feito de calcário, carvão, claras de ovos e outros ingredientes já esquecidos, e o cheiro de condimentos atormentava a matriarca, que com o passar dos anos vinha se tornando cada vez mais alérgica às fontes da fortuna da família.

E, se as moscas entravam zumbindo quando as telas eram abertas, e lufadas maléficas de vento encanado penetravam a casa quando os caixilhos escancaravam-se, a abertura das venezianas dava entrada a tudo o mais: a poeira e a zoeira dos barcos no porto de Cochim, as buzinas dos navios de carga e o tossido dos rebocadores, as piadas obscenas dos pescadores e o latejar das picadas de água-viva, o sol cortante como uma faca, o calor que sufocava como um pano úmido apertado em torno da cabeça, os gritos dos camelôs flutuantes, a tristeza contagiante dos judeus solteirões de Mattancherri, do outro lado da laguna, a ameaça dos contrabandistas de esmeraldas, as maquinações dos comerciantes rivais, o nervosismo crescente da colônia britânica em Forte Cochim, os pedidos de dinheiro dos administradores e trabalhadores nos montes Spice, as histórias de agitação comunista e manobras políticas do Congresso Nacional Indiano, os nomes *Gandhi* e *Nehru*, os boatos sobre fome no Leste e greves de fome no Norte, os cantos e as batucadas dos contadores de histórias, e o som pesado e ritmado das ondas da História (a se quebrar contra o frágil cais da ilha Cabral). "Este país miserável, Jesus Cristo", exclamava tio Aires no café da manhã, todo meneios airosos. "Será que não basta a porca imundície do mundo exterior, hein? Então quem foi o babaca, o babaquara, que o deixou entrar aqui de novo, hein? Afinal, isto aqui é uma residência decente ou é, com o perdão da má palavra, uma latrina de bazar?"

Naquela manhã, Aurora compreendeu que tinha ido longe demais, porque seu querido pai, Camões, um homenzinho magro, de cavanhaque e safári berrante, que já estava um palmo mais baixo que a filha varapau, levou-a até o cais e, literalmente saltitando de emoção, de modo que sua silhueta, contra a beleza improvável e a agitação mercantil da laguna, parecia uma figura de sonho, talvez um gnomo dançando numa clareira, ou um gênio bondoso saído de uma lâmpada, revelou num sussurro sua notícia tremenda e devastadora. Camões, cujo nome era homenagem a um poeta e que tinha uma natureza sonhadora (porém não o dom poético), levantou timidamente a possibilidade de uma assombração.

"A meu ver", disse ele à filha atônita, "sua querida mamãe voltou para nós. Você sabe o quanto ela gostava de uma brisa ágil, o quanto ela brigava com sua avó por querer arejar a casa; e agora as janelas se abrem como que por mágica. E, minha filha, veja só quais são as coisas que desaparecem! Só as que ela detestava, você não percebe? *Os deuses-elefantes do Aires*, ela dizia sempre. Foi a coleção de Ganeshas do seu tio que desapareceu. E mais o marfim."

As presas de elefante da Epifânia. Tem elefante demais nesta casa. A falecida Bela da Gama nunca teve papas na língua. "Por isso fico pensando que se eu ficar acordado até mais tarde hoje quem sabe não consigo ver mais uma vez aquele rosto querido?", confidenciou Camões, terno. "O que você acha? A mensagem é clara como água. Por que você não espera comigo? Você e seu pai estão na mesma situação: a minha esposa amada é a sua mãezinha idolatrada."

Aurora, vermelha de constrangimento, gritou: "Só que eu pelo menos não acredito nessa bobagem de fantasma", e correu para dentro de casa, sem conseguir confessar a verdade: que era ela a alma penada da mãe, era ela que cometia os atos da mãe, ela que falava com a voz da falecida; que a filha, em suas caminhadas noturnas, mantinha viva a mãe, entregando o próprio corpo para que o habitasse a morta, agarrando-se à morte, negando-a, afirmando a constância do amor, mesmo além-túmulo — que ela se tornara a nova aurora da mãe, carne para o espírito dela, duas belas em uma.

(Muitos anos depois, ela daria a sua casa o nome de *Elefanta*; de modo que os assuntos elefantinos, tanto quando os espectrais, continuaram a fazer parte de nossa saga, no final das contas.)

•

Fazia apenas dois meses que Bela morrera. A Bela-Fera, assim a chamava o tio de Aurora, Aires (mas esse vivia botando apelido em todo mundo, impondo à força ao mundo seu universo pessoal): Isabela Ximena da Gama, a avó que não conheci. A relação entre Epifânia e Bela fora bélica desde o começo. Viúva aos quarenta e cinco anos, Epifânia logo passou a bancar a matriarca, e deu de instalar-se todas as manhãs no seu pátio predileto, à sombra, o colo cheio de pistácios, abanando-se, quebrando as cascas com os dentes, numa demonstração de poder tão ruidosa quanto eficiente, cantando ao mesmo tempo, com uma voz aguda e implacável:

Meu amor se fez ao bar
Num belo navio balaio

Créquite! Cráquite! estalavam as nozes em sua boca.

Quanto voltar, nos casamos
Num belo dia de baio.

Durante toda a sua vida, apenas Bela se recusou a ter medo dela. "Três bês a bais", disse à sogra Isabela, então com dezenove anos, no dia em que chegou à casa na condição de nora aceita com evidente má vontade. "Não é bar, não é balaio e não é baio. Muito simpático a senhora cantar uma canção de amor com a sua idade, mas trocando as palavras desse jeito a letra não faz sentido, não é mesmo?"

"Camões", disse Epifânia, imperturbável, "diga à sua querida esposa que feche a torneirinha. Está pingando má-criação dela." Nos dias que se seguiram, ela se entregou a plenos pulmões a um *pot-pourri* de cançonetas personalizadas: ao ouvir "Nesta rua, nesta rua tem um poste", sua nova nora foi presa de um acesso de riso contido muito mal e porcamente, motivo pelo qual Epifânia, de cara amarrada, mudou de canção: "O cravo brigou com a nora", talvez prevendo futuros embates mais acirrados, terminando com esta moral admonitória: *O cravo ficou feliz...* créquite! *...e a nora desmoronada.*

Ah, os lendários embates dos da Gama de Cochim! Eu os reconto aqui tal como me chegaram, floreados e engalanados por muitos rerrelatos. São velhos fantasmas, sombras longínquas, e conto essas histórias para livrar-me delas; são tudo o que me resta, e ao contá-las eu as liberto. Do porto de Cochim ao de Bombaim, da costa de Malabar ao morro de Malabar: a história de nossos encontros e desencontros, ascensões e quedas, nossas *inclinificações para cima ou para baixo*. Depois disso, adeus, Mattancherri, e adeus, Marine Drive... seja como for, quando por fim minha mãe Aurora raiou naquela casa desbebezada e quando depois se tornou, aos treze anos de idade, uma adolescente alta e rebelde, as fronteiras já estavam bem demarcadas.

"Comprida demais para uma menina", foi o veredicto negativo de Epifânia quando sua neta passou da puberdade. "Defeito na vista é demônio no coração. Vergonha no busto, também, como qualquer um pode ver. Ele protuberifica demais." A resposta de Bela veio rápida: "E por acaso o seu queridinho Aires gerou algum filhinho perfeito? Pelo menos temos uma jovem Gama viva e esperneando, em que pesem os peitos. No irmão Aires e na irmã Saara não há sinal nenhum de fertilidade: nem tetas nem bebês". A mulher de Aires chamava-se Carmem, mas Bela, imitando a mania do cunhado de inventar nomes, lhe dera esse apelido "porque ela é plana e árida como a areia e em todo esse deserto não vejo nenhum lugar onde se possa beber alguma coisa".

Aires da Gama, cujos cabelos espessos, ondulados e brancos a brilhantina suava para manter no lugar (o encanecimento prematuro sempre foi uma característica da nossa família: os cabelos de minha mãe Aurora já eram alvos como a neve aos vinte anos de idade, e imagine-se o glamour feérico, a fria *gravitas* que lhe acrescentaram à beleza as suaves geleiras que lhe caíam em cascatas da cabeça!): como era posudo meu tio-avô! Nas pequenas fotos monocromáticas cinco-por-cinco de que me lembro, era uma figurinha ridícula, com seu monóculo, colarinho duro e terno de fina gabardina. Numa das mãos, uma bengala de castão de marfim (*era uma bengala de estoque*, cochicha-me no ouvido a lenda familiar), uma piteira comprida na outra; tinha também, lamento dizer, o hábito de usar polainas. Se acrescentássemos a isso a estatura e um par de bigodes revirados para cima, teríamos a imagem completa de um vilão de ópera-cômica; porém Aires era mirrado tal qual o irmão, raspava barba e bigode e tinha as faces um pouco lustrosas, de modo que seu ar de falso malvado era, talvez, algo mais digno de pena que de ódio.

Eis aqui também, em outra página do álbum de fotografias da memória, minha tia-avó Saara, a mulher sem oásis, corcovada, estrábica, sempre a mastigar bétele, com papadas camélicas e com cara de quem pastou e não gostou. Carmem da Gama era prima-irmã de Aires, filha órfã da irmã de Epifânia, Blimunda, e de um tal Lobo, dono de uma pequena tipografia. Pai e mãe lhe foram arrebatados numa epidemia de malária, e a possibilidade de Carmem arranjar marido caiu para abaixo de zero, congelou-se, até o dia em que Aires surpreendeu sua mãe ao aceitar desposá-la. Atormentada pela indecisão, Epifânia passou uma noite de insônia, partida entre o sonho de encontrar para Aires o peixe digno de ser fisgado e a necessidade cada vez mais desesperada de arranjar marido para Carmem antes que fosse tarde demais. No final das contas, seu sentimento de dever para com a irmã falecida revelou-se mais forte que as esperanças que nutria com relação ao filho.

Carmem jamais pareceu ser jovem, jamais teve filhos; sonhava em apossar-se da herança dos da Gama por bem ou por mal, e jamais contou a quem quer que fosse que na noite de núpcias seu marido entrou no quarto tarde da noite, ignorou a noiva magricela e apavorada que tremia virginalmente no leito, despiu-se lenta e cuidadosamente e em seguida, com igual precisão, vestiu o corpo nu (de proporções tão semelhantes às dela) com o vestido de noiva que a criada havia colocado num manequim como símbolo daquela união, e saiu do quarto pela porta externa do banheiro. Carmem ouviu assovios vindos da laguna; levantou-se, envolta no lençol, com o fardo do futuro que adivinhava pesando-lhe nos ombros, recurvando-os, viu o vestido de noiva, com seu noivo dentro, brilhando ao luar, num barco a remo, acompanhado de um jovem remador, zarpando em direção aos estranhos prazeres que tão misteriosas criaturas haveriam de buscar.

A história da aventura de Aires na noite de núpcias, na qual minha tia-avó Saara ficou abandonada nas frias dunas de seus lençóis que gota nenhuma de sangue veio a manchar, chegou até meus ouvidos muito embora ela jamais a contasse a ninguém. A maioria das famílias normais é incapaz de manter segredos; no caso de nosso clã nada normal, os mistérios mais profundos normalmente terminavam em grandes painéis a óleo, pendurados em paredes de galerias... Por outro lado, quem sabe o incidente não era pura invencionice, uma fábula fabricada pela família com o fim de chocar, mas não muito, de tornar mais exótico, mais *belo* — e portanto mais aceitável —, o homossexualismo de Aires? Pois se de um lado é verdade que Aurora da Gama veio a pintar a cena — em sua tela o homem de vestido de noiva está sentado numa postura mui digna, diante de um remador de torso nu, coberto de suor —, por outro lado seria possível argumentar que, apesar das tendências boêmias de minha mãe, esse quadro era na verdade uma fantasia tranqüilizadora, apenas convencionalmente chocante: que a história, tal como fora contada e pintada, cobria a loucura de Aires com um belo vestido, escondendo caralhos e cus e sangue e porra, o medo corajoso e determinado do dândi tampinha a procurar companheiros robustos em meio aos ratos do cais, o terror magnífico dos prazeres comprados, as doces carícias de estivadores de mãos pesadas em fundos de becos e botecos, o amor das nádegas musculosas dos rapazes ciclistas que puxavam riquixás e das bocas desnutridas dos moleques do bazar; que a história fazia vista grossa à realidade nervosa, argumentativa, tipo *amour fou*, dessa relação duradoura, ainda que nem um pouco fiel, com o remador da noite de núpcias, apelidado por Aires de "príncipe Henrique, o Navegador"... que a história despachava a verdade para os bastidores, vestida de noiva, e em seguida desviava a vista.

Não, não. Impossível negar a autoridade da pintura. Independentemente do que mais tenha acontecido entre esses três — a esdrúxula intimidade entre o príncipe Henrique e Carmem da Gama, que veio a ocorrer bem mais tarde, será devidamente registrada no momento apropriado —, o episódio do vestido de noiva foi o momento em que tudo começou.

A nudez sob o vestido alheio, o rosto do noivo por trás do véu da noiva — são essas coisas que estabelecem um vínculo entre meu coração e a lembrança desse homem tão estranho. Nele há muita coisa que não me agrada; porém em sua imagem travestida, em que muitos de sua família (e não só de sua família) veriam degradação, vejo coragem, capacidade, de buscar... sim, a glória.

"Mas quando não era pau na bunda", dizia minha querida mãe, que herdara a língua indomável de sua mãe, a respeito da vida com seu nada querido tio Aires, "meu caro, era pé no saco."

•

E, já que estamos falando nisso, a raiz de toda a questão dos conflitos familiares, mortes prematuras, amores frustrados, paixões loucas, peitos fracos, poder, dinheiro e as seduções e mistérios da arte, moralmente ainda mais duvidosos, não esqueçamos do homem que deu início a tudo, o primeiro a sair de seu elemento e afogar-se, cuja morte marítima abalou a base, a pedra fundamental, de toda a família, dando início a seu longo processo de decadência, o qual terminou jogando-me no buraco: Francisco da Gama, o falecido esposo de Epifânia.

Sim, também Epifânia foi noiva um dia. Nascera numa tradicional família de comerciantes, se bem que agora muito diminuída, o clã dos Menezes de Mangalore, e muitos ciúmes foram despertados quando, após um encontro fortuito num casamento em Calicute, ela fisgou o melhor partido de todos, contra toda a lógica, na opinião de muitas mães decepcionadas, pois um homem tão rico haveria de indignar-se com o espetáculo de contas bancárias zeradas, bijuterias e roupas baratas oferecidas pela família empobrecida daquela aventureirazinha. Nos primórdios do século, Epifânia chegou, de braço dado a meu bisavô Francisco, à ilha Cabral, o primeiro dos quatro universos isolados, edênicos e infernais, infestados de serpentes, em que transcorre minha história. (O salão de minha mãe no morro de Malabar foi o segundo; o jardim elevado de meu pai, o terceiro; e o estranho reduto de Vasco Miranda, seu "Pequeno Alhambra" em Benengeli, Espanha, foi, é e será, neste meu relato, o último.) Lá ela encontrou uma imponente mansão em estilo tradicional, com muitos agradáveis pátios interligados, que ostentavam laguinhos verdes e fontes cobertas de musgo, cercados por varandas ornadas com arabescos em madeira, nas quais desaguavam labirintos de cômodos de pé-direito alto, com telhados de cumeeiras. Em torno da casa, um próspero paraíso de folhagens tropicais; justamente o que seu médico lhe prescrevera, pensou Epifânia, pois, embora sua infância tivesse transcorrido numa penúria relativa, ela sempre julgara ter talento para o luxo.

Porém, alguns anos após o nascimento de seus dois filhos, Francisco da Gama chegou em casa um dia acompanhado de um francês extremamente jovem e suspeitosamente encantador, um certo monsieur Charles Jeanneret, que fazia pose de gênio da arquitetura embora mal houvesse completado vinte anos de idade.

Antes que Epifânia tivesse tempo de piscar, seu crédulo marido havia contratado aquele pirralho presunçoso para construir não uma, mas duas casas novas em seus preciosos jardins. E que construções malucas! Uma era uma estrutura estranha, angulosa, rígida, cujo interior era de tal modo penetrado pelo jardim que às vezes era difícil saber se se estava dentro ou fora de casa; os móveis pareciam ter sido feitos para um hospital ou uma aula de geometria, pois não se podia sentar num sofá ou poltrona sem esbarrar em alguma quina pontuda. A outra era um castelo de cartas de madeira e papel — "inspirrado pela arquiteturra japonesa", disse ele à horrorizada Epifânia —, um barracão frágil que era um verdadeiro convite aos incêndios, com painéis de pergaminho em vez de paredes; nos cômodos não se podia sentar, e sim ajoelhar-se, e à noite dormia-se em esteiras estendidas no chão, apoiando a cabeça em blocos de madeiras, como um criado; era tão absoluta a falta de privacidade que, Epifânia observou, "pelo menos ninguém há de ter dúvidas a respeito do estado do estômago dos membros da família, já que os banheiros têm papel higiênico em lugar de paredes".

O pior de tudo, Epifânia constatou, era que, uma vez prontas essas maluquices, com freqüência seu marido se cansava da linda casa onde moravam, e, à hora do desjejum, dava um tapa na mesa e anunciava que iam se mudar "para o Oriente" ou "para o Ocidente"; e toda a família era obrigada a transferir-se com armas e bagagens para uma das duas francesices, pois podiam espernear à vontade que nada demovia o pai de família de seu intuito. E, passadas umas poucas semanas, mais uma vez se mudavam.

Francisco da Gama não apenas não conseguia levar uma vida estável como também — foi o que Epifânia descobriu, para seu desespero — era um mecenas das artes. Volta e meia, indivíduos malnascidos, dados a beber rum e uísque e mascar cânhamo, eram convidados a instalar-se por um bom tempo nas casas do francês, onde viviam em meio a músicas dissonantes, maratonas de poesia, modelos nus, baganas de maconha, noitadas de jogo e outras manifestações de comportamento irregular. Artistas estrangeiros vinham e deixavam como lembranças estranhos móbiles que pareciam gigantescos cabides de metal a revirar ao vento, e imagens de mulheres diabólicas com os dois olhos do mesmo lado do nariz, e telas imensas que pareciam explosões acidentais de tinta, e todas essas calamidades Epifânia era obrigada a pendurar nas paredes e instalar nos pátios de sua casa querida, onde tinha de contemplá-las todos os dias, como se não fossem as indecências que eram.

"Essas suas artes arteiras, Francisco", dizia ela ao marido, venenosa, "vão acabar me ceguificando, de tão feias que são." Porém ele era imune a suas peçonhas. "A beleza antiga não basta", retrucava. "Lugares antigos, comportamentos antigos, deuses antigos. Hoje em dia o mundo está cheio de perguntas, e há novas formas de beleza."

Francisco nascera para ser herói, fadado a enredar-se em buscas inatingíveis, tão pouco à vontade na vida cotidiana quanto dom Quixote. Era lindo como o demo, só que muito mais virtuoso, e quando jovem fora um craque do críquete. Na faculdade, fora o melhor aluno de física de sua turma, mas perdeu os pais ainda cedo e resolveu, depois de muita reflexão, abandonar a vida acadêmica e cumprir o dever de assumir o comando da firma da família. Cresceu e tornou-se mestre na antiga arte dos da Gama de transformar pimentas e castanhas em ouro. Tinha faro para dinheiro, e bastava uma boa farejada para que ele concluísse se os ventos traziam lucro ou prejuízo; porém era também filantropo, fundava orfanatos, criava clínicas gratuitas, edificava escolas para as aldeias que margeavam os canais, construía institutos de pesquisa que estudavam as pragas que assolavam os coqueiros, patrocinava projetos de proteção aos elefantes nas serras que se estendiam além de suas plantações de especiarias, e promovia concursos anuais, por ocasião do festival das flores de Onam, para encontrar e coroar os melhores contadores de histórias da região; era de tal modo munificente em seus feitos filantrópicos que Epifânia vivia arengando (em vão): "E depois, quando não restificar mais um tostão, e seus filhos estiverem com uma mão na frente e outra atrás? Quem então vai nos dar de comer, as tais das suas *antropologias?*".

Epifânia enfrentava-o a cada passo e perdia todas as batalhas; só não perdeu a última. Francisco, o modernista, olhos voltados para o futuro, primeiro se tornou discípulo de Bertrand Russell — *Religião e ciência* e *O culto de um homem livre* eram suas bíblias atéias —, depois abraçou a política nacionalista cada vez mais fervorosa da Sociedade Teosófica da senhora Annie Besant. Não se deve esquecer que Cochim, Travancore, Mysore e Haiderabad oficialmente não faziam parte da Índia britânica; eram estados indianos, cada um com seu príncipe. Algumas dessas regiões — era o caso de Cochim — tinham níveis de educação e instrução que deixavam longe os dos estados diretamente governados pela Grã-Bretanha, enquanto em outros (Haiderabad) existia o que o senhor Nehru chamava de estado de "perfeito feudalismo", e em Travancore até mesmo o Congresso Nacional Indiano era ilegal; mas não confundamos (e Francisco não confundia) as aparências com a realidade: uma folha de parreira não é uma uva. Quando Nehru hasteou a bandeira nacional em Mysore, as autoridades locais (indianas) destruíram não apenas a bandeira como também o mastro tão logo Nehru saiu da cidade, temendo que o ocorrido irritasse os verdadeiros donos do poder... Pouco depois que estourou a Grande Guerra, no dia em que Francisco completou trinta e oito anos, algo partiu-se dentro dele.

"Os ingleses têm que ir embora", anunciou Francisco, solene, à hora do jantar, sob os retratos a óleo de seus ancestrais, que envergavam ternos e botas.

"Ah, meu Deus, para onde eles vão?", perguntou Epifânia, que não pegara o espírito da coisa. "Quer dizer que numa hora tão difícil eles vão nos abandonar, nos deixar à mercê daquele papão, o cáiser Guilherme?"

Francisco explodiu, e Aires (então com doze anos) e Camões (com onze) ficaram petrificados em suas cadeiras. "O cáiser é uma conta que já estamos pagando", trovejou ele. "Os impostos dobraram! Nossos filhos morrem com uniformes de soldados britânicos! A riqueza da nação está sendo levada embora, minha cara: aqui o nosso povo passa fome, enquanto os soldados ingleses consomem nosso trigo, arroz, juta e derivados de coco. Obrigam-me a entregar produtos abaixo do preço de custo. Nossas minas estão sendo esvaziadas: salitre, manganês, mica. Ora! Os nababos de Bombaim estão enriquecendo às custas da nação."

"Isso é que dá, essa sua mania de viver às voltas com livros e pelintras", protestou Epifânia. "Afinal, nós somos filhos do império! Foram os britânicos que nos deram tudo, é ou não é? Civilização, ordem, lei, tudo. Até mesmo os temperos que enchem a nossa casa com esse cheiro insuportável são eles que compram por pura generosidade; é graças a eles que temos roupas para vestir e comida para dar às crianças. Por isso não me venha com discursos sediciosos e blasfemos para envenenificar as cabeças dos meus filhos!"

A partir desse dia, praticamente pararam de se falar. Aires, desafiando o pai, tomou o partido da mãe; ele e Epifânia eram pró-Inglaterra, Deus, conformismo, tradicionalismo, tranqüilidade. Francisco era cheio de energia e agitação, de modo que Aires passou a afetar indolência e aprendeu a enfurecer o pai com seus hábitos luxuosos e ociosos. (Também eu, quando jovem, por motivos diferentes, entreguei-me ao ócio. Mas não o fazia com o fim de irritar ninguém; minha intenção, vã, era a de fazer de minha lerdeza um obstáculo à pressa do Tempo. Também esse ponto será retomado em seu devido lugar.) Foi no filho mais moço, Camões, que Francisco encontrou um aliado, e nele inculcou seus ideais de nacionalismo, razão, arte, inovação e, acima de tudo, naquela época, protesto. Tal como Nehru no início, Francisco não sentia senão desprezo pelo Congresso Nacional Indiano — "não passa de um clube de negros" —, com o que Camões concordava, muito sério. "É Annie isso, Gandhi aquilo", ralhava Epifânia. "Nehru, Tilak, essa cambada de malfeitores do Norte. Não quer dar ouvidos à sua mãe, não? Pois continue assim, que você vai acabar na cadeia, já, já."

Em 1916 Francisco da Gama tornou-se integrante da campanha pró-autonomia liderada por Annie Besant e Bal Gangadhar Tilak, apostando na criação de um parlamento indiano independente que determinasse o futuro do país. Quando a senhora Besant pediu-lhe que fundasse uma Associação Pró-Autonomia em Cochim e ele teve a desfaçatez de convidar a associar-se não apenas membros da burguesia local como também estivadores, catadores de chá, cules do bazar e seus próprios empregados, Epifânia ficou fula. "Gente fina e casca-grossa no mesmo clube! Que escândalo! Ele perdeu a cabeça completamente", protestou ela, sem muito ânimo, abanando-se, e calou-se, emburrada.

Alguns dias depois da fundação da associação, houve um conflito nas ruas de Ernakulam, o bairro portuário; algumas dezenas de militantes da nova organização conseguiram derrotar um pequeno destacamento de soldados pouco armados, obrigando-os a bater em retirada e abandonar as armas. No dia seguinte a associação foi proscrita, e uma lancha a motor chegou à ilha Cabral para prender Francisco da Gama.

Durante os seis meses que se seguiram, Francisco foi repetidamente preso e solto; granjeou o desprezo do filho mais velho e conquistou a admiração eterna do mais novo. Um herói, sim. Nos períodos em que ia preso, e nos surtos de militância política furiosa a que se entregava quando era solto, nos quais, seguindo as instruções de Tilak, fazia tudo para ser preso, ganhou as credenciais que o transformaram numa estrela em ascensão, alguém que não se devia perder de vista, um líder.

Às vezes as estrelas caem, os heróis fracassam. O destino de Francisco da Gama não se cumpriu.

•

Na prisão, ele achou tempo para realizar o trabalho que veio a destruí-lo. Ninguém jamais descobriu em que porão de mercadorias defeituosas do grande armazém da mente meu bisavô Francisco foi encontrar a teoria científica que transformou o herói ascendente em palhaço, mas o fato é que a tal teoria veio a absorvê-lo cada vez mais, por fim chegando a tornar-se tão importante para ele quanto o movimento nacionalista. Talvez seu antigo interesse pela física teórica tivesse se confundido com suas paixões mais recentes — a teosofia da senhora Besant, a ênfase conferida pelo Mahatma à unidade que haveria por trás da multiplicidade e heterogeneidade dos milhões de indianos, a busca de uma definição leiga da vida espiritual, da tão desgastada palavra *alma*, a que se entregavam os intelectuais modernizadores da Índia daquele tempo; fosse como fosse, no final de 1916 Francisco custeou a publicação de um artigo, intitulado "Esboço de uma teoria dos campos transformacionais da consciência", no qual ele afirmava que existiam a nosso redor invisíveis "redes dinâmicas de energia espiritual semelhantes aos campos eletromagnéticos", argumentando que esses "campos de consciência" eram nada menos que repositórios da memória — tanto prática quanto moral — da espécie humana, que seriam na verdade o que o Stephen de Joyce afirmara recentemente (na revista *Egoist*) querer forjar na sua alma: a consciência incriada de nossa raça.

No seu nível mais baixo de atuação, os assim chamadas CTCS promoviam a educação, de modo que tudo aquilo que era aprendido em algum lugar da Terra por quem quer que fosse imediatamente se tornava mais fácil de aprender para qualquer outra pessoa em qualquer outro lugar; porém Francisco dava a entender também que no plano mais elevado de todos, reconhecidamente mais difícil de observar, os campos atuavam no nível ético, ao mesmo tempo definindo nossas alternativas morais e sendo definidos por elas, sendo fortalecidos por toda escolha moral feita no planeta e, por outro lado, enfraquecidos por toda infâmia praticada, de modo que, teoricamente, um excesso de más ações poderia danificar de tal modo os Campos de Consciência que eles jamais se regenerariam, caso em que "a humanidade enfrentaria a realidade indizível de um universo tornado amoral, e portanto sem sentido, pela destruição do nexo ético, a rede de segurança, dir-se-ia mesmo, que até agora nos protegeu".

Na verdade, o artigo de Francisco se limitava a defender com certa convicção apenas as funções educativas, mais baixas, dos tais campos, extrapolando para as dimensões morais numa única passagem relativamente curta e assumidamente especulativa. Porém esse trecho desencadeou uma onda monumental de escárnio. Um editorial de *The Hindu*, em Madras, intitulado "Trovões do bem e do mal", não deixava pedra sobre pedra: "As preocupações do doutor Gama com nosso futuro ético lembram as do meteorologista maluco para quem nossos atos regulam as condições atmosféricas, de modo que, se não agirmos com 'clemência', os céus não cessarão de despejar tempestades sobre nós". O colunista satírico "Waspyjee", da *Bombay Chronicle* — cujo redator-chefe, Horniman, amigo da senhora Besant e simpatizante do movimento nacionalista, implorara a Francisco que não publicasse o artigo —, perguntava, malicioso, se os famosos Campos de Consciência seriam de uso exclusivo dos seres humanos, ou se os outros seres vivos — as baratas, por exemplo, ou as cobras venenosas — não poderiam aprender a beneficiar-se deles; ou então, talvez, cada espécie teria seus próprios vértices girando em torno do planeta. "Devemos temer a contaminação de nossos valores — chamemo-la de raios Gama — causada por colisões acidentais de campos? Quem sabe a moralidade sexual dos louva-a-deus, a estética dos babuínos ou dos gorilas, ou a política dos escorpiões não poderiam infectar de modo fatal nossas psiques humanas? Quem sabe — que Deus nos guarde! — *tal já não ocorreu*?!"

Os "raios Gama" foram a estocada final; Francisco virou uma piada, que servia para aliviar as mentes da guerra sanguinária, das dificuldades econômicas e da luta pela independência. De início ele não perdeu a calma, e dedicou-se à tarefa de imaginar experimentos que pudessem demonstrar a primeira hipótese, menos ambiciosa. Escreveu um segundo artigo propondo que os *bols*, as longas cadeias de palavras sem sentido utilizadas pelos professores de dança *kathak* para indicar movimentos de pés, braços e pescoços, poderiam servir para testá-la. Uma seqüência desse tipo (*tat-tat-taa dreegay-thun-thun jee-jee-kathay to, talang, taka-thun-thun, tai! Tat tai!* etc.) poderia ser usada, juntamente com quatro outras seqüências desconexas a serem pronunciadas com a mesma configuração rítmica que a de "controle". Em seguida, estudantes de outros países, que nada soubessem sobre danças indianas, seriam convidados a aprender todas as cinco; e, se a teoria dos campos de Francisco estivesse correta, a seqüência utilizada pelos professores de dança seria decorada com muito mais facilidade.

O experimento jamais foi realizado. E pouco depois foi-lhe pedido que renunciasse da proscrita Associação Pró-Autonomia, e seus líderes, um dos quais era agora o próprio Motilal Nehru, parou de responder às cartas cada vez mais queixosas que meu bisavô lhe enviava aos borbotões. Pararam de chegar barcos cheios de pretensos artistas para participar das noitadas da ilha Cabral, fumar ópio na casa de papel do Oriente ou beber uísque na casa angulosa do Ocidente, se bem que de vez em quando, à medida que crescia a reputação do francês, alguém perguntava a Francisco se fora de fato ele o primeiro mecenas indiano do jovem que agora passara a autodenominar-se "Le Corbusier". Quando lhe perguntavam tal coisa, o ídolo caído despachava um bilhete sucinto à guisa de resposta: "Nunca ouvi falar nesse sujeito". Com o tempo, também essas indagações cessaram.

Epifânia ficou exultante. Enquanto Francisco afundava na introversão e no desânimo, e seu rosto ganhava as rugas características dos homens convictos de que o mundo cometeu com eles uma injustiça imensa e inexplicável, ela se preparava para desferir o quanto antes o golpe mortal. (Literalmente, como se verá.) Cheguei à conclusão de que no decorrer de todos aqueles anos em que Epifânia contivera seu descontentamento, brotara dentro dela uma raiva vingativa — a raiva, meu verdadeiro legado! — que em muitas ocasiões era difícil de distinguir do ódio assassino; não obstante, se lhe perguntassem se ela amava o marido, a própria pergunta a teria chocado. "Casamos por amor", disse ela ao marido desalentado numa interminável noite na ilha, em que a única companhia que lhes restava era o rádio. "Não foi por amor que cedi a todos os seus caprichos? E veja só no que deu. Agora, por amor, você tem que ceder aos meus."

As detestáveis casas do jardim foram fechadas. E assuntos políticos nunca mais puderam ser mencionados em sua presença: quando a Revolução Russa abalou o mundo, quando a Grande Guerra terminou, quando a notícia do massacre de Amritsar chegou do Norte e destruiu os sentimentos pró-britânicos de quase todos os indianos (Rabindranath Tagore, ganhador do prêmio Nobel, devolveu ao rei o título de cavaleiro com que fora agraciado), Epifânia da Gama, na ilha Cabral, tampou os ouvidos e continuou a acreditar, com uma intensidade quase blasfema, na benevolência onipotente dos britânicos; e nisso seu filho mais velho, Aires, a acompanhou.

No Natal de 1921, Camões, então com dezoito anos, timidamente trouxe para casa Isabela Ximena Souza, órfã de dezessete anos, para apresentar aos pais (Epifânia quis saber onde haviam se conhecido, e o filho respondeu, com as faces ardendo em fogo, que houvera um rápido encontro na igreja de São Francisco, e com um desdém fruto de sua extraordinária capacidade de esquecer tudo aquilo que não lhe era conveniente lembrar a respeito de suas próprias origens, ela comentou, bufando: "Uma zinha arranjada sabe-se lá onde!". Mas Francisco abençoou a união quando, em torno da mesa nada festiva, estendeu a mão e a colocou sobre a linda cabeça de Isabela). A noiva de Camões, como era de seu feitio, disse o que não devia. Os olhos brilhando de entusiasmo, quebrou o tabu imposto por Epifânia cinco anos antes e manifestou intensa satisfação de ver que a visita do príncipe de Gales (o futuro Eduardo VIII) fora praticamente boicotada em Calcutá e desencadeara grandes manifestações de protesto em Bombaim, e elogiou os dois Nehru, pai e filho, por terem se recusado a cooperar com o tribunal que colocou ambos na cadeia. "Agora o vice-rei vai ver", disse ela. "O Motilal ama a Inglaterra, mas até mesmo ele preferiu ser preso."

Francisco estremeceu; uma luz antiga raiou naqueles olhos baços havia tantos anos. Mas Epifânia falou primeiro. "Nesta casa cristã, a Grã-Bretanha ainda é grã, má-demo-zele", retrucou ela. "Se você está interessada no nosso filho, faça o favor de pensar antes de abrir a boca. Quer carne branca ou carne vermelha? Responda. Quer um copo de vinho importado Dão, geladinho? Pode tomar. Quer um pudinzinho? Pode comer. Isso é que são assuntos natalinos, froláin. Quer recheio?''

Mais tarde, no cais, Bela também não mediu as palavras ao queixar-se a Camões, com veemência, de que ele não a havia defendido. ''A sua casa parece cheia de neblina'', disse ela ao noivo. ''Não se tem ar para respirar. Parece que alguém lançou um encantamento e está sugando a sua vida e a do seu pobre pai. Quanto ao seu irmão, coitado, é mesmo um caso perdido, nem dá para a gente se preocupar. Pode ficar com raiva de mim, se quiser, mas está claro como as cores da sua camisa, aliás horrível, não me leve a mal, que alguma coisa ruim está se formando muito depressa aqui.''

''Então você não vai voltar?'', perguntou Camões, arrasado.

Bela entrou no barco. ''Seu bobo'', respondeu. ''Você é um amor de menino, coitadinho de você. Você não faz idéia do que sou e não sou capaz de fazer por amor, aonde vou ou não vou, com quem brigo ou deixo de brigar, que encantamentos não sou capaz de desencantar.''

Nos meses que se seguiram, foi Bela que manteve Camões informado a respeito do mundo, que leu para ele o discurso que Nehru pronunciou ao receber uma nova sentença de prisão em maio de 1922. *A intimidação e o terrorismo são agora os principais instrumentos do governo. Imaginam eles que é desse modo que vão conquistar o afeto do povo? O afeto e a lealdade vêm do coração. Não podem ser extorquidos à força de baionetas.* ''Isso me lembra o casamento dos seus pais'', comentou Isabela, alegre; e Camões, cujo entusiasmo nacionalista fora redespertado pela paixão que lhe inspirava aquela jovem linda e desinibida, teve a delicadeza de corar.

Bela fizera dele seu projeto de vida. Nessa época Camões começou a dormir mal, e seu peito passou a chiar de asma. ''É esse ar ruim'', disse ela. ''Pelo menos um dos da Gama eu vou salvar.''

Bela impôs mudanças. Seguindo instruções da noiva — as quais desencadearam a ira de Epifânia: ''Não pense por um segundo que seja que vou abolir o frango nesta casa porque a sua franguinha, aquela galinha galada, encasquetou que você agora tem que comer comida de mendigo'' — Camões tornou-se vegetariano, e aprendeu a plantar bananeira. Em segredo, quebrou uma vidraça da casa do Ocidente onde fora abandonada a biblioteca de seu pai, e começou a devorar os livros, fazendo concorrência com as traças. Attar, Khayyam, Tagore, Carlyle, Ruskin, Wells, Poe, Shelley, Raja Rammohun Roy. "Está vendo?", dizia Bela, estimulando-o. "Você também pode se tornar uma pessoa independente, em vez de um dois-de-paus enfiado numa camisa horrorosa."

Não conseguiram salvar Francisco. Uma noite, após as chuvas, ele mergulhou e saiu a nado, talvez tentando encontrar um pouco de ar longe daquela ilha encantada. A correnteza traiçoeira levou-o embora; seu corpo inchado foi encontrado cinco dias depois, batendo contra uma bóia enferrujada no porto. Seria justo que ele fosse lembrado pelo papel que desempenhou na revolução, por suas boas obras, por seu progressismo, por sua inteligência; porém seus verdadeiros legados foram as dificuldades nos negócios (nos últimos anos a firma fora mal gerida), a morte súbita e a asma.

Epifânia engoliu a notícia de sua morte sem pestanejar. Devorou a morte do marido tal como devorara sua vida; e cresceu.

3

No patamar da escadaria larga e íngreme que dava no quarto de Epifânia ficava o oratório, que Francisco outrora deixara um de seus franceses redecorar, apesar dos veementes protestos da esposa. Fora abolido o retábulo dourado com pequenas imagens de Jesus fazendo seus milagres num cenário de coqueiros e plantações de chá, juntamente com os apóstolos de porcelana, os querubins fazendo poses sobre pedestais de teca e tocando trombetas, as velas em candelabros de cristal em forma de enormes copos de conhaque, as rendas portuguesas importadas sobre o altar, até mesmo o crucifixo, "tudo que era artigo de qualidade", queixava-se Epifânia, "e mais Jesus e Maria tranquificados no depósito", e não contente com essas profanações o desgraçado ainda pintou tudo de branco, como se fosse uma enfermaria de hospital, colocou lá dentro os bancos de igreja de madeira mais desconfortáveis de Cochim e por fim, naquela recâmara sem janelas, fixou nas paredes gigantescos recortes de papel, imitações de vitrais, "como se a gente não pudesse instalar janelas de verdade se quisesse", gemia Epifânia, "que coisa mais vulgar, janelas de papel na casa de Deus", e as imagens das janelas nem eram imagens, só um monte de cores espalhadas de qualquer maneira, "igual a enfeite de aniversário de criança", reclamava Epifânia. "Num lugar desses não se devia guardificar o sangue e o corpo de Nosso Senhor, e sim bolo de aniversário."

Francisco argumentara, em defesa da obra de seu protegido, que nela forma e cor não apenas substituíam o conteúdo como também demonstravam que, quando utilizadas de modo apropriado, elas podiam *ser* o conteúdo. Epifânia retrucou, com desprezo: "Vai ver que a gente não precisa de Jesus Cristo, basta a forma da cruz, para que essa história de crucificação, não é mesmo? Esse seu francês é mesmo um herege: imagine, uma religião em que o Filho de Deus não precisa morrer pelos nossos pecados".

Um dia após o enterro de seu marido, Epifânia mandou queimar tudo, e pôs de volta em seus lugares os querubins, as rendas, os cristais, as cadeiras estofadas cobertas de seda vermelha e as almofadas debruadas de dourado sobre as quais uma senhora de respeito podia ajoelhar-se diante do Senhor. Voltaram às paredes as velhas tapeçarias italianas que representavam churrasquinhos de santos e mártires assados, cercados de cortinados cheios de rufos e pregas, de modo que em pouco tempo a lembrança desconcertante das novidades austeras do francês foi apagada pelo mofo da devoção tradicional. "Deus no céu, paz na terra", proclamou a recém-viúva.

"De agora em diante", determinou Epifânia, "vamos levar uma vida simples. A salvação não está naquele homenzinho de tanga e seus asseclas." De fato, a simplicidade a que ela aspirava nada tinha de gandhiana; era a simplicidade de acordar tarde, atacar uma bandeja de chá forte e açucarado, bater palmas para convocar a cozinheira e escolher o cardápio do dia, chamar uma criada para olear e escovar seus cabelos ainda compridos porém cada vez mais grisalhos e ralos, e culpá-la pelas quantidades cada vez maiores de fios que ficavam presos entre os dentes da escova; era a simplicidade de longas manhãs arengando com o costureiro que vinha lhe trazer vestidos novos e ajoelhava a seus pés com a boca cheia de alfinetes, os quais ele retirava dos lábios de quando em quando para poder derramar lisonjas; depois, longas tardes passadas nas lojas de tecidos, onde peças de sedas magníficas eram desenroladas num assoalho coberto de lençóis brancos para seu deleite, panos e mais panos eram lançados no ar e aterrissavam em suaves montanhas de cor; era a simplicidade dos mexericos com as poucas pessoas que considerava de sua classe, de convites para as recepções promovidas pelos ingleses em Forte Cochim: o críquete aos domingos, os chás dançantes, os cantos natalinos das crianças inglesas, feias e calorentas, pois eram cristãos afinal de contas, ainda que anglicanos; os ingleses mereciam seu respeito embora jamais conquistassem seu coração, que pertencia a Portugal, é claro, que sonhava em caminhar às margens do Tejo, do Douro, perambular pelas ruas de Lisboa de braço dado com um fidalgo. Era a simplicidade de noras a atender a todas as suas necessidades enquanto ela tornava suas vidas um verdadeiro inferno, de filhos que sempre a mantivessem abastecida de dinheiro em quantidade; a simplicidade de todas as coisas em seus lugares, de ver-se, finalmente, no centro da teia, por cima da carne-seca, a escarrapachar-se como um dragão sobre uma pilha de tesouros, vomitando, sempre que lhe desse na veneta, uma chama purificadora e aterrorizante. "Esta vida simples da sua mãe vai sair uma fortuna", disse Bela da Gama ao marido (ela se casou com Camões no início de 1923), prefigurando um comentário que viria a ser feito muitas vezes com relação a M. K. Gandhi. "E, se deixarmos, vai nos custar nossa juventude também."

O que estragou os sonhos de Epifânia foi Francisco não ter lhe legado nada além de suas roupas, suas jóias e uma modesta pensão. Quanto ao mais — e esta notícia a enfureceu — ela dependeria da boa vontade dos filhos, cada um dos quais tendo recebido cinqüenta por cento de toda a propriedade, sob a condição de que a Companhia Exportadora Gama não fosse dissolvida "a não ser por motivo de força maior", e que Aires e Camões tentassem "trabalhar juntos num espírito de amor fraternal, para que a fortuna da família não venha a ser prejudicada pela desarmonia e a cizânia".

"Mesmo depois de morto", lamentou-se minha bisavó Epifânia ao ler o testamento, "ele me dá uma bofetada em cada face."

Também isso faz parte do meu legado: a morte não resolve nenhum conflito.

Os advogados da família Menezes não conseguiram achar nenhuma brecha legal, para o desalento da viúva. Ela chorava, arrancava os cabelos, batia no peito descarnado e rangia os dentes, o que produzia um ruído assustador; porém os advogados repetiam a explicação: o princípio matrilinear pelo qual Cochim, Travancore e Quilon eram famosos, e segundo o qual a distribuição do patrimônio familiar dependeria da decisão de dona Epifânia e não do falecido doutor Gama, de modo algum poderia ser aplicado à comunidade cristã, pois fazia parte apenas da tradição hindu.

Reza a lenda, embora posteriormente Epifânia a negasse, que ela teria dito: "Então me tragam um linga de Siva e um regador.

Levem-me ao Ganges que eu dou um mergulho mais que depressa. *Hai Ram!*".

(Devo dizer que me parece pouco provável que Epifânia tenha mesmo manifestado a intenção de realizar o *puja* e uma peregrinação; por outro lado, o choro, o ranger de dentes, o arrancar de cabelos e o bater no peito certamente são detalhes autênticos.)

Há que reconhecer que os filhos do falecido magnata descuidaram dos negócios, por se envolverem demasiadamente em assuntos mundanos. Aires da Gama, mais abalado pelo suicídio do pai do que demonstrava, buscou consolo na promiscuidade, o que provocou um dilúvio de correspondência — cartas escritas em papel barato, numa letra ilegível de semi-analfabeto. Cartas de amor, mensagens de desejo e raiva, ameaças de agressão se o amado continuasse agindo de modo tão cruel. O autor dessa correspondência angustiada era ninguém menos que o jovem remador da noite de núpcias: o próprio Henrique, o Navegador. *Não fique pensando que não estou sabendo das coisas todas que você faz. Me dá seu coração senão eu arranco ele do seu peito. Se o amor não é o mundo inteiro e mais o céu também não é coisa nenhuma, é menos que lama.*

Se o amor não é tudo, então não é nada: esse princípio e seu contrário (ou seja, a infidelidade) entrarão em choque ao longo de toda esta minha longa e esbaforida narrativa.

Aires, após toda uma noite de putaria, muitas vezes passava o dia dormindo por conta dos efeitos do haxixe ou ópio da véspera, recuperando-se de seus excessos, e não raro de diversos ferimentos de pouca monta; Carmem, sem dizer palavra, aplicava-lhe medicamentos e preparava-lhe banhos quentes para curar-lhe os machucados; e se, quando Aires dormia e roncava dentro daquela banheira cujas águas vinham do poço profundo da dor de sua mulher, alguma vez ela pensou em afundar-lhe a cabeça até afogá-lo jamais sucumbiu a essa tentação. Em breve Carmem encontraria outra válvula de escape para sua ira.

Quanto a Camões, com seu jeito tímido e discreto, era mesmo filho de seu pai. Através de Bela, enturmou-se com um grupo de jovens nacionalistas radicais que, impacientes com aquela história de não-violência e resistência passiva, entusiasmavam-se com os grandes acontecimentos que transcorriam na Rússia. Começou a freqüentar, e depois a dar, palestras com títulos como "Avante!" e "Terrorismo: os fins justificam tais meios?".

"Logo o Camões, que é incapaz de dizer 'bu!' para um ratinho", comentou Bela, às gargalhadas. "Vai dar um comunistaço de meter medo, se vai."

Foi meu avô Camões que descobriu a história dos falsos Ulianov. No final de 1923, ele comunicou a Bela e seus amigos que um grupo de atores soviéticos de escol tinham obtido direitos exclusivos de interpretar o papel de V. I. Lenin: não apenas em produções especialmente preparadas para turnês nacionais, que divulgavam ao povo soviético as glórias da revolução, mas também em milhares de funções públicas às quais o líder não podia comparecer por falta de tempo. Os leninóides decoravam e depois repetiam os discursos do grande homem, e quando apareciam devidamente maquiados e fantasiados o povo gritava, aplaudia e estremecia tal como se estivesse diante do original e não do carbono. "Pois agora", concluiu Camões, entusiasmado, "estão aceitando como candidatos atores que falem línguas estrangeiras. Podemos ter aqui nossos Lenins locais, devidamente autenticados, falando malaiala ou tulo ou cânada ou lá o que seja."

"Quer dizer que estão reproduzindo o chefão lá na Cê Cê Cê Pê", retrucou Bela, pondo a mão do marido em seu ventre, "mas, meu caro, se 'cê se perguntar o que é realmente importante, vai concluir que é esta sua reprodução que está começando aqui."

É mais um indício da ridícula — sim, ouso utilizar essa palavra —, da *risível* e *ridícula* obtusidade de minha família o fato de que — numa época em que o país e todo o mundo viviam às voltas com questões da maior importância; em que a firma da família estava precisando da atenção mais escrupulosa, pois desde a morte de Francisco a falta de liderança se tornara um problema muito sério, havendo descontentamento nas plantações e nos dois armazéns de Ernakulam, e até mesmo os fregueses mais antigos da Companhia Exportadora Gama começavam a dar ouvidos ao canto de sereia dos concorrentes; em que, para culminar, sua própria esposa lhe anunciara estar esperando um filho, aliás filha, a qual veio a ser não apenas a única filha do casal como também a única Gama de sua geração, minha mãe Aurora, a última dos Gama — meu avô tenha começado a ficar cada vez mais obcecado com a questão dos Lenins falsos. Com que entusiasmo ele se pôs a esquadrinhar a cidade em busca de homens com os requisitos necessários de talento teatral, capacidade de memória e interesse em seu plano! Com que dedicação se entregou a seu projeto, obtendo cópias dos mais recentes pronunciamentos do ilustre líder, procurando tradutores, contratando maquiadores e figurinistas e ensaiando sua pequena trupe de sete membros que foram apelidados por Bela, com sua brutalidade costumeira, de Lenin Alto Demais, Lenin Baixo Demais, Lenin Gordo Demais, Lenin Magro Demais, Lenin Manco Demais, Lenin Calvo Demais e (este era um pobre-diabo com graves problemas ortodônticos) Lenin Dentes de Menos... Camões correspondia-se freneticamente com seus contatos em Moscou, lisonjeando, persuadindo; algumas autoridades de Cochim, tanto brancas quanto pardas, foram também persuadidas e lisonjeadas; por fim, no verão de 1924, ele conseguiu o que queria. Quando o rebento de Bela estava prestes a nascer, chegou a Cochim um legítimo membro, com carteirinha e tudo, da Trupe Especial Lenin, um Lenin de primeira classe, com o poder de aprovar e aprimorar a formação dos membros do novo ramo cochinês da trupe.

Ele veio de navio de Bombaim, e quando desceu a prancha de desembarque, a caráter, ouviram-se no cais gritinhos e interjeições contidas, a que ele respondeu com uma série de mesuras e acenos magnânimos. Camões observou que o calor o fazia transpirar profusamente; pequenos riachos de tinta preta escorriam-lhe testa e pescoço abaixo, obrigando-o a usar o lenço constantemente.

"Como devo dirigir-me ao senhor?", indagou Camões, corando educadamente ao defrontar seu convidado, que viajava acompanhado de um intérprete.

"Nada de formalidades, camarada", disse o intérprete. "Nada de formas de tratamento honoríficas! Basta Vladimir Ilitch."

Uma multidão se amontoara no cais para assistir à chegada do líder mundial, e Camões, com um pequeno gesto teatral, bateu palmas, e do prédio de desembarque saíram os sete Lenins locais, devidamente barbudos. Ficaram parados, sem graça, sorrindo simpáticos para seu colega soviético, o qual, porém, explodiu numa enxurrada de impropérios russos.

"Vladimir Ilitch quer saber o que significa este ultraje", disse o intérprete a Camões, enquanto a multidão crescia ainda mais. "Estes indivíduos têm pele escura, e são diferentes dele. Alto demais, baixo demais, gordo demais, magro demais, manco demais, calvo demais, e aquele ali não tem dentes."

"Fui informado", desculpou-se Camões, desalentado, "que podíamos adaptar a imagem do líder às necessidades locais."

Mais uma torrente de verborragia russa. "Vladimir Ilitch diz que, na sua opinião, trata-se não de adaptação, e sim de caricatura satírica", disse o intérprete. "É insultuoso e ofensivo. Veja, duas das barbas, pelo menos, estão afixadas de modo incorreto, apesar da presença admonitória do proletariado. Um relatório será preparado e apresentado aos mais altos escalões. O senhor está terminantemente proibido de dar prosseguimento a suas atividades."

A expressão de Camões desfez-se; e, ao vê-lo às raias das lágrimas, seus atores — seus "quadros" — aproximaram-se; ansiosos para demonstrar o zelo com que haviam aprendido seus papéis, começaram a fazer poses e discursar. Em malaiala, cânada, tulo, concani, tâmil, télugo e inglês, proclamaram a revolução, exigiram a imediata expulsão dos poodles revanchistas do colonialismo, as baratas sanguissedentas do imperialismo, e a imediata proclamação da propriedade comum dos meios de produção e o cumprimento anual das cotas de arroz, com superávit; os indicadores de suas mãos direitas apontavam para o futuro com gestos vigorosos, enquanto os punhos esquerdos se apoiavam virilmente nas cadeiras. Uma babel de Lenins, com barbas que começavam a desfazer-se no calor, dirigia-se à multidão, agora imensa; multidão essa que começou, de início aos poucos, depois numa maré cada vez mais avassaladora, a rir às bandeiras despregadas.

Vladimir Ilitch ficou roxo de raiva. Vomitava venenosas vituperações bolcheviques, que pairavam no ar em caprichosos caracteres cirílicos. Então deu meia-volta, subiu a prancha de embarque a passos largos e desapareceu no interior do navio.

"O que foi que ele disse?", perguntou Camões, desconsolado, ao intérprete russo.

"Vladimir Ilitch afirmou", replicou o intérprete, "que este seu país lhe dá caganeira."

Às cotoveladas, uma mulherzinha atravessava a hilaridade triunfal do Povo, e através da cortina líquida de sua vergonha meu avô Camões reconheceu Maria, a criada de sua esposa. "Melhor o senhor vir", gritou ela, em meio à risadaria popular. "A esposa do senhor ganhou uma menina."

•

Após essa humilhação portuária, Camões se afastou do comunismo e começou a dizer que havia aprendido uma lição: o comunismo não era "compatível com o estilo indiano". Tornou-se um seguidor do Congresso Nacional Indiano, um nehruísta, e acompanhou à distância todos os eventos momentosos dos anos que se seguiram: à distância, porque, embora dedicasse várias horas de cada dia à questão nacional, em detrimento de toda e qualquer outra ocupação, lendo, conversando e escrevendo abundantemente sobre o assunto, nunca mais desempenhou nenhuma atividade no movimento, jamais publicou uma só linha de suas escrevinhações passionais... Examinemos, por um momento, o caso de meu avô materno. Como seria fácil reduzi-lo a um zero à esquerda, um insignificante diletante! Um milionário a namorar o marxismo, uma alma tímida que só se tornava um revolucionário feroz na companhia de uns poucos amigos, ou na privacidade de seu gabinete, onde escrevia artigos secretos que — talvez temendo os apupos que mataram Francisco — não ousava publicar; um nacionalista cujos poetas favoritos eram todos ingleses, um ateu e racionalista professo que acreditava em fantasmas e que recitava, de cor, com profundo sentimento, todo o "Numa gota de orvalho", de Andrew Marvell:

Assim, a alma, gota luzidia
Da clara fonte do eterno dia,
Se se pudera vê-la inda a evocar,
Dentro de nós, passados esplendores,
Evita as doces folhas, verdes flores;
E de sua própria Luz faz-se lembrar,
E em pensamentos límpidos exprime
Num Céu menor um Outro, mais sublime.

Epifânia, a mais severa e inclemente das mães, nele não via mais que um menino tolo e confuso; influenciado, porém, pelas perspectivas mais amorosas de Bela e Aurora, julgo-o de modo diverso. A meu ver, são as contradições de meu avô Camões que revelam sua beleza; o modo como deixava coexistir em si próprio impulsos conflitantes é a fonte de sua profunda e benévola humanidade. Quem lhe chamasse à atenção, por exemplo, a incompatibilidade entre suas idéias igualitárias e a realidade olímpica de sua situação social, recebia em resposta apenas um sorriso de aprovação e um dar de ombros capaz de desarmar qualquer um. "Todos deviam viver bem, não é mesmo?", costumava dizer. "A ilha Cabral para todos, eis o meu lema." E, em seu amor feroz pela literatura inglesa, suas amizades profundas com muitas famílias inglesas de Cochim, e sua determinação não menos feroz de assistir ao fim do *imperium* britânico e do jugo dos príncipes, vejo aquela doçura de quem odeia o pecado mas ama o pecador, aquela histórica generosidade de espírito, que é uma das verdadeiras maravilhas da Índia. Quando se pôs o sol imperial, não nos pusemos a massacrar nossos antigos senhores, porém reservamos esse privilégio para nossos compatriotas... mas tal idéia é por demais cruel para ter ocorrido a Camões, que se sentia atônito diante do mal, pois era para ele algo de "desumano" — uma visão absurda, como até mesmo sua amada Bela lhe fazia ver; felizmente ou infelizmente, ele não viveu para assistir aos massacres do Punjab quando a Índia se dividiu. (Infelizmente apenas, Camões morreu muito antes da eleição — ocorrida após a independência, no novo estado de Kerala, criado com a fusão de Cochim, Travancore e Quilon — do primeiro governo marxista do subcontinente indiano, a concretização de todas as suas esperanças frustradas.)

Porém meu avô viveu o bastante para ver muita violência, pois a família já começava a mergulhar num catastrófico conflito, a chamada "batalha dos parentes", que teria destruído muitas famílias menos sólidas, e de cujos efeitos nossa família levou dez anos para recuperar-se.

As mulheres passam agora a ocupar uma posição central em meu pequeno palco. Epifânia, Carmem, Bela e a recém-chegada Aurora — foram elas, e não os homens, as verdadeiras protagonistas da contenda; e, como não poderia deixar de ser, foi minha bisavó Epifânia a arruaceira-mor.

Ela declarou guerra no dia em que foi lido o testamento de Francisco, ao convocar Carmem a seu *boudoir* para uma reunião. "Meus filhos são dois playboys inúteis", afirmou, abanando o leque. "De agora em diante, quem tem que mandificar somos nós, mulheres." Ela seria a comandante-em-chefe, e Carmem, ao mesmo tempo cunhada e sobrinha, seria sua lugar-tenente, factótum e braço direito. "Esta é sua obrigação, não apenas para com esta casa mas também com os Menezes. Não esqueça que, se não fosse eu, você ficaria encalhificada até o dia do Juízo Final."

A primeira ordem dada por Epifânia foi o desejo mais antigo de todos os dinastas: Carmem haveria de conceber um filho varão, um futuro rei através do qual suas queridas mãe e avó governariam. Carmem, dando-se conta, consternada e amargurada, de que já essa primeira injunção teria que ser desobedecida, baixou a vista e disse: "Está bem, tia Epifânia, seu desejo é uma ordem". E mais que depressa saiu do quarto.

Quando nasceu Aurora, os médicos explicaram que, infelizmente, Bela jamais poderia voltar a conceber. Naquela noite, Epifânia espinafrou Carmem e Aires. "Vocês viram o que a Bela conseguiu! Uma meninazinha e olhe lá, e agora acabou. É uma sorte que Deus dá a vocês dois. Agora é tudo ou nada! Façam um menino, senão é ela que vai ficar com tudo, casa, firma, gato, cachorro e periquito."

•

Quando Aurora da Gama completou dez anos, uma barca atravessou a laguna e aportou na ilha Cabral, trazendo um sujeito com cara de nortista, munido de uma enorme pilha de pranchas de madeira, com as quais montou uma roda-gigante simplificada, pregando bancos de madeira aos braços de um X de tábuas. De uma caixa de veludo verde sacou um acordeão, e logo começou a desfiar uma alegre série de canções festivas. Quando Aurora e suas amigas se cansaram de rodar pelo céu no que o acordeonista chamava de *charrakh-choo*, ele vestiu uma capa escarlate e tirou peixes das bocas das menininhas e cobras vivas de dentro de suas saias, o que arrancou expressões de horror de Epifânia, olhares desaprovadores de Carmem e Aires, que ainda não tinham filhos, e risadinhas deliciadas de Bela e Camões. Depois de ver o nortista, Aurora compreendeu que o que ela mais precisava na vida era um mágico só para ela, alguém que fizesse com que seus desejos se realizassem, que fosse capaz de fazer, a um toque de mágica, com que sua avó desaparecesse de uma vez por todas, e o tio Aires e a tia Carmem morressem picados por najas, e Camões vivesse feliz para todo o sempre; pois isso foi no tempo em que a casa estava dividida, com riscos de giz nos assoalhos, à guisa de fronteiras, e pátios partidos por sacos de temperos enfileirados, formando pequenas muralhas, como se fossem proteção contra enchentes ou balas.

Tudo começou quando Epifânia, tomando por pretexto a pouca dedicação de seus filhos ao trabalho, convocou seus parentes a Cochim. Escolheu o momento propício para seu golpe; Aires estava em plena fase de promiscuidade pós-Francisco, Camões andava à cata de Lenins e Bela estava grávida, de modo que houve poucas reações de protesto. Na verdade, quem reclamou com mais veemência foi Carmem, que nunca havia sido bem tratada pela família de sua mãe e cujo lado Lobo se revoltava diante da perspectiva de se ver cercada de tantos Menezes. Quando revelou suas objeções à sogra, com muitas hesitações e circunlóquios, Epifânia respondeu com uma grosseria calculada: "Mocinha, as suas perspectivas para o futuro estão todas concentradas bem ali entre as suas pernas, por isso tenha a bondade de se dedificar à tarefa de fazer seu marido se interessar por você, em vez de meter o nariz onde não foi chamada".

Os Menezes homens vieram de Mangalore em navios, aos magotes, como abelhas atraídas pelo mel, e suas mulheres e filhos vieram logo em seguida. Mais Menezes chegaram de ônibus, e ainda outros membros do clã deviam estar tentando vir de trem, porém estavam sendo retidos pelos caprichos da rede ferroviária. Quando Bela se recuperou do parto e Camões do fiasco leninista, a gente de Epifânia havia se enfiado nos quatro cantos da Companhia Exportadora Gama, enroscando-se ao redor da firma como parasitas num coqueiro, mandando nos administradores das plantações, metendo o bedelho na contabilidade, interferindo na rotina dos armazéns; era mesmo uma invasão, mas raramente os conquistadores conseguem conquistar o coração dos conquistados, e tão logo se certificou de que seu poder era completo, Epifânia começou a cometer erros. O primeiro deles foi o excesso de maquiavelismo, pois embora Aires fosse seu favorito não havia como negar que Camões fora quem produzira a única herdeira, e portanto era impossível excluí-lo de seus cálculos. A matriarca começou a tentar desajeitadamente seduzir Bela, que não correspondeu a suas expectativas por estar cada vez mais irritada com o comportamento dos incontáveis Menezes; por outro lado, essas acintosas investidas em muito alienaram o ânimo de Carmem. Em seguida, Epifânia cometeu erro ainda mais grave: como piorasse cada vez mais sua alergia às especiarias que constituíam a base da fortuna da família — sim, alergia até mesmo a pimenta, principalmente pimenta! — ela anunciou que, no futuro, a Companhia Exportadora Gama passaria a atuar no ramo dos perfumes, "para que num futuro breve bons perfumes substituifiquem esses cheiros que me enlouquecem o nariz".

Carmem perdeu a paciência. "Os Menezes sempre foram arraia-miúda", ela esbravejava, e perguntava a Aires: "Você vai deixar sua mãe transformar uma grande empresa numa fabriqueta de cheiros?". Mas naquela época os excessos de Aires da Gama o haviam reduzido a um estado de torpor que nem toda a lábia de Carmem foi suficiente para dissipar. "Então, já que você se recusa a ocupar o lugar que lhe cabe nesta casa", exclamou ela, "pelo menos faça o favor de permitir que gente da família Lobo venha nos ajudar, em lugar desses Menezes que se intrometem em tudo, como formigas brancas, e devoram nosso dinheiro." Meu tio-avô Aires assentiu de imediato. Bela, que estava igualmente preocupada, teve menos sucesso (e não tinha parentes); Camões não era aguerrido, e argumentou que, como não tinha jeito para negócios, não devia criar obstáculos para sua mãe. Então chegaram os Lobo.

•

O que começou com perfume terminou com um fedor e tanto... Há algo em nós que por vezes explode, uma coisa que vive dentro de nós, comendo da nossa comida, respirando o nosso ar, enxergando por nossos olhos, e quando essa coisa sai para brincar ninguém está imune; possessos, voltamo-nos uns contra os outros com impulsos assassinos, com a escuridão da Coisa nos olhos e armas de verdade nas mãos, vizinho contra vizinho, primo contra primo, irmão contra irmão, filho contra filho, todos possuídos pela Coisa. Os Lobo de Carmem partiram para as propriedades da Gama nos montes Spice, e a situação começou a esquentar.

A estrada dos montes Spice, só transitável por jipe, uma sucessão de buracos e calombos, passa por arrozais, plantações de banana-da-terra, tapetes de pimentas vermelhas e verdes estendidos à beira-estrada para secar ao sol, pomares de cajueiros e arequeiras (Quilon é a capital do caju, tal como Kottayam é a da borracha); e sobe, e sobe, até os reinos do cardamomo e do cominho, até as sombras dos cafeeiros tenros em flor, os terraços de chá que parecem gigantescos telhados verdes, e finalmente o império de pimenta de Malabar, no mais alto dos altos. De manhãzinha cantam os búlbulos, elefantes de carga passam com seu passo preguiçoso, mordiscando de leve a vegetação, e uma águia descreve círculos no céu. Ciclistas sobem em grupos de quatro, lado a lado, um com o braço no ombro do outro, desafiando os caminhões trovejantes. Veja: um dos ciclistas põe um pé atrás do selim do companheiro. Idílico, não? Pois dias após a chegada dos Lobo já corriam boatos de problemas na serra, brigas de poder entre os Lobo e os Menezes, casos de discussões e sopapos.

Na ilha Cabral, a casa transbordava de gente: os Lobo ladeavam as escadas, os Menezes monopolizavam as privadas. Os Lobo recusavam-se a dar passagem aos Menezes quando estes tentavam subir ou descer as escadas "dos Lobo"; e de tal modo os Menezes controlavam os sanitários que a gente de Carmem era obrigada a satisfazer suas necessidades fisiológicas ao ar livre, bem à vista dos habitantes da ilha vizinha de Vypeen, com suas aldeias de pescadores e suas ruínas de um forte português ("Uh, ah", cantavam os pescadores em seus barcos quando passavam pela ilha Cabral, e as Lobo, ruborizadas, disputavam os arbustos mais próximos), e dos empregados da fábrica de capachos de fibra de coco da ilha Gundu, não muito longe dali, e dos principecos decadentes que passavam em suas lanchas, em intermináveis gandaias. Havia muitos empurrões nas filas que se formavam à hora do almoço e do jantar, e trocavam-se palavras ásperas nos pátios sob o olhar indiferente dos leogrifos trabalhados em madeira.

Brigas começaram a pipocar. Os dois caprichos corbusierianos foram reabertos para mitigar o problema de superpopulação, mas ninguém queria ficar neles; alguns chegavam às vias de fato para resolver a questão cada vez mais disputada de quais membros da família teriam o suposto privilégio de instalar-se na casa principal. As mulheres da família Lobo começaram a puxar as tranças das Menezes, enquanto os Menezinhos deram de agarrar e despedaçar as bonecas das Lobinhas. Os criados da família da Gama queixavam-se da arrogância da parentada, de seu palavreado indecoroso e outras ofensas ao orgulho dos serviçais.

As coisas caminhavam para um clímax. Uma noite, gangues de adolescentes Menezes e Lobo entraram em choque violentamente nos jardins da ilha Cabral; alguns braços e cabeças foram quebrados, e houve ferimentos a faca, dois deles graves. Os contendores destruíram as paredes de papel da casa do Oriente, o capricho japonês de Le Corbusier, e de tal modo danificaram a estrutura de madeira que a casa teve que ser demolida pouco depois; também invadiram a casa do Ocidente e destruíram boa parte dos móveis e dos livros. Na noite do quebra-quebra, Bela despertou Camões e disse: "É bom você tomar alguma atitude, senão tudo vai ser destruído". Nesse momento, uma barata voadora se chocou contra seu rosto, e Bela gritou. Esse grito terminou de acordar Camões. Ele saltou da cama, matou a barata com um jornal, e quando foi até a janela para fechá-la sentiu um cheiro que o fez entender que a situação estava realmente séria: era o odor inconfundível de temperos ardendo, cominho, coentro, açafrão-da-índia, pimenta-malagueta, pimenta-do-reino, pimentão vermelho, pimentão verde, um pouco de alho, um pouco de gengibre, algumas lascas de canela. Era como se um gigante das montanhas estivesse preparando, numa panela monstruosa, o maior e mais apimentado molho de curry de todos os tempos.

"Não podemos continuar morando todos juntos desse jeito", disse Camões. "Bela, estamos tocando fogo na nossa própria casa."

O cheiro forte descia dos montes Spice e chegava até o mar, *os parentes dos Gama estão incendiando as plantações de especiarias*, e naquela noite, quando Bela viu Carmem (nascida Lobo) pela primeira vez na vida peitar sua sogra Epifânia (nascida Menezes) — as duas estavam de camisola, desgrenhadas, como bruxas, vociferando acusações, uma culpando a outra pela catástrofe do incêndio nas plantações —, Bela, com toda a tranqüilidade, colocou a pequena Aurora em sua caminha, encheu uma tina de água gelada, levou-a até o pátio enluarado onde Epifânia e Carmem se atracavam, fez pontaria e encharcou as duas até a medula. "Já que foram vocês duas que causaram esse incêndio, com as suas maquinações", disse ela, "é com vocês que temos que começar a apagar o fogo."

Depois desse episódio, o escândalo e a vergonha da família se intensificaram. As chamas malévolas não atraíram apenas bombeiros. Vieram policiais à ilha Cabral, e depois deles soldados, e em seguida Aires e Camões da Gama foram conduzidos, algemados e escoltados, não diretamente à cadeia, mas ao lindo Palácio Bolgatty, situado na ilha do mesmo nome, onde, numa sala imponente e fresca, foram obrigados a ficar ajoelhados, sob a mira de um arma, enquanto um inglês meio calvo, de terno bege, com óculos de lentes grossas e bigodes fartos, olhava pela janela para a laguna de Cochim, as mãos cruzadas atrás das costas, falando como que com seus botões.

"Ninguém, nem mesmo o supremo governo, sabe tudo a respeito da administração do império. A cada ano a Inglaterra envia mais uma leva de recrutas para a linha de fogo, oficialmente denominada Serviço Público Indiano. Esses homens morrem, ou se matam por excesso de trabalho, ou de preocupação, ou por perderem a saúde e as esperanças, tudo isso para que a terra seja protegida da morte e da doença, da fome e da guerra, e algum dia consiga sua autonomia. Isso jamais vai acontecer, mas trata-se de uma idéia atraente, e há homens dispostos a morrer por ela, e ano após ano prossegue a tarefa de ensinar este país a viver direito, através de persuasão, pressão e repressão. Quando se consegue algum progresso, atribui-se todo o mérito aos nativos, enquanto os ingleses dão um passo para trás e enxugam o suor das frontes. Se alguma coisa dá errado, os ingleses dão um passo à frente e assumem a culpa. O excesso desse tipo de benevolência levou muitos nativos a se convencerem de que eles, nativos, têm capacidade de administrar o país, e muitos ingleses sinceros também acreditam nisso, porque a teoria é expressa em belas palavras e nos termos das mais atuais posturas políticas."

"O senhor não tenha nenhuma dúvida quanto à minha gratidão pessoal", Aires foi dizendo, mas um sipaio, um malaialo de baixa estirpe, deu-lhe um tabefe, e ele se calou.

"Nós vamos administrar o país, digam vocês o que disserem", gritou Camões, em tom de desafio. Também ele foi esbofeteado: uma, duas, três vezes. Um filete de sangue escorreu de sua boca.

"Há outros homens que pretendem administrar o país a sua maneira", prosseguiu o inglês, ainda virado para a janela, como se se dirigisse ao porto. "Ou seja, com um pouco de molho de tomate, bem vermelho. É inevitável que existam homens assim em meio a trezentos milhões de pessoas, e se não se tomar cuidado com eles podem ocorrer problemas, até mesmo destruindo o grande ídolo que se chama *Pax Britannica*, o que, segundo o jornal, vive entre Peshawur e o cabo Comorim."

O homem virou-se para eles; era, naturalmente, uma pessoa que eles conheciam bem: um homem culto, com quem Camões já tivera o prazer de conversar sobre as idéias de Wordsworth a respeito da Revolução Francesa, o ''Kubla Khan'' de Coleridge, e os contos quase esquizofrênicos de Kipling sobre os conflitos que ferviam dentro dele entre seu lado indiano e seu lado inglês; um homem com cujas filhas Aires havia dançado no Clube Malabar na ilha Willingdon; um homem que fora recebido no salão de Epifânia. Porém, curiosamente, em seu rosto não se via agora expressão alguma.

Disse ele: ''Na qualidade de residente, como representante do governo britânico, eu, pessoalmente, não me sinto inclinado, nas atuais circunstâncias, a assumir a culpa. Os seus clãs são culpados de incêndio criminoso, perturbação da ordem e assassinato, e portanto, a meu ver, os senhores, ainda que não tenham tido participação direta, são igualmente culpados. Nós — e falo, é claro, em nome das suas autoridades locais — vamos fazê-los pagar muito caro por isso. Os senhores haverão de ver suas famílias muito pouco durante um bom tempo''.

•

Em junho de 1925, os irmãos da Gama foram condenados a quinze anos de prisão. A severidade inusitada da sentença levou alguns a especular que a família estaria sendo punida pelo envolvimento de Francisco no Movimento Pró-Autonomia, ou até mesmo pela ridícula tentativa de Camões de importar a Revolução Soviética; mas para a maioria das pessoas tais especulações se tornaram supérfluas, até mesmo ofensivas, quando vieram à tona os horrores ocorridos nos montes Spice, as provas incontestáveis de que as gangues dos Menezes e dos Lobo haviam perdido a cabeça por completo. Num pomar de cajueiros incendiado foram encontrados os corpos do administrador (um Lobo), sua mulher e suas filhas, amarrados a árvores com arame farpado, queimados vivos, como se fossem hereges. E, nas ruínas fumegantes de uma fértil plantação de cinamomos, os corpos carbonizados de três irmãos Menezes foram achados. Seus braços estavam esticados, e no centro de cada mão um prego havia sido cravado.

Se relato esses fatos de modo tão desajeitado, é porque tremo de vergonha.

A história de minha família está cheia de episódios vexaminosos. Que espécie de família é essa? Isso é *normal*? Será que somos mesmo assim?

Sim, somos assim; não sempre, mas potencialmente. Também somos assim.

Quinze anos: Epifânia desmaiou no tribunal, Carmem chorou, mas Bela permaneceu firme, os olhos secos, o rosto imperturbável. Em seu colo, também Aurora estava calada e muito séria. Muitos homens das famílias Menezes e Lobo, bem como algumas mulheres, foram presos ou condenados; os sobreviventes puseram o rabo entre as pernas e voltaram para Mangalore, sujos de cinza. Depois de sua partida, a casa da ilha Cabral ficou muito silenciosa, mas as paredes, a mobília, os tapetes ainda estavam carregados da eletricidade gerada pelas pessoas que pouco antes ali viviam; havia partes da casa onde essa carga elétrica era tão intensa que quem entrava nelas ficava com os cabelos em pé. O velho casarão foi se desprendendo das lembranças daquela multidão muito lentamente, como se temesse que os maus tempos voltassem. Mas no final a casa relaxou, e a paz e o silêncio começaram a pensar seriamente em se reinstalar ali.

Bela tinha idéias próprias a respeito de como se deveria restabelecer a civilização, e não perdeu tempo em pô-las em prática. Dez dias depois que Aires e Camões foram presos, as autoridades, como se só agora a idéia lhes ocorresse, deram ordem de prisão a Epifânia e Carmem; mas uma semana depois, também sem nenhuma explicação, ambas foram soltas. Durante esses sete dias, munida de uma procuração de Camões — como prisioneiro classe A, ele tinha permissão de receber diariamente suas refeições trazidas de casa, bem como material para escrever, livros, jornais, sabonete, toalhas limpas, e podia enviar para fora da prisão roupas sujas e cartas —, Bela foi ter com os advogados da Companhia Exportadora Gama, que foram nomeados curadores no testamento de Francisco da Gama, e convenceu-os de que era necessário dividir a firma em duas o quanto antes. "É exatamente a situação prevista no testamento", disse ela. "A desarmonia e a cizânia se espalharam por toda parte, trazida pelos parentes afins de Aires, seja direta ou indiretamente, isso não vem ao caso; as circunstâncias deixam claro que é impossível manter a integridade da empresa. Se a Companhia Gama permanecer uma só, a vergonha dessas atrocidades terá o efeito de destruí-la. Se a dividirmos, quem sabe a doença não fica numa metade apenas? Se não vivermos separados, juntos vamos morrer."

Enquanto os advogados preparavam uma proposta para a divisão da firma, Bela voltou à ilha Cabral e dividiu a casa, do porão ao alto do telhado; todos os velhos objetos da família — jogos de cama, talheres, louças — foram sumariamente divorciados, até a última colher de chá, a derradeira fronha, a fotografia final. Com Aurora — a qual tinha então um ano de idade — montada em sua anca, Bela comandava a criadagem; guarda-roupas, cômodas, pufes, cadeiras de palhinha, armações de mosquiteiros feitas de bambu, camas-de-vento para quem gostava de dormir ao ar livre no verão, escarradeiras, penicos de cadeiras-retretes, redes, cálices — tudo foi tirado do lugar; até mesmo as lagartixas nas paredes foram capturadas e redistribuídas irmãmente dos dois lados da divisão central. Examinando as velhas plantas da casa, que já começavam a esfarinhar-se, e atentando escrupulosamente para a distribuição exata de espaço, janelas e varandas, Bela partiu a mansão, com tudo que nela havia, seus pátios e jardins, exatamente ao meio. Mandou colocar pilhas altas de sacos de especiarias ao longo das novas fronteiras, e onde era impossível o uso de tais barreiras — por exemplo, na escada central — traçou riscos brancos no centro e exigiu que tais demarcações fossem respeitadas. Na cozinha, repartiu as panelas e pôs na parede uma tabela de horários que dividia a semana em duas, dia a dia. Também a criadagem foi dividida, e embora quase todos os empregados implorassem para continuar trabalhando para ela, Bela foi de um rigor escrupuloso: uma criada aqui, outra lá; este copeiro aqui, aquele do outro lado da linha de cessar-fogo. "Quanto ao oratório", disse ela a Epifânia e Carmem, que a ouviam estupefatas ao voltar para casa e ver-se diante do *fait accompli* de um novo mundo dividido, "juntamente com as peças de marfim e as imagens de Ganesha, vocês podem ficar com tudo. Nós do nosso lado não temos nenhuma intenção de colecionar elefantes nem de rezar."

•

Nem Epifânia nem Carmem tinham forças, depois dos acontecimentos mais recentes, para fazer frente à determinação furiosa de Bela. "Vocês duas trouxeram o fogo do inferno para esta família", disse-lhes ela. "Nunca mais quero ver as suas caras horrendas. Fiquem na metade que lhes cabe! Contratem seus próprios administradores, ou deixem que o negócio dê com os burros n'água, ou vendam a sua parte, pouco se me dá! A mim só importa que a metade de Camões sobreviva e prospere.''

''Você veio do nada'', disse Epifânia, espirrando, do outro lado de uma barreira de sacos de cardamomo, ''e no nada vai terminar.'' Porém não havia muita convicção em sua voz, e nem ela nem Carmem protestaram quando Bela lhes comunicou que os campos incendiados estavam incluídos na metade delas, e Aires da Gama mandou da prisão uma confissão de derrota. ''Podem partir tudo! Dividam a porcaria toda logo de uma vez.''

Foi assim que Bela, aos vinte e um anos, assumiu o controle dos negócios de seu marido encarcerado; e, apesar das muitas vicissitudes que enfrentou nos anos que se seguiram, soube administrá-los bem. Depois que Camões e Aires foram presos, as terras e armazéns da Companhia Exportadora Gama haviam sido colocados sob a administração pública. Enquanto os advogados preparavam a papelada da partição dos bens, a realidade era que sipaios armados já patrulhavam os montes Spice, e funcionários públicos ocupavam os postos altos da empresa. Bela passou meses arengando, lisonjeando, subornando e flertando para conseguir recuperar o controle da firma. A essa altura, boa parte da clientela, chocada com o escândalo, havia procurado outro fornecedor, ou então, quando ficavam sabendo que a companhia agora estava sob o comando de *uma menininha*, impunham novas condições que oneravam ainda mais as finanças já abaladas da empresa. Bela recebeu muitas ofertas de compra, por preços que correspondiam a um décimo, no máximo um oitavo, do valor real da firma.

Mas ela não a vendeu. Começou a usar calças de homem, camisas sociais de algodão branco e o chapéu de feltro creme de Camões. Foi a todas as plantações, todos os pomares que estavam sob seu controle, e reconquistou a confiança dos empregados apavorados, dentre os quais muitos haviam fugido para salvar a pele. Encontrou administradores dignos de confiança, que os trabalhadores acatariam com respeito, mas sem medo. Com seu encanto pessoal, convenceu os bancos a lhe emprestar dinheiro; por meio de intimidação, fez vários clientes que haviam mudado de fornecedor voltarem atrás; tornou-se mestra em minúcias de contratos. E, por ter conseguido salvar seus cinqüenta por cento da Companhia Exportadora Gama, Bela ganhou um apelido respeitoso: dos salões de Forte Cochim às docas de Ernakulam, do velho Palácio de Bolgatty, onde despachava o residente britânico, até os montes Spice, tornou-se conhecida como a rainha Isabela de Cochim. O apelido não a agradava, embora a admiração que o inspirara lhe proporcionasse muito orgulho. "Pode me chamar de Bela", insistia. "Bela para mim está mais do que bom." Bela era mesmo o nome mais apropriado; porém, mais do que qualquer princesa indiana da região, ela fizera jus a seu título de realeza.

Três anos depois, Aires e Carmem entregaram os pontos, pois àquela altura a metade da empresa que lhes coubera já estava fazendo água. Bela poderia ter comprado sua parte por uma mixaria; mas Camões se recusava a fazer tal coisa com o irmão, de modo que ela acabou pagando o dobro do que valia. E, nos anos que se seguiram, esforçou-se tanto para salvar a metade de Aires quanto havia trabalhado para salvar a sua. Porém o nome mudou; a Companhia Exportadora Gama deixara de existir para sempre. Em seu lugar surgiu a chamada C-50, a Companhia Camões Cinqüenta por Cento Ltda. "Para vocês verem", Bela costumava dizer, "como nesta vida às vezes cinqüenta mais cinqüenta dá cinqüenta." Ou seja: mesmo estando a empresa unida outra vez, graças à reconquista da rainha Isabela, a divisão da família continuava como antes; as barricadas de sacos de especiarias permaneceram em seus lugares. E ali ficariam por muitos anos ainda.

•

Bela não era perfeita; talvez seja este o momento apropriado de dizê-lo. Era alta, bonita, brilhante, corajosa, trabalhadora, poderosa, vitoriosa — porém, senhoras e senhores, a rainha Isabela não era nenhum anjo, não; auréolas e asas não faziam parte de seu guarda-roupa. Durante os anos em que Camões estava na cadeia, ela passou a fumar como um vulcão, foi se tornando cada vez mais desbocada e não moderava seu linguajar nem sequer na presença da filha; de vez em quando bebia a ponto de perder a consciência e ficar esparramada como uma prostituta no chão de um botequim vagabundo; tornou-se tão dura que, ao que parecia, seus métodos comerciais incluíam por vezes sutis ameaças, dirigidas a fornecedores, empreiteiros, concorrentes; e com freqüência, com a maior tranqüilidade, sem nenhuma vergonha, discriminação ou contenção, traía o marido. Despia as roupas de trabalho, colocava um vestido de melindrosa todo orlado de miçangas, punha na cabeça um chapéu *cloche*, dava uns passos de charleston, arregalando os olhos, fazendo beicinho, à frente do espelho do toucador, e, deixando Aurora com a ama, ia para o Clube Malabar. "Até mais, tesouro", dizia, com a voz grave, destruída pelos cigarros. "Mamãe vai caçar tigre." Ou então, dando um pulinho e tossindo forte: "Durma bem, amorzinho; mamãe está precisando de carne de leão".

Anos depois, Aurora da Gama contava essa história para seu círculo de amigos boêmios. "Sabe, eu tinha cinco-seis-sete-oito anos de idade e já era uma mocinha. Se o telefone tocava, eu atendia e dizia: 'Desculpe, mas o papai e o tio Aires estão na cadeia, tia Carmem e vovó estão do outro lado dos sacos fedorentos e não podem passar para o lado de cá, e a mamãe vai passar a noite toda caçando tigre; não quer deixar recado?'."

Enquanto Bela pintava o sete, a pequena Aurora, uma criança solitária, abandonada naquela casa surrealmente dividida, voltava-se para aquele olho interior que é a delícia da solidão; assim, reza a lenda, ela encontrou seu dom. Quando, já adulta, Aurora se encerrou no culto a si própria, seus admiradores gostavam de evocar a imagem da menina sozinha no casarão, escancarando as janelas para que a realidade torrencial da Índia lhe despertasse a alma. (Como o leitor há de perceber, duas épocas diferentes da vida de Aurora se fundiram nessa imagem.) Dizia-se, com admiração, que mesmo quando criança os desenhos que ela fazia nada tinham de infantis; que suas figuras e paisagens eram adultas desde o início. Tratava-se de uma lenda que Aurora nada fazia para desmistificar; talvez até a promovesse, alterando as datas de certos desenhos e destruindo outros. O que provavelmente é verdade é que Aurora se iniciou na arte durante aquelas longas horas que passava sem a mãe; que tinha talento de desenhista e colorista, talvez mesmo o tipo de talento que o olho de um perito teria reconhecido; e que se entregava a seu interesse recém-descoberto em segredo, escondendo seus instrumentos de trabalho e sua obra, de modo que Bela jamais veio a saber da existência dos desenhos da filha.

Obtinha seus materiais na escola, gastava todo o dinheiro que lhe davam em creions, papel, penas para caligrafia, nanquim e jogos de aquarela para crianças; usava carvão da cozinha, e sua ama,

Josy, que sabia de tudo e a ajudava a esconder os blocos de esboços, nunca traiu sua confiança. Foi só depois que foi presa por Epifânia... mas estou avançando demais na minha narrativa. Além do que, há pessoas mais qualificadas do que eu para escrever a respeito do gênio de minha mãe, olhos que vêem com mais clareza o que ela realizou. O que mais me fascina na imagem evanescente da menininha solitária que veio a se tornar minha mãe imortal, minha perseguidora, minha inimiga até depois da morte, é o fato de que ela jamais culpou por seu isolamento o pai que esteve ausente durante toda a sua infância, trancafiado na prisão, nem a mãe que passava os dias cuidando da firma e as noites caçando feras selvagens; pelo contrário, adorava-os, e não permitia que ninguém — eu, por exemplo — fizesse a menor crítica à atuação dos dois como pais.

(Porém sempre ocultou de ambos sua verdadeira natureza. Manteve-a presa dentro de si, até que um dia ela explodiu e revelou-se, como sempre ocorre com tais verdades: porque têm que se revelar.)

•

Epifânia, rezando,

envelhecida, pois quando seus filhos foram presos estava com quarenta e oito anos, mas tinha cinqüenta e sete quando foram soltos após cumprirem nove anos da sentença, *anos que passam como barcos ao longe, meu Deus, como se tivéssemos tempo a perder*, entrava numa espécie de êxtase, um frenesi apocalíptico em que se misturavam e amontoavam culpa, Deus, vaidade e o fim do mundo, *isso não está direito, meu Deus, não está direito eu viver exilada na minha própria casa, sem poder cruzar as linhas brancas daquela maluca*, e coçava as feridas do presente e as do passado, *meus próprios criados, meu Deus, eles não me deixam sair do meu lugar, porque eu também estou presa e eles são meus carcereiros, não posso despedi-los porque não sou eu quem os paga, é ela ela ela, tudo ela, sempre ela, mas eu sei esperar, quem espera sempre alcança, eu espero*, Epifânia em suas orações pedia maldições para os Lobo, *e por que é que me atormentais, meu doce Jesus, minha santa Virgem Maria, me obrigando a viver com a filha daquela raça maldita, aquela coisa estéril que tentei tratar como amiga, por pura ge-*

nerosidade, vede como ela me paga a generosidade, aquela raça de tipógrafos desgraçou minha vida, mas em outras ocasiões as lembranças dos mortos se elevavam e a acusavam, *Senhor, sou uma pecadora, mereço ser escaldada com óleo fervente e queimada com gelo, tem piedade de mim, Mãe de Deus, pois sou a mais vil dos mais vis, salva-me, se for essa Tua vontade, do buraco sem fundo, pois em meu nome e por obra minha coisas más e terríveis foram cometidas na face da terra*, escolhia punições para si própria, *Senhor, hoje resolvi dormir sem mosquiteiro, que eles venham, Senhor, com os ferrões de Vosso castigo, que eles me piquem no meio da noite e chupem meu sangue, que eles me infeccionem, Mãe de Deus, com as febres de Tua ira*, e essa penitência continuou mesmo depois que seus filhos foram soltos, quando ela, tendo perdoado seus próprios pecados, voltou a proteger-se todas as noites com aquelas dobras de névoa, cegamente recusando-se a admitir que, depois de tantos anos de desuso, os mosquiteiros já furados haviam sido devastados pelas traças, *Senhor, meus cabelos caem, o mundo está estragado, meu Deus, e eu estou velha*.

•

E Carmem, em sua cama solitária,

deslizando os dedos ventre abaixo para consolar-se um pouco, enroscando-se em si própria, bebia seu próprio fel e chamava-o mel, caminhava no deserto de si mesma e chamava-o jardim, excitava-se com fantasias em que se via seduzida por marinheiros morenos no banco de trás do Lagonda preto e dourado da família, com acabamento de madeira, ou seduzindo os amantes de Aires no Hispano-Suiza da família, *meu Deus, quantos homens ele não vai encontrar está encontrando já encontrou na prisão*, e noite após noite de insônia acariciava o próprio corpo ossudo enquanto sua juventude se esvaía, vinte e um anos quando Aires foi para a prisão, trinta quando ele saiu, *e ainda intacto, intocável, jamais será tocado, mas não pelos outros, mas estes dedos sabem, ah, eles sabem, ah*; e ensaboada na banheira e suada no bazar ela buscava sua delícia cotidiana, *isso não está direito, Aires marido, Epifânia sogra, tudo devia ser belo; e há beleza a meu redor, o infinito poder de Bela, os caprichos e as possibilidades de sua beleza. Mas eu, eu, eu sou a* Não-Bela. *Nesta casa dominada pela beleza me obrigam a me contemplar, e eis, senhores, eis que sou horrenda, ah, senhoras e senhores, sou, sim*, e fechando os olhos infelizes e curvando as costas Carmem se entregava ao prazer do nojo, *esfolem-me, esfolem-me, arranquem toda minha pele e deixem-me começar outra vez, sem raça, sem nome, sem sexo, ah que os pistácios apodreçam nas cascas, ah que as pimentas murchem no sol, que queimem, que queimem, aaah*, e depois explodia em lágrimas e se encolhia sob os lençóis enquanto os mortos incendiados a cercavam e urravam: *vingança*.

•

Quando Aurora da Gama completou dez anos de idade, o nortista com sotaque de Uttar Pradesh — o homem do *charrakh-choo*, das mágicas, do acordeão — lhe perguntou: ''O que é que você mais quer no mundo?''. Antes mesmo que a menina respondesse, seu desejo foi realizado. Uma lancha fez soar sua sirene na laguna e aproximou-se do cais da ilha Cabral; nela, tendo recebido livramento condicional seis anos antes de terminarem suas sentenças, vinham Aires e Camões, *só pele e ossos*, como a mãe deles gritou, deliciada. Estavam voltando para casa, acenando com um gesto débil, sorrindo o mesmo sorriso: o sorriso ávido e inseguro do prisioneiro recém-solto.

Vovô Camões e vovó Bela abraçaram-se no cais. "Mandei passar e aprontar para você o seu safári mais horroroso", disse ela. "Vá logo se embrulhar para presente e depois se entregue àquela aniversariante que está com um sorriso maior do que a cara dela. Veja só, já está comprida feito uma árvore, tentando reconhecer o pai."

Sinto o amor daqueles dois chegando até mim, atravessando a distância de tantos anos; tão grande o amor, e tão pouco o tempo que passaram juntos. (Sim, insisto: apesar de toda a galinhagem de Bela, o que havia entre ela e Camões era mesmo amor de verdade.) Ouço Bela tossindo no momento em que leva Camões até Aurora, sinto aquelas tosses ásperas e fundas machucar-me a garganta, como se fossem minhas. ''Excesso de cigarro'', explicou ela, engasgada. ''Vício.'' E, mentindo, para não estragar o espírito de festa: ''Vou parar''.

Atendendo a um pedido discreto de Camões — ''Esta família passou o diabo, agora é hora de começar a curar as feridas'' —

Bela removeu as barreiras que mantinham Epifânia e Carmem isoladas. Por Camões ela abandonou, da noite para o dia e para sempre, seus hábitos dissolutos e promíscuos. A pedido de Camões, permitiu que Aires atuasse ao lado dos dois na diretoria da empresa da família, embora a possibilidade de ele comprar uma parte da companhia nem sequer se colocasse, dado o fato de que ele estava sem dinheiro. Creio, e quero crer, que os dois sabiam amar muito bem, Bela e Camões, que a timidez suave dele e a fome voluptuosa dela se entendiam perfeitamente; que durante aqueles parcos três anos que transcorreram após a libertação de Camões eles se satisfaziam mutuamente, e dormiam felizes um nos braços do outro.

Mas por três anos ela tossiu, e embora o impacto de tudo que acontecera tivesse transformado a casa reunificada num lugar onde todos pisavam em ovos, sua filha percebeu tudo. "E mesmo antes de ouvirem a morte nos pulmões de Bela elas já sabiam, aquelas bruxas", disse-me minha mãe. "Sabia que aquelas desgraçadas estavam só esperando. Uma vez dividida, sempre dividida; naquela casa, a luta só terminava com sangue."

Quando, uma noite, pouco depois da volta dos irmãos, a família se reuniu, a pedido de Camões, na grande sala de jantar, que havia tanto tempo não era usada, diante dos retratos dos ancestrais, para uma refeição de reconciliação, foram os pulmões de Bela que estragaram tudo; pois, quando Bela cuspiu sangue numa escarradeira cromada, Epifânia, sentada à cabeceira, envolta numa mantilha de renda negra, comentou: "Pelo visto, agora que o dinheiro é todo seu, você não precisa mais ter boas maneiras". Então começaram as recriminações, as explosões, até que a trégua tensa se reinstaurou; mas a família não voltou a se reunir na sala de jantar.

Ela acordava tossindo, e tossia terrivelmente antes de dormir. As tosses a despertavam no meio da noite, e ela perambulava pela velha casa, escancarando as janelas... porém, dois meses após seu retorno, foi Camões quem acordou e viu que ela tossia enquanto dormia um sono febril, babando sangue. O diagnóstico foi tuberculose nos dois pulmões, uma doença que na época era muito mais perigosa do que agora; era necessário que ela reduzisse de modo drástico suas atividades profissionais. "Porra, Camões", resmungava ela, "se você foder com tudo que eu já desfodi para você uma vez, é melhor rezar para eu estar viva e poder desfoder tudo pela segunda vez.'' Ao ouvir isso, aquela alma suave não conseguiu mais conter sua ansiedade; debulhou-se em lágrimas, ardendo de amor.

E Aires, ao voltar, também havia encontrado sua esposa mudada. Carmem entrou no quarto dele na primeira noite e disse: ''Se você não largar esta vida de vergonha e escândalo, Aires, eu mato você quando você estiver dormindo''. Ele respondeu com uma mesura profunda, o gesto de um dândi do século XVII, esboçando um floreio rebuscado com a mão direita e avançando o pé direito, entortando-o num ângulo delicioso; ela saiu. Aires não largou suas aventuras, porém tornou-se mais circunspecto; só se arriscava à tarde, num apartamento alugado em Ernakulam, com um ventilador lento no teto, paredes azul-claras, nuas e descascadas, um banheiro onde havia um chuveiro acionado por bomba e uma privada de agachar-se, e uma cama-de-vento cuja lona ele trocara, não apenas por higiene como também para torná-la mais resistente. A luz do dia atravessava as finas ripas de bambu da persiana e riscava o corpo de Aires e o do outro, e os gritos do mercado chegavam a seus ouvidos misturados com os gemidos do amante.

À noite Aires jogava bridge no Clube Malabar, onde sempre havia quem pudesse testemunhar que o tinha visto, ou então ficava quieto em casa. Comprou cadeados para pôr em sua porta e um buldogue inglês, ao qual deu o nome — para provocar Camões — de Jawaharlal. Saíra da prisão mais anti-Congresso e anti-independência do que nunca, e passou a escrever cartas veementes às redações dos jornais, defendendo a chamada alternativa liberal. ''Quanto a esta política equivocada de expulsar nossos governantes'', trovejava ele, ''o que há de acontecer se ela tiver sucesso? Onde estão, na Índia, as instituições democráticas que substituirão a mão britânica, a qual — e isso afirmo com base em minha experiência pessoal — é benevolente mesmo quando nos castiga por nossas travessuras infantis?'' Quando o diretor liberal do jornal *Leader*, o senhor Chintamani, afirmou que era melhor para a Índia ''submeter-se ao atual governo inconstitucional do que ao governo mais reacionário e ainda mais inconstitucional que virá no futuro'', meu tio-avô Aires escreveu uma carta na qual exclamava: ''Bravo!''. E, quando outro liberal, sir P. S. Sivaswamy Iyer, argumentou que ''ao defender a convocação de uma assembléia constituinte, o Congresso confia demais na sabedoria das multidões e faz pouca justiça à sinceridade e à capacidade dos homens que participaram das diversas Conferências da Mesa-Redonda; duvido muito que a assembléia constituinte possa sair-se melhor do que eles", Aires da Gama mandou uma carta de parabéns: "Concordo em gênero, número e grau! Na Índia, o homem comum sempre curvou-se diante dos homens de qualidade — das pessoas bem criadas e instruídas!".

Bela foi enfrentá-lo no cais na manhã seguinte. O rosto pálido, os olhos vermelhos, estava envolta em xales, mas fez questão de levar Camões até a lancha da família que o levaria ao trabalho. Quando os irmãos embarcaram, ela brandiu o jornal daquele dia no rosto de Aires. "Nesta casa todos são bem criados e instruídos", disse Bela, bem alto, "e no entanto nos comportamos como cães."

"Nós, não", disse Aires da Gama. "É essa parentada pobre e ignorante, por quem já sofri demais; não tenho mais nenhum sentimento de culpa pelo que eles fizeram. Ah, pare de latir, Jawaharlal; pare, vamos."

Camões ficou vermelho, mas conteve-se, pensando no senhor Nehru na prisão de Alipore, em tantos homens e mulheres de valor em prisões distantes. Passava a noite em claro com Bela, que tossia sem parar, enxugando-lhe os olhos e os lábios, pondo-lhe na testa compressas frias, e cochichando-lhe coisas sobre *o nascimento de um novo mundo, Bela, um país livre, Bela, acima das religiões por ser secular, acima das classes por ser socialista, acima das castas por ser esclarecido, acima dos ódios por saber amar, acima das vinganças por saber perdoar, acima das tribos por saber unificar, acima dos idiomas por falá-los todos, acima das cores por ser multicolorido, acima da miséria por tê-la derrotado, acima da ignorância por ser letrado, acima da estupidez por ser brilhante, liberdade, Bela, o expresso da liberdade, breve nos veremos naquela plataforma aplaudindo a chegada do trem*, e enquanto ele lhe falava de seus sonhos Bela adormecia e era assombrada pelos espectros da desolação e da guerra.

Quando ela dormia, Camões lhe recitava poemas, contemplando-lhe o vulto mergulhado no sono:

Por ora afasta-te do aprazível,
Respira fundo, vai, e enfrenta a dor,

e dirigia-se tanto à esposa quanto aos prisioneiros, a toda aquela terra aprisionada; debruçava-se aterrado sobre o corpo doente e adormecido da mulher e lançava ao vento sua esperança, seu amor e sua angústia:

Trabalho findo, será morto o erro;
É grande a Verdade, e há de vencer,
Ainda que viva agora no desterro.

Não era tuberculose, ou não era só tuberculose. Em 1937, Isabela Ximena da Gama, nascida Souza, com apenas trinta e três anos, recebeu o diagnóstico de câncer pulmonar, em estado avançado — terminal. Sua agonia foi rápida e dolorosíssima; ela clamava contra o inimigo que lhe dilacerava o corpo, gritava seu ódio selvagem pela morte que chegava tão cedo e agia de modo tão indesculpável. Numa manhã de domingo, quando se ouviam sinos de igreja vindo do outro lado da laguna e havia fumaça no ar, com Aurora e Camões a seu lado, Isabela disse, virando o rosto para o sol que jorrava dentro do quarto: *Lembrem da história do Cid Campeador da Espanha, também ele amou uma mulher chamada Ximena.*

Sim, nós lembramos.

E quando estava ferido de morte disse a ela que amarrasse seu cadáver ao cavalo e o reconduzisse ao campo de batalha, para que o inimigo visse que ele ainda estava vivo.

Sim, mãe. Sim, meu amor.

Então amarre meu corpo a um riquixá ou um carro puxado por camelo ou burro ou boi ou uma porra qualquer, algum meio de transporte, mas pelo amor de deus que não seja puxado por um elefante, está bem? Porque o inimigo está próximo, e nesta história triste Ximena é que é o Cid.

Está bem, mãe.

[*Morre.*]

4

Na minha família, sempre achamos o ar do mundo difícil de respirar; chegamos imaginando encontrar coisa melhor.

E eu, a esta altura dos acontecimentos? Vou indo, obrigado por perguntar; se bem que velho, velho, velho antes do tempo. Pode-se dizer que vivi depressa demais, que — como um maratonista que cai exausto de repente por não ter sabido dosar a velocidade, como um astronauta que morre sufocado por ter dançado com excesso de empolgação na superfície da Lua — nos meus anos de superaquecimento gastei a quantidade de ar de que um homem dispõe para toda sua existência. Ó mouro pródigo! Gastar, em apenas trinta e seis anos de vida, o que deveria durar setenta e dois. (Em defesa própria, porém, devo dizer que não tive muita escolha.)

Assim, há uma dificuldade, porém eu a supero. À noite quase sempre ouço barulhos, o coaxar e o mugido de feras fantásticas, brotadas das selvas de meus pulmões. Acordo engasgado e, pesado de sono, agarro punhados de ar e enfio-os na boca, em vão. Ainda assim, é mais fácil inspirar que expirar. Tal como é mais fácil absorver o que a vida oferece do que exalar os resultados dessa absorção. Como é mais fácil levar um soco do que revidar. Não obstante, embora piando e chiando, acabo conseguindo expirar. Isso me é motivo de orgulho; não nego às minhas próprias costas um tapinha animador.

Nesses momentos me transformo em minha própria respiração. As poucas forças do meu eu que ainda restam se concentram no mau funcionamento do meu peito: os atos de tossir e engolir ar, como um peixe. Sou o que respiro. Sou o que começou há muito tempo com um grito exalado, o que vai concluir quando um espelho levado a meus lábios não ficar embaçado. Não é o pensamento que faz de nós o que somos, e sim o ar. *Suspiro ergo sum*. Suspiro, logo existo. O latim, como sempre, diz a verdade: *suspirare* = *sub*, "sob", + *spirare* = "respirar".

Suspiro: sub-respiro.

No início, e até o fim, era e é o pulmão: divino aflato, primeiro vagido do bebê, ar moldado pela fala, baforadas de riso em *staccato*, árias exaltadas, gemidos contentes de amor, lamento de enamorado infeliz, resmungo de avarento, grasnido de velha coroca, fedor de doente, sussurro de moribundo, e depois, depois, o vácuo silencioso.

Um suspiro não é apenas um suspiro. Inalamos o mundo e exalamos significados. Enquanto podemos. Enquanto podemos.

— *Respiramos luz* — cantarolam as árvores. Aqui, no final da viagem, neste lugar de oliveiras e lápides, a vegetação resolveu conversar. *Respiramos luz*, pois sim; muito interessante. São da variedade "El Greco", estas oliveiras faladeiras; o nome é apropriado, uma homenagem àquele grego que respirava ar e aspirava a Deus.

Doravante farei ouvidos de mercador para estas folhagens palradeiras, com sua metafísica arbórea, sua clorofilosofia. Minha árvore genealógica me diz tudo que preciso ouvir.

•

Estive morando num capricho arquitetônico: a fortaleza de Vasco Miranda, com torre e tudo, na aldeia de Benengeli, que do alto de um morro pardacento contempla uma planície que sonha, em miragens refulgentes, ser um mar mediterrâneo. Também eu andei sonhando, e pela estreita seteira de minha habitação via não o Sul da Espanha, mas o da Índia; e buscava, apesar dos longes do tempo e do espaço, voltar àquela idade das trevas entre a morte de Bela e a entrada em cena de meu pai. Por essa passagem fina, essa rachadura estreita no tempo, vejo Epifânia Menezes da Gama, ajoelhada, rezando, no oratório que é como um lago dourado na escuridão da escadaria. Pisquei, e então surgiu uma lembrança de Bela. Um dia, pouco depois de sair da cadeia, Camões desceu para o café da manhã com seu *khaddar* de algodão cru; Aires, que se redandificara, ria com a boca cheia de *kedgeree*. Após o desjejum, Bela chamou Camões para um canto. "Querido, tire esta fantasia'', disse ela. ''Nossa contribuição ao esforço nacional é administrar direitinho nossa empresa e cuidar de nossos empregados, e não andar vestidos como moleques de recados.'' Mas dessa vez Camões foi inflexível. Tal como ela, era a favor de Nehru, e não de Gandhi — a favor do comércio, da tecnologia, do progresso, da modernidade; a favor da cidade e contra todas aquelas baboseiras sentimentais de cada um tecer suas próprias roupas de algodão e viajar de trem na terceira classe. Porém gostava de algodão cru. Para trocar de senhor, troque de roupa. ''Está bem, *bapuji*'', disse ela, provocando-o. ''Mas não pense que vou deixar de usar calças; só se for para pôr um vestido de baile bem sensual.''

Vi Epifânia rezando e dei graças pelo fato de, por algum feliz acaso que na época parecia a coisa mais natural do mundo, meus pais terem se curado da religião. (Onde está o remédio, o antídoto antiágua benta? Vamos engarrafá-lo e distribuí-lo pelo mundo afora!) Olhei para Camões, com seu *jibba* de algodão, e lembrei-me de que uma vez, sem Bela, ele atravessou as montanhas e foi até a cidadezinha de Malgudi, à margem do rio Sarayu, só porque o Mahatma Gandhi ia falar lá: isso apesar de ser nehruísta. Anotou em seu diário:

*No meio daquela enorme multidão sentada nas areias do Sarayu, eu era apenas mais um grão de areia. Havia muitos voluntários vestidos de algodão branco em torno da plataforma. O pé cromado do microfone reluzia ao sol. Aqui e ali viam-se policiais, dispersos. Gente enxerida zanzava de um lado para o outro pedindo a todos que ficassem calmos e calados. As pessoas obedeciam... O rio fluía, farfalhavam as folhas das figueiras e dos pipais gigantescos às margens; da multidão paciente vinha um murmúrio contínuo, a toda hora interrompido pelo pipocar de tampas de garrafas de gasosa; fatias longitudinais de pepino, em forma de crescente, temperadas com uma casca de limão mergulhada em sal, desapareciam da bandeja de madeira de um vendedor que anunciava, num tom contido (*sinal de respeito pelo grande homem que estava para chegar*): ''Pepinos para a sede, o melhor que há para a sede''. Trazia enrolada na cabeça uma toalha turca verde, para proteger-se do sol.*

Então Gandhi chegou e fez todos baterem palmas de modo ritmado, com as mãos no alto da cabeça, e cantar seu *dhun* favorito:

Raghupati Raghava Raja Ram
Patitha pavana Sita Ram
Ishwara Allah tera nam
Sabko Sanmati dé Bhagwan.

Depois cantaram *Jai Krishna, Hare Krishna, Jai Govind, Hare Govind*, e *Samb Sadashiv Samb Sadashiv Samb Sadashiv Samb Shiva Har Har Har Har*. "Depois de tudo isso", disse Camões a Bela quando voltou, "não ouvi mais nada. Eu vira a beleza da Índia naquela multidão que tomava gasosa e comia pepinos, mas quando começou essa história de Deus fiquei com medo. Na cidade somos a favor da Índia secular, mas a aldeia é a favor de Rama. E dizem *Ishwar e Alá é teu nome*, mas isso é da boca para fora, no fundo se referem apenas a Ram, Rama, rei do clã Raghu, purificador de pecados, juntamente com Sita. Meu medo é que no final a gente das aldeias invada as cidades, de modo que pessoas como nós vamos ter que trancar nossas portas, e então os aldeãos vão a-Ram-bá-las."

5

Algumas semanas após a morte de sua esposa, Camões da Gama passou a encontrar arranhões misteriosos em seu corpo ao acordar de manhã. Primeiro foi um no pescoço, na nuca mais exatamente, e quem o viu foi — logo quem! — sua filha; depois, três riscos paralelos na nádega direita, e depois um no rosto, junto ao cavanhaque. Ao mesmo tempo, Bela começou a aparecer em seus sonhos, nua e exigente, de modo que ele acordava chorando, porque mesmo no momento em que fazia amor com ela em sonhos sabia que aquilo não era realidade. Mas os arranhões eram de verdade e, embora ele não dissesse nada a Aurora, a sensação de que Bela havia voltado tinha a ver tanto com essas marcas de amor quanto com as janelas abertas e o sumiço das estatuetas de elefantes.

Seu irmão Aires adotou uma hipótese mais prosaica para explicar o mistério do desaparecimento dos marfins e dos Ganeshas. Reuniu a criadagem no pátio principal, à sombra do pipal cujo tronco era pintado de branco até a metade, e no calor da tarde passou em revista os criados, com seu panamá, sua camisa sem colarinho, suas calças de brim branco e seus suspensórios vermelhos, dizendo aos gritos que um deles era um ladrão. Os empregados — jardineiros, barqueiros, varredores, limpadores de latrinas — todos o encaravam enfileirados, suando de pavor, com um sorriso servil de medo nos lábios, enquanto Jawaharlal, o buldogue, rosnava um rosnado grave, e Aires, o senhor, zombava deles com apelidos.

''Quem é que vai falar aqui?'', perguntava. ''Gokhale, o *Calado*, você? Nallapa, o *Lorpa*, você? Karampal, o *Cara-Pálida*? Vamos lá, falem!'' E chamou os dois factótuns de *Cara de Um* e *Fo-*

cinho de Outro, dando um tabefe em cada um, e distribuiu cutucadas nos peitos dos jardineiros, chamando-os de *Caju*, *Pistácio*, *Cardamomão* e *Cardamominho*, e os limpadores de latrina — os quais, naturalmente, ele se recusou a tocar — eram *Popô* e *Pipi*.

Aurora veio correndo quando soube do que estava acontecendo, e pela primeira vez na vida teve vergonha dos criados, não conseguia encará-los nos olhos; virou-se para os seus (pois Epifânia impassível, Carmem de coração gelado, e até mesmo Camões — constrangido porém, verdade seja dita, inerte — tinham vindo presenciar as técnicas inquisitoriais de Aires) e, com um grito agudo ascendente, confessou: *Não-foram-eles-fui-EU*.

"O quê?", Aires gritou também, irônico, incomodado: o torturador cujo prazer é interrompido. "Fale mais alto, não ouvi uma palavra."

"Pare de maltratá-los", urrava Aurora. "Eles não fizeram nada; não foram eles que pegaram essas porcarias de elefantes e as porcarias das presas deles. Fui eu."

Seu pai ficou pálido. "Minha filhinha, mas por quê?" O buldogue latiu e exibiu as gengivas.

"Não me chame de filhinha", replicou ela, desafiando até o pai. "Era o que minha mãe sempre teve vontade de fazer. O senhor vai ver: de agora em diante estou no lugar dela. E tio Aires, por falar nisso, deixe preso esse cachorro maluco. Eu tenho um apelido para ele, um que ele merece mesmo: *Jojó*, esse vira-lata que ladra mas não morde." E virou-se, de cabeça empinada, e foi-se embora, deixando a família boquiaberta: como se tivessem visto de fato um avatar, uma reencarnação, o fantasma de sua mãe redivivo.

•

Mas foi Aurora quem ficou presa; de castigo, ficou trancada no seu quarto, submetida a uma dieta de arroz com água, por uma semana. Porém, comidas e bebidas — *idli* e *sambar*, e também "costeletas" de carne moída com batata, peixe à milanesa, camarão temperado, geléia de banana, caramelo, gasosa — eram levadas a seu quarto em segredo por sua querida Josy; e a velha ama também lhe trazia escondido tudo de que ela necessitava — carvão, pincéis, tintas — para tornar público seu eu interior, coisa que ela decidiu fazer nesse momento, o momento em que verdadeiramente Aurora se tornou adulta. Durante toda aquela semana ela trabalhou, parando apenas para dormir. Quando Camões veio a sua porta, ela o mandou embora, dizendo que suportaria o silêncio sozinha, que não precisava da ajuda de um pai ex-presidiário que não era capaz de brigar para manter sua própria filha fora da cadeia; e ele abaixou a cabeça e obedeceu.

No final do seu período de prisão domiciliar, porém, Aurora convidou seu pai a entrar no quarto, de modo que Camões foi a segunda pessoa no mundo a conhecer sua obra. Todas as paredes, e até mesmo o teto do quarto, pululavam de figuras, humanas e animalescas, reais e imaginárias, traçadas com uma linha negra que se transformava constantemente, que aqui e ali se enchia de grandes massas de cor, o vermelho da terra, o roxo e o escarlate do céu, as quarenta nuances do verde; uma linha tão musculosa e livre, tão vibrante, tão violenta que Camões, o coração de pai estourando de orgulho, deu por si dizendo: "Mas é o grande enxame da vida". E, à medida que se acostumava com o universo recém-revelado da filha, começou a ver suas visões: ela havia estampado a história nas paredes, o rei Gondofares convidando o apóstolo são Tomé à Índia; e, no Norte, o imperador Asoka e seus Pilares da Lei, e as pessoas fazendo fila para apertar as costas contra os pilares para ver se conseguiam segurar uma mão com a outra atrás, o que dava sorte; e reproduções de entalhes eróticos, cujos detalhes explícitos faziam Camões corar, e da construção do Taj Mahal, após a qual, Aurora mostrava sem pejo, os mestres pedreiros foram mutilados, tiveram suas mãos amputadas, para que jamais viessem a construir algo mais grandioso; e para representar o Sul, sua própria terra, ela escolhera a batalha de Srirangapatnam e a espada de Tipu Sultan e a fortaleza mágica de Golconda, onde uma pessoa falando em tom normal na casa do porteiro é ouvida claramente na cidadela, e a vinda dos judeus, há muito tempo atrás. Também a história moderna aparecia, cadeias cheias de homens exaltados, membros do Congresso e da Liga Muçulmana. Nehru Gandhi Jinnah Patel Bose Azad, e soldados britânicos sussurrando que a guerra estava próxima a estourar; e, além do âmbito da história, havia criaturas da fantasia de Aurora, seres híbridos, meio mulher, meio tigre, meio homem, meio cobra, monstros marinhos e demônios das montanhas. Lugar de honra era reservado para Vasco da Gama, pisando solo indiano pela primeira vez, farejando o ar, procurando tudo que fosse temperado, apimentado e lucrativo.

Camões começou a distinguir retratos de membros da família, retratos não apenas dos vivos e dos mortos mas também dos que jamais nasceram — por exemplo, dos irmãos que ela não tivera, formando um grupo muito sério em volta de sua falecida mãe, junto a um piano de cauda. Surpreendeu-se ao ver a imagem de Aires da Gama nu em pêlo, no cais do porto, seu corpo emitindo luz, cercado de vultos escuros; e abalou-se com a paródia da Última Ceia em que os criados da família, sentados à mesa de jantar, comiam e bebiam à tripa forra, sob o olhar dos ancestrais, esfarrapados nos retratos, servidos pelos da Gama, que lhes traziam pratos e ofereciam vinhos e eram maltratados — um criado beliscava o traseiro de Carmem, um jardineiro bêbado chutava a bunda de Epifânia; porém nesse ponto o fluxo torrencial da composição atraiu sua vista para mais adiante, afastando-o do individual, fazendo-o mergulhar na multidão, pois além e no meio e acima e abaixo da família via-se a massa densa, a turba sem fronteiras; Aurora compusera sua obra gigantesca de tal modo que as imagens de seus familiares tinham que se esforçar para sobressair em meio a essa hiperabundância de imagens, como se quisesse dizer que a privacidade da ilha Cabral era uma ilusão e a verdade era essa montanha, essa colmeia, essa linha de humanidade, a metamorfosear-se infinitamente; e onde quer que olhasse Camões via a raiva das mulheres, a fraqueza e a submissão atormentada dos homens, a ambivalência sexual das crianças, os rostos passivos e resignados dos mortos. Camões queria saber de que modo sua filha ficara sabendo de todas essas coisas; sentindo na boca o gosto amargo de seu fracasso como pai ele se perguntava como poderia ela, em tão tenra idade, saber tanto da raiva e da dor e das decepções do mundo e ter provado tão pouco de suas delícias; *quando você aprender a felicidade*, ele queria dizer, *só então seu dom estará completo*, mas ela já sabia tanto que Camões não tinha coragem de falar, as palavras lhe fugiam, assustadas.

Apenas Deus estava ausente, pois por mais que perscrutasse as paredes, mesmo depois de subir numa escada e examinar o teto, Camões não conseguiu encontrar a figura de Cristo, na cruz ou fora dela, nem qualquer outra representação de qualquer outra divindade, espírito das árvores ou das águas, anjo, demônio ou santo.

E tudo isso tinha como cenário uma paisagem que fazia Camões estremecer, porque era a própria Mãe Índia, com sua vulgaridade e seu movimento incessante, a Mãe Índia que amava e traía e devorava e destruía e depois amava mais uma vez seus filhos, com quem seus filhos comungavam e brigavam apaixonadamente mesmo depois da morte; que se estendia sobre as montanhas altas como interjeições da alma, e se espraiava por rios imensos cheios de piedade e doenças, e se expandia em planaltos ásperos assolados pela seca onde homens furavam a terra estéril com picaretas; a Mãe Índia com seus oceanos e coqueiros e arrozais e bois nos poços, e grous nas copas das árvores com pescoços em forma de cabides, e milhafres descrevendo círculos nas alturas, e mainás imitando vozes alheias, e a brutalidade dos corvos de bico amarelo, uma Mãe Índia protéica que por vezes virava monstro, que podia ser um verme surgindo do mar com o rosto de Epifânia na extremidade do pescoço comprido e coberto de escamas; que por vezes virava uma assassina vesga com línguas de Kali, dançando enquanto milhares morriam; mas acima de tudo, no centro exato do teto, no ponto onde convergiam as linhas da cornucópia, a Mãe Índia com o rosto de Bela. A rainha Isabela era a única deusa-mãe ali, e estava morta; no cerne dessa primeira e imensa manifestação do talento artístico de Aurora se encontrava a tragédia simples de sua perda, a dor jamais atenuada da filha que ficou sem mãe. O quarto era a expressão de seu luto.

Camões, compreendendo, abraçou-a, e juntos choraram.

•

Sim, mãe; também você já foi filha um dia. Deram-lhe a vida, e você a levou de volta... Minha história é uma história de violência, muitas mortes súbitas, suicídios e outros cídios. Fogo, água e doença desempenham seus papéis ao lado — não, *em torno e dentro* — dos seres humanos.

Na noite de Natal de 1938, dezessete Natais depois do dia em que Camões trouxe para casa Isabela Souza, aos dezessete anos, para apresentá-la à família, a filha deles, minha mãe Aurora da Gama, acordou com cólicas menstruais e não conseguiu voltar a dormir. Foi ao banheiro e cuidou-se tal como fora instruída pela velha Josy, com algodão e gaze e um comprido cadarço de pijama para manter tudo no lugar... assim, devidamente amarrada, deitou-se no chão de ladrilhos brancos e, enrodilhada como um feto, lutou contra a dor. Algum tempo depois a dor diminuiu. Ela resolveu ir até o jardim e banhar seu corpo dolorido no milagre reluzente e despreocupado da Via Láctea. *Estrelinha, estrelinha...* Olhamos para o céu na esperança de que as estrelas estejam olhando para nós, rezamos pedindo estrelas que nos indiquem o caminho, estrelas que singrem os céus em direção a nosso destino, mas é tudo fruto de nossa vaidade. Olhamos para a galáxia e nos apaixonamos, mas o universo se importa menos conosco do que nós com ele, e as estrelas permanecem em suas trajetórias por mais que desejemos o contrário. É bem verdade que quem passa algum tempo contemplando a roda do céu a girar acaba vendo um meteoro caindo, uma chama que se acende e logo se apaga. Não é estrela que se possa seguir; é só um pedregulho azarado. Nossos destinos estão mesmo é aqui na Terra. Não há estrelas para nos guiar.

Mais de um ano se passara desde o incidente das janelas abertas, e naquela noite a casa da ilha Cabral dormia numa espécie de trégua. Aurora, crescida demais para acreditar em Papai Noel, pôs um xale leve sobre a camisola, contornou o vulto adormecido da ama Josy sobre o tapete junto à porta, e seguiu descalça pelo corredor.

(O Natal, essa invenção do Norte, história de neve e meias, fogueiras alegres e renas, canções em latim e *O Tannenbaum*, pinheiros e são Nicolau com seus anõezinhos "ajudantes", no calor dos trópicos recupera algo de seu sentido original, pois independente do que mais o Menino Jesus tenha ou não tenha sido, era sem dúvida um bebê encalorado; por mais pobre que fosse sua manjedoura, fria ela não era; e se os Reis Magos vieram seguindo (imprudentemente, conforme observei) uma estrela, eles vieram, não esqueçamos, do Oriente. Em Forte Cochim, as famílias inglesas armaram árvores de Natal com algodão nos galhos; na igreja de são Francisco — que na época era anglicana, embora agora não o seja mais — o jovem reverendo Mortimer d'Aeth já realizou o culto cantado anual; e há tortas de frutas e copos de leite à espera do bom velhinho, e amanhã vai haver peru na mesa, sim, com dois tipos de recheio, até mesmo couve-de-bruxelas. Mas há muitos cristianismos aqui em Cochim, há católicos, ortodoxos sírios e nestorianos, há missas do galo em que o incenso chega a sufocar, há sacerdotes com treze cruzes nos chapéus simbolizando Jesus e os Apóstolos, há guerras entre as seitas, católicos romanos versus sírios, e *todos* concordam que os nestorianos não são cristãos de verdade, e todos esses natais conflitantes também estão sendo preparados. Na casa da ilha Cabral quem manda é o papa. Aqui não há árvore de Natal, e sim um berço. José podia ser um carpinteiro de Ernakulam, e Maria uma mulher das plantações de chá, e os bois são búfalos, e todos os membros da Sagrada Família têm (cruzes!) pele escura. Não se dão presentes. Para Epifânia da Gama, o Natal é o dia de Jesus. Os presentes — e mesmo esta família não muito amorosa troca presentes — são reservados para a véspera do Dia de Reis, a noite do ouro, incenso e mirra. Nesta casa, ninguém vai descer chaminé alguma...)

Aurora chegou ao alto da escadaria e viu que as portas do oratório estavam abertas; o oratório estava iluminado, e a luz que dele saía era como um pequeno sol dourado na escuridão da escada. Aurora avançou com passos silenciosos e olhou lá dentro. Um vulto pequeno, com a cabeça coberta por uma mantilha de renda negra, estava ajoelhado diante do altar. Aurora ouvia os estalidos das contas de rubi do rosário de Epifânia. Não querendo que a matriarca se desse conta de sua presença, a menina foi saindo do oratório, andando de costas. Nesse exato momento, sem fazer o menor ruído, Epifânia Menezes da Gama caiu para o lado e ficou imóvel.

"*Um dia desses você inda vai me matificar do coração.*"

"*Quem espera sempre alcança. Eu espero.*"

De que modo Aurora se aproximou de sua avó caída? Teria ela, neta amorosa, corrido até a anciã, levando a mão trêmula a seus lábios?

Aurora avançou lentamente, em círculos, roçando as paredes do oratório, aproximando-se do vulto imóvel com passos lentos e calculados.

Ela gritou, bateu o gongo (havia um gongo no oratório) ou tentou de algum outro modo pedir socorro?

Não.

Talvez não adiantasse mais fazer nada; talvez já estivesse claro que nada podia ser feito por Epifânia: que a morte fora rápida e indolor?

Quando Aurora chegou a Epifânia, viu que a mão do rosário ainda se contorcia, apertando fracamente as contas; que os olhos da velha estavam abertos, e demonstravam reconhecê-la;

que os lábios da velha moviam-se com esforço, embora não se ouvisse palavra.

E, ao ver que sua avó ainda estava viva, Aurora tentou fazer alguma coisa para salvá-la?

Ela hesitou.

E após hesitar? É bem verdade que era ainda uma garota; uma certa paralisia poderia ser atribuída à sensação de pânico e perdoada se, após hesitar, ela rapidamente fosse acordar a família, de modo que todos viessem acudir... Não foi o que ela fez?

Após hesitar, Aurora deu dois passos para trás, sentou-se, de pernas cruzadas, no chão, e ficou olhando.

Não sentiu piedade, vergonha, medo?

Estava preocupada, é bem verdade. Se o ataque sofrido por Epifânia acabasse não sendo mortal, então seu comportamento seria reprovado; até mesmo seu pai se irritaria com ela. Isso Aurora sabia.

Só isso?

Temia que a descobrissem; por isso fechou as portas do oratório.

Nesse caso, então por que não ir até o fim — soprar as velas e apagar as luzes elétricas?

Era preciso deixar tudo tal como fora deixado por Epifânia.

Então foi um assassinato a sangue-frio. Um crime calculado.

Se existe assassinato por omissão, sim. Se Epifânia havia sofrido um ataque tão devastador que teria sido impossível sobreviver, não. A questão permanece em aberto.

Epifânia morreu?

Depois de uma hora, sua boca mexeu-se pela última vez; seus olhos novamente se voltaram para a neta. A qual aproximou o ouvido dos lábios da moribunda, e ouviu a maldição de sua avó.

E a assassina? Ou, para ser mais justo: a talvez-assassina?

Deixou as portas do oratório escancaradas, tal como as havia encontrado; e voltou para a cama...

...Mas certamente não conseguiu...?

...e dormiu a sono solto, como uma criancinha. E acordou na manhã de Natal.

•

É preciso que se diga uma verdade dura: com a morte de Epifânia, a vida melhorou. Algum espírito havia muito tempo exilado, talvez o espírito da alegria, voltou à ilha Cabral. Todos percebiam claramente que algo na luz havia mudado, como se algum filtro tivesse sido removido do ar; houve uma explosão luminosa, como um nascimento. No Ano-Novo, os jardineiros registraram níveis inauditos de crescimento, juntamente com um declínio acentuado de pragas, e mesmo os olhos menos hortícolas reparavam nas grandes cascatas de buganvília, mesmo os narizes menos sensíveis sentiam a abundância do jasmim, do lírio-do-vale, das orquídeas, da flor-de-baile. A própria casa parecia zumbir de vida nova, com a perspectiva de novas possibilidades; uma certa morbidez desaparecera dos pátios. Até mesmo Jawaharlal, o buldogue, parecia menos feroz nessa nova era.

As visitas tornaram-se tão freqüentes quanto eram outrora, nos tempos gloriosos de Francisco. Barcos cheios de jovens vinham deslumbrar-se com o quarto de Aurora e passar as tardes na casa corbusierana que restara, e com o entusiasmo da juventude rapidamente a consertaram; a música voltou à ilha, e também as danças da moda. Até mesmo a tia-avó Saara, Carmem da Gama, entrou no novo espírito, e com o pretexto de supervisionar os folguedos juvenis começou a freqüentar essas reuniões, até que uma vez foi tentada por um belo rapaz a subir à pista de dança, onde, em meio a muitos ora-que-é-isso e não-estou-mais-na-idade, revelou-se uma dançarina surpreendentemente ágil. Descobriu-se que a esposa de Aires da Gama tinha ritmo, e nas noites que se seguiram, quando os jovens amigos de Aurora faziam fila para dançar com ela, a máscara da velhice de Carmem foi caindo pouco a pouco, ao mesmo tempo que suas costas se tornavam mais eretas e os olhos não estavam mais o tempo todo apertados e a expressão de derrota era substituída por um cauteloso ar de felicidade. Carmem não tinha ainda trinta e cinco anos de idade, e pela primeira vez em séculos pareceu mais jovem do que de fato era.

Agora que Carmem se revelara como dançarina de shimmy, Aires começou a manifestar uma espécie de interesse por ela, e disse: "Já é tempo de nós, adultos, começarmos a convidar pessoas para vir aqui, para que a gente possa mostrar você a elas um pouquinho". Foi a coisa mais agradável que Aires jamais dissera à mulher, e Carmem passou as semanas que se seguiram num frenesi de convites e lanternas chinesas para os jardins e cardápios e mesas de cavalete, e na dulcíssima agonia de resolver que roupa vestir. Na noite da festa havia uma orquestra no gramado principal e uma vitrola no pavilhão de Le Corbusier, e chegavam lanchas e mais lanchas cheias de mulheres cobertas de jóias e homens de casaca, e, se alguns desses homens olharam um pouco mais do que seria de esperar-se nos olhos de seu marido, Carmem, em sua grande noite, fez questão de não reparar.

Um membro da família permanecia imune à descontração geral; no meio do baile da ilha Cabral, Camões só pensava em Bela, cuja beleza numa noite como aquela teria ofuscado as estrelas. Já não acordava com marcas de amor no corpo, e agora que não tinha mais esperanças de que ela lhe voltasse da morte, alguma coisa que antes o prendia à vida se soltou; havia dias e noites em que não conseguia olhar para sua filha, porque nela a presença da mãe era forte demais. Sentia mesmo, por vezes, uma espécie de raiva daquela jovem, a qual possuía mais de Bela do que ele jamais poderia ter.

Camões estava sozinho no cais, com um copo de suco de romã na mão. Uma jovem, um tanto bêbada, com cabelos negros cacheados e excesso de batom escarlate nos lábios, foi se aproximando dele. Trajava um vestido de saia rodada e mangas bufantes. "Branca de Neve!", exclamou ela, com voz pastosa.

Camões, os pensamentos distantes, não respondeu.

"Você não viu o filme?", insistiu a moça, zangada. "Finalmente passou na cidade, fui ver onze, doze vezes." Em seguida, apontando para o vestido: "Igualzinho ao do filme! Mandei minha costureira fazer uma roupa igual à dela. Sei o nome dos sete anões", prosseguiu ela, sem esperar a resposta. "Atchimsonecafelizdengosodungazangadomestre. Você é qual deles, hein?"

Camões, no fundo da infelicidade, não conseguiu encontrar resposta; limitou-se a sacudir a cabeça.

A Branca de Neve bêbada não se sentiu constrangida com aquele silêncio. "Não é o Atchim, não é o Feliz, não é o Mestre. Então é Sonecadungazangadodengoso — qual deles? Você não diz, por isso vou continuar adivinhando. Soneca, não; Dunga, acho que não; Zangado, talvez; mas Dengoso, certamente. Oi, Dengoso! Vamos assobiar nossa canção."

"Moça", tentou Camões, "talvez fosse melhor voltar para a festa. Desculpe, mas eu não estou com cabeça para comemorações."

Branca de Neve esfriou, decepcionada. "Senhor Camões da Gama, famoso capitalista e ex-presidiário", disse ela, ríspida. "Não consegue ser cortês com uma moça, ainda chorando a morte da falecida, é? E isso embora ela andasse com metade da cidade, rico, pobre, mendigo, ladrão. Meu Deus, o que é que estou dizendo, cala-te boca." Virou-se para ir embora; Camões agarrou-a pelo antebraço. "Meu Deus, me largue, você está me machucando!", exclamou Branca de Neve. Mas havia no rosto de Camões uma expressão que exigia resposta. "Você está me assustando", disse Branca de Neve, safando-se. "Você parece maluco. Você está bêbado? Talvez esteja bêbado demais. Pois bem. Desculpe eu dizer o que disse, mas todo mundo sabe, e já era hora de isso vir à tona, não é mesmo? Agora chega, *bye-bye*, você não é o Dengoso, é o Zangado, e acho que deve ter por aí um outro anão para mim."

No dia seguinte, Branca de Neve, com uma dor de cabeça de rachar, foi procurada por dois policiais, que lhe pediram para reconstituir a cena acima. "Que história é essa? Eu deixei o homem no cais e pronto, acabou, não há mais nada a dizer." Foi a última pessoa a ver meu avô vivo.

A água nos leva. Levou Francisco e Camões, pai e filho. Partiram na treva da laguna escura e foram nadando rumo ao mar-mãe. A correnteza levou-os embora.

6

Em agosto de 1939, Aurora da Gama viu o navio cargueiro *Marco Polo* ainda ancorado no porto de Cochim, e teve um acesso de raiva diante desse sinal de que, no interregno entre a morte de seus pais e sua chegada à maioridade, tio Aires, comerciante inepto, estava deixando que as rédeas do comércio se afrouxassem em seus dedos indolentes. Mandou seu motorista ir "a toque de caixa" ao armazém nº 1 da C-50 Ltda., no cais de Ernakulam, e entrou a passos largos no depósito cavernoso; por um instante hesitou, aturdida com a serenidade fresca daquela escuridão riscada por faixas de luz, a atmosfera blasfema de uma catedral de sacos de aniagem, onde os cheiros de óleo de patchuli e cravo, de açafrão-da-índia e feno-grego, de cominho e cardamomo enchiam o ar como a lembrança de uma melodia, onde os corredores estreitos que desapareciam na escuridão entre as altas pilhas de artigos prontos para ser exportados pareciam caminhos de ida e volta para o inferno, ou até mesmo para a salvação.

(As árvores genealógicas das grandes famílias nascem de pequenas sementes; não é apropriado que minha história pessoal, a história da criação de Moraes Zogoiby, tenha início num carregamento de pimenta que atrasou?)

Esse templo tinha também seu clero: os funcionários encarregados da expedição de mercadorias, que, debruçados sobre as pranchetas, corriam preocupados por entre os cules que carregavam suas carretas e a trindade tremendamente escaveirada de tesoureiros — os senhores Elaichipillai Kalonjee, V. S. Mirchandalchini e Karipattam Tejpattam — encarapitados como inquisidores em bancos altos que se destacavam em círculos de luz ameaçadores, escrevendo com penas emplumadas em livros-razões gigantescos inclinados para a frente sobre escrivaninhas de pernas longas e finas, como pernas de cegonhas. Abaixo dessas grandes personagens, numa mesa normal, com sua própria luminária, ficava o gerente do armazém, e foi para cima dele que Aurora avançou, tão logo recuperou seu equilíbrio, querendo saber por que motivo o carregamento de pimenta ainda não havia sido despachado.

"Mas o que é que o titio tem na cabeça?", exclamou ela, impensadamente, pois como poderia uma criatura tão vil saber o que se passaria na mente do grande senhor Aires? "Ele quer afundar as finanças da família, afinal?"

Ao ver tão de perto a mais bela dos da Gama, a herdeira única da fortuna — pois todos sabiam que, embora no momento o senhor Aires e dona Carmem estivessem no comando, o falecido senhor Camões não lhes deixara mais que uma pensão, ainda que generosa —, o gerente sentiu como que uma lança cravada no coração, e ficou mudo por alguns instantes. A jovem herdeira, debruçada sobre sua mesa, aproximou mais o rosto do dele, segurou-lhe o queixo entre o polegar e o indicador, transfixou-o com seu olhar mais feroz, e ficou completamente apaixonada. Quando o homem conseguiu vencer sua timidez súbita e gaguejar que havia sido declarada a guerra entre a Inglaterra e a Alemanha, e que o comandante do *Marco Polo* se recusava a partir para a Inglaterra — "Há o risco de atacarem a marinha mercante" —, Aurora deu-se conta, um pouco irritada com suas próprias emoções traiçoeiras, que por causa do advento daquela paixão ridícula e inoportuna ela teria de enfrentar os preconceitos de classe e as convenções sociais para casar-se imediatamente com aquele belo empregado da família, que mal conseguia se expressar. "É como casar com a porra do motorista", pensou, ralhando consigo mesma, numa infelicidade extática, e por um momento o doce horror de sua situação de tal modo lhe ocupou a consciência que ela não se deu conta do nome que estava escrito no pequeno bloco de madeira sobre a escrivaninha.

"Meu Deus", explodiu Aurora quando por fim as letras maiúsculas brancas conseguiram se fazer ver, "não basta você não ter um tostão no bolso e não saber falar direito, ainda por cima tinha que ser judeu." E depois, num aparte: "Vamos encarar a realidade, Aurora. Pense na situação. Você se apaixonou por um mísero Moisés".

As letras insistentes a corrigiram (o objeto de suas afeições, fulminado, siderado, sentindo um fogo incipiente na virilha, foi incapaz de fazê-lo, pois mais uma vez fora privado da fala pelo afluxo de sentimentos normalmente alheios ao ambiente de trabalho): o primeiro nome do gerente Zogoiby não era Moisés, e sim Abraham. Se é mesmo verdade que nossos nomes contêm nossos destinos, então as sete letras maiúsculas confirmavam que a ele não caberia derrotar faraós, receber mandamentos nem dividir as águas; ele não conduziria povo algum a nenhuma terra prometida. O que ele faria seria oferecer seu filho em holocausto no altar de um amor terrível.

E "Zogoiby"?

•

"Azarado". Em árabe, pelo menos segundo o merceeiro Cohen e a tradição da família da mãe de Abraham. Não que alguém ali tivesse o conhecimento mais rudimentar que fosse de um idioma tão longínquo. Nem pensar. "Veja só a escrita deles", comentou certa vez Flory, a mãe de Abraham. "Até as letras são violentas, parecem golpes de faca e feridas de punhal. Seja como for, descendemos também de judeus marciais. Talvez seja por isso que ainda temos esse nome andaluz em língua de mouro."

(Pergunta o leitor: mas se o nome era da mãe, então como é que o filho...? Respondo eu: cada coisa a seu tempo.)

"Você tem idade para ser pai dela." Abraham Zogoiby, nascido no mesmo ano que o falecido senhor Camões, estava parado, muito teso, à porta da sinagoga de Cochim, recoberta de azulejos azuis — *Azulejos de Cantão, não há dois iguais*, dizia uma plaqueta na parede da ante-sala —, e, recendendo a temperos e uma outra substância, enfrentava a ira de sua mãe. A velha Flory Zogoiby, com seu vestido desbotado de chita verde, apertou os lábios e ouviu seu filho confessar, gaguejando, que era vítima de uma paixão proibida. Com sua bengala, ela desenhou um risco na terra. De um lado, a sinagoga, Flory e a história; do outro, Abraham, sua namorada rica, o universo, o futuro — tudo coisas impuras. Fechando os olhos, isolando-se dos odores e explicações gaguejadas que provinham de Abraham, invocava o passado, utilizando suas lembranças para adiar o momento em que teria de renegar seu próprio filho, porque jamais se soubera de um judeu de Cochim que se casasse com alguém de fora da comunidade; sim, a memória de Flory e, atrás e além dela, a memória maior da tribo... os judeus brancos da Índia, sefarditas da Palestina, chegaram em grande número (cerca de dez mil) no ano 72 da era cristã, fugindo da perseguição dos romanos. Estabeleceram-se em Cranganore e ofereceram seus serviços como soldados para os príncipes locais. Uma vez uma batalha entre o governante de Cochim e seu inimigo, o Zamorim de Calicute, o Senhor do Mar, teve de ser adiada porque os soldados judeus se recusaram a lutar no sábado.

Próspera comunidade! De fato, os judeus floresceram. E, no ano de 379 d. C., o rei Bhaskhara Ravi Varman I concedeu a José Rabban o pequeno reino da aldeia de Anjuvannam, perto de Cranganore. As placas de cobre onde a doação foi inscrita terminaram na sinagoga azulejada, aos cuidados de Flory, pois havia muitos anos, apesar da misoginia da comunidade, era ela quem ocupava o nobre cargo de zeladora. As placas ficavam dentro de uma arca sob o altar, e de vez em quando ela as polia, com muito entusiasmo e energia.

"Não bastasse ser uma cristã, ainda tinha que ser a pior de todas", resmungava Flory. Mas seu olhar continuava perdido no passado, nos cajueiros e arequeiras e jaqueiras dos judeus, nas velhas plantações judias de colza, nas colheitas de cardamomos judaicos, pois não eram essas coisas a fonte da riqueza da comunidade? "Agora esses arrivistas vêm e roubam nosso negócio", insistia ela. "E ainda por cima se orgulham de serem bastardos. Vascos da Gama de meia-tigela! São como um bando de mouros."

Se Abraham não estivesse transido de amor, se o golpe não fosse tão recente, muito provavelmente ele teria se calado, movido pelo afeto filial e pela certeza de que os preconceitos de Flory eram irremovíveis.

"Dei a você uma educação moderna demais", prosseguiu ela. "Cristãos e mouros, meu filho — você tem é que querer distância deles."

Mas Abraham estava apaixonado, e ao ouvir aqueles ataques dirigidos a sua amada não conseguiu conter a observação: "Para começo de conversa, se a senhora não enxergasse as coisas de modo torto veria que a senhora também é uma arrivista". Queria dizer que os judeus negros chegaram à Índia muito antes dos brancos, vindos de Jerusalém, fugindo dos exércitos de Nabucodonosor, quinhentos e oitenta e sete anos antes da era cristã, e mesmo se eles não fossem levados em conta, por terem se misturado com a gente do lugar e desaparecido havia muito tempo, depois deles vieram, por exemplo, os judeus da Babilônia e da Pérsia entre 490 e 518 d. C.; e muitos séculos se passaram desde o tempo em que os primeiros judeus surgiram no comércio de Cranganore e depois em Cochim (um certo José Azaar mudou-se para lá com sua família em 1344, como todos sabiam), e mesmo da Espanha judeus começaram a chegar depois que foram expulsos em 1492, entre eles, logo na primeira leva, a família de Solomon Castile...

Flory Zogoiby gritou ao ouvir aquele nome; gritava e sacudia a cabeça de um lado para o outro.

"Solomon Solomon Castile Castile", repetia Abraham, aos trinta e seis anos de idade, como uma criança pirracenta. "Do qual descende pelo menos um Castilinho. Quer que eu comece a genealogizar? Desde o senhor Leão de Castela, alfageme de Toledo, que perdeu a cabeça por uma princesa espanhola Não-Sei-das-Quantas, até chegar ao meu pai, que também devia ser maluco — mas a questão é que os Castile chegaram a Cochim vinte e dois anos antes dos Zogoiby, *quod erat demonstrandum*... Além disso, todo judeu que tem nome árabe e segredos inconfessáveis devia pensar duas vezes antes de chamar alguém de mouro."

Homens idosos de calças arregaçadas e mulheres de coques grisalhos surgiram na travessa da sinagoga de Mattancherri, mergulhada na sombra, e ficaram muito sérios a testemunhar a discussão. Enquanto mãe e filho duelavam, gelosias azuis se abriam e cabeças apareciam nas janelas. No cemitério ao lado, as inscrições das lousas, em hebraico, tremulavam como bandeiras a meio pau no crepúsculo. No ar pairava um cheiro de peixe e temperos. E Flory Zogoiby, ao ouvir falar nos segredos que ela jamais mencionara, imediatamente começou a gaguejar.

"Malditos todos os mouros", gritava. "Quem foi que destruiu a sinagoga de Cranganore? Os mouros, ora quem. Esses Otelos *made in India* para consumo local. Malditos sejam eles e as mulheres deles." Em 1524, dez anos depois que os Zogoiby chegaram da Espanha, houve uma guerra entre muçulmanos e judeus na região. Era uma briga um tanto antiga para voltar à baila àquela altura dos acontecimentos, e Flory o fez na esperança de esquivar-se do assunto dos tais segredos inconfessáveis. Mas maldição é coisa séria, que não se deve fazer a torto e a direito, muito menos na presença de testemunhas. A maldição de Flory esvoaçou no ar como uma galinha assustada, e lá pairou por algum tempo, como se não soubesse direito para onde ir. Seu neto Moraes viria a nascer dezoito anos depois; foi só então que essa galinha encontrou seu poleiro.

(E por que foi que muçulmanos e judeus brigaram no *cinquecento*? E o que haveria de ser senão o comércio da pimenta?)

"Foram os judeus e os mouros que brigaram", resmungou a velha Flory, a quem o desgosto levara a falar mais do que devia, "e quem acabou ficando com o mercado foram os seus amigos, esses Vascos avacalhados, esses bastardos abastados."

"Vejam só, o torto falando do bastardo", exclamou Abraham Zogoiby, cujo sobrenome era o de sua mãe. "Bastardos, é?", disse ele, dirigindo-se a toda a multidão. "Pois eu vou mostrar quem é bastardo." E, furioso, entrou na sinagoga a passos largos, com a mãe correndo atrás, chorando lágrimas secas e histéricas.

•

Falemos de minha avó Flory Zogoiby, a contraparte de Epifânia da Gama, da mesma idade que ela, embora uma geração mais próxima de mim: dez anos antes da virada do século, a intimorata Flory freqüentava o pátio da escola dos meninos, provocando os adolescentes com suas saias rodadas e suas cançonetas debochadas, e com um graveto riscava desafios na terra — *quero ver quem é homem de passar desta linha*. (O hábito de riscar linhas me veio dos dois lados da família.) Provocava-os com assustadoras cantilenas sem sentido, "como uma bruxa":

Obeá, jadu, fo, fu, fai,
Tripa de galinha, creio em deus pai.
Ju-ju, vodu, mavô, mavorte,
Sopa de xixi, hora de nossa morte.

Quando os meninos partiam para cima dela, Flory os atacava com uma ferocidade que compensava amplamente as vantagens teóricas da força e do tamanho de seus adversários. Suas virtudes bélicas viriam de algum ancestral ignoto; e, embora seus contendores lhe puxassem os cabelos e a chamassem de judia, jamais a derrotavam. Por vezes ela literalmente lhes esfregava a cara na terra. Em outras ocasiões, cruzava os braços magros, triunfante, e contemplava o espetáculo do inimigo a recuar. "Da próxima vez, procurem alguém do tamanho de vocês", dizia Flory, zombeteira, invertendo o sentido da expressão: "Vocês não são homens para judiar de uma judiazica peso-pluma como eu". Sim, ela ganhava e ainda esfregava a derrota na cara dos derrotados, mas nem mesmo com essas tentativas de metaforizar suas vitórias, de apresentar-se como a defensora dos fracos, da minoria, das *meninas*, nem mesmo assim ela se tornou popular. Flory Bole-Bole, Flory Fúria: Flory ficou mal-afamada.

Até que chegou o dia em que ninguém mais se aventurou a atravessar as fronteiras que ela continuava a traçar, com precisão feroz, em todas as valas e espaços abertos de sua infância. Tornou-se uma garota macambúzia, ensimesmada, sitiada em suas próprias fortificações, atrás das linhas riscadas na terra. Aos dezoito anos já não lutava mais; havia aprendido o significado da expressão "Vencer a batalha e perder a guerra".

O que quero dizer é que os cristãos, do ponto de vista de Flory, não haviam roubado apenas as plantações de especiarias de seus ancestrais. O que lhe roubaram era algo que mesmo naquela época já começava a escassear, e para uma moça mal-afamada a escassez era ainda mais séria... Quando Flory estava com vinte e quatro anos, o zelador da sinagoga, Solomon Castile, cruzou as linhas que ela havia traçado e pediu-lhe a mão em casamento. A opinião majoritária com relação a esse pedido de casamento era de que se tratava de um ato de profunda caridade, ou burrice, ou as duas coisas. Já naquela época a comunidade estava cada vez mais reduzida. O bairro judeu de Mattancherri teria no máximo quatro mil habitantes, e feito o noves-fora dos parentes, as crianças, os velhos, os doidos e os doentes, o que restava em matéria de jovens em idade de casar não era lá muita coisa. Solteirões idosos abanavam-se com leques junto à torre do relógio e caminhavam pela orla de mãos dadas; solteironas desdentadas, sentadas à porta das casas, tricotavam roupinhas para bebês inexistentes. Os casamentos eram motivo tanto de comemoração quanto de ciúmes, e as fofoqueiras do bairro atribuíam a união de Flory com o zelador à feiúra das duas partes. "Feios de doer", comentavam as línguas mais ferinas. "*Coitadinhos* dos filhos, meu Deus."

(*Você tem idade para ser pai dela*, ralhava Flory com seu filho; porém Solomon Castile, nascido no ano da insurreição da Índia, era vinte anos mais velho que ela, *o pobre coitado provavelmente quis se casar antes que fosse tarde demais*, especulavam os maldizentes... Mais uma coisa a respeito do casamento: ele se realizou, em 1900, no mesmo dia em que uma coisa muito mais importante aconteceu; nenhum jornal registrou as núpcias Castile-Zogoiby na coluna social, porém não faltaram fotografias do senhor Francisco da Gama e sua sorridente noiva de Mangalore.)

O despeito das encalhadas acabou sendo recompensado: pois após sete anos e sete dias de um casamento explosivo, no decorrer do qual Flory deu à luz um filho, o qual viria a se tornar, por puro espírito de porco, o jovem mais belo de sua reduzida geração, Castile, o zelador, ao cair da tarde, no dia em que completou cinqüenta anos de idade, caminhou até o cais, entrou num barco a remo com meia dúzia de marinheiros portugueses bêbados e fugiu para o mar. "Quem mandou casar com Flory Fúria", cochichavam os solteirões e as solteironas, satisfeitos, "mas nem por se chamar Solomon ele tem a sabedoria de Salomão." O casamento desfeito passou a ser conhecido em Mattancherri como o Mau Juízo de Solomon; mas Flory pôs a culpa nos navios cristãos, a armada mercantil do Ocidente onipotente, por levar seu marido a cair na tentação de buscar plagas douradas. E aos sete anos de idade seu filho foi obrigado a abrir mão do nome do pai; azarado em assuntos paternos, teve de assumir o azarento nome materno, Zogoiby.

Abandonada pelo marido, Flory assumiu o cargo de zeladora dos azulejos azuis e das chapas de cobre de José Rabban, reivindicando o posto com uma ferocidade tal que todos os que possivelmente se oporiam a sua escolha puseram o rabo entre as pernas. Assim, estavam agora sob sua proteção não apenas o pequeno Abraham como também o Velho Testamento de pergaminho com páginas de bordas esfarrapadas, cobertas de sinuosos caracteres hebraicos, e a coroa oca de ouro oferecida (em 1805 d. C.) pelo marajá de Travancore. Flory promoveu reformas. Quando os fiéis vinham rezar, ela os obrigava a tirar os sapatos. Levantaram-se objeções a essa prática evidentemente mourisca; a reação de Flory foi rir impiedosamente.

"Que devoção que nada", rosnou ela. "Querem que eu cuide da casa, cuidem vocês também. Vamos tirando os sapatos! Para proteger os azulejos chineses."

Não há dois iguais. Os azulejos de Cantão, de aproximadamente trinta centímetros por trinta, importados por Ezequiel Rabhi no ano 1100 d. C., cobriam o chão, as paredes e o teto da pequena sinagoga. Começaram a surgir lendas em torno deles. Dizia-se que quem se desse ao trabalho de procurar terminaria encontrando sua própria história num daqueles quadrados azuis e brancos, porque os desenhos deles mudavam, estavam mudando, com o passar das gerações, de modo a contar a história dos judeus de Cochim. Já outros estavam convictos de que os azulejos eram proféticos, só que a chave para sua compreensão se perdera nos tempos.

Quando menino, Abraham engatinhava pela sinagoga, bundinha empinada no ar, nariz roçando nos azulejos chineses. Jamais contou à mãe que seu pai reapareceu na cerâmica azul, no chão da sinagoga, um ano depois de sua deserção, num pequeno barco a remo azul, acompanhado de uns tipos estrangeiros de pele azul, seguindo rumo a um horizonte igualmente azul. Após essa descoberta, Abraham passou a receber periodicamente notícias de Solomon Castile através dos azulejos metamórficos. Viu em seguida seu pai numa cena cerúlea de orgia dionisíaca, em meio a salgueiros e dragões extintos e vulcões que rosnavam. Solomon estava dançando num pavilhão aberto, de forma hexagonal, com uma expressão de alegria descontraída em seu rosto azul, muitíssimo diferente da cara melancólica de que Abraham se recordava. Se ele está feliz — pensou o menino — então foi bom ele ir embora. Desde menino Abraham tinha um conhecimento instintivo da importância fundamental da felicidade, e foi esse mesmo instinto que o levou, já adulto e gerente, a aceitar o amor oferecido, entre rubores e sarcasmos, por Aurora da Gama no claro-escuro do armazém de Ernakulam...

Anos depois Abraham viu seu pai rico e gordo num azulejo, sentado em almofadas em posição de lótus, servido por eunucos e dançarinas; mas após alguns meses o encontrou magro e mendicante num outro painel de trinta por trinta. Então Abraham compreendeu que o antigo zelador havia jogado ao vento todo e qualquer escrúpulo, e levava uma vida de altos e baixos, deliberadamente descontrolada. Era um Simbad buscando fortuna nos acasos dos oceanos do mundo. Era um corpo celeste que havia conseguido, por força de vontade, libertar-se de sua órbita fixa, e agora errava pelas galáxias aceitando o que o destino lhe apresentasse. Abraham tinha a impressão de que, ao libertar-se da gravidade do cotidiano, seu pai gastara todas as suas reservas de força de vontade, de modo que, após aquele ato inicial e radical de transformação, ficara como um barco sem leme, à mercê dos ventos e das marés.

À medida que Abraham Zogoiby se aproximava da adolescência, Solomon Castile começou a aparecer em *tableaux* semipornográficos que, se tivessem sido percebidos por outra pessoa que não Abraham, teriam provocado muita controvérsia por não serem considerados adequados a uma sinagoga. Esses azulejos surgiam nos desvãos mais escuros e poeirentos do prédio, e Abraham os protegia deixando que mofo e teias de aranha se formassem sobre os trechos mais censuráveis, nos quais seu pai se divertia com um número surpreendente de indivíduos de ambos os sexos, o que seu filho boquiaberto foi levado a encarar como uma exposição didática. E no entanto, apesar das acrobacias lúbricas a que se entregava, o velho vagabundo voltara a ostentar a expressão lúgubre de outrora, indicando, talvez, que todas as suas viagens não haviam tido outro efeito que não o de levá-lo, por fim, às mesmas praias de descontentamento de onde ele partira. No dia em que Abraham Zogoiby mudou de voz, assaltou-o a idéia de que seu pai estaria prestes a voltar. Correu pelos becos do bairro judeu até a orla, onde as redes de pesca dos chineses se espalhavam contra o céu; porém o peixe que ele procurava não saltou do mar. Quando voltou à sinagoga, desanimado, todos os azulejos que representavam a odisséia de seu pai haviam mudado, e agora exibiam cenas anônimas e banais. Possuído por uma raiva febril, Abraham gastou horas engatinhando pelo chão, procurando os painéis mágicos. Em vão: pela segunda vez em sua vida seu pai nada salomônico, Solomon Castile, havia desaparecido no horizonte azul.

•

Já não lembro quando foi que me contaram pela primeira vez a história da família que me deu meu apelido e inspirou a minha mãe sua mais famosa série de pinturas, "a série do mouro", que atingiu o auge na obra-prima inacabada, e posteriormente roubada, intitulada "O último suspiro do mouro". A impressão que tenho é a de que desde que nasci conheço essa saga escandalosa, a qual, devo acrescentar, inspirou ao senhor Vasco Miranda uma de suas primeiras obras; mas, ainda que a história me seja familiar há tanto tempo, tenho sérias dúvidas quanto a sua veracidade — esta narrativa um tanto barroca, como a de um filme *masala* de Bombaim, procurando de modo quase desesperado algum tipo de comprovação... A meu ver — e outros compartilham minha hipótese — podem-se encontrar explicações mais simples para as transações ocorridas entre Abraham Zogoiby e sua mãe, principalmente para o que ele teria ou não encontrado numa velha arca debaixo do altar; no momento oportuno, vou propor uma versão alternativa. Por ora, apresento a lenda oficial da família, com todos os floreios habituais, a qual, por constituir uma parcela tão relevante da auto-imagem de meus pais — e da história da arte indiana contemporânea —, tem, ainda que apenas por esses motivos, um poder e uma importância que eu seria incapaz de negar.

Chegamos a um ponto crucial da narrativa. Voltemos, por um instante, ao jovem Abraham, engatinhando pela sinagoga, procurando em desespero o pai que o abandonara mais uma vez, chamando-o com uma voz insegura, ora de bulbul, ora de corvo; até que por fim, quebrando um tabu jamais pronunciado, pela primeira vez na vida foi além e atrás do pano azul-claro, com bainha dourada, que enfeitava o altar... Solomon Castile não estava lá; o que a lanterna do adolescente iluminou foi uma velha caixa assinalada com a letra Z e fechada com um cadeado vagabundo, que rapidamente foi aberto; pois os garotos sabem fazer coisas que os adultos esquecem rapidamente, tal como esquecem todas as lições aprendidas por decoreba. E assim, tendo perdido as esperanças de encontrar o pai, acabou por descobrir os segredos da mãe.

O que havia dentro da caixa? — Ora, o único tesouro de real valor: o passado, e o futuro. E também umas esmeraldas.

•

E voltemos ao dia da crise, em que Abraham Zogoiby, já adulto, entrou a passos largos na sinagoga — *Pois eu vou mostrar quem é bastardo*, exclamou ele — e arrastou a arca para fora do esconderijo. Sua mãe, correndo atrás, viu que seus segredos seriam revelados, e suas pernas não agüentaram. Caiu sentada nos azulejos azuis, enquanto Abraham abria a caixa e dela tirava um punhal de prata, que prendeu em seu cinto; depois, ofegante, Flory viu-o retirar do baú e colocar na cabeça uma coroa velha e esfarrapada.

Não era o diadema de ouro doado pelo marajá de Travancore no século XIX, e sim algo muito mais antigo — foi assim que a história me foi contada. Um turbante verde-escuro, embrulhado num pano que o tempo transformara numa ilusão, tão delicado que até mesmo a luz alaranjada da tarde, filtrada pelas janelas da sinagoga, parecia forte demais; tão insubstancial que se tinha a impressão de que era capaz de desintegrar-se sob o olhar intenso de Flory Zogoiby...

E em torno desse turbante fantasma, segundo a lenda da família, pendiam correntes de ouro sólido, que o tempo tornara foscas, e delas por sua vez pendiam esmeraldas tão grandes e tão verdes que pareciam de brinquedo. *Tinha quatro séculos e meio, a última coroa que caiu da cabeça do último príncipe de al-Andalus; era nada menos que a coroa de Granada, que pertencera a Abu Abdallah, o último dos násridas, conhecido como "Boabdil".*

"Mas como isto foi parar lá?", eu costumava perguntar a meu pai. Como? Essa coroa sem preço — esse adorno real mourisco —, como foi aparecer no baú de uma velha desdentada para ir parar na cabeça de Abraham, meu futuro pai, judeu renegado?

Respondia meu pai: "Eram as jóias incômodas da vergonha".

Por ora, dou prosseguimento à narrativa de meu pai sem emitir nenhum juízo de valor. Quando Abraham Zogoiby, ainda menino, descobriu a coroa e o punhal, recolocou os tesouros em seu esconderijo, trancou o cadeado e passou uma noite e um dia roendo-se de medo da mãe. Mas quando se deu conta de que sua abelhudice não fora descoberta, sua curiosidade renasceu, e mais uma vez ele pegou o pequeno baú e abriu o cadeado. Dessa vez encontrou, embrulhado em aniagem dentro da caixa do turbante, um livrinho de páginas de pergaminho escritas a mão, toscamente costuradas e encadernadas em couro. O texto era em espanhol, idioma que o jovem Abraham não conhecia, porém ele copiou alguns dos nomes ali contidos, e nos anos que se seguiram foi devassando seus significados — por exemplo, fazendo perguntas inocentes ao velho Moshe Cohen, um merceeiro ranzinza e pouco sociável que era na época o chefe de comunidade oficialmente designado e o depositário das histórias da tribo. O velho senhor

Cohen ficou tão atônito de ver que um membro da nova geração se interessava pelos tempos de outrora que falou sem reservas, apontando para horizontes longínquos, enquanto o belo adolescente, sentado a seus pés, escutava-o de olhos arregalados.

Assim, Abraham ficou sabendo que, em janeiro de 1492, sob o olhar maravilhado e sobranceiro de Cristóvão Colombo, o sultão Boabdil de Granada deu as chaves do palácio-fortaleza do Alhambra, última e maior das fortalezas mouriscas, aos reis católicos conquistadores, Fernando e Isabel, entregando-lhes seu principado sem nenhuma resistência. Partiu para o exílio acompanhado da mãe e da criadagem, encerrando séculos de domínio mouro na Espanha; e ao deter seu cavalo no morro das Lágrimas voltou-se para contemplar pela última vez seu reino perdido, o palácio, as planícies férteis, a glória extinta de al-Andalus... e nesse momento o sultão chorou, chorou lágrimas cálidas — quando então sua mãe, a terrível Aixa, a Virtuosa, sorriu, debochada, da dor do filho. Tento sido obrigado a ajoelhar-se diante de uma rainha onipotente, Boabdil via-se agora obrigado a sofrer mais uma humilhação, imposta por uma rainha-mãe impotente (ainda que aterrorizante). *Bem fazes de chorar o que perdeste como uma mulher, já que não soubeste defendê-lo como um homem*, disse ela, provocando-o, quando o que queria dizer era justamente o contrário: desprezava aquele homem chorão, seu filho, por entregar de mão beijada o que ela, se pudesse, teria lutado até a morte para defender. Aixa era a contraparte e a igual de Isabel de Espanha; a rainha tivera sorte de ter que enfrentar apenas aquele bebê chorão, o bobo Boabdil...

De repente, enquanto o merceeiro falava, Abraham, enroscado sobre uma corda enrodilhada, sentiu todo o peso terrível do fim de Boabdil, sentiu-o como se fora sua a perda. Soltou um suspiro que soou como um queixume, e logo em seguida arfou. O ataque de asma (mais asma! Nem sei como consigo respirar!) foi um mau presságio, uma fusão de vidas por sobre um intervalo de séculos; ao menos era essa a impressão de Abraham quando, chegando à idade adulta, sua doença foi ganhando força. *Estes suspiros apiançados não são só meus, são dele também. Estes olhos que ardem de uma dor antiga. Boabdil, também eu sou filho de tua mãe.*

Chorar era mesmo sinal de fraqueza? Defender um reino até a morte era mesmo sinal de fortitude?, pensava Abraham.

Depois que entregou as chaves do Alhambra, Boabdil foi para o Sul. Os reis católicos cederam-lhe uma pequena propriedade, mas mesmo esse reduto lhe escapou das mãos, por obra do cortesão em quem ele depositava mais confiança. Boabdil, rei sem corte, reduzido à condição de bobo da corte. Terminou morrendo no campo de batalha, lutando sob a bandeira de um outro régulo.

Também os judeus se deslocaram para o Sul em 1492. O porto de Cádiz ficou abarrotado de navios portando judeus expulsos para o exílio, o que obrigou um outro viajante daquele ano, Colombo, a partir do porto de Palos de Moguer. Os judeus abandonaram as forjas de Toledo; os Castile foram para a Índia. Mas nem todos os judeus partiram ao mesmo tempo. Os Zogoiby, como já vimos, só foram vinte anos depois dos Castile. O que aconteceu? Onde eles se esconderam?

"Tudo será esclarecido em seu devido tempo, meu filho; tudo será esclarecido."

Quando estava na faixa dos vinte, Abraham se tornou tão reservado quanto a mãe e, para a frustração do reduzido contingente de mulheres casadouras de sua geração, passou a levar uma existência isolada, mergulhando no coração da cidade e evitando o bairro judeu tanto quanto possível — principalmente a sinagoga. Trabalhou primeiro para Moshe Cohen, e depois como ajudante de escritório para os da Gama, e embora fosse um homem trabalhador, que começou logo a receber promoções, tinha sempre o ar de um homem à espera de algo. Por conta de seu ar distraído e sua beleza, começou-se a dizer que ele era um futuro gênio, talvez até o grande poeta pelo qual os judeus de Cochim sempre ansiaram sem jamais conseguir produzir. A sobrinha de Moshe Cohen, uma moça grandalhona e um pouco peluda demais, que parecia um subcontinente não descoberto aguardando a chegada do navio de Abraham a seu porto, era motivo de boa parte dessas especulações lisonjeiras. Mas na verdade Abraham não tinha o menor talento artístico; vivia num mundo de cifras, principalmente cifras em ação — sua literatura era o balancete, sua música as frágeis harmonias da produção e da venda, seu templo um armazém cheio de cheiros. Sobre a coroa e o punhal no baú de madeira ele jamais falava, de modo que ninguém sabia que era essa a origem de seu ar de rei exilado; nessa época, em silêncio, descobriu todos os segredos de sua linhagem, aprendendo espanhol através de livros e decifrando as palavras do pequeno volume de pergaminho; até que por fim, numa tarde alaranjada, ele pôs a coroa na cabeça e jogou na cara de sua mãe o segredo vergonhoso da família.

•

Lá fora, no beco, a multidão começava a cochichar. Moshe Cohen, na qualidade de líder da comunidade, resolveu entrar na sinagoga e atuar como mediador entre mãe e filho, pois ali não era lugar para esse tipo de contenda; sua filha Sara o seguiu, o coração despedaçando-se pouco a pouco à medida que ela se dava conta de que a grande terra inexplorada de seu amor continuaria para sempre mata virgem, que a paixonite traiçoeira de Abraham por Aurora, aquela infiel, a condenaria para sempre ao horrendo inferno do celibato, onde permaneceria a tricotar sapatinhos e vestidinhos inúteis para as crianças que ela jamais daria à luz.

"Você vai atrás de uma menina cristã, Abie", disse ela, com uma voz estridente e áspera que ecoava nos azulejos azuis, "e já está vestido igual a uma árvore de Natal."

Mas Abraham estava atormentando sua mãe com um maço de papéis velhos, encadernados com barbante e couro. "Quem escreveu isto?", perguntou; e como sua mãe nada dissesse, ele próprio respondeu: "Uma mulher". E, dando prosseguimento a esse catecismo: "Qual o nome dela? — Não se sabe. — Quem era ela? — Uma judia; a qual buscou refúgio sob o teto do sultão exilado; sob seu teto, e depois entre seus lençóis". E disse com todas as letras: "Houve miscigenação". E ainda que fosse fácil sentir compaixão pelos dois, o árabe espanhol expulso de seus territórios e a judia espanhola exilada — dois amantes impotentes unindo forças contra o poder dos reis católicos —, era apenas do mouro que Abraham se compadecia. "Seus cortesãos venderam suas terras, e sua amante roubou sua coroa." Depois de passar anos a seu lado, essa ancestral anônima abandonou o decadente Boabdil e embarcou num navio que partia para a Índia, com um grande tesouro em sua bagagem e um filho varão no ventre; e foi desse filho que, muitas gerações depois, gerou-se Abraham. *Minha mãe, que tanto fala na pureza de nossa raça, o que a senhora tem a dizer a seu antepassado, o mouro?*

"Esta mulher não tem nome", interrompeu-o Sara. "E no entanto você afirma que o sangue corrompido dela é também o seu. Não tem vergonha de fazer sua mãe chorar? E tudo isso por causa do amor de uma moça rica, Abraham, ora! Isso é uma sujeira. Aliás você está sujo."

De Flory Zogoiby veio um gemido de assentimento. Mas Abraham ainda não terminara sua argumentação. *Vejam esta coroa roubada, embrulhada em trapos, trancada numa arca durante mais de quatrocentos anos. Se tivesse sido roubada apenas por seu valor, não teria sido vendida há muito tempo?*

"Por orgulho secreto pela vinculação com sangue real, a coroa foi guardada; por vergonha secreta, foi escondida. Mamãe, o que é pior? Minha Aurora, que não apenas não esconde ser descendente ilegítima de Vasco da Gama como também se orgulha do fato; ou eu, nascido dos últimos suspiros daquele mouro gordo e velho de Granada nos braços de sua amante ladra — a judia bastarda de Boabdil?"

"Quero provas", sussurrou Flory, uma adversária ferida de morte, pedindo o golpe de misericórdia. "Só vimos suposições; onde estão os fatos concretos?" Inexorável, Abraham fez sua penúltima pergunta.

"Mãe, qual é o nosso sobrenome?"

Ao ouvir isso, Flory entendeu que o golpe final estava próximo. Muda, sacudiu a cabeça. A Moshe Cohen, de cuja amizade antiga ele abria mão para todo o sempre, Abraham dirigiu um desafio. "O sultão Boabdil, depois de sua derrota, ficou conhecido por um cognome, e a mulher que levou sua coroa e suas jóias, por ironia, assumiu esse apelido também: Boabdil, o Azarado. Alguém aqui presente sabe dizer isso no idioma do mouro?"

E o velho merceeiro foi obrigado a dar a prova que faltava: "*El-zogoybi*".

Com um gesto delicado, Abraham colocou a coroa ao lado de sua adversária derrotada; terminara sua argumentação.

"Pelo menos ele se apaixonou por uma moça mandona", disse Flory para as paredes, com uma voz morta. "Pelo menos isso foi influência minha."

"Melhor você ir embora agora", disse Sara a Abraham, que recendia a pimenta. "Quando você casar, podia assumir o nome da moça, não é? Aí podemos nos esquecer de você, e qual a diferença entre um mouro bastardo e um português bastardo?"

"Um erro terrível, Abie", comentou o velho Moshe Cohen, "transformar sua mãe em inimiga, pois inimigos não faltam, enquanto mãe é artigo raro."

•

Flory Zogoiby, sozinha após aquela revelação catastrófica, teve que suportar mais outra. À luz avermelhada do entardecer, viu os azulejos chineses passarem diante de seus olhos um por um — pois ela os servira e os estudara todos esses anos, sempre a limpá-los e bruni-los; muitas vezes tentara penetrar na sua infinidade de mundos, naqueles universos contidos na uniformidade de trinta por trinta e aprisionados naquelas paredes cuidadosamente emboçadas. Flory, que gostava de traçar linhas, era fascinada pelo alinhamento compacto dos azulejos, mas até aquele instante eles nunca lhe haviam dito nada; neles jamais encontrara maridos fujões nem admiradores vindouros, profecias do futuro nem explicações do passado. Orientação, significado, fortuna, amizade, amor — nada lhe fora concedido. Agora, em sua hora de angústia, os azulejos lhe revelaram um segredo.

Uma sucessão de cenas cerúleas descortinou-se diante de seus olhos. Eram mercados caóticos, palácios-fortalezas ameados, campos cultivados, ladrões encarcerados, serras altas e dentadas, grandes peixes no mar. Eram jardins edênicos em azul, e sangrentas batalhas azuladas; cavaleiros cor do céu pavoneavam-se sobre sacadas à luz de lampiões; damas de máscaras azuis desfaleciam em arvoredos. E mais intrigas de cortesãos, e sonhos de camponeses, e negociantes de rabicho fazendo cálculos em ábacos, e poetas bebendo. Nas paredes, no chão, no teto da pequena sinagoga, e agora também na imaginação de Flory, desfilava uma enciclopédia em cerâmica do mundo material que era também um bestiário, um relato de viagem, uma síntese, uma canção, e pela primeira vez, depois de tantos anos como zeladora, Flory percebeu o que faltava naquele desfile extravagante. "Não é algo, é alguém", pensou, e as lágrimas secaram em seu rosto. "Não aparece o menor sinal em nenhum dos ladrilhos." A luz alaranjada do poente descia sobre ela como se fosse um aguaceiro, lavando-lhe a cegueira, abrindo-lhe os olhos. Oitocentos e trinta e nove anos depois da chegada dos ladrilhos em Cochim, e no início de uma época de guerras e massacres, eles transmitiram sua mensagem a uma mulher arrasada.

"O que neles se vê é tudo que há", Flory murmurou. "Não há outro mundo além do mundo." E depois, um pouco mais alto: "Não há Deus. Tudo conversa fiada! *Não há vida espiritual*".

•

Não é difícil demolir a argumentação de Abraham. Afinal, o que é um nome? Os da Gama afirmavam descender do grande Vasco, mas afirmar é uma coisa, provar é outra, e mesmo quanto a isso tenho cá minhas dúvidas. Mas com relação a essa história de mouros e Granadas, essas ilações completamente especulativas — um sobrenome que parece um apelido, onde já se viu! —, trata-se de um castelo de cartas que desaba antes mesmo de a gente soprar. Um velho caderno encadernado em couro? Cadê? Ninguém me mostrou. Quanto à coroa de esmeraldas, também não engulo, não; é o tipo de história da carochinha que a nossa gente gosta de inventar, só que, senhoras e senhores, não cola. A família de Abraham nunca teve dinheiro, e, se vocês acreditam que uma caixa cheia de jóias resistiria intacta por quatro séculos, então, notórios otários, vocês são capazes de acreditar em qualquer coisa. Ah, mas era um *legado de família*? Essa é boa, muito boa! Que piada! Quem, em toda a Índia, entre guardar um legado embolorado e engordar a conta bancária, pensaria duas vezes?

Aurora Zogoiby pintou uns quadros famosos e teve uma morte horrorosa. Quanto ao resto, manda a razão que o atribuamos à tendência de todo artista a se automitologizar, sendo que, no caso em questão, meu querido pai deu à artista uma mãozinha também... Querem saber o que havia na arca? Pois bem: nada de turbantes cravejados de jóias; mas esmeraldas, sim. Ora mais, ora menos. — Mas legado de família? Coisa nenhuma. — Então o quê? — Muamba. Isso! Mercadoria roubada! Contrabando! Roubo! Já que o assunto é lavação de roupa suja, vamos falar em sujeira: o nome dela é Flory Zogoiby, minha avó. Minha avó era uma ladra. Durante muito anos, foi membro importante de uma bem-sucedida quadrilha de contrabandistas de esmeraldas; pois quem iria procurar muamba embaixo do altar da sinagoga? Ela levava sua percentagem, guardava a mercadoria, e não era boba de sair por aí gastando, gastando, gastando. Ninguém jamais desconfiou dela; e quando chegou a hora de seu filho Abraham reivindicar sua herança ilegal... O assunto é bastardia? Genética não tem nada a ver; basta seguir a trilha de cifrões.

O parágrafo acima representa a minha interpretação das histórias que me contaram; mas tenho também uma confissão a fazer. No que segue, o leitor encontrará histórias bem mais estranhas do que a que acabo de desmistificar; e faço questão de afirmar, a quem interessar possa, que quanto à veracidade das histórias seguintes não há nenhuma sombra de dúvida. Em última análise, o veredicto é seu, não meu.

Ainda com relação à fábula do mouro: se me pedissem que escolhesse entre a lógica e as lembranças da infância, entre mente e coração — bem, nesse caso, apesar de tudo que expus acima, eu preferiria a fábula.

•

Abraham Zogoiby saiu do bairro judeu e foi direto para a igreja de São Francisco, onde Aurora da Gama o aguardava junto ao túmulo de Vasco, com o futuro dele na palma de sua mão. Quando Abraham chegou à margem da laguna, olhou para trás por um momento e julgou ver, desenhada contra o céu, a silhueta irreal de uma menina pulando no telhado de um armazém pintado com faixas horizontais de cores berrantes, levantando a saia e a anágua como uma dançarina de cancã, e recitando suas bruxarias de sempre, desafiando-o para uma briga: *Quero ver quem é homem de passar desta linha.*

"Obeá, jadu, fo, fu, fai,
tripa de galinha, creio em deus pai."

Seus olhos encheram-se de lágrimas; ele as enxugou com as costas da mão. A imagem desapareceu.

7

Cristãos, portugueses e judeus; azulejos chineses propagando idéias materialistas; mulheres mandonas, saias em vez de sáris, sagas espanholas, coroas mouriscas... mas, afinal, é da Índia que estamos falando? *Bharat-mata, Hindustan-hamara*? A guerra acaba de ser declarada. Nehru e o Congresso Nacional Indiano exigem que os britânicos aceitem a exigência de independência como condição para que os indianos participem do esforço de guerra; Jinnah e a Liga Muçulmana recusam-se a apoiar essa exigência; o senhor Jinnah está ativamente promovendo uma idéia que terá conseqüências momentosas: a de que há no subcontinente indiano duas nações diferentes, uma hindu e a outra muçulmana. Em breve a divisão se tornará inevitável; logo Nehru voltará à prisão de Dehra Dun, e os britânicos, tendo posto na cadeia os líderes do Congresso, tentarão buscar apoio junto às ligas. Neste momento de convulsão social, em que a política de dividir para governar chega a seu clímax desastroso, poderia haver momento menos propício para extrair de toda esta abundância de vida — um cabelo louro surgido não se sabe como numa trança negra (a se desfazer da maneira mais trágica)?

Não, *sahibs*. De modo algum, madames. A Maioria, esse imenso elefante, e seu ajudante, a Minoria Majoritária, não vão esmagar minha narrativa sob suas patas pesadas. Pois minhas personagens não são todas indianas? Pois bem: nesse caso, também esta história é uma história indiana. Eis uma resposta; mas eis outra: *cada coisa a seu tempo*. Prometo os elefantes para depois. A Maioria e a Minoria Majoritária terão sua oportunidade, e muitas coisas belas serão pisoteadas e perfuradas por essas manadas de bestas de orelhas grandes e presas pontudas. Até que chegue esse momento, continuarei a devorar esta última ceia, a exalar, ainda que apiançadamente, o tal *dernier soupir*. Que se danem os assuntos de Estado! Tenho uma história de amor para contar.

•

Na meia-luz perfumada do armazém nº 1 da C-50, Aurora da Gama segurou Abraham Zogoiby pelo queixo e olhou bem fundo em seus olhos... Não, gente, não consigo. Afinal, estou falando sobre meus pais, e muito embora Aurora, a Grande, fosse a menos recatada das mulheres, creio que quanto a esses assuntos me sinto bloqueado pelo recato dela tanto quanto pelo meu. Você já viu a pica do seu pai, a xota da sua mãe? Seja a resposta sim ou não, a questão é que estamos falando de lugares míticos, cercados de tabus, do tipo descalça-teus-pés-que-este-chão-é-sagrado, como disse a Voz no monte Sinai, e se Abraham Zogoiby estava representando o papel de Moisés, então minha mãe Aurora estava, claro como água, encarnando a Sarça Ardente. Dez mandamentos, pilar de fogo, *Eu sou o que sou*... Sem dúvida, ela havia estudado o deus do Velho Testamento. Às vezes fico imaginando que ela praticava a divisão das águas na banheira.

"Não consegui esperar", dizia Aurora. Em seu salão dourado e laranja, cheio de fumaça de cigarro, onde jovens beldades se espreguiçavam nos sofás enquanto homens sentados nos tapetes de Isfahani acariciavam seus pés de unhas pintadas de violeta, com tornozeleiras de ouro, enquanto seu marido já velhusco, encolhido num canto, de terno e gravata, sorrindo constrangido um esgar convulsivo, sem saber o que fazer com as mãos, terminava por colocá-las sobre minhas orelhas de menino, Aurora bebia champanhe numa taça opalescente em forma de flor, e falava do modo mais natural e explícito a respeito de seu defloramento, rindo de sua própria audácia juvenil. "Pelo queixo, falando sério. Eu simplesmente o puxei pelo queixo e ele me seguiu, saltou da cadeira como a rolha de uma garrafa, e veio atrás de mim. Um *yahoody* só para mim. Meu judeu então tão querido."

Então — adiante terei mais a dizer a respeito da crueldade desse "então", lançado no ar com um pequeno gesto de dedos e um tilintar de pulseiras. Mas no momento ainda estamos naquele dia, naquele *exato* dia: pois bem, pelo queixo ela o segurou, e ele foi atrás; abandonando seu posto, sob os olhares recriminadores — disso não tenho dúvida — da trindade contadora da firma, Kalonjee, Mirchandalchini e Tejpattam, seguindo seu próprio queixo, entregando-se a seu destino. A beleza é uma espécie de destino, a beleza fala à beleza, reconhece e assente, julga-se capaz de desculpar tudo, de modo que, embora um só soubesse a respeito do outro as expressões *herdeira cristã* e *empregado judeu*, ambos já haviam tomado as decisões mais importantes. Durante o resto de sua vida, Aurora Zogoiby deixou bem claro que sabia por que havia levado o gerente de sua firma para as profundezas escuras do armazém, e por que, ordenando-lhe com um gesto que a seguisse, subiu uma escada comprida e bamba que levava ao ponto mais alto das mais remotas pilhas de sacas. Resistindo a toda e qualquer tentativa de análise psicológica, Aurora rejeitava com irritação a teoria segundo a qual, depois de tantas mortes na família, ela se tornara vulnerável aos encantos de um homem mais velho, e fora atraída, e em seguida seduzida, pelo olhar de bondade vulnerável de Abraham: que tudo não passou de um caso de inocência atraída pela experiência. "Para começar", argumentava ela, aplaudida por sua platéia, enquanto meu pai Abraham conquistava meu desprezo ao sair de cena de fininho, envergonhado, "me desculpem, mas quem foi que levou quem aonde? Que eu me lembre fui eu que puxei, e ele que foi puxado. A meu ver, o Abie é que era o coroa inocentão, e eu a adolescente espertinha. Em segundo lugar, sempre tive uma queda por *heróis, garanhões*, homenzarrões fortões."

Lá no alto, perto do telhado do armazém nº 1, Aurora da Gama, aos quinze anos de idade, deitou-se sobre as sacas de pimenta, respirou fundo o cheiro forte dos condimentos e ficou à espera de Abraham. Ele veio como um homem que se aproxima de sua própria morte, trêmulo porém decidido, e é nesse ponto que as palavras me fogem, de modo que os leitores não ficarão sabendo de mim os detalhes sanguinolentos referentes ao que aconteceu quando ela, e depois ele, e depois os dois, e depois ela, quando então ele, e em conseqüência disso ela, e com isso, e ademais, e por algum tempo, e então por muito tempo, e silenciosamente, e ruidosamente, e quando já não agüentava mais, e por fim, e depois, até que... Uff! Epa! Chega! — Não. Há mais. É preciso contar tudo.

Uma coisa eu digo: o que eles tinham era quente e ávido. Amor louco! Foi o que levou Abraham a enfrentar Flory Zogoiby, e a abandonar sua própria raça, olhando para trás uma única vez. *Que por este favor/ Ele venha a abraçar a Lei de Cristo*, insistiu o mercador de Veneza no momento em que derrotou Shylock, mostrando ter uma compreensão limitada da virtude da piedade; e o duque concordou, *Ele o fará, sob pena de perder/ O perdão que ainda há pouco concedi-lhe*... O que a Shylock foi imposto à força foi escolhido livremente por Abraham, que preferiu o amor de minha mãe ao amor divino. Estava disposto a desposá-la segundo o rito de Roma — e quantas tempestades não há por trás dessa afirmação! Porém o amor dos dois foi forte o suficiente para resistir às intempéries, ao impacto do escândalo; e foi por conhecer essa força que eu, por minha vez... quando eu e minha amada... mas nessa ocasião ela, minha mãe... em vez de... quando eu imaginava que ela... voltou-se contra mim, e no momento em que eu mais precisava de sua ajuda, ela... contra seu próprio filho... Como vêem, não consigo, ainda, contar esta história, também. Mais uma vez, as palavras me traem.

Amor apimentado: Abraham e Aurora, no alto da pilha de sacas de pimenta de Malabar, descobriram o amor apimentado. Quando desceram de lá, não eram apenas suas roupas que cheiravam a condimentos. Com tamanha paixão haviam se entregado ao amor, tão profundamente haviam confundido seu suor e sangue e secreções diversas, naquela atmosfera fétida, carregada de cardamomo e cominho, tão intimamente haviam se fundido não apenas um com o outro mas também com o que pairava no ar, sim, com as próprias sacas de pimenta — algumas das quais, há que registrar, se rasgaram, de modo que pimentas e *elaichees* escaparam da aniagem e se aninharam e foram esmagadas entre pernas e ventres e coxas — que, para todo o sempre, os dois passaram a suar pimenta, e suas secreções passaram a ter cheiro e mesmo gosto do que fora esmagado entre suas peles, o que se misturara aos fluidos de seu amor, o que fora aspirado do ar no decorrer daquela transcendental trepada.

Pronto; a gente fica contornando um assunto por muito tempo e certas palavras acabam saindo. Mas quanto a este assunto Aurora nunca foi tímida. "Desde então, meus caros, eu não deixo Abie entrar na cozinha, porque aquela fedentina de temperos deixa o velho completamente louco. Quanto a mim, eu me lavo, me esfrego, me escovo, encho o quarto de perfume fino, e é por isso, como todos aqui sabem, que sou tão gostosa e cheirosa.'' Ah, meu pai, meu pai, por que você deixou que ela agisse assim, que fizesse gato-sapato de você dia e noite? De você e de todos nós? Você ainda a amava tanto assim? Nós realmente a amávamos naquele tempo, ou estávamos apenas confundindo com amor a aceitação passiva de uma escravidão que nos fora imposta havia tanto tempo?

•

''De agora em diante, vou tomar conta de você para sempre'', disse meu pai a minha mãe depois que fizeram amor pela primeira vez. Mas ela estava iniciando a carreira artística, respondeu ela, de modo que ''da parte mais importante de mim eu mesma cuido''.

''Então'', disse Abraham, humilde, ''vou cuidar da parte menos importante, a que precisa comer, divertir-se e descansar.''

•

Caía a tarde, e homens com chapéus chineses cônicos cruzavam lentamente a laguna em botes a vara. Barcas vermelhas e amarelas faziam suas últimas travessias do dia, arrastando-se pesadas de uma ilha a outra. Uma draga foi desligada, e quando cessou seu *bum-nhac-bum-nhac-bum* um silêncio desceu sobre o porto. Havia iates ancorados e barquinhos com velas de couro remendadas seguindo para a aldeia de Vypeen; havia barcos a remo e barcos a motor e rebocadores. Abraham Zogoiby, tendo deixado para trás o fantasma de sua mãe a saltitar num telhado do bairro judeu, ia ao encontro de sua amada na igreja de São Francisco. As redes dos pescadores chineses já haviam sido recolhidas. Cochim, cidade de redes — pensou ele —, e eu fui capturado como um peixe qualquer. Vapores de duas chaminés, o cargueiro *Marco Polo*, até mesmo uma canhoneira britânica pairavam nas águas na penumbra, como fantasmas. Tudo parecia normal, constatou Abraham, maravilhado. Como o mundo conseguia preservar essa ilusão de mesmice quando na verdade tudo havia sido modificado, irreversivelmente transformado, pelo amor?

Talvez — pensou ele — porque a estranheza, a idéia de diferença, é algo que nos proporciona mal-estar. O recém-apaixonado nos causa uma certa repulsa, para falar com franqueza; ele é como o sujeito que dorme na calçada e fala com um companheiro invisível que estaria na porta; como a bêbada de olhar perdido no horizonte, com uma enorme bola de barbante no colo; vemos essas figuras e passamos sem parar. E nosso colega de trabalho a respeito do qual ficamos sabendo, por acaso, que suas preferências sexuais são heterodoxas, e a criança que repete sem parar seqüências de sons aparentemente sem significado, e a linda mulher vista por acaso numa janela iluminada, deixando que seu fraldiqueiro lhe lamba os mamilos; ah, e o cientista brilhante que nas festas fica o tempo todo nos cantos, coçando o traseiro e examinando as unhas meticulosamente, e o nadador perneta, e... Abraham parou de repente e corou. Como estavam descontrolados seus pensamentos! Até aquela manhã, ele fora o mais metódico e organizado dos mortais, o homem das razões e das colunas de cifras, e agora, Abie, ouça as coisas que você está dizendo, toda essa bobajada de história de fadas, aperte o passo, vamos, a moça já deve estar na igreja, pelo resto da vida você vai ter que fazer o possível para não deixar sua patroa esperando...

...Quinze anos de idade! Ora, isso não é nada; aqui na nossa terra quinze anos não é muito jovem, não.

•

Na igreja: quem é este que está ganindo baixinho aqui dentro? Este cara-pálida bunda-curta de cabelos avermelhados a coçar furiosamente as costas da mão? Este querubim dentuço com suor a escorrer-lhe perna abaixo? E o que haveria de ser, em se tratando de uma igreja, senão um desses seres de coleira chamados padres? No caso em questão, o reverendo Mortimer d'Aeth, um jovem espécime anglicano de *pedigree*, ainda novo nestas plagas, sofrendo, no calor da Índia, de fotofobia.

Como um lobisomem, ele fugia da luz. Porém os raios de sol o perseguiam, farejavam sua presença, por mais que ele buscasse a sombra, e saltavam sobre ele de repente, pegando-o desprevenido, e lambiam-lhe toda a pele, por mais que ele protestasse; em conseqüência, as minúsculas bolhas de champanhe de sua alergia espocavam na superfície da pele, fazendo-o coçar-se como um cachorro sarnento. Um padre vitimado pelo calor canicular da Índia. À noite sonhava com nuvens, com sua pátria longínqua, onde o céu pairava bem próximo de sua cabeça, em suaves tons de cinzento; com nuvens, mas também — pois, embora estivesse escurecendo, o calor dos trópicos ainda se fazia sentir em sua virilha — com moças. Ou, para ser mais específico, com uma moça alta que entrava na igreja de São Francisco com um vestido comprido de veludo vermelho, a cabeça envolta numa mantilha de renda branca muito pouco anglicana, uma moça capaz de fazer um padre solitário transpirar como um tanque furado, de fazer sua pele ficar eclesiasticamente purpúrea de desejo.

•

Ela costumava vir uma ou duas vezes por semana, e ficava sentada por algum tempo junto ao túmulo vazio de Vasco da Gama. A primeira vez que a jovem passou por D'Aeth, como uma imperatriz ou uma grande atriz trágica, ele percebeu que estava perdido. Mesmo antes de ver o rosto dela, o seu já estava ficando arroxeado. Então a moça se virou para ele, e foi como se o sol o inundasse de luz, afogando-o. Imediatamente foi atacado por uma transpiração e uma coceira violentas; inflamações brotaram-lhe no pescoço e nas mãos, apesar das ondas refrescantes de ar provenientes dos grandes ventiladores que movimentavam a atmosfera da igreja num ritmo tranqüilo, como se penteassem os cabelos de uma mulher. Quando Aurora aproximou-se dele, a terrível alergia do desejo piorou ainda mais. Disse ela, simpática: "O senhor parece uma lagosta. Parece um circo de pulgas amestradas depois que as pulgas todas fugiram. E que transpiração! Bombaim tem a fonte Flora; nós temos o senhor".

Pronto: ela o havia derrubado. Tinha-o na palma da mão. A partir daquele dia, o sofrimento que as manifestações alérgicas lhe causavam era pinto comparado à dor de seu amor inconfessável e impossível. Ele ansiava pelo desprezo da jovem, pois desprezo era tudo que ela podia lhe dar. Porém aos poucos algo dentro dele começou a mudar. Sério, deliqüescente, incapaz de se exprimir, com sua cara de garoto, o padre era alvo de chacotas até mesmo em seu próprio meio; Emily Elphinstone, a viúva do comerciante de fibra de coco, ria de sua falta de jeito, servia-lhe torta de carne com rins às quintas e esperava algo em troca (porém ainda não o recebera); pois, por trás dessa fachada ridícula, D'Aeth foi se transformando em algo muito diferente; pouco a pouco sua fixação foi se transformando em ódio.

Talvez o ódio tivesse sido motivado de início pelo hábito de Aurora de postar-se junto ao túmulo vazio do explorador português, porque ele tinha medo da morte, pois como podia ela ir ali só para sentar-se ao lado do túmulo de Vasco de Gama e conversar baixinho com ele, como, se os vivos dependiam de cada gesto seu, cada movimento e cada sílaba, podia ela preferir a intimidade mórbida com um buraco no chão de onde Vasco tinha sido retirado apenas catorze anos depois de lá ter sido posto, voltando após a morte à Lisboa de onde partira tantos anos antes? Uma única vez D'Aeth cometeu o erro de aproximar-se de Aurora e perguntar-lhe se ela queria alguma coisa, minha filha; em resposta, a jovem voltou-se para ele com a ira arrogante dos infinitamente ricos e disse: "É um assunto de família; vá ver se estou na esquina". Depois, amolecendo um pouco, explicou-lhe que vinha ali para se confessar, e o reverendo D'Aeth ficou chocado com a blasfêmia de alguém buscar absolvição junto a um túmulo vazio. "Esta igreja é anglicana", disse ele, constrangido, e a afirmação a fez levantar-se de repente, desvelando-se e deslumbrando-o, Vênus surgindo envolta em veludo vermelho, e então ela o reduziu a pó com seu sarcasmo: "Em breve vamos empurrar vocês para o mar, e então vocês vão levar junto com o resto da sua tralha esta Igreja que só foi inventada porque um rei velho e babão queria uma mulher mais moça e mais sensual".

Depois Aurora perguntou seu nome. Quando o padre respondeu, ela riu e bateu palmas: "Ah, é demais", disse. "O reverendo Morte." Depois dessa, ele não conseguiu mais falar com ela, pois a moça tocara em sua ferida. A Índia abalara Mortimer d'Aeth profundamente; seus sonhos eram ou fantasias eróticas de chás em que ele e a viúva Elphinstone se reclinavam nus em tapetes incômodos de fibra de coco, ou então pesadelos nos quais o reverendo se via num lugar onde ele era invariavelmente surrado, como um tapete, ou uma mula, e também levava pontapés. Homens com chapéus que eram chatos atrás para que eles pudessem ficar encostados na parede, de modo que seus inimigos não os pegassem desprevenidos, chapéus feitos de uma substância preta rígida e brilhosa, homens que o atacavam em caminhos íngremes e cheios de pedras, surravam-no, mas nada diziam. Ele, porém, gritava bem alto, abrindo mão de seu orgulho. Era humilhante ser obrigado a gritar, mas ele não conseguia impedir que os berros saíssem. No entanto ele sabia, no sonho, que esse lugar era e continuaria sendo sua casa; ele continuaria a andar naquela encosta íngreme.

Depois que Mortimer d'Aeth viu Aurora na igreja de São Francisco, ela começou a aparecer nesses sonhos terríveis e violentos. *As escolhas humanas são inexplicáveis*, disse-lhe a moça uma vez, ao vê-lo se arrastando depois de uma surra particularmente brutal. Estaria Aurora julgando-o? Às vezes D'Aeth tinha a impressão de que ela certamente o achava desprezível por suportar tanta degradação. Mas em outras ocasiões ele supunha divisar uns laivos de sabedoria nos olhos da jovem, na musculatura sólida de seus antebraços, no seu jeito de inclinar a cabeça como se fosse um pássaro. Se as escolhas humanas são inexplicáveis, ela parecia estar dizendo, então estão também além de qualquer julgamento, além do desprezo. "Estou sendo esfolado", ele lhe dizia nos sonhos. "É minha sagrada vocação. Só poderemos conquistar nossa humanidade quando perdermos nossa pele." Quando acordava, não sabia se o sonho tinha sido inspirado por sua fé na unidade da espécie humana ou pela fotofobia que tinha o efeito de fazer com que sua pele o atormentasse tanto: se era uma visão heróica ou uma banalidade.

A Índia era incerteza, era engano e ilusão. Aqui, em Forte Cochim, os ingleses haviam se esforçado para construir uma miragem da Inglaterra, onde bangalôs ingleses cercavam um parque inglês, onde havia rotarianos e golfistas e chás dançantes e partidas de críquete e uma loja maçônica. Mas D'Aeth não conseguia deixar de ver que tudo aquilo era um truque de prestidigitação, não conseguia deixar de ouvir as vogais falsas dos comerciantes de fibra de coco que mentiam sobre suas origens sociais, não conseguia reprimir sua repulsa quando via o jeito grosseiro de dançar daquelas senhoras inglesas que eram, em sua maioria, para ser franco, um tanto vulgares, não conseguia fazer de conta que não via os lagartos hematófilos debaixo das sebes inglesas, os papagaios voando acima dos pés de jacarandá tão pouco britânicos. E, quando olhava para o mar, a ilusão de Inglaterra desaparecia por completo; pois aquele porto era indisfarçável, e, por mais anglicizada que fosse a terra, a água a contradizia; era como se a Inglaterra estivesse sendo banhada por um mar estrangeiro. Estrangeiro e invasor; pois Mortimer d'Aeth sabia muito bem que a fronteira entre os quistos ingleses e o mundo estranho que os cercava havia se tornado permeável, estava começando a dissolver-se. Tudo aquilo retornaria à Índia. Os ingleses seriam — tal como Aurora previra — empurrados para o oceano Índico — o qual, por puro espírito de porco dos indianos, era conhecido lá como mar da Arábia.

Não obstante, pensava ele, era preciso manter os padrões, afirmar a continuidade. Havia o certo e o errado, o caminho de Deus e o caminho torto. Se bem que essas imagens fossem claramente meras metáforas; não se devia interpretá-las literalmente demais, cantar o Paraíso muito alto, condenar um número excessivo de pecadores ao Inferno. D'Aeth acrescentava esse codicilo com certa ferocidade, porque a Índia estava corroendo sua mansidão original; a Índia, onde são Tomé, o cético, havia fundado um cristianismo que era de se esperar que fosse uma religião de incerteza, na verdade recebera a Igreja anglicana, essa igreja tão mansa e razoável, com grandes nuvens de incenso fervoroso e baforadas de calor religioso... Ele olhava para as paredes da igreja de São Francisco, para os mementos de ingleses que morreram jovens, e sentia medo. Moças de dezoito anos chegavam à cata de marido, punham os pés em solo indiano e como que mergulhavam direto na cova mais próxima. Herdeiros de grandes famílias aos dezenove anos já estavam encerrados em seus respectivos caixões, poucos meses depois de chegarem. Mortimer d'Aeth, que todos os dias se perguntava quando a boca da Índia viria a devorá-lo também, achou o trocadilho que Aurora fizera com seu nome tão desagradável quanto seu hábito de conversar com o túmulo vazio de Vasco da Gama. Não disse nada, é claro. Não seria direito. Além do que, a beleza da jovem parecia ter o efeito de fazer sua língua inchar, de aumentar a sensação de calor e confusão — pois quando ela o transfixava com seu olhar zombeteiro e alegre, ele tinha vontade de que *o chão o engolisse* — além de vontade de se coçar.

•

Aurora, com seu véu de renda, trescalando sexo e pimenta, aguardava o amante junto ao túmulo de Vasco; Mortimer d'Aeth, fervilhando de lascívia e ressentimento, estava na sombra, à espreita. Na penumbra da igreja, onde pouco efeito tinham umas parcas luminárias amarelas nas paredes, as únicas outras pessoas presentes eram três *mem-sahibs*, as irmãs Aspinwall, que estalaram a língua em reprovação quando Aurora, católica, passou por elas toda de vermelho — uma das irmãs chegou mesmo a levar ao nariz um lenço perfumado — e foram de imediato brindadas com um golpe da língua ferina da jovem. "Por que é que vocês estão cacarejando?", perguntou Aurora. "Vocês não parecem galinhas. Parecem mais peixes engasgados com espinhas."

E o jovem sacerdote, incapaz de aproximar-se dela, incapaz de desligar-se dela, semi-enlouquecido pelo cheiro forte que ela emitia, deu-se conta de que a viúva Elphinstone recuava para o fundo de sua consciência, muito embora, com apenas vinte e um anos, a viúva fosse uma bela mulher, que não era em absoluto desprovida de admiradores. *Podemos não ter muita coisa, mas somos exigentes*, ela lhe dissera. Muitos homens batiam à porta da jovem viúva, nem todos munidos de intenções honrosas. *Muitos chamam, mas poucos são atendidos*, dizia ela. *É preciso traçar uma linha que não seja fácil de cruzar*. Emily Elphinstone, senhora jovem e honesta, e cozinheira atroz, deveria estar na cozinha, aguardando a chegada, como que por acaso, de Mortimer d'Aeth; e ele de fato chegaria, sem dúvida, sem dúvida. Nesse ínterim, porém, permanecia onde estava, muito embora os olhares furtivos que dirigia à mulher de seus sonhos lhe parecessem uma espécie de infidelidade.

Abraham chegou afobado, e quase correu até o túmulo de Vasco. Quando Aurora apertou as mãos dele entre as suas, e os dois começaram a trocar sussurros passionais, Mortimer d'Aeth sentiu uma pontada de raiva. Virou-se abruptamente e afastou-se; os saltos de suas botas negras estalaram sobre o chão de pedra, e os focos amarelados de luz revelaram às irmãs Aspinwall que os punhos do jovem padre estavam cerrados. Elas se levantaram e o interceptaram à porta: teria ele sentido um cheiro que, levado até o lado oposto da igreja pelos ventiladores longos e lerdos, era inconfundível e inegável? — Sim, ele havia sentido também. — E teria observado que aquela zinha papista estava encenando uma tórrida cena de paixão diante deles? Talvez ele não soubesse, por ser ainda recém-chegado, que o sujeito que a estava apalpando ali na casa de Deus era não apenas um reles empregado de sua família como também, verdade fosse dita, um israelita? — Não, isso ele não sabia, e agradecia muitíssimo a informação. — Mas aquilo não podia ser tolerado, ele não podia deixar uma coisa daquelas acontecer, ele não ia fazer nada? — Ele faria algo sim, mas não naquele momento, não ficaria bem uma cena desagradável ali, mas certamente ele tomaria as medidas necessárias, que as senhoras não tivessem dúvida quanto a isso. — Pois era o que elas esperavam dele. Estavam voltando para Ooty no dia seguinte, mas da próxima vez que viessem à igreja gostariam de ver que alguma coisa fora feita. — Senhoras, estou sempre a sua disposição.

Mais tarde, naquela noite, Mortimer d'Aeth, tomando um cálice de vinho do Porto com a jovem viúva, recuperando-se dos muitos pratos de cadáveres duros e queimados que ela colocara a sua frente, mencionou o evento ocorrido na igreja de São Francisco naquela tarde. Mas bastou ele pronunciar o nome de Aurora da Gama para que os suores e as coceiras recomeçassem, até o nome da jovem tinha o poder de inflamá-lo, e Emily teve um acesso de raiva chocante e pouco condizente com sua maneira habitual: "Essa gente, tal como nós, também não tem direito de estar aqui, mas nós ao menos podemos voltar para a nossa terra. Um dia a Índia vai se voltar contra eles também, e aí vamos ver se eles bóiam ou afundam". Não, não, discordou D'Aeth; ali no Sul havia poucos conflitos entre comunidades; mas ela se voltou contra ele com ferocidade. Eram uns *párias*, gritou, aqueles cristãos esquisitos com aqueles cultos deles cheios de abracadabras, para não falar nesses judeus já quase extintos, o povo menos importante do mundo, a mais minoritária das minorias, e se eles... se eles entravam no *cio*, isso era a última coisa em que ela gostaria de pensar numa noite agradável como aquela, e mesmo se aquelas gárgulas velhas de Ootacamund, aquelas bebericadoras de chá metidas a besta, estavam criando caso por conta disso, ela não tinha a menor vontade de desperdiçar mais um instante que fosse nesse assunto, e se sentia na obrigação de dizer que ele, Mortimer, havia caído em seu conceito, que ela jamais o julgaria capaz de tocar num assunto como aquele, quanto mais ficar vermelho como um pimentão e começar a *gotejar* suor ao pronunciar o nome daquela criatura. "Meu falecido marido", disse ela, com voz trêmula, "tinha uma fraqueza por mulheres afetadas. Mas ele ao menos tinha a delicadeza de guardar para si próprio suas paixonites por dançarinas, enquanto você, Mortimer — e um sacerdote, ainda por cima! —, você só falta *babar* em cima da minha mesa."

Mortimer d'Aeth, tendo sido informado pela viúva Elphinstone de que não precisava mais dar-se ao trabalho de vir visitá-la, levantou-se e foi embora; e jurou vingar-se. Emily tinha razão. Aurora da Gama e seu judeu eram meras moscas pousadas no grande diamante da Índia; como podiam ter a ousadia de desafiar tão descaradamente a ordem natural das coisas? Estavam pedindo para ser esmagados.

•

Junto ao túmulo vazio do lendário navegador português, Abraham Zogoiby pôs as mãos entre as de sua amada e confessou: falou da briga, da expulsão, de sua condição de sem-teto. Mais uma vez seus olhos ficaram marejados de lágrimas. Porém ele havia trocado a mãe por uma mulher ainda mais dura de roer; Aurora assumiu o controle de imediato. Apossou-se de Abraham e instalou-o no recém-reformado capricho ocidental de Le Corbusier na ilha Cabral. "Infelizmente você é muito alto e tem ombros muito largos", disse ela, "de modo que os terninhos de meu pobre papai não vão lhe servir. Mas esta noite você não vai precisar de terno." Meus pais sempre consideraram essa noite a verdadeira noite de núpcias, apesar do que ocorreu no alto das sacas de pimenta de Malabar, por causa do que aconteceu,

depois que a herdeira de uma grande empresa de especiarias, aos quinze anos de idade, entrou no quarto de seu amante vinte e um anos mais velho que ela, vestida apenas de luar, com grinaldas de jasmim e lírio-do-vale entremeadas nos negros cabelos em tranças (feitas pela velha Josy) que lhe desciam as costas como um manto de rainha, quase chegando ao fresco soalho de pedra sobre o qual seus pés descalços se moviam tão lépidos que por um instante Abraham, abismado, julgou que ela estivesse voando;

depois da segunda sessão de amor temperada com condimentos vários, na qual o homem maduro se entregou por completo à vontade da jovem, como se sua capacidade de fazer escolhas tivesse sido esgotada pelas conseqüências do ato de tê-la escolhido;

depois que Aurora murmurou seus segredos em seu ouvido, *porque por muitos anos só me confessei para um buraco, mas agora, meu marido, posso contar-lhe tudo*, o assassinato da avó, a maldição da velha moribunda, tudo, e Abraham sem pestanejar aceitou seu destino; expulso da comunhão de sua própria gente, tomou para si a última praga da matriarca, que Epifânia sussurrou no ouvido de Aurora, e cujo doce veneno a jovem agora verteu no ouvido dele: *casa dividida não fica em pé*, foi o que ela disse, meu marido, *que sua casa seja para sempre dividida, que seus alicerces virem pó, que seus filhos se voltem contra você, e que a sua queda seja dolorosa*;

depois que Abraham confortou Aurora jurando que tornaria nula a maldição, que ficaria sempre a seu lado, ombro a ombro, por pior que a vida se tornasse;

e depois que ele disse que sim, que para desposá-la ele daria o grande passo, ele aceitaria a catequese e se converteria para a Igreja de Roma, e na presença do corpo nu da jovem, que lhe inspirava um certo temor religioso, não lhe foi difícil fazer essa promessa, também nesse ponto ele se submeteria à vontade dela, às convenções culturais dela, muito embora ela tivesse menos fé que um mosquito, muito embora uma voz dentro dele repetisse uma ordem que ele não repetiu em voz alta, uma voz a lhe ordenar que guardasse seu judaísmo no mais recôndito de sua alma, que no cerne de seu ser ele teria que construir uma câmara onde ninguém jamais haveria de penetrar, e ali guardaria sua verdade, sua identidade secreta, e só então ele poderia entregar o resto de seu ser em nome do amor:

então

a porta da câmara nupcial se abriu, e eis que entrou, de pijama, com uma lanterna e uma touca comprida, Aires da Gama, igualzinho a uma ilustração de livro infantil, fora a expressão de ira fingida; e, junto com ele, entrou também Carmem Lobo da Gama, esforçando-se ao máximo para parecer horrorizada, porém sem conseguir disfarçar a expressão de inveja; e logo atrás deles vinha o anjo vingador, o traidor, de tez rubra, suando profusamente: claro, Mortimer d'Aeth. Porém Aurora não conseguiu se conter, recusou-se a agir de acordo com as regras daquele melodrama vitoriano tropicalizado. "Tio Aires! Tia Saara!", exclamou ela, alegre. "Mas onde vocês deixaram o Jojó? Será que ele não vai ficar com ciúmes? Porque hoje vocês saíram para passear com um cachorro com uma coleira diferente." Comentário esse que fez a tez de Mortimer d'Aeth assumir um matiz ainda mais vivo de vermelho.

"Prostituta de Babilônia!", urrou Carmem, tentando recolocar as coisas nos devidos lugares. "Filha de rameira, rameirinha é!" Sob um lençol de linho branco, Aurora esticou o corpo para maximizar a provocação; um seio tornou-se visível, causou uma interjeição eclesiástica claramente audível, e obrigou Aires a dirigir sua frase seguinte à radiovitrola Telefunken: "Zogoiby, pelo amor de Deus! Será que você não tem um pingo de decência?".

" 'Ela é a minha sobrinha!' Ha, ha, ha! Com aquele jeito pomposo dele, logo quem, com o histórico que ele tinha!" Minha mãe sempre caía na gargalhada quando o episódio era narrado no morro de Malabar. "Gente, quase morri de rir. 'O que significa isto?' Grande pedaço de asno. Respondi: 'Olhe, eis aí um padre, e parentes próximos estão presentes, e você está tendo a bondade de me entregar em casamento. Ligue o rádio, quem sabe não estão tocando uma marcha nupcial'."

Aires ordenou a Abraham que se vestisse e fosse embora; Aurora deu a contra-ordem. Aires ameaçou chamar a polícia; Aurora respondeu: "E você, titio, não tem nada a esconder dos policiais enxeridos?". Aires corou até a raiz dos cabelos, e murmurando *Vamos continuar esta conversa amanhã de manhã* bateu em retirada, seguido mais que depressa por Mortimer d'Aeth. Carmem ficou parada à porta por um momento, boquiaberta. Então também saiu de cena em grande estilo: batendo com força a porta. Aurora abraçou Abraham, que havia coberto o rosto com as mãos. "Posso ir? Estou indo!", cochichou ela. "Moço, lá vem a noiva."

•

Abraham Zogoiby cobriu o rosto naquela noite de agosto de 1939 porque fora acometido de medo; medo não de Aires, nem de Carmem, nem do sacerdote fotófobo, e sim um medo súbito e terrível de que a feiúra da vida fosse mais forte que o que nela havia de belo; medo de que o amor não fosse capaz de tornar invulneráveis os que amavam. Assim mesmo, pensou, mesmo se a beleza e o amor do mundo estivessem à beira do abismo, mesmo assim seria necessário estar deste lado; o amor derrotado continuaria sendo amor, nem por ser vitorioso o ódio deixaria de ser o que era. "Mas vencer é melhor que perder." Ele havia prometido a Aurora que tomaria conta dela, e iria cumprir o prometido.

•

Minha mãe pintou "O escândalo", o que é desnecessário dizer a quem entenda alguma coisa de arte, pois essa grande tela enche uma parede inteira da Galeria Nacional de Arte Moderna em Nova Delhi. Passe pela "Mulher com frutas" de Raja Ravi Verma, essa imagem de uma jovem tentadora coberta de jóias, cujo olhar oblíquo, de uma sensualidade escancarada, me lembra Aurora; vire a esquina junto à sinistra aquarela de Gaganendranath Tagore, *Jadoogar* ("Mágico"), em que uma versão indiana e monocromática do mundo distorcido do *Gabinete do doutor Caligari* aparece sobre um tapete laranja-choque (e confesso que isso me faz pensar na casa da ilha Cabral, por causa das sombras nítidas, das figuras à espreita, das mudanças de perspectiva, para não falar na figura estranha, semivelada, de uma giganta coroada, em posição central); e então... vire depressa agora! Não é o momento adequado para discutir a opinião altamente negativa da arquicosmopolita Aurora Zogoiby a respeito da obra-prima de uma pintora mais velha, assumidamente provinciana, arqui-rival de Aurora na disputa pelo título de Maior Pintora da Índia, "O velho contador de histórias", e sim de contemplar, diretamente a sua frente, a obra maior de Aurora, que, na minha humilde, ou talvez não tão humilde, opinião, é, quanto à cor e ao movimento, ao menos tão notável quanto qualquer grupo de dançarinas de Matisse, só que, nesse quadro densamente povoado, em tons de carmim deliberadamente berrantes, em verdes-neon escandalosos, a dança não é de corpos e sim de línguas, e todas as línguas das figuras vivamente coloridas, a cochichar uma dentro do ouvido da outra, são negras, negras, negras.

Não vou discorrer aqui sobre os aspectos artísticos desse quadro, e sim limitar-me a relatar alguns dos mil e um episódios a ele associados, pois como sabemos Aurora aprendera muito com as tradições narrativas da pintura do Sul: veja, eis aqui a figura repetida e misteriosa de um sacerdote avermelhado, suando em bicas, com cabeça de cachorro, o qual todos hão de concordar, creio eu, que é a figura em torno da qual se estrutura toda a ação do quadro. Veja! Lá está ele, um toque avermelhado nos azulejos azuis da sinagoga; e, mais uma vez, na catedral de Santa Cruz, ornada de alto a baixo com sacadas falsas, grinaldas falsas e, naturalmente, os Passos da Cruz! O padre-cachorro aparece cochichando no ouvido de um bispo católico chocado, representado como um peixe, com todos os aparatos do cargo.

O escândalo — melhor dizendo, *O escândalo* — é uma grande cena em espiral, na qual Aurora inseriu os dois escândalos que marcaram os da Gama de Cochim, tanto o incêndio das plantações de especiarias quanto os amantes traídos pelo forte cheiro de pimenta que emanava de seus corpos. Nas montanhas que formam o fundo da multidão em espiral vêem-se os clãs Lobo e Menezes em guerra: todos os Menezes têm cabeças e caudas de cobras, enquanto os Lobo, naturalmente, são lobos. Mas em primeiro plano vemos as ruas e canais de Cochim, pululando de congregações escandalizadas: peixes católicos, cães anglicanos, e judeus todos azuis, como figuras de azulejos chineses. O marajá, o residente, diversas autoridades aparecem recebendo petições; vários tipos de medidas estão sendo exigidas. E tome língua! Placas são carregadas, archotes são erguidos. Homens armados defendem armazéns dos incendiários indignados da cidade. Todos estão exaltados nesse quadro: tal como na vida real. Aurora sempre dizia que o quadro tinha origem na história de sua vida, o que irritava os críticos que eram contra essa visão historicizante da arte, que a reduzia a meros "mexericos"... porém ela jamais negou que as figuras no centro daquela espiral de paixões se baseavam em Abraham e nela própria. Os dois formam o centro tranqüilo do furacão, adormecidos numa ilha plácida bem no meio da tempestade; seus corpos estão entrelaçados num pavilhão aberto, num jardim formal de cascatas e salgueiros e flores, e quem examina as figuras de perto, pois são bem pequenas, constata que têm penas em vez de pele: e têm cabeças de águias, e suas línguas, a lamber com avidez, não são negras, e sim úmidas, gordas, vermelhas. "A tempestade passou", disse meu pai, quando me levou, ainda menino, para ver esse quadro. "Mas nós permanecemos acima dela, desafiamos a todos, e sobrevivemos."

•

Quero — finalmente! — dizer, a esta altura, uma coisa boa sobre meu tio-avô Aires e sua mulher, Carmem/Saara. Quero apresentar circunstâncias atenuantes relacionadas a seu comportamento: estavam mesmo preocupados com Aurora, quando por fim invadiram seu pequeno ninho de amor; afinal, não é brincadeira um homem de trinta e seis anos de idade, sem um tostão, deflorar uma milionária de quinze. Quero dizer que a vida de Aires e Carmem era dolorosa e tortuosa, porque viviam uma mentira, e por isso às vezes agiam de modo tortuoso também. Tal como Jojó-Jawaharlal, eles faziam muito barulho mas não mordiam muito, não. Acima de tudo, quero deixar claro que muito rapidamente os dois se arrependeram de ter se aliado, ainda que por tão pouco tempo, a Mortimer, o Anjo da Morte, e que, quando o escândalo atingiu o auge, quando multidões chegaram perto de destruir os armazéns da firma, quando se começou a falar em linchar o judeu e sua putinha, quando a reduzida população judaica de Mattancherri correu risco de vida por alguns dias e as notícias que vinham da Alemanha não pareciam vir de muito longe, Aires e Carmem se puseram do lado dos amantes: cerraram fileiras, defenderam os interesses da família. E se Aires não tivesse se colocado à frente da multidão que ameaçava incendiar o armazém e calado os líderes gritando mais alto que eles — um ato de imensa coragem pessoal —, e se ele e Carmem não tivessem visitado pessoalmente todas as autoridades religiosas e seculares da cidade para garantir que o que havia entre Abraham e Aurora era paixão genuína, e que como seus tutores não faziam nenhuma objeção ao casamento, talvez as coisas tivessem desandado de todo. Mas na verdade o escândalo morreu em poucos dias. Na loja maçônica (Aires entrara para a maçonaria havia pouco tempo), figuras destacadas da sociedade local deram os parabéns ao senhor da Gama pelo modo sensato como a questão foi resolvida. As irmãs Aspinwall voltaram de Ooty tarde demais para gozar o espetáculo.

Nenhuma vitória jamais é completa. O bispo de Cochim se recusou a aceitar a conversão de Abraham, e Moshe Cohen, chefe dos judeus de Cochim, declarou que em hipótese alguma poderia ser realizado um casamento judaico. É por isso que — revelo agora pela primeira vez — meus pais faziam questão de afirmar que a noite passada no chalé corbusieriano havia sido sua noite de núpcias. Quando foram para Bombaim, apresentavam-se como marido e mulher, e Aurora assumiu o nome Zogoiby, e tornou-o famoso; porém, senhoras e senhores, casamento, mesmo, não houve.

Louvo a atitude de desafio de meus pais; e, observe-se, quis o Destino que os dois — por não serem religiosos — não precisassem romper com nenhuma raiz religiosa. Eu, porém, não fui criado como católico nem como judeu. Eu era as duas coisas, e não era nada: um judeólico anônimo, um caju, um juca, um vira-lata. Fui — como é mesmo que se diz hoje? — *atomizado*. Isso: um bastardo de Bombaim. Um petardo de Bomba-Im.

Bastardo: gosto da palavra. Gosto das palavras em ardo, erdo, erda. Como merda. Como eu.

•

Duas semanas depois que o escândalo por ele desencadeado contra meus pais esfriou, Mortimer d'Aeth recebeu a visita de um anófele particularmente malévolo, o qual se intrometeu, enquanto ele dormia, num furo de seu mosquiteiro. Pouco depois dessa justiça poética anofélica, o mefistofélico eclesiástico contraiu uma merecida malária, e, apesar dos cuidados constantes da viúva Elphinstone, que lhe enxugava a fronte com as compressas frias das esperanças despedaçadas, o sacerdote suou muito, e morreu.

Mas como estou compassivo hoje! Sabem o que mais? Tenho pena desse pobre coitado, também.

8

O terceiro e mais chocante dos escândalos de nossa família não chegou a se tornar público, mas agora que meu pai Abraham Zogoiby bateu as botas, aos noventa anos de idade, não me sinto mais impedido de trazer à luz este segredo familiar... *Vencer é melhor* sempre foi o seu lema, e a partir do momento em que Abraham entrou na vida de Aurora minha mãe se deu conta de que ele estava falando sério, pois tão logo esfriou o escândalo causado pelo amor dos dois, com uma baforada de fumaça e um *úúú* de sua sirene, o cargueiro *Marco Polo* partiu para o porto de Londres.

Naquela tarde, Abraham voltou para a ilha Cabral depois de passar o dia inteiro na rua, e, quando chegou a dar um tapinha na cabeça do buldogue Jawaharlal, ficou claro que estava explodindo de felicidade. Aurora, imperiosa, exigiu que ele lhe dissesse por onde andara. Como resposta, Abraham apontou para o navio que partia, e fez, pela primeira vez, o gesto que repetiria tantas vezes ao longo dos anos em que viveram juntos, o gesto que significava *não pergunte*: desenhou uma agulha e linha imaginárias em seus lábios, como se os costurasse. "Eu lhe prometi", disse, "que tomaria conta das coisas sem importância: mas, para fazer isso, às vezes tenho que ir em segredo à rua da Agulha e Linha."

Naquela época, os jornais, o rádio, os boatos de rua tinham um único tema: a guerra. Para ser franco, devo dizer que em grande parte foram Hitler e Churchill que salvaram a pele de meus pais escandalosos; o início da Segunda Guerra Mundial foi uma ação diversionária muito eficiente — e os preços da pimenta e dos temperos em geral haviam se tornado instáveis devido à perda do mercado alemão, e aos rumores cada vez mais freqüentes a respeito de ameaças aos cargueiros. Eram particularmente persistentes os boatos de que os alemães estavam planejando paralisar o império britânico enviando navios de guerra e submarinos para as rotas marítimas não só do Atlântico como também do Índico, e os navios mercantes (era o que todos acreditavam) seriam alvos tão visados quanto os da marinha de guerra; além disso, haveria minas. Apesar de tudo isso, Abraham havia conseguido fazer, como que por mágica, que o *Marco Polo* saísse naquele exato momento do porto de Cochim, rumo ao Ocidente. *Não pergunte*, dizia ele com seu gesto; e Aurora, minha mãe-imperatriz, levantou as mãos, aproximou-as, num discreto gesto de aplauso, e não perguntou mais nada. "Eu sempre quis um mágico", foi tudo que ela disse. "Pelo visto, acabei encontrando."

Fico admirado quando penso nessa cena. Como foi que minha mãe conseguiu sufocar sua curiosidade? Abraham fizera algo impossível, e ela parecia não se importar por ficar sem saber: estava disposta a permanecer na ignorância, como a moça da rua da Agulha e Linha. E, nos anos que seguiram, à medida que a empresa da família se diversificava de modo triunfal em mil e uma direções diferentes, e as montanhas da fortuna se transformaram de meros Ghats-Gama num Himalaia-Zogoiby, ela jamais pensou, por um só momento... mas claro que ela deve ter pensado nisso; sua cegueira era proposital, sua cumplicidade era a cumplicidade do silêncio, do tipo "não me diga coisas que não quero saber", do tipo "não interrompa meu Processo de Criação Artística". E era tal a força de sua cegueira que nenhum de nós olhava também. Ela foi a fachada perfeita para as atividades de Abraham Zogoiby! Uma fachada brilhante, legitimadora... mas não devo me antecipar. Por ora, basta revelar — não, já está mais do que na hora de revelar! — que meu pai, Abraham Zogoiby, revelou-se possuidor de um raro talento para fazer as pessoas mudarem de idéia.

Foi ele mesmo que me contou: Abraham passou boa parte daquelas horas em que não se sabia onde ele estava entre os trabalhadores do cais do porto, chamando para um canto os maiores e mais fortes que ele conhecia e dizendo-lhes que, se a tentativa nazista de bloqueio naval desse certo, se empresas como a Companhia Camões Cinqüenta por Cento Ltda. fossem à falência, também eles, os estivadores, bem como suas famílias, seriam arrastados para a miséria. "Esse capitão do *Marco Polo*", dizia ele, em tom de desprezo, "esse covarde que se recusa a partir, está tirando a comida dos pratos de seus filhinhos."

Tendo conseguido formar um exército forte o bastante para dominar a tripulação do navio, se tal viesse a fazer-se necessário, Abraham foi pessoalmente procurar os tesoureiros-chefes. Os senhores Tejpattam, Kalonjee e Mirchandalchini o receberam com visível desagrado, pois não fora ele até muito recentemente um humilde subordinado deles, obrigado a cumprir toda e qualquer ordem que lhe dessem? E agora — por ter seduzido aquela rameira barata, a Proprietária — tinha ele o descaramento de mandar e desmandar como se fosse o chefe... Porém, não tendo alternativa, os três seguiram suas instruções. Mandaram mensagens telegráficas urgentes e insistentes para os donos e o comandante do *Marco Polo*, e pouco depois Abraham Zogoiby, ainda desacompanhado, foi levado ao cargueiro por ninguém menos que o piloto do porto.

A reunião com o comandante foi rápida. "Expliquei-lhe a situação geral do modo mais franco", contou-me meu pai, já em idade muito avançada. "A necessidade de agir de imediato para monopolizar o mercado britânico para compensar a perda do mercado alemão, etcétera e tal. Fui generoso, o que sempre é recomendável nas negociações. Em reconhecimento a sua coragem, disse eu, nós o faríamos um homem rico quando chegasse à Inglaterra. Ele gostou da idéia. Foi o que o tornou receptivo." Fez uma pausa, arquejando, tentando encher os farrapos de pulmões que lhe restavam. "Naturalmente, junto com o argumento positivo vinha também uma ameaça de bom tamanho. Informei o comandante de que, se até o pôr-do-sol meu pedido não fosse atendido, eu lamentava dizer, falando como seu colega, que seu navio iria para o fundo do porto, e ele, infelizmente, seria obrigado a afundar junto."

Teria ele de fato cumprido essa ameaça? Foi o que lhe perguntei. Por um momento, imaginei que ele recorresse a sua agulha e linha invisíveis; porém o velho teve um acesso de tosse, rosnou e pigarreou, e seus olhos turvos transbordaram. Só quando a convulsão diminuiu me dei conta de que meu pai estava rindo. "Meu filho, meu filho", grasnou Abraham Zogoiby, "jamais se dá um ultimato a menos que se esteja disposto a correr o risco de ver o ultimatado pagar para ver."

O comandante do *Marco Polo* não ousou pagar para ver; mas houve quem ousasse. O cargueiro atravessou o oceano, avançou até onde os boatos não chegavam, até onde não se sabia mais onde ele estava, e o cruzador alemão *Medéia* o torpedeou a poucas horas de distância da ilha de Socotra, perto da costa da Somália. O navio afundou rapidamente; toda a tripulação e todo o carregamento se perderam.

"Eu joguei meu ás", relembrava o velho. "Mas os desgraçados me cortaram com um trunfo."

•

É compreensível que Flory Zogoiby ficasse meio amalucada depois que seu filho único a abandonou. Quem seria capaz de censurá-la por passar horas sentada num banco à entrada da sinagoga, com um chapéu de palha na cabeça, mordendo os lábios, jogando paciência ou *mah-jong*, e despejando uma catilinária incessante contra os "mouros", um conceito que fora alargado de tal modo a englobar praticamente todo mundo? E quem não a perdoaria por ter achado que estava vendo coisas quando, num belo dia na primavera de 1940, o filho pródigo aproximou-se dela, com a maior desfaçatez, um sorriso largo nos lábios, como se tivesse acabado de encontrar um tesouro no fim do arco-íris?

"Ora, Abie", disse ela devagar, sem olhar diretamente para ele, com medo de descobrir que seu vulto era transparente, o que seria prova de que ela havia finalmente endoidado de vez. "Quer jogar uma partida?"

O sorriso dele alargou-se ainda mais. A beleza de Abraham a irritava. Com que direito ele aparecia ali, derramando toda aquela boniteza em cima dela, sem aviso prévio? "Eu conheço você, Abie", disse, ainda olhando para as cartas. "Quando você sorri desse jeito é porque está em maus lençóis, e quanto mais largo o sorriso mais você afundou. Pelo visto, a situação está tão feia que você veio procurar sua mãe. Nunca vi na minha vida você sorrir tão largo. Sente aí! Vamos jogar uma partida."

"Não vamos jogar nada, mamãe", disse Abraham, com um sorriso que quase encostava nos lóbulos das orelhas. "Podemos entrar ou a senhora quer que o bairro judeu inteiro fique sabendo da nossa vida?"

Agora ela o olhou no rosto. "Sente aí", ordenou. Ele obedeceu; ela deu cartas para uma partida de cunca. "Você acha que pode me derrotar? Pois enganou-se, meu filho. Comigo você não tem a menor chance."

Um navio havia afundado. Mais uma vez, a fortuna da nova família de Abraham entrara em crise. Felizmente, não houve bate-bocas mesquinhos na ilha Cabral — o armistício entre os velhos e os novos membros do clã se sustentou. Mas a crise era inegável; depois de muita persuasão, bem como outras táticas, menos elegantes, tiradas das profundezas não da rua da Agulha e Linha, e sim da travessa da Faca e Corda, um segundo e depois um terceiro carregamento de produtos Da Gama seguiram viagem, contornando o cabo da Boa Esperança na esperança de evitar os perigos do Norte da África. Apesar dessa precaução, e das tentativas da marinha britânica de policiar todas as rotas marítimas vitais — se bem que, é necessário que se diga, e o pândita Nehru o disse de sua cela na prisão, a atitude britânica para com os navios indianos foi, para dizer o mínimo, pouco cuidadosa —, esses dois navios também acabaram levando mais especiarias para o fundo do oceano; e o império de condimentos da C-50 (e, quem sabe, também o coração do próprio império britânico, privado da inspiração proporcionada pela pimenta) começou a balançar. As despesas — salários, manutenção, juros de empréstimos — aumentavam. Mas não estou escrevendo um relatório comercial, de modo que me limitarei a dizer que as coisas estavam realmente mal quando Abraham, até então um poderoso comerciante de Cochim, voltou ao bairro judeu sorrindo de orelha a orelha. *Então todos os seus empreendimentos fracassaram? Nem um só sucesso?* — Não. Está bem? Então vamos em frente. Quero lhes contar uma história de fadas.

No final das contas, de nós só restam as histórias; não somos mais do que as poucas histórias que permanecem. E nas melhores narrativas antigas, as que queremos ouvir vez após vez, há casais enamorados, é verdade, mas os trechos que mais nos interessam são aqueles em que descem sombras sobre os caminhos dos que amam. Maçã envenenada, roca enfeitiçada, rainha negra, bruxa malvada, gnomos que raptam bebês — é isso. Pois bem: era uma vez Abraham Zogoiby, meu pai, que jogou pesado e perdeu a partida. Porém ele havia feito um juramento: *vou tomar conta das coisas*. Assim, quando não lhe restava mais nenhum outro recurso, seu desespero foi tamanho que se viu obrigado a vir implorar, sorrindo como um possesso, a sua mãe amalucada. — O que ele queria? E o que haveria de querer, senão o baú do tesouro?

•

Abraham engoliu o orgulho e veio de pires na mão, o que bastava para Flory entender o quanto ela estava por cima. Ele havia prometido o que não conseguiu realizar: transformar palha em ouro, essas histórias; e era orgulhoso demais para admitir para a família de sua mulher que fracassara, dizer-lhes que seria necessário hipotecar ou vender sua enorme propriedade. *Eles lhe deram carta branca, Abie, e agora a coisa está preta*. Ela o fez esperar um pouco, mas não muito; depois concordou. Precisa de capital? Jóias guardadas numa velha arca? Está bem, pode levar. Todas as manifestações de gratidão, explicações referentes a problemas de caixa temporários, dissertações a respeito do valor persuasivo das jóias quando se pede a marinheiros que arrisquem suas vidas, todas as ofertas de juros e propostas de lucros foram rejeitadas com um gesto. "O que lhe dou são jóias", disse Flory Zogoiby. "Minha recompensa terá que ser uma jóia maior."

Seu filho não entendeu o que ela queria dizer. Mas claro, prometeu, radiante, claro que ela seria recompensada por seu empréstimo tão logo a situação da firma melhorasse; e, se ela preferisse receber sua parte em esmeraldas, ele faria questão de escolher as pedras mais belas. E falava, e prometia, sem se dar conta de que estava adentrando águas mais turvas do que imaginava, além das quais ficava uma floresta negra onde, numa clareira, um homenzinho dançava, cantando: *Meu nome é Rumpelstiltskin*... "Isso são outros quinhentos", interrompeu Flory. "Não tenho dúvida de que meu empréstimo será pago. Mas, para um investimento tão arriscado, minha recompensa há de ser a maior jóia de todas. Você tem que me dar seu filho varão primogênito."

(Duas origens foram propostas para a caixa de esmeraldas de Flory: herança e contrabando. Se deixarmos de lado os sentimentos, a lógica e a razão apontam para a segunda opção; e se essa é a verdadeira, se Flory estava especulando com um tesouro pertencente a gângsteres, então ela própria estava correndo risco de vida. Sua exigência torna-se menos chocante quando se leva em conta que, em troca da vida humana que ela pedia, sua própria existência era posta em jogo? Terá sido, na verdade, um ato de heroísmo?)

Traga-me seu primogênito... Havia toda uma cadeia de lendas entre essa mãe e esse filho. Abraham, horrorizado, disse que isso estava fora de questão, era um pedido perverso, impensável. "Consegui fazer murchar esse seu sorriso idiota, não foi, Abie?", perguntou Flory, lúgubre. "E não pense que você vai poder agarrar aquele baú e sair correndo com ele. Não está mais onde estava. Você precisa das minhas pedras? Então me dê seu primeiro filho; carne e osso em troca de pedras."

Ó minha mãe, enlouqueceste. Ó minha ancestral, temo que estejas doida de pedra. "A Aurora ainda não está grávida", foi tudo que Abraham conseguiu gaguejar.

"Ah, Abie", riu Flory, "você acha que estou maluca, menino? Acha que vou matar o menino, comer a carne, beber o sangue, o quê? Posso não ser rica, meu filho, mas na minha casa não falta comida, de modo que não preciso devorar meus próprios descendentes." Assumiu um tom sério. "Ouça: você vai poder vir ver o menino quando quiser. Até a mãe pode vir. Também pode levá-lo para passar uns dias com vocês, feriados, essas coisas. Agora, ele vai morar comigo, e vou fazer o possível para criá-lo de modo que ele venha a ser o que você não é mais: um judeu varão de Cochim. Perdi um filho; quero pelo menos ganhar um neto." Não acrescentou o que pensou no fundo da alma: *E, quem sabe, ao ganhar um neto, redescobrir Deus*.

À medida que as coisas voltavam a seus lugares, Abraham, com a cabeça tonta, sentindo-se aliviado e necessitado, e cônscio de que a mulher não estava esperando filho, concordou. Mas Flory, implacável, exigiu que ele pusesse o preto no branco: "A minha mãe, Flory Zogoiby, prometo entregar meu primeiro filho varão, para ser criado como judeu". Assinado, selado e entregue. Flory tirou-lhe o papel da mão, brandiu-o no alto, levantou as saias e dançou em círculos à porta da sinagoga. *Um juramento, um juramento firmado no céu... insisto que me paguem o que me devem*. E graças a essa promessa de carne ainda não nascida ela entregou ao filho seu tesouro; assim, financiada e subornada por jóias, a nau das últimas esperanças de Abraham partiu de Cochim.

Desses assuntos, porém, Aurora não ficou sabendo.

•

E ocorreu que o navio chegou são e salvo a seu destino, e depois dele outro, e mais outro, e mais outro. Enquanto a situação do mundo piorava, o eixo da Gama-Zogoiby prosperava. (De que modo meu pai garantiu que seus carregamentos fossem protegidos pela marinha britânica? Será que o que se está dando a entender é que esmeraldas — contrabandeadas ou herdadas — foram parar nos bolsos de altos figurões do império? Que jogada ousada teria sido! Tipo tudo ou nada. E como seria implausível afirmar que uma tal oferta poderia ter sido aceita! Não, não; temos de atribuir o ocorrido à diligência da marinha — pois o *Medéia* foi finalmente afundado — ou ao fato de que os nazistas tinham outros teatros de operação com que se preocupar; ou então foi um milagre; ou então um golpe inexplicável de sorte.) Assim que pôde, Abraham devolveu a sua mãe a quantia emprestada em forma de jóias, e ofereceu-lhe uma soma generosa adicional, a título de lucro. Porém ele foi embora bruscamente, sem responder, quando Flory recusou o dinheiro a mais com uma pergunta insistente: "E a jóia, a recompensa prometida? Quando ela me será paga?". *Quero a lei, a pena e o confisco a que tenho direito.*

Aurora continuava sem filho: mas não sabia nada a respeito de nenhum papel assinado. Os meses se acumularam, um ano completou-se. E Abraham ainda não dissera nada. A essa altura, já era o único diretor efetivo da empresa; Aires jamais gostou muito de negócios, e depois que seu genro postiço conseguiu com êxito salvar a firma, o último irmão da Gama aposentou-se, cheio de gratidão, e recolheu-se — como se costuma dizer — à sua vida privada... No primeiro dia de cada mês, Flory enviava uma mensagem a seu filho, o grande comerciante: "Espero que você não esteja relaxando; quero minha pedra preciosa". (Que estranho, que coisa *fatídica*, Aurora não ter concebido um filho naqueles primeiros tempos de amor apimentado! Porque se tivesse nascido um filho homem — e falo aqui como único rebento varão de meus pais — então o pomo da discórdia — a carne e os ossos da discórdia — talvez tivesse sido eu.)

Mais uma vez ele ofereceu dinheiro; mais uma vez ela recusou. Houve um momento em que Abraham chegou a implorar: como poderia pedir a sua jovem esposa que desse seu filho recém-nascido, para ser criado por uma pessoa que a odiava? Flory foi implacável: "Você devia ter pensado nisso antes". Por fim a raiva o dominou, e Abraham desafiou a mãe. "O seu pedaço de papel não vale nada", gritou, ao telefone. "Vamos ver quem vai conseguir dar mais dinheiro ao juiz." As pedras verdes de Flory não podiam fazer frente à prosperidade renovada da família; e, se as pedras eram de fato roubadas, ela pensaria duas vezes antes de mostrá-las aos funcionários da justiça, mesmo se estes estivessem ávidos por um suborno. Quais eram as opções que restavam a Flory? Ela havia perdido a fé na retribuição divina. Vingança tinha que ser neste mundo.

Outro vingador! Outro cão vermelho, ou mosquito matador! Uma verdadeira epidemia de vendetas percorre minha narrativa, uma malária-cólera-febre-tifóide de olho-por-olho, dente-por-dente! Não admira que eu tenha terminado... Mas não posso dizer como terminei antes de contar como comecei. Eis Aurora, no dia em que completa dezessete anos de idade, na primavera de 1941, visitando o túmulo de Vasco sozinha; e eis, à espreita, na sombra, uma velha coroca...

Quando viu Flory partir para cima dela, emergindo das sombras da igreja, por um momento de susto minha mãe pensou que era sua avó Epifânia que voltara do além-túmulo. Então recuperou a tranqüilidade, com um sorriso, lembrando-se do dia em que ridicularizara as visões espectrais de seu pai; não, não, era apenas uma velha qualquer, e que papel era aquele que ela estava lhe mostrando? Às vezes as mendigas entregavam papéis às pessoas, *Tenha piedade, em nome de Deus, sou muda e tenho doze filhos para criar*. "Perdão, desculpe", disse Aurora por dizer, e começou a se afastar. Então a mulher a chamou pelo nome. "Madame Aurora!" (Em voz bem alta.) "A puta papista do meu Abie! Este papel você tem que ler."

Ela se virou para trás, pegou o documento que a mãe de Abraham lhe mostrava, e leu-o.

•

Em *O mercador de Veneza*, Pórcia, uma moça rica, supostamente inteligente, que aceita os termos do testamento de seu pai — segundo o qual ela terá que se casar com o homem que resolver o enigma das três caixas, ouro, prata e chumbo —, Pórcia nos é apresentada por Shakespeare como o próprio arquétipo da justiça. Porém prestem atenção; quando seu pretendente, o príncipe de Marrocos, não consegue matar a charada, ela suspira:

Abre a cortina, e vai-te embora. Antes assim.
Que os de tez parda tenham todos este fim.

Ou seja: mouros, nem pensar! Não; ela gosta é de Bassânio, que por um feliz acaso escolhe a caixa certa, a que contém o retrato de Pórcia (''*tu, tu, pobre chumbo*''). Ouçamos, pois, de que modo esse homem tão correto explica sua escolha:

[...] *o enfeite é a costa*
Do mar mais perigoso; é o belo véu que esconde
A bela indiana; ou seja, é a verdade
Ilusória que ostentam tempos traiçoeiros [...]

Ah, sim: para Bassânio, a bela indiana é como um mar perigoso, ou como ''tempos traiçoeiros''! Assim, mouros, indianos e, naturalmente, ''o judeu'' (Pórcia só consegue pronunciar o nome de Shylock duas vezes; durante todo o resto da peça ela o identifica apenas pelo epíteto racial) são despachados sem maiores cerimônias. Um casal muito imbuído do senso de justiça, certamente; dois verdadeiros Daniéis... Menciono tudo isso para deixar claro por que, quando digo que a Aurora de nossa história não era nenhuma Pórcia, não a estou apenas criticando. Ela era rica (como Pórcia), mas escolheu o homem com quem se casou (ao contrário de Pórcia); era sem dúvida inteligente (como Pórcia), e, aos dezessete anos de idade, praticamente no auge de sua beleza indiana (muito ao contrário de Pórcia). Seu marido era judeu — coisa que o marido de Pórcia jamais poderia ser. Mas, tal como a jovem de Belmont negou a Shylock sua libra de carne, assim também minha mãe encontrou uma maneira, muito justa, de negar a Flory seu filho.

''Diga a sua mãe'', ordenou Aurora a Abraham naquela noite, ''que não vai nascer criança alguma nesta casa enquanto ela estiver viva.'' E o expulsou de seu quarto. ''Faça você o seu trabalho que eu faço o meu'', disse ela. ''Mas o trabalho que Flory quer, isto ela jamais há de ver.''

•

Também ela havia riscado uma linha. Naquela noite, Aurora esfregou seu corpo até ficar em carne viva, e não restar nenhum vestígio do perfume apimentado do amor. Então trancou a porta de seu quarto, passou o trinco e mergulhou num sono profundo e sem sonhos. Nos meses que se seguiram, porém, em seu trabalho — desenhos, pinturas e terríveis bonecos de barro vermelho, cravados com espetos — passaram a predominar as bruxas, o fogo, imagens apocalípticas. Mais tarde ela viria a destruir boa parte desse material de sua "fase vermelha", o que teve o efeito de valorizar muitíssimo as peças sobreviventes; elas raramente são postas à venda, e quando isto acontece o entusiasmo é febril.

Durante várias noites, Abraham ficou a lamuriar-se diante da porta trancada, mas Aurora não o deixou entrar. Por fim, à Cyrano, contratou um acordeonista e cantor para fazer serenatas para ela no pátio debaixo de sua janela, enquanto ele, Abraham, ficava parado ao lado do músico, apatetado, fazendo mímica de velhas canções de amor. Aurora abriu a janela e jogou flores; depois derramou a água do vaso; por fim, jogou o próprio vaso. Os três projéteis acertaram o alvo. O vaso, que era de pedra e pesado, atingiu Abraham no tornozelo, quebrando-o. Ele foi levado, aos gritos, ao hospital, e daí em diante desistiu de tentar fazê-la mudar de idéia. Suas vidas passaram a seguir caminhos divergentes.

Depois do episódio do vaso, Abraham passou a mancar um pouco. A infelicidade estava estampada em seu rosto; virava para baixo os cantos de seus lábios; maculava sua beleza. Aurora, ao contrário, estava cada vez mais bela. Seu gênio despontava, preenchendo os espaços vazios em seu leito, em seu coração, em seu ventre. Ela se bastava.

•

Aurora passou a maior parte da guerra fora de Cochim, primeiro em longas estadas em Bombaim, onde conheceu um jovem parse que a apadrinhou — Kekoo Mody, que estava começando a trabalhar como marchand de artistas indianos contemporâneos, um campo não muito lucrativo na época, tendo como base de operações sua casa na Cuffe Parade. Abraham, o manco, não a acompanhava nessas viagens; e, sempre que partia, Aurora despedia-se dele com as palavras: "Então está bem, Abie, você cuida da firma". Assim, foi longe de Abraham, que agora tinha sempre estampada no rosto uma expressão abjeta de anseio insuportável, que Aurora Zogoiby se tornou a gigantesca figura pública que todos nós conhecemos, a mulher belíssima que estava sempre no centro do movimento nacionalista, a boêmia de cabelos soltos que marchava, corajosa, ao lado de Vallabhbhai Patel e Abul Kalam Azad em passeatas, a confidente — e, segundo boatos persistentes, amante — do pândita Nehru, sua "amiga número um", que mais tarde viria a disputar sua afeição com Edwina Mountbatten. Nunca conquistou a confiança de Gandhi, e era odiada por Indira Gandhi; quando foi presa, após o movimento "Fora da Índia", em 1942, tornou-se heroína nacional. Também Jawaharlal Nehru foi preso, no forte de Ahmadnagar, onde no século XVI a princesa guerreira Chand Bibi resistira aos exércitos do império mogol — do próprio grão-mogol Akbar. Começou-se a dizer que Aurora Zogoiby era a nova Chand Bibi, enfrentando um império diferente e ainda mais poderoso, e seu rosto começou a aparecer por toda parte. Pintada em paredes, caricaturada nos jornais, a criadora de imagens passou a transformar-se em imagem ela própria. Esteve por dois anos na prisão distrital de Dehra Dun. Quando foi solta, tinha vinte anos, e seus cabelos estavam brancos. Voltou para Cochim, já transformada em mito. As primeiras palavras que Abraham lhe dirigiu foram: "A firma vai bem". Ela fez que sim com a cabeça e voltou ao trabalho.

Algumas mudanças haviam ocorrido na ilha Cabral. Durante o período em que Aurora esteve presa, o homem que era amante de Aires da Gama havia tantos anos, o qual conhecemos como príncipe Henrique, o Navegador, havia contraído uma doença grave. Constatou-se que ele estava sofrendo de uma sífilis particularmente perniciosa, e em pouco tempo se descobriu que Aires também estava infectado. As erupções da doença em seu rosto e seu corpo o impossibilitavam de sair de casa; seu corpo ficou emaciado, seu olhar tornou-se baço; aos quarenta e poucos anos parecia ter mais de sessenta. Sua mulher, Carmem, que havia muitos anos ameaçara matá-lo se ele continuasse a lhe ser infiel, era quem cuidava dele. "Está vendo o que aconteceu com você?", dizia ela. "Então você vai morrer e me deixar sozinha, é?" Ele virou a cabeça sobre o travesseiro, e nos olhos de Carmem só viu compaixão. "É melhor cuidar de você", disse ela, "se não com quem é que vou dançar o resto da minha vida? De você", continuou, e nesse ponto fez uma pausa brevíssima, e sua tez avermelhou-se intensamente, "e do seu príncipe Henrique, também."

Príncipe Henrique, o Navegador, foi instalado num quarto da casa da ilha Cabral, e nos meses que seguiram, Carmem, com uma determinação inesgotável, supervisionou o tratamento dos dois homens, a cargo dos especialistas mais capazes e mais discretos — por serem também os mais bem pagos — de toda a cidade. Lentamente, os dois pacientes se recuperaram; e um belo dia, estando Aires sentado no jardim com um robe de seda, com seu buldogue Jawaharlal, bebendo limonada fresca, sua esposa veio ter com ele para dizer, tranqüila, que o príncipe Henrique podia perfeitamente continuar morando na ilha. "Já houve guerras demais nesta casa e fora dela", disse. "Vamos declarar paz pelo menos nós três."

Em meados de 1945, Aurora Zogoiby atingiu a maioridade. Comemorou os vinte e um anos em Bombaim, sem Abraham, numa festa dada em sua homenagem por Kekoo Mody, à qual compareceu a maior parte dos luminares dos meios artístico e político da cidade. Os britânicos haviam libertado os prisioneiros do Congresso, pois se falava em novas negociações; Nehru tinha sido solto, e mandou a Aurora uma longa carta escrita numa casa chamada Armsdell, em Simla, desculpando-se por não poder ir à festa. Escreveu ele: "Minha voz está muito rouca, não entendo por que atraio tamanhas multidões. É muito gratificante, sem dúvida, mas também um tanto cansativo, e muitas vezes irritante. Aqui em Simla, volta e meia tenho que ir à sacada para me exibir ao povo. Creio que nunca mais vou poder sair para caminhar pelas ruas, por causa das multidões, a menos que seja nas altas horas da madrugada. [...] Agradeça-me por lhe poupar este tipo de coisa não indo aí". Como presente de aniversário, enviou a Aurora dois livros de Hogben, *Ciência para o cidadão* e *Matemática para as multidões*, "para temperar seu espírito artístico com um pouco do outro tipo de inteligência".

Imediatamente, Aurora passou os livros adiante para Kekoo Mody, com uma pequena careta. "O Jawahar se baba todo com essas cientificices. Mas eu só tenho um interesse na vida."

•

Quanto a Flory Zogoiby, ainda vivia, mas estava ficando um pouco esquisita. Até que um dia, no final de julho, foi encontrada andando de gatinhas na sinagoga de Mattancherri, dizendo que sabia prever o futuro com base nos azulejos chineses, e profetizando que em pouco tempo um país não muito longe da China ia ser devorado por gigantescos cogumelos canibais. Coube ao velho Moshe Cohen a triste tarefa de demiti-la do cargo. Sua filha Sara — que continuava solteirona — tinha ouvido falar numa igreja à beira-mar em Travancore aonde estavam indo doentes mentais de todas as religiões, porque, segundo se dizia, a igreja tinha o poder de curar a loucura; ela disse a Moshe que queria levar Flory até lá, e o merceeiro concordou em arcar com todas as despesas da viagem.

Flory passou seu primeiro dia lá sentada no chão, perto da igreja, traçando riscos na terra com um graveto, e conversando sem parar com o neto invisível, já que inexistente. No segundo dia, Sara deixou Flory sozinha por uma hora para dar um passeio na praia, onde ficou vendo os pescadores indo e vindo em seus barcos. Quando voltou, encontrou um pandemônio no terreno junto à igreja. Um dos loucos havia se suicidado derramando gasolina no próprio corpo junto a uma imagem do Cristo crucificado em tamanho natural. Quando riscou o fósforo fatal, a chama súbita lambeu a barra da saia de estampado florido de uma velha, e também ela foi consumida pelo fogo. Era minha avó. Sara trouxe o corpo de volta; Flory foi enterrada no cemitério do bairro judeu. Abraham permaneceu um bom tempo junto a sua sepultura após o enterro e, quando Sara Cohen segurou-lhe a mão, ele não ofereceu resistência.

Alguns dias depois, uma gigantesca nuvem em forma de cogumelo devorou a cidade japonesa de Hiroxima; ao ouvir a notícia, o merceeiro Moshe Cohen chorou lágrimas quentes e amargas.

•

Agora quase não há mais judeus em Cochim. Restam menos de cinqüenta, e os jovens foram todos para Israel. É a última geração; já está acertado que a sinagoga passará para o controle do estado de Kerala, e será transformada em museu. Os últimos solteirões e solteironas, desdentados, pegam sol nos becos de Mattancherri, onde jamais se ouve rumor de crianças. Também essa extinção há que ser lamentada; não se trata de um extermínio, tal como ocorreu em outras partes, mas assim mesmo é o fim de uma história que levou dois mil anos para ser contada.

No final de 1945, Aurora e Abraham já haviam se mudado de Cochim e comprado um bangalô espaçoso, cercado de tamarindos, plátanos e jaqueiras nas encostas íngremes do morro de Malabar, em Bombaim, com um jardim em terraços com vista para a praia de Chowpatty, a baía Back e a Marine Drive. "Cochim não tem mais futuro", argumentava Abraham. "De um ponto de vista estritamente comercial, a mudança é ótima idéia." Deixou alguns homens escolhidos a dedo cuidando das operações da empresa no Sul, e comprometeu-se a voltar para fiscalizar a firma regularmente ao longo dos anos... mas Aurora não precisava de racionalizações. No dia em que se mudaram, ela foi até o lugar onde o jardim se transformava num precipício vertiginoso, que dava para alguns rochedos negros, onde as ondas espumavam; e gritou a plenos pulmões, de pura felicidade, mais alto que o vento nos pinheiros.

Abraham, tímido, permaneceu alguns passos atrás dela, as mãos entrelaçadas caídas a sua frente; era a imagem perfeita de um gerente, do gerente que fora outrora. "Espero que esta mudança seja benéfica para o seu processo criativo", disse ele, com uma formalidade tensa. Aurora veio correndo até o marido e o abraçou.

"Quer dizer que você está interessado em processos criativos, é?", perguntou ela, olhando-o como havia anos não o olhava. "Então vamos para casa, meu caro; vamos criar."

II
MASALA DE MALABAR

9

Uma vez por ano, minha mãe, Aurora Zogoiby, gostava de dançar mais alto que os deuses. Uma vez por ano, os deuses vinham à praia de Chowpatty para banhar-se no mar imundo: milhares de ídolos barrigudos, efígies em *papier mâché* de Ganesha ou Ganpati Pappa, o deus de cabeça de elefante, carregados em direção à água sobre ratos de *papier mâché* — pois os ratos da Índia, como se sabe, são portadores não só de pestes como também de deuses. Algumas dessas duplas de paquidermes e roedores eram tão pequenas que eram carregadas nos ombros, ou nos braços; já outras eram do tamanho de pequenas mansões, e tinham que ser puxadas em carroças de rodas grandes por centenas de discípulos. Havia também muitos Ganeshas Dançarinos, e era com esses Ganpatis rebolantes, sestrosos e gorduchos, que Aurora competia, opondo seus requebros profanos à ginga alegre do deus multiplicado. Uma vez por ano, os céus se enchiam de nuvens em tecnicolor: rosa, roxo, magenta, escarlate, açafrão e verde, nuvens de pó geradas por bombas de inseticida adaptadas, ou lançadas de aglomerados de balões que explodiam no céu, que pairavam acima das divindades "como auroras não boreais, e sim bombaiais", como dizia o pintor Vasco Miranda. Também no alto, muito acima das multidões e dos deuses, ano após ano — quarenta e um anos ao todo — destemida, no alto do penhasco de nossa casa no morro de Malabar, a qual fora por ela denominada, por pura ironia ou espírito de porco, *Casa Elefanta*, rodopiava a figura semidivina de nossa Aurora Bombaial, envolta numa profusão de trajes furta-cores, ornados de plumas, mais deslumbrante até que o céu festivo, com seus jardins suspensos de pós coloridos. Os cabelos brancos flutuando ao redor de sua cabeça como longas exclamações (ó cabelos brancos profeticamente prematuros de meus ancestrais!), seu ventre exposto, não velho e flácido e volumoso, e sim belo e plácido e veludoso, os pés descalços batendo firmes no chão, fazendo tilintar os sininhos das tornozeleiras de prata, enunciando discursos incompreensíveis com as mãos, a grande pintora dançava exibindo seu desprezo pela estupidez da humanidade, que fazia aquela multidão imensa arriscar-se a morrer pisoteada "só para mergulhificar no mar aqueles bonequinhos", como ela dizia, incrédula, com muito revirar de olhos e esgares debochados.

"A estupidez humana é maior que o heroísmo humano" — *blém-blém!* — "até mesmo que a covardia" — *páft!* — "e a arte", declamava minha mãe enquanto dançava. "Pois essas coisas têm um limite, há um ponto além do qual não avancificamos em seu nome; mas a estupidez não tem limites, não tem fronteiras que já tenham sido descobertas. Por maiores que sejam os excessos de hoje, os de amanhã certamente hão de ser maiores."

Como se para demonstrar sua hipótese sobre o poder polimorfo da estupidez, a dança de Aurora foi se tornando, com o passar dos anos, parte do evento contra o qual ela pretendia protestar quando dançava. A multidão de devotos — equivocada porém incorrigível — via aquele agitar de saias (aliás infiéis) como um reflexo de sua própria devoção; imaginavam que também ela estivesse homenageando o deus. *Ganpati Bappa morya*, cantavam, sacolejando-se, em meio ao clamor dos trompetes baratos, das trompas enormes, das marteladas dos percussionistas anfetamínicos, de olhos brancos e bocas cheias de cédulas que nelas inseriam os fiéis agradecidos, e quanto mais debochada se tornava a dança da mulher no alto do penhasco, quanto mais ela se distanciava dos fiéis, mais animadamente a multidão a atraía para baixo, vendo-a não como uma rebelde, e sim como uma dançarina do templo; não como o flagelo, e sim a tiete, dos deuses.

(Já Abraham Zogoiby, conforme veremos, via as dançarinas do templo por um ângulo diferente.)

Uma vez, numa briga de família, falei a Aurora, irritado, sobre as inúmeras matérias que saíam no jornal, dizendo que ela fora assimilada pelo festival. A essa altura, o Ganesha Chaturthi havia se transformado numa ocasião em que jovens desordeiros, de punhos cerrados e faixas amarelas amarradas na cabeça, faziam demonstrações de triunfalismo fundamentalista hindu, instigados pelos políticos do partido do Eixo de Mumbai, e demagogos como Raman Keats, vulgo *Mainduck* ("Sapo"). "Agora você não é mais apenas uma atração turística", comentei, sarcástico. "Você é um anúncio do Programa de Embelezamento." Essa política do Eixo de Mumbai, com seu nome tão simpático, resumia-se, em linhas gerais, a eliminar os pobres das ruas da cidade; porém a armadura de Aurora Zogoiby era espessa demais para ser perfurada por um golpe tão canhestro.

"Você acha que eu vou ser pressionada por essa ralé?", exclamou ela, com desprezo. "Acha que a sua língua negra pode alguma coisa contra mim? Esse abracadabra todo não quer dizer nada para mim. Meu grande adversário é ninguém menos que Siva Nataraja, e os dançarinos de nariz de elefante dele — há anos que dancifico para roubar o espetáculo deles. Observe, mouro. Talvez até você aprenda a rodar um rodamoinho, a furar um furacão — sim, a dançar até provocar uma tempestade." E nesse exato momento um trovão ribombou. Logo um aguaceiro iria despencar do céu.

Quarenta e um anos dançando no dia de Ganpati: Aurora dançava sem se preocupar com o perigo, sem olhar para baixo para os rochedos incrustados de cracas que a esperavam, pacientes, como dentes enegrecidos. A primeira vez que ela emergiu da *Elefanta*, toda paramentada, e começou a fazer suas piruetas à beira do abismo, o próprio Jawaharlal Nehru pediu-lhe com insistência que não o fizesse. Isso foi pouco depois que a greve antibritânica no cais de Bombaim e a greve de solidariedade na cidade, o *hartal*, foram encerradas graças à intervenção conjunta de Gandhi e Vallabhbhai Patel; pois Aurora não deixou de fazer seu comentário irônico. "O Congresso sempre se apavorifica diante de qualquer ato mais radical. Pois aqui ninguém vai pisar mansinho." Como ele continuasse a insistir, Aurora lhe fez um desafio: só desceria dali se ele recitasse de cor "A morsa e o carpinteiro" de Lewis Carroll, o que ele fez, para a admiração geral. Enquanto a ajudava a descer daquelas alturas vertiginosas, Nehru comentou: "A greve foi uma situação complexa".

"Eu sei o que você acha da greve", retrucou Aurora. "Digame o que você acha do poema." Nesse ponto, o senhor Nehru corou até a raiz dos cabelos e engoliu em seco.

"É um poema triste", disse após um momento, "porque as ostras são muito jovens; pode-se dizer que é um poema sobre crianças que são devoradas."

"Todos nós devoramos crianças", respondeu minha mãe. Isso foi cerca de dez anos antes de eu nascer. "Quando não os filhos dos outros, os nossos."

Aurora nos devorou os quatro. Ina, Minnie, Mainá, Mouro; uma refeição de quatro pratos, com propriedades mágicas, pois, por mais que ela comesse, sempre havia mais o que comer.

Durante quarenta anos, ela se empanzinou. Então, dançando sua dança de Ganpati pela quadragésima segunda vez, aos sessenta e três anos de idade, Aurora caiu. O mar salivou, cobriu-lhe o corpo, e as presas negras do rochedo a devoraram. Mas a essa altura, embora ela ainda fosse minha mãe, eu já não era seu filho.

•

No portão da *Elefanta* ficava um homem de perna de pau, apoiado numa muleta. Quando fecho os olhos, ainda consigo evocar sua imagem: um Pedro humilde à porta de um paraíso terrestre, que veio a tornar-se meu Virgílio particular, que me conduziu até o inferno — a grande cidade do inferno, Pandemônio, o lado escuro, imagem malévola e especular, de minha cidade dourada: a outra Bombaim. Amado guardião monópode! Meus pais, com sua habitual jocosidade verbal, chamavam-no Lambajan Chandiwala. (Pelo visto, haviam pegado com Aires da Gama a mania de pôr apelido em todo mundo.) Naquele tempo, o trocadilho interlingüístico teria sido compreensível para muito mais gente: *lamba, long*, "comprido"; *jan* lembra John; *chandi, silver*, "prata". Long John Silver, o pirata de perna de pau, com o rosto terrivelmente peludo, porém literal e metaforicamente desdentado como um bebê, sempre a mascar bétele com as gengivas rubras como sangue. "Nosso pirata de estimação", dizia Aurora — e é claro que em seu ombro havia sempre um papagaio verde, de asas cortadas, Totah, a gritar palavrões. Foi minha mãe, perfeccionista em tudo, que providenciou o papagaio; fazia questão do pacote completo.

"Onde já se viu pirata sem papagaio?", exclamava, elevando as sobrancelhas, com um gesto de quem gira uma maçaneta; acrescentando, jocosa e irreverente (pois não se faziam comentários grosseiros sobre o Mahatma): "Seria a mesma coisa que o homenzinho sem a tanga". Tentou que tentou ensinar o papagaio a fazer afirmações piráticas, mas o bicho era teimoso. "Peças de ouro a salvo, grumetes!", gritava minha mãe; mas seu aluno se recusava a repetir uma sílaba. Contudo, depois de anos de insistência, Totah acabou aprendendo a exclamar, mal-humorado: "*Peesay — saféd — habti!*" Essa expressão espantosa, que pode ser traduzida aproximadamente como *purê de elefante branco*, acabou virando a imprecação predileta de nossa família. Eu não estava presente por ocasião da última dança de Aurora Zogoiby, mas muitos dos que assistiram à cena mais tarde afirmaram que a magnífica interjeição do papagaio escapou-lhe dos lábios enquanto ela despencava do penhasco: "Aahh... purê de elefante branco!", gritou, antes de se despedaçar nos rochedos. Ao lado de seu corpo, trazida pela maré, encontraram uma efígie quebrada do Ganesha Dançarino. Mas não era isso que ela queria dizer.

A interjeição de Totah teve também um profundo efeito sobre Lambajan Chandiwala, pois ele — como tantos entre nós — era obcecado por elefantes; depois que o papagaio falou, Lamba reconheceu que a ave que vivia pousada em seu ombro tinha com ele afinidades importantes, e daí em diante passou a abrir-se com aquele bicho intermitentemente oracular, se bem que na maioria das vezes taciturno e (verdade seja dita) malcriado e insuportável.

De que ilhas do tesouro falava nosso pirata de perna de pau? Na maioria das vezes, da verdadeira Elefanta, a ilha. Para as crianças da família Zogoiby, que estavam recebendo uma educação do tipo que não deixa margem a visões, a ilha Elefanta não era nada, apenas um pedregulho na baía de Bombaim. Antes da independência — antes de Ina, Minnie e Mainá — ia-se lá quando se conseguia arranjar um barco e se estava disposto a enfrentar cobras etc.; quando nasci, porém, a ilha já fora domesticada havia muito, e uma lancha a motor ia até ela regularmente. Para minhas três irmãs mais velhas, um passeio à ilha era um programa de leão, ou de elefante. De modo que para mim, ainda menino, quando me punha de cócoras ao lado de Lambajan no calor da tarde, a Elefanta estava longe de ser uma ilha de fantasia; mas, quanto a Lambajan, ele falava do lugar como se fosse o próprio paraíso.

"Antigamente, nesta ilha, havia reis elefantes, *baba*", dizia-me. "Por que você acha que Ganesha é tão popular em Bombaim? É porque no tempo em que os homens ainda não tinham chegado havia elefantes sentados em tronos e discutindo filosofia, e os macacos eram seus criados. Dizem que quando os homens apareceram na ilha Elefanta, depois do tempo dos elefantes, encontraram estátuas de mamutes mais altas que o Qutb Minar em Delhi, e ficaram com tanto medo que quebraram tudo. Pois é, os homens tentaram apagar da história os grandes elefantes, mas mesmo assim nem todos nós esquecemos. Era lá na ilha Elefanta, no alto do morro, que eles enterravam seus mortos. Não? Está sacudindo a cabeça? Está vendo, Totah? Ele não acredita em nós. Está bem, *baba*. Está franzindo a testa? Pois veja isto!''

E nesse ponto, em meio aos gritos do papagaio, ele me apresentou — e o que haveria de ser, meu coração saudoso, senão um pedaço de papel barato, que até mesmo o mouro menino percebeu que nada tinha de antigo? Era, naturalmente, um mapa.

''Um dos grandes elefantes, talvez até o Grande Elefante, ainda se esconde lá, *baba*. Eu vi o que vi! Quem você acha que arrancou minha perna com uma mordida? E depois, do alto de sua grandeza arrogante, ele deixou que eu descesse o morro, sangrando, me arrastando, até meu barquinho. As coisas que eu vi! As jóias que ele tem, *baba*, mais que a *khazana* do Nizam de Haiderabad.''

Lambajan aceitou nossas fantasias piráticas a seu respeito — pois é claro que minha mãe, a grande explicadora, fez questão de lhe deixar claro o sentido de seu apelido — e desse modo elaborou toda uma fantasia, uma ilha Elefanta para a *Elefanta*, na qual, com o passar dos anos, ele foi acreditando cada vez mais. Sem ter consciência do fato, foi se aproximando das lendas dos da Gama-Zogoiby, nas quais jóias escondidas desempenhavam um papel importante. E assim, a *masala* da costa de Malabar encontrou um eco ainda mais fabuloso no morro de Malabar, o que talvez fosse inevitável, pois nem todos os temperos e pimentas de Cochim podiam ser comparados a essa grande metrópole nossa, fonte de todas as fofocas, às peripécias mais peripatéticas, às epopéias mais prosopopéicas que rolam nas nossas ruas. Em Bombaim a gente vive esmagada por essa multidão ensandecida, atarantada pelas buzinas, e — como as imagens dos membros da família no mural do quarto de Aurora — a história de cada um tem de abrir caminho às cotoveladas em meio à turba que aturde. O que para Aurora Zogoiby era ótimo; ela, que nunca gostou de tranqüilidade, tragava fundo os fedores da cidade, bebia em grandes goles seus molhos picantes, devorava por inteiro suas fatias. Aurora terminou por ver-se a si própria como uma corsária, como a rainha bandida da cidade. "Esta casa é um navio pirata", vivia dizendo, constrangendo e aborrecendo os filhos. Chegou mesmo a mandar fazer uma bandeira de caveira com tíbias, e a entregou ao porteiro. "Vamos, senhor Lambajan! Hasteie este estandarte, e vamos ver quem vai lhe prestificar continência."

Quanto a mim, jamais prestei continência à bandeira pirata de Aurora; naquele tempo eu nada tinha de pirático. Além do que, eu sabia muito bem como Lambajan havia perdido a perna.

•

Antes de mais nada, é preciso observar que naquele tempo era mais fácil uma pessoa perder um membro. As bandeiras do domínio britânico pairavam sobre o país como pedaços de papel pega-mosca, e, ao tentar nos desgrudar daquelas flâmulas fatais, nós — se me permitem usar o pronome "nós" para me referir a uma época anterior a meu nascimento — muitas vezes deixávamos uma pata ou uma asa presa ali, preferindo a liberdade à integridade física. Naturalmente, agora que o papel pega-moscas já pertence à história, achamos outras maneiras de perder nossos membros na luta contra outros estandartes, tão fatais e antiquados e grudentos como os de outrora, só que criados por nós mesmos. Mas chega, chega de discursos! Desliguemos este alto-falante e deixemos de lado esta retórica! Continuando: a segunda informação importante referente à perna de Lambajan diz respeito às cortinas de minha mãe, ao fato de que havia cortinas verdes e douradas, mantidas sempre fechadas, nas janelas de trás e dos lados de seu automóvel americano...

Em fevereiro de 1946, quando Bombaim, aquela metrópole épica e cecil-b.-de-míllica, se transformou da noite para o dia num *tableau* imóvel, por obra das grandes greves no porto e na cidade, durante as quais os navios não navegavam, as siderúrgicas não siderurgiam, as indústrias têxteis não textilavam e os estúdios cinematográficos viraram estúdios estaticográficos — Aurora Zogoiby, aos vinte e um anos de idade, rodava pela cidade paralisada em seu famoso Buick cortinado, mandando que o chofer a levasse ao âmago da ação, ou da inação, às fábricas e docas, aventurando-se sozinha na favela de Dharavi, nos botequins de Dhobi Talao, nos templos do prazer de Falkland Road, armada apenas de um banquinho desmontável e um caderno de esboços. Montava o banco, abria o caderno e captava cenas da cidade em carvão. "Não liguem para mim", dizia aos grevistas boquiabertos, os quais ela retratava com riscos rápidos, enquanto eles faziam piquete, bebiam e fornicavam. "Estou aqui feito um lagarto na parede; me deixem quietinha com os meus rabiscos."

"Uma doida", comentava Abraham Zogoiby, abismado, muitos anos depois. "A sua mãe, meu filho. Doidinha de pedra. Só Deus sabe o que passava pela cabeça dela. Nem mesmo em Bombaim é coisa corriqueira uma mulher desacompanhada se instalar numa via pública e ficar encarando trabalhadores, entrar em lugares de jogatina para fazer desenhos."

Realmente, a coisa era séria. Estivadores parrudos, com dentes de ouro na boca, acusavam-na de roubar-lhes as almas, passando-as para seus desenhos; e metalúrgicos em greve desconfiavam que ela teria uma identidade secreta, de espiã da polícia. A estranheza de sua atividade — a arte — tornava-a uma figura questionável, como acontece em todos os lugares, como sempre aconteceu, como sempre há de acontecer, talvez. Tudo isso ela tirava de letra: os empurrões, as ameaças sexuais e físicas, tudo ela enfrentava com seu olhar direto e destemido. Minha mãe sempre possuiu o poder oculto de se tornar invisível quando trabalhava. Com seus longos cabelos brancos presos num coque, com um vestido estampado barato comprado no Crawford Market, ela voltava dia após dia, discreta e indomável, aos lugares que havia escolhido, e pouco a pouco sua magia surtia efeito, as pessoas paravam de reparar em sua presença; esqueciam que ela era uma grande dama, saída de um carro do tamanho de uma casa, com cortinas nas janelas, e deixavam que a verdade de suas existências voltasse a estampar-se em seus rostos, e era por isso que o carvão em seus dedos ágeis conseguia captar tanta coisa, crianças nuas se atracando num cortiço, trabalhadores ociosos fumando *beedis* num desespero mudo às portas de farmácias fechadas, fábricas silenciosas, a sensação de que o sangue nos olhos dos homens estava prestes a jorrar e inundar as ruas, as mulheres implacáveis de sáris levantados de cócoras diante de fogareiros, em barracos instalados nas calçadas, tentando preparar refeições sem dispor de nenhum ingrediente, o pânico dos policiais, armados de cassetetes de bambu, temerosos de que um dia, em breve, quando viesse a liberdade, eles passassem a ser vistos como agentes da opressão, a tensão jubilosa dos marinheiros em greve nos portões das docas, o orgulho infantil estampado em seus rostos enquanto mascavam *channa* no Apollo Bunder e contemplavam os navios imobilizados, ancorados no porto, que ostentavam bandeiras vermelhas em homenagem à revolução, a arrogância náufraga dos oficiais ingleses, cujo poder escorria por entre seus dedos como água do mar, a quem só restava a pose de sua invencibilidade extinta, os farrapos de sua indumentária imperial; e por trás de tudo isso Aurora sentia a indigência do mundo, que não correspondia a suas expectativas, de modo que a decepção que lhe inspirava a realidade, a raiva que lhe proporcionava tudo que nele havia de errado, era um reflexo do sentimento das pessoas que ela retratava; assim, seus desenhos não apenas documentavam o mundo a sua volta como também exprimiam os sentimentos dela, com um traço violento, célere, passional, que tinha a força de uma agressão física.

Kekoo Mody rapidamente alugou uma galeria no bairro do Forte e expôs esses desenhos, que se tornaram conhecidos como os desenhos Chipkali (lagarto), pois por sugestão de Mody — os desenhos eram claramente subversivos, pró-greve, e portanto desafiavam a autoridade britânica — Aurora não os assinara, porém apenas desenhara um pequeno lagarto no canto de cada um. Kekoo estava certo de que seria preso, e concluíra que seria um prazer ser punido no lugar de Aurora (pois ela o fascinara desde a primeira vez em que ele a vira); quando afinal a prisão não aconteceu — os britânicos optaram por ignorar a exposição por completo — Mody interpretou o fato como mais um sinal de que eles haviam perdido não apenas o poder, como também a vontade. Alto, pálido, desengonçado e majestosamente míope, com óculos redondos de lentes tão grossas que quase chegavam a ser à prova de bala, ele andava de um lado para o outro pela galeria à espera da ordem de prisão que não veio nunca, bebendo de uma garrafa térmica de aparência inocente, a qual ele havia enchido de rum barato da mesma cor de chá forte, e falando sem parar com os visitantes a respeito da iminente queda do império. Abraham Zogoiby, visitando a exposição sozinho uma tarde, sem que Aurora soubesse, viu a coisa de modo diverso. "Vocês arteiros são tão convictos da sua importância", disse ele a Kekoo. "Desde quando as massas vêm ver estas coisas? E, quanto aos ingleses, vou lhe dizer uma coisa: eles não estão preocupados com pinturas."

Por algum tempo, Aurora se orgulhou de seu pseudônimo, porque ela havia de fato conseguido transformar-se num lagarto impassível, parado na parede da história, a observar tranqüilamente; mas, quando sua obra pioneira deu origem a seguidores, quando outros artistas jovens começaram a documentar os acontecimentos nacionais e chegaram a se autodenominar membros do "movimento chipkalista", minha mãe, num gesto característico, desautorizou em público seus discípulos. Publicou no jornal um artigo intitulado "O lagarto sou eu", admitindo a autoria dos desenhos, desafiando os britânicos a tomarem medidas contra ela (o que acabou não acontecendo) e tachando seus imitadores de "caricaturistas e fotógrafos".

"Arrogância é uma coisa que impressiona", disse meu pai, relembrando a história, já velho. "Mas leva à solidão."

•

Quando Aurora Zogoiby ficou sabendo que o comitê da greve naval fora convencido pelas lideranças do Congresso a pôr fim à paralisação, e que convocara uma reunião de marinheiros para fazê-los voltar ao trabalho, sua decepção com o mundo foi completa. Impensadamente, sem esperar por seu chofer, Hanuman, entrou correndo no Buick cortinado e partiu em direção à base naval. Porém, quando passava pela igreja afegã, no quartel de Colaba, a bolha de sua invulnerabilidade já havia estourado, e Aurora começou a questionar a sensatez de seu gesto. A estrada que levava à base estava cheia de marinheiros derrotados, jovens frustrados com uniformes limpos e semblantes turvos, vagando de um lado para o outro como folhas secas. Do alto de um plátano, corvos zombavam; um dos marinheiros pegou uma pedra e tentou acertá-los. Os vultos negros adejaram, indiferentes, voaram em círculos, pousaram novamente e retomaram o deboche. Policiais de calças curtas cochichavam nervosos em pequenos grupos, como crianças com medo de ser castigadas, e até mesmo minha mãe começou a se dar conta de que ali não era lugar para uma senhora munida de um bloco de desenhos e um banquinho portátil, muito menos de um Buick reluzente, sem nem sequer a presença protetora de um chofer. Era uma tarde quente, úmida, mal-humorada. Um papagaio de papel lilás, cuja linha fora cortada em alguma outra batalha perdida, despencou do céu, patético.

Aurora não precisou baixar as janelas para perguntar o que os marinheiros estavam pensando, pois os mesmos pensamentos lhe passavam pela cabeça: o Congresso estava agindo como um bando de *chamchas*, puxa-sacos; naquele exato momento, em que os britânicos tinham tão pouca confiança no exército que hesitavam em mandá-lo atacar os marinheiros, o Congresso lhes fazia o favor de tornar essa decisão desnecessária. Quando as massas de fato se levantam, os patrões põem o rabo entre as pernas. Patrões brancos, patrões pardos, tudo a mesma coisa. "Essa greve assustou a nós tanto quanto a eles." Também Aurora sentia-se uma rebelde; porém não era uma marinheira, e sabia que para aqueles rapazes zangados ela seria apenas uma ricaça num carrão — talvez até uma inimiga.

A multidão irritada, impotente, cada vez mais numerosa, a obrigara a desacelerar, de tal modo que o carro agora se deslocava à velocidade de uma pessoa caminhando; e quando, com um gesto rápido e impensado, por trás do qual se ocultava uma força assustadora, um jovem imenso e carrancudo torceu o espelho lateral do Buick, deixando-o dependurado e inútil, como um membro quebrado, Aurora sentiu o coração bater mais forte, e resolveu ir embora. Como não podia manobrar, deu marcha a ré; e, ao pisar no acelerador, deu-se conta de que sem o espelho lateral não lhe seria possível atravessar aquela massa compacta de uniformes verdes e dourados; que alguns marinheiros, numa demonstração final de desafio, haviam de repente decidido sentar-se na pista; e que, por obra de sua sensação crescente de temor, ela acelerara mais do que fora sua intenção, e estava indo muito depressa, depressa demais.

Quando pisou no freio, sentiu que o carro passou por cima de algo.

São poucas as histórias em que Aurora Zogoiby aparece tomada pelo pânico, mas esta é uma delas: nesse momento minha mãe, horrorizada ao perceber que havia alguém sentado na pista em sinal de protesto atrás do automóvel, engrenou a primeira. O Buick avançou alguns metros para a frente, passando pela segunda vez por cima da perna do marinheiro. Foi então que diversos policiais, brandindo cassetetes e apitando, partiram em direção ao carro, e Aurora, que a essa altura se sentia num pesadelo, instigada por um impulso confuso de culpa e fuga, mais uma vez deu ré. Pela terceira vez sentiu que estava passando por cima de algo, se bem que dessa vez a impressão foi menos perceptível que das outras. Gritos de raiva pipocavam atrás do automóvel; completamente desconcertada pela situação, Aurora mais uma vez avançou para a frente, fugindo dos gritos — sentindo pela quarta vez que o carro atropelava alguém, e derrubando ao menos um policial, que caiu de costas. Nesse momento, felizmente, o carro morreu.

O que mais me espantou, quando ouvi essa história em menino, e o que continua a me deixar perplexo até hoje, é o fato de que, depois de praticamente cortar um homem em dois, minha mãe conseguiu sair dali inteira. Ela própria apresentava uma explicação diferente cada vez que contava a história: atribuía sua fuga ora à desorientação dos marinheiros frustrados; ora a algum resíduo de disciplina naval, que os impediu de agir como um bando de linchadores; ora ao cavalheirismo e ao senso de hierarquia inatos aos homens indianos, que os impediria de atacar uma mulher, quanto mais uma grande dama. Ou, talvez, tenha sido porque ela de fato ficou muito preocupada com o estado da perna do homem atropelado, que estava muito semelhante ao do espelho lateral do carro, e — sem arrogância nenhuma, pelo menos nesse momento — mandou que o colocassem no banco de trás do Buick, onde as cortinas verdes e douradas o protegiam dos olhares irados da multidão, enquanto explicava a todos que o homem ferido precisava ser transportado a um hospital, e o carro dela era o veículo mais à mão. A verdade é que Aurora não sabia por que motivo fora poupada por aquela turba cada vez mais indignada, mas era talvez em seus momentos de maior azedume que ela chegava mais perto da verdade, quando então admitia que fora salva pela fama; pois sua imagem ainda estava por toda parte, e seu rosto lindo e jovem, e seus cabelos longos e brancos tornavam-na facilmente reconhecível. "Diga aos seus amigos do Congresso que eles nos traíram", alguém gritou, e Aurora retrucou: "É o que vou fazer"; então deixaram-na ir embora. (Alguns meses depois, executando suas piruetas na beira do precipício de sua casa, ela cumpriu o prometido, e disse o que tinha a dizer na bochecha de Jawaharlal Nehru. Pouco depois, os Mountbatten chegaram à Índia, e Nehru e Edwina se apaixonaram. Seria demais supor que os comentários desabridos de Aurora com relação à grande greve dos marinheiros tivesse tido o efeito de afastar dela o pândita e fazê-lo interessar-se pela esposa do último vice-rei da Índia, uma mulher talvez menos espinhosa?)

A versão de Abraham — Abraham, que prometera tomar conta dela para sempre — era diferente. Muito depois da morte de Aurora, ele se abriu comigo. "Naquele tempo eu mantinha sempre uma equipe de olho nela, e ela nos dava muito trabalho. Não quero dar a impressão de que era muito difícil manter a segurança da desmiolada da sua mãe quando ela se metia em aventuras, mas que dava trabalho, isso dava. Aonde aquele Buick ia, meus homens sempre iam atrás. Como poderia eu dizer isso a ela? Se sua mãe soubesse, ficaria uma fera."

É difícil para mim, depois de tantos anos, saber em quem acreditar. De que modo Abraham poderia saber que Aurora ia sair de repente daquele jeito? Mas talvez a versão dela seja suspeita — talvez sua partida não fosse tão precipitada, afinal. O velho problema do biógrafo: mesmo quando as pessoas estão narrando suas próprias vidas, elas invariavelmente floreiam os fatos, reescrevem suas histórias, ou mesmo inventam episódios. Aurora tinha necessidade de parecer independente; sua versão derivava desse desejo, tal como a de Abraham decorria de sua necessidade de convencer o mundo — e a mim — de que a segurança de Aurora dependia dele. A verdade de histórias como esta reside no que elas revelam a respeito dos corações dos protagonistas, e não nos seus feitos. No caso do marinheiro amputado, porém, a verdade é mais fácil de determinar: o pobre-diabo perdeu a perna.

•

Aurora o trouxe para casa e mudou sua vida. Ela o havia diminuído, subtraindo-lhe uma perna e desse modo dando fim a sua carreira na marinha; e então fez tudo para aumentá-lo em compensação, dando-lhe um novo uniforme, um novo emprego, uma nova perna, uma nova identidade e um papagaio desbocado para complementá-la. Aurora estragara sua vida, porém o salvara das piores conseqüências do desastre — a vida na sarjeta, a tigela estendida do pedinte. O resultado foi que ele se apaixonou por ela, é claro; tornou-se Lambajan Chandiwala tal como ela queria, e as fabulosas histórias de elefantes que contava eram uma maneira de exprimir seu amor, um amor impossível, a devoção canina de um escravo por sua rainha, um sentimento que causava repulsa na senhorita Jaya Hé, nossa aia e governanta, mulher azeda e ossuda que veio a casar-se com ele e infernizar sua existência. "*Baap-ré*!", exclamava ela, debochada. "Por que você não vai andando em direção ao mar e continua seguindo em frente até afundar?"

A presença de Lambajan junto aos portões de Aurora — portões, como dizia Vasco Miranda, de aurora — protegia a senhora do rude mundo exterior, mas também, de certo modo, protegia os outros dela. Ninguém entrava sem que ele soubesse de que se tratava; mas Lamba também fazia questão de dar conselhos aos visitantes. "Hoje tem que falar baixinho", dizia ele. "Hoje a cabeça dela está cheia de cochichos." Ou então: "Ela está cheia de pensamentos sombrios. Conte uma piada boa". Assim, já de sobreaviso, as visitas de minha mãe (quando sensatas o bastante para ouvir os conselhos de Lambajan) podiam evitar as explosões vulcânicas de sua raiva lendária — e altamente artística.

•

Minha mãe, Aurora Zogoiby, transformara-se numa estrela demasiado brilhante; quem a olhasse por muito tempo ficava cego. Mesmo agora sua memória ofusca, e nos obriga a contorná-la. Só podemos percebê-la indiretamente, através dos efeitos que ela exercia sobre os outros — o modo como ela desviava a luz dos outros, a atração gravitacional que nos negava toda e qualquer esperança de fuga, as órbitas cada vez mais estreitas dos que eram fracos demais para fazer frente a ela, que eram atraídos por seu sol e devorados por suas chamas. Ah, os mortos, os mortos imorredouros, incessantemente a morrer: como é longa e fascinante a história deles! A nós, os vivos, resta-nos encontrar algum espaço a seu lado; os mortos gigantescos que não conseguimos conter, ainda que lhes agarremos os cabelos, ainda que os amarremos à cama quando eles dormem.

Será que temos também de morrer para que nossas almas, por tanto tempo contidas, consigam se manifestar, para que nossas naturezas secretas se revelem? A quem interessar possa, respondo:

não; e mais uma vez: não, mesmo. Quando jovem, eu fantasiava — como Carmem da Gama, só que por motivos menos masoquistas e masturbatórios, e como o fotofóbico e teoagônico Mortimer d'Aeth — descascar toda minha pele, como se fosse uma banana, e sair pelo mundo nu tal qual uma ilustração anatômica da *Enciclopédia britânica*, só gânglios, ligamentos, nervos e veias, libertado das cadeias inescapáveis da cor, da raça, do clã. (Numa outra versão desse sonho, eu pairava pelo ar sem carne, sem pele nem osso, transformado numa pura inteligência ou sentimento solto no mundo, como uma energia que prescinde de forma física numa história de ficção científica.)

Assim, ao escrever este texto, sou obrigado a arrancar a casca da História, a prisão do passado. É hora de chegar a uma espécie de fim, hora de fazer com que a verdade a meu respeito venha finalmente à tona, livre do poder sufocante de meus pais, livre de minha pele escura. Essas palavras são a concretização de um sonho. Um sonho doloroso, não o nego; pois no mundo real um homem não é tão fácil de descascar quanto uma banana, por mais maduro que ele esteja. E não vai ser fácil livrar-me de Aurora e Abraham.

A maternidade — perdoem-me se insisto nesse ponto — é uma idéia importante na Índia, talvez a mais importante de todas: a pátria enquanto mãe, a mãe enquanto pátria, terra firme sob nossos pés. Senhoras e senhores: estou falando sobre a grande mãe Índia. No ano em que nasci, a Mehboob Produções lançou seu épico *Mãe Índia* — três anos de preparação, trezentos dias de filmagens, um dos três maiores sucessos de bilheteria da história do cinema indiano. Ninguém que tenha assistido ao filme jamais se esqueceu dessa saga melosa de camponesas heróicas, dessa ode pieguérrima à indomável aldeia indiana, feita pelos urbanóides mais cínicos do mundo. E a protagonista — ó Nargis, com sua pá ao ombro e sua mecha de cabelos negros caída sobre a fronte! — tornou-se, até ser suplantada por Indira-Mata, a deusa-mãe viva de todos nós. Aurora a conhecia, é claro; como todos os outros luminares da época, a atriz foi atraída pela chama de minha mãe. Porém as duas não se entenderam muito bem, talvez porque Aurora insistisse em levantar o tema — tema este que me é tão caro! — das relações entre mãe e filho.

"A primeira vez que vi o filme", confidenciou minha mãe à famosa estrela no terraço da *Elefanta*, "foi só olhar para o seu filho mau, Birju, que pensei: 'Mas que pedaço de homem — muito apimentado, muito quente, quero água!'. Ele é um ladrão e um canalha, mas vá ser bonito assim nos quintos dos infernos. E não é que você acabou se casando com ele! Vocês do cinema levam uma vida muito sexy; casar com seu próprio filho, imagine só!"

O ator em questão, Sunil Dutt, muito teso, ao lado da esposa, tomou um gole de limonada e corou. (Naquele tempo, a lei seca estava em vigor em Bombaim, e embora jamais faltasse uísque na *Elefanta* o ator estava assumindo um posicionamento moral.) "Aurora, você está misturando realidade com ficção", disse, pedante, como se tal fosse um pecado. "Birju e sua mãe Radha não passam de personagens bidimensionais numa tela de cinema; mas nós somos seres de carne e osso, em três dimensões, aliás, seus convidados, aqui na sua esplêndida casa." Nargis, bebericando *nimbupani*, sorriu sem graça ao ouvir a crítica implícita no final da frase do marido.

"Mas mesmo no filme", persistiu Aurora, implacável, "percebi desde o início que o perverso Birju tinha tesão por aquela mãe maravilhosa."

Nargis ficou muda, boquiaberta. Vasco Miranda, que jamais resistiu à tentação de criar confusão, viu que a tempestade estava prestes a eclodir, e apressou-se a precipitá-la. Disse: "A sublimação de desejos recíprocos entre pais e filhos é uma coisa que tem raízes profundas na psique nacional. Os nomes das personagens deixam isso claro. O nome 'Birju' é também usado pelo deus Krishna, não é mesmo? E todos sabemos que a nívea 'Radha' é o único verdadeiro amor do deus azul. No filme, Sunil, você aparece com uma maquiagem que o faz parecer Krishna, e você chega mesmo a mexer com as moças, quebrando com pedras os cântaros-úteros delas, o que você não pode negar que seja um comportamento tipicamente krishniano. Segundo essa interpretação" — e neste ponto Vasco tentou, sem muito sucesso, macaquear uma certa gravidade de intelectual — "a *Mãe Índia* é o lado oculto da história de Radha e Krishna, acrescido do tema secundário do amor. Mas chega de edipices! Quer mais *chhota peg*?".

"Indecências", disse a Deusa-Mãe Viva. "Imundícies. Já tinham me dito que artistas depravados e intelectuais *beatniks* freqüentavam esta casa, mas não vou atrás do que dizem. Agora constato que estou no meio de blasfemadores e hereges. Vocês insistem em chafurdar nas coisas negativas! Nos nossos filmes enfatizamos o lado positivo. A coragem das massas, as barragens, os guindastes."

"Guindastes?", comentou Vasco, com ar inocente. "Um símbolo fálico dos mais evidentes. Não sei como a censura deixou passar."

"*Bewaqoof!*", gritou Sunil Dutt, perdendo as estribeiras. "Símbolo fálico o cacete! São as novas tecnologias, como o projeto hidrelétrico que é inaugurado pela minha esposa na cena inicial do filme."

"E quando você diz 'esposa' ", Vasco fez questão de explicar, "você quer dizer, na verdade, 'mãe'."

"Vamos embora, Sunil", disse a diva. "Se esta cambada de ateus antinacionalistas são o mundo da arte, ainda bem que eu faço parte do mundo do comércio."

Em *Mãe Índia*, uma epopéia hindu dirigida por um socialista muçulmano, Mehboob Khan, a camponesa indiana é idealizada como noiva, mãe e geradora de filhos; é uma mulher sofrida, estóica, amorosa, redentora, defensora conservadora do status quo social. Mas para o vilão Birju, expulso do âmbito do amor materno, ela se torna, como observou um crítico, "a imagem da mãe agressiva, traiçoeira, aniquiladora, que povoa as fantasias dos homens indianos".

Também eu sei algo a respeito dessa imagem; também eu encarnei o papel de Filho Mau. Minha mãe não era nenhuma Nargis Dutt — não uma mulher serena, mas a do tipo que diz o que tem a dizer na cara. Imagine-a carregando uma pá no ombro! *É com prazer que afirmo jamais ter visto uma pá*. Aurora era uma moça citadina, o protótipo da moça citadina, a própria encarnação da metrópole sofisticada, tal como a Mãe Índia era a corporificação do mundo da aldeia. No filme, o marido da Mãe Índia fica impotente — seus braços são esmagados por uma pedra; e membros destruídos também desempenham um papel central na nossa saga. (Deixo ao leitor que decida se Abraham era ou não impotente.) E, quanto a Birju e ao Mouro, a pele escura e a desonestidade não eram as únicas coisas que tínhamos em comum.

Há muito tempo que conservo este segredo. Já é hora de dar com a língua nos dentes.

•

Minhas três irmãs nasceram uma logo depois da outra, tipo escadinha, e Aurora as gerou e pariu de modo tão perfunctório que antes mesmo de nascer todas já sabiam que sua mãe não haveria de fazer muitas concessões a suas necessidades pós-parto. A mais velha, originariamente chamada Christina, apesar dos protestos de seu pai judeu, acabou tendo o nome partido ao meio. "Pare de reclamar, Abie", ordenou Aurora. "De agora em diante ela é só Ina, sem Cristo." De modo que a pobre Ina ficou com um mero meio-nome; e quando nasceu a segunda filha, um ano depois, a coisa foi pior ainda, porque dessa vez Aurora insistiu em chamá-la "Inamorata". Abraham protestou novamente: "As pessoas vão fazer confusão", implorava ele. "Com esse nome grande, vai parecer que ela é uma Ina aumentada." Aurora deu de ombros. "Ina nasceu pesando quatro quilos e meio", comentou. "A cabeça parecia uma bala de canhão, os quadris lembravam a popa de um navio. Como que esta ratinha mirrada pode ser uma Ina aumentada? Só pode ser uma mini-Ina." Uma semana depois, minha mãe cismou que Inamorata, que só pesava dois quilos e duzentos e cinqüenta gramas, lembrava muito uma famosa roedora, "orelhas grandes, olhos arregalados e roupas de bolinhas" — e a partir daí minha segunda irmã passou a ser Minnie. Quando Aurora anunciou, um ano e meio depois, que a recém-nascida terceira filha se chamaria Filomela, Abraham arrancou os cabelos. "Quer dizer que uma é Minnie, a outra é Mela", gemeu. Filomela, ao ouvir essa discussão, começou a chorar, um som espaventosamente desafinado que convenceu a todos os presentes, menos minha mãe, de que nada poderia ser menos apropriado do que dar àquela criança um nome que significava "rouxinol". Quando, porém, a menina completou três meses de idade, a senhorita Jaya Hé, a ama, ouviu uns grasnidos preocupantes, uns trinados lancinantes, vindos de seu quarto, e quando foi ver o que se passava encontrou a criança deitada em seu berço, muito satisfeita da vida, emitindo sons perfeitamente ornitofônsicos. Ina e Minnie olhavam para a irmã por entre as grades do berço com expressões de terror e admiração. Aurora foi chamada e, com uma tranqüilidade imperturbável que teve o efeito instantâneo de naturalizar o milagre, balançou a cabeça e pronunciou seu veredicto: "Se ela é capaz de imitar sons desse jeito, ela não é um bulbul, e sim um mainá". A partir de então, as três passaram a ser Ina, Minnie e Mainá. Mas na escola de Walsingham, na Nepean Sea Road, as irmãs eram conhecidas como as Três Mosqueteiras, o que naturalmente abriu espaço para uma quarta ou um quarto mosqueteiro, um espaço em branco ou quarto vazio. Três irmãs esperando — e esperaram por muito tempo, porque entre Mainá e mim houve um intervalo de oito anos — por um D'Artagnan pardo e tardio.

O filho varão que fora motivo de tantas tramas e maldições da parte de Flory Zogoiby recusava-se a nascer, e há que dizer, para fazer justiça à memória de meu pai, que ele sempre afirmou sentir-se satisfeito com suas filhas. À medida que as meninas cresciam, Abraham tornava-se o mais extremoso dos pais; até que um dia — foi em 1956, durante as longas férias escolares após a estação das chuvas — estava a família num passeio aos templos budistas de dois mil anos de idade nas cavernas de Lonavla quando, subindo a escada íngreme escavada na encosta que levava à entrada escura da caverna maior, levou a mão ao coração, ofegante, e, enquanto sua garganta deixava escapar estertores ásperos e sua vista escurecia, estendeu os braços impotentes em direção às três meninas, então com nove, oito e quase sete anos de idade, as quais não perceberam que ele estava passando mal e continuaram a subida, correndo e rindo, com a despreocupação, a pressa e a imortalidade dos jovens.

Aurora segurou-o antes que ele caísse. Uma velha vendedora de cogumelos que surgira de repente ajudou Aurora a fazer Abraham sentar-se encostado à pedra, o chapéu de palha caindo sobre sua fronte, um suor gélido encharcando-lhe o pescoço.

"'Não me vá bater as botas, seu!", gritou Aurora, segurandolhe o rosto. "Respire! Não admito que você morra." E Abraham, obediente como sempre, sobreviveu. Sua respiração melhorou, sua vista desanuviou-se, e ele ficou um bom tempo descansando, com a cabeça caída para a frente. As meninas desceram as escadas correndo, de olhos arregalados, os dedos enfiados nas bocas.

"Está vendo o problema de ser pai tardiamente?", murmurou Abraham, aos cinqüenta e três anos de idade, para Aurora, antes que as filhas se aproximassem. "Veja como elas crescem depressa, e como estou chegando depressa ao fim. Por mim, essa história de crescimento e envelhecimento cessaria de uma vez por todas, agora.''

Aurora obrigou-se a adotar um tom despreocupado quando as crianças chegaram, preocupadas. ''Você não vai morrer nunca'', disse ela a Abraham. ''Com *você*, eu não me preocupo nem um pouco. E quanto a estas criaturinhas selvagens, quero mais é que elas crescifiquem o mais rápido possível. Meu Deus! Como demora a passar a tal da infância! Eu queria ter filhos — pelo menos *um* filho — que crescessem *muito* depressa.''

Uma voz atrás dela disse umas poucas palavras, quase inaudíveis. *Obeá, jadu, fo, fu, fai*. Aurora virou-se de repente. ''Quem disse isso?''

Ali só estavam as três meninas. Outros visitantes, alguns carregados em liteiras (Abraham recusara esse conforto excessivo), iam e vinham da cavernas, mas estavam todos muito longe, ou acima ou abaixo de onde eles estavam.

''Onde está aquela mulher?'', Aurora perguntou às filhas. ''A dos cogumelos, que me ajudou. Onde que ela se enfiou?''

''Nós não vimos ninguém'', respondeu Ina. ''Só vocês dois.''

•

Mahabaleshwar, Lonavla, Khandala, Matheran... ó amadas estâncias serranas, aonde jamais hei de voltar, cujos nomes contêm, para a gente de Bombaim, a memória de risos de crianças, doces canções de amor, dias e noites passados em florestas verdejantes e frescas, caminhando e descansando! Na época da seca, antes das chuvas, essas montanhas abençoadas parecem flutuar de leve numa névoa mágica, tremeluzente; depois da monção, quando o ar fica limpo, uma pessoa no alto do Matheran's Heart Point, por exemplo, ou do morro One Tree, por vezes é capaz de enxergar, naquela limpidez sobrenatural, se não a eternidade, pelo menos um pedacinho do futuro, quem sabe um ou dois dias à frente.

No dia em que Abraham passou mal, porém, a tranqüilidade das estâncias na serra não era o que o médico recomendava. A família estava hospedada na Lord's Central House, em Matheran, o que significava que, após o mal-estar de Abraham, teriam de seguir por trinta quilômetros numa estrada difícil e deserta, e depois, ao final da estrada, deixar o Buick com Hanuman e pegar o trenzinho lento em Neral, passando pelo túnel One Kiss, e seguir em frente, uma viagem que levava duas horas, durante a qual Aurora relaxou suas regras rígidas e encheu as meninas de tofes para mantê-las caladas, enquanto a senhorita Jaya molhava lenços com a água de uma jarra, para que Aurora pudesse estendê-los na testa de Abraham. "A gente leva mais tempo para chegar à tal da Lord's Central House do que ao paraíso", queixou-se Aurora.

Mas a Lord's Central House ao menos tinha o mérito de existir, de ter uma base empiricamente demonstrável nos fatos, enquanto o paraíso sempre foi algo em que minha família nunca mostrou muita confiança... O trenzinho de bitola estreita foi subindo a serra, esbaforido, as cortinas cor-de-rosa esvoaçando nas janelas das cabines da primeira classe, e por fim parou, quando então os macacos que estavam encarapitados em cima dos vagões desceram para tentar arrancar os tofes das mãos das crianças espantadas. Era o fim da linha; e naquela noite, num quarto da Lord's House que subitamente ficou recendendo a temperos, sob o olhar dos lagartos brancos nas paredes, Aurora Zogoiby, numa cama de molas barulhenta, sob um lento ventilador de teto, acariciou o corpo do marido até restituir-lhe a vida por completo; e *quatro meses e meio depois*, no dia de Ano-Novo de 1957, ela deu à luz seu quarto e último filho.

Ina, Minnie, Mainá e, por fim, o Mouro. Eu: o fim da linha. E outra coisa também: a realização de um desejo. Ou a maldição de uma velha. Sou o filho cuja inexistência Aurora Zogoiby lamentara na escadaria das cavernas de Lonavla. Este é meu segredo, e depois de tantos anos tudo que posso fazer é revelá-lo, abertamente, e se não gostarem que se danem.

O tempo comigo corre mais depressa do que com os outros. Dá para entender? Em algum lugar, alguém está apertando o botão "FF", ou, para ser mais exato, "× 2". Leitor, escute-me com atenção, escute cada palavra que digo, pois o que estou dizendo agora é a verdade pura e literal. Eu, Moraes Zogoiby, vulgo "Mouro", sou — por conta de meus pecados, de meus muitíssimos pecados, por minha culpa, minha máxima culpa — um homem que vive duas vezes mais rápido que os outros.

E a vendedora de cogumelos? Aurora resolveu investigar a questão no dia seguinte, e o recepcionista do hotel lhe disse que nunca soube que se plantavam ou vendiam cogumelos na região das cavernas de Lonavla. E a velha — *tripa de galinha, creio em Deus pai* — nunca mais foi vista.

(*Vejo que a manhã se aproxima; e me calo, discretamente.*)

10

Repetindo: desde o momento da minha concepção, como se fosse um visitante de outra dimensão, outro tempo, estou envelhecendo duas vezes mais depressa do que este velho mundo e tudo e todos que nele há. Quatro meses e meio da concepção ao nascimento: minha evolução em tempo duplo não poderia senão ter proporcionado a minha mãe uma gravidez dificílima. Em minha imaginação, vejo seu útero inchando em ritmo acelerado, e é como um efeito especial de cinema, como se, sob a influência de algum botão genético calcado duas vezes, seus *pixels* bioquímicos tivessem enlouquecido e começassem a fazer com seu corpo indignado um *morphing* tão violento que os efeitos acelerados de minha gestação se tornassem visíveis a olho nu. Gerado num morro, nascido num outro, atingi proporções montanhesas quando eu ainda devia ser um mero montículo... O que quero dizer é que, se não há dúvida de que fui concebido na Lord's Central House, em Matheran, é também igualmente certo que quando este pantagruélico bebê Zogoiby encheu de ar pela primeira vez os pulmões atônitos, na exclusiva maternidade-convento das Irmãs de Maria Gratiaplena na Altamount Road, Bombaim, seu desenvolvimento físico já estava tão avançado — uma ereção generosa dificultou sua passagem pela vagina — que ninguém ousaria chamá-lo de prematuro.

Talvez pós-maturo fosse o termo mais correto. Quatro meses e meio naquele meio ambiente úmido e viscoso me pareceu um exagero. Desde o começo — desde antes do começo — eu sabia que não tinha tempo a perder. Passando de águas perdidas para ar necessário, entalado nos estreitos meridionais de Aurora por obra da atitude militar de minha manjuba, que resolveu ficar em posição de sentido no momento solene, resolvi informar os presentes a respeito da natureza premente de meu problema, e abri um tremendo berreiro bovino. Aurora, ao ouvir meus primeiros gritos saindo de dentro de seu corpo (o que também já lhe dava idéia da imensidão da coisa que estava por nascer), ficou ao mesmo tempo apavorada e orgulhosa; porém, naturalmente, não ficou sem palavras. "Depois das nossas três mosqueteiras", disse ela, ofegante, à freira parteira, que estava com cara de quem acabava de ouvir o latido de um cão infernal, "pelo visto, irmã, está vindo aí um D'Artanhão de bom tamanho." De mosqueteiro a Mouro, do primeiro vagido ao último suspiro: é nesses ganchos que se penduram minhas histórias.

Muitos têm a impressão, hoje em dia, de que está chegando ao fim algo que passou depressa demais: um momento na vida, um período da história, um conceito de civilização, uma curva no caminho tortuoso do mundo indiferente. *Diante de Teus olhos, mil eras são como uma só tarde*, cantam na catedral de Santo Tomás, para um deus sem dúvida inexistente; assim também eu, ó leitor onipotente, poderia observar que estou passando depressa demais. Uma existência em velocidade dupla só dá margem a meia vida. *Curta como a vigília ao fim da noite, antes do sol da manhã.*

Não há por que apelar para explicações sobrenaturais; basta um nó no DNA. Algum distúrbio no programa central levou-me a envelhecer prematuramente, a produzir um excesso de células de vida excessivamente curta. Lá em Bombaim, minha velha cidade de barracos e arranha-céus, nos julgamos a ponta-de-lança da modernidade, nos vangloriamos de estar na vanguarda da tecnologia, mas isso só é verdade nos arranha-céus de nossa consciência. Nas favelas de nossos corpos ainda somos vulneráveis aos males mais malévolos, aos raquitismos mais raquíticos, às pestes mais pestilentas. Há angorás mimados nos sofás das coberturas limpíssimas, mas nem por isso deixam de existir ratazanas imundas nos esgotos de nosso sangue.

Se o nascimento é a precipitação radioativa da explosão causada pela união de dois elementos instáveis, então não se pode querer mais que uma meia-vida. Do convento de Bombaim à fortaleza de Benengeli, minha vida ocupou apenas trinta e seis anos. Mas o que resta do jovem e tenro gigante de minha mocidade?

Os espelhos de Benengeli refletem um senhor exausto, de cabelos tão brancos, ralos e serpentinos quanto os da bisavó Epifânia, há tantos anos extintos. Um rosto escaveirado, e um corpo esguio em que não resta mais que a lembrança de movimentos lentos e graciosos. O perfil aquilino agora evoca um bico de ave, e os lábios cheios, femininos, murcharam, tal como rarearam os cabelos. Um velho sobretudo de couro marrom, que encobre uma camisa xadrez manchada de tinta e calças de veludo cotelê já deformadas, pende atrás de seu corpo quando ele anda, como uma asa quebrada. Apesar do pescoço de frango e do peito de pombo, este velhusco ossudo ainda conserva uma postura admiravelmente ereta (sempre consegui andar sem problemas com uma leiteira cheia equilibrada na cabeça); mas quem o visse e tivesse que lhe adivinhar a idade diria que já está na fase das cadeiras de balanço, mingaus e calças arregaçadas, na idade em que os cavalos são soltos na pastagem; se não estivéssemos na Índia, seria o caso de despachá-lo para uma clínica geriátrica. Setenta e dois anos de idade, dir-se-ia, com a mão direita deformada, em forma de maçã.

•

"O que crescifica depressa demais não pode sair direito", passou a pensar Aurora depois (e mais tarde, quando nossas diferenças se manifestaram, disse-o na minha cara). Contemplando com repulsa minha deformidade, tentava em vão consolar-se: "Que sorte que é só uma mão." A parteira, a irmã John, condoía-se da tragédia de minha mãe, porque para sua mentalidade (não muito diferente da de minha mãe) uma anormalidade física vinha, na escala das vergonhas familiares, logo abaixo da doença mental. Envolveu o bebê em panos brancos, escondendo tanto a mão boa quanto a defeituosa; e, quando meu pai entrou, ela lhe ofereceu aquele embrulho enorme com um soluço contido — e talvez não totalmente hipócrita. "Um menino tão bonito, de uma família tão distinta", disse ela, fungando. "Seja humilde, senhor Abraham, pois Deus Todo-Poderoso marcou o menino com Sua tremenda ferida de amor."

Isso foi demais para Aurora, é claro; minha mão direita, por mais horrível que fosse, não estava ali para servir de pasto a pessoas de fora da família e deuses. "Tirifique essa mulher daqui,

Abie'', gritou minha mãe de sua cama, ''senão ela vai sentir na carne uma tremenda ferida que não é de amor.''

Minha mão direita: um polegar reduzido a uma verruga mirrada, os quatro outros dedos fundidos numa massa disforme. (Até hoje, quando troco um aperto de mãos, ofereço a mão esquerda, invertida, com o polegar virado para baixo.) ''Oi, pugilista'', disse meu pai, arrasado, examinando o membro defeituoso. ''Oi, campeão. Falando sério: com um punho assim você vai conseguir derrubar qualquer um.'' Essa tentativa paterna de ver o lado bom das coisas ruins, essa frase pronunciada por uma boca retorcida de dor, acabou se revelando nada menos que uma profecia, nada mais que a verdade pura e simples.

Tentando ser mais poliana que o marido, Aurora — a qual não admitia que sua primeira gravidez difícil não tivesse resultado num triunfo — reprimiu o horror e a repulsa, trancando-os num porão úmido de sua alma, até o dia de nossa luta derradeira, quando soltou as feras, transformadas em monstros sedentos de sangue, finalmente livres... Mas naquele momento ela preferiu afirmar o milagre de minha vida, de meu tamanho extraordinário, da incrível velocidade com que se dera minha gestação, que tanto desconforto lhe causara, mas que também provava que eu era uma criança única. ''Aquela freira bobalhona num ponto até tem razão'', disse ela, tomando-me em seus braços. ''Ele é o mais bonito dos nossos filhos. E isto aqui, o que é? Não é nada! Até uma obra-prima pode ter um borrãozinho.''

Com essas palavras, minha mãe assumiu a responsabilidade da artista por sua obra; aquela minha mão-maçaroca, aquele monstrengo tão deformado quanto qualquer obra de arte moderna, tornou-se um mero descuido do pincel de um gênio. Então, numa demonstração adicional de generosidade — ou seria um ato de mortificação da carne, um castigo que ela se impunha por sentir uma repulsa instintiva? —, Aurora me deu algo ainda mais precioso. ''Para as meninas, a mamadeira da senhorita Jaya servia'', anunciou ela. ''Mas o meu filho sou eu mesma que vou amamentar.'' Não discuti; e abocanhei-lhe o seio com força.

''Que gracinha!'', exclamou Aurora, em êxtase. ''Isso, beba até não poder mais, meu pavãozinho, meu mourinho.''

•

Um dia, no início de 1947, um jovem pálido chamado Vasco Miranda, de Loutulim, Goa, chegou sem um tostão no bolso aos portões de Aurora, identificando-se como pintor, e exigiu que fosse levado à presença da "única artista deste Lixistão, deste túmulo da arte, cuja grandeza chega perto da minha". Lambajan Chandiwala olhou-o, viu a linha fina e débil do bigodinho, o sorriso de vigarista pé-de-chinelo, o topete e as costeletas de interiorano escorrendo óleo de coco, o safári barato, as calças e as sandálias, e começou a rir. Vasco riu também, e logo o clima foi ficando animado nos portões de Aurora, os dois homens rindo de chorar, enxugando os olhos e dando tapas nas pernas — apenas Totah, o papagaio, não achava graça naquilo, e agarrava-se ansioso ao ombro inquieto do porteiro —, até que, por fim, Lambajan perguntou: "Você sabe quem mora nesta casa?". E, mais uma vez, para o desconforto de Totah, sacudiu o ombro por efeito de uma gargalhada. "Sei", respondeu Vasco, chorando de tanto rir, e a hilaridade de Lambajan foi tamanha que o papagaio bateu asas e foi se instalar no alto dos portões, emburrado. "Não", disse Lambajan, entre lágrimas, e começou a bater em Vasco violentamente com sua muleta de madeira, "não, seu vagabundo, você não sabe quem é que mora nesta casa. Ouviu? Você não sabe, nunca soube, nem nunca vai saber."

Assim, Vasco desceu correndo o morro de Malabar e voltou para o cubículo onde morava na época — em algum cortiço de Mazagaon, creio eu — onde, machucado porém determinado, sentou-se e escreveu para Aurora uma carta que conseguiu o que ele não havia logrado em pessoa: passar pelo porteiro e chegar às mãos da grande dama. Essa carta foi uma das primeiras manifestações do Novo Descaramento — *Nayi Badmashi* — que mais tarde faria a fama do Vasco, embora não fosse muito mais que surrealismo europeu apimentado e requentado; ele chegou mesmo a fazer um curta-metragem intitulado *Kutta Kashmir Ka* ("Um cão caxemirense" — em vez de andaluz). Mas a carreira de Vasco não permaneceria por muito tempo nesse registro excêntrico e derivativo; logo ele descobriria que seu verdadeiro talento era para concepções anódinas e inofensivas, pelas quais os proprietários de prédios públicos eram capazes de pagar quantias verdadeiramente surrealistas; e a partir daí sua reputação — que nunca foi muito séria — foi declinando depressa, à medida que sua conta bancária aumentava.

Em sua carta, Vasco declarava-se a alma gêmea insuspeita de Aurora. Ambos eram "estrelas do Sul" e "anticristãos"; ambos praticavam uma "arte épico-mítico-tragicômico-super-sexy-*high-masala*", na qual o princípio unificador era "o enredo tecnicolor"; suas obras se reforçariam mutuamente, "como o francês Georges e o espanhol Pablo, só que mais ainda, por conta da diferença de sexo. Além disso, sei que a senhora tem Espírito Público, e se interessa por muitos Tópicos Atuais, enquanto eu, devo confessar, tenho mais é Espírito de Porco — sempre que a Esfera Política rola para o meu lado, viro uma criança malévola e indomável, e com um bom pontapé mando a tal Esfera para longe de minha Zona de Operações. A senhora é uma Heroína, e eu sou um Frouxo; sem dúvida, juntos haveremos de vencer todos os obstáculos à nossa frente. Será uma união perfeita — pois a senhora é o Certo, enquanto eu, lamentavelmente, sou o Errado".

Quando Lambajan Chandiwala, aos portões da *Elefanta*, ouviu as gargalhadas de sua patroa, seus uivos de hilaridade, que a brisa trazia até seus ouvidos, ele compreendeu que Vasco lhe passara a perna, que a comédia derrotara a segurança, e que a próxima vez que aquele palhaço subisse a ladeira ele seria obrigado a ficar em posição de sentido e fazer-lhe continência. "Mas vou ficar de olho nele", disse o porteiro a seu papagaio taciturno. "Um dia o paspalhão vai escorregar, e quando eu o pegar em flagrante quero ver se ele vai rir."

Sobre um tapete de Isfahan, num pavilhão no canto do terraço mais alto, Aurora Zogoiby estava reclinada, mais ou menos na posição da Maja Vestida, quando Vasco foi levado à sua presença, no dia seguinte, ao cair da tarde. Estava tomando champanhe francês e fumando um cigarro importado, através de uma comprida piteira de âmbar; seu ventre, grávido de Ina, estava apoiado em almofadas de seda. Vasco apaixonou-se por Aurora antes mesmo que ela abrisse a boca, foi dominado por uma paixão que havia decidido jamais sentir por mulher alguma, e ao apaixonar-se desencadeou boa parte dos eventos que se seguiram. Como amante rejeitado, tornou-se um homem mais sombrio.

"Eu estava procurando um pintor", disse-lhe Aurora.

"Ei-lo", começou Vasco, fazendo pose; mas Aurora o interrompeu.

"Pintor de paredes", disse ela, um pouco brutal. "O quarto das crianças está precisadíssimo de uma reforma. Você está interessado? Responda! Nesta casa paga-se bem."

Vasco Miranda estava humilhado, mas também estava duro. Após alguns segundos, ele exibiu seu sorriso mais estonteante e perguntou: "Quais os temas que a senhora prefere?".

"Desenhos animados", disse ela, com uma expressão de dúvida no rosto. "Você vai ao cinema? Lê histórias em quadrinhos? Pois é, aquele rato, aquele pato, e aquele coelho, como é mesmo o nome dele? E aquele marinheiro do cachimbo torto. Talvez o gato que nunca pega o rato, o outro gato que nunca pega o passarinho, ou a ave que sempre corre mais depressa que o coiote. Quero pedras que caem em cima da pessoa e ela só fica achatada temporariamente, bombas que só têm o efeito de sujificar a cara de fuligem, bichos correndo no ar até que eles param e olham para baixo e vêem que o chão acabou. Quero espingardas com nó nos canos, e banheiras cheias de moedas de ouro. Nada de harpas e anjinhos e jardins edênicos; para os meus filhinhos, o paraíso que quero é esse."

Vasco, um autodidata recém-saído de Goa, não sabia quase nada a respeito de pica-paus e pernalongas. Embora não fizesse idéia do que Aurora estava dizendo, sorriu e assentiu com a cabeça. "A senhora tem o fortúnio de estar falando com o maior de todos os pintores de paraísos de Bombaim."

"'Fortúnio?", estranhou Aurora.

"O contrário de infortúnio", explicou Vasco. "Tal como fração é o contrário de infração, e ovação é o oposto de inovação."

•

Dias depois ele já havia se instalado na casa. Sem jamais ter sido formalmente convidado, de uma maneira ou outra Vasco ficou lá por trinta e cinco anos. De início Aurora o tratava como uma espécie de fraldiqueiro. Descaipirizou-lhe o penteado e convenceu-o a deixar de aparar o bigode; quando este ficou comprido e espesso, ensinou-o a encerá-lo. Mandou que seu alfaiate fizesse trajes para ele: ternos de seda com listras largas, e grandes gravatas-borboletas frouxas que convenceram *le tout* Bombaim de que a nova descoberta de Aurora Zogoiby era uma bicha louca (quando na verdade tratava-se de um bissexual autêntico, tipo meio a meio, como muitos rapazes e moças do círculo da *Elefanta* viriam a constatar com o passar dos anos). Aurora sentia-se atraída por sua fome inesgotável de informação, comida, trabalho e, acima de tudo, prazer; e pelo descaramento com que, sorrindo seu sorriso Binaca, ele dava um jeito de conseguir exatamente o que queria. "Deixe o Vasco em paz", ordenou ela quando Abraham deu a entender, discretamente, que gostaria de saber quando o tal sujeito ia embora. "Gosto de tê-lo em casa. Afinal, como ele mesmo disse, ele é meu fortúnio; é uma espécie de amuleto." Quando Vasco terminou de decorar o quarto das crianças, Aurora deu-lhe um estúdio, devidamente abastecido de cavaletes, creions, uma *chaise longue*, pincéis e tintas. Abraham Zogoiby, como um papagaio cético, enfiou o bico no ombro; porém não tocou mais no assunto. Vasco Miranda conservou aquele estúdio mesmo depois que se tornou rico, que arranjou um marchand americano e montou ateliês por todo o mundo ocidental. Segundo ele, era ali que estavam suas "raízes"; e foi quando Aurora decidiu desarraigá-lo que ele saiu de órbita...

A linguagem de Vasco foi logo adotada pelas zogoibinhas. Ina, Minnie e Mainá logo aprenderam a classificar suas professoras na Walsingham House School como "plicantes" e "implicantes". Na *Elefanta*, não se ligava nem desligava nada; os telefones, interruptores e rádios estavam ou "abertos" ou "fechados". Todas as lacunas estruturais do idioma eram preenchidas: se *qual* tinha o plural *quais*, então "*quem* também tem de ter seu *quens*, e *onde* seu *ondes*".

Quanto à decoração do quarto, ele cumpriu o que prometera. Num cômodo amplo e claro, com vista para o mar, Vasco criou o que, para mim e minhas irmãs, ficou sendo a imagem mais próxima que jamais conhecemos de um éden terreno (porém, felizmente, nem um pouco hortícola). Apesar de todo o seu gênero de comediante de filme indiano, de todos os seus trejeitos de tio palhaço, era um homem trabalhador, e dias após ter aceitado a incumbência de Aurora já havia adquirido um conhecimento do assunto em questão muito superior ao que seria necessário para executar a tarefa. Nas paredes do quarto, ele primeiro pintou uma série de janelas *trompe-l'oeil*, uma mogol, outra mourisca, outra manuelina, outra gótica, umas maiores, outras menores; e então, dentro dessas janelas mágicas, que pertenciam ao mundo da fantasia e para ele se abriam, ele nos revelava multidões fabulosas. O Mickey dos primeiros desenhos, em seu barco a vapor; Donald lutando com os ponteiros do Tempo; Tio Patinhas com cifrões nos olhos. Huguinho, Zezinho e Luisinho. O professor Pardal, Pateta, Pluto. Corvos, esquilos, e outros casais de que não me lembro mais: Tico e Teco, Jerry e Espeto, Etc. e Tal. E também as personagens dos desenhos da Warner: Patolino, Gaguinho, Pernalonga e Hortelino; e no espaço acima dessa galeria de retratos bidimensionais Vasco colocou suas interjeições cacofônicas: ha-ha-ha-HA-ha, quéquéréRÉ-qué, acho-que-vi-um-gatinho, bip-bip, o-que-é-que-há-chefe. Havia galos falantes, gatos de botas e supercamundongos a voar com capas vermelhas; e também grandes galerias de heróis locais, pois Vasco resolveu ir além da encomenda e acrescentar djins em tapetes voadores, ladrões em cântaros enormes, um homem nas garras de um pássaro gigantesco. Pintou mares de histórias e abracadabras, fábulas do Panchatantra e lâmpadas mágicas. O mais importante de tudo, porém, foi a idéia que ele incutiu em todos nós através daquelas pinturas: a idéia da identidade secreta.

Quem era aquele mascarado? Foi graças às paredes de minha infância que fiquei sabendo do milionário Bruce Wayne e seu protegido Dick Grayson, cuja mansão luxuosa ocultava os segredos da Bat-Caverna; do tímido Clark Kent que era na verdade o extraterreno Kal-El do planeta Crípton, o Super-Homem; de John Jones, que era o marciano J'onn J'onzz, e Diana King, que era a Mulher-Maravilha, a Rainha Amazona. Foram essas paredes que me ensinaram que um super-herói podia ansiar pela normalidade, que o Super-Homem, corajoso como um leão, capaz de enxergar através de tudo (menos chumbo), queria mais do que qualquer outra coisa na vida que Lois Lane o amasse na forma de um homenzinho modesto que usava óculos. Nunca me imaginei um super-herói — que isso fique bem claro; mas com aquela minha mão deformada e aquele meu calendário pessoal que perdia páginas a uma velocidade extraordinária eu era sem dúvida um ser excepcional, coisa que não tinha a menor vontade de ser. As lições que me eram proporcionadas pelo Fantasma e o Flecha Verde e Batman e Robin ajudaram-me a construir uma identidade própria, só minha. (Tal como o haviam feito antes de mim minhas pobres irmãs.)

Aos sete anos e meio de idade, entrei na puberdade; meu rosto cobriu-se de pêlos, meu pomo-de-adão cresceu, minha voz ficou grave, e meu órgão genital desenvolveu-se por completo, junto com os apetites a ele associados; aos dez anos, era um menino preso num corpanzil de um jovem gigante de vinte anos de idade e dois metros de altura, e atormentado, desde que nele despontou a consciência de si, por um medo terrível de ver que o tempo estava se esgotando. Eu, que trazia em mim a maldição da velocidade, usava a lentidão tal como o Zorro usava sua máscara. Decidido a desacelerar minha evolução pela força de minha personalidade, fui me tornando cada vez mais lânguido, e aprendi a espichar minhas palavras em longos bocejos sensuais. Durante algum tempo adotei os maneirismos aristocráticos do amigo indiano de Billy Bunter, Hurree Jamset Rama Singh, o nababo moreno de Bhanipur: nessa época eu nunca tinha sede, porém ficava "vitimado por uma sede extrema". Minha irmã Mainá, a mímica, curou-me de minhas "hurreeces", como ela dizia, repetindo em eco minhas palavras, ridicularizando-as, mas mesmo depois que abandonei esse modelo ela continuou fazendo a família rir, imitando meus maneirismos lentíssimos de astronauta na Lua; mas esse "Mouroso" — o apelido que ela pôs em mim — era apenas uma de minhas identidades secretas, apenas a superfície visível de muitas camadas superpostas de disfarces.

Canhoto, canho, esquerdo, sinistro — é grande o vocabulário pejorativo que atormenta os que usam mais a mão que não é a direita! Que infinidade de pequenas humilhações se colocam a cada momento para os não-manidestros! Onde encontrar uma braguilha para canhotos, um talão de cheque com destros em vez de canhotos, um saca-rolhas que gire para o outro lado, um ferro de passar para canhotos (sim, porque para nós o fio sempre sai do lado errado do ferro)? No críquete, o jogador canhoto é sempre valorizado, e sempre encontra um bastão que lhe sirva; mas em toda a Índia, terra de aficionados do hóquei, não se encontra um único taco de hóquei esquerdizante. Abstenho-me de mencionar máquinas fotográficas e descascadores de batatas... E, se a vida já é difícil para os canhotos "natos", imagine-se o quanto não sofri — pois logo se constatou que eu era na verdade manidestro, só que por acaso tinha nascido com uma mão direita imprestável. Aprender a escrever com a mão esquerda foi tão difícil para mim quanto seria para qualquer criança destra. Aos dez anos de idade, com corpo de vinte, eu escrevia com garranchos de aluno de primário. Também esse problema consegui superar.

O que era difícil de superar era a sensação de viver numa casa cheia de arte, cercado de criadores de coisas belas, tanto moradores quanto visitantes, e saber que para mim essa criação deveria sempre permanecer um livro fechado; que onde minha mãe (tal como Vasco) encontrava seu maior prazer nada havia para mim. Mais difícil ainda era a sensação de saber-se feio, deformado, errado, a consciência de que a vida me dera cartas muito ruins, e um capricho da natureza me obrigava a jogá-las depressa demais. E o mais difícil de tudo era saber que eu era uma fonte de constrangimento, de vergonha.

Também tudo isso eu ocultava. As primeiras lições que me ensinaram em meu paraíso foram no campo da metamorfose e do disfarce.

No tempo em que eu ainda era bem jovem (ainda que nem tão pequeno assim), Vasco Miranda entrava no meu quarto quando eu dormia e mudava as pinturas da parede. Algumas janelas se fechavam, enquanto outras se abriam; o camundongo ou pato ou gato ou coelho mudava de posição, mudava de parede, passava de uma aventura para outra. Durante muito tempo acreditei que meu quarto era mesmo mágico, que as criaturas fantásticas das paredes ganhavam vida quando eu adormecia. Então Vasco deu-me uma explicação diferente.

"É você que está mudando o quarto", cochichou-me ele uma noite. "É você. Você faz isso enquanto dorme, com a sua terceira mão." E, ao falar, apontou para meu coração.

"Que terceira mão?"

"Ora, esta aqui, esta mão invisível, com dedos invisíveis de unhas invisíveis todas roídas."

"Ondes? Ondes?"

"Na mão que você só vê com clareza nos sonhos."

Não admira que eu o adorasse. Para tal, bastaria aquela mão onírica; mas quando eu já tinha idade suficiente para entender, Vasco cochichou um segredo ainda maior em meu ouvido noturno. Contou-me que, em conseqüência de uma desastrosa operação de apendicite muitos anos antes, havia uma agulha perdida dentro dele. Essa agulha não o incomodava nem um pouco, porém um dia haveria de chegar a seu coração, e então ele morreria de repente, apunhalado por dentro. Era esse o segredo de sua personalidade hiperativa — ele só dormia três horas por noite, e quando estava desperto não conseguia ficar três minutos sentado no mesmo lugar. "Tenho muito que fazer até o dia da agulha", explicou-me Vasco. "A gente tem que viver até morrer, esse é meu lema."

Sou como você. Era essa sua mensagem bondosa e fraterna. *Também eu estou correndo contra o tempo*. E talvez estivesse apenas tentando reduzir minha sensação de estar sozinho no universo, porque à medida que fui crescendo sua história foi me parecendo cada vez mais inverossímil; não fazia sentido um homem tão extravagante e anticonvencional quanto o famoso V. Miranda aceitar um destino tão terrível passivamente, não tentar localizar e extrair a tal agulha; assim, passei a encará-la como uma metáfora — talvez a ambição que o espicaçava. Mas naquela noite da minha infância, em que Vasco bateu no peito e fez caretas, revirou os olhos e caiu no chão com os pés para cima, fingindo-se de morto para me divertir — naquele momento, eu acreditava nele piamente; e, relembrando essa crença absoluta anos depois (mesmo agora, depois de reencontrá-lo em Benengeli, vítima de outras agulhas, o jovem esguio de então metamorfoseado num velho obeso, sua luminosidade obscurecida, tudo que nele havia de aberto agora fechado, o vinho do amor já azedado, transformado no vinagre do ódio), consegui — consigo agora — atribuir um sentido diverso a seu segredo. Talvez a agulha, se de fato havia uma agulha, perdida no palheiro de seu corpo, fosse na verdade a fonte de todo seu ser — talvez sua alma. Perdê-la seria perder a vida de repente, ou pelo menos o sentido da vida. Ele preferia trabalhar, e esperar. "A fraqueza do homem é sua força, e verse-viça", disse-me uma vez. "Será que Aquiles teria sido um grande guerreiro sem aquele calcanhar?" E, relembrando essas palavras, quase chego a invejar seu anjo da morte, ácido, inquieto, fortalecedor.

Na conhecida história de Hans Andersen, o jovem Kay, fugindo da Rainha da Neve, fica com um caquinho de vidro nas veias, que lhe causa uma dor incessante para o resto de sua vida. Minha mãe de cabelos brancos fora a Rainha da Neve de Vasco, que ele amara e de quem, movido por uma humilhação devastadora, terminou fugindo, com um caco gelado de ódio no sangue; o qual continuava a doer, a baixar a temperatura de seu corpo, a esfriar aquele coração outrora cálido.

•

Vasco, com suas roupas ridículas e suas invenções verbais, seu desprezo frívolo por todos os tabus, convenções, monstros sagrados, pomposidades e deuses, e, acima de tudo, sua lendária incansabilidade, que se manifestava em sua busca incessante de trabalho, parceiros sexuais, bolas de squash e amor, Vasco tornou-se meu primeiro herói. Quando eu tinha quatro anos, o exército indiano tomou Goa, dando fim a quatrocentos e cinqüenta e um anos de colonialismo português, e durante semanas Vasco mergulhou numa de suas depressões negras. Aurora tentou convencê-lo a ver o acontecimento como uma libertação, tal como o faziam muitos goenses, mas nada o consolava. "Até agora eu só tinha três deuses e uma Virgem Maria em que não acreditar", queixou-se. "Agora são trezentos milhões. E que deuses! É cabeça e mão demais para meu gosto." Em poucos dias ele se recuperou, e passou a ficar o dia inteiro nas cozinhas da *Elefanta*, vencendo a resistência inicial de nosso velho cozinheiro, Ezequiel, ensinando-lhe os segredos da cozinha goense e anotando-os num caderno verde de receitas, que ele pendurava num arame na porta da cozinha; e nas semanas que seguiram só comíamos porco, fomos obrigados a traçar chouriços e sarapatel e porco com caril e leite de coco, até que Aurora reclamou que daquele jeito íamos acabar virando porcos; a reação de Vasco foi voltar da feira rindo de orelha a orelha, carregando cestas imensas cheias de mariscos ainda vivos, estalando, e tubarões cheios de dentes e escamas; quando nossa varredora o viu, ela largou a vassoura e saiu correndo, dizendo a Lambajan que só retomaria o serviço depois que aqueles "monstros imundos" não estivessem mais lá.

Mas a contra-revolução de Vasco não se conteve nos limites da gastronomia. Todos os dias ouvíamos histórias dos feitos heróicos de Afonso de Albuquerque, que arrancou Goa do sultão de Bijapur, um tal Yusuf Adilshah, no dia de santa Catarina, em 1510; e de Vasco da Gama também. "Uma família de comerciantes de especiarias, como a sua, há de compreender como me sinto", disse a Aurora, em tom de lamúria. "Temos uma história em comum; o que estes soldados sabem a respeito dela?" Cantavanos mandos de amor e servia aos adultos cajus e aguardente de coco trazidos por contrabando, e à noite, em meu quarto de janelas mágicas, ele me contava suas fantásticas histórias sobre Goa. "Abaixo a Mãe Índia", exclamava ele, fazendo pose, enquanto eu ria debaixo do lençol. "Viva o Pai Portugal!"

Depois de quarenta dias, Aurora deu fim à nossa invasão goense. "Terminificou o luto", anunciou ela. "Daqui para a frente, a história continua seu curso."

"Colonialista", queixou-se Vasco, melancólico. "E imperialista cultural ainda por cima." Mas — como sempre acontecia a cada ordem de Aurora — ele obedeceu direitinho.

Eu adorava Vasco; mas durante muito tempo não percebi — e como poderia tê-lo percebido? — o fogo cruzado que se travava dentro dele, a guerra entre a raiva que iria explodir um dia e a superficialidade, entre a lealdade e o carreirismo, entre a capacidade e o desejo. Eu não entendia o preço que ele havia pago ao adentrar nossos portões.

Vasco não possuía amigos que o tivessem conhecido antes de nós; pelo menos, não que soubéssemos. Jamais falava sobre sua família, e muito pouco sobre sua vida passada. Até mesmo sobre a aldeia onde nascera, Loutulim, com suas casas de laterita vermelha e janelas de madrepérola, tudo que tínhamos era sua palavra. Vasco não falava sobre ela, embora certa feita tenha mencionado uma época em que trabalhara como carregador de feira em Mapusa, no Norte de Goa, e em outra ocasião tenha comentado que uma vez arranjara emprego no porto de Marmagoa. Ao que parecia, a escolha de sua carreira implicara o rompimento de todos os vínculos de sangue e vizinhança, uma certa implacabilidade, e também instabilidade. Vasco inventara-se a si próprio, e deveria ter ocorrido a Aurora — tal como ocorreu a Abraham e a muitos membros de nosso círculo, inclusive minhas irmãs, mas não a mim — que talvez essa invenção não desse certo, que no fim ela poderia se desmontar. Por muito tempo, porém, Aurora se recusou a ouvir qualquer crítica feita a seu fraldiqueiro; tal como, mais tarde, com relação a outra inventora de si própria, Uma Sarasvati, fechei-me a toda e qualquer objeção. Quando um equívoco do coração se revela como tal, ficamos nos achando ridículos, e perguntamos às pessoas mais próximas e queridas por que elas não nos salvaram de nós mesmos. Mas esse é um inimigo do qual ninguém nos pode proteger. Ninguém poderia salvar Vasco de si próprio, o que quer que isso fosse, quem quer que ele fosse, ou viesse a ser. Ninguém poderia salvar-me.

•

Em abril de 1947, quando minha irmã Ina tinha três meses de idade e Aurora acabava de confirmar que estava grávida da futura Minnie, Abraham Zogoiby, marido e pai orgulhoso, virou-se para Vasco Miranda e lhe indagou, numa desajeitada tentativa de aproximação: "Se você é mesmo um pintor de verdade, por que não pinta o retrato da minha mulher grávida com a filha?".

Esse retrato foi a primeira obra de Vasco sobre tela, a qual Abraham comprou para ele e Aurora ensinou-o a imprimar. Seus trabalhos anteriores tinham sido pintados em papel, por motivo de economia; e, pouco depois de se instalar em seu estúdio na *Elefanta*, ele destruiu tudo que havia feito até então, dizendo que era um homem novo cuja vida só agora estava de fato começando; só agora, dizia, ele estava nascendo. O retrato de Aurora seria esse novo começo.

Digo "o retrato de Aurora" porque, quando Vasco finalmente o mostrou (ele se recusara a deixar que qualquer pessoa visse o trabalho antes de ficar pronto), Abraham constatou, furioso, que a pequena Ina fora totalmente omitida. Já tendo perdido metade de seu nome, minha pobre irmã mais velha desaparecera por completo daquela obra em que ela seria uma figura central, e que fora encomendada precisamente para comemorar seu nascimento. (Também a gravidez de Aurora foi omitida, mas como Minnie ainda estava num estado muito incipiente de formação essa omissão foi mais facilmente desculpada.) Vasco representara minha mãe sentada de pernas cruzadas sobre um lagarto gigantesco em seu pavilhão, segurando um bebê invisível. O seio esquerdo, pesado de leite materno, estava exposto. "Mas que diabo é isso?", rosnou Abraham. "Miranda, para que servem os seus olhos se não são para ver?" Mas Vasco repeliu todas as críticas naturalistas; e, quando Abraham observou que sua mulher jamais posara de seio nu, e que Ina não estava sendo amamentada, uma expressão de intenso desdém estampou-se no rosto do pintor. "Só falta agora me dizer que não tem nenhum lagarto gigantesco de estimação nesta casa", suspirou ele. Quando Abraham, irado, jogou-lhe na cara que era ele que estava pagando a obra, porém, o artista empinou o nariz com arrogância. "O gênio não é escravo de nenhum ricaço", argumentou. "Uma tela não é um espelho para refletir sorrisos embevecidos. Eu vi o que vi: uma presença, e uma ausência. Uma plenitude e um vazio. Você queria um retrato duplo? Pois olhe. Quem tem olhos que veja."

"Bem, já que você terminou suas reflexões", disse Abraham, com uma voz cortante como uma faca, "temos também muita matéria para reflexão."

Então Vasco foi sumariamente expulso da casa por conta daquele ataque absurdo à pequena Ina? A mãe da criança investiu contra ele com unhas e dentes? Caro leitor, nada disso aconteceu. Aurora Zogoiby, como mãe, sempre foi a favor de deixar que as crianças levassem na cabeça, e não via motivo para protegê-las das crueldades da vida (pergunto-me se não foi por ter tido necessidade de colaborar com Abraham em nossa criação que Aurora, uma solista nata, via seus filhos como obras menores suas)... Porém, dois dias depois que o retrato de minha mãe foi exibido, Abraham chamou o pintor a seu escritório na Granashpenkas Terrace — cujo nome era uma homenagem a um magnata e agiota parse do século XIX, sir Duljee Duljeehoy Granashpenkas — para dizer-lhe que o retrato "excedia as especificações", e que era apenas graças à extrema clemência e bondade da senhora Zogoiby que ele não seria posto no olho da rua, "onde", concluiu Abraham, com uma expressão maligna no rosto, "na minha opinião, você devia estar".

Depois que seu retrato de minha mãe foi rejeitado, Vasco parou de encerar o bigode e ficou três dias trancado em seu estúdio; depois saiu, emaciado e desidratado, com a tela, embrulhada em aniagem, debaixo do braço. Saiu da *Elefanta*, enfrentando os olhares hostis do porteiro e do papagaio, e sumiu por uma semana. Lambajan Chandiwala já estava começando a acreditar que o vigarista havia sumido para sempre quando ele reapareceu, num táxi amarelo e preto, trajando um terno novo da moda, e com todo o bom humor e a exuberância de outrora. Ficou-se sabendo que, durante os três dias de reclusão, ele havia pintado por cima da imagem de minha mãe uma nova obra, um retrato eqüestre do artista com trajes árabes, obra esta que Kekoo Mody — o qual nada sabia a respeito da existência de uma pintura rejeitada por baixo dessa estranha representação de Vasco Miranda fantasiado, chorando, montado num cavalo branco — havia conseguido vender imediatamente, para ninguém menos que o bilionário C. P. Bhabha, dono de uma siderúrgica, por uma quantia surpreendentemente alta, que permitiu a Vasco pagar a Abraham o preço da tela e comprar muitas mais. Vasco havia descoberto que seu trabalho vendia. Assim teve início aquela carreira extraordinária — e, sob vários aspectos, meretrícia — durante a qual houve momentos em que parecia não existir nenhum saguão de hotel ou terminal de aeroporto novo que não ostentasse um gigantesco mural de V. Miranda, o qual era sempre ao mesmo tempo pirotécnico e banal... E em cada obra sua, em todos seus trípticos e murais e afrescos e pinturas em vidro, Vasco sempre dava jeito de incluir uma imagem pequena e imaculada de uma mulher sentada num lagarto, de pernas cruzadas, um dos seios expostos, carregando nos braços um vazio — ou talvez carregasse o próprio Vasco, ou até o mundo inteiro; talvez por parecer não ser mãe de ninguém Aurora se tornasse a mãe de todos; e quando terminava esse pequeno detalhe, no qual muitas vezes parecia se deter mais do que em todo o resto da obra, Vasco invariavelmente o cobria com aquelas pinceladas largas e ousadas que cada vez mais vieram a caracterizar seu trabalho — marcas famosas e superficiais, que pareciam tão exuberantes e que lhe permitiam terminar tantos quadros tão depressa.

"Você sentiu tanto ódio de mim que precisou me apagar?", exclamou Aurora, irrompendo em seu estúdio, ao mesmo tempo contrita e transtornada. "Não dava para você esperificar cinco minutos até eu acalmar o velho Abie?" Vasco fez que não entendeu. "Mas é claro que o problema não foi a Ina", prosseguiu Aurora. "A minha imagem saiu sexy demais, e Abraham ficou enciumado."

"De modo que agora ele não tem mais motivo para sentir ciúmes", disse Vasco, com um sorriso amargo mas ao mesmo tempo sedutor. "Mas talvez ele tenha mais motivo ainda, porque agora, Aurora, você vai ficar para sempre enterrada debaixo de mim. O senhor Bhabha vai nos pendurar na parede do quarto dele, o Vasco visível com a Aurora invisível por baixo, e a Ina ainda mais invisível nas suas mãos. De certo modo, virou um retrato de família."

Aurora sacudiu a cabeça. "Quanta bobagem! Vocês homens... só fazem bobagem. E um árabe chorando num cavalo? Aquele filisteu do Bhabha bem que merece. Nem mesmo um pintor de bazar faria um quadro tão idiota.''

''O quadro chama-se *O artista como Boabdil, o azarado* (*el-Zogoiby*), *último sultão de Granada, partindo do Alhambra*'', disse Vasco, com a cara mais séria do mundo. ''*Ou, O último suspiro do mouro*. Espero que esse título não vá ofender o Abie mais ainda. Me apropriei do sobrenome e das lendas da família e outros materiais pessoais. Sem, lamento confessá-lo, nem sequer pedir permissão.''

Aurora Zogoiby olhou-o espantada; depois, com soluços espalhafatosos e talvez mouriscos, começou a rir. ''Ah, Vasco, sua peste'', disse por fim, enxugando os olhos. ''Seu grandessíssimo patife. Agora vou ter que dar um jeito de impedir que meu marido lhe quebrefique o pescoço, cheio de razão, aliás.''

''E você?'', perguntou Vasco. ''Gostou da pintura azarada e rejeitada?''

''Eu gostava do pintor azarado e rejeitado'', respondeu ela, em voz baixa; beijou-o no rosto e foi embora.

•

Dez anos depois, o Mouro encontrou em mim sua encarnação seguinte; e mais tarde Aurora Zogoiby, seguindo os passos de V. Miranda, também pintou um quadro com o nome de *O último suspiro do mouro*... Se me estendo nessas velhas histórias de Vasco, é porque para contar minha própria história sou obrigado a enfrentar outra vez, e vencer outra vez, meus temores. Como explicar o pavor terrível, que bate no fundo do estômago, que faz os dedos se tensionarem como garras, de viver uma vida superacelerada — de ser forçado, contra minha vontade, a viver literalmente as metáforas tantas vezes aplicadas a minha mãe e seu círculo? Correndo contra o tempo, sempre na vanguarda, à frente de minha época, membro inato do jet-set, fui obrigado — por falta de opção — a queimar todas as etapas, eu que, por inclinação pessoal, teria preferido fazer com que cada uma delas rendesse o máximo possível. Como exprimir o terror lobisômico de sentir que meus pés aumentavam tão depressa que não cabiam mais nos sapatos que eu calçara pouco antes, de sentir que meus cabelos cresciam tão rapidamente que quase se podia vê-los alongando-se — como transmitir a meu leitor as dores que o crescimento me fazia sentir nos joelhos, tão fortes que por vezes eu não conseguia correr? Foi por um milagre que minha coluna ficou ereta. Sempre fui uma planta de estufa, um soldado numa marcha forçada constante, um viajante preso numa máquina do tempo de carne e osso, eternamente esbaforido, por estar sempre correndo mais depressa que os anos, apesar dos joelhos doloridos.

Quero deixar claro que não afirmo ter sido uma criança-prodígio de nenhuma espécie. Não demonstrei em tenra idade nenhum talento excepcional para o xadrez, a matemática ou o sitar. No entanto, meu crescimento incontrolável era por si só algo de prodigioso. Tal como a própria Bombaim, cidade de minhas alegrias e minhas dores, cresci desordenadamente, para todos os lados, sem dar tempo para um planejamento apropriado, sem pausas para aprender com minha experiência, meus erros, meus contemporâneos, sem tempo para refletir. Não admira, portanto, que eu tenha terminado assim: um caos.

Muito do que havia de corruptível em mim se corrompeu; muito do que era aperfeiçoável, mas também destrutível, se perdeu.

Que gracinha, meu pavãozinho, meu mourinho..., cantarolava minha mãe ao amamentar-me; e confesso, modéstia à parte, que apesar de minha pele escura de sulista (que os casamenteiros da sociedade acham tão feia!), e exceção feita a minha mão defeituosa, eu de fato acabei me tornando um belo jovem; mas durante muito tempo aquela mão direita me fez só ver feiúra em mim. E transformar-me num belo rapaz quando na realidade eu ainda era criança foi uma desgraça dupla. Em primeiro lugar, foram-me negados os frutos naturais da infância, a pequenez, a *infantilidade* da infância, e depois esse brilho efêmero foi embora, de modo que quando de fato me fiz homem já não possuía a beleza dourada da juventude. (Tinha eu vinte e três anos de idade quando minha barba encaneceu; e também outras coisas já não funcionavam mais tão bem quanto outrora.)

Meu interior e meu exterior nunca andaram em sincronia; assim, o leitor há de entender que o que Vasco Miranda chamava de minha "formidável formidade cinematográfica" pouco me valeu em toda a minha vida.

Não vou falar nos meus médicos; meu histórico clínico encheria meia dúzia de volumes. A mão deformada, o envelhecimento precoce, minha altura exagerada — dois metros num país onde a estatura mediana do sexo masculino é um metro e sessenta e cinco: todos esses elementos foram devida e repetidamente examinados. (Até hoje, o nome "Breach Candy Hospital" me evoca a lembrança de uma espécie de casa de correção, uma câmara de tortura bem-intencionada, uma zona de tormentos infernais onde atuavam demônios bondosos, que me mortificavam — que me *assavam* —, que faziam churrasquinho e pato à Bombaim de mim — tudo para meu próprio bem.) E, no final, após todas as tentativas, o eminente demônio sacudia lentamente sua cabeça ornada de estetoscópio, voltava para cima as palmas das mãos impotentes e falava em carma, fado, destino. Levaram-me não apenas a clínicos gerais como também a especialistas em Ayurveda, professores do Tibia College, curandeiros, santos. Aurora era uma mulher meticulosa e decidida, e estava devidamente preparada para me expor — claro, para meu próprio bem! — a todo tipo de charlatanice e guruíce imaginável, coisas que ela na verdade desprezava e detestava. "Nunca se sabe", ouvi-a dizer a Abraham mais de uma vez. "Juro que se um desses feiticeiros conseguir consertar o relógio do coitadinho, eu me convertifico na mesma hora."

Nada funcionava. Foi nessa época que apareceu o grão-guru-mirim Khusro Khusrovani Bhagwan, que conquistou milhões de fiéis apesar dos boatos insistentes segundo os quais ele não passava de invenção espúria de sua mãe, uma tal senhora Dubash. Um dia, quando eu tinha cinco anos (e corpo de dez), Aurora marcou uma consulta particular com a criança prodigiosa. Visitamo-lo num iate de luxo ancorado no porto de Bombaim, e o guru, de pijama, saiote dourado e turbante, pareceu a meus pais um menino assustado forçado a andar sempre com aquelas roupas de festa de casamento; não obstante, minha mãe respirou fundo, explicou meus problemas e pediu-lhe ajuda. O menino Khusro olhou-me com olhos graves, tristes e inteligentes.

"Abraça teu destino", disse ele. "Regozija-te com o que te causa sofrimento. Passa a correr com todo o entusiasmo para aquilo de que ora foges. Só conseguirás transcender teu infortúnio quando te transformares nele."

"Excesso de visão", exclamou a senhora Dubash, que estava sentada num divã, lambuzando-se com mangas. "Rubis, diamantes, pérolas! Bem", disse ela, encerrando a audiência, "podemos acertar nossas contas. Só aceitamos rupias em dinheiro vivo, a menos que o pagamento seja feito em moeda estrangeira; oferecemos um desconto de quinze por cento aos clientes que pagam em dólares ou libras esterlinas."

Durante muito tempo, relembrei aqueles tempos com rancor, os médicos inúteis, os charlatães mais inúteis ainda. Ficava ressentido com minha mãe por ela me fazer passar por aquelas situações constrangedoras, e por submeter-se à indústria dos gurus, o que me fazia vê-la como uma hipócrita. Esse ressentimento passou; aprendi a ver amor no que ela fazia, aprendi a ver que a humilhação que ela sofria nas mãos lambuzadas de todas as senhoras Dubashes da vida era ao menos tão grande quanto a minha. Além disso, devo admitir que Khusro me ensinou a lição que muitas vezes, ao longo de minha vida, tenho sido obrigado a reaprender. E em cada uma dessas ocasiões o custo tem sido alto, e nunca mais me ofereceram desconto para pagamento em moeda estrangeira.

•

Tendo abraçado o inevitável, perdi o medo. Vou lhes contar um segredo sobre o medo: ele é um absolutista. Com o medo, é tudo ou nada. Ou bem, como um tirano arrogante, ele manda na nossa vida com uma onipotência estúpida, que nos torna cegos, ou bem a gente o derruba, e seu poder se esvanece em fumaça. Mais um segredo: a revolução contra o medo, a trama que leva à derrubada daquele déspota ridículo, não tem muito a ver com a tal da "coragem". O que a impele é uma coisa muito mais direta: a necessidade pura e simples de tocar a vida para a frente. Parei de ter medo porque, se a minha passagem pela terra seria breve, eu não tinha tempo de ter medo. O conselho de Khusro era como o de Vasco Miranda, uma outra versão do que encontrei, anos depois, num conto de Joseph Conrad. *Tenho que viver até morrer*.

Herdei o dom de nossa família de dormir bem. Todos nós dormíamos como bebês quando a tristeza ou as preocupações nos atormentavam. (Nem sempre, há que lembrar: as crises de insônia de Aurora da Gama, aos treze anos de idade, durante as quais ela escancarava as janelas e jogava fora enfeites, constituem uma exceção antiga, porém importante, a essa regra.) Assim, quando me sentia mal, eu me deitava e desligava, "fechava-me", como diria

Vasco, como uma luz que se apaga; e esperava vir a "abrir-me" já me sentindo melhor. Nem sempre o método funcionava. Às vezes acordava no meio da noite e chorava, chorava por amor, chorava de dar pena. Os soluços, os espasmos, vinham de um lugar tão profundo que eu não conseguia identificá-lo. Eu também aceitava essas choradeiras noturnas como o fardo que era obrigado a carregar por ser excepcional; embora, como já disse, não tivesse nenhuma vontade de ser excepcional — queria era ser Clark Kent, não o Super-Homem. Na nossa bela mansão, viveria tranqüilamente toda a minha vida como um socialista rico, do tipo de Bruce Wayne, com ou sem um "pupilo". Mas, por mais que o desejasse, não conseguia negar minha Bat-natureza secreta e essencial.

•

Permitam-me que esclareça um ponto a respeito de Vasco Miranda: desde o início havia sinais desconcertantes de que nem todas as maluquices dele eram inofensivas. Nós, que o adorávamos, fazíamos vista grossa para os momentos em que uma fúria agressiva jorrava dele, em que Vasco parecia crepitar de eletricidade negra e negativa, fazendo-nos temer que, se o tocássemos, talvez ficássemos grudados a seu corpo e nos incendiássemos. Tomava porres colossais e, tal como Aires (e Bela) da Gama em outra época e outro lugar, era encontrado inconsciente na sarjeta em Kamathipura, ou perambulando atarantado no cais de Sassoon, bêbado, drogado, ferido, sangrando, roubado, com um terrível fedor de peixe que persistia após diversos banhos. Quando atingiu o sucesso, quando se tornou a menina dos olhos do jet-set internacional, às vezes custava muito dinheiro impedir que essas notícias saíssem nos jornais, especialmente porque havia indícios de que muitos dos parceiros que ele encontrava nessas orgias órficas bissexuais não ficavam muito satisfeitos com a experiência. Havia em Vasco um inferno, produto de algum pacto que ele fizera com o demônio para livrar-se de seu passado e renascer através de nós, e por vezes ele parecia prestes a explodir em chamas. "Eu sou o grande duque de York", dizia ele quando estava melhor. "Quando estou no alto, estou lá no alto; quando estou embaixo, estou lá embaixo. Além disso, já faturei dez mil homens, e dez mil mulheres também."

Na noite da independência da Índia, aquela névoa vermelha o sobrepujou de repente. As contradições do grande momento o dividiam. Aquela comemoração da liberdade, cujas emoções avassaladoras Vasco não podia evitar, muito embora, como goense, na prática ele não estivesse envolvido, e que, para seu horror, tinha lugar ao mesmo tempo em que grandes rios de sangue continuavam a fluir no Punjab, destruiu o frágil equilíbrio de sua personalidade construída, e soltou o louco que havia dentro dele. Era assim que minha mãe contava a história, e sem dúvida sua versão continha parte da verdade, mas sei que além disso havia que considerar o amor de Vasco por ela, o amor que lhe era vedado declarar, que o enchia até transbordar, transformando-se em raiva. Sentado à mesa longa e magnífica de Aurora e Abraham, na cabeceira oposta à do chefe da família, ele olhava com fúria para os inúmeros convidados famosos e entusiasmados, e bebia vinho verde em grandes quantidades, depressa, imerso em sua treva. À meia-noite, quando explodiram chuviscos de luz por todo o céu, seu humor foi se tornando cada vez mais azedo; até que, completamente bêbado, ele pôs-se de pé, com certa dificuldade, e brindou os convidados com uma enxurrada de insultos e perdigotos.

"Por que vocês estão todos tão alegres?", gritou ele, cambaleando. "Esta noite não é de vocês. Lacaios de Macaulay! Será que vocês não entendem? Cambada de ingleses de meia-tigela, todos vocês. Membros de uma minoria. Desajustados. *Aqui não é o lugar de vocês*. Este país é tão estrangeiro para vocês quanto se vocês fossem, como é mesmo que se diz, *lunáticos. Selenitas*. Vocês leram os livros errados, assumiram a posição errada em todas as controvérsias, pensam idéias erradas. Até mesmo os sonhos de vocês têm raízes estrangeiras."

"Pare de fazer papelão, Vasco", disse Aurora. "Todo mundo aqui está chocado com os massacres de hinduístas e muçulmanos. Você não é o único que sofre isso; é só o único que bebeu vinho verde demais e que é um vagabundo pretensioso."

Esse comentário teria tirado o gás da maioria das pessoas; porém não do pobre Vasco, enlouquecido pela história, o amor e o tormento de ter que manter o tempo todo a grande farsa de sua personalidade. "Cambada de arteiros e intelectualóides de merda", exclamou, inclinando-se para o lado, num ângulo perigoso.

"Índia circular sexualista, *o cacete*. Não. Me enrolei com a porra da expressão. Secular socialista. Isso. Conversa fiada. Nehru fez vocês comprarem essa conversa, igualzinho a um vendedor de relógio barato, e vocês todos compraram, e agora não entendem por que o relógio não funciona. A porra do Partido do Congresso está cheia de vendedor de Rolex falso. Vocês acham que a Índia vai ficar quietinha, que todos aqueles milhares de deuses sangüinários e ensangüentados vão morrer, é? A nossa grande anfitriã, Aurora, grande dama, grande artista, acha que consegue derrotar os deuses dançando. *Dançando*! Tatá, tatá, tarará, tchibum! Tá! Tatá! Tatá! Meu Deus do céu."

"Miranda", disse Abraham, levantando-se, "já chega."

"E vou lhe dizer uma coisa, Abie, ó grande empresário", recomeçou Vasco, começando a rir. "Ouça bem. Só há um único poder nesta porra deste país forte o bastante para derrotar esses deuses, e não é o tal do seculismo socialar, não. Não é o pândita Nehru e o Congresso dele com aquele blablablá de proteger as minorias e coisa e tal. Você sabe o que é? Pois eu vou lhe dizer: a corrupção. Entendeu? O suborno. E..."

Perdeu o equilíbrio e caiu para trás. Dois criados de túnicas brancas o seguraram, prontos para retirá-lo do salão assim que Abraham desse o sinal. Mas Abraham Zogoiby esperou que a cena chegasse ao fim.

"Só isso, corrupção, suborno, bola", disse Vasco, num tom choroso, como se falasse de um velho cão de estimação muito querido. "Os dez por cento, a cervejinha, a caixinha. Você entende? Abie, está me ouvindo? Eis a definição mirandiana da democracia: um homem, uma propina. É assim que se faz. Eis o grande segredo. É isso." Levou de repente as mãos à boca, assustado. "Ah! Que burrice minha. Vasco, és uma besta. Isso não é segredo nenhum. Como que o Abie, um mandachuva dos grandes, não ia saber uma coisa dessas! Ensinar um padre tão episcopal a rezar missa! Mil perdões. Mil perdões."

Abraham acenou com a cabeça; os homens de branco enfiaram os braços nas axilas de Vasco e começaram a arrastá-lo para trás.

"Só mais uma coisa", urrou Vasco, tão alto que os homens que o levavam hesitaram. Dependurado de seus braços, ele parecia um boneco de pano, a sacudir o dedo como um louco. "Um bom conselho para todos vocês. Entrem nos navios com os ingleses e *caiam fora daqui*. Este país não precisa de vocês. Vai devorá-los todos. Caiam fora! Vão embora enquanto é tempo."

"E você?", perguntou Abraham, com uma cortesia gélida no silêncio constrangido que se formou. "Você, Vasco. Que conselho você dá a si próprio?"

"Ah, eu?", exclamou ele, enquanto os homens o levavam embora. "Não se preocupe comigo. Eu sou *português*."

11

Ninguém jamais fez um filme chamado *Pai Índia*. "*Bharat-pita*"? Não convence. "*Hindustan-ké-Bapuji*"? Muito gandhiano demais. "*Valid-e-Azam*"? Muito mogol. "Senhor Índia", porém, talvez a mais grosseira dessas formulações nacionalistas, é o nome de um filme recente. O herói era um jovem galã que tentava nos convencer de seus superpoderes: nenhuma conotação paterna, nem patriarcal. Apenas um James Bond subdesenvolvido, *made in India*. A grande Sridevi, mais voluptuosa do que nunca, com um sári molhadíssimo, roubou a cena com a maior tranqüilidade... Mas, se me lembro desse filme, é por outro motivo. A meu ver, nessa superprodução sem valor, tão vulgar, com suas cores berrantes, quanto era discreta e elegante a nave-mãe Nargis, os produtores conseguiram, ainda que não tivessem tal intenção, criar uma imagem do Pai Nacional. Ei-lo, como um dragão em sua caverna, como um titereiro de mil dedos, no coração do coração das trevas; comandante de uma legião armada de metralhadoras, a controlar com a ponta dos dedos pilares de fogo demoníaco, orquestrador da música secreta das esferas subterrâneas: arquivilão, *capo* de todos os *capi*, mais Moriarty que o próprio Moriarty, mais Blofeld que Blofeld, o Mais Poderoso Chefão, o pai de todos os pais: *Mogambo*. Seu nome, extraído do título de um velho filme de Ava Gardner, uma descartável aventura pseudo-africana, foi escolhido cuidadosamente de modo a não ofender nenhuma das comunidades da nação: não é muçulmano, não é hindu, não é parse, não é cristão, não é jainista nem é sique; e, se há nele algo das caricaturas tipo buana-bongo que Hollywood faz desde a Segunda Guerra, em filmes como *Bozambo*, dos habitantes do "continente negro", trata-se de um tipo de xenofobia que não há de ferir muitas sensibilidades na Índia de hoje.

Na luta do Senhor Índia contra Mogambo, identifico as lutas de vida ou morte entre pais e filhos que é tematizada por tantos filmes. Temos o andróide de *Blade runner*, tragicamente esmagando o crânio de seu criador num letal abraço filial; e temos, em *Guerra nas estrelas*, o duelo final de Luke Skywalker com Darth Vader, defensores dos aspectos luminoso e sombrio da Força. E nesse drama barato, com seus heróis e vilões de papelão, vejo a imagem especular da história que nunca foi nem nunca será filmada: a história cujos protagonistas são Abraham Zogoiby e eu.

•

À primeira vista, ele era a própria antítese de um deus demoníaco. O Abraham Zogoiby que conheci, sessentão, manco desde o episódio do vaso de flores, o efeito acentuado pela idade, parecia uma figura fraca, diminuída, ofegante, sempre com a mão direita encostada no peito, um gesto ao mesmo tempo de autoproteção e de deferência. Pouco restava (fora a deferência de gerente) do homem com quem a rica herdeira Aurora se apaixonara de modo tão súbito, profundo e apimentado! Nas minhas lembranças da infância, ele figura como um espectro um tanto imaterial, vagando nas fímbrias da corte tumultuosa de Aurora, hesitante, ligeiramente recurvo, com a testa um pouco franzida, como um criado que se esforça para agradar. Na postura do corpo, inclinado para a frente, parecia haver uma desagradável ânsia excessiva, algo de servil. "Querem um exemplo de tautologia?", dizia Aurora, ferina, quando queria provocar risos. "*Homem fraco*." E eu, filho de Abraham, não podia senão desprezá-lo ao ver que todos riam às suas custas, ao sentir que sua fraqueza nos humilhava a todos — isto é, todos os homens.

Seguindo alguma estranha lógica do coração, a grande paixão de Aurora por "seu judeu" esfriou rapidamente depois que nasci. Como era de seu estilo, fez questão de anunciar que seu amor esfriara para todos que a cercavam. "Quando o vejo vindo em minha direção, em pleno cio, cheirificando a caril", ria ela, "eu me escondo atrás das crianças e prendo a respiração." Também essas humilhações ele suportava sem um protesto. "Ah, os homens deste nosso país!", proclamava Aurora, nos famosos salões laranja e ouro. "Ou são pavões ou são maltrapilhos. Mas até mesmo um pavão como o meu mouro não é nada em comparação conosco — nós, mulheres, vivemos num brilho dourado. Cuidado com os maltrapilhos! Pois eles são nossos carcereiros. São eles que controlificam os livros comerciais e as chaves da gaiola dourada."

Era desse modo que ela agradecia a Abraham por seu talão de cheques inesgotável, pela cidade de ouro que ele construíra tão depressa a partir do patrimônio da família, o qual, com todo seu charme de dinheiro velho, não passava, por assim dizer, de uma aldeia, uma propriedade rural, no máximo uma cidadezinha provinciana, em comparação com a grande metrópole da fortuna atual. Aurora tinha consciência de que seu padrão de vida luxuoso precisava de recursos, de modo que suas necessidades a prendiam a Abie. Havia momentos em que ela quase reconhecia esse fato, chegando mesmo a preocupar-se com a possibilidade de que seus gastos excessivos, ou sua língua incontrolável, acabassem abalando as fundações da casa. Ela adorava contar histórias macabras na hora de dormir, e a mim sempre relatava a parábola do escorpião e do sapo, na qual o escorpião, tendo pedido carona no dorso do sapo para atravessar um riacho, e tendo prometido não atacá-lo, falta com sua palavra e lhe dá uma fisgada poderosa e letal. Enquanto o sapo e o escorpião se afogam, o assassino pede desculpas à vítima. "Não consegui me conter", diz o escorpião. "É a minha natureza."

Abraham, como levei muito tempo para entender, era mais resistente do que qualquer sapo; ela o picava, pois tal era sua natureza, porém ele não se afogava. Como era fácil para mim desprezá-lo, e como demorei para compreender seu sofrimento! Pois Abraham jamais deixara de amá-la com a mesma paixão furiosa que sentira no dia em que se falaram pela primeira vez; e tudo que ele fazia, fazia-o por ela. Quanto mais Aurora o traía, e mais anunciava em público suas traições, maior, e mais secreto, tornava-se o seu amor.

(E quando fiquei sabendo das coisas que ele havia feito, coisas que, pode-se dizer, naturalmente provocam o desprezo, constatei que era difícil evocar aquela repulsa que eu sentia quando menino; pois nessa época já estava sendo dominado por um sapo de águas diversas, e meus próprios atos negavam-me o direito de julgar meu pai.)

Quando ela o agredia em público, era sempre com um sorriso cristalino que dava a entender que era tudo brincadeira, que aquelas humilhações constantes não passavam de uma maneira de disfarçar uma adoração imensa demais para ser manifestada; era um sorriso irônico que tentava pôr entre aspas seu comportamento. Nisso Aurora nunca conseguia ser muito convincente. Com freqüência ela bebia — a lei seca ia e voltava, dependendo da fortuna política de Morarji Desai, e depois que o estado de Bombaim foi dividido entre Maharashtra e Guzerate, a cidade ficou livre da proibição de uma vez por todas — e, quando o fazia, xingava. Confiante no próprio gênio, munida de uma língua tão implacável quanto sua beleza, tão violenta quanto sua obra, Aurora não poupava ninguém de seus insultos elaborados, dos mergulhos súbitos e trinados barrocos e grandes gazais de imprecações, sempre acompanhados daquele sorriso alegre e duro feito pedra, cujo objetivo era anestesiar suas vítimas enquanto ela lhes arrancava as entranhas. (Imaginem como eu me sentia! Eu, o único filho homem. O toureiro que mais se aproxima do touro é o que mais se expõe a uma chifrada.)

Era Bela rediviva, é claro; Bela, voltando, conforme o previsto, para ocupar o corpo da filha. *O senhor vai ver*, dissera Aurora, *de agora em diante estou no lugar dela*.

Tente imaginá-la, num sári de seda creme com um padrão geométrico dourado que tenta imitar uma toga de senador romano — ou talvez, num dia em que seu ego está mesmo em maré alta, um sári ainda mais resplandecente de púrpura imperial —, espreguiçando-se numa *chaise longue*, empestando o salão com nuvens de fumo barato, presidindo uma daquelas noitadas licenciosas, regadas a álcool e outras substâncias, que ela promove de vez em quando, noites de esbórnia elegante, que fazem a delícia das línguas mais aguçadas da cidade; se bem que ela própria jamais foi vista fazendo qualquer coisa de impróprio com homens, nem com mulheres, nem — há que acrescentar — com agulhas... E, alta madrugada, Aurora caminha pelos salões como uma profetisa ébria, fazendo uma paródia feroz do discurso desencadeado em Vasco Miranda pela bebida na Noite da Independência; sem se dar ao trabalho de revelar o nome do autor do original, de modo que os convidados nem sequer imaginam que o que estão ouvindo é a mais terrível das sátiras, ela antevê detalhadamente a destruição vindoura de cada um dos presentes — pintores, modelos, cineastas, atores, dançarinos, escultores, poetas, playboys, desportistas famosos, campeões de xadrez, jornalistas, jogadores, contrabandistas de antigüidades, americanos, suecos, *demi-mondaines*, e a fina flor da mais bela e mais transviada juventude da cidade —, e a paródia é tão convincente, tão convicta, a ironia está tão profundamente ocultada, que é impossível não acreditar naquela *Schadenfreude* que a leva a estalar os lábios, ou — pois ela muda de atitude rapidamente — naquela indiferença olímpica, imortal.

"Imitações da vida! Anomalias históricas! Centauros!", declama ela. "Acham que não serão espatificados pelas tempestades que se avizinham? Mestiços, vira-latas, dançarinos fantasmas, sombras! Peixes fora d'água! Maus tempos se aproximam, vocês sabem, não é mesmo, meus queridos? E então todos os fantasmas vão para o inferno, a noite apagará todas as sombras, e o sangue mestiço escorrerá pelas ruas, ralo e rápido como água. Mas eu vou sobreviver" — e então, no ápice de sua peroração, arqueia as costas e aponta para o céu com o dedo, como a Estátua da Liberdade — "graças, seus vagabundos miseráveis, à minha Arte." Os convidados, amontoados pelo chão, estão zonzos demais para ouvi-la ou se importar com o que ela diz.

Também para seus filhos ela prevê desgraças: "Coitadas dessas crianças, não têm esperanças".

...E assim passamos a vida confirmando, reafirmando, deformando as previsões de Aurora... Já comentei que ela era irresistível? Pois ouça: ela era a luz de nossas vidas, o fogo de nossa imaginação, a amada de nossos sonhos. Quanto mais ela nos destruía, mais a amávamos. Em nós Aurora evocava um amor que parecia grande demais para nossos corpos, como se primeiro ela criasse o sentimento e depois o impusesse a nós para que o sentíssemos — como se fosse uma obra sua. Se nos pisoteava, era porque nos deitávamos voluntariamente a seus pés, calçados com botas munidas de esporas; se nos açoitava à noite, era porque adorávamos os golpes da sua língua. Foi quando por fim me dei conta desse fato que perdoei meu pai; pois todos nós éramos escravos dela, e ela fazia com que a escravidão fosse para nós o paraíso. Segundo dizem, é isso que fazem as deusas.

E, depois daquele mergulho fatal do alto do penhasco, ocorreu-me que a queda que ela sempre previra, com aquele sorriso soberbo e duro como gelo, com uma ironia que ninguém percebera, era talvez a sua própria queda, desde o início.

•

Perdoei Abraham também porque comecei a perceber que, embora os dois não dormissem mais na mesma cama, para cada um deles a opinião do outro ainda era a mais importante; que minha mãe precisava da aprovação de Abraham tanto quanto ele da dela.

Abraham era sempre o primeiro a ver as obras de Aurora. (Logo em seguida, Vasco Miranda as olhava e invariavelmente contradizia tudo que meu pai havia afirmado.) Nos dez anos que se seguiram à Independência, Aurora entrou num período de profunda confusão criativa, um estado de semiparalisia causado por dúvidas a respeito não apenas do realismo mas também da própria natureza do real. Os poucos quadros produzidos nessa época são obras torturadas, mal resolvidas, e agora é possível ver nelas a tensão entre a influência lúdica de Vasco Miranda, sua paixão por mundos imaginários onde a única lei natural era sua própria imaginação caprichosa, e a insistência dogmática com que Abraham afirmava a importância, naquele contexto histórico, de um naturalismo clarividente que ajudasse a Índia a entender a si própria. A Aurora desse período — e era em parte por isso que ela se entregava vez por outra àquelas catilinárias frívolas e ébrias — oscilava, incerta, entre pinturas mitológicas de um revisionismo desajeitado e uma volta incômoda, um tanto forçada, às pinturas de cunho documentário assinadas com um lagarto da fase Chipkali. Era fácil para uma artista perder a identidade numa época em que tantos pensadores acreditavam que a emoção, a paixão da vida imensa da Índia, só podia ser representada por uma espécie de mimese altruísta, dedicada, até mesmo patriótica. Abraham não era de modo algum o único a defender tais idéias. O grande cineasta bengali Sukumar Sen, amigo de Aurora e, de todos os seus contemporâneos, talvez o único artista à altura dela, era o melhor desses realistas, e numa série de filmes humanos, comoventes, realizou no cinema indiano — no cinema indiano, essa velha rameira! — uma fusão entre sentimento e inteligência que chegou perto de justificar sua estética. Porém esses filmes realistas nunca fizeram sucesso — houve um momento de intensa ironia em que eles foram atacados por Nargis Dutt, a própria Mãe Índia, por seu elitismo ocidentalizado — e Vasco (abertamente) e Aurora (em segredo) preferiam os filmes infantis em que Sen soltava toda sua fantasia, filmes em que peixes falavam, tapetes voavam e meninos sonhavam com encarnações anteriores em fortalezas de ouro.

Além de Sen, houve um grupo de escritores de distinção que se reuniu durante certa época nos salões de Aurora: Premchand, Safat Hasan Manto, Mulk Raj Anand, Ismat Chughtai, todos eles realistas engajados; mas mesmo a obra desses escritores continha elementos fabulosos; exemplo disso é *Toba Tek Singh*, a grande narrativa de Manto a respeito da divisão dos loucos do subcontinente por ocasião da divisão do país. Um dos loucos, outrora um próspero proprietário de terras, via-se numa terra de ninguém da alma, sem saber se sua casa no Punjab ficava na Índia ou no Paquistão, e em sua loucura, que era também a loucura de seu tempo, recorria a uma espécie de palavrório celestial, que Aurora Zogoiby adorou. O quadro em que ela representa a trágica cena final da história de Manto, em que o louco, impotente, se vê preso entre dois arames farpados, o da Índia e o do Paquistão, é talvez sua melhor obra desse período; e o balbucio desconexo da personagem, que representa não apenas a sua impossibilidade de comunicação mas também a nossa, constitui o título da pintura, longo e maravilhoso: *Uper o gur gur o anexo a baía dhayana o mung o dal do laltain*.

O espírito da época e as preferências pessoais de Abraham puxavam Aurora para o naturalismo; porém Vasco lhe lembrava que ela tinha uma antipatia instintiva pelo puramente mimético, a qual a levara a rejeitar seus discípulos chipkalistas, e ele tentava fazê-la retomar a maneira épico-fabulista que exprimia sua verdadeira natureza, incentivando-a a atentar mais uma vez não apenas para seus sonhos como também para a maravilha onírica do mundo real. "Nós não somos uma nação de gente comum", argumentava Vasco, "e sim uma raça mágica. Você quer passar a sua vida pintando meninos engraxates e aeromoças e um hectare de terra? Então de agora em diante você só quer saber de cules e tratoristas e projetos hidrelétricos como os do filme de Nargi? Na sua própria família você vê a refutação dessa visão do mundo. Esqueça esses realistas idiotas! O real está sempre oculto — não é? — dentro de uma sarça-ardente milagrosa! A vida é fantástica! É isso que você deve pintar — e faça-o pelo seu filho fantástico e irreal. Que gigante, esse lindo menino-homem, esse foguete no tempo! É a verdade dele que você tem que imitar — e não esse cocô de lagarto que já deu o que tinha que dar."

Por desejar a aprovação de Abraham, por algum tempo Aurora vestiu trajes artísticos que não lhe caíam bem; por ser Vasco a voz de sua identidade secreta, ela lhe perdoava todos os excessos. E, por causa de sua indecisão, bebia, tornava-se estridente, agressiva, obscena. Por fim, porém, acabou aceitando a sugestão de Vasco, e por muito tempo tomou-me como talismã e pedra fundamental de sua arte.

Quanto a Abraham, com freqüência eu divisava um toque melancólico de perplexidade em sua expressão. Sem dúvida, eu era um enigma para ele. O realismo o confundia, de modo que, após suas longas ausências, suas viagens a negócios a Delhi ou Cochim ou outros lugares dos quais só fiquei sabendo muitos anos depois, ora ele me trazia roupas absurdamente pequenas, que eram apropriadas a uma criança de minha idade mas não cabiam em mim, ora me dava livros que teriam interessado a um jovem de meu tamanho, porém eram indevassáveis para a criança que residia dentro de meu corpo avantajado. Abraham também se sentia perplexo com sua mulher, com a mudança ocorrida nos sentimentos dela com relação a ele, com a violência cada vez mais negra que pressentia em seu interior, e pela tendência autodestrutiva que a marcava, e que se manifestou mais do que nunca em sua última visita ao primeiro-ministro da Índia, nove meses antes de eu nascer...

•

...Nove meses antes de eu nascer, Aurora Zogoiby foi a Delhi receber, das mãos do presidente e na presença de seu amigo, o primeiro-ministro, um prêmio oficial — denominado "Estimado Lótus" — por suas realizações no campo da arte. Por uma infeliz coincidência, porém, o senhor Nehru acabava de chegar da Inglaterra, onde passara a maior parte das horas de lazer em companhia de Edwina Mountbatten. Ora, em nossa família todos sabiam (ainda que ninguém tocasse no assunto) que bastava a menção do nome dessa distinta senhora para desencadear em Aurora uma explosão de vitupérios apopléticos. Os detalhes íntimos sobre a amizade entre o pândita Nehru e a esposa do último vice-rei vêm sendo objeto de especulações há muito tempo; quanto a mim, interessam-me cada vez mais os boatos semelhantes referentes às relações entre o primeiro-ministro e minha mãe. Alguns dados cronológicos são inegáveis. Quatro meses e meio antes do meu nascimento, temos o episódio no Lord's Central House, Matheran, talvez a última ocasião em que meus pais fizeram amor. Porém quatro meses e meio antes disso, Aurora Zogoiby estava em Delhi, adentrando um salão grandioso em Rashtrapati Bhavan, sendo recebida pelo próprio Nehru; quando então minha mãe fez um escândalo, dando, segundo os jornais, "uma demonstração inconveniente do temperamento artístico", gritando bem na cara do constrangidíssimo Nehru: "Aquela despeitada! Mount Batten? Everest é que não podia ser! Se o Dickie era o vice-rei, então ela era a rainha do vício. Não dá para entender o que é que você vê nela. Se é carne branca que você quer, vai encontrar muito pouco".

Em seguida, deixando todos boquiabertos e o presidente com o Estimado Lótus na mão, Aurora não se dignou a receber o prêmio, deu meia-volta e voltou para Bombaim. Foi isso que a imprensa, horrorizada, publicou no dia seguinte; porém dois detalhes me incomodam. O primeiro é que, enquanto Aurora foi para o Norte, Abraham foi para o Sul. Misteriosamente, em vez de acompanhar sua amada esposa no momento em que ela receberia uma alta homenagem, meu pai preferiu ir cuidar dos negócios. Por vezes não consigo entender esse fato senão como — por mais difícil que seja de acreditar! — o comportamento de um corno manso. O segundo detalhe tem a ver com os cadernos de Ezequiel, nosso cozinheiro.

Ezequiel, meu Ezequiel: eternamente velho, calvo como um ovo, com três dentes amarelo-canário expostos num sorriso permanente, acocorado ao lado de um tradicional fogão aberto, abanando a fumaça do carvão com um abano de palha em forma de concha. Também ele era um artista, e como tal era reconhecido por todos que provavam a comida cujas receitas secretas ele registrava, com uma letra lenta e trêmula, nos cadernos de capa verde que guardava numa caixa fechada a cadeado: como se fossem esmeraldas. Um arquivista e tanto, nosso Ezequiel; pois em seus cadernos anotava não apenas receitas, mas também menus de refeições — anotava tudo que fora servido a quem e quando, ao longo dos muitos anos em que trabalhou para nós. Durante o período de clausura de minha infância (assunto a que retornarei adiante), eu passava horas a fio a seu lado, aprendendo a fazer com uma só mão o que ele fazia com duas; e aprendendo também a história de minha família através da comida, percebendo os momentos de tensão pelas anotações marginais que diziam que muito pouco fora consumido, adivinhando as cenas de raiva assinaladas com uma anotação lacônica: "Derramado". Também os momentos felizes eram evocados, pelas referências secas a vinhos, bolos e outros pedidos especiais — pratos prediletos para uma criança que havia tirado boas notas na escola, banquetes comemorativos assinalando algum sucesso na firma ou na carreira artística de minha mãe. Naturalmente, na comida como em tudo, há muita coisa a respeito de nossas personalidades que permanece obscura. Como explicar o ódio unânime de minhas irmãs pela berinjela, ou minha paixão pela mesma iguaria? Qual o significado do fato de que meu pai preferia carneiro ou frango servido com os ossos, enquanto minha mãe só comia carnes desossadas? Deixo de lado tais mistérios para registrar que, quando consultei o caderno referente ao período em questão, fiquei sabendo que Aurora só voltou para Bombaim três noites depois do escândalo em Delhi. Conheço tão bem o trem Delhi—Bombaim que nem preciso consultar a tabela: a viagem levava duas noites e um dia, de modo que uma noite ficava sem explicação. "A madame deve ter passado mais um dia em Delhi para provar a comida de algum outro *khansama*", explicou Ezequiel, melancólico, no tom de um homem traído que tenta perdoar a amante infiel.

Algum outro khansama... Que prato apimentado teria feito com que Aurora Zogoiby adiasse a volta ao lar? Uma das fraquezas da minha mãe era manifestar a dor e o sofrimento como raiva; e, a meu ver, era também uma fraqueza sua uma tendência a sentir, após dar-se ao luxo de explodir, uma grande onda de ternura culpada dirigida à pessoa que ela magoara. Como se os bons sentimentos só pudessem vir à tona após uma desastrosa maré de bílis.

Exatamente nove meses antes de meu nascimento, houve uma noite mal explicada. Porém se deve sempre adotar o preceito de que o réu é inocente até sua culpa ser provada, e nem Aurora nem o grande líder, já falecidos, deixaram nenhuma prova de culpa. É possível que haja explicações bem razoáveis para todas essas questões. Os filhos nunca entendem os atos de seus pais.

Seria o máximo da vaidade eu afirmar, sem nenhuma base sólida, que pertenço — ainda que não de modo legítimo — a tão nobre estirpe! Leitor: tudo que fiz foi expressar uma certa perplexidade, mas esteja certo de que não estou afirmando mais nada.

Continuo sustentando minha hipótese original: a de que fui concebido no hotel serrano especificado acima, e que daí em diante ocorreu um desvio de certas normas biológicas. Permita-me que insista neste ponto: não se trata de nenhuma evasiva.

Jawaharlal Nehru tinha sessenta e sete anos em 1957; minha mãe tinha trinta e dois. Nunca mais voltaram a se ver; tampouco o grande homem voltou à Inglaterra, para encontrar-se com a esposa de outro grande homem.

A opinião pública — não pela última vez — voltou-se contra Aurora. Entre Delhi e Bombaim sempre houve certo desprezo mútuo (refiro-me, naturalmente, à burguesia); os bombaístas tendem a ver os delhienses como lacaios do poder, puxa-sacos e apadrinhados, enquanto os moradores da capital escarnecem do superficialismo, da arrogância, do cosmopolitismo ocidentalóide dos negociantes de minha cidade e suas mulheres pintadas e laqueadas. Mas, quando Aurora recusou o Lótus, Bombaim ficou tão escandalizada quanto Delhi. Os inúmeros inimigos que seu estilo altivo havia cultivado perceberam que tinham agora uma boa oportunidade de atacar. Os patrioteiros a chamaram de traidora, os devotos a acusaram de devassa, os supostos defensores dos pobres se indignaram com sua riqueza. Muitos artistas se abstiveram de defendê-la; os chipkalistas não haviam esquecido que Aurora os tinha atacado, e calaram-se; os artistas totalmente fascinados pelo Ocidente, que viviam imitando, com resultados horrendos, os estilos das grandes figuras dos Estados Unidos e da França, acusaram-na então de "provincianismo", enquanto aqueles — e eram muitos — que vampirizavam o antiqüíssimo legado da arte indiana, produzindo versões modernas da velha arte da miniatura (e muitas vezes, por baixo do pano, cópias pornográficas de arte mogol ou caxemirense), a atacavam indignados por ela ter "se afastado das raízes". Todos os velhos escândalos da família voltaram à baila — menos a transação rumpelstiltskínica, a respeito do filho primogênito, entre Abraham e sua mãe Flory, que jamais se tornara pública; os jornais publicavam deliciados todos os detalhes conhecidos sobre o caso dos "raios Gama" que expôs ao ridículo o velho Francisco, e a tentativa absurda de Camões da Gama de formar uma trupe de Lenins no Sul da Índia, e a guerra sanguinária entre os Lobo e os Menezes que resultou na prisão dos dois irmãos da Gama, e o suicídio do pobre Camões apaixonado, e, é claro, o grande escândalo do não-casamento entre um judeu pobre e obscuro e sua riquíssima amásia cristã. Quando, porém, se começou a fazer menção à bastardia dos filhos do casal, consta que num certo dia os diretores de todos os principais jornais foram visitados por discretos emissários de Abraham Zogoiby, que lhes deram conselhos do tipo para-bom-entendedor-etc., e depois disso a campanha jornalística parou de imediato, como se tivesse tido uma parada cardíaca e morrido de medo.

Aurora retirou-se um pouco da vida pública. Seu salão continuava efervescente, porém os elementos mais conservadores da alta sociedade e das esferas artística e intelectual desapareceram para sempre. Ela passou a encerrar-se mais e mais entre os muros de seu paraíso particular, e voltou-se, em caráter definitivo, para a direção que Vasco Miranda lhe apontava com tanta insistência: ou seja, o interior de seu ser, a realidade dos sonhos.

(Foi nessa época, quando pipocavam tumultos nas ruas provocados pela questão lingüística, tumultos esses que prefiguraram a divisão do estado, que Aurora anunciou que nem o marati nem o guzerate seriam usados em sua casa; o idioma exclusivo de seu reino era o inglês. "Todos esses dialetos só fazem nos dividir", explicou. "Só o inglês nos une." E para provar que tinha razão, com uma expressão dolorosa que não podia senão despertar pensamentos maldosos em sua platéia, ela repetiu os versos tão populares na época: "A-E-I-O-U, e assim veio Nehru". E somente seu fiel aliado, V. Miranda, teve coragem de replicar: "U-O-I-E-A, agora o jeito é aturar".

Também eu era obrigado a levar uma vida relativamente caseira; e é necessário enfatizar que nós dois tínhamos um convívio mais estreito do que é comum haver entre mãe e filho, pois logo após meu nascimento Aurora deu início à série de grandes telas que se tornaram suas obras mais famosas, aquelas cujo nome ("a série do mouro") é também o meu, em que meu crescimento é documentado de modo mais significativo do que em qualquer álbum de fotografias, e que nos manterá juntos para todo o sempre, por mais que a vida tenha nos separado, por mais violenta que tenha sido essa separação.

•

Na verdade, Abraham Zogoiby vivia disfarçado; ele criara uma identidade secreta de homem pacato para encobrir sua verdadeira supernatureza. De modo deliberado, pintara seu auto-retrato com as cores mais desmaiadas — o exato oposto da auto-imagem kitsch de Vasco Miranda como mouro lacrimoso! —, de modo a ocultar a realidade palpitante, porém inaceitável. Aquela superfície obediente, acomodada, era apenas o que Vasco chamaria de uma casca "sobreterrânea"; por baixo dela havia todo um mundo subterrâneo, mogambesco, mais sensacional do que qualquer fantasia de filme *masala*.

Pouco depois de estabelecer-se em Bombaim, Abraham foi beijar a mão do velho Sassoon, chefe da grande família judaica de Bagdá que comera à mesa de reis da Inglaterra, casara-se com membros da dinastia Rothschild e dominara a cidade por um século. O patriarca aceitou recebê-lo, mas só nos escritórios da Sassoon & Cia., no Fort; não em casa, como igual. Assim, foi como um novato, arraia-pequena da província, que Abraham foi admitido diante da augusta Presença. "O país parece prestes a se tornar livre", disse-lhe o velho, com um sorriso bondoso, "mas você há de convir, Zogoiby, que Bombaim é uma cidade fechada."

Sassoon, Tata, Birla, Pagavista, Jeejeebhoy, Cama, Wadia, Bhabha, Goculdas, Wacha, Granashpenkas — essas grandes famílias estendiam seus tentáculos sobre a cidade, seus metais preciosos e industriais, produtos químicos, têxteis e especiarias, e não pretendiam sair de cena. A empresa Gama-Zogoiby tinha uma participação expressiva no setor das especiarias, e, aonde quer que fosse, Abraham era recebido com chá ou doces, sorrisos calorosos e, por fim, alguns conselhos corteses, porém gélidos, no sentido de que ele não deveria tentar aventurar-se em nenhum outro setor que porventura atraísse seu olho de empresário. Mas depois de apenas quinze anos, quando os dados oficiais revelavam que somente um e meio por cento das empresas do país controlavam mais de metade de todo o capital privado, e que mesmo dentro dessa elite de um e meio por cento vinte companhias dominavam as outras, e que dentro dessas vinte firmas havia quatro supergrupos que juntos comandavam um quarto de todo o capital acionário da Índia, a Companhia Gama-Zogoiby C-50 já chegara ao quinto lugar.

Abraham começou estudando história. Em Bombaim, o passado é visto com uma certa imprecisão endêmica; pergunta-se a um homem há quanto tempo ele trabalha, e a resposta é: "Muito tempo". — Está bem; e há quantos anos existe a sua firma? — "Há muito tempo. Muito tempo." — Certo, certo; e o seu bisavô, em que ano ele nasceu? — "Já faz um bom tempo. Mas aonde o senhor quer chegar? As respostas a essas perguntas se perdem nas brumas do passado." Os arquivos mortos são amarrados com fita e guardados em depósitos poeirentos, onde ninguém jamais os consulta. Bombaim, uma cidade relativamente nova numa terra antiqüíssima, não se interessa muito pelo passado. "Se o hoje e o amanhã são áreas competitivas", raciocinou Abraham, "vou começar investindo em algo a que ninguém dá valor: ou seja, o que já passou." Dedicou muito tempo e empenho a um estudo aprofundado das grandes famílias, levantando seus segredos. Ficou sabendo que com a chamada Bolha do Algodão, um período de especulação desvairada na década de 1860, muitos ricaços tinham sido duramente golpeados, quase arruinados, e que a partir daí passaram a agir de modo cuidadoso e conservador. "Portanto, pode haver uma brecha", pensou Abraham, "na área de risco. Somente os bravos merecem o prêmio." Estudou a rede de interconexões entre as grandes empresas e compreendeu de que modo elas comandavam o comércio; e descobriu também quais os impérios que não eram tão sólidos quanto pareciam. Assim, quando, em meados dos anos 50, num golpe espetacular de recompra de controle, passou a comandar a Granashpenkas, que começara como uma casa de agiotagem e se transformara, no decorrer de um século, num gigantesco empreendimento que atuava no mercado financeiro, no mercado imobiliário, na navegação, na indústria química e na pesca, foi por ter descoberto que a velha família parse estava na verdade em estado de declínio terminal, "e quando o processo de apodrecimento está tão avançado", anotou ele em seu diário, "então os dentes podres devem ser arrancados o mais rápido possível, senão todo o corpo se infecciona e morre". A cada geração, o tino comercial da família Granashpenkas declinava mais um pouco; nos anos 50 a empresa era comandada por uma geração de irmãos playboys, que perdiam fortunas nos cassinos da Europa e, ainda por cima, tiveram a insensatez de se deixar envolver num escândalo de propinas (que foi abafado), porque tentaram exportar os métodos comerciais indianos para os mercados financeiros ocidentais, os quais exigiam muito mais sutileza. Os empregados de Abraham conseguiram descobrir todos esses segredos de família; e um belo dia Abraham simplesmente entrou no mais íntimo santuário da Granashpenkas e, nos termos mais diretos, à plena luz do dia, chantageou os dois jovens (já não tão jovens assim) assustados que lá encontrou, fazendo-os aceitar de imediato suas exigências, que eram numerosas e precisas. Os herdeiros da família outrora poderosa — Lowjee Lowerjee Granashpenkas e Jamibhoy Lifebhoy Granashpenkas pareciam, ao vender o império que lhes pertencia desde o berço, quase satisfeitos por se livrarem das responsabilidades que estavam tão mal preparados para enfrentar, "tal como os decadentes imperadores persas devem ter se sentido quando os exércitos do Islã invadiram o país", Abraham costumava dizer.

Mas a guerra em que Abraham combatia não era nenhuma guerra santa. O homem que, na vida doméstica, parecia dócil, até fraco, no mundo real era um verdadeiro czar, um explorador da fraqueza humana. O leitor ficará chocado ao saber que, meses após chegar a Bombaim, ele começou a traficar com seres humanos? Pois eu fiquei chocado. Meu pai, Abraham Zogoiby? Abraham, cuja história de amor fora tão passional, tão romântica? Ele mesmo, infelizmente. Meu pai imperdoável, a quem perdoei... Já afirmei várias vezes que, ao lado do marido amoroso, do protetor incansável de nossa grande artista moderna, desde o início havia um outro Abraham, sombrio; um homem que subira na vida por meio de ameaças e coações, pressionando comandantes de navios e donos de jornais. Esse Abraham sempre se entendia muito bem com aquelas personagens que atuavam no chamado mercado negro — que comerciavam com ameaças, uísque contrabandeado e sexo —, com tanto afinco quanto os Tatas e Sassoons da vida cultivavam o respeitável "mercado branco". Naquele tempo, Abraham descobriu, Bombaim não era de modo algum a "cidade fechada" de que o velho Sassoon falara. Para um homem disposto a correr riscos, a abrir mão dos escrúpulos — em suma, para quem queria atuar no mercado negro —, era uma cidade aberta, escancarada, e o único limite ao dinheiro que se podia ganhar eram as fronteiras da imaginação.

Mais tarde falaremos do temível chefe de gangue muçulmano, o "Cicatriz", cujo nome verdadeiro não ouso citar aqui; tenho de contentar-me com esse apelido óbvio e terrível, com o qual veio a tornar-se conhecido por todo o submundo da cidade, e por fim — como veremos — pelo resto da Índia. Por ora, limito-me a registrar que, graças a uma aliança com esse cavalheiro, Abraham obteve a "proteção" que sempre fora uma característica importante de seu modo de agir preferido; e em troca dessa proteção meu pai se tornou, por todo o resto de sua vida longa e pérfida, o principal fornecedor de mocinhas para as casas mantidas com muita eficiência pelos homens do Cicatriz, os inferninhos de Grant Road, Falkland Road, Foras Road e Kamathipura.

Como? "Onde ele arranjava as meninas?" Ora, nos templos do Sul da Índia, lamento informar; especialmente nos templos dedicados ao culto de uma certa deusa de Karnataka, Kellamma, que não conseguia proteger direito suas pobres jovens "discípulas"... O fato é que, nesses tempos trevosos, era tamanho o preconceito contra as crianças do sexo feminino que muitas famílias pobres doavam a seu templo predileto suas filhas quando julgavam que não tinham condições de criá-las nem de arranjar-lhes maridos, na esperança de que lá elas levassem uma vida santa como criadas ou, se tivessem sorte, como dançarinas. Vãs esperanças! Pois muitas vezes os sacerdotes encarregados desses templos eram homens marcados por uma misteriosa ausência de padrões elevados de probidade, motivo pelo qual ofereciam, em troca de dinheiro vivo, as jovens virgens e semivirgens e revirginadas que estavam sob seus cuidados. Assim, Abraham, o comerciante de especiarias, utilizou seus extensos contatos no Sul para explorar um novo produto, identificado em seus livros mais secretos como "*garam masala* qualidade extra", e também — constato, um tanto constrangido — como "pimenta-malagueta extraforte: verde".

E foi também em parceria com o Cicatriz que Abraham Zogoiby passou a atuar na indústria de talco.

•

Silicato de magnésio hidratado cristalizado, $H_2Mg_3Si_4O_{12}$: talco. Quando, no café da manhã, Aurora lhe perguntou por que motivo ele ia entrar no ramo de bundas de bebês, Abraham apresentou dois argumentos: a economia protecionista da Índia, que impunha tarifas proibitivas sobre os talcos importados, e a explosão demográfica, a qual garantia que haveria um "*boom* de bundas". Discorreu entusiasmado sobre o potencial global do produto, afirmando que a Índia era a única economia terceiro-mundista capaz de rivalizar com o Primeiro Mundo em termos de sofisticação e crescimento sem necessariamente tornar-se escrava do todo-poderoso dólar, e observou que muitos outros países do Terceiro Mundo aproveitariam a oportunidade de adquirir talco de qualidade sem ter que gastar dólares. Quando começou a especular sobre a possibilidade de sua marca "Baby Fofo" tentar competir com a Johnson & Johnson no mercado norte-americano, Aurora já não estava mais prestando atenção no que ele dizia. Quando Abraham resolveu cantar o jingle com o qual ele propunha lançar o novo produto, com letra de seu próprio punho, aproveitando a melodia insuportável do "Navio malaio", minha mãe tapou os ouvidos.

"Baby Fofo pro neném/ É bom pra mamãe também", cantarolava Abraham.

"Quer fazer talco, o problema é seu", exclamou Aurora, "mas pare com essa cantoria agora. Está me enlouquificando."

Enquanto escrevo, mais uma vez me surpreendo ao pensar que Aurora deixava que Abraham a enganasse o tempo todo, com a maior desfaçatez, admiro-me das coisas que ela aceitava sem questionar, pois era evidente que ele estava mentindo, que o pó branco que lhe interessava não vinha dos Ghats Ocidentais, porém ia parar em latas selecionadas de Baby Fofo após seguir uma trajetória muito estranha, que incluía comboios noturnos de caminhões vindos de lugares desconhecidos e uma extensa rede de suborno envolvendo policiais e fiscais municipais ao longo das principais estradas do subcontinente; essas latas, que eram relativamente poucas, por alguns anos geraram uma receita de exportações muito maior do que todos os outros empreendimentos do grupo, possibilitando uma ampla diversificação da companhia — porém essa receita não era jamais declarada, não aparecia em nenhum dos livros da empresa, só no livro dos livros, secreto, escrito em código, que Abraham guardava no lugar mais recôndito, talvez algum desvão escuro de sua alma corrompida.

Toda a cidade — talvez todo o país — era um palimpsesto; um submundo debaixo de um supermundo, um mercado negro sob um mercado branco; quando toda a vida era assim, quando uma realidade fantasma se movia invisível por baixo de uma ficção aparente, subvertendo todos os seus significados, como poderia a carreira de Abraham ter sido diferente do que foi? Como escapar dessa letal estrutura em camadas? Presos numa realidade inteiramente falsa, numa superfície tão kitsch quanto o retrato de um lacrimoso cavaleiro árabe, como poderíamos ter acesso à verdade integral e sensual da mãe profunda perdida? Como viver vidas autênticas? Como não sermos grotescos?

Hoje, quando olho para trás, parece-me claro que, em seu discurso da Noite da Independência, ao dizer que o poder da corrupção era igual ao dos deuses, Vasco Miranda só errou por excesso de moderação. E, naturalmente, Abraham Zogoiby sabia muito bem que a falação cínica do pintor bêbado ficava muito aquém da realidade.

"A sua mãe e os amigos artistas dela viviam reclamando como era difícil *fazer algo a partir do nada*", dizia Abraham, na extrema velhice, confessando seus crimes, com indisfarçado prazer. "Mas o que eles faziam? Quadros! Mas eu, eu — eu criei do nada uma cidade inteira! Agora me diga você: o que é mais vantagem? Do chapéu mágico da sua mãe saíram muitas belas criaturas; mas do meu, meu caro, saiu... King Kong!"

Durante meus primeiros vinte anos de existência, extensões de terra foram criadas "a partir do nada" — arrancadas do mar da Arábia junto à extremidade meridional da baía Back, na península de Bombaim, e Abraham investiu pesado nessa Atlântida às avessas. Naquele tempo, falava-se muito em aliviar as pressões demográficas da cidade limitando o número e a altura dos prédios nas áreas recuperadas, e depois construir um segundo centro da cidade no continente, do outro lado da baía. Para Abraham, era importante que esse projeto fracassasse — "senão, como que eu poderia manter o valor da propriedade na qual tinha investido tanto?", perguntou-me ele, abrindo os braços esqueléticos e mostrando os dentes, um gesto que outrora teria sido um sorriso cativante, mas que agora, na penumbra de seu escritório no alto de um prédio, fazia com que meu pai nonagenário parecesse uma caveira voraz.

Abraham encontrou um aliado quando Kiran ("K. K.", ou "Kaká") Kolatkar, homenzinho escuro, de olhos saltados, politiqueiro dos bons, originário de Aurangabad, o mais duro de todos os durões que já chegaram ao poder em Bombaim, passou a dominar o município. Kolatkar era o tipo de homem para quem Abraham podia explicar os princípios da invisibilidade, aquelas leis ocultas da natureza que não podiam ser revogadas pelas leis visíveis dos homens. Abraham explicou-lhe de que modo importâncias invisíveis podiam terminar, após passar por uma série de contas bancárias invisíveis, na conta de um amigo, visíveis e limpíssimas. Demonstrou que, se a cidade sonhada do outro lado da baía continuasse invisível, seriam beneficiados aqueles amigos que tivessem por acaso adquirido uma participação no que até recentemente era invisível, mas que agora havia se elevado do mar como uma Vênus indiana. Mostrou-lhe como seria fácil convencer os íntegros funcionários encarregados de fiscalizar e controlar o número e a altura dos novos prédios construídos na área recuperada de que seria muito bom para eles ficar cegos — "apenas metaforicamente, meu filho, é claro; apenas por força de expressão; não vá pensar que estávamos dispostos a furar os olhos das pessoas, como Shah Jahan fez com o abelhudo que quis dar uma olhada no Taj Mahal antes da inauguração oficial" —, de modo que grandes massas de edifícios novos permanecessem invisíveis aos olhos do município, e se elevassem até arranhar o céu. E logo esses prédios invisíveis gerariam montanhas de dinheiro, e se tornariam imóveis dos mais valiosos do mundo, algo criado a partir do nada, um milagre, e todos os amigos que tivessem colaborado na realização desse milagre seriam muito bem recompensados.

Kolatkar, que aprendia depressa, foi logo dando uma sugestão: e se esses prédios invisíveis fossem construídos por uma mão-de-obra invisível? Não seria a solução mais elegante e econômica? "Naturalmente concordei", confessou o velho Abraham. "O tal do Kaká tinha captado o espírito da coisa." Pouco depois, as autoridades municipais decretaram que todas as pessoas que haviam se estabelecido em Bombaim depois do último recenseamento seriam consideradas inexistentes. Como elas foram abolidas, o município não tinha nenhuma responsabilidade no sentido de oferecer-lhes moradias nem garantir seu bem-estar, o que em muito aliviava os honestos cidadãos existentes que pagavam os impostos, os quais garantiam a manutenção daquela urbe caótica e dinâmica. Porém não há como negar que, para os fantasmas — cerca de um milhão — criados por decreto, a vida ficou mais difícil. Nesse ponto, entraram em cena Abraham Zogoiby e todos os outros que haviam participado do esquema das terras recuperadas, e generosamente contrataram os fantasmas para trabalhar nas obras que cobriam cada centímetro quadrado dos novos terrenos, chegando mesmo —mas que filantropos! — a pagar-lhes pequenas quantias em troca de seu trabalho. "Nunca ninguém havia pagado fantasmas, nós fomos os primeiros", dizia o velho Abraham, rindo e chiando ao mesmo tempo. "Mas naturalmente não aceitávamos responsabilidade alguma em caso de doença ou acidente de trabalho. Seria ilógico, como você há de convir se está acompanhando meu raciocínio. Afinal, essas pessoas não apenas eram invisíveis como também oficialmente não existiam."

Estávamos no trigésimo primeiro andar da jóia de Nova Bombaim, a obra-prima de I. M. Pei, a Torre Granashpenkas. Pela janela eu via o pináculo reluzente do K. K. Chambers riscando a noite. Nesse momento Abraham se levantou e abriu uma porta. A sala foi inundada por luz e arpejos harmoniosos. Meu pai conduziu-me a um gigantesco átrio, cheio de árvores e plantas de climas mais temperados que o nosso — havia pomares de macieiras e pereiras, e videiras carregadas de uvas —, tudo cercado de vidro, mantido em condições ideais de temperatura e umidade por um sistema de controle climático cujo custo seria inimaginável se não fosse invisível; pois, por um feliz acaso, Abraham jamais tivera que pagar uma conta de eletricidade. Foi nesse átrio que o vi pela última vez — meu pai velhíssimo, com quem eu, com trinta e seis anos de idade e setenta e dois de cara, estava ficando cada vez mais parecido; meu pai diabólico, que jamais sentiu nenhum arrependimento, que assumiu o controle do Éden na ausência de Aurora e de Deus.

"Mas agora é o fim", suspirou ele. "Está tudo se desfazendo na minha mão. A magia deixa de funcionar quando as pessoas começam a enxergar os fios. Mas que diabo! Eu até que me dei muito bem. Coma uma maçã, vamos."

12

Eu crescia em todas as direções, querendo ou não. Meu pai era um homem grande, mas aos dez anos de idade meus ombros já estavam tão largos que seus paletós não me serviam mais. Eu era um arranha-céu livre de qualquer restrição legal, uma explosão demográfica individual, uma megalópole, um incrível Hulk a rasgar roupas e fazer botões pipocarem. "Mas você está demais!", exclamou minha irmã mais velha, Ina, quando atingi meu peso e minha estatura de adulto. "Você virou Gulliver, e nós somos as suas Liliputinhas." O que era verdade ao menos num sentido: se nossa Bombaim era não minha Raj-, e sim minha Lili-putana, então meu tamanho descomunal estava mesmo tendo o efeito de me imobilizar.

Quanto maior eu ficava, mais se estreitavam meus horizontes. A escola tornou-se um problema. Muitos meninos de "boa família" do morro de Malabar, Scandal Point e Breach Candy ingressavam na Walsingham House School da senhora Gunnery, onde estudavam ao lado das meninas no jardim-de-infância e no primário, antes de ir para Campion ou Cathedral ou um dos outros colégios de elite da cidade, que na época só aceitavam meninos. Mas a lendária velha Gunnery, com seus óculos de tartaruga com barbatanas de Batmóvel, recusou-se a acreditar na minha idade. "Velho demais para o jardim", rosnou ela, no final de uma entrevista em que me tratou — eu tinha então três anos e meio — como se eu fosse o menino de sete anos que ela via diante de seus olhos, "e para o primário, lamento dizer, é muito atrasado." Minha mãe ficou possessa. "Mas, afinal, como são os seus alunos?", indagou, indignada. "São todos Einsteins, é? Todos Alberts e Albertinas? Uma escola só de é-eme-cê-dois?"

Mas La Gunnery foi implacável, e o jeito foi estudar em casa. Houve uma sucessão de professores particulares, todos homens, e a maioria não ficou por muitos meses. Deles não guardo nenhum rancor. Quando, por exemplo, o aluno de oito anos de idade resolveu homenagear seu amigo, o pintor Miranda, cultivando um bigode pontudo e encerado, era de se esperar que o professor caísse fora. Apesar de todas as minhas tentativas de elaborar uma *persona* organizada, limpa, obediente, moderada, *normal*, eu era exótico demais para eles; mas isso foi só até contratarem a primeira professora. Ó Dilly Hormuz, doce lembrança! Tal como a senhora Gunnery, usava óculos de lentes grossas, com barbatanas ou asas; mas eram asas de anjos. Quando chegou, no início de 1967, com um vestido branco e meias soquetes, o cabelos preso em tranças longas e finas, amarradas, os livros apertados contra o peito, piscando os olhinhos míopes, falando pelos cotovelos para disfarçar o nervosismo, à primeira vista ela parecia mais criança que eu. Mas Dilly merecia um olhar mais atento, pois também ela estava disfarçada. Usava sapatos sem salto, e tinha os ombros caídos de toda moça alta que aprendeu a diminuir sua estatura; mas assim que nos vimos a sós ela começou a desenrolar-se — ah, que ser claro e magnífico, da cabeça pequena até os pés belos porém enormes! Além disso — e mesmo depois de tantos anos a lembrança ainda me faz corar de anseios nostálgicos — ela se pôs a espichar-se. Sob o pretexto de alcançar um livro, uma régua, uma caneta, Dilly, esticada, revelou a mim, e só a mim, toda a extensão do corpo que o vestido ocultava, e logo passou a retribuir, com seu olhar firme e imperturbável, os olhares esbugalhados e desajeitados que eu lhe dirigia. A bela Dilly — pois, quando ficamos a sós e ela soltou as tranças, quando tirou os óculos e me encarou com aqueles olhos míopes, encantadores, profundos, ausentes, sua verdadeira beleza se revelou —, Dilly olhou fixamente para seu novo aluno por um bom tempo, e suspirou.

"Dez anos de idade!", disse ela em voz baixa, na primeira vez em que ficamos a sós. "Menino, você é a oitava maravilha do mundo." Em seguida, lembrando-se de suas funções didáticas, deu início à primeira lição fazendo-me decorar — ou "decoresaltear", como dizíamos — as sete maravilhas do mundo antigo e as sete maravilhas do mundo moderno, mencionando o fato de que cá estavam, no morro de Malabar, eu ("o jovem colosso") e os Jardins Suspensos — como se as maravilhas estivessem se reunindo aqui, e assumindo formas indianas.

Agora tenho a impressão de que, em mim, naquele monstro desconcertante no qual uma confusa mente infantil se ocultava por trás de um belo corpo de rapaz (pois, apesar de minha mão, de todos os meus sentimentos de auto-rejeição, de toda minha necessidade de afeto, Dilly teria visto minha beleza — beleza, a maldição de minha família!), minha professora, a senhorita Hormuz, encontrou uma espécie de libertação pessoal, compreendendo que ela podia mandar em mim como se manda numa criança, e também — neste ponto me aventuro por águas perigosas — tocar-me como homem, e ser por mim tocada.

Não lembro que idade eu tinha (mas certamente já havia raspado meu bigode à Vasco) quando Dilly, ao invés de limitar-se a admirar meu corpo, passou, de início timidamente, depois com uma liberdade cada vez maior, a acariciá-lo. Por dentro, eu estava na idade em que tais carícias eram gestos inocentes de um amor de que estava necessitadíssimo; por fora, meu corpo já era capaz de reagir do modo mais adulto possível. Não a condene, leitor; pois não posso condená-la. Eu era uma maravilha de seu mundo, e ela estava simplesmente enfeitiçada.

Durante quase três anos tive aulas particulares na *Elefanta*, e durante esses mil e um dias houve limites impostos pelo local e pelo medo de sermos apanhados em flagrante. Não me pergunte, se conseguir conter sua curiosidade, até que ponto iam nossas carícias; não me obrigue a parar mais uma vez, em meu exercício de memória, naquelas fronteiras que não possuíamos passaportes para transpor! A lembrança dessa época permanece em mim como uma ânsia dolorosa, faz meu coração disparar, é uma ferida que não sara; pois meu corpo sabia coisas que eu ainda desconhecia, e, enquanto a criança permanecia atônita na prisão de sua carne, meus lábios, minha língua, meus membros entraram em ação, guiados por minha excelente professora, e em total independência de minha mente; e houve ocasiões, benditas ocasiões, em que nos sentíamos seguros, ou em que a força que nos impelia era tamanha que pouco ligávamos para os riscos, nas quais as mãos dela, seus lábios, seus seios, apertados contra minha virilha, proporcionaram-me um pouco de alívio, quente e desesperado.

Ela tomava minha mão deformada, às vezes, e a colocava ali, e ali. Foi o primeiro ser humano que me fez sentir-me, durante aqueles momentos clandestinos, completo... E quase o tempo todo, independentemente do que seu corpo estivesse fazendo com o meu, ela não cessava de me transmitir uma enxurrada de informações. Não havia entre nós nenhum colóquio de namorados; em vez de juras de amor, a batalha de Srirangapatnam e as principais exportações do Japão. Enquanto seus dedos ágeis elevavam a temperatura de meu corpo a píncaros insuportáveis, ela mantinha as coisas sob controle me obrigando a recitar a tabuada do treze, ou a enumerar a valência de todos os elementos da tabela periódica. Dilly era uma moça que tinha muito a dizer, e foi dela que peguei esta tendência à loquacidade, que até hoje tem para mim um forte sentido erótico. Quando me ponho a falar pelos cotovelos, ou me vejo diante da garrulice alheia, fico — como dizê-lo? — excitado. Com freqüência ocorre que, no meio de uma conversa fiada, sou obrigado a cobrir a virilha com a mão, para que a turgescência não seja percebida por meus companheiros, os quais ficariam intrigados, ou, mais provavelmente, achariam graça ao ver tal coisa. Até hoje jamais senti vontade de provocar hilaridade. Mas agora chegou o momento de contar tudo, e é o que faço; a história de minha vida, esse tecido de volubilidade erétil, está chegando ao fim.

Dilly Hormuz era uma solteirona de seus vinte e cinco anos quando nos conhecemos, e estava com trinta e tantos a última vez que a vi. Morava com a mãe, uma velhinha cega, que ficava o dia todo sentada numa sacada costurando, fazendo colchas, com dedos que dispensavam a ajuda dos olhos. Como podia uma mulher tão pequena e frágil ter gerado uma filha tão alta e voluptuosa? Era essa a questão que me intrigava quando, aos treze anos de idade, ficou acertado que eu já tinha idade suficiente para ir ter aulas na casa de Dilly, pois seria bom para mim sair de casa de vez em quando. Às vezes eu dispensava carro e chofer e ia a pé — descendo a ladeira, saltitante, passando pela bela farmácia antiga que havia em Kemp's Corner — isso foi muitos anos antes de o lugar se transformar no emaranhado árido de passarelas e butiques atual — e pela Royal Barber Shop (onde o barbeiro fanho também fazia circuncisões). Dilly vivia nas profundezas escuras e úmidas de uma velha casa parse, cheia de sacadas e arabescos, na Gowalia Tank

Road, bem perto da loja Vijay, aquele estabelecimento preternatural onde se podia comprar Tempo, que servia para polir a mobília, e Esperança, que servia para limpar a bunda. Eu e minhas irmãs costumávamos chamá-la de loja Jaya, fazendo de conta que o nome era uma homenagem a nossa ranzinza ama, a senhorita Jaya Hé, que ia lá comprar pequenos pacotes de Vida, que continham paus de eucalipto para limpar os dentes, e Amor, hena para os cabelos... Com o coração inflamado, num estado d'alma muito próximo do êxtase, eu entrava na casa de Dilly, um pequeno apartamento onde as marcas da pobreza não haviam erradicado os sinais do bom gosto e da boa nascença. A presença de um piano de quarto de cauda na sala de visitas, onde havia fotos com molduras de prata, retratos de patriarcas com chapéus de borlas e de uma jovem grã-fina e graciosa, que não era ninguém menos que a velha senhora Hormuz — tudo isso indicava que aquela família já vira dias melhores; também o indicavam os conhecimentos de latim e francês que Dilly ostentava. Esqueci quase todo o meu latim, mas o que ainda retenho do francês — a língua, a literatura, o *soixante-neuf*, aqueles *cinq à sept* de prazer e suor —, Dilly, tudo isso aprendi com você... Mas agora aquelas duas mulheres estavam condenadas a uma existência de costuras e aulas particulares. Talvez por isso Dilly tinha tanta fome de homem que se satisfazia com um menino precoce; por isso ela sentava em meu colo, abraçando-me com as pernas, e mordia-me o lábio, sussurrando: "Tirei os óculos; agora só vejo meu amor, mais nada".

•

Ela foi o meu primeiro amor, mas creio que nunca a amei. Sei-o porque ela me fez sentir-me contente com a minha situação, feliz por ter um corpo mais velho do que eu. Era ainda um menino; por ela eu queria tornar-me adulto o mais depressa possível. Queria ser um homem para ela, um homem de verdade e não um simulacro, e, se para tal fosse necessário sacrificar ainda mais meu tempo de vida já tão limitado, eu teria feito de bom grado esse pacto mefistofélico. Mas quando o verdadeiro amor, a coisa autêntica e verídica, surgiu em todo seu esplendor, muitos anos depois de Dilly, como lamentei amargamente minha situação! Com que fome e raiva eu ansiava desacelerar meu implacável e destrambelhado relógio interior! Dilly Hormuz jamais me abalou a crença infantil na minha própria imortalidade, e era por isso que eu seria capaz de abrir mão de meus anos de meninice sem nenhum remorso. Mas Uma, minha Uma — quando a amei, passei a ouvir os passos da Morte cada vez mais céleres, correndo em minha direção; então passei a ouvir cada golpe letal de sua foice.

•

Fui tornando-me homem guiado pela mão macia e sábia de Dilly Hormuz. Mas — e nesse ponto devo fazer uma confissão difícil, talvez a mais difícil de todas até agora — não foi ela a primeira mulher a me tocar. Pelo menos segundo me disseram, embora seja preciso ter em conta que a testemunha — nossa ama, a senhorita Jaya Hé, a esposa dominadora do perna-de-pau Lambajan — era ladra e mentirosa.

Os filhos dos ricos são criados pelos pobres, e como meus pais trabalhavam muito era comum eu ser deixado aos cuidados do porteiro e da ama. E, ainda que a senhorita Jaya fosse irascível, com lábios cortantes e olhos reduzidos a fendas, e fosse magra e gélida e mandona, eu sentia e ainda sinto gratidão por ela, pois em suas horas de lazer ela era uma espécie de ave peripatética, gostava de vagar pela cidade só para ver coisas que pudesse criticar, estalando a língua e apertando os lábios e sacudindo a cabeça diante de tudo que via de errado. Assim, era com a senhorita Jaya que eu passeava de bonde e ônibus, e enquanto ela criticava a superlotação dos veículos, por dentro eu me regozijava com toda aquela massa humana compacta, na qual estávamos todos tão espremidos que a privacidade deixava de existir e as fronteiras do eu começavam a dissolver-se, aquela sensação que só experimentamos quando estamos no meio da multidão ou quando nos apaixonamos. E era com a senhorita Jaya que eu me aventurava na fabulosa turbulência do mercado Crawford, com seu friso de autoria do pai de Kipling, com seus vendedores de galinhas vivas e de plástico, e era também com a senhorita Jaya que eu penetrava nos botequins de Dhobi Talao e nos cortiços de Byculla (aonde ela me levava para visitar seus parentes pobres — *mais* pobres, melhor dizendo —, os quais lhe ofereciam, empobrecendo-os mais ainda, refrescos e bolos, e tratavam-na como uma rainha), e era com ela que eu comia melancias no Apollo Bunder e *chaat* na zona portuária de Worli, e por todos esses produtos e seus vendedores insistentes, e por minha inesgotável e excessiva Bombaim, apaixonei-me perdidamente e para sempre, por mais que a senhorita Jaya se divertisse dando plena expressão a sua enorme capacidade de manifestar desprezo, disparando veredictos irreversíveis: "Muito caro!" (galinha). "Asqueroso!" (rum). "Que bagunça!" (cortiço). "Muito seca!" (melancia). "Muito quente!" (*chaat*). E sempre, na volta, ela se virava para mim e disparava, com um olhar faiscante e ressentido: "Menino de sorte! Dê graças aos céus".

Um dia, quando eu tinha dezoito anos — estávamos no início do período de emergência, lembro-me —, fui com ela ao Zaveri Bazaar, onde os joalheiros pareciam macacos sabidos, enclausurados em lojinhas pequenas cobertas de vidros e espelhos, comprando e vendendo prata antiga a peso. Quando a senhorita Jaya entregou um par de pulseiras pesadas ao avaliador, percebi de imediato que pertenciam a minha mãe. O olhar da senhorita Jaya penetrou-me como uma lança; minha língua ficou seca e não consegui falar. Logo a transação foi concluída; saímos da joalheria para o burburinho da rua, evitando os carrinhos de mão cheios de fardos de algodão embrulhados em aniagem e amarrados com tiras de metal, os vendedores de bananas, mangas, camisas, revistas e cintos, cules com grandes cestos nas cabeças, motonetas, bicicletas, a verdade. Seguíamos rumo à *Elefanta*, e foi só depois que saltamos do ônibus que a ama falou. "Demais", disse ela. "Na casa. Coisas demais."

Não respondi. "Gente também", disse a senhorita Jaya. "Entrando. Saindo. Acordando. Dormindo. Comendo. Bebendo. Nas salas. Nos quartos. Em tudo que é lugar. Gente demais." O que ela queria dizer, compreendi, era que seria difícil para Aurora colocar sob suspeita seu círculo de amigos, ninguém poderia jamais identificar o ladrão; a menos que eu falasse.

"Você não vai falar", disse a senhorita Jaya, descartando seu trunfo. "Por causa do Lambajan. Por causa dele."

•

Ela estava certa. Eu não seria capaz de trair Lambajan; fora ele quem me ensinara a lutar boxe. Graças a ele, a profecia que meu pai pronunciara, num momento de desânimo, se realizou. *Com um punho assim você vai conseguir derrubar qualquer um.*

No tempo em que Lambajan tinha duas pernas e não tinha papagaio, antes de se transformar em Long John Silver, ele utilizara os punhos para suplementar seu magro soldo de marinheiro. Nos becos da cidade, onde a jogatina corria solta, onde brigas de galo e ursos eram os eventos preliminares, ele adquirira certa reputação como lutador de boxe sem luvas. Seu interesse original fora pela luta livre, porque em Bombaim os campeões de luta livre às vezes se tornavam estrelas, como o famoso Dara Singh, mas após uma série de derrotas ele se voltou para o mundo mais duro, mais áspero, das lutas de rua, e se tornou conhecido como um sujeito que agüentava muita porrada. Seu histórico de vitórias era razoável; perdeu todos os dentes, mas jamais foi nocauteado.

Uma vez por semana, durante toda a minha meninice, ele aparecia nos jardins da *Elefanta* trazendo trapos compridos, que amarrava em torno de minhas mãos, e depois apontava para seu queixo barbudo. "Acerte aqui, *baba*", ordenava. "Com toda a força, vamos." Foi assim que descobrimos que minha mão direita aleijada era um poderoso torpedo, um punho e tanto. Uma vez por semana eu socava Lamba com o máximo de minhas forças, e de início seu sorriso sem dentes não se alterava. "Só isso?", gozava ele. "Essa cosquinha? Isso aí até o meu papagaio faz." Depois de algum tempo, porém, Lambajan parou de sorrir. Ainda me oferecia o queixo, mas eu percebia que ele se preparava para absorver o golpe, recorrendo a seus velhos instintos de lutador... No dia em que completei nove anos, dei meu soco, Totah bateu asas com um protesto ruidoso e o porteiro caiu no chão.

"Purê de elefante branco!", gritou o papagaio. Corri para buscar a mangueira do jardim; eu havia desacordado o pobre Lamba.

Quando voltou a si, ele fez uma careta que demonstrava respeito, depois se levantou e apalpou as gengivas, que sangravam. "Parabéns, *baba*. Chegou a hora de começar a aprender."

Penduramos uma almofada comprida, cheia de arroz, no galho de um plátano, e depois das aulas inesquecíveis de Dilly Hormuz era hora de treinar com Lambajan. Praticamos nos oito anos que se seguiram. Ele me ensinou táticas estratégicas, táticas de ringue — só que ringue não havia. Desenvolveu meu senso de posição e, acima de tudo, as técnicas de defesa. "Não fique achando que você nunca vai levar um soco, *baba*, e mesmo com este seu punho você não vai conseguir acertar o outro se estiver com o ouvido cheio de passarinho." Como treinador, Lambajan tinha mobilidade claramente limitada; mas com que determinação hercúlea ele tentava contornar essa deficiência! Quando treinávamos, ele dispensava a muleta e andava aos saltos, como uma mola humana.

À medida que eu crescia, minha arma se tornava mais poderosa. Percebi que precisava me conter, dosar minha força. Não queria nocautear Lambajan com muita freqüência, nem de modo violento demais. Na imaginação eu via o porteiro reduzido à imbecilidade, falando de modo arrastado, esquecendo meu nome, por excesso de golpes na cabeça; isso me levava a suavizar meus socos.

Na época em que fui ao Zaveri Bazaar com a senhorita Jaya, minha proficiência já era tal que Lambajan me dizia: "*Baba*, se quiser lutar a sério, é só pedir". A idéia era emocionante, apavorante. Estaria preparado para tal? Afinal de contas, meu saco de pancadas jamais revidava, e com Lambajan eu estava acostumado havia muito tempo. E se um adversário bípede, de carne e osso e não de arroz e aniagem, rodopiasse a meu redor com pernas ágeis e me deixasse todo roxo de contusões? "Seu punho está pronto", disse Lambajan, dando de ombros. "Agora, o seu coração, isso não posso dizer."

E assim, movido pela vontade de ver sangue, terminei pedindo a Lambajan que me levasse pela primeira vez àqueles becos sem nome do centro de Bombaim. Lamba apresentou-me apenas como "o Mouro", e por estar em sua companhia fui recebido com menos desprezo do que esperava. Mas, quando ele explicou que eu era um novato de dezessete anos, todos caíram na gargalhada, pois não havia dúvida de que o jovem em questão era um homem na faixa dos trinta, cujos cabelos já começavam a ficar grisalhos; certamente eu devia ser um lutador nas últimas, que Lamba estava treinando por favor. Mas juntamente com as exclamações de escárnio ouviram-se vozes de admiração equivocada: "Talvez ele seja mesmo bom, porque ainda está bonito depois de tantos anos". Então trouxeram meu adversário, um sique descabelado do meu tamanho, senão maior, e mencionaram, como que por acaso, que, embora o rapaz em questão tivesse acabado de completar vinte anos, já havia assassinado dois homens em lutas de rua, e estava fugindo da polícia. Senti minha coragem se esvaindo e olhei para

Lambajan, mas ele se limitou a fazer que sim com a cabeça e cuspir no punho direito. Repeti seu gesto e caminhei em direção ao assassino. Ele partiu diretamente para cima de mim, transbordando de confiança, pois achava que tinha a vantagem de ser catorze anos mais moço; imaginava-se capaz de despachar aquele velhusco em três tempos. Pensei no saco de arroz e desferi um soco. A primeira vez que o atingi, meu adversário caiu e ficou estendido no chão mesmo depois de terminar a contagem de um a dez. Quanto a mim, bastou aquele único soco para eu ser acometido por um ataque asmático de soluços e lágrimas, uma crise tão séria que comecei a duvidar da possibilidade de ter algum futuro naquele ramo de atividade. Lambajan me tranqüilizou no caminho de volta. "Já vi muito garoto cair no chão espumando depois da primeira luta, vencendo ou perdendo. Você não sabe como você é bom, *baba*", acrescentou, cheio de satisfação. "Além de ter um bate-estacas na ponta do braço, tem velocidade também. E, além disso, é peitudo." Não havia um arranhão em meu corpo, observou ele, e além disso tínhamos um bom maço de notas para dividir entre nós.

Por isso, é claro, eu não podia denunciar o roubo cometido pela mulher de Lamba, pois nesse caso os dois seriam despedidos. Não podia perder meu empresário, o homem que me revelara meu dom... Tendo se certificado de seu poder sobre mim, a senhorita Jaya começou a abusar dele, surrupiando objetos da família bem no meu nariz, tomando o cuidado de não fazê-lo com muita freqüência nem exagerar — uma caixinha de jade aqui, um pequeno broche de ouro ali. De vez em quando eu via Aurora e Abraham sacudindo a cabeça e olhando para um lugar vazio, mas a senhorita Jaya calculara bem: eles interrogavam a criadagem, mas não chamavam a polícia, não querendo submeter seus empregados aos delicados métodos da polícia de Bombaim, não querendo constranger os amigos. (Além disso, pergunto-me se Aurora não se lembraria dos pequenos Ganeshas que ela roubava e em seguida jogava pela janela, na ilha Cabral, muitos anos antes. De *elefantes demais* à *casa Elefanta*, fora uma longa trajetória; sentiria ela remorsos pelos atos cometidos quando jovem? Sentiria até alguma solidariedade com o ladrão?)

Foi nessa época de furtos que a senhorita Jaya me contou o terrível segredo de minha primeira infância. Caminhávamos em

Scandal Point, em frente à grande casa Chamchawala; creio que eu fizera algum comentário — isto foi no início do período de emergência, lembro bem — a respeito do relacionamento doentio entre Indira Gandhi e seu filho Sanjay. "Toda a nação está pagando por esse problema entre mãe e filho", observei. A senhorita Jaya, que nesse ínterim fez um muxoxo, com ar de reprovação, para os jovens casais que caminhavam de mãos dadas junto ao quebra-mar, rosnou de indignação. "Quem é você para falar?", exclamou. "A sua família. Tarados. Suas irmãs e sua mãe também. Quando você era neném. As coisas que elas faziam com você. Que nojo."

Eu não sabia, e até hoje não sei, se o que ela estava dizendo era verdade. A senhorita Jaya Hé era um mistério para mim, uma mulher tão revoltada com a própria situação no mundo que se tornara capaz de vingar-se das maneiras mais inusitadas. Então deve ter sido mentira; sim, provavelmente foi uma mentira obscena; mas é verdade — deixe-me contar enquanto estou disposto a fazer revelações — que me tornei um homem com uma atitude extraordinariamente *laissez-faire* com relação a seu próprio órgão genital. Permitam-me informar que outras pessoas já o agarraram em certas situações — isso mesmo! — ou então, de outras maneiras, pedindo delicadamente ou dando ordens peremptórias, o utilizaram, ou me disseram como e onde e com quem e até que ponto eu deveria usá-lo, e de modo geral sempre obedeci de bom grado. Isso é normal? Creio que não, senhoras e senhores... Além disso — e creio que isso é mais convencional — em outras ocasiões esse mesmo órgão me deu ordens ele próprio, e também essas ordens eu, como a maioria dos homens, quando possível sempre tentei seguir, com resultados desastrosos. Se a senhorita Jaya não estava mentindo, talvez a origem desse comportamento se encontrasse naquelas carícias que me fizeram na mais tenra infância, às quais ela aludiu de modo tão venenoso. E, para falar com franqueza, posso perfeitamente imaginar tais cenas, elas me parecem perfeitamente plausíveis: minha mãe brincando com meu pirulito enquanto me amamenta, ou minhas três irmãs em volta de meu berço, puxando minha cordinha. *Tarados. Que nojo*. Aurora, dançando no alto do penhasco diante da multidão de devotos de Ganpati, falava da ilimitada estupidez humana. De modo que pode ser verdade. Pode ser. Pode ser.

Meu deus, que espécie de família era essa, que mergulhava unida na cachoeira da Destruição? Disse acima que hoje a *Elefanta* daquele tempo me parece um paraíso — mas para um observador externo talvez ela parecesse bem mais um inferno.

•

Não sei se é possível classificar meu tio-avô Aires da Gama como um marginalizado, mas quando ele foi a Bombaim pela primeira vez na vida, aos setenta e dois anos de idade, estava num estado tão deplorável que Aurora Zogoiby só o reconheceu ao ver o buldogue Jawaharlal a seu lado. Do dândi anglófilo e vaidoso de outrora só restava uma certa indolência eloqüente na fala e nos gestos, a qual eu, que continuava tentando combater meu destino de ser superacelerado cultivando a lerdeza, tentei imitar de todo modo. Ele parecia doente — o olhar vazio, a barba por fazer, o corpo emaciado — e ninguém ficaria surpreso de saber que sua antiga doença havia voltado. Mas Aires não estava doente.

"Carmem morreu", anunciou ele. (O cachorro também já tinha morrido, é claro, havia muitas décadas. Aires mandara empalhar o corpo e instalar rodinhas sob as patas, para que pudesse continuar a puxá-lo pela corrente.) Aurora apiedou-se do tio, pôs de lado todos os velhos ressentimentos, instalou-o no mais luxuoso dos quartos de hóspedes, o que tinha a colcha e o colchão mais macios e a melhor vista do mar, e proibiu-nos de rir de seu hábito de falar com o cachorro como se ele ainda estivesse vivo. Durante a primeira semana, o tio-avô ficou muito silencioso à mesa, como se não quisesse atrair as atenções para não trazer de volta à tona velhas hostilidades. Comia pouco, embora demonstrasse gostar muito da nova marca Bragança de picles de limão e manga, que estava no auge da moda em Bombaim; tentávamos não demonstrar espanto, mas com o canto do olho víamos o velho virando a cabeça para os lados lentamente, como quem procura algo que perdeu.

Em suas viagens a Cochim, Abraham Zogoiby de vez em quando fazia visitas protocolares, curtas e constrangidas à casa da ilha Cabral, de modo que sabíamos alguma coisa a respeito dos surpreendentes acontecimentos que se desenrolavam naquele ramo de nosso clã briguento com o qual estávamos quase rompidos, e à medida que os dias se passavam o tio-avô Aires foi nos contando toda a história, triste e bela. No dia em que Travancore-Cochim passou a ser o estado de Kerala, Aires da Gama desistiu de sua fantasia secreta de que algum dia os europeus voltariam à costa do Malabar, e passou a levar uma vida de recluso na qual, após toda uma vida de filisteu, começou a ler todo o cânon da literatura inglesa, consolando-se das desagradáveis mudanças da história com o que havia de melhor no mundo antigo. Os outros membros daquele curioso triângulo doméstico, a tia-avó Carmem e o príncipe Henrique, o Navegador, foram se aproximando cada vez mais, até se tornarem amicíssimos, e ficavam até altas horas da noite jogando cartas, apostando quantias altas, ainda que abstratas. Depois de alguns anos, o príncipe Henrique pegou o caderno no qual anotavam as apostas e disse a Carmem, com um meio sorriso, que ela lhe devia toda a sua fortuna. Foi então que os comunistas chegaram ao poder, realizando o sonho de Camões da Gama, e a situação do príncipe Henrique melhorou com o novo governo. Tendo largo trânsito entre os estivadores de Cochim, candidatou-se à câmara estadual e foi eleito por uma enorme margem de votos, sem nem sequer precisar fazer campanha. Na noite em que o príncipe Henrique disse a Carmem que ia iniciar sua carreira política, ela, inspirada pela notícia, ganhou de volta toda a sua fortuna, até a última rupia, numa maratona de pôquer que culminou numa última aposta gigantesca. O príncipe Henrique sempre dizia que Carmem perdia muito porque se recusava a fugir, mas desta vez foi ele quem caiu na armadilha: fascinado pelo *four* de damas que tinha na mão, foi apostando mais e mais, até chegar a uma quantia vertiginosa. Quando Carmem finalmente lhe mostrou seus quatro reis, o príncipe Henrique se deu conta de que durante todos aqueles anos de derrotas ela estivera secretamente aprendendo a roubar na hora de dar as cartas; que ele fora vítima da trapaça mais longa de toda a história dos jogos de baralho. Mais uma vez pobre, ele aplaudiu o talento de Carmem para a desonestidade.

"Os pobres jamais serão tão velhacos quanto os ricos, por isso sempre vão perder no fim", afirmou ela, alegre. O príncipe Henrique levantou-se, beijou-a na cabeça e dedicou o resto de sua carreira, estando ou não no poder, às políticas educacionais do Partido, porque somente a educação daria aos pobres meios de refutar o postulado de Carmem da Gama. De fato, a taxa de analfabetismo do estado de Kerala tornou-se a mais baixa de toda a

Índia — o príncipe Henrique demonstrou que era capaz de aprender rápido — e Carmem da Gama lançou um jornal diário voltado para o enorme público que vivia nas aldeias de pescadores e de plantadores de arroz, nos cafundós mais recônditos do estado. Ela descobriu que tinha um talento inato para a coisa, e seu jornal fez muito sucesso entre os pobres, para a indignação do príncipe Henrique, pois, embora a linha editorial fosse oficialmente de esquerda, Carmem sempre dava um jeito de afastar os leitores do Partido; quando a coalizão anticomunista chegou ao poder no estado, o príncipe Henrique pôs a culpa tanto no jornal velhaco de Carmem quanto na interferência do governo federal.

Em 1974, o ex-amante de Aires da Gama (pois o caso entre os dois já tinha terminado havia muito) fez uma viagem aos montes Spice para visitar o famoso santuário de elefantes do qual ele fora nomeado patrono, e desapareceu. Carmem soube da notícia no dia em que fez setenta anos, e ficou histérica. Seu jornal passou a publicar manchetes imensas, disparando acusações. Porém jamais se descobriu nada; o corpo do príncipe Henrique nunca foi encontrado, e após um certo tempo o caso foi dado por encerrado. A perda do homem que havia se tornado seu amigo mais íntimo e seu rival mais amistoso foi demais para Carmem. Uma noite ela sonhou que estava junto a um lago cercado de morros cobertos de florestas, e o príncipe Henrique estava fazendo sinal para ela, montado num elefante selvagem. "Ninguém me matou", disse ele. "Foi só que chegou a hora de largar as cartas e fugir." Na manhã seguinte, Aires e Carmem se sentaram pela última vez no jardim da ilha Cabral, e ela contou o sonho ao marido. Aires baixou a cabeça, pois compreendera o significado da visão, e só voltou a levantá-la quando ouviu a xícara de sua esposa cair-lhe das mãos inertes.

•

Tento imaginar as primeiras impressões do tio-avô Aires assim que chegou à *Elefanta*, com um cachorro empalhado e o coração partido — a perplexidade que deve ter sentido em seu espírito abatido. Após o isolamento da ilha Cabral, como teria encarado a confusão cotidiana de *chez nous*, o ego colossal de Aurora, as grandes estiradas de trabalho que a faziam recolher-se por dias a fio, até por fim sair de seu estúdio vesga de fome e fadiga; minhas três irmãs amalucadas; Vasco Miranda; a desonesta senhorita Jaya; o pirata-perna-de-pau Lambajan, com seu Totah no ombro; a volúpia míope de Dilly Hormuz? E o que terá pensado de *mim*?

E era um entra-e-sai constante de pintores e colecionadores e *connaisseurs* e tietes e modelos e ajudantes e amantes e nus e fotógrafos e carregadores e comerciantes de pedra e vendedores de pincéis e americanos e boas-vidas e drogados e professores e jornalistas e celebridades e críticos, e conversas sobre *o Ocidente como problemática* e *o mito da autenticidade* e *a lógica onírica* e *os contornos lânguidos* do figurativismo de Sher-Gil e a presença de *exaltação* e *dissidência* na obra de B. B. Mukherjee e o *progressismo* diluído de Souza e a *centralidade da imagem mágica* e o *provérbio* e a relação entre *gesto* e *motivo revelado*, para não falar nas discussões sobre *quanto* e *para quem* e *coletiva* e *individual* e *Nova York* e *Londres*, e o constante ir e vir de pinturas, pinturas e mais pinturas. Pois era como se todos os pintores da Índia tivessem resolvido peregrinar até a casa de Aurora para pedir sua bênção — e ela abençoou um ex-banqueiro que pintou uma luminosa versão indianizada da *Última ceia*, porém rejeitou com um muxoxo um sujeito sem talento e pretensioso de Nova Delhi cuja esposa era uma linda dançarina, com a qual Aurora dançou sua dança na festa de Ganpati, deixando o pintor sozinho com seus quadros horrendos... Esses excessos gloriosos seriam demais para o velho Aires? Nesse caso, a hipótese que lancei acima — a de que o paraíso de um pode muito bem ser o inferno de outro — talvez se comprove.

Hipótese totalmente errônea! A realidade foi bem diversa. Apresso-me a explicar que meu tio-avô Aires encontrou na *Elefanta* mais do que um refúgio. Encontrou, para espanto seu e de todos, seu último companheiro. Talvez não se tratasse de amor, e sim "algo". O "algo" que é muito, muito melhor do que "nada", até mesmo quando vem no final de uma vida apenas parcialmente realizada.

Muitos dos pintores que rodeavam a grande Aurora ganhavam a vida com outras atividades, e eram conhecidos em nossa casa como (para citar apenas alguns) o doutor, a doutora, o radiologista, o jornalista, o professor, o tocador de *sarangi*, o dramaturgo, o impressor, o curador, o cantor de jazz, o advogado, o contador. Foi este último — o artista que, sem dúvida, é o atual herdeiro da coroa de Aurora — que adotou Aires: um sujeito quarentão, descabelado, na época, com grandes óculos com lentes cuja forma e tamanho lembravam televisões portáteis, por trás dos quais se viam olhos de tamanha inocência que chegavam a despertar desconfiança. Em poucas semanas ele se tornou amigo íntimo de meu tio-avô. Em seu último ano de vida, o tio-avô Aires tornou-se modelo constante do contador, e — na minha opinião — seu amante também. Os quadros estão aí para todos verem — principalmente o extraordinário *Nem sempre se consegue o que se quer*, 114 × 114 cm, óleo sobre tela, uma cena de rua de Bombaim — talvez a Muhammad Ali Road, apinhada de gente — vista da sacada do segundo andar por Aires da Gama, nu, de corpo inteiro, esguio como um jovem deus, mas com todos os anseios irrealizados, irrealizáveis, inexpressos e inexprimíveis da velhice em cada pincelada de sua forma pintada. Há um velho buldogue a seus pés; e — mas isso pode ser apenas minha imaginação — lá embaixo, no meio da multidão — sim, são eles, mesmo! —, aqueles dois vultos minúsculos montados no elefante com anúncios de Vimto pintados no corpo — mas não pode ser — mas são eles, sim! — o príncipe Henrique e Carmem da Gama, fazendo sinal para Aires, convidando-o para viajar com eles.

(Era uma vez duas figuras num barco, uma de vestido de noiva, a outra não, e uma terceira figura abandonada no leito nupcial. Aurora imortalizou essa cena dolorosa; e aqui, na obra do contador, as três figuras reapareciam, porém dispostas de modo diverso. A dança havia se modificado; agora era uma dança da morte.)

Pouco depois que *Nem sempre se consegue o que se quer* foi completado, Aires da Gama faleceu. Aurora e Abraham viajaram para o Sul para enterrá-lo. Ao contrário do que se costuma fazer nos trópicos, onde as pessoas mergulham depressa no derradeiro sono, para não deixar no mundo um cheiro ruim, minha mãe chamou uma funerária, a Removedora de Defuntos Mahalaxmi Ltda. (cujo lema era: "O cadáver está aqui? Quer enterrá-lo lá? Pode contar conosco! Vamos a qualquer lugar"), e colocou Aires no gelo para que pudesse ser transportado até o cemitério da família na ilha Cabral, ao lado de Carmem, onde o príncipe Henrique, o Navegador, poderia encontrá-lo se algum dia resolvesse descer dos montes Spice montado em seu elefante. Quando Aires chegou a seu local de destino e abriram sua caixa de alumínio para colocá-lo no caixão, ele parecia — segundo Aurora — "um enorme picolé azul". Havia uma espécie de geada em suas sobrancelhas, e ele estava mais frio que a sepultura. "Não faz mal, tio", murmurou Aurora durante a cerimônia fúnebre, à qual apenas ela e Abraham estavam presentes. "No lugar para onde o senhor vai, vão esquentificá-lo direitinho."

Porém ela falava por falar. Havia muito que as brigas do passado estavam esquecidas. A casa da ilha Cabral parecia um vestígio, uma irrelevância. Nem mesmo o quarto que Aurora, no tempo em que era menina-prodígio, havia coberto de pinturas, durante o período de "prisão domiciliar" — nem mesmo isso a interessava mais, pois ela havia retomado aqueles temas muitas vezes, retornado obsessivamente àquela modalidade mítico-romântica em que história, família, política e fantasia se acotovelavam como grandes multidões na estação V. T. ou na Churchgate; e voltara também a explorar uma visão alternativa da Índia como mãe, não a aldeia-mãe sentimental de Nargis, mas uma mãe de cidades, fria e amorosa, brilhante e escura, múltipla e solitária, fascinante e repugnante, grávida e vazia, verdadeira e enganosa como a própria metrópole, bela, cruel e irresistível. "Meu pai achava que eu havia criado uma obra-prima aqui", disse ela a Abraham, no quarto pintado. "Mas, como você vê, eram apenas os primeiros passos de uma criança."

Aurora mandou cobrir os móveis com capas e trancou a velha casa. Nunca mais voltou a Cochim, e mesmo quando ela morreu Abraham poupou-lhe a humilhação de ser levada de volta para o Sul como um peixe congelado. Vendeu a casa, que se tornou um hotel modesto e decadente para jovens mochileiros e velhos pensionistas, que haviam servido na Índia e que voltavam pela última vez, com o dinheiro contado, para rever seu mundo perdido. Por fim, pelo que fiquei sabendo, a casa desabou. Lamento o fato; mas creio que eu era o único membro da família que tinha um mínimo de interesse pelo passado.

Quando morreu o tio-avô Aires, todos nós sentimos que havíamos chegado a um momento decisivo. Gelado e azul, ele assinalava o fim de uma geração. Agora era a nossa vez.

•

Resolvi deixar de acompanhar a senhorita Jaya em suas caminhadas pela cidade. Mas nem mesmo esse ato de distanciamento foi suficiente; os acontecimentos do Zaveri Bazaar ainda me incomodavam. Assim, finalmente, fui ter com Lambajan no portão e, com o rosto vermelho, cônscio de que o estava humilhando, contei-lhe o que eu sabia. Quando terminei, fiquei olhando para ele, trêmulo. Nunca na minha vida eu tinha dito a um homem que sua mulher era uma ladra. E se ele resolvesse defender a honra de sua família e me matasse ali mesmo? Lambajan não disse nada, e seu silêncio foi se irradiando em círculos concêntricos, abafando as buzinas dos táxis, o pregão do vendedor de cigarros, a gritaria dos moleques de rua que soltavam pipa, brincavam com aros, esquivavam-se dos automóveis, a música ruidosa que vinha do restaurante iraniano no alto do morro, conhecido como "Perdão-mas" (por causa do enorme quadro-negro à porta, no qual se lia: *Perdão, mas não servimos bebidas alcoólicas, não damos informação sobre endereços na vizinhança, não servimos carne, não servimos água sem comida, não trocamos dinheiro, proibido pentear cabelo, proibido barganhar, proibido revistas de notícias ou cinema, proibido dividir alimentos líquidos, proibido fumar, proibido fósforos, proibido telefonemas, proibido entrar com comestíveis, proibido falar sobre cavalo, proibido ficar muito tempo na mesa, proibido falar alto*, e as duas últimas e cruciais proibições, *proibido baixar o volume — é assim que gostamos*, e *proibido fazer pedidos musicais — todas as melodias são escolhidas pelo proprietário*). Até mesmo o danado do papagaio parecia interessado na resposta do porteiro.

"No meu trabalho, *baba*", disse Lambajan por fim, "a gente tem que proteger a casa de muita coisa. Vem um homem com jóias baratas, tem que proteger as moças da casa. Vem outro com relógios vagabundos no pulso, eu não deixo entrar. Mendigo, malandro, o diabo. Não deixo entrar, e assim cumpro minha obrigação. Fico de olho na rua, e quando vejo alguma coisa eu reajo. Mas agora você vem me dizer que eu tenho que ter olhos na nuca também."

"Está bom, deixe isso para lá", respondi, constrangido. "Você está zangado. Vamos esquecer essa história toda."

"Você não sabe, *baba*, mas sou um homem que acredita em deus", prosseguiu Lamba, como se eu não tivesse falado. "Vivo montando guarda à frente desta casa sem deus e não digo nada. Mas em Walkeshwar Tank e no templo de Mahalaxmi todos me conhecem. Agora tenho que ir fazer um sacrifício para o Senhor Rama e pedir olhos na nuca. E também ouvidos surdos, para que eu não ouça mais coisas tão ruins."

Depois de minha acusação, os roubos cessaram. Eu e a senhorita Jaya não trocamos uma só palavra, mas Lamba fez o que precisava ser feito, e ela abandonou seus hábitos desonestos. Mas não foram só os roubos que terminaram: Lambajan nunca mais atuou como meu treinador de boxe, nunca mais saltitou pelo jardim dizendo: "Vamos lá, meu papagaio! Quer me fazer cócegas com suas penas? Me dê um soco de verdade!", nunca mais quis me levar ao beco dos lutadores para eu enfrentar os maiores brigões da cidade. Só muitos anos depois eu poderia verificar se meus problemas respiratórios anulavam meu talento natural para o pugilismo. Nossas relações foram seriamente abaladas, e jamais se recuperaram de todo até minha grande queda. E, nesse ínterim, a senhorita Jaya Hé tramou e executou com sucesso sua vingança.

Assim era minha vida no paraíso: uma vida intensa, porém sem amigos. Impedido de freqüentar a escola, eu sentia muita falta de meus pares; e nesse mundo em que a aparência se tornava realidade e tínhamos que ser o que parecíamos ser, rapidamente me tornei um adulto honorário, passei a ser tratado por todos como tal, excluído do mundo a que eu de fato pertencia. Como me assaltam sonhos de uma inocência perdida! De uma infância passada jogando críquete em Cross Maidan, indo às praias de Marvé e Juhu, ou na Aarey Milk Colony, imitando as bocas dos peixes do aquário de Taraporevala, perguntando a meus companheiros se aqueles peixes seriam bons de comer; de calças curtas e cintos com fivelas em forma de cobras, e o êxtase de comer *kulfi* de pistache e ir a restaurantes chineses e os primeiros beijos incompetentes da puberdade; aprendendo a nadar nas manhãs de domingo no Willingdon Club, com o professor de natação que adorava assustar seus alunos deitando-se no fundo da piscina e esvaziando seus pulmões. A vida de criança, com seus excessos que parecem nem caber nela, com seus altos e baixos de montanha-russa, suas alianças e traições, suas traquinagens e trapalhadas, tudo isso me foi negado por meu tamanho e minha aparência. Meu Éden era um paraíso sem inocência. Assim mesmo, eu era feliz lá.

— Por quê? — Por quê? — Por quê? —

Fácil responder: porque era minha casa. —

Sim, eu era mesmo feliz, em meio às loucuras dos adultos, e os sofrimentos de minhas irmãs, e as esquisitices de meus pais, que acabaram se tornando coisas cotidianas, aliás de certo modo até hoje é assim que encaro essas coisas, ainda me fazem pensar que a idéia da norma é que é estranha, a idéia de que os seres humanos têm vidas *normais*, *cotidianas*... Investigue qualquer casa, afirmo eu, que você encontrará um país das maravilhas tão macabro, tão destrambelhado quanto o nosso. E talvez eu tenha mesmo razão; talvez também esta atitude seja parte de meu problema, talvez esta — o quê? — esta mentalidade torta de dissidente, talvez também seja um legado de minha mãe.

Minhas irmãs provavelmente concordariam. Ah, Ina, Minnie, Mainá, há quanto tempo! Como era difícil para elas ser filhas daquela mãe. Embora fossem bonitas, ela era ainda mais bela. O espelho mágico de seu quarto jamais preferiu as mulheres mais jovens. E Aurora era mais inteligente, mais talentosa, e tinha o dom de fascinar todos os namorados que suas filhas ousavam lhe apresentar, inebriá-los de tal modo que as moças perdiam toda e qualquer esperança; os rapazes, seduzidos pela mãe, não conseguiam mais sequer enxergar a pobre Ina-Minnie-Mainá... E ela, com sua língua ferina, com aqueles ombros em que era impossível chorar, ela que era capaz de abandoná-las por longos períodos, entregando-as aos cuidados duros e frios da senhorita Jaya... Aurora perdeu-as todas, todas deram um jeito de abandoná-la, embora a amassem amargamente, com mais paixão do que ela seria capaz de amá-las, embora a amassem mais do que — não sendo o amor correspondido — se permitiam amar a si próprias.

Ina, a mais velha, a que perdera metade do nome, era a mais bela das três, porém, coitada, era também o que as outras duas chamavam de "a burra da família". Aurora, como a mãe boa e generosa que era, indicava Ina com um gesto vago, nas reuniões mais cheias de luminares, e dizia aos convivas: "Essa é boa de se olhificar, mas não de se conversar. A pobrezinha é curta de idéias". Aos dezoito anos, Ina criou coragem e foi furar as orelhas na joalheria dos irmãos Jhaveri, na Warden Road, e sua coragem foi recompensada com uma bela infecção; os lóbulos incharam e supuraram, e a coisa piorou mais ainda quando ela resolveu, por vaidade, continuar a furá-los e enxugar o pus. Acabou tendo que freqüentar o ambulatório do hospital, e todo o infeliz episódio, que durou três meses, serviu para dar a sua mãe mais uma arma para usar contra ela. "Talvez fosse melhor se você tivesse cortado fora logo de uma vez", ralhava Aurora. "Talvez assim tivesse consertificado o entupimento. Porque tem algum entupimento, não tem? Alguma bola de cera. Por fora são lindos, mas nada entra neles."

Sem dúvida, Ina se recusava a ouvir o que sua mãe dizia, e competia com ela da única maneira que lhe parecia possível: utilizando sua beleza. Ofereceu-se como modelo a todos os artistas do sexo masculino que freqüentavam o círculo de Aurora, um por um — o advogado, o tocador de *sarangi*, o cantor de jazz —, e quando lhes revelava seu corpo extraordinário no estúdio, sua força gravitacional os atraía imediatamente; como satélites caindo de suas órbitas, eles faziam aterrissagens forçadas nas macias montanhas de seu corpo. Após cada conquista, Ina dava um jeito de fazer com que sua mãe descobrisse um bilhete de seu amante ou um desenho pornográfico, como um guerreiro apache que exibe escalpos ao chefe da tribo. Além de suas incursões no campo da arte, penetrou no campo do comércio, e tornou-se o primeiro modelo indiano a desfilar em passarelas e sair em capas de revistas — *Femina, Buzz, Celebrity, Patakha, Debonair, Bombay, Bombshell, Ciné, Blitz, Lifestyle, Gentleman, Eleganza, Chic* —, ficando tão famosa quanto as estrelas de cinema. Ina tornou-se uma silenciosa diva do sexo, sempre disposta a usar as modas mais exibicionistas desenhadas pela nova geração de costureiros radicais que estava surgindo na cidade, roupas tão reveladoras que as *top models* ficavam constrangidas. Ina, inconstrangível, com seu super-rebolado famoso, sempre roubava a cena. Calculava-se que seu rosto na capa de uma revista aumentava as vendas em trinta por cento; porém ela não dava entrevistas, esquivando-se de todas as tentativas de descobrir seus segredos mais íntimos, tais como a cor de seu quarto, seu herói cinematográfico predileto, a música que gostava de cantarolar quando tomava banho. Jamais revelou os cuidados que tinha com sua beleza, nem deu autógrafos. Permanecia sempre distante, a mulher inatingível do morro de Malabar, fazendo todos pensarem que ela só trabalhava como modelo "de farra". Seu silêncio a tornava ainda mais fascinante; os homens imaginavam como ela seria, e as mulheres se viam calçando as sandálias e os sapatos de crocodilo de Ina. No auge do período de emergência, quando a vida em Bombaim era quase normal, só que as pessoas viviam perdendo os trens porque agora eles não atrasavam mais, quando o vírus do fanatismo coletivo ainda estava começando a se espalhar e a doença ainda não havia irrompido na metrópole — nessa época tão atípica minha irmã Ina foi eleita o maior ídolo feminino das jovens leitoras de revistas de Bombaim, recebendo o dobro do número de votos que teve Indira Gandhi.

Mas Indira Gandhi não era a rival que ela tentava derrotar; e suas vitórias perdiam sentido porque Aurora não mordia a isca, não condenava sua licenciosidade e seu exibicionismo; até que finalmente Ina conseguiu enviar a sua augusta mãe a prova epistolar de um romance — um fim de semana no (logo onde!) Lord's Central House, em Matheran — com Vasco Miranda. Dessa vez ela conseguiu. Aurora mandou chamar sua filha mais velha, xingou-a de puta ninfomaníaca e ameaçou jogá-la no olho da rua. "Nem precisa me empurrar", respondeu Ina, orgulhosa. "Eu mesma pulo."

Vinte e quatro horas depois já havia fugido para Nashville, Tennessee, com o jovem playboy que era o único herdeiro do que restava da fortuna da família Granashpenkas depois que Abraham comprara a parte de seu pai e seu tio. Jamshedjee Jamibhoy Granashpenkas tornara-se conhecido nas boates de Bombaim como "Jimmy Grana", apresentando um tipo de música que ele chamava de *country and eastern*, canções nasaladas sobre ranchos e trens e amor e vacas, com idiossincráticos toques indianos. Ele e Ina resolveram então assumir seu amor em público. Ina assumiu o nome artístico de Gooddy (isto é, "Boneca") Gama — a utilização do sobrenome materno indicava que Aurora continuava a exercer influência sobre os pensamentos e atos de sua filha. E mais: Ina, cujo silêncio se tornara lendário, passou a abrir a boca e cantar. Era a líder de um grupo de três cantoras acompanhantes, e o nome do conjunto era Jimmy Grana e as G. Gs.

Ina voltou para casa um ano depois, coberta de vergonha. Todos ficamos chocados. Os cabelos estavam desgrenhados e gordurentos, e ela havia engordado treze quilos: definitivamente desembonecara! Os funcionários do aeroporto demoraram a convencer-se de que ela era de fato a jovem cuja foto estava colada no passaporte. Seu casamento chegara ao fim; e embora ela acusasse Jimmy de ser um monstro, dizendo que não tínhamos idéia das coisas que ele havia feito, acabou vindo à tona, com o tempo, que seu insaciável apetite sexual por caubóis cantores e seu exibicionismo crescente haviam desagradado não só as pessoas moralistas que decidiam os destinos dos cantores no Tennessee como também seu marido; e, ainda por cima, sua voz lembrava os vagidos terminais de um ganso estrangulado. Ina gastara muito dinheiro e se apaixonara pela culinária norte-americana, e seus faniquitos histéricos foram se tornando mais freqüentes à medida que sua circunferência aumentava. No final, Jimmy a abandonou, e trocou a música *country and eastern* por um curso de direito na Califórnia. "Tenho que fazê-lo voltar", ela nos implorava. "Vocês têm que me ajudar a pôr em prática meu plano."

O lar é o lugar para o qual sempre podemos voltar, por mais dolorosas que tenham sido as circunstâncias da partida. Aurora não tocou na briga de um ano antes, e tomou nos braços a filha pródiga. "A gente dá um jeito naquele cafajeste", disse para a jovem em prantos. "É só você explificar seu plano."

"Tenho que trazê-lo para cá", soluçou Ina. "Se achar que estou morrendo, o Jimmy não pode deixar de vir. Mande um telegrama dizendo que estou com suspeita de alguma coisa. Que não seja contagiosa. Infarto."

Aurora conteve um sorriso sarcástico. "Que tal", sugeriu ela, abraçando a filha agora obesa, "tuberculose?"

Ina não percebeu a ironia. "Não, sua burra", exclamou ela, a cara enterrada no ombro da mãe. "Como que vou perder tanto peso tão depressa? Não me dê mais nenhuma idéia ruim. Diga a ele" — e nesse ponto seu rosto iluminou-se — "que é *câncer*."

•

E Minnie: no mesmo ano em que Ina fugiu, também ela deu um jeito de escapulir. Lamento dizer que nossa querida Inamorata, aquele amor de menina, apaixonou-se, no ano em questão, por ninguém menos que Jesus de Nazaré, o Filho do Homem, e pela santa mãe dele também. Minnie, a camundonga quietinha, a que sempre se chocava com tudo, que reagia à licenciosidade boêmia de nossa casa sacudindo a cabeça e levando a mão à boca para conter interjeições de espanto, nossa mini-Minnie, de inocentes olhos arregalados, que estudava enfermagem com as freiras de Altamount Road, anunciou que estava decidida a trocar Aurora, sua mãe carnal, por Maria Gratiaplena, a Mãe de Deus, abandonar suas irmãs em troca das Irmãs, e passar o resto de sua vida longe da *Elefanta*, na casa de, e entregue ao amor de...

"Jesus Cristo!", exclamou Aurora; eu nunca a vira tão zangada. "Então é assim que você nos paga, depois de tudo que fizemos por você."

Minnie ficou vermelha, e dava para perceber que ela queria pedir à mãe que não tomasse o santo nome do Senhor em vão, porém limitou-se a morder o lábio até sangrar, e deu início a uma greve de fome. "Que morra", disse Aurora, implacável. "Melhor um defunto que uma freira." Mas por seis dias a pequena Minnie não comeu nem bebeu nada, até que começou a desmaiar, e era cada vez mais difícil fazê-la voltar a si. Pressionada por Abraham, Aurora voltou atrás. Foram raras as vezes em que vi minha mãe chorar, mas naquele sétimo dia ela chorou; as lágrimas saíam de seus olhos como que arrancadas à força, em meio a soluços ásperos, que a faziam estremecer. A irmã John do convento Gratiaplena foi chamada — a irmã John, que fizera todos os nossos partos — e chegou com a autoridade serena de uma rainha conquistadora, como se fosse Isabel de Espanha entrando no Alhambra, em Granada, para aceitar a rendição do mouro Boabdil. Era uma mulher grandalhona, com volumosos panos brancos em torno da cabeça que lembravam velas de navios, e ondas macias de carne sob o queixo. Tudo nela ganhava conotações simbólicas naquele dia; ela parecia ser o navio em que nossa irmã partiria. No lábio superior ela ostentava um sinal grande e elevado, como um toco de árvore — símbolo da obstinação da fé verdadeira — do qual se ramificavam, como setas — emblemas do sofrimento do crente —, meia dúzia de pêlos rígidos. "Abençoada seja esta casa", disse, "que gerou uma noiva para Cristo." Aurora Zogoiby precisou de todo seu autocontrole para não matá-la ali mesmo.

Assim, Minnie tornou-se noviça, e quando ela nos visitava, com um traje igualzinho ao de Audrey Hepburn em *Uma cruz à beira do abismo*, as criadas a chamavam — era demais! — de Minnie *mausi*. O que quer dizer "mãezinha", mas para mim era impossível não ouvir "Minnie Mouse" e não ter a sensação sinistra de que as personagens de Disney pintadas por Vasco Miranda em nosso quarto tinham sido responsáveis pela metamorfose de minha irmã. Além disso, esta nova Minnie, esta Minnie imperturbável, remota, convicta, com seu sorriso de Mona Lisa e com o brilho de devoção naqueles olhos fixos na eternidade, me parecia uma estranha, como se tivesse se tornado membro de uma outra espécie: um anjo, uma marciana, ou um rato bidimensional. Sua irmã mais velha, porém, agia como se nada houvesse mudado no relacionamento entre elas, como se Minnie — embora tendo sido recrutada por um exército diferente — ainda fosse obrigada a obedecer às ordens da irmã mais velha.

"Fale com as freiras", ordenava-lhe Ina. "Arranje um leito para mim na enfermaria de lá." (As freiras de Gratiaplena especializavam-se nos dois pólos opostos da vida, ajudando as pessoas a entrar neste mundo pecaminoso e a sair dele.) "Eu preciso estar num lugar assim quando meu Jimmy voltar."

Por que fizemos o que fizemos? Pois o fato é que todos nós colaboramos com o plano de Ina; Aurora mandou o resultado do exame comprovando câncer, e Minnie convenceu as freiras a ceder-lhe um leito, com o argumento de que tudo que fosse capaz de salvar um casamento, esse elevado sacramento, seria puro diante do olhar de Deus. E, quando o telegrama surtiu efeito e Jamshed Granashpenkas chegou ao aeroporto de Bombaim, a ficção foi mantida. Até mesmo Mainá, a terceira e mais durona de minhas irmãs, que fora recentemente admitida à Ordem dos Advogados, e que víamos cada vez menos naquela época, colaborou.

Nós, os da Gama-Zogoiby, passamos o diabo; cada um de nós teve que partir numa direção diferente, na tentativa de encontrar um território de que pudéssemos nos apropriar. Depois dos negócios de Abraham e da arte de Aurora, Ina profissionalizou sua sexualidade e Minnie entregou-se a Deus. Quanto a Filomela Zogoiby — ela se livrou do apelido assim que pôde, e a criança mágica que imitava os cantos dos pássaros já tinha desaparecido havia muito tempo, embora nós, com aquela teimosia das famílias, continuássemos a irritá-la utilizando o apelido detestável todas as vezes que ela ia nos visitar — Filomela resolvera transformar em profissão aquela atividade que tem que ser exercida por toda filha mais jovem para atrair atenção: o protesto. Tão logo tornou-se advogada, Mainá disse a Abraham que havia entrado para um grupo radical de feministas, cineastas e advogadas cuja meta era denunciar os escândalos das pessoas invisíveis e arranha-céus invisíveis que tantos lucros haviam proporcionado a seu pai. Levou a julgamento Kaká Kolatkar e todos os seus cupinchas do município, e abalou as fundações do velho prédio da Cia. F. W. Stevens. ("Antiga. Muito antiga.") Anos depois, Mainá conseguiu pôr na cadeia o velho Kaká, porém Abraham Zogoiby escapou, pois o tribunal acertou um acordo com ele após negociações com as autoridades tributárias, o que enfureceu sua filha. Ele pagou uma multa elevada sem o menor constrangimento, atuou como testemunha de acusação contra seu antigo aliado, em troca de imunidade no processo, e alguns meses depois comprou, do que restava da companhia do velho político agora preso, a preço de banana, o belo prédio K. K. Chambers. Além disso, Mainá sofreu mais uma derrota: embora tivesse conseguido provar a existência dos prédios invisíveis, não conseguiu demonstrar a realidade das pessoas invisíveis que os haviam construído. Elas continuaram a ser classificadas como fantasmas, a andar pela cidade como espíritos desencarnados, só que eram esses espíritos que faziam a cidade funcionar, que construíam as casas, que transportavam as mercadorias, que limpavam a sujeira, e que depois morriam mortes discretas e terríveis, invisíveis, um de cada vez, sangue espectral jorrando de suas bocas de fantasmas no meio das ruas nada irreais, e de todo indiferentes, da cidade desalmada.

Quando Ina se instalou no hospital das freiras à espera da volta de Jimmy Grana, Filomela, para espanto de todos, foi visitar a irmã. Naquele tempo, ouvia-se muito uma música de Dory Previn — as coisas às vezes chegavam a nós com um certo atraso — na qual a cantora acusava seu amor de estar disposto a morrer por desconhecidos, mas não a viver com ela... Pois era mais ou menos isso que achávamos de Filomela. E foi por isso que ficamos tão espantados de ver que ela se preocupava com a pobre Ina.

Por que agimos como agimos? Creio que foi por compreendermos que alguma coisa havia se partido, que aquela era a última cartada de Ina. E porque sempre soubemos que, embora Minnie fosse menor e Mainá fosse mais jovem, no fundo Ina era a mais frágil de todas, que ela era uma pessoa incompleta desde o dia em que seus pais partiram seu nome ao meio, e que depois de tantos anos de ninfomania e outras aprontações ela estava no limiar da loucura. Afogando-se, agarrava-se a qualquer palha que visse a sua frente, tal como sempre agarrara os homens a seu redor, e o crápula do Jimmy era o último que restava.

Mainá ofereceu-se para pegar Jamshed Granashpenkas no aeroporto, achando que agora que ele era estudante de direito talvez lhe fosse mais fácil abrir-se com uma advogada. Jimmy chegou com uma cara de menino assustado, e para tranqüilizá-lo Mainá ficou falando, enquanto dirigia, a respeito de seu trabalho, de sua "luta contra a falocracia" — o caso do mundo invisível, e também as medidas legais tomadas por seu coletivo de mulheres contra o regime de emergência. Falou do clima de medo que imperava no país e da importância da luta pela democracia e os direitos humanos. "Indira Gandhi", afirmou, "perdeu o direito de se considerar mulher. Ela adquiriu um caralho invisível." Tão absorta estava Mainá no que ela própria dizia, tão convicta de que a razão estava de seu lado, que não se deu conta de que Jimmy estava cada vez mais tenso. Não era de modo algum um intelectual — seu curso de direito estava lhe exigindo muito esforço — e, pior ainda, não tinha uma gota de radicalismo político no sangue. Assim, Mainá foi o primeiro membro da família a prejudicar a causa de Ina. Quando Mainá disse a Jimmy que ela e suas colegas podiam ser presas a qualquer momento, ele pensou seriamente em saltar do carro e voltar para o aeroporto, antes que o acusassem de ser cúmplice daquela cunhada subversiva.

"Ina está morrendo de vontade de ver você", disse Mainá ao final de seu monólogo, e logo ficou vermelha ao se dar conta de que havia utilizado uma metáfora um tanto imprópria. "Quer dizer, morrendo, não", tentou corrigir, constrangida, piorando a situação ainda mais. Fez-se o silêncio. "Mas que diabo, o fato é que chegamos", acrescentou pouco depois. "Agora você vai poder ver com seus próprios olhos."

Minnie recebeu-os à porta do Hospital Maria Gratiaplena, mais parecida com Audrey Hepburn do que nunca, e enquanto os acompanhava até o quarto onde a infeliz Ina aguardava, inchada como um balão, ela falou sobre o inferno, a danação eterna e o sagrado vínculo indissolúvel do matrimônio, com uma voz angelical capaz de rachar uma vidraça. Jimmy tentou explicar-lhe que o contrato matrimonial que ele e Ina haviam assinado não era do tipo com firma reconhecida no céu, e sim um outro bem diferente, que custara cinqüenta dólares, num salão estilo faroeste em Reno, ao som de uma canção *country* de Hank Williams e não de nenhum hino religioso, antigo ou moderno, diante não de um altar, e sim de um "amarratório"; que a cerimônia fora realizada não por um sacerdote, e sim por um homem com chapéu de caubói e dois revólveres de madrepérola na cintura, e que no momento em que foram declarados marido e mulher um vaqueiro com meias-calças de couro e um lenço colorido amarrado no pescoço, gritando como um possesso, enlaçara o casal com força, apertando o buquê de rosas amarelas de Ina contra seu peito. Os espinhos da rosa feriram-lhe o seio, a ponto de fazê-lo sangrar.

Essas desculpas profanas não convenceram minha irmã. "O tal vaqueiro", explicou ela, "era — será que você não percebe? — o mensageiro de Deus."

A conversa com Minnie só fez reforçar a intenção de Jimmy de cair fora, a qual fora despertada pelo monólogo de Mainá; e, devo admitir, minha intervenção teve o mesmo efeito. Quando Minnie e Jimmy chegaram à porta do quarto de Ina, eu estava encostado na parede do corredor, sonhando acordado. Distraído, tive a impressão de que um jovem sique enorme estava se aproximando de mim, cheio de más intenções, num beco movimentado; e cuspi na minha mão direita deformada. Jamshed Granashpenkas, assustado, pulou para trás, esbarrando em Mainá, e percebi que ele certamente me vira como o irmão vingador, um gigante de dois metros de altura disposto a castigar o homem que causara tanta infelicidade a sua irmã. Tentei levantar as mãos em sinal de paz, mas ele viu nisso o gesto de desafio do pugilista, e entrou correndo no quarto de Ina com o terror estampado no rosto.

Parou de repente a alguns centímetros de Aurora Zogoiby. Na cama, Ina gemia e choramingava; mas Jimmy só tinha olhos para Aurora. Nessa época, a grande dama estava na faixa dos cinqüenta, mas o tempo a tornara ainda mais atraente; diante dela, Jimmy ficou imobilizado, como um animal iluminado por um farol; Aurora voltou para ele seu olhar atento, sem dizer palavra, e o poder desse olhar escravizou Jimmy. Depois que toda aquela farsa trágica terminou, ela me disse — me confessou — que não devia ter feito aquilo, devia era ter saído de perto para deixar que o casal estremecido tentasse achar alguma solução para suas vidas desgraçadas. "Mas o que eu podia fazer?", perguntou-me minha mãe (eu estava posando para ela, que falava enquanto pintava). "Eu só queria ver se uma velha como eu ainda tinha o poder de extasificar um rapaz novo."

Não consegui me conter, era o que minha mãe-escorpião queria dizer. *É a minha natureza*.

Atrás dela, Ina estava rapidamente perdendo o autocontrole. Seu plano patético era recuperar o amor de Jimmy dizendo-lhe que tinha pouca probabilidade de sobreviver, que o câncer estava generalizado, era pernicioso, era invasivo, os nódulos linfáticos estavam tomados, provavelmente o mal fora descoberto tarde demais. Depois que ele caísse de joelhos e lhe implorasse perdão, ela o faria sofrer por algumas semanas, fingindo submeter-se à quimioterapia (estava disposta a passar fome, até mesmo a devastar sua cabeleira, tudo em nome do amor). Por fim uma cura milagrosa seria anunciada, e os dois viveriam felizes para sempre. Todos esses planos se desfizeram quando seu marido começou a contemplar sua mãe com um ar de adoração bovina.

Nesse momento, a paixão desesperada de Ina virou loucura. Em sua afobação, ela cometeu o erro irreversível de acelerar seu plano. "Jimmy!", gritou. "Jimmy, é um milagre. Agora que você está aqui, fiquei boa, tenho certeza, juro. Podem me examinar, você vai ver. Jimmy, você salvou minha vida, Jimmy, só você seria capaz disso, é o poder do amor."

Jimmy então olhou para ela com atenção, e todos nós percebemos que o tiro saíra pela culatra. Olhou para cada um de nós, viu o ar de conspiração estampado em cada rosto, viu a verdade que não conseguíamos mais esconder. Ina, derrotada, desencadeou uma cascata de lágrimas de dor. "Que família", disse Jamshed Granashpenkas. "Eu, hein. Totalmente *pirados*." Saiu do hospital e nunca mais voltou a ver Ina.

•

O comentário final de Jimmy foi profético; de fato, a humilhação de Ina marcou o momento de piração máxima de nossa família. A partir daquele dia, durante um ano, Ina ficou louca, mergulhou numa espécie de segunda infância. Aurora instalou-a no quarto de crianças pintado por Vasco, onde ela — como todos nós — havia começado a vida; quando a loucura piorou, tiveram de colocá-la numa camisa-de-força, e as paredes do quarto foram acolchoadas, mas Aurora não deixou que a internassem. Agora que era tarde demais, que Ina desabara de vez, Aurora se tornou a mais extremosa das mães; dava-lhe de comer, lavava-a como se ela fosse um bebê, abraçava-a e beijava-a como jamais fizera antes — dando-lhe o amor que, se tivesse sido oferecido antes, talvez houvesse proporcionado a sua filha mais velha a força necessária para resistir à catástrofe que a reduzira à loucura.

Pouco depois do final do período de emergência, Ina morreu de câncer. O linfoma surgiu de repente, e devorou seu corpo com a voracidade de um mendigo num banquete. Apenas Minnie, que terminara o noviciado e renascera com o nome de irmã Floreas — "parece homenagem à fonte Flora", comentou Aurora, frustrada e cáustica —, teve a coragem de dizer que a própria Ina provocara a doença, que ela havia "escolhido seu próprio fim". Aurora e Abraham jamais falavam da morte de Ina; seu luto era o silêncio, o silêncio que outrora ajudara a tornar a beleza de Ina famosa, e que era agora o silêncio do túmulo.

Assim, Ina morreu, Minnie se recolheu ao convento e Mainá foi presa, por pouco tempo — a prisão ocorreu logo no final do período de emergência, e ela foi solta logo em seguida, coberta de glória, quando Indira Gandhi perdeu as eleições. Aurora queria dizer a sua filha mais moça que se orgulhava dela, mas por algum motivo nunca conseguiu fazê-lo; o jeito frio e brusco que Filomela Zogoiby assumia sempre que tinha algum contato com os membros de sua família teve o efeito de impedir as efusões amorosas de sua mãe. Mainá raramente visitava a *Elefanta*. Assim, só restava eu.

•

Mais uma pessoa desapareceu de meu mundo: Dilly Hormuz foi despedida. A senhorita Jaya Hé, que começara como ama e fora elevada ao posto de governanta, aproveitou-se de sua nova situação para realizar seu último furto. Roubou do estúdio de Aurora três desenhos em carvão que me representavam ainda menino, nos quais minha mão defeituosa sofria metamorfoses maravilhosas, transformando-se numa flor, num pincel e numa espada. A senhorita Jaya levou os desenhos para o apartamento de Dilly, explicando que eram um presente "do jovem *sahib*". Depois disse a Aurora que vira a professora furtando os desenhos, *e a senhora vai me desculpar, mas a conduta dessa mulher com nosso menino é imoral*. Aurora foi à casa de Dilly no mesmo dia, e os desenhos, que a pobrezinha colocara nas molduras de prata em cima do piano, cobrindo as fotos de sua família, foram vistos por minha mãe como prova inegável do crime. Tentei defender minha professora, mas quando Aurora enfiava uma idéia na cabeça não havia força no mundo capaz de demovê-la. "Além do mais", disse-me, "você já está grandinho. Não há mais nada que ela possa lhe ensinificar."

Dilly rejeitou todas as minhas tentativas de reaproximação — telefonemas, cartas, flores — depois que foi despedida. Pela última vez, fui até a casa junto às lojas Vijay, mas ela não me deixou entrar. Entreabriu a porta, só alguns centímetros, e se recusou a dar-me passagem. Uma fatia estreita de Dilly, emoldurada em madeira, um queixo indignado, um olho míope a piscar — foi tudo que consegui após uma longa e suarenta caminhada. "Siga o seu caminho, meu pobre menino", disse-me Dilly. "Ele será difícil, mas lhe desejo boa sorte."

Foi essa a vingança da senhorita Jaya Hé.

13

Os "mouros" de Aurora Zogoiby pertencem a três fases distintas: os quadros "iniciais", pintados entre 1957 e 1977, ou seja, entre meu nascimento e o ano da derrota eleitoral de Indira Gandhi, e da morte de Ina; a "grande" fase, de 1977 a 1981, em que ela criou as obras magníficas e profundas às quais seu nome está mais diretamente associado; e os "mouros negros", os quadros de exílio e terror que Aurora pintou depois de minha partida, entre os quais se inclui sua última obra-prima, inacabada, não assinada, *O último suspiro do mouro* (170 × 247 cm, óleo sobre tela, 1987), na qual a artista aborda, finalmente, o único tema que jamais havia enfrentado de modo direto — representando, através da expulsão de Boabdil de Granada, o modo como tratara seu único filho varão. Era um quadro que, apesar de suas dimensões avantajadas, continha apenas o essencial; todos os elementos convergiam sobre o rosto que se encontrava na posição central, o rosto do sultão, do qual transbordavam horror, fraqueza, perda, dor, em forma de escuridão, um rosto numa situação de tormento existencial que lembrava Edvard Munch. Era precisamente o oposto do quadro sentimental com o mesmo tema que fora pintado por Vasco Miranda. Mas era também um quadro misterioso, uma "obra perdida": fato curioso, as duas pinturas sobre o mesmo tema, a de Vasco e a de Aurora, desapareceram alguns anos após a morte de minha mãe, uma roubada da coleção particular de C. J. Bhabha, a outra da Coleção Zogoiby! Senhoras e senhores, permitam-me espicaçar-lhes a curiosidade, revelando que, nesse quadro, Aurora Zogoiby, vivendo seus últimos dias atormentados, havia ocultado uma profecia de sua própria morte. (Também o destino de Vasco estava ligado à história dessas duas telas.)

Ao relatar minha participação na criação dessas obras, tenho consciência, naturalmente, de que todo aquele que atua como modelo de artista só pode apresentar uma visão subjetiva, muitas vezes magoada, por vezes rancorosa, até mesmo invertida, da obra de arte resultante. O que poderá dizer a humilde argila a respeito da mão que a moldou? Talvez apenas o seguinte: *eu estava lá*. E que, durante todos os anos em que posei para Aurora, também fiz uma espécie de retrato dela. Enquanto a artista me olhava, eu a olhava também.

O que eu via era isto: uma mulher alta, com uma túnica de algodão, manchada de tinta, que lhe chegava até as batatas das pernas, e calças de lona azul-escura, descalça, os cabelos brancos presos num coque alto, com pincéis espetados, dando-lhe um ar excêntrico de madame Butterfly, Butterfly interpretada por Katharine Hepburn ou — melhor ainda — por Nargis, numa adaptação indiana maluca, *Titli Begun*: não mais jovem, não mais embonecada e pintada, e se lixando para a volta do tal do Pinkerton. Estávamos num estúdio desprovido de qualquer luxo, onde não havia sequer uma cadeira confortável, nem ar-condicionado, de modo que era quente e úmido como um táxi barato, com apenas um ventilador de teto a girar preguiçosamente. Aurora jamais demonstrava se importar com as condições meteorológicas, e eu também não, é claro. Eu ficava sentado no lugar e na posição em que ela me colocava, e fazia questão de jamais me queixar das dores que sentia nos membros cuidadosamente dispostos, até que ela se lembrasse de me perguntar se eu não queria fazer um intervalo. Desse modo, um pouco da lendária teimosia de Aurora, de sua determinação, passava, através da tela, para mim.

Fui o único filho que Aurora amamentou. Isso fez diferença: pois embora eu fosse alvo de sua língua ferina tanto quanto minhas irmãs, havia em sua atitude em relação a mim algo menos destrutivo do que para com elas. Talvez fosse o meu "problema", o qual ela não deixava ninguém chamar de doença, que a enternecesse. Os médicos davam ao mal que me afligia primeiro um nome, depois outro, mas, quando nos instalávamos no estúdio como artista e modelo, Aurora me dizia repetidamente que eu não devia me sentir como vítima de uma doença incurável que me fazia envelhecer prematuramente, e sim como uma criança mágica, um viajante no tempo. "Só quatro meses e meio no ventre", lembrava ela. "Meu filho, você comecificou muito cedo e rápido. Talvez um dia desses você decole e saia desta vida, e entre num outro espaço-tempo — quem sabe? — que seja melhor que este." Foi a única vez que a vi manifestar algo semelhante a uma crença numa vida após a morte. Ao que parecia, minha mãe havia resolvido combater o medo — o seu tanto quanto o meu — através de conjeturas desse tipo, encarando minha situação como um privilégio, e apresentando-me a mim mesmo e ao mundo como um ser especial, com um significado próprio, uma Entidade sobrenatural que na verdade não pertencia a este mundo, a este tempo, mas cuja presença aqui definia as vidas daqueles que a cercavam, a era em que eles viviam.

Pois bem, eu acreditava nela. Eu precisava de consolo, e aceitava de bom grado o que ela podia me oferecer. Acreditava nela, e isso me ajudava. (Quando fiquei sabendo sobre a noite a mais que ela passou em Delhi, quatro meses e meio antes de minha concepção, cheguei a pensar que talvez Aurora estivesse encobrindo um outro tipo de problema; mas acho que não. Creio que estava mesmo tentando, com a força de sua vontade, de seu amor materno, transformar minha meia vida numa existência plena.)

Ela me amamentou, e os primeiros "mouros" foram criados enquanto eu estava agarrado a seu seio: esboços em carvão, aquarelas, pastéis e finalmente uma grande obra em óleo. Eu e Aurora posamos, de modo um tanto blasfemo, como uma versão atéia da madona com o menino. Minha mão deformada se transformara numa luz brilhante, a única fonte luminosa do quadro. O tecido de sua túnica amorfa caía em dobras com sombras nítidas. O céu era de um tom entre azul-ferrete e azul-cobalto. Era talvez o que Abraham Zogoiby esperava ver quando encomendou um retrato de Aurora a Vasco, quase dez anos antes; mas não, era mais do que Abraham seria capaz de imaginar. O quadro revelava a verdade a respeito de Aurora, sua capacidade de apaixonar-se profundamente, com desprendimento, tanto quanto sua tendência à megalomania; revelava o que havia de magnífico e grandioso em sua luta com o mundo, e sua determinação no sentido de transcender e redimir suas imperfeições através da arte. A tragédia, disfarçada de fantasia e expressa nas cores e luzes mais belas e intensas que ela era capaz de criar: tratava-se de uma jóia da mitomania. Deu à tela o nome *Uma luz para iluminar a treva*. "E por que não?'', perguntou ela, dando de ombros, quando as pessoas — entre elas Vasco Miranda — lhe perguntavam por quê. ''Estou interessada em fazer quadros religiosos para pessoas que não têm deus.''

''Então ande sempre com uma passagem para Londres no bolso'', Vasco a aconselhou. ''Porque nesta terra infestada de deuses, você nunca sabe quando vai ter que fugir.''

(Mas Aurora riu; e no final das contas foi Vasco quem foi embora.)

À medida que eu crescia, minha mãe continuava me usando como modelo, e essa continuidade era também sinal de amor. Não conseguindo impedir que eu ''andasse depressa demais'', imortalizava-me em seus quadros, fazendo com que me tornasse parte do que restaria dela após a morte. Assim, devo louvá-la, pois ela foi boa. Como diz o hino, *Sua piedade perdura*... E, com toda a sinceridade, se me pedissem que apontasse — com minha mão deformada sem dedos — o motivo pelo qual, apesar do defeito físico e do envelhecimento precoce e da falta de amigos, afirmo que tive uma infância feliz no paraíso, eu apontaria para esses momentos, diria que meu amor pela vida nasceu na nossa colaboração, na intimidade daquelas horas de recolhimento, em que ela falava sobre tudo que havia sob o sol, impensadamente, como se eu fosse seu confessor, revelando-me não só os segredos de sua mente, mas também os de seu coração.

Fiquei conhecendo, por exemplo, seus sentimentos com relação a meu pai, a enorme sensualidade que explodira neles um dia num depósito em Ernakulam, obrigando-os a se unirem, tornando possível o que era impossível, exigindo sua concretização. O que eu mais amava em meus pais era essa paixão que sentiram um pelo outro, o simples fato de que ela existira um dia (muito embora, com a passagem do tempo, se tornasse cada vez mais difícil ver os jovens apaixonados naquele casal cada vez mais distante). Porque eles haviam se amado tanto, eu queria um amor assim para mim, ansiava por um tal amor, e enquanto me entregava à ternura surpreendente e atlética de Dilly Hormuz eu sabia que não era aquilo que procurava; ah, não, eu queria aquela *asli mirch masala*, aquela coisa que fazia a gente suar gotas de sumo de coentro, aspirar chamas quentes como pimenta-malagueta que faz os lábios arder. Eu queria aquele amor apimentado de meus pais.

E, quando o encontrei, pensei que minha mãe me compreenderia. Quando precisei mover montanhas por amor, achei que minha mãe me ajudaria.

Infelizmente para todos nós, eu estava enganado.

•

Ela sabia das meninas que Abraham arranjava nos templos, é claro; sabia desde o começo. "Homem que quer guardificar segredos não deve falar dormindo", murmurou ela um dia. "As falações noturnas do seu pai me cansaram tanto que me mudei para outro quarto. Uma senhora como eu precisa descansar." E, quando relembro aquela mulher orgulhosa e ativa, ouço-a dizendo algo mais por trás daquelas frases ditas como que por acaso — ouço-a admitindo que ela, que se recusava a fazer quaisquer concessões, havia decidido acomodar-se a Abraham apesar das fraquezas da carne que o compeliam a cair na tentação de provar as mercadorias que ele importava do Sul. De outra feita Aurora comentou: "Os velhos vivem se babando por *bachchis*. E os que têm muitas filhas são os piores". Quando ainda era pequeno e inocente, parecia-me que esses comentários faziam parte do processo por meio do qual ela imaginava as vidas das personagens que colocava em suas pinturas; mas depois que a mão de Dilly Hormuz despertou minha lascívia comecei a entender o que minha mãe queria dizer.

Sempre me intrigara a diferença de idade — oito anos — entre mim e Mainá; assim, quando a compreensão das coisas invadiu a criança velha que eu era, como uma língua de fogo, eu — que fora privado da companhia de outras crianças e por esse motivo desde cedo utilizava um vocabulário adulto, sem o tato e o autocontrole de um adulto — não consegui conter-me e anunciei minha descoberta: "Vocês pararam de fazer bebês", exclamei, "porque ele andava pintando o sete".

"Vou lhe dar um tabefe", prometeu ela, "que vai arrebentificar os seus dentes, seu atrevido." Porém o tapa que se seguiu não me causou nenhum problema odontológico mais duradouro. A suavidade do golpe só fez confirmar minha hipótese.

Por que motivo Aurora jamais jogou as traições de Abraham em sua cara? Peço-lhes que tenham em mente que, apesar de boêmia e livre-pensadora, Aurora Zogoiby era ainda, em algum desvão profundo de seu ser, uma mulher de sua geração, para quem esse tipo de comportamento era tolerável, até mesmo normal, num homem; as mulheres dessa geração ignoravam o sofrimento, enterrando-o sob um monte de banalidades sobre *a natureza animalesca dos homens*, sua necessidade periódica de *pular a cerca*. Em nome da família, esse valor absoluto que tudo justificava, as mulheres desviavam a vista e mantinham o sofrimento amarrado na ponta da *dupatta*, ou então o guardavam dentro de uma bolsinha de seda, junto com as moedas e as chaves da casa. Mas talvez fosse apenas porque Aurora sabia que precisava de Abraham, precisava dele para tomar conta dos negócios, de modo que ela pudesse dedicar-se a sua arte. Talvez fosse apenas isso, um acordo tão simples e complacente e besta como esse.

(Um parêntese a respeito da complacência: quando eu especulava a respeito da decisão de Abraham de viajar para o Sul enquanto Aurora ia para o Norte, onde se encontraria pela última vez com Nehru, no escândalo do Lótus, parecia-me que meu pai é que era o marido complacente. Seria essa reciprocidade o que se ocultava por trás de sua opção por aquele casamento aberto e vazio, aquela situação falsa e hipócrita? — Ah, mouro, tenha calma, tenha calma. Os dois já estão fora do alcance de suas acusações; essa raiva não pode levar a nada, ainda que faça a terra estremecer.)

Como Aurora deve ter odiado a si própria por fazer esse pacto com o demônio, esse acordo covarde, motivado pelo dinheiro! Pois — quaisquer que fossem as características das mulheres de sua geração — a mãe que conheci, a mãe que vim a conhecer naquelas sessões em seu estúdio espartano, não era o tipo de pessoa que aceita o que quer que seja passivamente. Ela buscava o confronto, ela lhe fazia frente, ela dava nome aos bois. No entanto, constatando que o grande amor de sua vida fracassara, e diante das alternativas de uma guerra honesta e uma paz falsa e cômoda, Aurora apertou os lábios e nunca dirigiu uma palavra de irritação a meu pai. Assim, o silêncio ergueu-se entre eles, como uma acusação; ele falava dormindo, ela resmungava em seu estúdio, e dormiam em quartos separados. Por um momento, no dia em que Abraham passou mal do coração na escadaria das cavernas de Lonavla, os dois conseguiram lembrar-se do que outrora existira entre eles. Mas pouco depois a realidade se reafirmou. Por vezes me sinto convicto de que meus pais encaravam minha mão deformada, meu envelhecimento prematuro, como um veredicto contra eles — uma criança deformada nascida de um amor atrofiado, uma meia vida fruto de um casamento que já não era íntegro. Se ainda havia uma remota possibilidade de os dois se reconciliarem, meu nascimento exorcizou esse fantasma de uma vez por todas.

De início, eu adorava minha mãe; depois, passei a odiá-la. Agora, chegando ao fim de todas as nossas histórias, quando olho para trás sou capaz de sentir — ao menos de vez em quando — uma espécie de compaixão. O que de certo modo significa que nossas feridas estão sarando, tanto as minhas quanto as dela, dessa sombra inquieta.

O desejo forte uniu Abraham e Aurora; o enfraquecimento desse desejo os separou. Nestes últimos dias, enquanto escrevo sobre Aurora e sua presunção, sua rudeza, sua agressividade, ouço, por trás desse drama estrepitoso, as notas melancólicas da perda. Ela perdoou Abraham uma vez, em Cochim, quando soube que ele havia feito um pacto à Rumpelstiltskin com Flory Zogoiby envolvendo o filho ainda não nascido. Em Matheran ela tentou — e, nessa tentativa, gerou-me — perdoá-lo pela segunda vez. Mas meu pai não melhorou sua conduta, e não houve uma terceira tentativa... E no entanto ela ficou. Aurora, que havia abalado seu mundo em nome do amor, agora sufocava seu sentimento de revolta e se acorrentava a um casamento cada vez mais desprovido de amor. Não admira que sua língua se tornasse ferina.

E Abraham: se ele tivesse se voltado para a esposa, abrindo mão de todas as outras, teria Aurora conseguido salvá-lo do submundo mocâmbico de Kaká e Cicatriz e criminosos ainda piores? Seria Abraham capaz de, graças ao lastro abençoado do amor, não afundar naquele abismo?... Inútil tentar reescrever a vida de nossos pais. Já é difícil tentar registrá-la tal como foi; isso para não falar na minha própria vida.

•

Nos "mouros iniciais", minha mão se transformava de modo milagroso; muitas vezes também meu corpo sofria metamorfoses mágicas. Num desses quadros — *Fazendo a corte* — apareço como um mouro-pavão, abrindo minha cauda de muitos olhos; Aurora pintou seu próprio rosto na cabeça de uma pavoa feiosa. Em outro quadro (feito quando eu tinha doze anos e parecia ter vinte e quatro), minha mãe inverteu nosso relacionamento, representando a si própria como a jovem Eleanor Marx e eu como seu pai, Karl. *O Mouro e a Mocinha* foi uma idéia um tanto chocante — minha mãe bem menina, coquete, e eu um patriarca, barbudo, segurando as lapelas da sobrecasaca, como uma visão profética de um futuro muito próximo. "Se a sua idade fosse o dobro da que você aparenta, e eu tivesse a metade da idade que tenho, eu podia ser sua filha", explicou-me minha mãe quarentona, e na época eu era pequeno demais para perceber alguma coisa por trás do tom brincalhão que ela utilizava para disfarçar as notas mais estranhas de sua voz. Esse não foi o único quadro duplo e ambíguo; em *Morrer com um beijo* ela se retratou como Desdêmona, já morta, estendida na cama, enquanto eu era Otelo, esfaqueado, caindo em direção a ela cheio de remorso suicida, exalando o último suspiro. Minha mãe se referia a essas pinturas, em tom de desdém, como "pantoquadros", cujo fim era distrair a família, o equivalente a um baile a fantasia. Mas — como no episódio do famoso quadro do jogador de críquete, que será relatado em breve — Aurora muitas vezes era mais iconoclasta, mais *épatante* do que nunca, justamente quando era menos séria; e o erotismo intenso dessas três obras, que só foram expostas ao público depois da morte da artista, geraram uma onda de choque póstuma que só não virou um verdadeiro maremoto porque Aurora, sempre assumindo em público seu erotismo, não estava mais viva para provocar os mais pudibundos, recusando-se a pedir desculpas, a sequer manifestar o menor arrependimento.

Depois do Otelo, porém, a série mudou de direção, e começou a explorar a idéia de reimaginar a história de Boabdil — "não a versão autorizada, e sim a versão aurorizada", explicou-me — num cenário local, em que eu figuraria como uma espécie de *remix* bombaísta do últimos dos násridas. Em janeiro de 1970, Aurora Zogoiby colocou, pela primeira vez, o Alhambra no morro de Malabar.

Eu tinha na época treze anos, e estava começando a me encantar com Dilly Hormuz. Enquanto pintava o primeiro dos mouros "verdadeiros", autênticos, Aurora contou-me um sonho. Ela estava na "varanda de trás" de um trem que sacolejava numa estrada de ferro espanhola, à noite, enquanto eu dormia em seu colo. De repente percebia — daquela maneira categórica, com aquela certeza absoluta, embora nada seja dito, característica dos sonhos — que, se me jogasse longe, se me sacrificasse à noite, ela ficaria protegida, invulnerável, pelo resto da vida. "Falando sério, menino, eu pensei muito." Por fim, rejeitou a oferta do sonho e me levou de volta para a cama. Não é preciso ser estudioso da Bíblia para entender que no sonho Aurora se colocou na situação de Abraão; e já aos treze anos de idade, naquela casa de artistas, eu havia visto fotos da Pietà de Michelangelo, de modo que entendi razoavelmente a coisa. "Muito obrigado, mãe", retruquei. "De nada", respondeu ela. "Eu agüento coisa muito pior."

Esse sonho, como tantos outros, acabou se realizando; mas Aurora, quando chegou seu momento abraâmico, não fez a mesma escolha do sonho.

Assim que o forte vermelho de Granada chegou a Bombaim, as coisas começaram a acontecer depressa no cavalete de Aurora. O Alhambra logo começou a se desalhambrar; elementos característicos dos fortes vermelhos da Índia, as fortalezas-palácios de Delhi e Agra, começaram a surgir, fundindo os esplendores do império mogol com a graça mourisca. O morro desmalabarou-se, e a vista que dele se descortinava já não era exatamente a de Chowpatty, e as criaturas da imaginação de Aurora começaram a povoá-lo — monstros, deuses elefantinos, fantasmas. A beira-mar, a linha que separa dois mundos, passou a ser o componente central de muitos desses quadros. Aurora encheu o mar de peixes, navios naufragados, sereias, tesouros, reis; na terra, uma multidão representativa da ralé local — punguistas, cafetões, putas gordas levantando os sáris para as ondas — e outras figuras tiradas da história, ou da fantasia, ou da atualidade, ou de lugar nenhum, todos caminhando ao longo da praia, como fazem os bombaístas, ao cair da tarde. Bem à beira d'água, estranhas criaturas híbridas deslizavam de um lado para o outro, cruzando a fronteira entre os dois elementos. Em muitos casos, Aurora pintava essa fronteira de modo a dar a impressão de que o quadro estava inacabado, cobrindo pela metade uma pintura anterior. Mas seria um mundo aquático que estaria sendo pintado em cima de um mundo de ar, ou seria o contrário? Impossível saber.

"Podemos chamar isto aqui de Mouristão", disse-me Aurora. "Esta costa, este morro, com o forte no alto. Jardins aquáticos e jardins suspensos, torres de vigia e torres de silêncio. Um lugar onde mundos entram em colisão, interpenetram-se, e se esvanecem. Lugar onde um homem de ar pode se afogaficar na água, ou então adquirir guelras; onde uma criatura aquática pode embebedificar-se, ou então sufocar-se, com ar. Um universo, uma dimensão, um país, um sonho esbarrando no outro, ou ficando debaixo do outro, ou subindo em cima do outro. Podemos chamar de Palimpstina. E acima de tudo, no palácio, você."

(Durante todo o resto de sua vida, Vasco Miranda ficou convencido de que ela havia tirado a idéia dele; de que sua pintura sobre uma pintura anterior era a fonte da arte palimpséstica de Aurora, e que seu mouro lacrimoso havia inspirado os quadros em que ela me retratava como um mouro de olhos secos. Ela nem confirmava nem negava nada. "Não há nada de novo sob o sol", dizia. E naquela oposição e interpenetração de terra e água havia algo da Cochim onde Aurora passara sua infância e juventude, onde a terra fingia ser parte da Inglaterra, porém era banhada por um mar indiano.)

Não havia como detê-la. Em torno da figura do mouro em sua fortaleza híbrida, minha mãe tecia sua visão, em que na verdade existia algo de tecelagem, de entrelaçamento. Sob certo aspecto, esses quadros eram polêmicos, eram uma tentativa de criar um mito romântico de nossa nação pluralista e híbrida; Aurora utilizava a Espanha mourisca para reimaginar a Índia, e essa paisagem terrestre e marítima, em que a terra podia ser fluida e o mar por vezes era seco como pedra, era para ela uma metáfora (idealizada? sentimental? Provavelmente sim) do presente, e do futuro, tal como ela o via. Existia, sim, algo de didático ali, mas com o surrealismo vívido de suas imagens, com o brilho intenso de suas cores, com o dinamismo de seu pincel, era fácil não perceber o tom didático, embevecer-se com a festa sem ouvir a voz do pregador, dançar ao som da música sem ligar para a mensagem da letra.

Já havia numerosas personagens fora do palácio; agora outras começaram a aparecer dentro dele. A mãe de Boabdil, a terrível Aixa, naturalmente tinha o rosto de Aurora; mas nesses primeiros quadros a melancolia do futuro, os exércitos vitoriosos de Fernando e Isabel, era coisa quase invisível. Em um ou dois quadros se via, no horizonte, uma ou outra lança ornada com uma bandeira; mas de modo geral, durante minha infância, Aurora Zogoiby estava tentando pintar uma idade do ouro. Judeus, cristãos, muçulmanos, parses, siques, budistas, jainistas acotovelavam-se naqueles bailes a fantasia, e o próprio sultão Boabdil era representado de modo cada vez menos naturalista, cada vez mais como um arlequim mascarado e multicolorido, uma espécie de colcha de retalhos humana; ou então sua pele velha se descascava, como numa crisálida, revelando uma fantástica borboleta, cujas asas eram uma combinação mágica de todas as cores do mundo.

À medida que os quadros do mouro foram se tornando mais fabulosos, foi ficando claro que não era mais necessário eu posar para minha mãe; porém ela exigia minha presença, dizia que precisava de mim, que eu era seu *talismouro*. E eu gostava de ficar ali, porque a história que se desenrolava naquelas telas parecia mais semelhante à minha autobiografia do que a verdadeira história de minha vida.

•

Durante o período de emergência, enquanto sua filha Filomela lutava contra a tirania, Aurora permanecia em seu estúdio e trabalhava: e talvez isso também a estimulasse a pintar os "mouros" dessa fase, talvez ela encarasse seu trabalho como uma reação às brutalidades da época. Ironicamente, porém, um quadro antigo de minha mãe, que Kekoo Mody incluiu sem nenhuma segunda intenção numa exposição banal de quadros sobre temas esportivos, provocou mais celeuma do que todo o ativismo de Mainá. A pintura, datada de 1960, se chamava *O beijo de Abbas Ali Baig*, e se baseava num incidente ocorrido durante uma partida do campeonato internacional de críquete, contra a Austrália, no estádio de Brabourne, em Bombaim. A série de partidas havia chegado a um empate — 1 a 1 — e no terceiro jogo a Índia estava se saindo mal. No segundo turno, Baig marcou cinqüenta tentos — pela segunda vez na série — e desse modo a Índia conseguiu forçar um empate. No momento em que ele marcou o qüinquagésimo tento, uma jovem bonita saiu correndo do lado norte da arquibancada, normalmente freqüentado por um público mais chique e formal, e beijou o batedor no rosto. Oito tentos depois, talvez por estar emocionado, Baig foi substituído, mas a essa altura a vitória da equipe indiana já estava garantida.

Aurora gostava de críquete — naquela época um número cada vez maior de mulheres estava se interessando pelo jogo, e jovens craques como A. A. Baig estavam se tornando tão populares quanto os semideuses do cinema — e por acaso ela estava no estádio no dia do beijo escandaloso, aquele beijo entre duas pessoas bonitas que não se conheciam, à luz do dia, num estádio apinhado de gente, numa época em que nenhum cinema da cidade tinha permissão de exibir ao público uma imagem tão obscena e provocante quanto aquela. Pois bem, minha mãe ficou inspirada. Foi correndo para casa e, numa única sessão, terminou a pintura, na qual a tímida beijoca se transformou num magnífico chupão hollywoodiano. Foi a versão de Aurora — rapidamente exibida por Kekoo Mody e fartamente reproduzida na imprensa de todo o país — que ficou na cabeça das pessoas; mesmo aquelas que haviam assistido à partida começaram a falar — em tom de reprovação — daquele beijo úmido, licencioso, lúbrico e interminável, que, diziam elas, se prolongara por *horas*, até que os árbitros foram obrigados a separar o casal e dizer ao jogador que era necessário retornar à partida. "Só mesmo em Bombaim", comentavam as pessoas, com aquele coquetel de excitação e reprovação que só um bom escândalo consegue preparar. "Esta cidade é um caso perdido, mesmo."

No quadro de Aurora, o estádio de Brabourne está todo voltado para o casal beijoqueiro; as arquibancadas se dobram sobre os dois, quase cobrindo o céu; e na platéia se vêem estrelas do cinema de olhos arregalados — de fato, algumas delas estavam presentes no dia —, políticos babando-se, cientistas observando friamente, capitalistas rolando de rir e fazendo comentários jocosos e indecentes. Até mesmo o famoso Homem da Rua do cartunista R. K. Laxman,  , aparecia na arquibancada leste, atônito, com seu ar um tanto apalermado. Assim, o quadro se transformou num evento de repercussão nacional, um instantâneo do momento em que o críquete se tornou o centro da consciência da nação, e — o lado mais polêmico da coisa — um grito de revolta sexual de toda uma geração. A hipérbole explícita do beijo — um emaranhado de membros femininos e caneleiras de batedor que lembrava o erotismo dos entalhes tântricos dos templos do período Chandela em Khajuraho — foi caracterizada por um crítico liberal como "o grito da Juventude clamando pela Liberdade, um gesto de desafio ao Status Quo'', e por um editorialista conservador como ''uma obscenidade que merece ser queimada em praça pública''. Abbas Ali Baig foi obrigado a negar publicamente que retribuíra o beijo da moça; um popular colunista de esportes, ''A. F. S. T.'', escreveu um artigo bem-humorado em defesa do jogador, dizendo que doravante uma reles artista não deveria mais se meter a representar as coisas realmente importantes da vida, como o críquete; e depois de algum tempo o pequeno escândalo foi esquecido. Mas na série seguinte, contra o Paquistão, o pobre Baig só marcou um, treze, dezenove e um tentos, foi excluído da seleção e jogou poucas outras partidas internacionais. Contra ele se voltou um jovem e agressivo cartunista político, Raman Keats, que — parodiando os antigos quadros de Aurora da fase Chipkali — assinava suas caricaturas com um pequeno sapo, quase sempre acrescentando um comentário sarcástico na margem do desenho. Keats — que, por causa do sapo, já era conhecido como *Mainduck* — levantou contra Baig, um jogador honrado e competente, a ignóbil e falsa acusação de que ele teria deliberadamente jogado mal na série contra o Paquistão por ser muçulmano. ''E é esse sujeito que tem o descaramento de beijar nossas patrióticas jovens hindus'', murmurava o sapo no canto do quadrinho.

Aurora, chocada com a agressão contra Baig, embrulhou o quadro e o guardou. Se permitiu que fosse exibido novamente quinze anos depois, foi por achar que já se tornara uma peça histórica. O jogador em questão já estava aposentado havia anos, e beijar não era mais considerado um gesto tão pornográfico quanto o fora nos velhos tempos. O que ela não imaginava era que Mainduck — que agora se tornara político, tendo sido um dos fundadores do Eixo de Mumbai, partido nacionalista hinduísta cujo nome homenageava a deusa-mãe de Bombaim, e estava se tornando cada vez mais popular entre as camadas mais pobres da população — voltaria à carga.

A essa altura, Mainduck não desenhava mais charges, mas na estranha dança de atração e repulsão que daí em diante ele passou a dançar com minha mãe — a qual, é bom lembrar, sempre utilizava a palavra *cartunista* como termo de opróbrio — sempre se percebia uma intenção de provocar. Mainduck parecia não saber se devia cair de joelhos perante a genial artista, a grande dama do morro de Malabar, ou arrastá-la para a lama onde ele vivia; e sem dúvida era essa ambigüidade que também o tornava atraente para a altiva Aurora — ele, um *motu-kalu*, gorducho e escuro, que representava tudo que ela mais abominava. Muitos dos membros da minha família sentiam uma atração irresistível pelos *bas-fonds*.

Rezava a lenda que a origem do nome de Raman Keats era esta: seu pai, um moleque de rua de Bombaim tarado por críquete, vivia à porta da Gymkhana, importunando as pessoas, pedindo uma oportunidade de jogar: "Por favor, *babujis*, será que este pobre *chokra* pode dar uma tacadinha só? Ou então lançar uma bola? Está bem, está bem — vocês me deixam só entrar no campo e pegar na bola, só isso, depois podem me bater *que estamos quites*". Quando por fim lhe deram uma chance, ele se revelou um péssimo jogador, mas em 1937 foi inaugurado o estádio de Brabourne e lhe deram emprego como segurança. Com o tempo, sua eficiência em segurar penetras e expulsá-los do estádio chamou a atenção do imortal C. K. Nayudu, que o reconheceu dos velhos tempos da Gymkhana e comentou: "Ora, ora, quer dizer que nosso pequeno 'estamos quites' acabou se tornando perito em agarrar penetras". A partir daí, o segurança passou a ser conhecido como Keats, e adotou o nome orgulhosamente.

Seu filho aprendeu com o críquete uma lição diferente (para desgosto do pai, segundo se dizia). Para ele não bastava o prazer humilde e democrático de participar, ainda que apenas como trabalhador braçal, do mundo do esporte. Desde jovem, nos botequins do centro da cidade, ele discursava para os amigos a respeito da origem do jogo nas rivalidades étnicas. "Desde o início que os parses e os muçulmanos tentaram roubar o jogo de nós", afirmava. "Mas quando nós, os hinduístas, juntamos nossos times, é claro que nossa força foi demais para eles. É a mesma coisa que temos que fazer além da fronteira. Nós estamos esse tempo todo deixando que não hinduístas nos passem para trás. Se reunirmos nossas forças, quem vai conseguir nos enfrentar?" Na sua estranha concepção do críquete como um jogo fundamentalmente nacional, hindu em sua essência, porém sempre ameaçado pelas traiçoeiras comunidades não hinduístas do país, encontravam-se as origens de sua filosofia política, e do próprio "Eixo de Mumbai". A certa altura, Raman Keats chegou a pensar em dar a seu movimento político um nome que homenageasse um grande jogador de críquete hinduísta — Exército de Ranji, Falange de Mankad —, mas terminou optando pela deusa, também conhecida como Mumba-Ai, Mumbadevi e Mumbabai, de modo a unir o nacionalismo regional e o religioso em seu novo e explosivo partido.

O críquete, o mais individualista dos esportes, ironicamente acabou se tornando a base das estruturas rigidamente hierárquicas e neo-stalinistas do "Eixo de Mumbai", ou EM, como logo passou a ser chamado; pois — como depois fiquei sabendo em primeira mão — Raman Keats fez questão de agrupar seus quadros leais em "times" de onze membros, cada um com um "capitão" ao qual os membros juravam fidelidade absoluta. O conselho central do EM até hoje é chamado de "Conselho dos Onze", e Raman desde o início exigiu que o chamassem de "capitão".

Seu velho apelido, dos tempos em que era cartunista, nunca era usado em sua presença, mas por toda a cidade o famoso sapo que se tornara seu símbolo — *Vote em Mainduck* — era visto pintado nas paredes e colado aos automóveis. Keats, um líder populista tão bem-sucedido, detestava — coisa curiosa — manifestações de familiaridade. Assim, todos o tratavam de "capitão" e se referiam a ele como "Mainduck" na sua ausência. E nos quinze anos que separaram seus dois ataques a *O beijo de Abbas Ali Baig* Mainduck, como essas pessoas que acabam ficando parecidas com seus animais de estimação, havia de fato se tornado uma versão enorme do sapo que abandonara havia tanto tempo. Despachava à sombra de um pé de *gulmohr*, no jardim de sua *villa* de dois andares, no subúrbio de Bandra East, em Lalgaum, cercado de assessores e puxa-sacos, junto a um laguinho coberto de nenúfares, e em meio a dezenas de estátuas de Mumbadevi dos mais variados tamanhos; flores douradas caíam da árvore e coroavam as cabeças das estátuas e do próprio Keats. A maior parte do tempo ele ficava calado, o cenho franzido; mas de vez em quando o comentário imprudente de algum visitante desencadeava uma torrente de retórica brutal, obscena, sangüinária. Sentado em sua cadeira de palhinha, a barriga imensa caindo sobre os joelhos, como um saco de gatuno, com sua voz de sapo, seus lábios gordos de batráquio, seus olhos protuberantes que devoravam ávidos as trouxinhas de dinheiro que as pessoas que vinham lhe pedir favores colocavam a sua frente com mãos trêmulas, trouxinhas essas que ele desenrolava com os dedos gordos para em seguida revelar as gengivas vermelhas num lerdo e largo sorriso, ele era mesmo o Sapo Rei, o Mainduck Raja cujas ordens eram incontestáveis.

A essa altura, já havia resolvido reescrever a biografia de seu pai, eliminando de seu repertório a história do "estamos quites". Começou a dizer aos jornalistas estrangeiros que o entrevistavam que seu pai fora um homem instruído, culto, amante da literatura, um internacionalista, que adotara o nome "Keats" em homenagem ao imortal poeta inglês. "Vocês me acusam de ser limitado e provinciano", reclamava. "Me chamam de intolerante e bitolado. Mas desde a infância vastos horizontes intelectuais se descortinavam à minha frente. Horizontes que eram, eu diria mesmo, *românticos*."

Aurora ficou sabendo que seu quadro havia redespertado a ira desse poderoso anfíbio quando Kekoo Mody lhe telefonou, preocupado, de sua galeria na Cuffe Parade. O EM havia declarado que pretendia organizar uma passeata até a pequena galeria de Mody, afirmando que lá estava sendo exibida uma representação claramente pornográfica de um "desportista" muçulmano cometendo uma agressão sexual contra uma inocente donzela hindu. O próprio Raman Keats estaria à frente da passeata, e faria um discurso para a multidão. A polícia estava presente, mas em número insuficiente; a ameaça de violência, até mesmo de um incêndio, era real. "Agüente as pontas", disse minha mãe. "Esse cara de sapo, eu cuidifico dele. Me dê trinta minutos."

Meia hora depois, a passeata foi cancelada. Um membro do Conselho dos Onze do EM leu uma declaração escrita, numa entrevista coletiva organizada em cima do laço, cujo teor era o seguinte: como estava próximo o Godhi Padwa, o Ano-Novo do estado de Maharashtra, o protesto antipornográfico fora suspenso, para evitar a terrível possibilidade de que uma explosão de violência maculasse as comemorações. Por outro lado, em consideração aos sentimentos indignados do povo, a Galeria Mody havia concordado em retirar da exposição o quadro obsceno. Sem sair da *Elefanta*, minha mãe havia evitado uma crise.

Mas, mamãe: não foi uma vitória, e sim uma derrota.

A primeira conversa entre Aurora Zogoiby e Raman Keats fora curta e grossa. Pela primeira vez, ela não pedira a Abraham para fazer o trabalho sujo que precisava ser feito. Foi ela própria que deu o telefonema. Eu sei: eu estava lá. Anos depois vim a saber que o telefone que ficava na mesa de Raman Keats era um instrumento especial, importado dos Estados Unidos; o aparelho era um grande sapo verde de plástico, e, quando tocava, ouvia-se um coaxo de batráquio. Keats levou ao ouvido o sapofone e ouviu a voz de minha mãe sair de seus lábios.

"Quanto?", perguntou ela.

E Mainduck deu seu preço.

•

Resolvi contar em detalhe toda a saga de *O beijo de Abbas Ali Baig* porque o momento em que Keats entrou em nossas vidas teve certa importância, e porque por algum tempo essa obra foi o quadro mais famoso — ou talvez infame — de Aurora Zogoiby. A ameaça de violência diminuiu um pouco, mas a tela teve que permanecer escondida — só podia ser preservada tornando-se mais uma das muitas coisas invisíveis de Bombaim. Um princípio havia sido violado; uma pedrinha rolara ribanceira abaixo: plact, plect, ploct. Nos anos que seguiram, muitas violações semelhantes viriam a ocorrer, e atrás daquela pedrinha viriam muitas outras, maiores. Mas Aurora jamais teve grandes pretensões — nem em termos de princípios nem de qualidade artística — com relação a *O beijo*; para ela, não passava de um *jeu d'esprit*, algo que fora concebido num momento e executado em algumas horas. Porém o quadro acabou por se tornar um estorvo, e fui testemunha do tédio que a acometia ao ter que defender mais uma vez aquela pintura, e da fúria que lhe inspirava a constatação de que aquela "monção num copo d'água" havia desviado a atenção do público de suas obras mais importantes. A imprensa popular obrigava-a a fazer declarações sérias a respeito de "motivações subjacentes" onde na verdade só havia um capricho, afirmações morais onde havia apenas ("apenas"!) uma intenção lúdica, e sentimento, e a lógica inexorável do pincel e da luz. Aurora era obrigada a enfrentar acusações de irresponsabilidade social feitas por "peritos" de todos os tipos; resmungava que, em todo o decorrer da história, as tentativas de imbuir os artistas de responsabilidade social só haviam resultado em porcarias: baboseiras bolcheviques, arte cortesã, decoração de caixas de chocolate. "O que mais me irrita nesses ólogos todos, que estão pipocando por aí como dentes de dragão", disse-me, pintando com fúria, "é que eles acabam me obriguificando a virar uma óloga também."

De uma hora para outra, Aurora passara a ser identificada — por elementos do EM, mas não só por eles — como uma "artista cristã", e uma vez até mesmo como "aquela cristã casada com um judeu". De início, essas formulações a faziam rir; mas em pouco tempo ela percebeu que a coisa era séria. Com que facilidade toda uma personalidade, toda uma vida dedicada ao trabalho, à ação, à afinidade, à oposição, era anulada por um ataque desse tipo! "É como se eu", disse-me, recorrendo, por coincidência, a uma imagem do críquete, "não tivesse marcado nenhum tento na porra da partida." Ou, numa outra ocasião: "É como se eu não tivesse nenhum dinheiro na porra do banco". Lembrando-se das advertências de Vasco, Aurora reagiu de maneira tipicamente imprevisível. Um dia, naqueles tempos tenebrosos de meados dos anos 70 — anos que parecem mais tenebrosos na memória porque boa parte da tirania da época era invisível, porque no morro de Malabar o estado de emergência era tão invisível quanto os arranha-céus ilegais e os pobres desprovidos de direitos —, minha mãe presenteou-me com um envelope que continha uma passagem de avião, só de ida, para a Espanha, e meu passaporte, já com o visto espanhol. "Mantenha sempre a validade dos dois", disse-me. "Você pode renovificar a passagem todo ano, e o visto também. Mas eu não vou para lugar nenhum. Se a Indira, que sempre me odiou, quiser vir me prender, ela sabe onde me encontrar. Mas talvez chegue o dia em que valha a pena você seguir o conselho do Vasco. Só não vá para a Inglaterra. Chega de ingleses. Vá procurificar a Palimpstina; vá ver o Mouristão."

E ao porteiro Lambajan ela também deu um presente: um cinto de couro com um coldre com uma aba provida de botão; dentro dele havia um revólver, carregado. Aurora arranjou um instrutor de tiro para Lambajan. Quanto a mim, guardei meu presente; e daí em diante, por superstição, passei a renovar passagem e visto regularmente, tal como ela dissera. Mantive minha porta dos fundos aberta, e sempre fiz questão de deixar um avião a minha espera. Eu estava começando a me desestruturar. Eu e todos nós. Depois do período de emergência, as pessoas começaram a enxergar com olhos diferentes. Antes, éramos indianos. Depois, passamos a ser judeus-cristãos.

Ploct, plect, plact.

•

Nada aconteceu. Nenhuma turba veio à nossa porta, não vieram oficiais no papel de anjos vingadores de Indira. A arma de Lamba não foi tirada do coldre. Quem foi presa foi Mainá, mas apenas por umas poucas semanas, e foi tratada com muita cortesia, tendo permissão de receber visitas, livros e comida em sua cela. O período de emergência terminou. A vida continuou.

Nada aconteceu, e tudo aconteceu. Houve tumulto no paraíso. Ina morreu, e depois de seu enterro Aurora chegou em casa e pintou mais um quadro na série dos mouros, no qual a linha entre terra e mar deixava de ser um fronteira permeável. Agora era uma fenda em ziguezague, fortemente delineada, que tragava tanto a terra quanto o mar. As pessoas que chupavam mangas e *singhani*, que bebiam xaropes azuis tão doces que fazia mal aos dentes só olhar para eles, os empregados de escritório com as calças arregaçadas e os sapatos baratos nas mãos, os namorados descalços caminhando pela praia de Chowpatty à sombra do palácio do mouro, todos gritavam porque a areia os engolia, puxando-os em direção à rachadura, juntamente com os punguistas, os quiosques com anúncios de neon, os macacos treinados com uniformes de soldados que morriam-pela-pátria para divertir o público. Todos eram chupados para dentro da fenda escura, juntamente com os peixes e as águas-vivas e os caranguejos. O próprio arco da Marine Drive, ornado ao cair da tarde com seu colar banal de luzes, estava distorcido; toda a avenida estava sendo sugada em direção ao abismo. E em seu palácio no alto do morro o mouro arlequinal contemplava a tragédia, impotente, suspirando, prematuramente velho. A falecida Ina estava a seu lado, translúcida, a Ina pré-Nashville, no auge de sua beleza voluptuosa. Esse quadro, *O mouro e o fantasma de Ina contemplam o abismo*, foi posteriormente considerado o marco inicial da "grande fase" da série de mouro, aquelas telas dinâmicas, apocalípticas, em que Aurora despejou toda a agonia gerada pela morte da filha, todo o amor materno que jamais exprimira durante tantos anos, e também seus temores mais vastos, proféticos, ominosos, referentes a seu país, a dor feroz que lhe inspirava aquela Índia amarga que fora, ao menos em seus sonhos, doce como caldo de cana. Tudo isso encontrava expressão naqueles quadros — tudo isso e mais o ciúme de Aurora, também.

— *Ciúme? De quê, de quem, de qual?* —

Tudo aconteceu. O mundo mudou. Uma Sarasvati apareceu.

14

A mulher que transformou, glorificou e desgraçou minha vida surgiu no hipódromo de Mahalaxmi, quarenta e um dias após a morte de Ina. Era uma manhã de domingo no início da estação fresca no final do ano, e seguindo um antigo costume — ''Que existe há quanto tempo?'', você me pergunta, e eu respondo, como bom bombaísta: ''Há muito tempo. Muito tempo'' — a nata da população da cidade havia acordado cedo e ocupado os lugares dos corcéis nervosos, do mais puro *pedigree*, tanto no *paddock* quanto na pista. Naquele dia não havia nenhuma corrida programada; apenas as sombras de jóqueis de outrora, com suas camisas de cores vivas, os ecos espectrais de cascos passados e futuros, de relinchos tensos e febris, e mais o farfalhar de velhos exemplares dos livretos de barbadas — ah, que guias preciosos! — podiam ser discernidos pelos olhos e ouvidos da fantasia, reluzindo como vagos vestígios de uma pintura muitas vezes repintada, sob aquela cena semanal de *rus in urbe*, essa procissão de figurões e figuronas protegidos por sombrinhas. Uns, de tênis de corrida e shorts, bebês emochilados nas costas, seguindo com passos rápidos; outros, perambulando lentamente, com bengalas e panamás, os príncipes dos peixes e do aço, os fidalgos das fazendas e dos navios, os barões dos bancos e financeiras, os magnatas do mar, da terra e do ar, acompanhados de suas respectivas, esplendidamente embonecadas, envoltas em seda, ornadas de ouro, ou então de *training* e rabo-de-cavalo, com faixas cor-de-rosa, à guisa de diademas, nas frontes atléticas. Uns passavam correndo pelos marcos de duzentos metros, cronômetros a postos; outros desfilavam lentamente diante do velho coreto, como transatlânticos aproximando-se das docas. Era uma ocasião propícia para encontros lícitos ou ilícitos, para fechar negócios e trocar apertos de mãos; as matriarcas da cidade inspecionavam a juventude e tramavam núpcias futuras; e rapazes e moças trocavam olhares e faziam suas próprias escolhas também. As famílias reuniam-se, entre elas os clãs mais poderosos da metrópole. Poder, dinheiro, parentesco e desejo: essas coisas, por trás do pretexto de uma salutar caminhada no velho hipódromo, eram as forças motivadoras do Passeio Semanal em Mahalaxmi, uma corrida sem cavalos, um *derby* sem sinal de partida nem foto-*charter*, na qual, porém, vários prêmios estavam em disputa.

Naquele domingo, seis semanas após a morte de Ina, éramos uma família depauperada esforçando-se para cerrar fileiras. Com uma calça elegante e uma blusa de linho branco decotada, Aurora fazia questão de exibir solidariedade familiar caminhando de braço dado com Abraham, que, com sua juba branca e suas costas magnificamente eretas, seu terno e suas botas, era, aos setenta e quatro anos, o protótipo do patriarca, não mais um primo interiorano entre os nababos, porém o primeiro entre seus pares. Mas o início daquela manhã não fora dos mais auspiciosos. A caminho de Mahalaxmi, havíamos pegado Minnie — a irmã Floreas —, que, por motivos humanitários, tinha sido dispensada do culto matinal do convento Maria Gratiaplena. Vinha ela sentada a meu lado no banco de trás, com sua touca de freira, dedilhando o rosário e engrolando ave-marias num murmúrio; fazia-me pensar na duquesa de *Alice no País das Maravilhas*, muito mais bonita, é claro, mas tão absolutista quanto ela; ou como uma carta de baralho marota — cruzamento de dama de espadas com Luluzinha. "Vi a Ina esta noite", disse ela, sem maiores prolegômenos. "Ela pediu que eu dissesse a vocês que está muito feliz no céu, e que a música de lá é muito bonita." Aurora corou até as raízes dos cabelos, apertou os lábios e tensionou o maxilar. Nos últimos tempos Minnie andava tendo visões, embora sua mãe não acreditasse naquilo. O que a duquesa de Alice diz a respeito do menino poderia ser parafraseado para aplicar-se à minha irmã, a duquesa santa: *Ela faz isso só de birra*.

Disse Abraham: "Não contrarie sua mãe, Inamorata", e agora era a vez de Minnie emburrar, porque aquele nome pertencia ao passado, não tinha nenhuma relação com a pessoa na qual ela estava se transformando, o prodígio do convento Gratiaplena, a mais ascética das crentes, a trabalhadora que menos reclamava, a mais esforçada esfregadora de assoalhos, a mais bondosa e dedicada enfermeira, e — como se para compensar toda uma vida de luxos — a que usava as roupas de baixo mais grosseiras e incômodas de toda a Ordem, as quais ela própria costurava com velhos sacos de aniagem fedendo a cardamomo e chá, e que formavam grandes vergões em sua pele delicada, até que a madre superiora a alertou de que a mortificação excessiva era também uma forma de vaidade. Depois dessa repreensão, a irmã Floreas parou de usar lingerie de serapilheira e começou a ter visões.

Sozinha em sua cela, deitada em sua tábua (desde o início ela havia dispensado a cama), foi visitada por um anjo de sexo indefinido, com cabeça de elefante, o qual desfiou uma catilinária contra a imoralidade dos bombaístas, que comparou aos sodomitas e gomorréicos, e ameaçou a metrópole com enchentes, secas, explosões e incêndios, castigos esses que seriam distribuídos ao longo de um período de aproximadamente dezesseis anos; em seguida, apareceu-lhe um rato preto falante, o qual profetizou que a Peste Negra retornaria como a última das pragas. A visão de Ina era algo muito mais pessoal, e, se as anteriores fizeram Aurora preocupar-se com a sanidade mental de sua filha, esta última a irritara profundamente, talvez mais por ter o fantasma de Ina aparecido nas suas últimas obras, mas também por causa da sensação vaga que vinha lhe acometendo desde a morte da filha — uma sensação comum naqueles tempos de paranóia e instabilidade — de que ela estava sendo seguida. Almas penadas estavam surgindo na vida de nossa família, cruzando a fronteira entre as metáforas da arte e os fatos observáveis da vida cotidiana, e Aurora, assustada, buscou refúgio na ira. Mas aquele dia fora dedicado à união da família, e assim, muito contra sua índole, minha mãe conteve a língua.

"Ela disse também que a comida é boa", acrescentou Minnie, informativa. "Você pode comer ambrosia, néctar e maná à vontade, que nunca engorda." Felizmente o hipódromo ficava a poucos minutos de Altamount Road.

E agora Abraham e Aurora caminhavam de braço dado, coisa que não faziam havia muitos anos, e Minnie, nosso querubim, caminhava logo atrás deles, enquanto eu seguia a uma certa distância, baixando a cabeça para evitar os olhares das pessoas, a mão direita enfiada no fundo do bolso da calça, dando chutes na grama por pura vergonha; porque naturalmente eu ouvia os cochichos e risadinhas das matriarcas e jovens beldades de Bombaim, sabia que, se andasse muito próximo de Aurora — que, apesar dos cabelos brancos, não aparentava mais de quarenta e cinco anos, embora na verdade estivesse com cinqüenta e três —, então os passantes achariam que eu, aos vinte anos e com cara de quarenta, parecia velho demais para ser filho dela. *Olhe só... deformado... monstruoso... uma doença estranha... dizem que vive trancado... uma vergonha para a família... parece que é meio retardado... e é o único filho homem do coitado.* Desse modo, a língua untuosa da maledicência lubrificava a roda do escândalo. Nosso povo não reage muito bem às infelicidades do corpo — e, pensando bem, tampouco às do espírito.

Talvez elas tivessem razão, aquelas línguas fofoqueiras. Eu era de certo modo uma espécie de idiota, excluído do mundo cotidiano por minha natureza, transformado numa criatura estranha pelo destino. Jamais me considerei um estudioso do que quer que fosse. Graças à minha educação informal e (pelos padrões convencionais) totalmente inadequada, eu me tornara uma espécie de almanaque ambulante, tendo reunido na cabeça um amontoado aleatório de informações, fatos e factóides, livros, história da arte, política, música e cinema, e havendo também adquirido certa habilidade de manipular e dispor esses parcos cacos de saber de modo que brilhassem como jóias de verdade. Ouro dos trouxas ou pepitas preciosas garimpadas na mina abundante de minha singular infância boêmia? Que os outros decidam.

É bem verdade que me apegara a Dilly por muito mais tempo do que o recomendado, por motivos extracurriculares. Jamais se pensou em mandar-me para a universidade. Eu trabalhava como modelo para minha mãe, enquanto meu pai me acusava de desperdiçar minha vida, ao mesmo tempo em que tentava me iniciar nos negócios da família. Havia muito que ninguém — com exceção de Aurora — tinha ousado enfrentar Abraham Zogoiby. Já na casa dos setenta, era forte como um touro, seu preparo físico era o de um pugilista, e fora a asma, cada vez pior, era tão saudável como qualquer uma daquelas pessoas que faziam *jogging* no hipódromo. Suas origens relativamente humildes haviam sido esquecidas, e a velha firma C-50 de Camões da Gama fora absorvida pela imensa empresa conhecida no meio financeiro como ''Gap

S. A.''. ''Gap'' era G. A. P., ou seja, Grana às Pencas, isto é, Granashpenkas, e o uso desse apelido era enfaticamente recomendado por Abraham. O novo nome enterrava o antigo — apagava da memória o decadente império da família Granashpenkas — e proclamava o novo. Um perfil de Abraham foi publicado na seção de economia de um jornal, chamando-o de ''*senhor Gap*'' — *o brilhante empresário que agora comanda o império Granashpenkas*, e a partir daí alguns de seus parceiros comerciais começaram a chamá-lo de ''Gap Sahib'', achando que esse era de fato seu nome. Nem sempre Abraham se dava ao trabalho de corrigi-los. Estava, pois, começando a pintar uma nova demão por cima de seu passado... E também como pai a idade havia desenhado uma imagem de palimpsesto por cima da lembrança do homem que me apertara, recém-nascido, contra o peito, chorando e murmurando palavras confortadoras. Agora era uma figura imponente, distante, poderosa, fria, impossível de desobedecer. De cabeça baixa, aceitei o posto que ele me ofereceu no departamento de marketing, vendas e publicidade da Companhia de Talco Baby Fofo Ltda. A partir daí, eu só podia posar para Aurora fora do expediente. Porém voltaremos a falar dessas sessões no estúdio — e de bebês — mais adiante.

Quanto ao assunto casamento, minha mão deformada — um defeito num mundo perfeito — era uma espécie de fantasma que fazia as jovens casadouras se arrepiarem, pois trazia às mentes dessas moças, que só pensavam nas belezas da vida, a idéia desagradável da feiúra. Ah, mas era mesmo um mãostro. (Com relação a seu futuro mais remoto, direi apenas que, embora Lambajan tivesse me revelado algo do potencial daquele punho duro como um cassetete, eu ainda não descobrira minha vocação. Minha espada ainda dormia em minha mão.)

Não, meu lugar não era no meio daqueles puros-sangues. Apesar das minhas antigas peregrinações pela cidade com nossa latrocínica governanta, Jaya Hé, eu era um estranho em Bombaim — um Kaspar Hauser, um Mogli. Sabia pouco sobre a vida daquelas pessoas, e (o que era pior) não estava interessado em saber mais. Pois, embora fosse eternamente um marginal entre os freqüentadores do hipódromo, ainda assim eu, aos vinte anos de idade, havia acumulado experiência num ritmo tal que chegara à conclusão de que o tempo, ao meu redor, estava começando a correr no meu ritmo hiperacelerado. Já não me sentia um jovem preso na pele de um velho. Minha idade externa, aparente, havia simplesmente se tornado minha idade verdadeira.

Ou, pelo menos, era o que eu pensava — até que Uma me revelou a verdade.

Jamshed Granashpenkas, que havia inesperadamente mergulhado numa depressão profunda com a morte de sua ex-mulher, abandonando a faculdade de direito pouco depois, encontrou-se conosco em Mahalaxmi, tal como Aurora havia combinado. Perto do hipódromo fica a Grande Fenda, pela qual, em certas épocas, o mar outrora invadia as terras planas próximas; tal como o Hornby Vellard fora construído para fechar a Grande Fenda (segundo fontes confiáveis, por volta de 1805), assim também a ruptura entre Jimmy e Inda seria remediada postumamente — era o que pretendia Aurora — pelo Hornby Vellard de sua vontade inexorável. "Oi, tio, oi, tia", disse Jimmy Grana, sem jeito, parado na linha de chegada, esboçando um sorriso torto. Então sua expressão se modificou. Os olhos arregalaram-se, as faces — já pálidas por natureza — ficaram mais brancas ainda, o queixo caiu. "O que deu em você?", perguntou Aurora, surpresa. "Parece que você viu um fantasma." Porém Jimmy, hipnotizado, não respondeu; continuou com o mesmo olhar fixo, a mesma cara boquiaberta.

"Bom dia, prezados familiares", disse a voz sarcástica de Mainá, atrás de nós. "Espero que vocês não se incomodem, mas eu trouxe uma amiga."

•

Naquela manhã, caminhamos com Uma Sarasvati pelo hipódromo de Mahalaxmi, e cada um ficou com uma impressão diferente a respeito dela. Em relação a alguns fatos houve consenso: Uma tinha vinte anos e era uma destacada aluna de artes da Universidade M. S. em Baroda, onde já tinha recebido muitos elogios dos artistas que faziam parte do chamado "grupo de Baroda", e onde o famoso crítico Geeta Kapur havia escrito um texto laudatório a respeito de uma obra sua, uma gigantesca escultura de pedra representando Nandi, o grande touro da mitologia hindu, que havia sido encomendada por um homônimo da personagem, o bilionário corretor da bolsa e financista V. V. Nandy, vulgo "Crocodilo". Kapur comparara Uma aos mestres anônimos que criaram o templo de Kailash, uma maravilha monolítica do século VIII, a maior de todas as cavernas de Ellora, do tamanho do Partenon; porém Abraham Zogoiby, ao ouvir falar da estátua enquanto caminhávamos, soltou uma gargalhada que lembrava um mugido de touro. "Esse rapaz nunca teve vergonha na cara, mesmo", comentou, deliciado. "O touro Nandi? Mais apropriado seria um daqueles crocodilos cegos dos rios do Norte."

Uma havia aparecido, com uma recomendação de uma amiga pertencente à seção de Guzerate da Frente Unida Feminina Anticarestia, na saleta espremida de um prédio de três andares caindo aos pedaços, perto da Estação Central de Bombaim, onde o grupo de militantes feministas de Mainá, cujas bandeiras eram a luta contra a corrupção e pelos direitos civis e femininos — conhecido como Comitê MPS (Movimento Popular de Solidariedade, ou, segundo os detratores, Mulheres Provavelmente Sapatões) —, combatia meia dúzia de inimigos poderosos. Ela elogiou muito a pintura de Aurora, mas também destacou a importância do trabalho feito por grupos altamente motivados como o de Mainá na luta contra a prática de queimar noivas vivas, na criação de patrulhas femininas contra o estupro e em mais uma série de áreas. Sua paixão e seu conhecimento encantaram minha irmã, que não era fácil de encantar; daí sua presença em nossa reunião familiar no hipódromo.

Eram esses os fatos incontestáveis. Mas o mais notável de tudo foi que, durante aquela caminhada matinal, a recém-chegada conseguiu passar uns poucos minutos em particular com cada um, e, depois que ela foi embora, alegando já ter se intrometido demais em nossa reunião de família, cada membro tinha uma opinião categórica a seu respeito, e muitas dessas opiniões eram absolutamente contraditórias e irreconciliáveis. Segundo irmã Floreas, Uma era uma mulher de quem a espiritualidade emanava como água de uma fonte; era ascética e disciplinada, uma grande alma que acreditava na união final de todas as religiões, cujas diferenças, julgava ela, seriam dissolvidas sob o brilho abençoado da luz divina. Para Mainá, porém, tratava-se de uma mulher durona — o que, vindo da boca de nossa Filomela, era um grande elogio — e uma feminista marxista, cuja dedicação total à causa fora uma inspiração para a própria Mainá. Abraham Zogoiby disse que essas duas opiniões eram "baboseiras", e elogiou o finíssimo tino financeiro de Uma, a qual, segundo ele, estava a par das mais recentes teorias no campo das negociações e das fusões de empresas. E Jamshed Granashpenkas, com seus olhos arregalados e queixo caído, confessou, em voz baixa, que a jovem era a reencarnação da falecida Ina, a Ina beldade antes de se destruir em Nashville; "só que ela", afirmou, comprovando que era mesmo um pateta, "é a Ina com uma voz maravilhosa, e inteligência também". Jamshed tinha começado a contar que ele e Uma haviam dado uma escapulida atrás do coreto por alguns momentos, e que lá a jovem lhe cantara uma canção *country* com a voz mais maviosa que ele jamais ouvira; mas Aurora Zogoiby já não agüentava mais. "Hoje todo mundo ficou maluco", explodiu ela. "Mas você, Jimmy, você passou dos limites. Vá embora daqui, e não aparecifique nunca mais na nossa casa."

Deixamos Jimmy parado no *paddock*, com uma cara de peixe morto.

Aurora resistiu ao charme de Uma desde o início; foi a única a sair do hipódromo com os lábios retorcidos de ironia. Gostaria de ressaltar esse fato: minha mãe nunca deu a menor chance à jovem, embora Uma fosse sempre modesta com relação a seu próprio talento e pródiga de elogios quando falava sobre o gênio de Aurora, e jamais pedisse favores. E, após seu triunfo na Documenta de 1978, em Kassel, onde os mais ilustres marchands de Londres e Nova York compraram suas obras, ela ligou para Aurora da Alemanha e gritou, em meio aos ruídos da ligação internacional: "Fiz Kasmin e Mary Boone me prometerem que vão exibir o seu trabalho também. Disse a eles que só assim eu deixava que mostrassem o meu".

Como uma *dea ex machina*, Uma desceu dos céus, falando ao mais íntimo de cada um de nós. Apenas Aurora, atéia, não lhe deu ouvidos. Dois dias depois, respeitosamente, Uma veio à *Elefanta*, e Aurora trancou a porta de seu estúdio — uma atitude, para dizer o mínimo, nada adulta e nada delicada. Para compensar a grosseria de minha mãe, ofereci-me para mostrar-lhe a casa, dizendo, empolgado: "Você será bem recebida aqui sempre que quiser nos visitar".

O que Uma me disse em Mahalaxmi não repeti a ninguém. Publicamente, seu comentário risonho foi: "Se isto aqui é uma pista de corrida, quero correr"; descalçou as sandálias, segurou-as com a mão esquerda e saiu na disparada, os cabelos longos seguindo-a como os riscos que indicam velocidade numa história em quadrinhos, marcando o ar atrás dela como as trilhas deixadas no céu pelos jatos. Corri atrás dela, naturalmente; jamais lhe passara pela cabeça a possibilidade de que eu não o fizesse. Ela era rápida, mais do que eu, e finalmente tive que desistir, porque meu peito começara a piar. Ofegante, encostei-me na grade branca, as duas mãos apertadas contra os pulmões, tentando conter os espasmos. Ela voltou e colocou as mãos sobre as minhas. Quando minha respiração voltou ao normal, ela acariciou de leve minha mão direita defeituosa e disse, com uma voz quase inaudível: "Esta mão é capaz de destruir qualquer coisa que se colocar na sua frente. Eu me sentiria muito protegida junto a uma mão como esta". Então me olhou nos olhos e disse: "Aí dentro há um rapaz. Vejo um jovem olhando para mim. Que combinação! Espírito de jovem e esta aparência de homem mais velho, que — devo confessar — sempre me atraiu. Fantástico!".

"Finalmente", pensei, deslumbrado. O ardor nos olhos, o nó na garganta, o calor no sangue. Meu suor ganhou um odor apimentado. Senti que meu eu, meu eu verdadeiro, a identidade secreta, escondida tanto tempo que eu temia que não mais existisse, emergia dos desvãos de meu ser e preenchia meu centro. Agora eu não era de ninguém, e era inteiramente, imutavelmente, eternamente dela.

Uma retirou suas mãos das minhas; tinha diante de si um mouro apaixonado.

•

Na manhã do dia em que Uma nos visitou pela primeira vez, minha mãe resolveu que queria me pintar nu. A nudez não era nenhum tabu no nosso meio; ao longo dos anos, muitos pintores e amigos de pintores haviam posado sem roupas um para o outro. Não muito tempo antes, o banheiro social da *Elefanta* fora enfeitado com um mural de Vasco Miranda que representava o artista e Kekoo Mody trajando chapéus-coco e mais nada. Kekoo continuava esguio como sempre, mas o sucesso e os anos de esbórnia haviam engordado Vasco, que além disso era bem mais baixo que o outro. O detalhe mais interessante do quadro era que os dois homens pareciam ter trocado de pênis. O de Vasco era espantosamente fino e comprido, como uma lingüiça, enquanto Kekoo, alto e magro, exibia um órgão curto e escuro, com um diâmetro e uma circunferência impressionantes. Porém os dois juravam que não se tratava de uma troca. "O meu é um pincel, o dele, um maço de cédulas", explicava Vasco. "Não é apropriado?" Foi Uma Sarasvati que deu ao quadro o nome pelo qual ele passou a ser conhecido: "Os paus-mudados", disse ela, com um risinho; e o nome pegou.

Após mostrar essa obra de arte a Uma, quando dei por mim estava lhe falando a respeito da história da série do mouro e do novo projeto, *O mouro desnudo*. Ela me ouviu, muito séria, enquanto eu lhe detalhava, orgulhoso, minha colaboração artística com minha mãe, e em seguida me bombardeou com seu sorriso largo e com os raios da morte que seus olhos cinzentos eram capazes de emitir. "Não é direito você ficar nu na frente da sua mãe na sua idade", reprovou-me. "Vamos nos conhecer melhor, que eu vou esculpir as suas belas formas num bloco importado de mármore de Carrara. Como o Davi, com sua mão grande demais, vou transformar a sua mão defeituosa na coisa mais linda que há no mundo. Até então, meu caro mouro, peço-lhe que se guarde para mim."

Pouco depois Uma foi embora, dizendo não querer perturbar o trabalho da grande artista. Apesar dessa prova de sua sensibilidade refinada, minha mãe egocêntrica não conseguiu dizer nada de bom sobre nossa nova amiga. Quando eu lhe disse que não poderia mais posar para ela por causa de meu novo emprego na Baby Fofo, em Worli, Aurora explodiu. "Baby Fofo o cacete", gritou ela. "Aquela pescadorazinha fisgou você direitinho, e você, seu peixe bobalhão, acha que ela só quer brincar com você. Logo-logo ela vai fritificar você na manteiga, com gengibre e alho, cominho, e quem sabe uma porção de batatas fritas para acompanhar." E bateu a porta do estúdio com força; nunca mais me pediu que posasse para ela.

O quadro, *Mãe/mouro nu assiste à chegada de Chimène*, era tão formal quanto *Las meninas*, de Velázquez, uma obra que de certa forma o influenciou, em particular no que diz respeito à perspectiva. Numa câmara do fictício Alhambra indiano de Aurora, contra o fundo de uma parede enfeitada com complexos desenhos geométricos, via-se o mouro, nu, com uma pele coberta por losangos arlequinais multicoloridos. Atrás dele, no parapeito de uma janela festonada, via-se um abutre, freqüentador da Torre do Silêncio, e encostado na parede junto a essa janela macabra havia um sitar sendo roído por um camundongo. À esquerda do mouro, sua terrível mãe, a rainha Aixa-Aurora, trajando uma longa túnica escura, segurava um espelho grande, onde se refletia por inteiro o corpo nu do filho. Porém a imagem refletida era lindamente naturalista — nada de arlequim, nenhuma pretensão boabdílica: era eu apenas. Mas o mouro arlequinal não olhava para o espelho, pois na porta à sua direita via-se uma linda jovem — Uma, naturalmente, numa versão ficcionalizada, espanholada, a "Chimène" do título, Uma com atributos de Sophia Loren em *El Cid*, extraída da história de Rodrigo de Vivar e introduzida sem nenhuma explicação no universo híbrido do mouro — e entre suas mãos estendidas, convidativas, inúmeras maravilhas — globos dourados, pássaros cobertos de jóias, pequenos homúnculos — pairavam como que por mágica no ar luminoso.

Aurora, enciumada de ver seu filho apaixonado pela primeira vez, pintou um quadro que era um verdadeiro grito de dor, em que uma mãe tentava mostrar ao filho a verdade a respeito de si próprio, porém estava fadada a fracassar diante dos truques extraordinários de uma feiticeira; em que um camundongo abolia a possibilidade da música e abutres esperavam pacientemente a hora do repasto. No dia em que Isabela Ximena da Gama, em seu leito de morte, associara à sua própria pessoa as figuras do Cid Campeador e Chimène, Aurora herdou o archote da mãe, passando a também ver a si própria como uma combinação do herói e da heroína. Ao fazer essa separação agora — colocando o mouro no papel de Charlton Heston e dando a uma mulher com o rosto de Uma o nome afrancesado de minha avó —, minha mãe praticamente admitia sua derrota, antevia sua própria morte. Aurora, como a velha rainha-mãe Aixa, não estava olhando para o espelho; era o mouro Boabdil que nele estava refletido. Mas o verdadeiro espelho mágico era o que estava contido nos olhos dele (meus); e, nesse espelho oculto, sem dúvida alguma era a feiticeira que aparecia como a mais bela de todas.

Essa obra — que, como muitos dos mouros maduros, era um quadro em muitas camadas, como as grandes pinturas européias, e importante na história da arte por assinalar o aparecimento da personagem "Chimène" na série do mouro — me parecia demonstrar que a arte, em última análise, não era a vida; que aquilo que era a verdade para a artista — por exemplo, essa história de usurpação malévola, de uma bruxa mesquinha que surge para separar a mãe do filho — não tinha necessariamente nenhuma relação com os acontecimentos e sentimentos e pessoas do mundo real.

Uma era um ser livre, que ia e vinha quando queria. Quando se recolhia a Baroda, eu ficava arrasado, mas ela não me permitia que a visitasse. "Você só pode ver minha obra quando eu estiver pronta para você", dizia. "Quero que você se apaixone por mim, não pelo meu trabalho." Pois, por mais implausível que fosse, com o capricho principesco de sua beleza, ela, que poderia ter escolhido qualquer homem, havia optado por aquele jovem velho, bobo e defeituoso; cochichando em meu ouvido, prometia que me daria permissão para entrar no jardim das delícias terrenas. "Espere", dizia. "Espere, meu querido inocente, pois eu sou a deusa que conhece seu coração secreto, e certamente vou lhe dar tudo que você quer, e mais ainda." *Espere só mais um pouco*, ela insistia, sem dizer por que, mas minha perplexidade desvanecia-se diante de suas promessas líricas e passionais. *Espere que até a morte serei seu espelho, seu segundo eu, sua igual, sua imperatriz e sua escrava.*

Devo confessar que fiquei surpreso ao saber que ela viera várias vezes a Bombaim sem me procurar. Minnie telefonou-me do Gratiaplena para me contar, com voz trêmula, que Uma a visitara para perguntar-lhe de que modo uma pessoa podia tornar-se cristã. "Estou convencida de que ela vai mesmo aproximar-se de Jesus", disse a irmã Floreas, "e de sua Santa Mãe também." Creio que não contive uma interjeição de desdém, e a voz de Minnie assumiu um tom estranho. "É, a Uma, essa jovem abençoada", prosseguiu, "me disse que está muito preocupada, pois acha que o Demônio tomou conta de você."

Também Mainá — Mainá, que nunca ligava para nós! — telefonou para contar que estava muito empolgada após encontrar-se com meu amor no front de uma manifestação política que impediu temporariamente a demolição dos casebres invisíveis onde moravam famílias pobres invisíveis, casebres esses que estavam ocupando um espaço valioso bem à vista dos prédios altos de Cuffe Parade. Uma havia liderado os manifestantes e os favelados, puxando o coro: ''Lançamos um movimento, nada temos a temer!''. Sem mais nem menos, Mainá me disse — ela, que jamais fazia confidências! — que, em sua opinião, Uma era claramente lésbica. (Filomela Zogoiby jamais revelara a ninguém os segredos de sua própria sexualidade, mas todos sabiam que ela nunca se envolvera com homem algum; beirando os trinta, admitia sem pejo que havia ficado ''para titia — sou solteirona assumida''. Mas talvez Uma Sarasvati tivesse descoberto algo mais.) ''Estamos muito íntimas, sabe?'', confessou Mainá, surpreendentemente, num tom paradoxal, ao mesmo tempo infantil e desafiador. ''Até que enfim achei alguém para dormir comigo, com quem eu posso passar a noite fofocando, com uma garrafa de rum e um maço de cigarros. Minhas irmãs, aquelas desgraçadas, nunca fizeram porra nenhuma por mim.''

Que noites? Quando? E onde Mainá morava não cabia nem uma cadeira extra, quanto mais um colchão adicional: onde seria que Uma ''dormia'' com ela? ''Aliás, fiquei sabendo que você está se babando todo'', disse minha irmã; seria ela motivada pela hipersensibilidade do amor ou estaria apenas me alertando? ''Maninho, ouça meu conselho: desista. Vá procurar outra gatinha. Esta aqui não é chegada a gatos.''

Eu não sabia que conclusões tirar desses telefonemas, ainda mais porque quando ligava para Uma em Baroda ninguém jamais atendia. Durante a gravação de um comercial de Baby Fofo, em meio aos gugu-dadás de sete bebês recobertos de talco, eu estava tão absorto em minhas preocupações que descuidei da única tarefa de que estava encarregado — ficar com um cronômetro na mão e não deixar os *spots* apontados para as crianças por mais de um minuto em cada intervalo de cinco minutos — e só fui despertado de meus devaneios pelas exclamações iradas da equipe de gravação, os gritos das mães e o choro dos bebês, que começaram a fritar, bolhas abrindo-se em suas peles. Envergonhado e confuso, fugi do estúdio, e encontrei Uma sentada à porta, esperando por mim. ''Vamos comer alguma coisa'', disse. ''Estou morta de fome.''

E, durante o almoço, é claro, ela me mostrou que havia uma explicação perfeitamente razoável para tudo. ''Eu queria conhecer você'', explicou, os olhos rasos d'água. ''Queria que você ficasse extasiado com minha vontade de saber tudo que havia para saber. Além disso, queria me aproximar da sua família, tornar-me parte dela, mais que isso ainda. Agora, você sabe que a Minnie, pobrezinha, é meio cismada com essa história de Deus; por amizade, perguntei-lhe umas coisas, e ela, coitada, entendeu errado. Eu virar freira? Ora, não me venha com isso. E essa coisa de Demônio foi só uma brincadeira. Quer dizer, se a Minnie está do lado de Deus, então eu, você e todo mundo que é normal joga no time do diabo, é ou não é?'' Enquanto isso, suas mãos acariciavam meu rosto e minhas mãos, tal como na primeira vez em que nos vimos; seu rosto exprimia tanto amor, tanto sofrimento por sentir que eu duvidava dela... *E Mainá?* — insisti, embora me sentisse terrivelmente cruel por continuar interrogando uma criatura tão amorosa e dedicada. ''Claro que fui visitá-la. Foi por ela que entrei na briga. E como sei cantar, cantei. Qual o problema?'' E aquela história de *dormir* com Mainá? ''Ah, meu deus. Se você quer saber quem é chegada a uma gata, olhe para a sua irmã durona, não para mim. Dormir na mesma cama com outra moça não quer dizer nada, na faculdade a gente faz isso o tempo todo. O resto é a imaginação libidinosa da Filomela, desculpe a minha franqueza. É, para falar com franqueza, estou muito zangada. Eu tento fazer amizade com a sua família e você me acusa de querer virar papa-hóstias, de mentir, até mesmo de foder com a sua irmã. Qual o problema com vocês, por que vocês são tão complicados? Será que você não vê que fiz tudo que fiz por amor?'' As lágrimas grossas caíam no prato vazio. A dor não tolhera seu saudável apetite.

''Pare, por favor, pare'', implorei, contrito. ''Nunca mais eu... nunca mais...''

O sorriso brotou por entre as lágrimas, tão luminoso que quase cheguei a pensar que um arco-íris ia aparecer.

''Talvez já tenha chegado a hora'', sussurrou ela, ''de provar a você que meu negócio é homem.''

•

Depois Uma foi vista com ninguém menos que o velho Abraham Zogoiby, devorando sanduíches à beira da piscina do Willingdon Club antes de jogar com ele uma partida de golfe, que ela soube perder com o mais perfeito espírito esportivo. ''Ela era maravilhosa, a sua Uma'', disse-me ele, anos depois, em seu éden no alto do prédio I. M. Pei. "Tão bem informada, tão original, com aqueles olhos atentos, olhos de piscina. Eu nunca tinha visto nada igual desde o dia em que vi os olhos da sua mãe. Só Deus sabe as coisas que eu disse a ela! Meus filhos não se interessavam por nada — nem você, meu único filho homem! — e os velhos precisam de alguém para conversar. Quis lhe oferecer um cargo na hora, mas ela disse que tinha que dar prioridade à arte. E — meu Deus! — os peitos dela. Peitos do tamanho da sua cabeça." Fez uma observação um tanto desrespeitosa, e logo em seguida pediu desculpas do modo mais perfunctório, sem se dar ao trabalho de sequer tentar parecer sincero. "O que eu posso lhe dizer, meu filho? As mulheres sempre foram o meu fraco." Então, de repente, uma nuvem toldou seu rosto. "Nós dois perdemos a sua querida mãe porque nos interessamos por outras mulheres", murmurou.

Trapaças bancárias em escala global, negociatas épicas na bolsa de valores, transações com armamentos na casa dos bilhões de dólares, conspirações na área de tecnologia nuclear envolvendo computadores roubados e Mata Haris maldivas, exportações de antigüidades que não respeitavam nem mesmo o símbolo da nação, o Leão de Sarnath, com suas quatro cabeças — o que teria Abraham revelado a Uma Sarasvati a respeito de seu mundo secreto, de seus planos grandiosos? Por exemplo, sobre certos carregamentos especiais de talco Baby Fofo? Quando lhe perguntei, ele só fez sacudir a cabeça. "Pouca coisa, creio eu. Não sei. Tudo. Dizem que eu falo dormindo."

•

Mas estou avançando demais. Uma falou-me da partida que jogou com meu pai, elogiando a firmeza de seu punho — "não treme nem um pouco — com a idade que tem!" — e sua generosidade para com uma recém-chegada como ela. Nós dois nos encontrávamos em quartos modestos em Colaba ou Juhu (os hotéis de cinco estrelas da cidade eram muito arriscados; havia muitas teleobjetivas e línguas impiedosas). Mas nosso local de encontro favorito era o Railway Retiring Rooms, no V. T., perto da Estação Central: naqueles quartos limpos, frescos, anônimos, de pé-direito alto e janelas protegidas por persianas, comecei minha viagem rumo ao céu e ao inferno. "Ah, os trens", dizia Uma Sarasvati. "Aqueles pistões e não-sei-que-mais. Você não acha muito excitante?"

É-me difícil falar sobre aquelas sessões de amor. Até hoje, apesar de tudo, só de relembrá-las estremeço de saudades do que perdi. Relembro a naturalidade da coisa, a ternura; era como uma revelação. Como se uma porta se abrisse na carne e por ela entrasse um inesperado universo da quinta dimensão, com planetas cercados de anéis e caudas de cometas. Galáxias a girar. Sóis explodindo. Mas o mais inexprimível, o que está além do poder da linguagem, é a *corporalidade* da coisa, os movimentos de mãos, a tensão das nádegas, o ritmo, a coisa que não significava nada além de si própria, que significava tudo; aquele breve ato animal, em nome do qual qualquer coisa — *qualquer* coisa — podia ser feita. Não posso imaginar — não, nem mesmo hoje minha imaginação consegue apreender — que tanta paixão, tanta essencialidade, fosse fingida. Não acredito que ela mentisse para mim ali, daquele modo, tão perto dos trens que iam e vinham. Não acredito; acredito; não acredito; acredito, sim; não; sim.

Há um detalhe constrangedor. Uma, minha Uma, murmurou em meu ouvido, quase no Everest de nosso êxtase, na Garganta Sul do desejo, que havia uma coisa que a entristecia. "Eu tenho a maior adoração pela sua mãe; mas ela não gosta de mim." E eu, ofegante, ocupado com coisa bem diversa, consolei-a: *Não, ela gosta, sim*. Mas Uma — suando, arfando, lançando seu corpo sobre o meu — repetiu sua queixa. "Não, meu querido. Ela não gosta, não." Confesso que, naquele instante intenso, não estava nem um pouco interessado naquele assunto. Sem querer, veio-me aos lábios uma obscenidade. *Ela que se foda*. — "O que foi que você disse?" — *Eu disse ela que se foda. A minha mãe que se foda. Aah*. — Ao ouvir isso, Uma mudou de assunto e concentrou sua atenção na atividade em andamento. Colou os lábios em meu ouvido e me falou de outras coisas. Você quer isso, meu bem, quer fazer aquilo, pode fazer se você quiser, se você quiser. *Ah meu Deus quero sim deixa sim sim aah*...

Esse tipo de conversa é melhor quando dela se participa do que quando dela se ouve falar, de modo que ficarei por aqui. Porém devo admitir — e coro ao dizê-lo — que ela, Uma, voltou mais de uma vez ao assunto da hostilidade de minha mãe, até me fazer achar que aquilo era parte do que a excitava. — Ela me odeia me odeia me diga o que eu faço. — E esperava minha resposta, e — me perdoem —, nos píncaros do prazer, respondi o que ela esperava ouvir. *Foda com ela* disse eu. *Foda com aquela filha da puta*. E Uma: O quê? O quê, meu querido? — *Foda com ela de cabeça para baixo e de todos os lados*. — Ah, pode sim, meu amor, se você quiser, é só você dizer o que quer. — *Ah meu Deus eu quero sim. Eu quero. Ah meu Deus.*

Assim foi que, no momento de minha maior felicidade, semeei as sementes da desgraça: a minha, a de minha mãe e a de nossa ilustre família.

•

Todos nós, com uma única exceção, estávamos apaixonados por Uma naquela época, e mesmo Aurora, a exceção, aplacou-se, pois a presença de Uma em nossa casa atraía minhas irmãs, e além disso ela via a felicidade estampada em meu rosto. Por mais esporádico que fosse seu carinho materno, nem por isso ela deixava de ser mãe, e assim seu coração amoleceu. Além disso, Aurora levava o trabalho a sério, e depois que Kekoo Mody foi a Baroda e voltou extasiado com as obras da jovem, a grande Aurora se derreteu ainda mais. Uma foi a convidada de honra de uma das noitadas, agora pouco freqüentes, que minha mãe promovia na *Elefanta*. "Ao gênio", proclamou ela, "tudo se perdoa." No rosto de Uma estampou-se uma expressão deliciosa de deleite e timidez. "E ao medíocre", prosseguiu Aurora, "nada se perdoa — nem um *paisa*, nem um *kauri*, nem um *dam*. E então, Vasco, o que você acha disso?" Cinqüentão, Vasco Miranda já não passava muito tempo em Bombaim; nas raras ocasiões em que aparecia, Aurora não desperdiçava tempo com cortesias, e atacava a "arte de aeroporto" de Vasco com uma violência que era incomum até mesmo na mais agressiva das mulheres. A obra de Aurora não era "exportável". Umas poucas galerias importantes na Europa — a Stedelijk, a Tate — haviam comprado algumas obras, mas os Estados Unidos permaneciam inexpugnáveis, fora a família Gobler, de Fort Lauderdale, Flórida, sem a qual muitos artistas indianos teriam morrido de fome; assim, era possível que a inveja tivesse o efeito de afiar a língua de minha mãe. "Como vão os seus murais de área de embarque, hein, Vasco?", indagou ela. "Você já reparou que os passageiros nunca param para olhar o que você pintou? E o *jet-lag*? Será que faz bem às faculdades críticas?" Diante de tais ataques, Vasco se limitou a esboçar um sorriso e baixar a cabeça.

Ele havia acumulado uma enorme fortuna em moedas fortes, e recentemente se desfizera de suas residências e estúdios em Lisboa e Nova York para construir uma extravagância arquitetônica na Andaluzia, na qual, diziam as más línguas, estava gastando mais do que a renda combinada de todos os artistas da Índia. Esses boatos, que Vasco não tentava desmentir, tinham apenas o efeito de torná-lo ainda mais impopular em Bombaim, e intensificar as agressões de Aurora.

Sua barriga inchara, seu bigode se transformara num duplo ponto de exclamação à Dalí; passara a repartir os cabelos oleosos bem junto à orelha esquerda e recobrir a careca luzidia de Brylcreem. "Não admira que você continue solteiro", provocava-o Aurora. "Um pneuzinho as moças ainda aceitam, mas você, meu caro, comprou toda a fábrica da Goodyear." Pelo menos nesse ponto a opinião de Aurora batia com a da maioria. O tempo, que fora benévolo com a conta bancária de Vasco, fora tão impiedoso com sua reputação na Índia quanto com seu corpo. Apesar das incontáveis encomendas que recebia, a cotação de sua obra estava agora em queda livre, sendo considerada superficial e comercial, e, embora a galeria nacional tivesse comprado algumas de suas pinturas mais antigas, havia anos que não o fazia. No momento, nenhum de seus quadros estava sendo exibido. Para os críticos mais sérios e a nova geração de artistas, V. Miranda era uma fraude. À medida que subia a estrela de Uma Sarasvati, a de Vasco despencava; mas, quando Aurora lhe caía em cima, ele não dizia nada.

A colaboração do tipo Picasso-Braque jamais se concretizara entre Vasco e Aurora; reconhecendo a fraqueza do talento dele, minha mãe seguira seu próprio caminho, permitindo que ele conservasse seu estúdio na *Elefanta* apenas por inércia, e talvez por gostar de debochar de Vasco. Abraham, que sempre o detestara, mostrava a Aurora recortes de jornais estrangeiros, segundo os quais V. Miranda mais de uma vez se comportara de modo violento, e que por um triz não fora expulso tanto dos Estados Unidos quanto de Portugal; e que tinha sido obrigado a se submeter a tratamentos demorados em clínicas psiquiátricas e centros de desintoxicação para alcoólatras e drogados, na Europa e na América do Norte. "Ponha na rua esse vigarista pretensioso", meu pai implorava.

Quanto a mim, me lembrava das muitas atenções que recebera de Vasco no tempo em que eu era um menino assustado, e continuava gostando dele por isso, mas mesmo assim percebia que seus demônios haviam vencido a guerra contra seu lado bom. O Vasco que nos visitou na festa de Uma, um palhaço inchado de ópera-cômica, era mesmo uma triste figura.

Mais para o final da noite, quando o álcool havia baixado suas defesas, ele não se conteve. "Ora, vão todos para o inferno", exclamou. "Vou voltar para minha Benengeli em breve, e vai ser muita idiotice minha se algum dia eu aparecer por aqui de novo." Então começou a cantarolar, sem melodia: "*A*deus, Fonte *Flo*ra", começou. "*A*deus, Hutatma Chowk." Parou, piscou e sacudiu a cabeça. "Não, assim não está certo. Adeus, Marine *Dri-ive*, adeus, Netaji-Subhas-Chandra-Bose-Road!" (Muitos anos depois, quando também eu fui parar na Espanha, relembrei a cançoneta inacabada de Vasco, e cheguei mesmo a cantarolá-la baixinho.)

Uma Sarasvati aproximou-se daquela figura patética e constrangedora. Pôs a mão nos ombros de Vasco e beijou-o na boca.

O efeito desse ato foi inesperado. Ao invés de exprimir gratidão — e muitos de nós que estávamos na sala, inclusive eu, teríamos recebido esse beijo com muito prazer — Vasco voltou-se contra Uma. "Sua Judas", disse-lhe. "Eu conheço você. Uma devota de Nosso Senhor Judas Cristo, o Traidor. Eu conheço você, mocinha. Já vi você naquela igreja." Uma ficou vermelha e recuou; acorri em sua defesa. "Você está fazendo um papelão", disse a Vasco, que saiu da sala a passos largos, o nariz virado para cima, e caiu, ruidosamente, na piscina.

"Boa solução", disse Aurora, seca. "Vamos jogar *três personagens, sete pecados*."

Era seu jogo de salão predileto. Na base da cara-ou-coroa, escolhiam-se o sexo e a idade de três "personagens" imaginárias, e sorteavam-se papéis de um chapéu para especificar o pecado mortal de que cada um deles era "culpado". Em seguida, pedia-se aos convidados que improvisassem uma história com os três pecadores em questão. Naquela noite, as três personagens sorteadas foram *uma velha*, *uma moça* e *um rapaz*; e seus pecados eram, respectivamente, *ira*, *orgulho* e *luxúria*. Tão logo as escolhas foram feitas, Aurora, com sua vivacidade habitual, e talvez mais afetada pelo último faniquito de Vasco do que parecia, exclamou: "Já bolei uma história".

Uma, cheia de admiração, aplaudiu. "Conte, *na*."

"Vamos lá", disse Aurora, encarando diretamente sua jovem convidada de honra. "Uma velha rainha irada descobre que seu filho, um jovem tolo e luxurioso, foi seduzido por sua terrível rival, uma moça orgulhosa."

"Ótima idéia", disse Uma, com um sorriso sereno. "Sim, senhor! Cheia de potencialidades."

"Sua vez", disse Aurora, com um sorriso tão largo quanto o de Uma. "O que acontece depois? O que a velha rainha irada deve fazer? Expulsar os amantes de uma vez por todas — simplesmente estourar e pôr os dois no olho da rua?"

Uma pensou. "É muito pouco", disse ela. "Acho que seria necessário uma solução mais permanente. Porque essa rival, a moça orgulhosa, se não for esmagada, eliminada, mesmo, certamente vai querer acabar com a velha rainha irada. É claro! Ela vai querer o jovem príncipe luxurioso só para ela, e mais o reino também; e é orgulhosa demais para dividir o trono com a mãe dele."

"O que você sugere então?", perguntou Aurora, com uma doçura glacial na voz, na sala subitamente silenciosa.

"Assassinato", respondeu Uma, dando de ombros. "Está na cara que é uma história de assassinato. De um lado ou de outro, alguém tem que morrer. Rainha branca toma peão preto, ou então peão preto avança até a oitava casa, vira rainha preta e toma rainha branca. Não vejo nenhum outro final possível."

Aurora encarou-a com admiração. "Uma, minha filha, você é uma sonsa. Por que não me falou que já tinha jogado este jogo antes?"

•

Você é uma sonsa... Minha mãe não conseguia tirar da cabeça a idéia de que Uma estava escondendo alguma coisa. "Ela surge do nada de repente e começa a seduzir nossa família" — era essa sua preocupação constante, embora, diga-se de passagem, jamais tivesse se preocupado com o passado igualmente suspeito de Vasco Miranda, muitos anos antes. "Mas qual é a família dela? Onde estão seus amigos? O que sabemos sobre a vida dela?" Comuniquei essas dúvidas a Uma na cama, enquanto o ventilador de teto, num quarto do Retiring Rooms, riscava seu corpo nu com sombras ritmadas, secando-lhe o suor. "Me desculpe, mas a sua família não tem o direito de falar em segredos'', retrucou ela. ''Não gosto de falar mal dos seus parentes, mas não sou eu que tive uma irmã que enlouqueceu e morreu, outra que vê ratos falantes num convento e uma terceira que vive tentando tirar os pijamas das amigas. E me diga uma coisa: quem é que tem um pai que está envolvido até as pontas dos cabelos em negócios sujos e em prostituição de menores? E uma mãe que — me perdoe, meu amor, mas você tem que ficar sabendo disso — tem no momento não um, nem dois, mas três amantes diferentes?''

Levantei-me de repente. ''Com quem você anda conversando?'', exclamei. ''Quem é que anda lhe contando essas mentiras venenosas que você resolveu vomitar agora?''

''Toda a cidade sabe'', disse Uma, me abraçando. ''Pobrezinho do meu neném fofo! Para você ela é uma deusa. Mas é de conhecimento geral. O primeiro é aquele parse retardado, Kekoo Mody; o segundo é Vasco Miranda, aquele impostor balofo, e o pior de todos é o terceiro: aquele filho da puta do EM, o Mainduck — Raman Keats! Aquele calhorda! Lamento dizer isso, mas essa mulher não tem classe. Há até quem diga que ela seduziu seu próprio filho — isso mesmo! Meu menino inocente, você não sabe de que são capazes as pessoas! Mas eu digo a elas que também não é assim, que *isso* não é verdade, eu não tenho a menor dúvida. Como você vê, a sua reputação agora está nas minhas mãos.''

Foi a nossa primeira briga de verdade, mas ao mesmo tempo em que defendia Aurora eu sentia no íntimo que as acusações de Uma eram verdadeiras. A devoção canina de Kekoo fora recompensada; e finalmente o modo como ela tolerava Vasco havia tantos anos, ao mesmo tempo em que o insultava, fazia sentido, no contexto de um ''caso'', mesmo que já estivesse no fim. Como ela e Abraham não dormiam mais juntos, onde Aurora poderia encontrar um companheiro? Sua genialidade e sua fortuna a isolavam; os homens têm medo das mulheres poderosas, e poucos em Bombaim teriam coragem de fazer-lhe a corte. Esse fato explicava o caso com Mainduck. Grosseiro, fisicamente forte, implacável, era um dos poucos homens da cidade que não se sentiriam intimidados por Aurora. O contato que tiveram por causa de *O beijo de Abbas Ali Baig*o o teria excitado; ele aceitara o dinheiro do suborno e pretendera — era o que me parecia — conquistá-la em troca. E, em minha imaginação, eu via minha mãe ao mesmo tempo enojada e fascinada por aquela criatura da sarjeta, imbuída de um poder concreto, aquele selvagem, aquela favela ambulante. Se seu marido preferia as prostitutas da Falkland Road, então ela, a grande Aurora, se vingaria entregando seu corpo aos membros grosseiros de Keats; sim, eu compreendia que aquilo poderia excitá-la, despertando seu lado mais selvagem. Talvez Uma tivesse razão, e minha mãe fosse mesmo amásia de Mainduck.

Era por isso que ela andava um pouco paranóica, preocupando-se com a possibilidade de estar sendo seguida; uma vida amorosa tão complicada e secreta, e tanta coisa a perder se alguma coisa viesse à tona! Kekoo, o apaixonado pela arte; V. Miranda, cada vez mais ocidentalizado; e aquele sapo nacionalista; acrescente-se a isso o mundo invisível de dinheiro e mercados negros em que vivia Abraham Zogoiby, e temos um retrato das coisas que minha mãe amava de verdade, os pontos cardeais de sua bússola interior, revelados pelos homens que ela escolhera. Vista sob essa ótica, sua obra parecia um meio de afastar da consciência as duras realidades de seu caráter, como uma túnica galantemente estendida sobre a imunda poça de lama de sua alma.

Confuso, percebi que estava ao mesmo tempo chorando e me excitando. Uma deitou-me de novo e montou sobre mim, secando minhas lágrimas com beijos. "Então todo mundo sabe, menos eu?", perguntei-lhe. "Mainá? Minnie? Quem?"

"Não pense nas suas irmãs", disse ela, com movimentos suaves, tranqüilizadores. "Meu pobrezinho, você ama todo mundo, só quer amor. Se as outras pessoas gostassem de você tanto quanto você gosta delas! Mas você devia saber o que elas me dizem sobre você. Cada coisa! Você não imagina as brigas que eu tenho por sua conta."

Obriguei-a a parar. "O que você está dizendo? O que você está dizendo sobre mim?"

"Meu nenenzinho", disse ela, grudando-se em mim, recurvada como uma colher. Como eu a adorava! Quanta gratidão sentia por ter, neste mundo traiçoeiro, uma mulher como ela, madura, serena, vivida, forte, amorosa. "Meu pobre mouro azarado. De agora em diante, a sua família sou eu."

15

As pinturas foram ficando cada vez menos coloridas, até que por fim Aurora trabalhava apenas com preto, branco e por vezes tons de cinza. O mouro passou a ser uma figura abstrata, coberto dos pés à cabeça por um padrão de losangos pretos e brancos. A mãe, Aixa, era negra; e a amante, Chimène, era de um branco brilhante. Muitos desses quadros representavam cenas amorosas. O mouro e sua amante faziam amor em diversos cenários. Saíam do palácio e percorriam as ruas da cidade. Recorriam a hotéis baratos, e deitavam-se nus em quartos de janelas fechadas, perto de trens que iam e vinham. Aixa sempre aparecia nesses quadros, atrás de uma cortina, olhando por um buraco de fechadura, voando até a altura da janela do quarto onde os amantes se refugiavam. O mouro preto-e-branco aparecia virado para sua amante branca e de costas para sua mãe negra; no entanto ambas faziam parte dele. E agora, ao longe, no horizonte, surgiam nessas pinturas exércitos cada vez maiores, com cavalos irrequietos, lanças luzidias. Com o passar dos anos, os exércitos se aproximavam cada vez mais.

Porém o Alhambra é inexpugnável, *dizia o mouro a sua amada*. Nossa fortaleza — como nosso amor — jamais será derrotada.

Ele era preto-e-branco. Era a prova viva de que os opostos podiam se unir. Mais Aixa, a negra, o puxava para um lado, e Chimène, a branca, o puxava para o outro. Começaram a rasgá-lo ao meio. Losangos negros e brancos caíam do rasgão, como lágrimas. Ele fugia da mãe e apegava-se a Chimène. E, quando os exércitos chegaram ao sopé do morro, quando as poderosas forças brancas se reuniram na praia de Chowpatty, um vulto negro, encapuzado, escapuliu da fortaleza e desceu o mor-

ro. Essa traidora tinha nas mãos a chave dos portões. O vigia perneta a viu e lhe prestou continência. Era o capuz de sua senhora. Mas ao pé do morro a traidora retirou o capuz. A figura, de um branco brilhante, tinha na mão infiel a chave que levaria à queda de Boabdil.

Ela entregou a chave aos exércitos que sitiavam a fortaleza, e sua alvura fundiu-se com a dos soldados.

O palácio caiu. Sua imagem esvaiu-se numa névoa branca.

•

Aos cinqüenta e cinco anos de idade, Aurora Zogoiby permitiu que Kekoo Mody organizasse uma grande retrospectiva de sua obra no Prince of Wales Museum — a primeira vez em que a instituição prestou tal homenagem a um artista vivo. Peças de jade, porcelanas, esculturas, miniaturas e tecidos antigos foram respeitosamente retirados de seus lugares, e os quadros de Aurora foram instalados. Foi um evento importante na vida da cidade. Anúncios da exposição foram colocados por toda parte. (Apollo Bunder, Colaba Causeway, Fonte Flora, Churchgate, Nariman Point, Civil Lines, morro de Malabar, Kemp's Corner, Warden Road, Mahalaxmi, Hornby Vellard, Juhu, Sahar, Santa Cruz. Ah, mantra abençoado de minha cidade perdida! Nunca mais voltarei a rever esses lugares; deles só guardo a lembrança. Perdoe-me se caio na tentação de evocá-los, recitando seus nomes, revendo-os com os olhos da imaginação. A livraria Thacker, a confeitaria Bombelli, o cinema Eros, a Pedder Road. *Om mani padmé hum*...) O logotipo "A. Z.", criado especialmente para a ocasião, era onipresente, em folhetos, em todos os jornais e revistas. O vernissage, à qual compareceram todas as figuras importantes da cidade — pois perder um evento de tal magnitude seria suicídio social —, mais parecia uma coroação que uma exposição de arte. Aurora foi louvada, lisonjeada, bombardeada com pétalas de flores e presentes. Toda a cidade curvou-se diante dela e tocou-lhe os pés.

Até mesmo Raman Keats, o poderoso chefão do EM, compareceu, piscando os olhos de sapo, e fez uma mesura respeitosa. "Que todos vejam o que fazemos pelas minorias", disse ele, bem alto. "É a um hinduísta que conferimos tais honras? Um de nossos grandes artistas hindus? Não importa. Na Índia, todas as comunidades têm seu lugar, suas atividades de lazer — arte, etcétera

— todas. Cristãos, parses, jainistas, siques, budistas, judeus, mogóis. Nós aceitamos isso. Também isso faz parte da ideologia de Ram Rajya, dos desígnios do Senhor Rama. É apenas quando outras comunidades usurpam nossos lugares hinduístas, quando a minoria tenta dar ordens à maioria, que dizemos que os pequenos devem se dobrar diante dos grandes. Isso também se aplica à arte. Já fui artista. Portanto, afirmo, com certa autoridade, que a arte e a beleza devem servir aos interesses da nação. Madame Aurora, parabéns por sua magnífica exposição. Quanto à questão de qual arte vai ficar — a arte intelectual, refinada, elitista, ou aquela que as massas adoram; a nobre ou a degenerada; a orgulhosa ou a modesta; a elevada ou a da sarjeta, a espiritual ou a pornográfica —, quanto a isso, certamente a senhora há de concordar" — e nesse ponto ele riu, para mostrar que estava brincando —, "só o *Times* dirá."

Na manhã seguinte, o *Times of India* (edição de Bombaim), tal como todos os outros jornais da cidade, publicou com destaque matérias noticiosas sobre o grande vernissage, juntamente com enormes críticas da obra da artista. Nessas críticas, a longa e notável carreira de Aurora da Gama-Zogoiby por pouco não foi completamente destruída. Habituada, de longa data, a não apenas receber altos elogios como também ser atacada por motivos estéticos, políticos e morais, com acusações que iam desde arrogância, imodéstia, obscenidade e inautenticidade até — no caso da obra inspirada pela obra de Manto, *Uper o gur gur o anexo a baía dhayana o mung o dal do laltain* — de tendências pró-paquistanenses, minha mãe não era nem um pouco vulnerável a críticas; porém nada a havia preparado para a idéia de que ela se tornara, pura e simplesmente, irrelevante. No entanto, numa dessas mudanças desorientadoras e radicais por meio das quais uma sociedade em transformação revela de súbito que sua sensibilidade se modificou, as feras da crítica, num pavoroso rugido em uníssono, atacaram Aurora Zogoiby por ser uma "artista do soçaite", em descompasso com o espírito da época, até mesmo "perniciosa". Nesse mesmo dia, a manchete principal de todos os jornais era a dissolução do parlamento após a desintegração do governo de coalizão anti-Indira que se seguiu ao período de emergência, e vários editoriais chamaram a atenção para o contraste entre os destinos das duas velhas rivais. Na página de opinião do *Times*, o artigo principal intitulava-se: "Aurora mergulha nas trevas, mas para Indira raia uma nova manhã".

Ao mesmo tempo, na Gandhys' Chemould Gallery, a jovem escultora Uma Sarasvati estava expondo em Bombaim pela primeira vez. A *pièce de résistance* da exposição era um grupo de sete peças de pedra mais ou menos esféricas, de um metro de altura, com pequenas depressões no alto, cheias de pós de cores vivas — escarlate, azul-escuro, amarelo, verde-esmeralda, roxo, laranja e ouro. Essa obra, intitulada *Alterações na/resgates da essência da maternidade na era pós-secularização*, fizera grande sucesso na Documenta, na Alemanha, um ano antes, e acabava de voltar, depois de ser exposta em Milão, Paris, Londres e Nova York. Na Índia, os críticos que haviam arrasado com Aurora Zogoiby nomearam Uma a nova estrela da arte nacional — jovem, bela e inspirada por sua forte fé religiosa.

Esses eventos foram sensacionais; mas para mim o choque das duas exposições foi de natureza mais pessoal. Meu primeiro contato com a obra de Uma — pois ela continuava me proibindo de visitar seu estúdio em Baroda — foi também o momento em que fiquei sabendo de sua religiosidade. Quando ela começou a dar entrevistas afirmando que era devota do Senhor Rama, fiquei, para dizer o mínimo, abestalhado. Depois do vernissage, durante vários dias ela alegou estar "ocupada", mas por fim concordou em encontrar-se comigo no Retiring Rooms junto ao Victoria Terminus, e perguntei-lhe por que motivo ela havia ocultado de mim uma parte tão importante de si própria.

"Você chegou mesmo a chamar o Mainduck de filho da puta", argumentei. "E agora você aparece nos jornais dizendo essas coisas que ele vai adorar ouvir."

"Não lhe contei antes porque religião é um assunto muito pessoal", respondeu ela. "E, como você sabe, sou uma pessoa reservada, até demais. E acho mesmo o Keats um marginal, um salafrário, um canalha, porque está tentando usar meu amor a Rama como arma para atacar os 'mogóis' — quer dizer, os muçulmanos, é claro. Mas, meu querido menino" — ela continuava me tratando desse modo, embora em 1979 eu já tivesse vinte e dois anos, com corpo de quarenta e quatro —, "você há de compreender que, assim como você faz parte de uma minoria minúscula, eu sou filha da imensa nação hindu, e como artista tenho que levar esse fato em conta. Preciso encarar minhas origens, assumir os princípios eternos da fé. E, além do mais, isso não é da sua conta, não senhor. E se eu sou uma terrível fanática, então como é que eu estou com você, hein?'' O que era, sem dúvida, um argumento razoável.

Aurora, em reclusão profunda na *Elefanta*, era de opinião diversa. ''Esta sua namorada, você vai me desculpar, é a pessoa mais ambiciosa que já conheci'', disse-me. ''Nunca vi igual. Ela percebe para que lado as coisas estão caminhificando e assume em público a posição mais conveniente. Espere só; daqui a pouco ela vai estar nos palanques dos comícios do EM gritificando slogans odiosos.'' Então assumiu uma expressão carrancuda. ''Pensa que não sei o quanto ela se esforçou para esculhambificar minha exposição?'', sussurrou. ''Pensa que não descobri as ligações entre ela e as pessoas que escreveram aquelas barbaridades?''

Isso era demais; era uma infâmia. Aurora, em seu estúdio vazio — pois todos os mouros estavam no Prince of Wales Museum —, me encarou com um olhar vazio; entre mim e ela havia uma tela ainda em branco; despencavam pincéis de seu penteado alto, como flechas que erravam o alvo. Eu estava parado à porta, espumando de raiva. Eu viera para brigar — porque também a sua exposição fora uma grande surpresa para mim; até então ela não havia me mostrado aquelas telas monocromáticas em que o mouro arlequinal e sua Chimène branca faziam amor enquanto a mãe de preto os espionava. As acusações que minha mãe levantara contra Uma — mas que desfaçatez, ela que estava tendo um caso com Mainduck! — me fizeram explodir. ''Lamento que a sua retrospectiva tenha sido espinafrada pela crítica'', gritei. ''Mas, mesmo se a Uma quisesse tramar um complô contra você, como que ela poderia fazer isso? Será que você não vê que ela ficou constrangida por ser elogiada em detrimento da sua reputação? A pobrezinha está tão envergonhada que não tem nem cara de vir aqui! Desde o começo que ela adorava você, e a sua reação era cair de pau em cima dela. A sua mania de perseguição está realmente exagerada! E você acha que eu gostei de ver aqueles quadros em que você aparece espionando a gente? Há quanto tempo você anda fazendo isso?''

''Cuidado com essa mulher'', disse Aurora, em voz baixa. ''Ela é louca e mentirosa. É uma sanguessuga, e o que ela quer é o seu sangue, não você. Ela vai chupá-lo como quem chupa uma manga, e depois jogar fora o caroço."

Fiquei horrorizado. "Você está louca", gritei. "Louca de pedra."

"Eu, não, meu filho", respondeu ela, mais baixo ainda. "Mas há uma louca na história, sim — louca ou má. Ou então as duas coisas. Não sei. Quanto à espionagem, assumo a culpa. Há algum tempo contratei Dom Minto para descobrir a verdade a respeito da sua namorada misteriosa. Posso lhe contar o que ele descobriu?"

"Dom Minto?" Aquele nome me deixou perplexo. Era como se ela houvesse dito "Hercule Poirot" ou "Sam Spade". Ou "inspetor Ghote" ou "inspetor Dhar". Todo mundo conhecia o nome, todos conheciam a série de brochuras que relatava a carreira do grande detetive particular de Bombaim. Nos anos 50, vários filmes foram feitos a seu respeito, o último contando o caso de um assassinato famoso (pois existira "mesmo" um Dom Minto, que fora "mesmo" detetive particular): um herói da marinha indiana, o comandante Sabarmati, havia atirado em sua esposa e no amante dela, matando o homem e ferindo gravemente a mulher. Fora Minto que descobrira o lugar onde o casal de amantes se encontrava, e dera o endereço ao militar furioso. Minto ficou muito abalado com o crime, e com a maneira pouco elogiosa como sua personagem apareceu no filme; assim, o velho detetive — pois já naquela época era velho e manco — aposentou-se. Foi então que os sensacionalistas se apossaram de sua imagem, criando o superdetetive dos livros baratos e dos seriados de rádio (e, mais recentemente, os *remakes* dos velhos filmes B dos anos 50, com grandes estrelas nos papéis principais), transformando Minto em mito. Que diabo aquela personagem fictícia estava fazendo na história da minha vida?

"É, o Minto autêntico", disse Aurora, num tom não desprovido de carinho. "Está com mais de oitenta anos. Foi o Kekoo que o localizou." *Ah, o Kekoo. Mais um dos seus namorados. Ah, meu querido Kekoo encontrou o velhinho, que aliás é um amor de velhinho, e ele pôs logo mãos à obra.*

"Ele estava no Canadá", disse Aurora. "Aposentado, morando com os netos, entediado, infernificando a vida da garotada. Aí veio à tona que o comandante Sabarmati havia saído da prisão e feito as pazes com a mulher. É demais, não é? Lá em Toronto, estavam vivendo felizes para sempre. Depois disso, segundo o Kekoo, Minto ficou livre do sentimento de culpa, voltou para Bombaim e, apesar da idade, retomoficou o trabalho. O Kekoo é um grande fã dele, e eu também. Dom Minto! Nos velhos tempos, você sabe, ele era o maior."

"Que maravilha!", exclamei, no tom mais sarcástico de que fui capaz. Mas devo confessar que meu coração vagabundo batia forte. "E o que foi que esse Sherlock Holmes das Índias descobriu a respeito do amor da minha vida?"

"Ela é casada", disse Aurora, secamente. "E no momento está chifrando o marido com não um, nem dois, mas três amantes. Quer ver as fotos? Um é o pateta do Jimmy Grana, paixão da sua falecida irmã. O outro é o pateta do seu pai; e o terceiro, meu pavãozinho pateta, é você."

•

"Ouça bem, porque só vou lhe contar uma vez", ela me dissera quando insisti para que me falasse sobre suas origens. Uma era filha de uma respeitável família brâmane — ainda que de modo algum rica — de Guzerate, mas perdera os pais em tenra idade. Sua mãe era depressiva, e enforcou-se quando a filha tinha doze anos; seu pai, professor, enlouqueceu com a tragédia, e tocou fogo no próprio corpo. Uma foi salva da miséria por um "tio" bondoso — na verdade não era seu tio, e sim colega de trabalho de seu pai —, o qual custeou sua educação em troca de sexo (ou seja, também não era "bondoso"). "Dos doze anos", disse ela, "até recentemente. Minha vontade era cravar uma faca no olho dele. Mas tudo que fiz foi pedir ao deus que o amaldiçoasse e abandoná-lo. Talvez agora você entenda por que não gosto de falar do meu passado. Nunca mais toque nesse assunto."

A versão de Dom Minto, segundo minha mãe, era bem diferente. De acordo com o detetive, Uma não era de Guzerate e sim de Maharashtra — a outra metade do antigo estado de Bombaim, que foi dividido —, e fora criada em Poona, onde seu pai ocupava um cargo elevado na polícia. Desde cedo revelou um talento artístico prodigioso e teve total apoio dos pais, sem o qual dificilmente teria conseguido obter uma bolsa de estudos da Universidade M. S., onde foi considerada por todos uma aluna muitíssimo promissora. Em pouco tempo, porém, começou a dar sinal de que sua mente era muitíssimo desequilibrada. Agora que começava a ficar famosa, as pessoas temiam ou relutavam em falar mal de Uma, mas após pacientes investigações Dom Minto descobriu que, em três ocasiões, ela havia consentido em tomar remédios fortes com o intuito de controlar suas aberrações mentais recorrentes, porém nas três ocasiões abandonou o tratamento quase imediatamente após iniciá-lo. Sua capacidade de assumir personalidades radicalmente diferentes na companhia de pessoas diferentes — de transformar-se no que lhe parecia ser o que a pessoa (homem ou mulher, porém no mais das vezes homem) em questão acharia mais atraente — era mesmo excepcional; mas se tratava de um talento de atriz levado ao ponto da loucura, muito além da loucura. Uma era capaz de inventar longas e complexas versões de sua vida, muito convincentes, e a elas se apegava de modo obstinado, mesmo quando lhe apontavam contradições gritantes, ou quando a verdade vinha à tona. Talvez não tivesse mais a consciência de uma identidade "autêntica", independente dessas representações, e sua confusão existencial estivesse começando a extravasar os limites de seu eu, infectando, como uma doença, todos aqueles com quem ela mantinha contato. Em Baroda, tornara-se conhecida por suas mentiras maliciosas e manipuladoras — por exemplo, inventou ligações amorosas absurdas com certos membros do corpo docente, e escreveu cartas a suas esposas com detalhes explícitos de relações sexuais, cartas essas que, em mais de um caso, causaram separações e divórcios. "Ela nunca deixou que você fosse visitificá-la na universidade", disse minha mãe, "porque lá todo mundo a odeia."

A reação de seus pais, ao constatar que ela era doente mental, foi abandoná-la; uma reação não tão rara assim, como eu sabia muito bem. Não haviam nem se enforcado nem se incendiado — essas ficções violentas eram fruto do ódio (este, sim, verdadeiro) da filha rejeitada. Quanto ao "tio" tarado, Uma, após ser abandonada pela família — mas não aos doze anos de idade, como ela me dissera! —, havia rapidamente se grudado a um conhecido de seu pai em Baroda, um velho vice-comissário de polícia aposentado, chamado Suresh Sarasvati, um viúvo melancólico que a jovem beldade conseguiu seduzir com facilidade; e casou-se com ele mais que depressa, num momento em que, na condição de mulher deserdada, Uma precisava desesperadamente da respeitabilidade que lhe conferiria a situação de esposa. Logo após o casamento, o velho sofreu um derrame e ficou inválido ("E qual a causa do derrame?", indagou Aurora. "Será que eu preciso explicificar tudo? Quer que eu faça um desenho?"), e agora levava uma vida terrível de vegetal, mudo e paralítico; a única pessoa que cuidava dele era um vizinho solícito. Sua jovem esposa foi-se embora com tudo que o velho possuía e jamais se importou com ele. E agora, em Bombaim, ela estava começando a atacar por todos os lados. Seus poderes de atração e persuasão estavam no auge. "Você tem que quebrar este encantamento", disse minha mãe. "Senão você está frito. Ela é como um demônio do Ramaiana, e vai fazer picadinho de você."

Minto fizera o serviço completo; Aurora mostrou-me toda a documentação — certidão de nascimento, certidão de casamento, relatórios médicos confidenciais obtidos, naturalmente, via propinas etc. —, que não deixava a menor dúvida de que o relatório do detetive era verdadeiro quanto a todos os detalhes importantes. Ainda assim, meu coração se recusava a acreditar. "Você não entende a Uma", protestei. "Está certo que ela mentiu a respeito dos pais. Eu também mentiria se meus pais fossem assim. E talvez esse ex-policial, o tal do Sarasvati, não seja nenhum santo. Daí a dizer que ela é má, ou louca, um demônio em forma de gente... Mamãe, tenho a impressão de que você está sob a influência de certos sentimentos pessoais."

Aquela noite, sozinho em meu quarto, sem ter conseguido comer, fiquei pensando. Sem dúvida, eu tinha que tomar uma decisão. Se optasse por Uma, teria que romper com minha mãe, provavelmente para sempre. Mas se aceitasse as provas reunidas por Aurora — e, entre as quatro paredes de meu quarto, fui obrigado a reconhecer que eram mesmo muito sérias — eu estaria me condenando a viver o resto da vida sem ninguém. Quantos anos ainda me restariam? Dez? Quinze? Vinte? Seria eu capaz de enfrentar meu destino estranho e terrível sem uma companheira a meu lado? O que era mais importante, o amor ou a verdade?

Mas, se Aurora e Minto tinham razão, então ela não me amava; era apenas uma grande atriz, uma predadora de paixões, uma fraude. De repente me dei conta de que muitos dos juízos de valor que havia feito nos últimos tempos a respeito de minha família se baseavam em coisas ditas por Uma. Senti que minha cabeça rodava. O chão desapareceu sob meus pés. Seria verdade que minha mãe era amante de Kekoo, de Vasco, de Raman Keats? Seria verdade que minhas irmãs falavam mal de mim pelas minhas costas? E, se não era, então fatalmente Uma — ah, minha amada! — havia tentado, de modo calculado, fazer-me pensar mal das pessoas que me eram mais próximas, a fim de se imiscuir entre elas e mim. Abandonar a visão que se tem do mundo e tornar-se de todo dependente da visão de outra pessoa — não seria essa uma maneira precisa de caracterizar uma forma de loucura? Nesse caso — para usar o contraste de Aurora — eu era louco. E Uma, a linda Uma, era má.

Diante da possibilidade de que o mal existia, de que a maldade em sua essência havia entrado em minha vida e me convencido de que era amor, diante da possibilidade de perder tudo que eu queria na vida, desmaiei. E sonhei sonhos terríveis, sanguinolentos.

•

Na manhã seguinte, eu estava no terraço da *Elefanta* olhando para a baía reluzente quando Mainá veio me procurar. A pedido de Aurora, também ela havia auxiliado a investigação de Dom Minto. Ela descobrira que ninguém na seção de Baroda da FUFAC conhecia Uma Sarasvati pessoalmente, nem sabia de sua participação em qualquer tipo de movimento político. "Ou seja, desde o início ela está enrolando a gente", disse ela. "Falando sério, maninho, desta vez a mamãe está coberta de razão."

"Mas estou apaixonado por ela", disse eu, impotente. "Não posso fazer nada. Não posso."

Mainá sentou-se a meu lado e segurou minha mão esquerda. Falou com uma voz suave, tão pouco mainaica que me surpreendeu. "Eu também gostei demais dela", confessou-me. "Mas aí a coisa não deu certo. Eu não queria contar a você. Não cabia a mim. E de qualquer modo você não ia me dar ouvidos."

"Dar ouvidos a quê?"

"Uma vez ela me procurou depois de sair com você", disse Mainá, com o olhar perdido no horizonte. "Me disse umas coisas sobre vocês dois. Sobre o que você... Enfim. Deixe para lá. Não tem importância. Ela disse que não gostava. E disse mais coisas, mas que diabo. Agora não tem mais importância. Depois me disse uma coisa a meu respeito. Quer dizer: que estava a fim. Mandei-a embora. Desde então não nos falamos."

"Ela me disse que era você", contei, com uma voz sem vida. "Quer dizer, você que estava a fim."

"E você acreditou", retrucou Mainá, ríspida, e mais que depressa beijou-me a testa. "Claro que você acreditou. O que é que você sabe sobre mim? De quem eu gosto, do que eu preciso? E você estava precisadíssimo de amor, tadinho. Seu bobo. Mas agora é melhor você se cuidar. E rápido."

"Terminar com ela? Assim de repente?"

Mainá levantou-se, acendeu um cigarro, tossiu: uma tosse profunda, de doente, de quem está engasgada. Reassumiu a voz durona, a voz de advogada anticorrupção realizando um interrogatório, sua voz de militante contra o assassinato de meninas recém-nascidas, sua voz de gritadora de slogans contra o *sati* e o estupro. Ela estava certa. Eu não sabia nada sobre ela, não sabia que escolhas ela tivera que fazer, a que braços ela recorrera nos momentos difíceis, nem por que os braços masculinos talvez lhe inspirassem medo em vez de desejo. Ela era minha irmã, mas e daí? Eu nem sequer a chamava pelo seu nome verdadeiro. "Qual o problema?", exclamou ela, dando de ombros e acenando para mim com o cigarro enquanto ia embora. "Largar isso aqui é mais difícil, vá por mim. Livre-se dessa desgraçada de uma vez por todas e dê graças a Deus por não fumar."

•

"Eu sabia que elas iam tentar nos separar. Desde o começo eu sabia."

Uma havia se mudado para um apartamento com vista para o mar, no décimo oitavo andar de um prédio ao lado do President Hotel, a pouca distância da Galeria Mody. Estava em pé numa sacada, teatralmente devastada pela dor, contra um fundo, bem apropriado, de coqueiros sacudidos pelo vento e chuva torrencial; e nesse momento, é claro, o lábio inferior, túmido e sensual, estremeceu, e teve início um chuvisco de lágrimas. "Sua própria mãe lhe dizer — que o seu *pai*! — Bem, você há de me desculpar, mas estou enojada. Ah! E com o Jimmy Granashpenkas também! Aquele guitarrista de meia-tigela, com uma corda a menos! Você sabe muito bem que desde aquele primeiro dia, no hipódromo, ele cismou que eu era uma espécie de avatar da sua irmã. Desde então ele vive atrás de mim, como um cachorro com a língua de fora. Isso quer dizer que eu ando *dormindo* com ele? Meu Deus, com quem mais? V. Miranda? O porteiro perneta? Então eu sou uma *sem-vergonha*?''

''Mas e o que você disse sobre a sua família? E mais o tal 'tio'.''

''Que direito você tem de saber tudo a meu respeito? Você estava se intrometendo na minha vida e eu não queria falar sobre o assunto. Foi só isso.''

''Mas não era verdade, Uma. Seus pais estão vivos e o suposto tio é seu marido.''

''Era uma metáfora. Isso! Uma metáfora de todas as desgraças por que eu passei, do meu sofrimento. Se você me amasse você compreenderia. Se me amasse, não estaria me submetendo a este interrogatório. Se me amasse, em vez de ficar sacudindo sua pobre mãozinha você a colocaria aqui, e calaria esta boquinha e me daria um beijinho, e faria o que fazem as pessoas apaixonadas.''

''Não foi uma metáfora, Uma'', disse, recuando. ''Foi uma mentira. E o que mais me assusta é que você não diferencia uma coisa da outra.'' Saí andando de costas, passei pela porta da frente e a fechei, sentindo-me como se tivesse saltado da sacada, em cima dos coqueiros ensandecidos. Foi assim que me senti: como se estivesse caindo. Foi como um suicídio. Como uma morte.

Mas também isso foi uma ilusão. A realidade só viria dois anos depois.

•

Agüentei durante meses. Continuei morando com meus pais e trabalhando; tornei-me perito na arte de promover o talco Baby Fofo, e cheguei mesmo a ser nomeado gerente de marketing por meu pai, que ficou todo orgulhoso. Consegui sobreviver ao vazio dos dias. Houve mudanças na *Elefanta*. Após a *débâcle* da retrospectiva, Aurora finalmente conseguiu expulsar Vasco. A coisa foi feita com a maior frieza. Aurora comentou que estava precisando de privacidade, e Vasco, com uma mesura seca, concordou em deixar seu estúdio. Se aquilo era mesmo um fim de caso, pensei, então era necessário reconhecer que tudo se deu do modo mais digno e discreto, se bem que a frieza glacial me tenha feito estremecer, confesso. Vasco veio despedir-se de mim, e fomos juntos ao quarto das crianças, decorado com personagens infantis, onde tudo havia começado. "*É só, pessoal*", disse ele. "Hora de V. Miranda ir para o Ocidente. Vou construir um castelo no ar." Perdido no meio da montanha de sua própria carne, parecia um reflexo, num espelho deformador, da figura batráquia de Raman Keats; sua boca estava contorcida de dor. A voz estava sob controle, mas percebi o sentimento em seu olhar.

"Para mim, ela era uma obsessão, você certamente já deve ter percebido", disse, acariciando as paredes cheias de onomatopéias (*Pof! Zap! Splash!*). "Tal como é e será para você. Talvez algum dia você se sinta em condições de encarar a situação. Quando esse dia chegar, me procure. Me procure antes que aquela agulha chegue ao meu coração." Havia anos que eu não pensava sobre a agulha perdida dentro de Vasco, a lasca de gelo da Rainha da Neve; e ocorreu-me então que o coração daquele Vasco diferente, inchado, estava ameaçado por perigos mais convencionais do que a tal agulha. Ele foi embora da Índia, para a Espanha, e nunca mais voltou.

Aurora também demitiu seu marchand. Disse a Kekoo que o considerava pessoalmente responsável pelo "fiasco de relações públicas" de sua exposição. O rompimento com Kekoo foi menos tranqüilo; durante um mês ele veio todos os dias aos portões da *Elefanta*, pedindo a Lambajan que o deixasse entrar (o pedido era sempre negado), mandando flores e presentes (que eram devolvidos), escrevendo cartas intermináveis (que eram jogadas fora sem ser lidas). Aurora lhe dissera que, como não pretendia mais expor, não tinha mais necessidade de uma galeria. Mas Kekoo enfiou na cabeça que ela o estava trocando por seus grandes rivais da Galeria Chemould. Ele não cessava de implorar em telefonemas (que Aurora se recusava a atender), em telegramas (que ela incendiava com desprezo) e até mesmo através de Dom Minto (que acabou se revelando um senhor idoso, quase cego, com enormes dentes de cavalo como os do comediante francês Fernandel a quem Aurora instruiu no sentido de não mais servir de mensageiro de Kekoo). Eu não conseguia deixar de pensar nas acusações de Uma. Se esses dois supostos amantes tinham sido dispensados, como ficaria Mainduck? Teria ele sido descartado também, ou seria agora seu único amor?

Uma, Uma. Que falta ela me fazia! Tive sintomas de síndrome de abstinência: à noite, sentia seu corpo espectral sob minha mão destruída. Uma vez, ao adormecer (o sofrimento não me tirava o sono!), vi na imaginação uma cena de um velho filme de Fernandel em que, por não saber como se diz "mulher" em inglês, ele usa as mãos para esboçar as formas curvilíneas de uma fêmea.

No sonho, eu era o outro homem. "Ah, sei. Uma garrafa de Coca-Cola?"

Uma passou por nós, rebolando. Fernandel devorou-a com os olhos, como um louco, e apontou com o polegar para as nádegas da jovem, que se afastava.

"Essa garrafa de Coca é minha", disse ele, com um orgulho justificável.

•

A vida continuava. Aurora pintava todos os dias, mas eu não tinha mais acesso a seu estúdio. Abraham trabalhava o dia inteiro, e quando lhe perguntei por que eu continuava restrito ao mundo das bundas de bebês — eu, para quem o tempo corria tão célere! — ele respondeu: "Você viveu boa parte de sua vida depressa demais. Vai lhe fazer bem ir mais devagar por uns tempos". Num gesto de solidariedade silenciosa, meu pai parara de jogar golfe com Uma Sarasvati. Talvez também ele sentisse falta de seu charme versátil.

Silêncio no paraíso: silêncio e dor. Indira Gandhi voltou ao poder, com Sanjay como seu braço direito, donde se concluía que não havia uma moral nas questões políticas, apenas relatividade. Recordei as "variações indianas" em torno da teoria geral da relatividade de Einstein, formuladas por Vasco Miranda: *Tudo é relativo quando o nepotismo entra em campo. Não apenas a luz se curva, como também tudo o mais. Pelos parentes, podem-se curvar argumentos, a verdade, os critérios de contratação de pessoal, a lei.* $D = mc^2$, *onde* D *é Dinastia,* m *é a massa de parentes* e c, *naturalmente, é a corrupção, a única constante do universo — porque na Índia até mesmo a velocidade da luz depende do racionamento de energia e dos caprichos da companhia de força*. O rompimento com Vasco teve também o efeito de tornar a casa um lugar mais silencioso. A enorme mansão parecia um palco vazio, pelo qual transitavam, como fantasmas, os remanescentes de um elenco, atores que não tinham mais papéis para interpretar. Ou talvez estivessem agora atuando em outros palcos; talvez fosse só aquela casa que estivesse escura.

Não deixei de observar — aliás, durante algum tempo quase não pensava em outra coisa — que o que havia acontecido representava, de certo modo, o fracasso da filosofia pluralista com base na qual todos nós tínhamos sido criados. Pois, com relação a Uma Sarasvati, fora aquela criatura pluralista, com suas múltiplas personalidades, seu compromisso altamente inventivo com a infinita maleabilidade do real, sua concepção moderna e provisória da noção de verdade, que havia se revelado falsa; e quem fizera a descoberta fora Aurora — Aurora, que passara a vida inteira defendendo a multiplicidade contra a unidade, havia encontrado, com a ajuda de Minto, algumas verdades fundamentais, e afinal se constatou que era ela que tinha razão. Assim, a história de minha vida amorosa acabou se tornando uma parábola amarga, cujas ironias Raman Keats teria apreciado muito, pois nela a polaridade entre bem e mal tinha sido invertida.

Quem me segurou durante esse período vazio, na entrada dos anos 80, foi Ezequiel, nosso cozinheiro sem idade. Como que percebendo que a casa precisava de alegria, deu início a um programa gastronômico que combinava nostalgia com invenção, mais uma dose generosa de esperança. Todos os dias, antes de partir para a Bumbumdebebelândia, e quando voltava para casa, eu percebia que gravitava cada vez mais em torno da cozinha, onde Ezequiel, de cócoras, com suas barbas grisalhas e seu sorriso gengival, jogava *parathas* para o alto, cheio de otimismo. "Alegria!", exclamava ele, sábio. "*Baba sahib*, fique sentadinho aí que a gente vai cozinhar um futuro feliz. Vamos misturar os temperos, descascar o alho, contar os cardamomos e picar o gengibre, esquentar a manteiga do futuro e fritar o *masala* para liberar o sabor. Alegria! Sucesso no trabalho para o *sahib*, genialidade nas pinturas para a madame, e uma linda noiva para você! Vamos cozinhar o passado e o presente também, e dos dois há de surgir o amanhã." Foi assim que aprendi a preparar bolinho de carneiro com batata e frango à capitão; assim me foram revelados os segredos do *padda* de camarão, do *ticklegummy*, *dhope* e *ding-ding*. Dominei a técnica do *balchow*, e aprendi a fazer bolinhos de *kaju* de alta categoria. Aprendi a arte de preparar o "especial de Cochim" de Ezequiel, uma geléia de banana vermelha picante, de dar água na boca. E à medida que mergulhava nos cadernos de receitas de nosso cozinheiro, afundando mais e mais naquele universo privado de mamões e canela e pimenta, de fato fui ganhando ânimo, entre outros motivos por perceber que Ezequiel havia conseguido estabelecer um traço de união, após um longo hiato, entre mim e meu passado. Aquela cozinha me fazia voltar a uma Cochim havia muito desaparecida, em que o patriarca Francisco sonhava com os raios Gama e Solomon Castile fugia num navio e reaparecia nos azulejos da sinagoga. Nas entrelinhas daqueles cadernos de capa verde eu via Bela fazendo as contas da firma da família, e as fragrâncias da magia culinária de Ezequiel evocavam um armazém em Ernakulam onde uma adolescente um dia se apaixonou. E pelo visto a profecia do velho cozinheiro estava se cumprindo. Com o passado na barriga, meu futuro começou a parecer bem melhor.

"Comida boa", disse Ezequiel, sorrindo e estalando a língua. "Comida que *engorda*. Já é hora de você começar a criar uma barriguinha. Homem sem barriga não tem apetite pela vida."

•

No dia 23 de junho de 1980, Sanjay Gandhi tentou fazer uma pirueta sobrevoando Nova Delhi, o avião caiu e ele morreu. Logo em seguida, no período de instabilidade que seguiu, também minha vida começou a rumar para a catástrofe. Dias após a morte de Sanjay, fiquei sabendo que Jamshed Granashpenkas tinha morrido num desastre de carro na estrada do lago Powai. Sua passageira, que por um milagre fora jogada longe e escapara com apenas pequenos cortes e contusões, era a jovem e brilhante escultora Uma Sarasvati; dizia-se que o falecido a estava levando ao famoso local turístico para pedir-lhe a mão em casamento. Quarenta e oito horas depois, fomos informados, a senhorita Sarasvati teve alta do hospital e foi levada de carro para casa por seus amigos. Naturalmente, ainda estava profundamente abalada.

Ao saber do acidente, todos os sentimentos que Uma me inspirava, e que eu havia tentado reprimir por tanto tempo, vieram à tona. Passei dois dias lutando contra mim mesmo, mas quando soube que ela havia voltado para o apartamento da Cuffe Parade saí de casa, dizendo a Lambajan que ia dar um passeio nos Jardins Suspensos, e assim que ele me perdeu de vista tomei o primeiro táxi que passou. Uma abriu a porta para mim, com uma malha preta e uma camisa japonesa em estilo quimono, frouxamente amarrada. Tinha um ar de pânico, de animal caçado. Era como se sua força gravitacional interior tivesse diminuído; parecia um agregado instável de partículas que poderia se desmilingüir a qualquer momento.

"Você se machucou muito?", perguntei-lhe.

"Feche a porta", respondeu ela. Quando me virei para ela, Uma havia desamarrado a camisa, que estava caída no chão. "Veja você mesmo."

Depois dessa, não havia como nos separarmos. A coisa que existia entre nós parecia ter se tornado ainda mais forte durante a separação. "Ah, meu menino", murmurava ela enquanto eu a acariciava com a mão direita disforme. "Ah, isso. Meu menininho." E, depois: "Eu sabia que você não tinha deixado de me amar. Eu não deixei. Eu disse a mim mesma: danem-se os nossos inimigos. Quem se meter na nossa frente vai ser derrubado".

Seu marido, ela confessou, havia morrido. "Se eu sou mesmo tão má", argumentou, "então me explique, por que ele deixou para mim tudo que tinha? Depois que adoeceu, não sabia mais quem era quem, achava que eu era a criada. Por isso arranjei uma pessoa para tomar conta dele e fui embora. Se isso é agir mal, então sou má." Absolvi-a na mesma hora. Não, você não é má, não, minha querida, minha vida; você, não.

Não havia nenhum arranhão em seu corpo. "Esses jornais desgraçados!", exclamou. "Eu nem estava na porra do carro dele. Fui no meu, porque tinha outros planos. Pois bem, ele ia no Mercedes dele" — achei uma gracinha seu jeito de pronunciar o nome, *Mercédes*! — "e eu no meu Suzuki novo. E naquela porcaria de estrada, aquele playboy maluco resolve correr a toda. Naquela estrada cheia de caminhão, ônibus, motorista drogado, carro puxado a burro e camelo e deus sabe o que mais." Chorou; enxuguei-lhe as lágrimas. "O que eu podia fazer? Continuei dirigindo como uma pessoa sensata e gritei para ele, não, não, volte. Mas o Jimmy sempre teve um parafuso a menos. O que eu posso lhe dizer? Ele não olhou, continuou na contramão para ultrapassar, veio uma curva, tinha uma vaca na pista, ele tentou se desviar, não conseguiu porque meu carro estava na outra pista, e saiu pela direita, bem em cima de uma árvore."

Tentei sentir pena de Jimmy; não consegui. "Deu no jornal que vocês iam se casar."

Uma encarou-me, furiosa. "Você nunca me compreendeu. O Jimmy não era nada para mim. Sempre gostei só de você."

Passamos a nos ver com freqüência. Eu escondia de minha família esses encontros, e ao que parecia Aurora tinha dispensado os serviços de Dom Minto, pois não ficou sabendo de nada. Passou-se um ano; mais de um ano se passou. Os quinze meses mais felizes da minha vida. "Danem-se nossos inimigos!" A frase desafiadora de Uma tornou-se nossa saudação e nossa despedida.

Então Mainá morreu.

Minha irmã morreu de — o que mais poderia ser? — falta de ar. Na época, andava vistoriando uma indústria química na zona Norte da cidade para investigar os maus-tratos a que eram submetidas as inúmeras operárias — a maioria das quais morava nas favelas de Dharavi e Parel — quando ocorreu uma pequena explosão perto do lugar onde ela estava. Para utilizar a linguagem eufemística do relatório, "a integridade" de um tonel de substâncias químicas perigosas "foi comprometida". Como conseqüência prática dessa perda de integridade química, uma quantidade razoável de isocianato de metila foi lançada no ar. Mainá, que havia desmaiado com o impacto da explosão, ingeriu uma dose fatal do gás. O relatório oficial não dizia que a equipe médica só foi chamada bem depois, embora mencionasse quarenta e sete falhas de segurança. Além disso, a equipe médica foi acusada de ter demorado a atender Mainá e seu grupo. Apesar de ter recebido uma injeção de tiossulfato de sódio na ambulância, Mainá morreu antes de chegar ao hospital. Foi uma morte terrível; de olhos arregalados, com ânsia de vômito, ela tentava respirar, enquanto o veneno destruía seus pulmões. Duas de suas colegas do MPS também morreram; três sobreviveram, com graves problemas de saúde. Nenhuma indenização jamais foi paga. A investigação concluiu que o incidente teria sido um ataque contra a organização a que Mainá pertencia, perpetrado por "agentes externos não identificados", de modo que a fábrica não foi responsabilizada. Poucos meses antes, Mainá havia finalmente conseguido pôr Kaká Kolatkar na cadeia por suas negociatas imobiliárias, mas não foi possível provar seu envolvimento no caso. E Abraham, como já vimos, conseguiu se livrar pagando uma multa... Olhe, Mainá era *filha* dele. Sua *filha*. Está bem?

Está bem.

"Danem-se nossos..." Uma deixou a frase pelo meio, ao ver a expressão em meu rosto, quanto fui visitá-la após o enterro de Filomela Zogoiby. "Chega", disse eu. "Não quero mais que ninguém se dane. Por favor."

Deitado na cama, pus a cabeça em seu colo. Ela acariciava meus cabelos brancos. "Você tem razão", concordou. "É hora de simplificar as coisas. Seu pai e sua mãe precisam nos aceitar, curvar-se diante de nosso amor. Então a gente se casa rapidinho. E seremos felizes para sempre. Além disso, a família vai ganhar mais uma artista."

"Ela não vai...", fui dizendo, mas Uma pousou o dedo em meus lábios.

"Vai, sim."

Quando entrava nesse estado de espírito, Uma tornava-se irresistível. Nosso amor era uma inevitabilidade, insistia ela; tinha direito de ser e exigia reconhecimento. "Quando eu explicar isso para os seus pais, eles vão entender. É a minha sinceridade que eles questionam? Muito bem. Em nome do nosso amor, vou visitá-los — agora! — e eles vão ver que estão enganados."

Protestei, mas sem muita convicção. Eles só estavam pensando em Mainá, expliquei; não teriam cabeça para nós. Uma derrubou todos os meus argumentos. Se não tinham cabeça, tinham coração; e o que ela ia lhes apresentar era uma declaração de amor; não havia vergonha que o amor não apagasse — e agora que o senhor Sarasvati já não estava vivo, o que maculava nosso amor além do fato de ela já ter se casado antes e não ser uma noiva virgem? As objeções de meus pais não eram razoáveis. Como poderiam eles se opor à oportunidade de seu único filho ser feliz? Um filho que, desde o nascimento, fora obrigado a arcar com tais ônus? "Agora", repetiu ela, firme. "Você fica aqui me esperando. Vou até lá e convenço os dois." Levantou-se de um salto e começou a se vestir. Ao sair, prendeu no cinto um walkman e pôs o fone nos ouvidos. "É bom assobiar enquanto a gente trabalha", disse, com um sorriso sardônico, colocando um cassete no aparelho. Eu estava em pânico.

"Boa sorte", disse eu, bem alto.

"Não estou ouvindo nada", retrucou ela, indo embora. Depois que Uma saiu, dei por mim me perguntando por que diabos ela teria levado o walkman se tinha um ótimo som no carro. Provavelmente já pifou, refleti. Nesta porcaria de país, nada funciona por muito tempo.

Uma voltou depois de meia-noite, toda amorosa. "Acho que vai dar tudo certo", cochichou-me no ouvido. Eu passara o tempo todo deitado na cama, insone; todo meu corpo estava rígido como aço.

"Você tem certeza?", perguntei, pedindo mais.

"Eles não são maus", disse ela, com uma voz suave, deitando-se a meu lado. "Eles ouviram tudo que eu tinha a dizer, e tenho certeza que entenderam."

Naquele momento, senti que toda minha vida estava entrando nos eixos, como nunca antes tinha entrado; era como se a massa caótica de minha mão direita estivesse se estruturando, transformando-se em palma, dedos, articulações. Eu estava tão entusiasmado que talvez tenha até dançado. Talvez coisa nenhuma; dancei, sim, e gritei, e bebi; e fizemos amor como loucos. De fato, ela era milagrosa, ela conseguira o impossível. Quando começávamos a adormecer, um aninhado no outro, e minha consciência já mergulhava no sono, murmurei, não sei por quê: "Cadê o walkman?".

"Ah, aquela porcaria", cochichou Uma. "Vivia mastigando minhas fitas. Parei no caminho e joguei no lixo."

•

Quando cheguei em casa na manhã seguinte, Abraham e Aurora estavam me aguardando na jardim, os dois em pé, ombro a ombro, ambos de cara amarrada.

"Que foi?", perguntei.

"A partir deste momento", disse Aurora Zogoiby, "você não é mais nosso filho. Já tomamos providências no sentido de deserdá-lo. Você tem um dia para recolhificar todas as suas coisas e cair fora. Eu e seu pai não queremos vê-lo nunca mais."

"Estou de pleno acordo com sua mãe", disse Abraham Zogoiby. "Você só merece o nosso desprezo. Agora desapareça daqui."

(Outras palavras ásperas foram ditas, em tom mais alto; muitas delas fui eu quem disse. Não vou registrá-las.)

•

"Jaya? Ezequiel? Lambajan? Alguém me explica o que houve? O que está acontecendo?" Ninguém disse nada. A porta de Aurora estava trancada; Abraham havia saído e suas secretárias tinham ordens de não o chamar se eu lhe telefonasse. Por fim, a senhorita Jaya Hé permitiu-se dizer quatro palavras:

"Melhor fazer as malas."

•

Nada me foi explicado — nem a minha expulsão em si, nem a brutalidade com que ela se deu. Um castigo tão extremo para um "crime" tão pequeno! O "crime" de apaixonar-me loucamente por uma mulher de quem minha mãe não gostava! Ser cortado fora da árvore genealógica, como um galho morto, por um motivo tão trivial — não, tão maravilhoso... Não era uma causa suficiente. Não fazia sentido. Eu sabia que em meu país havia pessoas — a maior parte da população — que viviam sob um regime de absolutismo familiar; e no mundo do cinema *masala* essas cenas de "nunca mais venha conspurcar esta casa" eram um tremendo clichê. Mas nós éramos diferentes; e sem dúvida esse lugar de hierarquias rígidas, de princípios morais absolutos antiqüíssimos, não era o meu país; esse tipo de cena não cabia no roteiro de nossas vidas! Porém eu estava claramente enganado; pois não houve mais discussões. Telefonei para Uma e lhe dei a notícia; em seguida, não me restando outra opção, enfrentei meu destino. Os portões do paraíso estavam abertos, e Lambajan olhou para o outro lado. Passei por eles aos tropeções, tonto, desorientado, perdido. Eu não era ninguém, nada. Nada do que eu sabia me valia agora, e nem me era possível dizer que sabia algo. Eu havia sido esvaziado, invalidado; eu estava — para usar um epíteto óbvio, porém perfeito — *arruinado*. Havia caído em desgraça, e o horror dessa situação despedaçara todo o universo, como um espelho. Era como se também eu estivesse despedaçado; mas, nos mil e um estilhaços, imagens fragmentadas de mim estavam presas.

Depois da queda, cheguei à casa de Uma Sarasvati com uma mala na mão. Quando ela abriu a porta, seus olhos estavam vermelhos, os cabelos desgrenhados, os gestos ensandecidos. O velho melodrama indiano rompera a superfície de nossa sofisticação postiça, como se a verdade quebrasse uma fina camada de mentiras envernizadas. Uma começou a desculpar-se, histérica. Sua gravidade interior havia enfraquecido drasticamente; agora ela estava mesmo se desestruturando. ''Meu deus — se eu pudesse imaginar — mas como eles podem fazer uma coisa tão pré-histórica — que coisa mais *arcaica* — eu pensava que eles fossem pessoas civilizadas — que só nós, os fanáticos religiosos, agíssemos desse modo, e não vocês, modernos e secularizados — meu deus, vou procurá-los de novo, agora mesmo, vou jurar que nunca mais me encontro com você...''

''Não'', disse eu, ainda em estado de choque. ''Por favor, não vá. Não faça mais nada.''

''Então vou fazer a única coisa que você não pode proibir'', urrou Uma. ''Vou me matar. Agora mesmo. Vou fazer isso por amor a você, para libertar você. Então eles vão ter que aceitá-lo de volta.'' Ela devia estar se preparando desde meu telefonema. Agora estava operística, imensa.

''Uma, não seja doida'', retruquei.

''*Eu não sou doida*'', gritou ela, enlouquecida. ''Não me chame de doida. Toda a sua família me chama de doida. Eu não sou doida. Estou é apaixonada. Uma mulher é capaz de fazer coisas incríveis por amor. Um homem apaixonado também faria o mesmo por mim, mas não estou pedindo isso. Não espero grandes coisas de você, de homem nenhum. Se sou doida, sou doida por você. Me chame de louca de amor. E — pelo amor de deus! — feche a porra da porta.''

•

Com olhos que eram duas postas de sangue, começou a rezar. No pequeno santuário ao Senhor Rama, no canto da sala, acendeu um lampião e passou a descrever círculos tensos no ar. Fiquei em pé, na penumbra do anoitecer, com a mala a meus pés. Ela está fazendo isso a sério, pensei. Não é uma brincadeira. Isso está acontecendo. É a minha vida, a nossa vida, e essa é a sua forma verdadeira. É a forma por trás de todas as formas, a forma que só se revela na hora da verdade. Naquele instante, um desespero absoluto despencou sobre mim, esmagando-me sob seu peso. Compreendi que eu não tinha mais vida. Minha vida fora tirada de mim. A ilusão do futuro que Ezequiel havia redespertado em mim na cozinha revelara-se uma simples quimera. O que fazer? O que me estava reservado, a sarjeta ou um momento final e supremo de dignidade? Teria eu coragem de morrer por amor, e desse modo tornar nosso amor imortal? Seria capaz de fazer isso por Uma? Por mim?

"Eu também", proclamei, alto e bom som. Ela largou o lampião e olhou para mim.

"Eu sabia", respondeu Uma. "O deus me disse. Disse que você era um homem corajoso, que me amava, e que certamente me acompanharia na minha viagem. Que você não é um covarde capaz de me deixar ir sozinha."

•

Uma sempre soubera que seu apego à vida não era firme, que algum dia talvez tivesse de abandoná-la. Assim, desde a infância, como um guerreiro que se prepara para a batalha, carregava a morte consigo. Para o caso de ser capturada. Antes a morte que a desonra. Ela saiu de seu *boudoir* com os punhos cerrados. Dentro de cada mão havia uma pílula branca. "Não me faça perguntas", disse ela. "Nas casas dos policiais há muitos segredos." Pediu-me que ajoelhasse a seu lado diante de uma imagem do deus. "Sei que você não crê", explicou-me. "Mas por mim você não vai se recusar." Ajoelhamo-nos. "Para mostrar-lhe o quanto sempre o amei", disse ela, "para provar finalmente que nunca menti, vou tomar primeiro. Se você também me ama de verdade, então imite meu gesto imediatamente, imediatamente, porque estarei esperando por você, meu amor, meu único amor."

Nesse instante, alguma coisa em mim mudou. Surgiu uma recusa. "Não", exclamei, e arranquei-lhe a pílula da mão. A pílula caiu no chão. Com um grito, Uma abaixou-se para pegá-la; eu também. Nossas cabeças se entrechocaram. "Ai!", exclamamos juntos. "Uuuui, aaai. *Ai*!"

Quando consegui pôr a cabeça mais ou menos no lugar, vi as duas pílulas caídas no chão. Tentei agarrá-las, porém, tonto de dor, só pude pegar uma delas. Uma pegou a outra e ficou olhando-a com um olhar diferente, arregalado, tomada por algum horror diferente, só seu, como se de repente alguém lhe tivesse dirigido uma pergunta terrível, e ela não soubesse respondê-la.

Disse eu: "Não, Uma. Não faça isso. É um erro. É uma loucura".

Aquela palavra a incomodou de novo. "Não fale em loucura", gritou ela. "Se você quer viver, que viva. Mas você vai provar que nunca me amou. Que você é que sempre foi o mentiroso, o charlatão, o camaleão, o manipulador, o conspirador, o falso. Não eu, mas você. Você é que não presta, você é que é mau, o demônio. Veja! Eu sou boa."

Engoliu a pílula.

Houve um momento em que uma expressão genuína e intensa de surpresa surgiu-lhe no rosto, logo seguida por resignação. Depois Uma caiu. Ajoelhei-me junto a ela, apavorado, e minhas narinas foram invadidas por um cheiro de amêndoa amarga. No instante da morte, seu rosto parecia sofrer mil transformações, como se um livro estivesse sendo folheado, como se ela abrisse mão, uma por uma, de suas incontáveis personalidades. Por fim, uma página em branco, e Uma já não era mais ninguém.

Não, eu não queria morrer; a decisão já estava tomada. Guardei no bolso da calça a outra pílula. Quem quer que ela tivesse sido, boa ou má, ou nem uma coisa nem outra, o fato inegável é que eu a amara. Se morresse, eu não imortalizaria aquele amor, e sim o desvalorizaria. Por isso, continuaria vivo, como porta-estandarte de nosso amor; para demonstrar, através de minha própria vida, que o amor valia mais que o sangue, que a vergonha — mais, até, que a morte. *Não vou morrer por você, minha Uma, e sim viver. Por mais dura que minha vida venha a ser.*

A campainha tocou. Eu estava sentado no escuro, junto ao corpo inerte de Uma. Esmurraram a porta. Continuei imóvel. Uma voz gritou alto: *Abra a porta. Polícia.*

Levantei-me e abri a porta. O corredor estava cheio de uniformes azuis de calças curtas, pernas magras e escuras com joelhos protuberantes, e mãos brandindo cassetetes. Um inspetor, de chapéu chato, apontava uma arma para a minha cara.

"O senhor se chama Zogoiby, não é?", perguntou, aos gritos.

Respondi que sim.

"*Shri* Moraes Zogoiby, gerente de marketing da Companhia de Talco Baby Fofo?"

O próprio.

"Então, com base nas informações que detenho, declaro que o senhor está preso sob a acusação de fazer contrabando de narcóticos, e em nome da lei ordeno-lhe que me acompanhe sem resistência até a viatura estacionada lá embaixo."

"Narcóticos?", repeti, impotente.

"Proibido argumentar", berrou o inspetor, aproximando a pistola de meu rosto. "O elemento detido deve imediatamente obedecer às ordens do oficial encarregado. Ordinário, marche!"

Saí, humildemente, e vi-me cercado pela multidão de pernas joelhudas. Nesse momento, pela primeira vez o inspetor viu o corpo estendido no chão do apartamento.

III

CENTRO DE BOMBAIM

16

Numa rua da qual eu jamais tinha ouvido falar, dei por mim algemado diante de um prédio que nunca tinha visto antes, uma estrutura tão grande que meu campo de visão era todo preenchido por uma única parede nua, na qual, um pouco à minha direita, pude discernir uma pequena porta de ferro — ou melhor, uma porta que parecia pequena como uma toca de rato naquela imensa muralha de pedra cinza. O policial que me prendera cutucou-me com seu cassetete, e eu, obediente, afastei-me da viatura sem janelas na qual me haviam trazido do cenário macabro da morte de minha amante. Atravessei aquela avenida vazia e silenciosa atônito, porque as ruas de Bombaim nunca são silenciosas, e nunca, mas nunca, ficam vazias — aqui não existem "horas mortas" na madrugada; ou pelo menos isso era o que eu pensava até aquele momento. À medida que me aproximava da porta, fui percebendo que na verdade ela era muitíssimo grande, muito maior que eu, do tamanho da porta de uma catedral. Nesse caso, o muro deveria ser imenso, mesmo! Chegando junto ao muro, constatei que ele tapava o céu, escondendo a lua suja. Senti um desânimo profundo. Lembrava-me muito pouco da viagem até ali. Amarrado dentro de um veículo escuro, sem dúvida eu havia ficado desorientado e perdido a noção do tempo. Que lugar seria aquele? Quem eram aquelas pessoas? Seriam mesmo policiais? Eu estava mesmo sendo acusado de tráfico de drogas e agora também de suspeita de assassinato? Ou teria eu, sem querer, escorregado de uma página, de um livro da vida para outro? Talvez, no meu estado de confusão e desespero, eu tivesse passado de uma frase de minha própria história para esse outro texto absurdo, incompreensível, que por mero acaso estava imediatamente debaixo do meu. Sim, sem dúvida fora algo assim que ocorrera. ''Eu não sou um criminoso'', exclamei. ''Meu lugar não é aqui, neste Submundo. Houve algum engano.''

''Abandone essas esperanças vãs, seu marginal'', respondeu o inspetor. ''Aqui, muitos demônios do Submundo, muitas feras perigosas, estão se transformando em sombras perdidas. Não houve engano nenhum, seu desgraçado! Entre! Aí dentro só tem marginalidade da pior espécie.''

A enorme porta abriu-se com muitos rangidos e gemidos. De imediato, ouviram-se gritos infernais. ''Aahh! Ôôô! Uuuui!'' O inspetor Singh me deu um empurrão, sem a menor cerimônia. ''Esquerda, direita; esquerda, direita; um, dois; um, dois!'', exclamava ele. ''Para a frente, seu Belzebundão! A sua nova vida espera por você.''

Fui conduzido por corredores escuros e estreitos que fediam a excremento e tormento, desolações e violações, por homens que brandiam chicotes, homens que, para meus olhos, pareciam ter cabeças de feras e línguas que eram cobras venenosas. Ou o inspetor tinha ido embora ou ele havia se transformado num desses monstros híbridos. Tentei fazer perguntas a eles, mas sua única forma de comunicação era física. Socos, empurrões, até mesmo a ponta de um chicote que me atingiu o tornozelo: era isso, em suma, que eles tinham a me dizer. Parei de falar, e continuei a mergulhar nas profundezas da prisão.

Depois de um bom tempo, surgiu à minha frente um obstáculo: um homem com — apertei os olhos para enxergar melhor — cabeça de elefante, barbudo, que tinha na mão um crescente de ferro cheio de chaves. Ratos em bando passaram correndo, contornando seus pés, respeitosos. ''A este lugar trazemos homens ímpios como você'', disse o homem-elefante. ''Aqui você vai sofrer por seus pecados. Vamos humilhá-lo de maneiras que você nunca imaginou, nem mesmo nos seus piores pesadelos.'' Mandaram-me que me despisse. Nu, tiritando, apesar do calor da noite, fui jogado dentro de uma cela. Uma porta — toda uma vida, toda uma maneira de entender a vida — fechou-se sobre mim. Fiquei só, perdido, na escuridão.

Na solitária, o calor intensificava o cheiro de excremento. Mosquitos, palha, poças, e por toda parte, na escuridão, baratas. Meus pés descalços as esmagavam toda vez que eu andava. Quando parei, elas subiram em minhas pernas. Em pânico, abaixei-me para livrar-me delas, e senti os cabelos roçando na parede de minha jaula negra. Baratas subiram em minha cabeça aos borbotões, descendo por minhas costas. Senti-as andando sobre meu ventre, meu sexo. Comecei a sacudir-me como uma marionete, golpeando meu próprio corpo, gritando. Alguma coisa — um processo de aviltamento — havia começado.

De manhã, um pouco de luz conseguiu entrar na cela, e as baratas recuaram, esperando a volta da escuridão. Eu não havia dormido; a luta contra aquelas criaturas repugnantes tinha exaurido todas as minhas forças. Caí sobre o monte de palha que era minha única cama, e ouvi os ratos correndo para dentro de suas tocas na parede. Abriu-se uma janelinha na porta da cela. "Daqui a pouco você vai estar pegando aquelas baratinhas crocantes para comer", disse o carcereiro, rindo. "Até mesmo os prisioneiros vegetarianos acabam assim; e você... tenho a impressão de que você nunca foi vegetariano."

A ilusão da cabeça de elefante, compreendi agora, fora criada pelo capuz de sua capa (as orelhas) e por um narguilé (a tromba). Esse sujeito não era nenhum Ganesha mitológico, e sim um brutamontes grosseiro e sádico. "Que lugar é este?", perguntei. "Nunca vi isso na minha vida."

"Os boas-vidas como você", disse ele, cuspindo um jato vermelho-vivo junto a meus pés descalços, "vivem na cidade e não conhecem o segredo dela, o coração dela. Para vocês ele é invisível, mas agora você o descobriu. Isto aqui é a cadeia do Centro de Bombaim. É o estômago, o intestino da cidade. Então é natural que esteja cheia de merda."

"Eu conheço o Centro", protestei. "Estações de trem, *dhabas*, bazares. Nunca vi nenhum lugar parecido com este."

"A cidade não se mostra para qualquer filho da puta que fode com a irmã e com a mãe", gritou o homem-elefante antes de fechar a janela. "Antes você era cego, mas agora espere que você vai ver."

Balde de merda, balde de lavagem, a degradação total em três tempos: poupo-lhe os detalhes. Aires e Camões da Gama, e minha mãe também, haviam sido presos nos tempos dos ingleses;

mas esta instituição pós-independência, *made in India*, seria inconcebível para eles. Aquilo não era apenas uma cadeia; era toda uma educação. A fome, a exaustão, a crueldade e o desespero são bons professores. Aprendi suas lições rapidamente — aprendi que eu era culpado, que eu não valia nada e tinha sido abandonado por todos aqueles que outrora considerava minha gente. Não merecia nada melhor do que o que me era oferecido. Todos nós merecemos o que recebemos. Eu ficava encostado na parede, a testa sobre os joelhos, os braços abraçando as canelas, e deixava as baratas andar livremente por cima de mim. "Isto não é nada", confortou-me o carcereiro. "Espere só até as doenças começarem."

É verdade, pensei. Logo viriam o tracoma, a infecção do ouvido interno, o raquitismo, a disenteria, a infecção urinária. Malária, cólera, tuberculose, febre tifóide. E eu tinha ouvido falar de uma nova doença letal, uma coisa sem nome. As putas pegavam e morriam — viravam esqueletos vivos e depois batiam as botas, era o que se dizia — e os cafetões de Kamathipura estavam tentando manter a coisa em segredo. Se bem que eu não tinha muita possibilidade de entrar em contato com uma prostituta.

Enquanto as baratas andavam por cima de mim e os mosquitos me picavam, senti que minha pele estava mesmo se separando de meu corpo, tal como eu havia fantasiado muitos anos antes. Mas nesta versão do sonho, junto com minha pele ia embora toda a minha personalidade. Eu estava me transformando em ninguém, em nada; mais exatamente, naquilo que estavam fazendo comigo. Eu era o que o carcereiro via, o que meu nariz sentia emanar de meu próprio corpo, o que os ratos estavam começando, com entusiasmo crescente, a rodear. Eu era lixo.

Tentei agarrar-me ao passado. Confuso e amargo, tentei distribuir culpas; culpava minha mãe acima de tudo — Aurora, a quem meu pai jamais soubera dizer não. Pois que diabo de mãe seria capaz de destruir seu filho, seu único filho homem, por conta de uma provocação tão ínfima? Ah, estamos vivendo numa era de monstros. Kalyug, quando Kali, nossa mãe louca, de olhos vesgos e língua vermelha, caminha entre nós. — E lembre-se, ó Beowulf, de que a mãe de Grendel era mais temível que o próprio Grendel... Ah, Aurora, com que facilidade você recorreu ao infanticídio — com que determinação fria você resolveu sufocar a carne de sua carne, sangue de seu sangue, expulsá-lo da atmosfera de seu amor para as profundezas do espaço sideral, para deixá-lo morrer lá, uma morte horrenda, de olhos esbugalhados e língua inchada! Pena que você não me pulverizou ainda no berço, mamãe, antes que eu me tornasse tão jovem-velho, com esta mão em forma de maçã. Você teria tido estômago para tal — para chutar, socar, esganar. Veja só, seus golpes fazem brotar na pele escura do menino aquela iridescência que se vê nas contusões e nas poças d'água cobertas de óleo. Ah, como ele urra! Até a lua se escurece com seus gritos. Mas você é implacável, incansável. E, quando ele é esfolado, quando se transforma numa forma sem fronteiras, um eu sem paredes, então suas mãos se comprimem em torno do pescoço dele, e apertam, e comprimem; o corpo de seu filho expulsa ar por todos os orifícios, a vida dele se esvai num peido, tal como você, a mãe, num peido lhe deu vida... E agora só lhe resta um último suspiro, uma última bolha frágil de esperança...

"Eh, eh!", gritou o carcereiro, despertando-me de meu devaneio, fazendo com que me desse conta de que estava falando alto. "Estou me lixando para os seus ouvidos, as suas orelhas de abano, homem-elefante", berrei. "Pode me chamar do que você quiser", ele respondeu, afável. "Seu destino já está escrito." Recolhi-me a meu canto, de cócoras, e enfiei o rosto nas mãos.

"Falou o promotor", disse o carcereiro. "E falou muito bem, *dhai*. Argumentos sólidos. Mas e a defesa? As mães têm que ser defendidas, não é? Então quem vai falar por ela?"

"Isto aqui não é um tribunal", retruquei, presa daquele vazio que a raiva deixa em nós depois que se esvai. "Se minha mãe tem uma versão diferente, ela que a apresente onde quiser."

"Está bem, está bem", disse o carcereiro, como quem não quer discussão. "Continue. Achei seu desempenho muito divertido. De primeira. Parabéns, meu caro. Parabéns."

E pensei nos *amours fous* das diversas gerações dos da Gama-Zogoiby. Pensei em Camões e Bela, Aurora e Abraham, a pobre Ina fugindo com seu namorado cantor de *country and eastern*. Cheguei mesmo a incluir Minnie-Inamorata-Floreas e sua paixão extática por Jesus Cristo. E, é claro, pensava — sem parar, como uma criança cutucando uma ferida — em Uma e eu. Tentava agarrar-me a nosso amor, ao fato em si, muito embora ouvisse vozes dentro de mim culpando-me pelo erro monstruoso que havia cometido com ela. *Livre-se dela*, aconselhavam as vozes. *Pelo menos agora, depois de tudo isso, reduza as suas perdas*. Mas eu continuava querendo acreditar naquilo em que acreditam todos os apaixonados: que a coisa em si é melhor do que qualquer alternativa, mesmo quando não correspondida, derrotada, louca. Eu queria apegar-me à imagem do amor como uma fusão de almas, uma mistura, como o triunfo do impuro, do vira-lata, juntando o melhor de nós de modo a sufocar o que tínhamos de solidão, isolamento, austeridade, dogmatismo, pureza; o amor como democracia, como a vitória do Plural, do homem-algum-é-uma-ilha, do dois-é-bom, e a derrota do Uno, do *apartheid*, do limpinho, do mesquinho. Tentei ver a falta de amor como arrogância, pois quem, senão aquele que não ama, pode considerar-se completo, um ser que tudo vê e tudo sabe? Amar é perder a onipotência e a onisciência. Apaixonar-se é mergulhar na ignorância; sim, é uma espécie de queda. Fechando os olhos, saltamos de um rochedo na esperança de cair em algo macio. Nem sempre é macio; mas ainda assim, eu repetia a mim mesmo, ainda assim, sem esse salto ninguém vive de verdade. O próprio salto é um nascimento, mesmo quando termina em morte, numa briga por pílulas brancas, com o cheiro de amêndoas amargas na boca já inerte da amada.

Não, diziam minhas vozes. *Foi o amor, tanto quanto sua mãe, que o derrubou*.

Respirar tornava-se difícil; a asma me dilacerava. Quando consegui por fim cochilar, sonhei um sonho estranho, com o mar. Era a primeira vez na minha vida que eu dormia longe das ondas, da colisão entre a esfera do ar e a da água, e meus sonhos ansiavam por aquele som líquido. No sonho, às vezes o mar estava seco, às vezes era feito de ouro. Às vezes era um mar de lona, costurado à terra ao longo da praia. Outras vezes a terra era como uma página rasgada, e o mar uma visão fugitiva da página escondida por baixo da primeira. Esses sonhos me mostravam o que eu não queria ver: que eu era filho de minha mãe. E um dia despertei de um desses sonhos marítimos no qual, tentando fugir de perseguidores desconhecidos, eu chegava a um escuro rio subterrâneo, e uma mulher velada me instruía a *nadar além do limite de teu fôlego*, pois só então descobriria a costa única onde eu estaria protegido para sempre, *a costa da Fantasia*; obedeci-a de bom grado, nadei com todas as forças até os pulmões não agüentarem mais; e, quando por fim eles não resistiram, e o oceano invadiu-me, acordei sufocado e vi, a minha frente, a figura inverossímil de um homem perneta com um papagaio no ombro e um mapa do tesouro na mão. "Vamos, *baba*", disse Lambajan Chandiwala. "É hora de procurar sua fortuna, onde quer que ela esteja."

•

Não era um mapa do tesouro, e sim o tesouro em si: um documento autorizando minha soltura imediata. Não o passaporte de um aventureiro que corre atrás da sorte, mas um golpe de sorte inesperado. Ele me trouxe água limpa e roupas limpas. Ouvi chaves abrindo trancas, e o delírio invejoso de meus colegas de prisão. O carcereiro, senhor elefantino daquela masmorra, daquele superlotado hotel para baratas, não estava presente; criados humildes, respeitosos, atendiam a minhas necessidades. Na saída, não encontrei nenhum demônio com cabeça de bicho apontando forcados para mim, nem ululando com línguas serpentinas. A porta se abriu, uma porta de tamanho convencional; a parede que a continha era uma parede comum. Nenhuma máquina mágica nos aguardava lá fora — não, nem mesmo nosso velho motorista, Hanuman, com seu Buick alado! —, e sim apenas um táxi normal, amarelo e preto, com uma inscrição em letrinhas brancas no painel negro: *Hipotecado ao Banco Internacional Khazana Ltda.* Adentramos ruas conhecidas, onde se liam anúncios conhecidos de sapatos Metro e absorventes higiênicos Stayfree; em outdoors e neon, cigarros Rothmans e Charminar, sabonetes Breeze e Rexona, esmalte Tempo, papel higiênico Esperança, paus de eucalipto Vida e hena Amor, todos eles me deram as boas-vindas. Para mim, não havia dúvida de que eu estava indo para o morro de Malabar, e se havia uma sombra nos meus horizontes ensolarados era tão somente a necessidade de ensaiar os velhos argumentos do arrependimento e do perdão. Eu havia conquistado, sem dúvida, o perdão de meus pais; deveria oferecer-lhes meu arrependimento ao ser recebido de volta em meu lar? Mas o Filho Pródigo ganhou o novilho cevado — foi amado — sem ter que pedir perdão. E as pílulas amargas do arrependimento grudavam na minha garganta; eu, como todos em minha família, era teimoso como uma mula. Mas que diabo, pensava eu, arrepender-me de quê?

Foi mais ou menos nessa altura de minhas cogitações que me dei conta do fato de que estávamos indo para o norte — não rumo ao seio da família, e sim na direção oposta; de modo que não estava retornando ao paraíso, e sim afastando-me dele ainda mais.

Em pânico, comecei a gaguejar. *Lamba, Lamba, diga a esse sujeito.* Lambajan tranqüilizou-me. Você precisa de um tempo para descansar, *baba*. Depois de tudo que aconteceu, é natural que você esteja nervoso. Mas, para contrabalançar as palavras de Lambajan, fui atingido por uma rajada de desprezo psitacídeo. O papagaio Totah, empoleirado junto à janela de trás, soltava guinchos insuportavelmente debochados. Afundei no assento e fechei os olhos, lembrando. O inspetor estava examinando o corpo de Uma enquanto outros policiais me revistavam. Em meu bolso encontraram um retângulo branco. "O que é isso?", perguntou o inspetor, chegando bem perto de mim (ele era um palmo mais baixo que eu), encostando os bigodes em meu queixo. "Pastilha de hortelã para combater o mau hálito?" Imediatamente comecei a falar desordenadamente a respeito do pacto de morte. "Cale a boca!", gritou o inspetor, partindo a pílula ao meio. "Chupe isso que vamos ver."

Essa frase teve o efeito de clarear minhas idéias. Eu mal conseguia entreabrir os lábios; o inspetor levava a metade da pílula em direção a minha boca. *Mas isso vai me matar, meu senhor, vou cair mortinho ao lado da minha falecida amada.* "Nesse caso, vamos dizer que encontramos duas pessoas mortas", disse o inspetor, como se estivesse explicando uma coisa óbvia. "Uma triste história de amor que acabou mal."

Leitor: resisti àquele pedido. Agarraram-me os braços as pernas os cabelos. Quando vi, estava deitado no chão, não muito longe do cadáver de Uma, que estava sendo empurrado de um lado para o outro de modo um tanto excessivo por aquela multidão de homens de calças curtas. Eu já ouvira falar de pessoas que morreram em episódios caracterizados, de modo eufêmico, como "choques com a polícia". A mão do inspetor me agarrou o nariz e apertou... A falta de ar deteve toda minha atenção. E quando cedi ao inevitável, plop! A pílula fatal entrou.

Mas — como já devem ter imaginado — não morri. A meia pílula não tinha gosto de amêndoas amargas, porém era doce. Ouvi o inspetor dizer: "O desgraçado deu à moça o veneno e ficou com uma pastilha para ele tomar. Então é assassinato! Caso mais que encerrado''. E, ao mesmo tempo em que o inspetor se transformava em Hurree Jamset Ram Singh, o nababo de Bhanipur criado por Bunter, os homens de calças curtas passaram a ser um bando de garotos de uniforme, o terror do Remove. E fui levado, pelos braços e pernas, para dentro do elevador. E quando a droga potente contida no comprimido começou a fazer efeito — muito depressa, como tudo em meu organismo acelerado — tudo começou a mudar. ''Eh, pessoal'', comecei a gritar, contorcendo-me de modo compulsivo, sob o impacto avassalador do alucinógeno. ''Aah, parem com isso, pô.''

Correndo atrás de um coelho branco, caindo para dentro do País das Maravilhas, passando por moscas em cavalinhos de balanço, uma jovem teve que fazer escolhas do tipo coma-me e beba-me; pergunte a Alice, como diz a velha canção. Mas minha Alice, minha Uma, havia feito sua escolha, que não era apenas uma questão de tamanho; e estava morta, e não podia responder. *Não me faça perguntas; não lhe direi mentiras*. Bom epitáfio para ela. Como entender as duas pílulas, a da morte e a da loucura? Teria minha amada a intenção de morrer e fazer-me, após um período de visões, sobreviver — ou a de assistir a minha morte com a visão transcendente da droga? Seria ela uma heroína trágica, uma assassina, ou, de alguma maneira ainda incompreensível, as duas coisas ao mesmo tempo? Havia um mistério em Uma Sarasvati que ela levara para o túmulo. Naquele táxi hipotecado, concluí que jamais a conhecera, e jamais viria a conhecê-la. Mas ela estava morta, morta com uma expressão atônita no rosto, e eu estava sobrevivendo, nascendo outra vez, para uma vida nova. Ela merecia uma lembrança carinhosa, todos os sentimentos generosos que eu encontrasse em mim; na dúvida, o réu é inocente. Abri os olhos. Bandra. Estávamos em Bandra. ''Quem fez isso?'', perguntei a Lambajan. ''Quem fez essa mágica?''

''Pss, *baba*'', tranqüilizou-me ele. ''Logo, logo você vai ver.''

Raman Keats, à sombra da sua árvore, no jardim de sua *villa* em Lalgaum, estava de chapéu de palha, óculos escuros e traje de críquete. Transpirava abundantemente, e tinha na mão um taco pesado. ''Muito bem'', disse ele, com sua voz gutural de sapo. ''Bom trabalho, Borkar.'' Quem seria esse Borkar?, perguntei-me; então vi que Lambajan fazia continência, e me dei conta de que havia muito tempo eu tinha me esquecido do nome verdadeiro do marinheiro ferido. Então Lamba havia se convertido e entrado para o EM. Ele uma vez me dissera que era religioso, e eu lembrava vagamente que ele nascera numa aldeia em Maharashtra, mas de repente percebi, envergonhado, que não sabia quase nada de importante a seu respeito, nem nunca me interessei em saber. Mainduck aproximou-se de nós e deu uns tapinhas no ombro de Lambajan. "Um verdadeiro guerreiro marata", disse, exalando na minha cara seu hálito carregado de bétele. "*Linda Mumbai, Mumbai dos maratas*", não é, Borkar?", disse ele sorrindo. E Lambajan, aproximando-se tanto da posição de sentido quanto lhe permitia a muleta, concordou. "Sim, senhor." Keats achou graça no espanto estampado em meu rosto. "De quem você acha que é esta cidade?", perguntou. "Lá no morro de Malabar vocês bebem uísque com soda e falam sobre democracia. Mas quem guarda os seus portões são os nossos. Vocês pensam que os conhecem, mas eles têm lá as vidas deles e não contam nada a vocês. Pensa que eles se importam com vocês, que não acreditam no deus? *Sukha lakad ola zelata*. Você não fala o marati. 'Quando o graveto seco arde, tudo se incendeia.' Um dia a cidade — minha linda Mumbai, com nome que homenageia a deusa, e não esta Bombaim suja e inglesada — vai arder com nossas idéias. Então o morro de Malabar vai pegar fogo, e o Ram Rajya virá."

Virou-se para Lambajan. "Com base nas suas sugestões, fiz muita coisa. A acusação de assassinato foi retirada, e o veredicto de suicídio foi aceito. Quanto à questão do narcótico, as autoridades foram aconselhadas a procurar os chefões e deixar de lado a arraia-miúda. Agora justifique para mim o que fiz."

"Sim, senhor." Em seguida, o velho porteiro virou-se para mim. "Me acerte, *baba*", pediu-me.

Fiquei atônito. "O quê?" Keats bateu palmas, impaciente. "Está surdo, é?"

A expressão no rosto de Lambajan era de súplica. Compreendi que ele havia se arriscado, havia se colocado numa posição vulnerável, para me salvar da prisão; que havia apostado todas as suas fichas para convencer Mainduck a mover montanhas por mim. Agora, pelo visto, eu tinha que lhe retribuir o favor e salvá-lo demonstrando que era mesmo verdade tudo que ele tinha dito a meu respeito. "Como nos velhos tempos, *baba*", insistia ele. ''Me acerte aqui.'' Isto é, na ponta do queixo. Respirei fundo, e concordei: ''OK''.

''Senhor, peço permissão para retirar o papagaio.'' Keats fez que sim, com um gesto impaciente, e afundou, como massa de bolo, numa cadeira de palhinha grande — mas que mesmo assim gemeu quando ele se sentou — à beira do laguinho ornamental. As estátuas de Mumbadevi a sua volta se prepararam para assistir à demonstração. ''Cuidado com a língua, Lamba'', disse eu, e dei um soco. Ele caiu duro, desacordado, a meus pés.

''Muito bom'', rosnou Mainduck, admirado. ''Ele disse que este seu punho torto era um martelo e tanto. E não é que era verdade mesmo?'' Lambajan voltou a si lentamente, com a mão no queixo. ''Não se preocupe, *baba*'', foram suas primeiras palavras. De repente Mainduck começou um de seus famosos discursos bombásticos. ''Sabe por que você deu um soco nele e está tudo bem?'', gritou ele. ''Porque eu digo que está tudo bem. E por que é que está tudo bem? Porque ele é meu, de corpo e alma. E como eu comprei este homem? Cuidando da gente dele. Mas você nem sabe quantas pessoas tem na família dele, lá na aldeia de onde ele veio. Enquanto isso, há muitos anos que venho pagando a escola das crianças e resolvendo problemas de saúde e higiene. Abraham Zogoiby, o velho Tata, C. P. Bhabha, Nandy Crocodilo, Kaká Kolatkar, Birlas, Sassoons, até mesmo a mãe Indira — todos acham que são eles que mandam, mas eles não estão nem aí para o homem comum. Logo este homenzinho vai mostrar o quanto eles estão enganados.'' Eu já estava perdendo o interesse por aquele palavrório quando ele adotou um tom mais íntimo. ''E você, meu caro Martelo'', disse, ''você estava morto e eu o ressuscitei. Agora você é meu zumbi.''

''O que você quer de mim?'', perguntei. Mas no momento em que fiz a pergunta eu já sabia a resposta. Algo que estivera cativo em mim toda a minha vida fora solto quando nocauteei Lambajan, algo que indicava que toda a minha vida até então parecia de uma hora para a outra irrealizada, passiva, caracterizada por diversos movimentos aleatórios; e essa explosão dentro de mim tinha gosto de liberdade. Percebi naquele instante que eu não precisava mais viver uma vida provisória, uma eterna espera; não precisava mais ser o que minha origem familiar, minha formação e meus infortúnios haviam decretado, mas podia finalmente ser eu mesmo — meu eu verdadeiro, cujo segredo estava contido naquele membro deformado que eu passara todos aqueles anos escondendo nas profundezas de meus bolsos. Nunca mais! De agora em diante, eu o exibiria com orgulho. Doravante eu seria meu próprio punho; um martelo, não um mouro.

Keats estava falando; as palavras saíam duras e rápidas. *Você sabe quem é seu pai, lá no alto da Torre Gap? Esse homem que deserdou seu único filho varão? Você é capaz de imaginar até onde vai sua maldade, sua crueldade? O que você sabe sobre o chefão de uma gangue muçulmana conhecido pela alcunha de Cicatriz?*

Reconheci minha ignorância. Mainduck fez um gesto que significava: deixe para lá. "Você vai ficar sabendo. Drogas, terrorismo, mogóis-muçulmanos, tráfico de armas informatizado, escândalos do Banco Khazana, bombas nucleares. É assim que essas suas minorias se associam. Para combater os hindus, e nós somos tão bons que não vemos como é perigosa a ameaça que vocês representam. Mas agora seu pai entregou você a mim, e você vai ficar sabendo de tudo. Até mesmo dos robôs vou lhe falar, da fabricação de andróides de alta tecnologia a serviço das minorias para atacar e assassinar hindus. E dos bebês, a maré de bebês de minorias que vão expulsar nossos queridos filhos de seus berços e roubar seu alimento sagrado. É isso que eles estão tramando. Mas não vão conseguir. *Hindu-stão*: a terra dos hindus! Vamos derrotar o eixo Cicatriz-Zogoiby, custe o que custar. Vamos fazer os poderosos se dobrarem diante de nós. Meu zumbi, meu martelo: você está conosco ou contra nós? Está do lado do que é direito ou do lado do que é esquerdo? É dos nossos ou dos deles?"

Sem hesitar, abracei meu destino. Sem parar para pensar que conexão poderia haver entre a catilinária antiabraâmica de Keats e sua suposta intimidade com a senhora Zogoiby; sem ponderações; com toda a vontade, até mesmo com entusiasmo, de um salto. *O lugar para onde você me mandou, mamãe — este lugar escuro, tão longe de você — é nele que quero ficar. Os nomes que você me deu — marginal, fora-da-lei, intocável, desprezível, vil — vou apertá-los contra o peito e assumi-los. A maldição que você lançou sobre mim será minha bênção; o ódio que derramou sobre meu rosto, hei de bebê-lo como uma poção de amor. Caído em desgraça, ostentarei minha vergonha e a chamarei de orgulho — vou exibi-la, grande Aurora, como uma letra escarlate no peito. Agora estou sendo expulso de seu paraíso, mas não sou anjo, não. Minha queda não é a de Lúcifer, mas a de Adão. Minha queda me transforma em homem. É com júbilo que caio.*

"Sim, meu amo e senhor."

Mainduck soltou uma ruidosa interjeição de felicidade, e com esforço levantou-se de sua cadeira. Lambajan — Borkar — mais que depressa veio ajudá-lo. "Pois bem", disse Keats. "Este seu martelo nos vai ser muito útil. E, por falar nisso, você sabe fazer mais alguma coisa?"

"Sim, senhor, sei cozinhar", respondi, lembrando-me dos bons tempos que eu passara na cozinha com Ezequiel e seus livros de receitas. "Sopa de *mulligatawny* anglo-indiana, carne com leite de coco à moda do Sul, *kormas* à Mughlai, *shirmal* da Caxemira, espetos de *reshmi*; peixe à moda de Goa, berinjela à moda de *Haiderabad*, arroz *dum*, tudo. Até mesmo, se o senhor gostar, *numkeen chai* rosa, salgadinho." O prazer de Keats foi intenso. Não havia dúvida de que ali estava um homem que gostava de comer. "Então você joga mesmo em todas as posições", disse ele, com um tapa nas minhas costas. "Vamos ver se você é de nível de seleção, se você consegue ocupar a posição número seis. R. J. Hadlee, K. D. Walters, Ravi Shastri, Kapil Dev." (A seleção indiana de críquete estava no momento jogando na Austrália e Nova Zelândia.) "Para um sujeito assim, sempre tem lugar no meu time."

•

Comecei a trabalhar para Raman Keats ocupando o posto que ele chamava de "convidado-iniciante" na sua cozinha doméstica, o que não agradou nem um pouco seu cozinheiro, Chhaggan Arranca-os-Cinco, um gigante dentuço que parecia ter um cemitério superlotado em sua boca enorme. "Chhagga-baba é uma fera", disse Keats, com admiração, explicando o cognome do cozinheiro ao fazer as apresentações. "Uma vez, numa luta livre, ele arrancou com os dentes os cinco dedos do pé de um adversário, de uma vez só." Chhaggan me olhou atravessado — sua figura descabelada de espantalho contrastava com a cozinha impecável — e começou a afiar facões, murmurando de modo ameaçador. "Mas agora ele está um doce", rosnou Keats. "Não é, Chhaggo? Não fique emburrado. O cozinheiro convidado deve ser recebido como um irmão. Quer dizer, irmão, não'', corrigiu-se, voltando para mim seus olhos de pálpebras pesadas. ''Foi o irmão dele que perdeu a tal luta. Os dedos do pé dele, juro que pareciam bolinhas de *kofta*, não fossem as unhas sujas.'' Lembrei-me da velha saga de Lambajan em que sua perna fora arrancada por um elefante fabuloso, e fiquei a pensar quantas histórias extravagantes sobre membros perdidos não estariam circulando pela cidade, contadas por amputados e amputadores. Parabenizei Chhaggan pela limpeza da cozinha, e disse a todos que eu esperava que tudo continuasse assim. O amor à limpeza era uma coisa que eu tinha em comum com o monstro dentuço, afirmei, sem fazer referência ao asseio pessoal sofrível do Arranca-os-Cinco; e também, acrescentei em silêncio com meus botões, um instrumento de guerra. As presas de Chhagga e meu martelo: empate, pensei. Dirigi a ele meu sorriso mais simpático. ''Não vai haver problema nenhum, não, senhor'', disse a meu novo patrão, num tom eficiente. ''Nós dois vamos nos dar muito bem.''

Cozinhando para Mainduck, aprendi algumas das complexidades de sua personalidade. Sei que hoje em dia estão na moda coisas como memórias do criado pessoal de Hitler, e que muita gente é contra, dizendo que não devemos humanizar o desumano. Mas a questão é que esses hitlerzinhos tipo Mainduck não são desumanos, e é justamente em sua humanidade que devemos encontrar nossa culpa coletiva, a culpa da humanidade pelos crimes cometidos por seres humanos; pois se eles não passam de monstros — se o problema é só King Kong e Godzilla destruindo tudo até serem atingidos pelos aviões — então nós, os outros, não temos culpa nenhuma.

Eu, por mim, não quero me eximir de coisa alguma. Fiz minha opção e vivi minha vida. Chega! Vamos! Quero tocar a história para a frente.

Um dos muitos gostos de Keats que eram bem pouco ortodoxos para um hinduísta era o amor à carne. Carneiro, cabrito, *keema*, frango, carne no espeto: ele sempre queria mais. Os parses, cristãos e muçulmanos de Bombaim, por quem ele manifestava tanto desprezo, eram com freqüência elogiados por saberem comer carne. Não era essa a única contradição daquele homem feroz e ilógico. Ele cultivava com cuidado uma fachada de filisteu, mas sua casa era cheia de antigüidades — Ganeshas, Siva Natarajas, bronzes do período Chandela, miniaturas de Rajput e Caxemira — que revelavam um interesse genuíno pelas manifestações mais elevadas da cultura indiana. O ex-cartunista já estudara numa escola de arte, e, embora jamais assumisse tal coisa em público, a influência era visível. (Nunca perguntei nada a Mainduck a respeito de minha mãe mas, se de fato ela se sentia atraída por ele, as paredes daquela casa indicavam mais um motivo para essa atração. Porém isso era também um argumento contra a idéia de que a arte eleva o espírito. Mainduck, com todas aquelas estátuas e pinturas, tinha uma fibra moral de baixa qualidade, fato esse que, se fosse comentado em sua presença, creio que lhe teria proporcionado orgulho.)

Quanto aos esnobes do morro de Malabar, Keats não era indiferente a eles, por mais que lhe fosse difícil reconhecer o fato. Sentia-se lisonjeado, empolgado, de pensar que Moraes Zogoiby, único filho homem do grande Abraham, fora por ele transformado em seu martelo pessoal — ainda que eu tivesse sido deserdado. Fui instalado na casa em Bandra, e sempre fui tratado com um ligeiro toque de carinho que não se estendia a nenhum outro empregado; de vez em quando ele deixava escapar a forma respeitosa do hindi, *aap*, "o senhor", em vez do *tu* com que dava ordens. Tenho que admitir que meus colegas jamais deram nenhum sinal de que se ressentiam desse tratamento especial; e devo também confessar que eu sempre aceitava o que me era oferecido — o acesso a um banheiro com água corrente quente e fria, tangas e pijamas, cervejas. Quem foi criado em berço esplêndido jamais consegue se desprender completamente dessas coisas.

O interessante era constatar que a elite da cidade procurava Keats. Havia um fluxo constante de visitas, moradores dos Everest Vilas e do Kanchenjunga Bhavan, do Dhaulagiri Nivas, da Maga Parbat House e Manaslu Mansion, e todos os outros condomínios exclusivíssimos do morro de Malabar. Os gatões mais elegantes, modernosos e avançados da selva urbana vinham miar na corte de Mainduck em Lalgaum, famintos — mas tinham fome não dos banquetes que eu preparava, e sim das palavras do mestre, que devoravam sílaba por sílaba. Ele era contra os sindicatos, a favor dos fura-greves, contra o ingresso das mulheres na força de trabalho, a favor do *sati*, contra a pobreza e a favor da riqueza. Era contra os "imigrantes" da cidade, termo que para ele abrangia todos aqueles que não falavam o marati, inclusive os que haviam nascido lá, e a favor dos "residentes naturais", entre os quais se incluíam maratas recém-saídos dos ônibus interurbanos. Era contra a corrupção do Partido do Congresso e a favor da "ação direta" — ou seja, atividades paramilitares que favorecessem seus objetivos políticos, e da instituição de um sistema de propinas dominado por ele. Ridicularizava a análise marxista da sociedade em termos de luta de classes, e elogiava a preferência dos hinduístas pela eterna estabilidade do sistema de castas. Na bandeira nacional, era a favor do alaranjado e contra o verde. Falava na idade de ouro que existira "antes das invasões", quando os bons hinduístas podiam percorrer todo o país livremente. "Agora nossa liberdade, nossa amada nação, está enterrada por baixo das coisas construídas pelos invasores. É essa nação verdadeira que precisamos resgatar, retirando de cima dela as camadas de impérios estrangeiros."

Foi no tempo em que trabalhava na cozinha de Mainduck que fiquei sabendo da existência de uma lista de lugares sagrados onde os conquistadores muçulmanos do país haviam deliberadamente construído mesquitas, locais onde haviam nascido diversas divindades hindus — não apenas locais de nascimento, mas também casas de campo e *garçonnières*, para não falar em suas lojas e seus restaurantes favoritos. Onde um deus podia fazer uma noitada decente? Todos os lugares prediletos estavam ocupados por minaretes e cúpulas. Isso era um absurdo! Os deuses também tinham direitos, e era preciso devolver-lhes o que era seu desde tempos imemoriais. Os invasores tinham que ser repelidos.

A *jeunesse dorée* do morro de Malabar concordava, entusiasmada. Isso, uma campanha pelos direitos divinos! O que poderia ser mais vanguardista, mais pós-moderno? Mas, quando os jovens começavam, em tom de deboche, a menosprezar a cultura da Índia islâmica que se superpusera, como num palimpsesto, à face da Mãe Índia, Mainduck punha-se de pé e esbravejava até que todos, assustados, se recolhessem a seus lugares. Então o líder começava a cantar gazais e recitar poemas em urdu — Faiz, Josh, Iqbal — que ele conhecia de cor, e a decantar a glória de Fatepuhr Sikri e o esplendor do Taj Mahal ao luar. Um sujeito complexo, sem dúvida.

Havia também mulheres, mas elas permaneciam na periferia. Eram trazidas à noite, e Mainduck fazia-lhes lisonjas galantes, mas nunca parecia muito interessado. O poder, e não o sexo, o atraía, e as mulheres só lhe inspiravam tédio, por mais que se esforçassem para atrair-lhe a atenção. Devo afirmar que nunca vi nenhum sinal de minha mãe, e tudo que lá vi me deu a impressão de que qualquer relação entre ela e meu novo patrão certamente teria durado muito pouco.

Mainduck preferia companhias masculinas. Havia noites em que, cercado de um grupos de membros da Ala Jovem do EM, todos de faixas alaranjadas na testa, ele presidia uma espécie de miniolimpíada machista improvisada. Os jovens faziam flexões, disputavam quedas-de-braço, luta livre, boxe. Lubrificados por cerveja e rum, os convidados suavam, brigavam, gritavam, até caírem, exaustos, e nus. Nesses momentos Keats parecia verdadeiramente feliz. Despia sua tanga com estampado de flores e deitava-se entre seus seguidores, coçando-se, arrotando, peidando, dando tapinhas em nádegas e coxas. "Agora ninguém nos derruba!", gritava, antes de apagar, em puro êxtase dionisíaco. "Porra! Nós somos unidos."

Quando solicitado, eu participava dessas sessões noturnas de boxe, e a reputação do Martelo foi crescendo mais e mais. Os corpos nus, untados e suados, estendiam-se no chão, enquanto os outros olímpicos, a nossa volta, formando um quadrado irregular, contavam em uníssono: "Nove!... Dez!... *Kayo*!!" Arranca-os-Cinco, por sua vez, era imbatível na luta livre.

Ouçam: não nego que havia em Mainduck muitas coisas que despertavam em mim uma náusea e uma repulsa profundas, mas me treinei para dominar esses sentimentos. Subordinara meu destino ao dele. Rejeitara meu mundo antigo, que tinha me rejeitado, e não havia sentido em introduzir na minha nova vida atitudes de outrora. Eu também seria assim, decidi; eu me transformaria naquele homem. Examinava Keats bem de perto. Eu faria tudo que ele dissesse, tudo que ele fizesse. O caminho dele era o caminho do futuro. Eu viria a conhecê-lo de ponta a ponta, como se conhece uma estrada.

Passaram-se semanas, depois meses. Por fim meu período de aprendizado terminou; havia sido aprovado em algum exame invisível. Mainduck me chamou a seu escritório, onde ficava o telefone-sapo. Quando entrei, me deparei com uma figura tão horripilante, tão bizarra, que num momento de terrível lucidez me dei conta de que não havia saído daquela cidade espectral, aquele outro Centro de Bombaim em que eu mergulhara ao ser preso na Cuffe Parade, e do qual imaginava, em minha ingenuidade, ter sido libertado por Lambajan num táxi hipotecado.

Era uma figura humana, mas tinha partes de metal. Uma chapa de aço de algum modo fora aparafusada a sua face esquerda, e uma de suas mãos era também luzidia e lisa. Aos poucos fui percebendo que o peito de aço não fazia parte do corpo, porém era uma afetação, um adorno arrogante para complementar a exótica figura de andróide criada pela face e a mão de aço. Era uma questão de *moda*. "Uma reverência para Sammy Hazaré, nosso famoso Homem de Lata", disse Mainduck, sentado à sua mesa. "Ele é o capitão de seu time. Hora de tirar o chapéu de *chef*, vestir o uniforme do time e entrar em campo."

•

A série do "mouro exilado" — os polêmicos "mouros negros", frutos de uma ironia passional movida pela dor, mais tarde acusados, injustamente, de "negatividade", "cinismo" e até mesmo "niilismo" — constitui a parte mais importante da última fase de Aurora Zogoiby. Nesses quadros, a artista abandonou não apenas o palácio no alto do morro e os motivos praianos das telas anteriores como também a própria noção de pintura "pura". Quase todos eles continham elementos de colagem, e com o tempo esses elementos se tornaram as características centrais da série. A figura unificadora do mouro, ao mesmo tempo narradora e narrada, continuava presente, porém cada vez mais era apresentada como lixo, e colocada num meio constituído de objetos quebrados e jogados fora, muitos deles *objets trouvés*, pedaços de engradados ou latas de *vanaspati* colados à superfície da tela e pintados. Excepcionalmente, porém, o "sultão Boabdil" reimaginado por Aurora não aparecia no quadro que passou a ser conhecido como a "obra de transição" da longa série dos mouros, um díptico intitulado *Morte de Chimène*, cuja figura central — um cadáver de mulher amarrado a uma vassoura de madeira — era carregada, no painel da esquerda, por uma multidão poderosa e alegre, como uma estátua de Ganesha sobre um rato sendo levada para o mar no dia do festival de Ganpati. No painel da direita, a multidão desaparecia, e só se via um trecho de praia e água, no qual, em meio a efígies quebradas e garrafas vazias e jornais empapados, jazia a mulher morta, amarrada a seu cabo de vassoura, inchada, azul, despida de beleza e dignidade, reduzida a lixo.

Quando o mouro reapareceu, foi num cenário fabuloso, uma espécie de ferro-velho humano inspirado nos casebres e telheiros da população de rua, e nas construções em bricolagem das grandes favelas e cortiços de Bombaim. Aqui tudo era colagem, os casebres feitos dos detritos descartados da cidade, ferro corrugado enferrujado, pedaços de caixas de papelão, fragmentos de madeira encontrados na praia, portas de automóveis amassados, pára-brisas abandonados; e cortiços feitos de fumaça venenosa, de bicas que provocaram brigas mortais entre mulheres aguardando a vez em fila (por exemplo, mulheres hindus versus judias), de suicídios com querosene e aluguéis escorchantes cobrados com extrema violência por membros de gangues de *bhaiyyas* e *pathans*; e as vidas das pessoas, sob uma pressão que só se sente embaixo de um monturo, também se tornavam colagens, colchas de retalhos semelhantes às casas onde moravam, compostas de pedaços de furtos, lascas de prostituição e fragmentos de mendicância, ou — no caso dos indivíduos mais respeitáveis — de graxa de sapatos e brincos e grinaldas de papel e cestas de vime e camisas baratas e leite de coco e atividades como vigiar carros estacionados e vender barras de sabão desinfetante. Mas Aurora, que jamais se contentara em apenas registrar a realidade, levara sua visão às últimas conseqüências; em seus quadros as próprias pessoas eram feitas de lixo, eram colagens compostas de coisas a que a metrópole não dava valor; botões perdidos, limpadores de pára-brisas quebrados, panos rasgados, livros queimados, filme velado. Elas chegavam mesmo a procurar seus próprios membros no lixo: descobrindo grandes pilhas de pedaços de corpos humanos, agarravam as partes que lhes faltavam, e não eram muito exigentes, não podiam se dar ao luxo de escolher demais, de modo que muitos acabavam com dois pés esquerdos, ou desistiam de encontrar um par de nádegas e colocavam em seu lugar seios gordos, amputados. O mouro havia entrado no mundo invisível, no mundo dos fantasmas, das pessoas que não existiam, e Aurora foi procurá-lo nesse mundo, tornando-o visível com a força de sua vontade artística.

E o mouro: agora sozinho, sem mãe, ele afundava na imoralidade, sendo representado como uma criatura das sombras, degradada, em *tableaux* de devassidão e crime. Nesses últimos quadros, ele parecia ter perdido seu antigo papel metafórico de unificador de opostos, porta-estandarte do pluralismo, ter deixado de ser um símbolo — ainda que apenas aproximado — da nova nação, e haver se transformado numa espécie de alegoria da decadência. Ao que parecia, Aurora tinha concluído que as idéias de impureza, mistura cultural, mestiçagem, que antes lhe pareciam o que havia de mais próximo ao conceito de Bem, eram na verdade passíveis de distorção, e continham também um potencial de escuridão, não só de luz. Esse "mouro negro" era uma nova recriação da idéia do híbrido — talvez não fosse exagero vê-lo como uma baudelairiana flor do mal:

> [...] *Aux objets répugnants nous trouvons des appas;*
> *Chaque jour vers l'Enfer nous descendons d'un pas,*
> *Sans horreur, à travers des ténèbres qui puent.*

E da fraqueza: pois tornou-se um ser perseguido, assombrado pelos fantasmas de seu passado, que o atormentavam por mais que ele se encolhesse e os exorcizasse. Assim, aos poucos, foi se transformando num fantasma ele próprio, virou um Fantasma-que-Andava, e mergulhou na abstração, perdendo seus losangos e jóias, e os últimos vestígios de sua glória; obrigado a tornar-se um soldado no exército de algum régulo (nesse ponto, curiosamente, Aurora aproximou-se mais do que de costume dos fatos históricos conhecidos a respeito do sultão Boabdil), rei reduzido à condição de mercenário, em pouco tempo ele se transformou num amontoado de retalhos, tão miserável e anônimo quanto os outros seres que o cercavam. O lixo se acumulou, enterrando-o.

Há vários dípticos nessa fase, e no painel direito de cada uma dessas obras Aurora criou uma série de auto-retratos angustiados, magníficos, em que ela se expõe de modo terrível, auto-retratos que têm algo de Goya e algo de Rembrandt, mas muito mais de um desespero erótico ensandecido que tem poucos paralelos em toda a história da arte. Aurora/Aixa aparecia nesses painéis sentada, sozinha, ao lado da crônica infernal da degradação de seu filho, sem jamais derramar uma lágrima. Seu rosto estava duro, duro como pedra, mas em seus olhos faiscava um horror jamais especificado — como se ela estivesse diante de uma coisa que a atingia no mais recôndito da alma, algo que estava a sua frente, no lugar onde ficaria o espectador que contemplasse a obra — como se toda a espécie humana lhe tivesse revelado seu rosto mais secreto, mais pavoroso, e desse modo a petrificasse, transformando sua carne velha em pedra. Esses "retratos de Aixa" são obras deprimentes, opressivas.

Também nos painéis de Aixa reapareciam os motivos gêmeos dos duplos e dos fantasmas. Uma Aixa espectral assombrava o mouro-monturo, e por trás de Aixa/Aurora, às vezes, pairavam as imagens translúcidas de um homem e uma mulher. Seria a mulher Uma (Chimène) ou a própria Aurora? E seria eu — ou melhor, "o mouro" — o homem espectral? E, se não era eu, então quem seria? Nesses retratos "espectrais" ou "duplos", a figura Aixa/Aurora parece — ou sou eu que o imagino? — um animal perseguido; é a mesma expressão que vi em Uma quando fui visitá-la após saber da morte de Jimmy Grana. Não, não sou eu que estou imaginando. Conheço esse olhar. É mesmo o rosto de quem está prestes a se despedaçar. Olhar de animal caçado.

•

Tal como, nesses quadros, Aurora me perseguia. Como se ela fosse uma bruxa no alto de um rochedo, vendo-me em sua bola de cristal, com um macaco alado a seus pés. Pois era verdade: eu estava atravessando aqueles lugares escuros, cruzando a lua, passando por trás do sol, que ela criava em sua obra. Eu inibia suas ficções, e o olho de sua imaginação me via tal como eu era. Ou quase: pois havia coisas que ela não seria capaz de imaginar, coisas que nem mesmo seu olhar penetrante poderia ver.

O que ela não via em si mesma era o esnobismo revelado por sua raiva e seu desprezo, o medo que lhe inspirava a cidade invisível, seu lado Malabar. Como teria odiado isso a Aurora radical, a rainha dos nacionalistas! Ouvir alguém dizer-lhe que, em seus últimos anos, ela não passava de mais uma *grande dame* do morro de Malabar, tomando chá e contemplando com repugnância o pobre diante de seus portões... E o que Aurora não via em mim era o fato de que, naquele meio surreal, acompanhado de um homem de lata, um espantalho dentuço e um sapo covarde (pois

Mainduck era sem dúvida um covarde — sempre delegava o trabalho sujo), experimentei, pela primeira vez em minha vida tão curta e tão longa, a sensação de normalidade, de não ser *uma criatura especial*, de estar entre semelhantes, entre pessoas como eu — aquilo que, por definição, sentimos quando nos sentimos em casa.

Raman Keats sabia uma coisa que era a fonte secreta de seu poder: sabia que o que os homens desejam não é a norma social civil, e sim o absurdo, o exagerado, o extravagante — aquilo que pode desencadear nosso potencial selvagem. Ansiamos por poder nos transformar, abertamente, no que somos em segredo.

Foi assim, mamãe, que, em meio às piores companhias, praticando atos terríveis, encontrei, sem precisar de chinelos mágicos, o caminho que me levava a meu lar.

•

Admito: sou um homem que bateu em muita gente. Levei a violência a muitos lares, tal como um carteiro leva correspondência. Fiz serviços sujos que me foram encomendados — e os fiz com prazer. Já não lhes disse que me foi muito difícil aprender a ser canhoto, que tive que me violentar? Muito bem: pois agora eu podia finalmente ser manidestro; na minha nova vida de ação me era permitido tirar meu martelo poderoso do bolso, libertá-lo, deixá-lo escrever a história de minha vida. Esse meu porrete me foi muito útil. Rapidamente me tornei membro da elite de justiceiros do EM, juntamente com Hazaré, o Homem de Lata, e Chhaggan Arranca-os-Cinco (o qual — coisa que não deve surpreender ninguém — era também pau-para-toda-obra, com talentos que não caberiam em cozinha alguma). O time de Hazaré — cujos outros oito componentes eram marginais tão perigosos quanto nós três — reinou inconteste durante dez anos, como o time dos times do EM. Assim, ao lado do puro esplendor de nossa força desencadeada, havia também as recompensas do serviço bem-feito, e os prazeres viris da camaradagem e do *esprit de corps*.

Dá para compreender o prazer com que eu abraçava a simplicidade de minha vida nova? Pois era isso que eu sentia, um prazer delicioso. Até que enfim, pensava eu, as coisas vistas de frente; até que enfim você é o que você nasceu para ser. Com que alívio abandonei minha longa procura por uma normalidade inatingível; com que felicidade revelei ao mundo minha sobrenatureza! Pode-se imaginar quanta raiva havia se acumulado em mim por força das circunscrições e complexidades emocionais de minha existência anterior — quanto ressentimento contra as rejeições do mundo, os risinhos maliciosos das mulheres, os sorrisos debochados dos professores —, quanta ira contida por exigência de minha vida necessariamente recolhida, vida sem amigos, vida que terminou assassinada por minha própria mãe. Foi toda essa existência furiosa que começou a explodir de meu punho. *Paf! Pimba!* Ah, senhoras e senhores: eu sabia muito bem como dar o que eu tinha que dar, e também sabia mais ou menos por quê. Podem guardar essa cara de reprovação moral! Levem essa cara lá onde o sol não brilha! Entrem num cinema e vejam que quem é mais aplaudido não é mais o galã apaixonado nem o mocinho — é o vilão de chapéu preto, esfaqueando atirando chutando e pulverizando tudo e todos que se colocam à sua frente do início ao fim do filme! Ah, rapaz. Hoje a violência é o *barato*. É isso que as pessoas *querem*.

Meus primeiros anos foram dedicados a furar a grande greve dos operários da indústria têxtil. Minha tarefa consistia em fazer parte da falange de vingadores mascarados chefiada por Sammy Hazaré. Depois que as autoridades desmanchavam a manifestação com cassetetes e gás lacrimogêneo — e naquele tempo havia agitações por toda a cidade, organizadas pelo doutor Datta Samant, seu partido, o Kamgar Aghadi, e o sindicato de trabalhadores da indústria têxtil por ele liderado, o Maharashtra Girni Kamgar —, as tropas de choque da EM escolhiam e perseguiam manifestantes individuais, de modo aleatório e implacável, até que fossem encurralados, e dávamos neles a maior surra de suas vidas. Havíamos discutido a fundo a questão das máscaras, e terminamos rejeitando a idéia de utilizar os rostos dos maiores astros do cinema indiano da época, optando pela tradição folclórica dos saltimbancos *bahurupi*; tal como eles, usávamos máscaras de leões, tigres e ursos. Foi uma boa idéia, pois desse modo aparecíamos para os grevistas como vingadores mitológicos. Bastava que surgíssemos em cena para que os trabalhadores fugissem correndo para os becos mais escuros, onde os cercávamos e os obrigávamos a encarar as conseqüências de seus atos. Um resultado interessante desse trabalho foi que passei a conhecer grandes trechos da cidade aonde nunca havia ido: no período 1982-84, devo ter penetrado em todas as ruelas de Worli, Parel e Bhiwandi, perseguindo a escória dos ativistas, o refugo dos comunistas. Utilizo essas expressões sem nenhum sentido pejorativo e sim, por assim dizer, como termos técnicos. Pois todo processo industrial gera resíduos que precisam ser eliminados, jogados fora, para que a qualidade possa emergir. Os grevistas eram dejetos desse tipo. Nós os removíamos. No fim da greve, havia na indústria têxtil sessenta mil empregos a menos, o que permitiu que os industriais finalmente modernizassem suas fábricas. Eliminamos o lixo, e abrimos espaço para uma nova indústria, moderna, eletrificada. Foi assim que Mainduck explicou a questão, pessoalmente, a mim.

Eu socava, enquanto outros preferiam chutar. Com minha mão nua golpeava minhas vítimas com toda a estupidez possível, como um metrônomo — como se bate um tapete, como se chicoteia uma mula. Como o tempo. Eu não falava. A violência física era uma linguagem por si só, e transmitiria com clareza seu próprio significado. Eu surrava gente de dia e de noite, às vezes rapidamente, desacordando um cidadão com uma única martelada, outras vezes de modo mais demorado, acertando com minha mão direita as partes mais macias da vítima, e fazendo caretas invisíveis ao ouvi-la gritar. Por uma questão de orgulho, conservávamos uma expressão neutra, impassível. Aqueles que surrávamos não nos olhavam nos olhos. Quando os espancamentos se prolongavam, eles paravam de gritar; pareciam estar em paz com nossos punhos e botas e cassetetes. Também eles se tornavam impassíveis, com expressões vazias.

O homem que é violentamente espancado (como intuiu Mortimer d'Aeth, em seus devaneios, muitos anos atrás) sofre uma mudança irreversível. Sua relação com seu próprio corpo, sua mente e o mundo maior que o cerca se modifica de maneiras sutis e óbvias. Uma certa confiança, um certo conceito de liberdade desaparece para sempre — quer dizer, desde que o homem em questão tenha sido espancado por uma pessoa competente. Muitas vezes ocorre um distanciamento: com freqüência eu percebia que a vítima se distanciava do evento, e sua consciência pairava alguns metros acima do chão. Nesses casos, o homem espancado parece contemplar seu próprio corpo a contorcer-se, por vezes quebrar-se. Depois desse episódio, ele nunca mais voltará a reabilitar-se de todo; e se alguém o convidar a entrar para qualquer organização coletiva — por exemplo, um sindicato — ele imediatamente dirá não.

Dependendo da parte do corpo que foi golpeada, partes diferentes da alma são atingidas. Por exemplo, bater nas solas dos pés de uma pessoa prolongadamente lhe afeta o riso. Os que apanham dessa maneira nunca mais riem.

Só aqueles que abraçam seu destino, que aceitam o espancamento, como homens — só aqueles que levantam as mãos, reconhecem a culpa e dizem *mea culpa* —, encontram algo de valor na experiência, algo de positivo. Só esses podem dizer: "Finalmente aprendemos a lição".

Quanto ao espancador, ele também sofre uma mudança. Espancar um homem é uma espécie de exaltação, um ato de revelação, que abre estranhos portais no universo. Tempo e espaço escapam de suas amarras, saem de seus gonzos. Abrem-se abismos. Vislumbram-se coisas maravilhosas. Houve vezes em que vi o passado e o presente. Era difícil conservar essas lembranças. Finda a tarefa, elas se esvaíam. Porém eu lembrava que algo acontecera. Que eu experimentara uma visão. Era uma vivência enriquecedora.

Por fim, conseguimos acabar com a greve. Admito que fiquei admirado de ver por quanto tempo ela se estendeu, de constatar a lealdade dos trabalhadores para com a escória e o refugo. Mas — como disse Raman Keats — a greve dos operários da indústria têxtil foi a prova de fogo do EM; ela nos afiou, nos deixou prontos. Nas eleições municipais que se seguiram, o partido do doutor Samant elegeu um punhado de parlamentares; o EM elegeu mais de setenta. Nossa causa ganhava vulto.

Devo lhes contar de que modo — a convite de um proprietário feudal — visitamos uma aldeia junto à divisa de Guzerate, onde casas cercadas de pimentas-malaguetas recém-colhidas se espraiavam por elevações suaves, cheias de cor e tempero, para esmagar uma greve de operárias? Mas não, talvez seja melhor não contar; os estômagos mais delicados não suportariam uma narrativa tão apimentada. Devo falar de nossa campanha contra os infelizes párias, intocáveis ou *harijans* ou *dalits* ou lá o que sejam, que ousaram tentar fugir do sistema de castas convertendo-se ao Islã? Devo enumerar as etapas através das quais os obrigamos a voltar a seu lugar mísero, abaixo da escala social? Ou que tal rememorar a ocasião em que o time de Hazaré foi chamado para que fosse observada a antiqüíssima tradição do *sati*, na qual convencemos, numa certa aldeia, uma jovem viúva a jogar-se dentro da pira onde ardia o corpo de seu marido?

Não, não. Vocês já ouviram o bastante. Depois de seis anos de muito trabalho no campo, havíamos feito uma bela colheita. O EM havia assumido o controle político da cidade; agora Mainduck era o prefeito. Mesmo nas áreas rurais mais remotas, onde idéias do tipo das de Keats jamais haviam criado raízes, as pessoas estavam começando a dizer que o reinado do Senhor Rama estava próximo, e que era preciso ensinar aos "mogóis" do país a mesma lição que os operários da indústria têxtil haviam aprendido a duras penas. E eventos ocorridos num palco maior também desempenharam seu papel no jogo sangrento de conseqüências que é tão comum na história da Índia. Um templo dourado onde homens armados até os dentes estavam embarricados foi invadido, e os homens foram mortos; em conseqüência disso, outros homens armados assassinaram a primeira-ministra; conseqüentemente, turbas armadas ou não percorreram a capital, assassinando pessoas inocentes que só tinham em comum com os homens armados os turbantes que usavam em suas cabeças; e a conseqüência disso foi que homens como Keats, que pregavam a necessidade de subjugar as minorias do país, submetê-las todas ao domínio rigoroso de Rama, ganharam um certo ímpeto, uma força adicional.

...E fiquei sabendo que no dia da morte de Indira Gandhi — a mesma Indira Gandhi que ela tanto detestava e por quem era igualmente detestada — minha mãe, Aurora Zogoiby, teve uma crise de choro torrencial...

Vitória é vitória: na eleição que levou Keats ao poder, as organizações de operários da indústria têxtil apoiaram os candidatos do EM. Nada como uma boa demonstração de força...

...E se vez por outra eu tinha acessos de vômitos sem causa aparente, se todos meus sonhos eram pesadelos, e daí? Se eu tinha a sensação constante e crescente de estar sendo seguido, sim, talvez por vingança, então eu punha de lado tais pensamentos. Eles faziam parte de minha vida antiga, aquele membro amputado; eu não queria ter nada a ver com aqueles escrúpulos, aquelas fraquezas. Eu acordava suando, aterrorizado, enxugava a fronte e voltava a dormir.

Era Uma que me perseguia em meus sonhos, a falecida Uma, que a morte transformara num ser medonho, Uma descabelada, de olhos brancos, com língua de serpente, Uma metamorfoseada num anjo vingador, uma espécie de demoníaca Desdêmona do mouro de Bombaim. Fugindo dela, eu entrava numa fortaleza inexpugnável, fechava as portas, virava-me — e mais uma vez me via do lado de fora, ela flutuando no ar, acima de mim, atrás de mim, Uma com dentes de vampiro do tamanho de presas de elefante. E mais uma vez eu via diante de mim uma fortaleza, de portas abertas, oferecendo-me proteção; e mais uma vez eu corria, entrava, batia a porta, e me via de novo ao ar livre, indefeso, à mercê de Uma. "Você sabe como eram as construções dos mouros", sussurrava-me ela. "Era uma arquitetura de mosaicos, onde interiores e exteriores eram interligados — jardins cercados de palácios cercados de jardins, e assim por diante. Mas você — eu o condeno a viver em exteriores daqui para a frente. Para você não haverá mais lugares seguros; e nesse jardins estarei sempre a sua espera. Nesses exteriores infinitos, estarei sempre acossando você." Então ela se aproximava de mim e abria a boca horrenda.

Mas que diabo, que infantilidade, esses terrores nascidos da escuridão! Era o que eu dizia a mim mesmo, indignado, quando despertava desses pesadelos. Eu era um homem, e agiria como homem, abrindo caminho e assumindo todos os ônus que me fossem impostos. — E se, nessa época, às vezes tanto eu quanto Aurora Zogoiby éramos acometidos pela sensação de que estávamos sendo seguidos, então era porque — mas que explicação mais prosaica! — estávamos de fato sendo seguidos. Como eu viria a saber depois da morte de minha mãe, durante anos Abraham Zogoiby mandou pessoas nos seguirem. Ele era um homem que gostava de dispor de informações. E embora estivesse disposto a contar a Aurora a maior parte do que sabia a respeito de minhas atividades — tornando-se assim a fonte com base na qual ela criou as pinturas do "exílio"; ou seja, minha mãe não precisava de bolas de cristal! — Abraham não julgava necessário dizer-lhe que também a estava espionando. Já velhos, os dois haviam se afastado tanto que um praticamente não ouvia mais o outro, e só trocavam umas poucas palavras desnecessárias. Fosse como fosse, Dom Minto, já com quase noventa anos porém mais uma vez chefiando a principal agência de investigações particulares da cidade, nos mantinha sob vigilância a pedido de Abraham. Mas por enquanto Minto tem que esperar um pouco. É hora de entrar em cena a senhorita Nadia Wadia.

•

Sim, havia mulheres, não vou tentar negar. Farelos que caíam da mesa de Keats. Lembro-me de uma Smita, uma Shobha, uma Rekha, uma Urvashi, uma Anju e uma Manju, entre outras. E também um número surpreendente de não-hinduístas: Dollies, Marias e Gurinders, mercadorias ligeiramente danificadas; nenhuma delas durou muito tempo. Às vezes, além disso, por ordem do chefe, eu "prestava serviços a domicílio": ou seja, era mandado, como uma *call girl*, para distrair alguma matrona rica e entediada em seu arranha-céu, oferecendo favores pessoais em troca de doações ao partido. Eu também aceitava pagamento quando me era oferecido. Para mim, tanto fazia. Keats me elogiava por "demonstrar uma aptidão genuína" para esse tipo de trabalho.

Porém jamais toquei em Nadia Wadia. Essa era diferente. Nadia Wadia era uma beldade — foi miss Bombaim e miss Índia em 1987, e mais tarde, no mesmo ano, miss Mundo. Em mais de uma revista, foram feitas comparações entre essa jovem de dezessete anos, recém-surgida, e a pranteada Ina Zogoiby, minha irmã, com quem, se dizia, ela era muito parecida. (Eu não achava, mas nessas coisas nunca fui muito bom. Quando Abraham Zogoiby comentou que Uma Sarasvati lembrava um pouco Aurora aos quinze anos de idade, no tempo em que ele se apaixonara por ela, com conseqüências fatídicas, estranhei o comentário.) Keats queria Nadia — uma mulher alta como uma valquíria, que caminhava como um guerreiro e tinha uma voz de disque-sexo, uma mulher séria, que doava uma percentagem dos prêmios que recebia a hospitais pediátricos, e que queria estudar medicina quando se cansasse de fazer os homens do planeta adoecerem de desejo —, Keats queria Nadia mais do que qualquer outro ser humano na Terra. Nadia tinha o que lhe faltava, algo que, em Bombaim, como Keats bem sabia, era preciso ter para que o pacote ficasse completo: *glamour*. E ela o havia chamado de rã, bem na sua cara, numa recepção cívica; assim, era uma mulher peituda, que precisava ser domada.

Mainduck queria possuir Nadia, para pendurá-la no braço como um troféu; mas Sammy Hazaré, seu mais fiel lugar-tenente —

Sammy, aquela criatura horrorosa, meio homem, meio lata —, cometeu um erro grave: apaixonou-se.

Quanto a mim, eu havia perdido o interesse pelo amor das mulheres. Falando sério: depois de Uma, alguma coisa tinha se desligado dentro de mim, algum fusível havia queimado. As sobras de meu patrão, que não eram poucas, e os "serviços a domicílio" me satisfaziam, com sua simplicidade. Além disso, minha idade era um problema. Quando completei trinta anos, meu corpo completou sessenta, e sessenta anos bem vividos. A idade invadiu meus diques semidestruídos e submergiu as planícies de meu ser. Meus problemas respiratórios estavam agora tão sérios que eu não podia mais atuar na tropa de choque. Agora já não me era possível perseguir operários em becos de favelas, subir correndo escadas de cortiços. Também não podia mais enfrentar longas noites sensuais; agora o máximo que eu conseguia era umazinha bem dada. Keats carinhosamente ofereceu-me o cargo de seu secretário pessoal, e a sua cortesã menos atlética... Porém Sammy, dez anos mais velho que eu em termos de idade, porém vinte anos mais moço no físico, Sammy, o Homem de Lata, ainda sonhava. Esse não tinha problemas respiratórios; nas olimpíadas noturnas de Mainduck, era sempre ou ele ou Chhaggan Arranca-os-Cinco que ganhava as competições de potência pulmonar (prender a respiração, soprar um pequeno dardo por um longo tubo de metal, apagar velas).

Hazaré era um cristão de Maharashtra, e se juntara ao grupo de Keats por motivos regionalistas e não religiosos. Ah, todos nós tínhamos nossos motivos, pessoais ou ideológicos. Sempre há um motivo. Motivo é coisa que se compra em qualquer bazar, qualquer mercado de artigos roubados, aos maços, a dez tostões a dúzia. Motivo é coisa barata, tão barata quanto resposta de político, é só abrir a boca que sai: *Fiz por dinheiro, por causa do uniforme, o companheirismo, a família, a raça, a nação, o deus*. Mas o que realmente nos motiva — o que nos faz bater, e chutar, e matar, o que nos faz conquistar nossos inimigos e nossos medos — não é coisa que se exprima com nenhuma dessas palavras compradas nos bazares da vida. Nossos motores são mais estranhos, e usam um combustível mais sombrio. Sammy Hazaré, por exemplo — o que o motivava eram as bombas. Os explosivos, que já haviam levado sua mão e metade de seu queixo, eram seu primeiro amor, e nos arrazoados em que tentava convencer Keats — até então sem sucesso — do valor político da utilização de bombas, como na Irlanda do Norte, ele falava com toda a paixão de um Cyrano cortejando sua Roxane. Mas, se as bombas foram o primeiro amor do Homem de Lata, Nadia Wadia foi o segundo.

A prefeitura de Bombaim, chefiada por Keats, havia resolvido promover um bota-fora de arromba para a miss local, que estava embarcando para Granada, na Espanha, onde se realizaria a final do concurso. Na festa, Nadia, uma linda e desembaraçada parse, deu um chega-pra-lá no reacionário Mainduck na frente das câmaras ("*Shri* Raman, na minha opinião o senhor não é um sapo, e sim uma rã, de modo que acho que mesmo se eu o beijasse o senhor não ia virar um príncipe", retrucou ela bem alto depois que Keats, num sussurro desajeitado, convidou-a para um *tête-à-tête* em particular), e — para deixar bem claro o que ela queria dizer — resolver fazer charminho com o guarda-costas metálico do prefeito. (Eu também estava atuando como guarda-costas; mas a mim ela poupou.) "Me diga", ronronou ela, voltando os olhos para Sammy, que suava, petrificado, "o senhor acha que eu tenho chance de vencer?"

Sammy não conseguia falar. Ficou roxo, e emitiu uns vagos ruídos guturais. Nadia Wadia concordou com a cabeça, muito séria, como se tivesse ouvido a voz da sabedoria.

"Quando entrei para o concurso de miss Bombaim", rosnou ela, enquanto Sammy estremecia, "meu namorado me disse: ah, Nadia Wadia, olhe só essas mulheres lindíssimas, acho que você não vai conseguir ganhar. Mas o fato é que eu ganhei, não é?" Sammy encolheu-se diante da violência de seu sorriso.

"Depois, quando entrei para o concurso de miss Índia", prosseguiu Nadia, arfando, "meu namorado disse: ah, Nadia Wadia, olhe só essas mulheres lindíssimas, acho que você não vai conseguir ganhar. Mas o fato é que eu ganhei de novo, não é?" A maioria dos presentes estava admirada com a lesa-majestade cometida por esse namorado desconhecido, de modo que parecia natural ele não ter sido convidado a acompanhar Nadia Wadia a essa recepção. Mainduck estava tentando demonstrar que havia engolido sem maiores dramas o sapo de ter sido comparado a uma rã; e Sammy... esse estava apenas tentando não desmaiar.

"Mas agora é o concurso de miss Mundo", disse Nadia, fazendo beicinho. "E eu olho nas revistas as fotos coloridas dessas mulheres lindíssimas e penso, ah, Nadia Wadia, acho que você não vai conseguir ganhar." Dirigiu a Sammy um olhar de súplica, claramente pedindo que ele lhe desse apoio, enquanto Raman Keats, ao lado da jovem, permanecia ignorado, em desespero.

Sammy começou a falar de afogadilho: "Mas não se preocupe não, moça!", exclamou ele. "A senhora vai ganhar uma passagem de ida e volta à Europa na primeira classe, e vai ver coisas maravilhosas, e conhecer gente importante do mundo inteiro. A senhora vai se sair muito bem e fazer honra à nossa bandeira. Vai, sim! Não tenho dúvida. Por isso, moça, não se preocupe com essa história de ganhar. Afinal, quem são esses tais juízes? Para nós, indianos, a senhora já é e será sempre a vencedora." Foi o discurso mais eloqüente de sua vida.

Nadia Wadia fingiu-se de desanimada. "Ah", gemeu ela, quebrando aquele coração virgem ao afastar-se. "Então o senhor também não acredita que tenho chance de ganhar."

Fizeram uma música para Nadia Wadia depois que ela conquistou o mundo:

Nadia Wadia você é demáisdia
A maioral das maioráisdias

Você foi longe, foi mais fúndio
É a mais bonita do múndio

Vou te dar um belo Jaguárdia
Só pra você poder passeárdia

Nadia, faço tudo que você góstia,
Quero ser teu guarda-cóstia.

Ninguém conseguia parar de cantar essa musiquinha — principalmente o Homem de Lata. *Quero ser teu guarda-cóstia*... Esse verso parecia para ele uma mensagem dos deuses, um recado do destino. Ouvi também uma versão desafinada dessa canção sendo cantarolada dentro do escritório de Mainduck; pois após sua vitória Nadia Wadia se tornou um emblema da nação, uma equivalente da Estátua da Liberdade ou da Marianne; tornou-se fonte de orgulho e autoconfiança nacionais. Eu percebia que esse fato tinha impacto sobre Keats, cujas aspirações estavam começando a extravasar dos limites de Bombaim e da divisa do estado de Maharashtra; ele cedeu o cargo de prefeito a um outro membro do EM e começou a ter ambições no nível federal, de preferência com Nadia Wadia a seu lado. *Nadia Wadia, você é demáisdia*... Raman Keats, aquele homem terrivelmente obstinado, tinha agora uma nova meta a atingir.

Chegou a época do festival de Ganpati. Era o quadragésimo aniversário da independência, e a prefeitura de Bombaim, controlada pelo EM, resolveu que aquele seria o Ganesha Chaturthi mais esplêndido da história. Caminhões trouxeram fiéis e suas efígies das áreas adjacentes, aos milhares. A cidade encheu-se de bandeiras alaranjadas com slogans do EM. Um palanque para VIPS foi instalado perto de Chowpatty, ao lado da ponte para pedestres; e Raman Keats pediu à nova miss Mundo que fosse sua convidada de honra. Por uma questão de respeito pela data festiva, Nadia Wadia aceitou. Assim, a primeira parte da fantasia de Mainduck se realizara; quando passaram os batalhões de arruaceiros do EM em seus caminhões, brandindo punhos cerrados e lançando pétalas de flores no ar, ele estava ao lado da miss. Fez um gesto com o braço rígido e a mão espalmada; Nadia Wadia, reconhecendo a saudação nazista, virou o rosto para o outro lado. Mas nesse dia Keats estava numa espécie de êxtase; e, quando o barulho do festival estava quase insuportável, ele se virou para mim — eu estava logo atrás dele, junto com Sammy, o Homem de Lata, ambos apertados contra a parede de trás do pequeno palanque superlotado — e gritou a plenos pulmões: "Agora é a hora de enfrentar seu pai. Agora somos fortes o bastante para encarar Zogoiby, o Cicatriz, qualquer um. *Ganpati Bappa morya!* Agora quem estará contra nós?". E, nesse estado de exaltação, tomou a mão longa e fina da miss horrorizada e a beijou na palma. "Estou beijando Mumbai, estou beijando a Índia!", gritou. "Vejam, estou beijando o mundo!"

A réplica de Nadia Wadia foi inaudível; perdeu-se no meio dos hurras da multidão.

•

Naquela noite, ao assistir ao noticiário da televisão, fiquei sabendo que minha mãe havia morrido, tendo despencado do alto do rochedo enquanto realizava sua dança anual de afronta aos deuses. Foi como uma confirmação da confiança de Keats; pois sua morte enfraqueceu Abraham, e Mainduck agora estava mais forte. No rádio e na tevê, julguei perceber uma nota de arrependimento, como se os repórteres e críticos e redatores de necrológios se dessem conta do quanto aquela artista magnífica e orgulhosa fora injustiçada — do quanto eles eram responsáveis pelo recolhimento sombrio que caracterizara seus últimos anos de vida. De fato, nos dias e meses que seguiram a morte de Aurora, sua estrela subiu mais do que nunca; todos queriam reavaliar e elogiar sua obra com aquela pressa de quem aproveita o vácuo atrás de uma ambulância. Isso me irritou profundamente. Se ela merecia esses elogios agora, então podia tê-los recebido antes. Jamais conheci uma mulher mais forte, com mais consciência de quem ela era e do que ela representava, mas Aurora ficara magoada, e essas palavras — que talvez tivessem mitigado sua mágoa se as tivesse ouvido — estavam vindo tarde demais. Aurora da Gama Zogoiby, 1924-87. Os números fecharam-se sobre ela, como o mar.

E a pintura que foi encontrada em seu cavalete tinha a minha pessoa como tema. Em sua última obra, *O último suspiro do mouro*, Aurora devolvia à personagem sua humanidade. Nela, o mouro não era um arlequim abstrato, nem uma colagem de dejetos. Era um retrato de seu filho, perdido no limbo como um fantasma inquieto: o retrato de uma alma no inferno. E atrás dele, sua mãe, não mais num painel separado, porém novamente junto ao sultão atormentado. Não estava ralhando com ele — *bem fazes de chorar como uma mulher* —, e sim estendendo a mão, com uma expressão assustada no rosto. Mais um pedido de desculpas que chegou tarde demais, um gesto de perdão que de nada servia para mim. Eu havia perdido minha mãe, e aquele retrato apenas intensificava a dor da perda.

Ah, mamãe, mamãe. Agora sei por que você me exilou. Ah, minha grande mãe, minha genitora enganada, sua boba.

17

Recalcitrante, incorrigível, insuperável: o chefão do Supermundo, em seu jardim suspenso no céu, rico muito além do alcance da mais rica imaginação, Abraham Zogoiby, aos oitenta e quatro anos, estendia os dedos longos como a aurora em direção à imortalidade. Embora por muito tempo temesse morrer jovem, havia chegado a uma idade avançada; quem morrera, em seu lugar, fora Aurora. Quanto a ele, sua saúde havia melhorado com a velhice. Continuava mancando, ainda tinha problemas respiratórios, mas seu coração estava melhor do que jamais estivera desde o incidente em Lonavla; a vista e a audição haviam melhorado. Saboreava os alimentos como se nunca tivesse comido antes, e nos negócios sempre percebia quando alguém tentava passá-lo para trás. Fisicamente em forma, mentalmente ágil, sexualmente ativo, Abraham já possuía elementos divinos — já se elevara muito além do comum dos mortais, e, é claro, além do alcance da lei. Estava acima das sinuosas amarras das palavras, dos trâmites devidos, dos limites impostos por papéis. Agora, após a morte de Aurora, resolveu recusar-se a morrer também. Às vezes, no alto do prédio mais elevado da extremidade sul da cidade, que os arranha-céus transformavam numa alfineteira luminosa, Abraham admirava-se de seu próprio destino, enchia-se de sentimento, contemplava o mar enluarado e parecia ver, debaixo da máscara líquida, o corpo estraçalhado de sua mulher em meio aos caranguejos lentos, os mariscos incrustados, os peixes com suas facas afiadas, arregimentados em grandes cardumes, fatiando o mar fatal. Eu não, *pensava ele.* Minha vida está apenas começando.

Uma vez, no Sul, à beira-mar, ele se imaginara parte do mundo da Beleza, metade de um círculo mágico completado por aquela jovem magnífica e voluntariosa. Naquele tempo, teve medo de que a beleza fosse derrotada pela feiúra do mundo, do mar, da própria humanidade. Quanto tempo se passara desde então! Já enterrara duas filhas e a esposa, uma terceira filha bandeara para Jesus e o filho jovem-velho para o inferno. Quantos anos se passaram desde o tempo em que ele era belo, em que a beleza o fizera entrar para uma conspiração de amor! Quantos anos, desde o tempo em que aquelas juras de amor jamais santificadas ganharam legitimidade pela força do desejo deles dois, como carvão que o passar dos milênios transforma numa jóia multifacetada! Porém Aurora se afastara dele, sua amada não mantivera sua parte do compromisso, e Abraham se perdeu na dele. No que era mundano, no que dizia respeito à terra e à natureza das coisas, meu pai encontrara compensação pela perda do que ele havia entrevisto, através do amor de Aurora, do mundo transcendente, transformador, imenso. Agora que ela estava morta, Abraham iria envolver-se em seu poder como quem veste um manto dourado. Guerras estavam prestes a explodir; ele sairia vencedor. Novos horizontes se divisavam; ele os tomaria à força. Jamais viria a cair como ela caíra.

O enterro de Aurora foi um funeral de estadista. Junto ao caixão aberto, na catedral, Abraham se permitiu pensar em novas estratégias de lucro. Dos três pilares da vida — Deus, família e dinheiro — ele só possuía um, e precisava no mínimo de dois. Minnie viera para despedir-se da mãe, mas de algum modo lhe dava a impressão de estar feliz demais. Os devotos gostam da morte, *pensou Abraham,* acham que a morte é a porta da câmara gloriosa de Deus. Mas é um quarto vazio. A eternidade fica aqui mesmo na terra, e não há dinheiro que a compre. A imortalidade é a dinastia. Preciso de meu filho exilado.

•

Quando encontrei uma mensagem de Abraham Zogoiby cuidadosamente dobrada debaixo de meu travesseiro na casa de Raman Keats, compreendi pela primeira vez o quanto ele se tornara poderoso. "Você sabe quem é seu pai, lá no alto da torre dele?" Mainduck me perguntara, e em seguida vomitara uma de suas vituperações sobre robôs anti-hinduístas e não-sei-que-mais. A mensagem sob meu travesseiro me fez ficar pensando no que mais seria ou não verdade, pois ali, no coração do Submundo, por meio dessa demonstração simples do alcance do poder de meu pai, foi-me revelado que Abraham seria um antagonista e tanto na guerra dos mundos que se aproximava, Sub contra Super, sagrado contra profano, deus contra dinheiro, passado contra futuro, sarjeta contra céu: aquela luta entre duas camadas de poder nas quais eu, Nadia Wadia e Bombaim, e mesmo a própria Índia, nos veríamos envolvidos, como poeira entre duas camadas de tinta.

Hipódromo, dizia a nota, escrita por seu próprio punho. Paddock. *Antes do terceiro páreo*. Isso foi quarenta dias depois de minha mãe ser enterrada, sem a minha presença, ao som de uma salva de canhões. Quarenta dias, e agora esse bilhete, que chegara a mim de modo misterioso mas cujo teor era totalmente banal; um ramo de oliveira murcho. Claro que eu não ia, foi minha primeira reação previsível, fruto do orgulho ferido. Porém minha segunda reação, tão previsível quanto a primeira, foi ir, e sem avisar Mainduck.

No Mahalaxmi, crianças brincavam de *ankh micholi*, esconde-esconde, passando por entre as pernas dos adultos. É assim que somos uns para os outros, pensei, divididos por gerações. Será que os animais da selva compreendem a verdadeira natureza das árvores em meio às quais eles vivem? Na floresta dos pais, entre aqueles troncos formidáveis, encontramos abrigo e brincamos; mas se as árvores são saudáveis ou doentes, se nelas se ocultam demônios ou espíritos bons, não sabemos. Também não sabemos o maior segredo de todos: que um dia também nós nos tornaremos árvores, tal como aquelas. E as árvores, cujas folhas comemos, cujos troncos mordiscamos, lembram com tristeza que já foram animais um dia, subiam em galhos como esquilos e corriam como veados, até que um dia pararam, suas pernas se fincaram na terra e começaram a espalhar-se, e de suas cabeças brotaram plantas. Lembram-se disso como um fato; mas a realidade vivida de seus tempos animalescos, a sensação de liberdade caótica de então, é coisa que não conseguem recuperar. Para eles, é apenas um farfalhar de folhas. *Não conheço meu pai*, pensei no *paddock*, antes do terceiro páreo. *Somos estranhos. Ele não vai me reconhecer quando me vir; vai passar por mim como um cego.*

Alguma coisa — um pequeno pacote — estava sendo colocado em minha mão. Alguém sussurrou, às pressas: "Preciso de uma resposta antes de prosseguir". Um homem de terno branco, com um panamá branco, desapareceu em meio à floresta humana. A meus pés, crianças gritavam e se atracavam. *Oito, nove, dez, lá vou eu!*

Rasguei o papel de embrulho. Eu já vira aquilo antes, preso ao cinto de Uma. Aqueles fones outrora enfeitaram sua linda cabecinha. *Vivia mastigando minhas fitas. Joguei no lixo.* Mais uma mentira; mais um jogo de esconde-esconde. Vi-a correndo de mim, mergulhando no mar de gente com aquele terrível grito de coelho ferido. O que eu encontraria quando a encontrasse? Coloquei o fone, ajustando-o a minha cabeça. Olhei para o botão de ligar. Não quero, pensei. Não quero jogar esse jogo.

Apertei o botão. Minha própria voz, distilando veneno, encheu meus ouvidos.

Vocês conhecem essas pessoas que dizem ter sido capturadas por seres extraterrenos e submetidas a torturas e experimentos medonhos — que foram impedidas de dormir, dissecadas sem anestesia; que sofreram prolongadas sessões de cócegas nas axilas, em cujo ânus enfiaram pimenta, que obrigaram a assistir a intermináveis óperas chinesas? Devo confessar que, quando terminei de ouvir a fita que estava no walkman de Uma, tive a sensação de ter caído nas mãos de um ser diabólico desse tipo. Imaginei uma criatura camaleônica, um lagarto de sangue frio de outra galáxia, capaz de assumir forma humana, macho ou fêmea, conforme necessário, com o único objetivo de criar o máximo de confusão possível, porque a confusão era seu único alimento — seu arroz, suas lentilhas, seu pão. Turbulência, cizânia, desgraça, catástrofe: todos esses pratos faziam parte de seu cardápio predileto. Ela (pois no caso em questão o ser assumiu forma de mulher) surgiu entre nós como uma cultivadora de desgostos, uma fomentadora de guerras, vendo em mim (grandessíssimo asno! pateta patético!) um campo fértil para suas sementes pestilentas. Paz, serenidade, felicidade — essas coisas para ela eram um deserto; pois se suas plantações nefastas não vingassem, ela morreria de fome. Ela devorava nossa desarmonia, e se fortalecia com nossas brigas.

Até mesmo Aurora — Aurora, que desde o começo percebera o que ela era — havia sucumbido no final. Sem dúvida, isso teria sido motivo de orgulho para Uma; grande predadora que era, o que mais a interessava era devorar a presa mais arisca. Nada que ela dissesse teria enganado minha mãe. Cônscia desse fato, ela usara minhas próprias palavras — minhas obscenidades tremendas, iradas, provocadas pela lascívia. Sim, ela gravou tudo, chegou a esse ponto; e do modo mais sedutor me levou a dizer aquilo, arrancou de mim aquelas palavras fatais, convencendo-me de que era o que ela queria ouvir! Não estou tentando me desculpar. Mas por amá-la, e por saber que minha mãe se opunha a esse amor, falei primeiro com raiva, depois para confirmar a primazia do amor romântico sobre o amor filial; tendo sido criado numa casa onde sempre se usaram palavrões para apimentar a conversa, usei e abusei de foda-se e boceta e filha da puta. E então passei a repetir essas obscenidades, porque, quando fazíamos amor, ela, minha querida Uma, me pedia — sempre me pedia! — que lhe dissesse essas coisas, para sarar — ah, mais falsa das falsas! mais mendaz das mentirosas! — as feridas sofridas por sua autoconfiança e seu amor-próprio. Sua amada lhe pede, na hora do amor, que você lhe dê o que ela precisa; ela precisa — afirma — que você também tenha essa mesma necessidade: você há de recusar? Bem, talvez você recuse. Não conheço seus segredos, nem quero conhecê-los. Mas talvez você não se recuse. Sim, você diz, ah, meu amor, eu também preciso, sim.

Eu disse o que disse na privacidade e na cumplicidade do ato de amor. O que também fazia parte da trama de Uma; era um meio necessário para atingir sua meta.

Aquele cassete continha — quarenta e cinco minutos em cada lado — uma seleção de coisas ditas por mim nas nossas noites de amor, e em meio aos ruídos da cama o *leitmotiv* horrendo era: *Ela que se foda. Quero, sim. Ah, meu Deus, eu quero, sim. Foda com a minha mãe. Foda com aquela filha da puta.* E cada uma daquelas sílabas grotescas foi como uma estaca cravada no coração de minha mãe.

Quando Aurora já estava em estado de choque, logo após a morte de Mainá, a criatura aproveitou a oportunidade, disfarçando seu plano odioso de missão de amor. Naquela noite, ela deu a fita a meus pais, e só posso imaginar o terror e a mágoa que eles sentiram, tudo que posso fazer é recriar na imaginação a cena — Aurora largada no banco do piano, a noite toda, em seu salão alaranjado e dourado, o velho Abraham retorcendo as mãos, impotente, encostado na parede, e do outro lado de uma porta escura os criados, assustados, trêmulos, emoldurando o quadro.

E na manhã seguinte, quando me levantei de sua cama, Uma certamente sabia o que me aguardava na minha casa — os rostos sombrios e pálidos no jardim, a mão apontando para os portões: *vai-te embora daqui, e não voltes jamais*. E quando, atônito, voltei para seu apartamento, que desempenho magnífico! — Mas agora eu sabia de tudo. A presunção de inocência fora destruída pela prova em contrário. Uma, minha amada traidora, você estava disposta a jogar o jogo até o fim; a me assassinar e assistir a minha morte enlouquecida por alucinógenos. E depois, sem dúvida, você teria anunciado meu trágico suicídio: "Uma briga de família horrenda, e o pobrezinho, tão sensível, não conseguiu suportar. E mais a morte da irmã ainda por cima". Porém houve uma cena farsesca, um entrechocar-se de cabeças, e então você, como a grande atriz e grande jogadora que sempre foi, representou a cena até o fim; tinha cinqüenta por cento de probabilidade de acertar, mas perdeu. Até mesmo o mal absoluto tem algo que desperta admiração. Tiro meu chapéu para você; e adeus.

Aquele grito de coelho ferido mais uma vez; ele paira no ar e depois se esvanece. Como se alguma antiga força maligna, incapaz de suportar a luz da verdade, se dissolvesse em pó... mas não, não vou me permitir tais fantasias. Ela era uma mulher, de carne e osso. Que seja vista como tal... *Má ou louca?* Essa questão já não me preocupa. Assim como rejeitei todas as teorias sobrenaturais (extraterrenos, vampiros que gritam como coelhos), também me recuso a chamá-la de louca. Lagartos de outra galáxia, zumbis sanguissedentos e pessoas loucas não podem ser submetidos a juízos morais, e Uma merece ser julgada. *Insaan* quer dizer "ser humano". Insisto na *insaan*idade de Uma.

Também isso faz parte do que somos. Também nós semeamos ventos e colhemos furacões. Alguns entre nós — não são extraterrenos, e sim *insaans* —, que se alimentam de devastação; que, sem uma dieta regular de caos, não conseguem sobreviver. Minha Uma era assim.

Seis anos! Seis anos de Aurora, doze de mouro, perdidos. Minha mãe tinha sessenta e três anos quando morreu; eu próprio parecia sessentão. Poderíamos passar por irmãos. Poderíamos ter sido amigos. "Preciso de uma resposta", dissera meu pai no hipódromo. Sim, era preciso responder-lhe. E a resposta teria de ser a verdade e nada mais que a verdade; tudo a respeito de Uma e

Aurora, Aurora e eu, eu e Uma Sarasvati, minha bruxa. Eu contaria tudo, e me submeteria a seu veredicto. Como dizia Yul Brynner, com seu traje de faraó (um delicioso saiote curto), em *Os dez mandamentos*: "Que assim seja escrito. Que assim se cumpra".

•

Houve um segundo bilhete, colocado sob meu travesseiro por uma mão invisível. Recebi instruções, e uma chave mestra que abria uma entrada de serviço desprotegida nos fundos da Torre Granashpenkas, e também a porta de um elevador privativo que dava direto na cobertura, no trigésimo primeiro andar. Houve uma reconciliação, uma explicação foi aceita; um filho voltou a ser abraçado pelo pai, um vínculo quebrado se restabeleceu.

"Ah, meu filho, sua idade, sua idade."

"Ah, meu pai, e a sua também."

Uma noite de céu claro, um jardim suspenso, uma conversa como jamais tivéramos antes.

"Meu filho, não esconda nada de mim. Já sei tudo. Tenho olhos que vêem e ouvidos que ouvem, e sei de todos os seus feitos e malfeitos."

E, antes que eu pudesse esboçar uma justificativa, ele levantou a mão, sorriu, riu seu riso de velho. "Estou contente", disse ele. "Você foi embora menino e voltou homem. Agora podemos falar de homem para homem. Antes você gostava mais de sua mãe. Compreendo perfeitamente. Eu também era assim. Mas agora é a vez de seu pai; melhor dizendo, é a nossa vez. Agora posso lhe perguntar se você vai juntar-se a mim, para falarmos abertamente de muitas coisas ocultas. Na minha idade, a confiança é um problema. Tenho necessidade de me abrir, de destrancar todas as minhas trancas, revelar todos os meus mistérios. Coisas importantes estão acontecendo. Esse Keats, quem é ele? Um verme. Um Plutão do mundo subterrâneo. Plutão? Nem isso; no máximo um Pluto. E nós sabemos, das pinturas de parede do Miranda, quem é Pluto. Um cachorro idiota, com coleira e tudo. Ou talvez, melhor dizendo, um sapo."

Vi um cachorro. Num canto especial do átrio imenso, um bull terrier empalhado, com rodinhas. "Você o guardou", exclamei. "O velho Jawaharlal de Aires."

"Puro saudosismo meu. Às vezes, quando venho passear neste jardim, levo o Jojó comigo."

Agora a coisa começava a ficar perigosa.

Tendo aceitado a proposta de meu pai de trabalhar para ele, saber o que ele sabia e atuar como seu assistente, aceitei também permanecer, por algum tempo, trabalhando para Keats. Assim, para trair meu patrão com meu pai, voltei à casa de meu patrão. E contei para Mainduck — pois ele não era nada bobo — uma parte da verdade. "É bom fazer as pazes com meu pai, mas isso não afeta minha escolha." E Keats, que se afeiçoara a mim por eu estar trabalhando para ele há seis anos, aceitou-me; e passou a desconfiar de mim.

Eu sabia que dali para a frente ele estaria sempre me vigiando. Meu primeiro erro seria também o último. Sou parte do campo de batalha, pensei, e eles são a guerra.

Quando meus colegas de trabalho — meus antigos camaradas de luta — ouviram minha boa notícia:

Chhaggan deu de ombros. Como quem diz: "Você nunca foi um de nós, menino rico. Não é nem hinduísta nem marata. É só um cozinheiro de sangue azul com um punho forte. Você veio para cá só para fazer a vontade desse martelo. Um tarado! Um psicótico procurando briga. Sempre se lixou para a nossa causa. E agora a sua classe, o seu sangue, está chamando você de volta. Você não vai ficar muito mais tempo aqui. Nem tem por que ficar. Está velho demais para brigar".

Mas Sammy Hazaré, o Homem de Lata, me olhou de modo estranho. Tão estranho que percebi imediatamente quem havia colocado os bilhetes sob meu travesseiro, quem era o homem de meu pai. Sammy, o cristão, seduzido por Abraham, o judeu.

Ah, mouro, cuidado, disse eu a meus botões. O conflito está próximo, e o prêmio é nada menos que o futuro. Cuidado para não perder sua própria cabeça tonta nessa batalha.

•

Depois, em seu jardim suspenso, Abraham me contou que muitas vezes, durante todos aqueles anos, Aurora ansiava por me conceder o perdão, anular o gesto que me exilara, chamar-me de volta para casa. Mas então ela se lembrava de minha voz, das palavras indizíveis que não havia como desdizer, e seu coração de mãe endurecia. Quando fiquei sabendo disso, aqueles anos perdidos começaram a torturar-me, a obcecar-me, dia e noite. Em sonhos, eu inventava máquinas do tempo que me permitiam voltar para casa antes da morte de minha mãe; e ao despertar ficava furioso de constatar que a viagem fora apenas um sonho.

Depois de alguns meses de tais frustrações, lembrei-me do retrato de minha mãe pintado por Vasco Miranda, e me dei conta de que pelo menos desse modo eu poderia tê-la de volta: na *ars longa*, ainda que não na *vita brevis*. Claro que ela havia pintado inúmeros auto-retratos, mas de algum modo o quadro perdido de Miranda, sobre o qual ele pintara outro, e que fora vendido, passara a representar minha mãe perdida, a esposa perdida de Abraham. Se fosse possível recuperá-lo! Seria como se uma Aurora mais jovem renascesse; seria uma vitória sobre a morte. Animado, comuniquei essa idéia a meu pai. Ele franziu o cenho. "Aquele quadro." Porém suas objeções haviam se desvanecido com o tempo. Percebi que o desejo se esboçava em seu rosto. "Mas ele foi destruído há muitos anos."

"Não foi destruído", corrigi. "Vasco pintou outra coisa por cima. *O artista como Boabdil, o azarado* (*el-Zogoiby*), *último sultão de Granada, partindo do Alhambra. Ou, O último suspiro do mouro*. Aquele quadro eqüestre piegas, tipo gravura de caixa de chocolate, que mamãe achou pior que pintura de bazar. Remover essa pintura não seria perda nenhuma. E desse modo a gente a teria de volta."

"Remover", repetiu Abraham. Percebi que a idéia de destruir um Miranda, em particular a obra em que Vasco havia se apropriado das lendas de nossa família, era uma idéia que o agradava. "Isso é possível?"

"Deve ser", afirmei. "Deve haver peritos que fazem isso. Se você quiser, eu me informo."

"Mas o quadro é do Bhabha", disse ele. "Será que o velho sacana está interessado em vender?"

"Por um bom preço, ele vende", respondi. E, para reforçar meu argumento, acrescentei: "Por mais sacana que ele seja, você é mais ainda".

Abraham riu e pegou o telefone. "É o Zogoiby", disse ele ao criado que atendeu. "O C. P. está?" E logo depois: "*Arré*, C. P., por que você anda se escondendo dos amigos?". Depois, uma troca de frases de negociação, frases bruscas como latidos; o tom duro e o ritmo *staccato* de sua voz contrastavam de modo surpreendente com as palavras que ele dizia, palavras macias, enfeitadas, palavras lisonjeiras e respeitosas. Então, de repente, uma interrupção, como um motor de carro que morre inesperadamente; e Abraham pôs o telefone no gancho com uma expressão de perplexidade. "Foi roubado", disse ele. "Há menos de um mês. Roubado da casa dele."

•

Da Espanha chegou a notícia de que o velho (e cada vez mais excêntrico) pintor indiano V. Miranda, morando então na aldeia andaluza de Benengeli, havia se ferido quando tentava, sabe-se lá por que, pintar um elefante adulto visto de baixo. O elefante, um animal de circo, mal alimentado, alugado por um dia a um preço exorbitante, teria que subir numa rampa de concreto construída para esse fim específico pelo célebre (porém temperamental) *señor* Miranda, e depois colocar-se sobre um painel de vidro supostamente reforçado, debaixo do qual o velho Vasco havia instalado seu cavalete. Veio uma multidão de repórteres e equipes de televisão para cobrir o curioso evento. Porém o elefante, aliás aliá, que se chamava Isabela, apesar de estar acostumada a todo tipo de baboseira circense, teve escrúpulos de sensibilidade e se recusou a cooperar com aquele ato (como disseram alguns comentadores locais) "degradante" de "voyeurismo infraventral", que parecia resumir toda a irresponsabilidade, a amoralidade, a autocomplacência, a inutilidade da arte. O artista saiu de seu estúdio com os bigodes em posição de sentido. Seu traje, talvez uma incongruência deliberadamente absurda — ou então sinal de loucura —, consistia em calças curtas de tirolês, camisa bordada e chapéu ornado com um aipo. Isabela parou no meio da rampa, e não havia como fazê-la seguir em frente. O artista bateu palmas e gritou: "Elefante! Obedeça!". Ao ouvir isso, Isabela, numa atitude desrespeitosa, andou para trás e pisou no pé esquerdo de Vasco Miranda. Algumas das pessoas mais conservadoras da localidade, em meio à multidão que se aglomerara para assistir ao espetáculo, tiveram a indelicadeza de aplaudir.

A partir desse dia, Vasco passou a mancar, tal como Abraham, mas sob todos os outros aspectos continuaram seguindo caminhos muito diferentes — ou, pelo menos, era o que pareceria para um observador de fora. O fracasso de seu projeto elefantino não arrefeceu nem um pouco o ardor dos entusiasmos amalucados de sua velhice; e pouco depois, graças à doação de uma soma considerável à rede escolar do município, permitiram-lhe que construísse, em homenagem a Isabela, um chafariz enorme e pavoroso, em que elefantes cubistas esguichavam água de suas trombas, posando, como bailarinas, nas patas traseiras. A fonte foi instalada no centro da praça em frente ao "Pequeno Alhambra" de Vasco, e foi rebatizada de "praça dos Elefantes", o que enfureceu os moradores mais antigos. Reunidos num bar, chamado La Carmencita em homenagem à filha do falecido ditador, os velhos relembraram, em explosões líquidas de indignação nostálgica, que até então o logradouro se chamara Plaza de Carmen Polo, em homenagem à esposa do caudilho — uma homenagem que muito honrava o lugar, agora conspurcado por aqueles paquidermes; pelo menos era essa a posição unânime dos anciãos irados. Antigamente, comentavam eles, Benengeli era a aldeia andaluza predileta do generalíssimo; mas os velhos tempos tinham sido abolidos por aquele presente amnésico e democrático, que encarava todo o passado como lixo, a ser jogado fora o mais depressa possível. E o pior de tudo era uma monstruosidade daquelas ser perpetrada por um estrangeiro, um indiano, que devia ter ido criar confusão não na Espanha, e sim em Portugal, seguindo a tradicional lusofilia dos goenses. Era mesmo intolerável. Mas o que se podia fazer com esses artistas, que vinham sujar o nome de Benengeli importando mulheres e hábitos licenciosos e deuses estrangeiros — pois embora o tal Miranda se dissesse católico, não era fato sabido que todos os orientais no fundo não passavam de pagãos?

A velha-guarda atribuía a Vasco Miranda a maior parte das mudanças ocorridas em Benengeli, e, se alguém perguntasse a esses anciãos quando começara a degradação da aldeia, eles escolheriam o dia da elefanta na rampa, pois aquele episódio deselegante — e muito alardeado — chamou a atenção de todo o detrito humano do mundo para Benengeli, e em poucos anos a localidade que fora o retiro favorito do falecido líder no Sul do país se tornou um refúgio para vadios itinerantes, párias expatriados, toda a corja de vagabundos do planeta. O chefe da guarda civil de Benengeli, o sargento Salvador Medina, adversário veemente dos novos moradores, fazia questão de dizer o que pensava a todos que lhe perguntavam, e mesmo a quem não lhe perguntava nada. "O Mediterrâneo, o Mare Nostrum dos antigos, está morrendo, por excesso de lixo", pontificava ele. "E agora a terra — a Terra Nostra — também está morrendo."

Vasco Miranda, tentando seduzir o chefe da guarda, duas vezes lhe mandou, por ocasião do Natal, os tradicionais presentes de dinheiro e álcool, mas em vão. O sargento foi em pessoa até a casa de Vasco para devolver o dinheiro e a bebida, e lhe disse na cara: "Os homens e mulheres que vão embora de seus lugares de origem são infra-humanos. Ou lhes falta alguma coisa na alma ou então algo a mais penetrou nela — uma espécie de semente do diabo". Depois desse insulto, Vasco Miranda se tornou um recluso, e se fechou entre as quatro paredes de sua fortaleza fantástica. Nunca mais foi visto nas ruas de Benengeli. Seus criados (nessa época, muitos jovens de ambos os sexos vinham para o Sul da Espanha — que já começava a ter problemas de desemprego —, provenientes das regiões ainda mais afetadas da Mancha e da Estremadura, procurando trabalho nos restaurantes, hotéis ou residências; assim, era tão fácil ter criados em Benengeli quanto em Bombaim) diziam que seu comportamento era assustador; períodos de recolhimento e silêncio absoluto eram pontuados por arengas confusas sobre temas abstrusos, até mesmo ininteligíveis, e revelações constrangedoras sobre os detalhes mais íntimos de seu passado e de sua carreira cheia de altos e baixos. Tomava bebedeiras homéricas, e mergulhava em depressões abissais, durante as quais bradava como um possesso contra os azares tremendos de sua vida, em particular sua paixão por uma tal "Aurora Zogoiby" e o medo que lhe inspirava uma "agulha perdida" que, segundo ele, se deslocava inexoravelmente rumo a seu coração. Mas pagava bem, e com pontualidade, de modo que os criados não o abandonavam.

Pensando bem, a vida de Vasco e a de Abraham não eram assim tão diferentes. Após a morte de Aurora Zogoiby, os dois se tornaram reclusos — Abraham em sua torre alta, Vasco em sua fortaleza; ambos tentavam abafar a dor da perda com novas atividades, novos empreendimentos, por mais mal concebidos que fossem. E ambos, como acabei descobrindo, afirmavam ter visto o fantasma de Aurora.

•

"Ela aparece aqui. Já vi." Abraham, em seu pomar no céu, com o cachorro empalhado, confessou que tivera uma visão — levado, pela primeira vez numa vida de total ceticismo, a admitir a possibilidade da vida após a morte com sua língua ímpia. "Ela não espera por mim; esconde-se no meio das árvores." Como as crianças, os fantasmas gostam de brincar de esconde-esconde. "Ela não está em paz. Sei que não está. O que posso fazer para que ela tenha paz?" A mim, me parecia que era Abraham que estava agitado, sem conseguir acostumar-se com a perda. "Talvez se a obra dela encontrar um lugar definitivo", imaginou; e foi assim que nasceu a Coleção Zogoiby: todos os quadros de Aurora que pertenciam a ela própria — centenas e centenas! — foram doados à nação, sob a condição de que se construísse uma galeria em Bombaim onde eles fossem guardados e exibidos da maneira apropriada. Mas, depois dos massacres de Meerut, dos conflitos entre hindus e muçulmanos na parte velha de Delhi e outros lugares, a arte não era uma prioridade do governo, e a coleção — fora umas poucas obras-primas que foram postas em exibição na Galeria Nacional, em Delhi — permaneceu esquecida. As autoridades de Bombaim, controladas por Mainduck, não estavam preparadas para entrar com as verbas que o governo federal havia negado. "Então que se danem todos os políticos", exclamou Abraham. "A melhor política é não depender deles." Encontrou outros interessados em bancar o projeto; veio dinheiro do Banco Khazana, que estava crescendo a olhos vistos, e também do supercorretor da bolsa V. V. Nandy, cujas investidas nos mercados financeiros internacionais, dignas de George Soros, estavam se tornando lendárias, ainda mais por ele ser oriundo do Terceiro Mundo. "O Crocodilo está se tornando um herói pós-colonialista para nossos jovens", disse-me Abraham, rindo das voltas do destino. "Ele representa ao mesmo tempo 'o império contra-ataca' e 'como ficar rico depressa'." Encontrou-se um lugar apropriado — uma das últimas antigas mansões parses do morro de Cumballa ("Quando foi construída?" "Há muito tempo. *Muito* tempo") — e uma jovem e brilhante crítica de arte, apaixonada pela obra de Aurora, chamada Zeenat Vakil, que já havia publicado um ensaio influente sobre os panos *Hamzanama* do período mogol, foi nomeada curadora. A doutora Vakil imediatamente começou a preparar um catálogo exaustivo, bem como um estudo crítico paralelo — "Persona-lização e dis/semi/nação: dialógica do ecletismo e interrogações da autenticidade na obra de A. Z." — que colocou a série do mouro (inclusive as pinturas da última fase, até então jamais expostas) numa merecida posição central no *corpus* auroriano, e que viria a fazer muito no sentido de estabelecer o lugar de Aurora entre os imortais. A Coleção Zogoiby foi aberta ao público apenas três anos após a triste morte da artista; seguiu-se um período inevitável, ainda que curto, de polêmicas, por exemplo, a respeito dos primeiros quadros da série do mouro, tidos por alguns como incestuosos — aqueles "pantoquadros" que ela havia pintado de modo tão despretensioso muitos anos antes. Porém, no alto da Torre Granashpenkas, seu fantasma continuava a aparecer.

Agora Abraham começou a dizer que a morte de Aurora não fora apenas um acidente, como todos pensavam. Enxugando os olhos remelentos, disse com voz trêmula que todos aqueles que morrem de morte matada só conseguem encontrar a paz depois que são vingados. Ele parecia estar afundando mais e mais nos pântanos da superstição; pelo visto, não conseguia aceitar o fato de que Aurora havia morrido. Em circunstâncias normais, se eu visse meu pai resvalando no que ele próprio sempre qualificara de "crendices", ficaria muitíssimo chocado; mas também eu era presa de uma obsessão cada vez mais forte. Minha mãe estava morta, porém eu precisava de uma reconciliação. Se ela estava irremediavelmente morta, então isso jamais seria possível; só me restaria aquela necessidade imperiosa, corrosiva, aquela ferida que não sarava nunca. Assim, não contrariava Abraham quando ele falava no fantasma que assombrava seus jardins suspensos. Talvez mesmo eu tivesse esperanças — tinha, sim! — de ouvir de repente um tilintar de tornozeleiras de *jhunjhunna*, um farfalhar de tecidos atrás de um arbusto. Ou, melhor ainda, a volta de minha mãe tal como era em minha época favorita, suja de tinta, com pincéis fincados no penteado alto, caótico.

Mesmo quando Abraham anunciou que havia pedido a Dom Minto que reabrisse, em caráter privado, a investigação a respeito da queda de Aurora — logo Minto, que estava cego, desdentado, preso a uma cadeira de rodas, surdo, mantido vivo, já quase centenário, por máquinas de diálise, transfusões de sangue sucessivas e por aquela fome de investigar que continuava tão forte como sempre, e que o levara ao ápice de sua profissão! —, não fiz nenhuma objeção. Deixemos o velho fazer o que for necessário para acalmar seu espírito intranqüilo, pensei. Além disso, devo confessar, não era fácil contradizer Abraham Zogoiby, aquele esqueleto implacável. Quanto mais ele me confiava segredos, abrindo para mim suas cadernetas, seus livros de caixa dois, seu coração, mais medo eu sentia.

"*Só pode ser o Keats*", gritava ele para Minto, no pomar da torre. "*Quanto ao Mody, esse não tem capacidade para fazer uma coisa dessas. Investigue o Keats. Se precisar de ajuda, é só falar com o Mouro.*"

Meu medo aumentou. Se Raman Keats — fosse ele culpado ou inocente — suspeitasse que eu o estava espionando com o fim de incriminá-lo de assassinato, a coisa ficaria preta para o meu lado. No entanto, não me era possível dizer não a Abraham, aquele pai que eu havia reconquistado. Assim mesmo, consegui por fim, um tanto nervoso, fazer-lhe algumas perguntas indelicadas: por que motivo Mainduck... que provocação o teria levado a...?

"*O menino quer saber por que eu desconfio daquele sapo sacana*", gritou Abraham Zogoiby entre risadas horrendas, e Minto, aquele caco de gente, também riu, batendo com a mão na coxa. "*Pelo visto ele acha que a mãezinha dele era uma santa, e que o pai, aquela peste, andou pulando a cerca. Mas ela não podia ver um par de calças na frente, não é? Só que a coisa nunca durava muito. E não há nada mais feroz no mundo que um sapo desprezado. Q. E. D.*"

Dois velhos soltando gargalhadas macabras, acusações de infidelidade e assassinato, um fantasma à solta — e eu. Senti que estava perdendo o pé em águas profundas demais para mim. Mas eu não tinha para onde fugir, não tinha onde me esconder. Só me restava fazer o que tinha que ser feito.

"Não se preocupe, Poderoso Chefão", sussurrou Minto, por trás de suas lentes azuis, com uma voz tão suave quanto a voz de Abraham fora estentórea. "Pode considerar o Keats já esquartejado e enforcado."

•

As crianças transformam seus pais em ficções, e os reinventam de acordo com suas necessidades infantis. A realidade de um pai é um peso com que poucos filhos podem arcar.

Na época, era comumente aceito que as gangues (muçulmanas em sua maioria) que controlavam o crime organizado da cidade, cada uma com seu chefão (*dada*), tinham sido enfraquecidas por suas tradicionais dificuldades de formar qualquer espécie de organização mais duradoura. Com base na minha experiência pessoal no EM, tendo trabalhado nos bairros mais pobres da cidade para fazer amizades e angariar apoio, formei uma opinião diferente sobre essa questão. Eu começara a perceber indícios de algo obscuro, algo tão assustador que ninguém falava sobre o assunto — uma camada oculta por baixo da superfície das aparências. Comentei com Mainduck que talvez até existisse um único *capo di tutti capi*, à maneira da Máfia, que coordenasse todos os negócios ilegais da cidade; mas a reação dele foi uma risada de escárnio. "Seu trabalho é dar porrada, Martelo", retrucou. "Deixe essas questões mais profundas para quem tem mais cabeça. Unidade exige disciplina, e dessa mercadoria nós detemos o monopólio. Esses filhos da puta vão viver brigando uns com os outros até o final dos tempos."

Mas agora eu ouvira, com meus próprios ouvidos, Dom Minto chamar meu pai de Poderoso Chefão. Mogambo! Bastou-me ouvir isso para compreender que era verdade. Abraham era um chefe nato, um grande negociador, o melhor de todos. Quando jogava, apostava tudo; quando jovem, chegara mesmo a apostar o próprio filho ainda não nascido. Sim, o Alto Comando existia, e as gangues muçulmanas haviam sido unidas por um judeu de Cochim. A verdade é quase sempre excepcional, absurda, improvável, quase nunca normativa, quase nunca o que o cálculo frio levaria a supor. No final das contas, as pessoas fazem as alianças de que necessitam, seguem os homens que podem levá-las na direção que elas preferem. Ocorreu-me que o domínio de meu pai sobre o Cicatriz e seus companheiros era uma vitória irônica, terrível, do profundamente arraigado secularismo indiano. A própria natureza dessa associação transétnica fundada no interesse mais cínico desmentia a visão de Mainduck de uma teocracia em que uma variedade específica do hinduísmo dominaria, enquanto todos os outros povos da Índia, derrotados, se submeteriam com humildade.

Vasco dissera, muitos anos antes, que a corrupção era a única força de que dispúnhamos que era capaz de vencer o fanatismo. Essa afirmação, que não passara de uma tirada de bêbado, fora transformada por Abraham Zogoiby numa realidade viva, uma aliança entre o barraco miserável e o condomínio exclusivo, um exército sem deus e sem escrúpulos que era capaz de enfrentar e derrubar qualquer exército religioso.

Talvez.

Raman Keats já cometera o erro grave de subestimar seu adversário. Seria Abraham Zogoiby mais cauteloso? Os primeiros indícios não eram nada bons. Ele chamara Mainduck de "verme" e "cachorro idiota, com coleira e tudo".

E se os dois lados entrassem em guerra porque um achava que o outro seria fácil de derrotar? E se os dois estivessem enganados? E aí?

Seria o Juízo Final?

•

Quanto à questão do tráfico de narcóticos envolvendo o talco Baby Fofo, Abraham Zogoiby — conforme admitiu durante aquelas entrevistas comigo, com um sorriso largo e desavergonhado — fora totalmente inocentado pelas autoridades. "Ficha limpíssima", disse ele, triunfante. "Mãos limpas. Os inimigos tentam que tentam me derrubar, mas vão ter que fazer muito mais força." Não havia dúvida de que as exportações de talco de sua empresa haviam sido usadas como fachada para o comércio de outros pós brancos bem mais lucrativos, mas, apesar dos esforços hercúleos da divisão de narcóticos da polícia, não foi possível provar que Abraham estava sabendo de qualquer atividade ilícita. Foi comprovado que alguns funcionários de baixo escalão da empresa — dos departamentos de enlatamento e expedição — estavam sendo pagos por uma organização de traficantes, mas daí em diante todas as investigações chegavam a um beco sem saída. Abraham foi generoso com as famílias dos homens presos — "Por que motivo as mulheres e crianças devem pagar pelas atividades dos pais?" — e no final o caso foi encerrado sem que se provasse nenhuma das acusações contra pessoas importantes que haviam sido alardeadas por várias fontes, entre estas o município, controlado pelo EM de Raman Keats. Para constrangimento das autoridades, o chefe de gangue conhecido como "Cicatriz" continuava à solta. Imaginava-se que ele tivesse encontrado refúgio em algum país da região do golfo Pérsico. Mas Abraham Zogoiby me disse coisa bem diversa. "Seria o máximo da burrice nossa não controlar as questões de imigração-emigração", exclamou. "É claro que os nossos podem entrar e sair do país quando bem entendem. E os policiais da divisão de narcóticos são seres humanos também. Com o pouco que ganham, eles levam uma vida muito apertada. Que mais posso dizer? Os mais prósperos têm obrigação de ser generosos. A filantropia é um papel que nos compete naturalmente. *Noblesse oblige.*"

A vitória de Abraham no caso Baby Fofo fora uma derrota para Keats, que vivia me instigando a sondar meu pai a respeito de suas atividades ligadas ao tráfico. Mas não foi necessário sondar. Abraham estava mesmo decidido a se abrir comigo, e me disse com todas as letras que sua vitória no caso Baby Fofo acarretara alguns custos a longo prazo. Fechada a via do talco, foi necessário dar início a uma outra operação, mais arriscada, a toque de caixa e bem na cara da polícia, que estava investigando a questão a fundo. "Os custos iniciais foram escorchantes", confidenciou-me. "Mas o que se há de fazer? No mundo dos negócios, a palavra de um homem é como um documento escrito, e eu tinha que cumprir certos contratos." O Cicatriz e seus homens tiveram que trabalhar dia e noite para estabelecer a nova rota, que terminava na aridez do Rann de Kutch (o que tornava necessário subornar autoridades não só de Maharashtra como também de Guzerate). O "talco" era transportado em barcos até navios cargueiros que aguardavam a mercadoria. A nova rota era mais lenta e mais arriscada. "É só para quebrar o galho", disse Abraham. "Com o tempo vamos encontrar novos amigos no aeroporto."

À noite eu ia visitá-lo em seu éden suspenso, e ele me contava suas histórias sinuosas. De certo modo, eram como histórias de fadas: sagas fantásticas do presente, narrativas de acontecimentos totalmente anormais relatadas num tom natural, banal, de gerente de armazém. (Então era a isso que meu terrível pai se referia quando afirmava que a imersão no trabalho era o que o ajudava a suportar sua perda! Era isso que ele fazia para atenuar sua dor!) O comércio de armas era uma atividade importante, embora não figurasse entre os ramos em que sua grande empresa oficialmente atuava. Um famoso fabricante de armamentos da Escandinávia estava em conversações com ele, para abastecer a Índia de armas boas, de design elegante e — é claro — letais. As quantias envolvidas no negócio eram grandes a ponto de se tornarem inconcebíveis, e — como sói acontecer quando estão em jogo tamanhos Karakoruns de capital — vez por outra um pedregulho periférico de dinheiro se desprendia do resto e rolava montanha abaixo. O que era necessário encontrar era uma maneira discreta de despachar estes pedregulhos de tal modo que todos os envolvidos na negociação fossem beneficiados. Os participantes eram pessoas do maior refinamento, de tamanha delicadeza que seria para elas absolutamente impossível despachar esse entulho financeiro, até mesmo em suas próprias contas bancárias. Eram nomes tão augustos que nem mesmo a mais vaga suspeita poderia ser associada a eles! "Assim", disse Abraham, satisfeito, com um dar de ombros, "a gente faz o serviço sujo e ainda termina com o bolso cheio de pedrinhas."

Fiquei sabendo que a empresa de Abraham, agora universalmente conhecida como "Gap S. A.", tinha uma participação importante no Khazana Banco Internacional, que no final dos anos 80 já havia se tornado a primeira instituição financeira terceiro-mundista a rivalizar com os grandes bancos ocidentais em termos de patrimônio e transações. O banco moribundo que Abraham havia arrancado dos irmãos Granashpenkas fora reestruturado com muito sucesso, e suas ligações com o KBI eram motivo de admiração para toda a cidade. "Terminaram os tempos em que as economias terminais não podiam trabalhar com dólares", sentenciou meu pai. "Acabou aquele nhenhenhém de cooperação Sul-Sul. Vamos lidar com gente grande! É dólar, é DM, é franco suíço, é iene. Podem vir! Eles vão ver o que é bom para a tosse." Apesar da postura de franqueza que ele adotara comigo, foi só anos depois que Abraham Zogoiby admitiu que por trás de toda essa visão monetarista deslumbrante havia uma camada oculta de atividades: o inevitável mundo secreto que existe, aguardando o momento de revelação, por trás de tudo que jamais conheci. — E, se a realidade de nosso ser é que existem tantas verdades ocultas por trás dos véus de Maya da ignorância e da ilusão, então por que não céu e inferno também? Por que não Deus e Diabo e mais o resto da cambada toda? Se são tantas as revelações, por que não a Revelação? — *Por favor*. Não é hora de discutir teologia. O assunto em questão é terrorismo, e um dispositivo nuclear secreto.

Entre os principais clientes do BKI se encontravam alguns cavalheiros e organizações cujos nomes constavam nas listas dos mais procurados e mais perigosos em todos os países do mundo livre — os quais, no entanto, misteriosamente, tinham plena liberdade de ir e vir, tomar aviões de carreira, freqüentar agências bancárias e receber tratamento médico nos países que bem entendessem, sem medo de serem presos ou perturbados. Essas contas secretas eram mantidas em arquivos especiais, protegidas por uma formidável barreira de senhas, "bombas" de software e outros mecanismos defensivos, e — pelo menos na teoria — não se podia ter acesso a elas através do computador central. Mas tais precauções não eram nada, e essa clientela suspeita parecia angelical, em comparação com as medidas cautelares e as equipes envolvidas no maior empreendimento do BKI: o financiamento e a fabricação clandestina de armas nucleares de grande potência "para certos países produtores de petróleo e seus aliados ideológicos". Os tentáculos de Abraham estavam mesmo mais longos do que nunca. Se havia um estoque disponível de urânio ou plutônio adequado para utilização, o Banco Khazana não ia perder uma boca dessas; se, por algum acaso, um sistema de mísseis de longo alcance inesperadamente surgisse no mercado num dos estados periféricos outrora pertencentes à recém-desaparecida União Soviética, o dinheiro do BKI percorria caminhos sinuosos, invisível, por baixo de tapetes, através de paredes, até chegar ao produto cobiçado. Assim, a cidade invisível de Abraham, construída por pessoas invisíveis para praticar atos invisíveis, estava por fim aproximando-se de sua apoteose: estava construindo uma bomba invisível.

Em maio de 1991, uma explosão bem visível em Tamil Nadu acrescentou Rajiv Gandhi à lista dos membros da família que morreram assassinados, e Abraham Zogoiby — cujas decisões eram por vezes tão misteriosas que davam a impressão de que ele se julgava um sujeito engraçado — escolheu esse dia terrível para revelar-me a existência do projeto atômico secreto. Naquele momento, alguma coisa mudou dentro de mim. Foi uma alteração involuntária, fruto não da vontade, não de uma escolha, e sim de uma função mais profunda, inconsciente, de meu eu. Ouvi-o com toda a atenção explicar-me os detalhes (o problema principal enfrentado pelo projeto no momento, observou ele, era a necessidade de um computador ultra-rápido que fosse capaz de rodar os complexos programas sem os quais os mísseis jamais atingiriam seus alvos; em todo o mundo havia menos de duas dúzias de computadores SPF — "Sistema de Ponto Flutuante" — com equipamento de acesso VAX, que tinham capacidade de fazer cerca de setenta e seis milhões de cálculos por segundo, e vinte desses computadores estavam nos Estados Unidos, o que significava que um dos três ou quatro restantes — um dos quais fora localizado no Japão — teria que ser ou adquirido por uma empresa-fachada tão impenetrável que pudesse enganar os sofisticadíssimos sistemas de segurança que estariam em ação durante a operação de compra, ou então roubado e em seguida *tornado invisível*, levado até o usuário através de uma cadeia absurdamente complexa de fiscais corruptos, conhecimentos de embarque falsificados e inspetorias tapeadas), porém, enquanto o ouvia, ouvi também uma voz dentro de mim dizendo um "não" categórico, irrecorrível. Tal como recusara a morte que Uma Sarasvati havia planejado para mim, agora me parecia que eu havia ultrapassado os limites do que a lealdade à família me exigia. Para surpresa minha, uma outra lealdade se impusera. Surpresa, sim, porque, afinal de contas, eu fora criado na *Elefanta*, onde todos os vínculos comunitários tinham sido deliberadamente rompidos; num país onde todos os cidadãos por instinto devem fidelidade a um lugar e a uma fé, eu havia me transformado num homem sem pátria e sem comunidade — do que muito me orgulhava, reconheço. Assim, foi com uma nítida sensação de espanto que me surpreendi resistindo àquele meu pai tremendo e mortífero.

"...E se descobrirem que estamos contrabandeando esse equipamento", dizia ele, "todos os acordos de ajuda, privilégios de nação mais favorecida e outros protocolos intergovernamentais seriam anulados na hora."

Respirei fundo e perguntei: "Mas você deve saber quem seria a vítima dessa bomba, que ficaria mais despedaçada que o pobre do Rajiv, e onde ela está, não é?".

Abraham petrificou-se. Era gelo e era fogo. Ele era Deus no paraíso, e eu, sua maior criação, acabava de vestir a proibida folha de parreira da vergonha. "Sou um homem de negócios", disse ele. "O que deve ser feito, eu faço." *YHWH. Eu sou o que sou.*

Para meu espanto, eu disse àquele Jeová das trevas, aquele anti-Todo-poderoso, aquele buraco negro no céu, meu pai: "Desculpe, mas é que eu sou judeu".

•

A essa altura, eu já não estava trabalhando para Mainduck; pelo visto, Chhaggan tinha razão quando disse que o sangue que corria em minhas veias pesara mais que o sangue que havíamos derramado juntos. Não fui eu, e sim Keats, quem anunciou, de modo não indelicado, que havíamos chegado ao momento da separação. Ele provavelmente sabia que eu não estava disposto a continuar espionando meu pai, e é bem possível que já estivesse desconfiando que algumas informações referentes a suas atividades talvez estivessem chegando a Abraham. Devo acrescentar que nunca me senti muito estimulado por trabalho de escritório; pois, se por um lado desde pequeno eu me habituara a ser organizado e tinha vontade de ser igual a todo mundo, fatores que tendiam a me tornar adequado para desempenhar as tarefas humildes e mecânicas que me cabiam, por outro minha "identidade secreta" — ou seja, meu verdadeiro eu, indomável e amoral — se rebelava com violência contra o tédio daquela vida. Com um velho arruaceiro, um capanga entrado em anos, não há nada a fazer, a não ser aposentá-lo. "Vá descansar", disse Keats, com a mão na minha cabeça. "Você merece." Estaria ele dizendo que havia resolvido não mandar me matar? Ou seria o contrário: que, num futuro próximo, a faca do Homem de Lata ou os dentes do Arranca-os-Cinco estariam acariciando minha garganta? Despedi-me e fui embora. Nenhum assassino veio atrás de mim. Não naquele momento. Mas a sensação de que me perseguiam — isso persistiu.

Na verdade, em 1991 os estratagemas de Mainduck tinham muito mais a ver com nacionalismo religioso do que com a questão local original — Bombaim para os maratas — que o levara ao poder. Também Keats estava fazendo alianças, com outros partidos e organizações paramilitares nacionais, um verdadeiro abecedário de autoritários: BJP, RSS, VHP. Nessa nova fase de atividade do EM, não havia lugar para mim. Zeenat Vakil, da Coleção Zogoiby — onde agora eu passava boa parte de meu tempo, vagando entre os mundos oníricos de minha mãe, examinando minha trajetória tal como foi re-sonhada por Aurora, as aventuras que ela criara para mim —, Zeenat, uma mulher inteligente e esquerdista, a quem eu não dissera nada sobre minhas ligações com Mainduck, encarava com desprezo toda aquela retórica de reinado de

Rama. "Conversa fiada!", exclamou ela. "Em primeiro lugar: numa religião que tem mil e um deuses, eles de repente cismam que o bambambã é um só. E em Calcutá, por exemplo, onde Rama não faz sucesso, como é que fica a coisa? E os templos de Siva, já não são mais templos legítimos? É muita estupidez. Em segundo lugar: o hinduísmo é cheio de livros sagrados, não é um só; mas de repente só existe o Ramaiana. E o Gita? E os Puranas? Como é que eles têm cara-de-pau de distorcer as coisas desse jeito? Só rindo! E em terceiro lugar: o hinduísmo não exige atos religiosos coletivos, mas sem isso como é que esses caras vão conseguir reunir as multidões que eles adoram? Aí sem mais nem menos eles inventam essa tal de *puja* coletiva, que seria a única maneira correta de demonstrar devoção. Uma única divindade marcial, um único livro e a turba no poder: é nisso que eles transformaram a cultura hindu, com sua beleza multifacetada, sua paz."

"Zeeny, você é marxista", observei. "Essa história de uma Fé Verdadeira pervertida pelas Manifestações Reais é o velho papo de vocês. Então você acha que hinduístas, siques e muçulmanos nunca saíram matando uns aos outros antes?"

"Pós-marxista", corrigiu-me ela. "E, independentemente do que havia de válido ou não no socialismo, esse tal fundamentalismo de agora é realmente novidade."

Raman Keats encontrou muitos aliados inesperados. Ao lado dos abecedários todos, havia também os modernosos do morro de Malabar, que falavam, nos jantares, em tom de deboche, que era bom "dar uma lição às minorias" e "pôr as pessoas nos seus lugares". Mas esses setores ele havia mesmo cortejado, afinal; o que deve ter lhe parecido um sucesso imprevisto foi constatar que, pelo menos no que dizia respeito à questão do controle de natalidade, ele conseguiu o apoio dos muçulmanos e — mais surpreendente ainda — das freiras do Maria Gratiaplena. Hinduístas, muçulmanos e católicos, nas vésperas de um violento conflito tribal, foram momentaneamente unidos pelo ódio às camisinhas, diafragmas e pílulas. Minha irmã Minnie — a irmã Floreas — teve intensa participação nessa disputa, é claro.

Desde que fracassou a tentativa de impor à força uma campanha de controle da natalidade na Índia, em meados dos anos 70, o planejamento familiar se tornara um assunto delicado. Mais recentemente, porém, surgira uma nova iniciativa em favor de famílias menores, cujo slogan era *Hum do hamaré do* ("nós dois e os nossos dois"). Keats usou a nova iniciativa para lançar uma campanha alarmista. Os homens do EM iam aos cortiços e favelas dizer aos hinduístas que os muçulmanos estavam se recusando a colaborar com a nova política. "Se nós somos dois e temos dois, mas eles são dois e têm vinte e dois, então em pouco tempo eles vão ser mais do que nós, e vão nos jogar no mar!" Curiosamente, a idéia de que setecentos e cinqüenta milhões de hinduístas seriam dominados pelos filhos de cem milhões de muçulmanos foi legitimada por muitos imãs e líderes políticos muçulmanos, que exageravam de propósito o número de seguidores do Islã na Índia com o fim de aumentar sua própria importância e tornar a comunidade mais autoconfiante; e que, além disso, faziam questão de dizer que os muçulmanos lutavam muito melhor que os hindus. "Mandem seis hindus para cada um de nós!", gritavam eles nos comícios. "Menos que isso não tem nem graça. Assim pelo menos vamos ter uma briguinha boa antes de os covardes fugirem." Agora esse jogo de números surrealista ficou ainda mais complicado. Freiras católicas começaram a percorrer os cortiços do centro de Bombaim e as ruelas imundas da favela de Dharavi, vociferando contra o controle de natalidade. Quem mais se empenhava nesse trabalho, e argumentava de modo mais passional, era a nossa irmã Floreas; mas após algum tempo ela foi retirada do front porque outra freira a ouvira dizer aos favelados assustadíssimos que Deus sabia controlar os números de Suas criaturas, e suas visões haviam confirmado que, num futuro muito próximo, muita gente morreria de qualquer modo, em conflitos violentos e pestes. "Eu própria vou ser levada para o céu", explicava ela, muito doce. "Ah, estou ansiosa para que esse dia chegue logo."

•

Completei setenta anos no dia 1º de janeiro de 1992, aos trinta e cinco anos de idade. É sempre uma efeméride marcante, chegar à idade bíblica, ainda mais num país em que a expectativa de vida está muito abaixo da especificada no Antigo Testamento; e, no caso do degas aqui, para quem seis meses faziam o estrago de um ano, o momento era particularmente fatídico. Com que facilidade a mente humana "normaliza" o anormal, com que rapidez o impensável se torna não apenas pensável como também banal, algo em que nem vale a pena pensar! — Assim foi que minha "doença", tendo sido diagnosticada como "incurável", "inevitável" e tantos outros "ins" de que nem me lembro mais, logo se tornou uma coisa tão batida que nem mesmo eu me dava ao trabalho de pensar muito nela. O pesadelo de minha vida partida pela metade era apenas um Fato, e de um Fato só se pode dizer que é porque é. — Pois pode-se negociar com um Fato, meu senhor? — De modo algum! — É possível esticar um Fato, encolhê-lo, condená-lo, pedir-lhe desculpas? — Não; seria uma loucura tentar fazer tal coisa. — Então como abordar uma Entidade tão intransigente, tão absoluta? — Prezado senhor, a ela pouco se lhe dá se a abordam ou se a deixam em paz; melhor, portanto, aceitá-la e tocar para a frente. — E os Fatos nunca mudam? Os Fatos velhos nunca são substituídos por novos, como lâmpadas, como gatos e sapatos e tudo o mais que há no mundo? — Se tal coisa ocorre, fica provado apenas isto: que eles não eram Fatos deveras, e sim meras Poses, Atitudes, Falsificações. O verdadeiro Fato não é Vela que arde e termina murcha sob uma poça de cera coagulada; nem tampouco Lâmpada Elétrica com delicado filamento, tão efêmera quanto a Mariposa que por ela é atraída. Tampouco é feito de couro, como o são os gatos e os sapatos. Ele brilha! Anda! Flutua! Sim! *Para todo o sempre*.

A partir do dia em que completei trinta e cinco ou setenta anos, porém, a verdade do grande Fato de minha vida não pôde mais ser ignorada com um dar de ombros e um ou outro chavão a respeito de *kismet*, carma ou destino. Ela se impôs a mim com uma série de indisposições e hospitalizações das quais pouparei o leitor delicado e impaciente; direi apenas que elas me obrigaram a enfrentar a realidade da qual havia tantos anos eu vinha desviando a vista. *Não me restava mais muito tempo de vida*. Essa verdade evidente se revelava a mim por trás de minhas pálpebras, escrita com letras de fogo, sempre que eu adormecia; e era a primeira coisa que me vinha à mente ao despertar. *Hoje você conseguiu. E amanhã, será que você ainda estará aqui?* É verdade, meu delicado e impaciente amigo: por mais ignominioso e anti-heróico que seja, eu tinha começado a viver temendo a morte a cada minuto. Era uma dor de dentes que óleo de cravo algum era capaz de aliviar.

Um dos efeitos de minhas aventuras no campo da medicina foi que me tornei fisicamente incapaz de algo que havia muito tempo já não tinha esperanças de vir a fazer: tornar-me pai, e desse modo diminuir — ainda que não extinguir — o ônus de ser filho. Esse derradeiro fracasso irritou de tal modo Abraham Zogoiby, o qual completara noventa anos e cuja saúde estava melhor do que nunca, que ele nem sequer tentou disfarçar a raiva com nenhuma demonstração fingida de solidariedade ou preocupação. "Era a única coisa que eu queria de você", disse ele, ríspido, à minha cabeceira, no Breach Candy Hospital. "Nem isso você pode me dar agora." Uma certa frieza passara a marcar nosso relacionamento desde o dia em que me recusei a participar das operações secretas do Banco Khazana, principalmente a fabricação da tal bomba islâmica. "Daqui a pouco você vai começar a usar solidéu", provocou meu pai. "E filactérios. Aulas de hebraico, uma passagem só de ida para Jerusalém? É só pedir. Por falar nisso, muitos dos nossos judeus de Cochim reclamam que são alvos de racismo na sua preciosa pátria além-mar." Abraham, o traidor da raça, repetindo mais uma vez, numa escala horrenda, gigantesca, o crime de dar as costas para sua mãe e sua tribo, trocando o bairro judeu pelos braços católicos de Aurora. Abraham, o buraco negro de Bombaim. Eu o via envolto nas sombras, uma estrela implodida, acumulando escuridão à sua volta, à medida que sua massa crescia. Luz alguma escapava do horizonte de eventos de sua presença. Havia muito tempo ele me inspirava medo; nesse momento passou a despertar em mim um terror, e ao mesmo tempo um sentimento de piedade, que minhas palavras são pobres demais para exprimir.

Já disse e repito: não sou nenhum anjo. Não participei do esquema do BKI, mas o império de Abraham era grande, e noventa por cento dele estava submerso, abaixo da superfície das coisas. Eu tinha muito o que fazer. Também eu passei a habitar os últimos andares da Torre Granashpenkas, e a aproveitar à grande os prazeres piráticos de ser filho de meu pai. Mas depois de meus problemas de saúde, ficou claro que Abraham estava começando a procurar apoio junto a outros — em particular, a Adam Bragança, um precoce jovem de dezoito anos com orelhas do tamanho das do Dumbo ou das antenas parabólicas da TV Star, o qual estava subindo tão depressa os escalões da Gap S. A. que não sei como ele não morreu de descompressão.

"O senhor Adam", como acabei descobrindo no decorrer de minhas conversas noturnas com meu pai — que continuava a usarme como uma espécie de confessor a quem ele relatava os inúmeros pecados de sua longa existência —, era um jovem com um passado espetacularmente folhetinesco. Ao que parece, era filho ilegítimo de uma menina de rua de Bombaim e um mágico itinerante de Shadipur, Uttar Pradesh, e fora informalmente adotado, durante algum tempo, por um homem de Bombaim que depois desapareceu, e provavelmente morreu, em circunstâncias misteriosas, pouco depois de passar pelas mãos de agentes do governo, que o teriam tratado com brutalidade, durante o período de emergência, entre 1974 e 1977. A partir daí, o garoto fora criado num arranha-céu rosado em Breach Candy por duas senhoras idosas, cristãs goenses, que haviam ficado ricas com o sucesso de sua linha de condimentos, os picles Bragança. Ele adotou o nome de Bragança em homenagem às senhoras, e, quando elas morreram, assumiu o controle da fábrica. Pouco depois, aos dezessete anos, tão bem vestido e elegante quanto muitos executivos com o dobro de sua idade, recorrera à Gap S. A. em busca de capital para expandir sua empresa; seu plano era lançar os famosos picles e *chutneys* das velhinhas no mercado mundial com um nome mais apelativo: *Brag's*. Na embalagem modernizada que ele trouxe para mostrar aos homens de Abraham aparecia o novo slogan: *Brag's, modéstia à parte*.

O que aliás se aplicava também ao próprio menino-prodígio. Num piscar de olhos, ele vendeu sua firma a Abraham, que percebeu logo o enorme potencial de exportação da marca, especialmente em países onde havia uma numerosa população indiana. Agora o jovem capitalista havia conquistado sua independência financeira; mas, em seu primeiro contato com o legendário senhor Zogoiby, ele de tal modo impressionou meu pai com seu conhecimento do que havia de mais atual não apenas no campo da economia e da administração como também no das comunicações e da informática, a qual estava nessa época começando a crescer na Índia, que Abraham na mesma hora o convidou para tornar-se "membro da família Gap" com um cargo de vice-presidente, encarregando-se em particular das inovações técnicas e da administração. A Torre Granashpenkas encheu-se de novas idéias introduzidas pelo rapaz, que aparentemente provinham dos estudos que havia feito das práticas comerciais correntes no Japão, em Cingapura e na orla do Pacífico, "a capital global do Terceiro Milênio", segundo ele. Em pouco tempo seus memorandos se tornaram famosos. Eis um exemplo típico: "Para otimizar a utilização dos recursos humanos, a chave é a identificação-integração funcionário-empresa". Por esse motivo, os executivos eram "estimulados" — ou sejam, instruídos — a passar pelo menos vinte minutos por semana em pequenos grupos de dez ou doze, abraçados. Eram também "estimulados" a entregar "avaliações" mensais dos pontos fortes e fracos de seus colegas — o que transformou o prédio numa torre de hipocrisia (abraços às claras e punhaladas nas costas). "Nossa empresa dará ouvidos a vocês", disse Adam a todos nós. "Tudo que vocês disserem será cuidadosamente anotado." Isso era verdade: os ouvidos da empresa eram muito atentos. Todos os venenos, todas as malícias que circulavam nos corredores chegavam até aqueles ouvidos profundos. "Todas as grandes organizações são uma mistura heterogênea de criadores de casos, quebradores de galhos e gente saudável", dizia Adam em um de seus memorandos. "A expectativa da administração é que os criadores de caso, com a ajuda de vocês, venham a *crescer*." (O grifo é meu.) O velho Abraham adorava esse tipo de linguagem. "Tempos modernos", disse-me ele. "Daí a linguagem moderna. Eu adoro! Esse menino recém-desmamado com cara de durão — ele está dando o salto triplo."

Eu, por outro lado, fora durão de modo bem diverso — talvez, do ponto de vista de Abraham, de modo antiquado; fosse como fosse, aquela vida havia terminado para mim. Não era hora de cair de pau no jovem Adam Bragança. Calei o bico; e sorri. Havia um novo Adão no Éden. Meu pai convidou o rapaz para visitá-lo em seu átrio na cobertura da torre, e numa questão de meses — semanas! dias! — a Gap S. A. se informatizou: computadores, e circuitos fechados, e fibras óticas, e antenas parabólicas, e satélites, e telecomunicações de todos os tipos; e adivinhem quem estava dando as cartas agora? "Desta cobertura vamos atingir uma área de cobertura enorme", trocadilhou Abraham, esnobando seu novo vocabulário. "Esse pessoal que fala no reinado de Rama é mesmo um bando de provincianos! Que Ram Rajya, que nada; o negócio agora é RAM Rajya — esse é o nosso trunfo."

Não Ram, e sim RAM: reconheci na mesma hora um dos slogans do menino-prodígio. Abraham tinha razão. O futuro havia chegado; uma nova geração aguardava o momento de herdar a terra, e essa geração não estava nem aí para as coisas que interessavam os mais antiquados: estava interessada em tudo que era novo, e falava a língua estranha, binária, fria, do futuro — muito diferente das nossas tradicionais exclamações indianas, melodramáticas. Não admira que Abraham, o inesgotável Abraham, recorresse a Adam. Uma nova era tinha início na Índia, uma era em que o dinheiro, tal como a religião, estava quebrando todas as cadeias que o restringiam; uma era propícia para os fortes, os sequiosos, os ávidos de vida, e não para os acabados, vazios, perdidos.

Eu me sentia ultrapassado, um homem que nascera depressa demais, errado, defeituoso, e que envelhecia depressa demais, brutalizando-se nesse ínterim. Agora meu olhar se voltava para o passado, para a perda do amor. Quando olhava para a frente, eu via a Morte a minha espera. A Morte, que Abraham continuava a afrontar sem nenhum esforço, talvez levasse o filho em vez do pai imortal.

"Não fique com essa cara de enterro", disse Abraham Zogoiby. "O que você precisa é se casar. Uma boa mulher, para tirar essas rugas da sua testa. Que tal a senhorita Nadia Wadia? O que você acha dela?"

•

Nadia Wadia!

Durante todo o ano em que ela foi miss Mundo, Raman Keats a perseguira. Cortejava-a com flores, telefones sem fio, câmaras de vídeo e fornos de microondas. Ela devolvia tudo. Ele a convidava a todas as recepções cívicas, mas, depois do incidente do dia de Ganpati, ela invariavelmente rejeitava seus convites. A fixação de Keats em Nadia Wadia tornou-se pública graças ao famoso colunista social do *Mid-day*, "Waspyjee", descendente de um escritor mais antigo que, sob o mesmo pseudônimo, havia escrito a respeito dos "raios Gama" no *Bombay Chronicle* e, ao fazê-lo, destruíra a brilhante carreira de meu bisavô Francisco da Gama. A partir daí, a recusa de Nadia Wadia às propostas de Mainduck se tornou, para um certo tipo de bombaísta, símbolo de uma resistência maior — tornou-se um gesto heróico, político. Começaram a sair charges. Naquela cidade onde Keats, segundo o próprio, "mandava como se fosse sua casa", a resistência de Nadia

Wadia era prova da sobrevivência de uma outra Bombaim, mais livre. Ela dava ótimas entrevistas, também. *Eu não o beijaria nem mesmo se ele fosse o último sapo da cidade, afirma Nadia... Cuidado, Mainduck! Nadia está tendo aulas de boxe!...* E todos se divertiam com a história.

Duas coisas aconteceram.

Em primeiro lugar, Keats, já perdendo a paciência, resolveu assustar a miss teimosa; e assim, pela primeira vez durante todo o longo período em que ele fora líder inconteste do EM, Mainduck enfrentou um motim, liderado por Sammy Hazaré, com o apoio unânime de todos os "capitães de time" das "operações especiais" do EM. O Homem de Lata encabeçou o grupo que foi falar com Keats em seu escritório, onde ficava o sapo-telefone. "Senhor, isso não é jogo limpo" — foi a crítica seca feita por eles. Mainduck recuou, mas a partir desse momento passou a olhar Sammy com a mesma expressão que eu vira em seu rosto quando lhe falei a respeito da reconciliação com meu pai. E nisso Mainduck tinha razão, pois Sammy havia mesmo mudado. E, num futuro não muito distante, ele, que fora a vida inteira coadjuvante, seria forçado pelos acontecimentos e os tormentos de seu coração a desempenhar, no grande drama que ora se ensaiava, um inesquecível papel de protagonista.

Em segundo lugar, terminou o reinado de Nadia Wadia como miss Mundo. Foi escolhida uma nova miss Índia, uma nova miss Bombaim. Nadia Wadia tornou-se coisa do passado. Sua canção parou de tocar no rádio e na recém-lançada versão indiana da MTV: a Masala Television passou a ignorar a ex-miss. Nadia Wadia não chegou a entrar para a faculdade de medicina; o namorado de quem ela havia falado desapareceu; sua carreira de atriz morreu no berço. Em Bombaim, o dinheiro evapora depressa. Aos dezoito anos de idade, Nadia Wadia não era mais ninguém; estava sem dinheiro, sem rumo, sem nada. Foi nesse momento que Abraham Zogoiby entrou em ação. Ofereceu a ela e a sua mãe viúva um apartamento de luxo na extremidade sul da Colaba Causeway e uma pensão generosa. Nadia Wadia não tinha mais nenhum trunfo, mas assim mesmo não havia perdido o orgulho. Quando visitou Abraham na *Elefanta* para discutir sua oferta — e na mesma hora a notícia chegou aos ouvidos de Mainduck, graças a Lambajan Chandiwala, o agente duplo que guardava nossos portões —

ela disse, com dignidade: "Eu me pergunto: Nadia Wadia, o que será que este senhor tão generoso vai querer em troca disso tudo? Talvez seja algo que Nadia Wadia não pode dar, nem mesmo ao grande Abraham Zogoiby".

Abraham ficou bem impressionado. Respondeu-lhe que uma empresa como a Gap S. A. precisava de um rosto público simpático. "Olhe para mim", disse, rindo. "Sou um velho horroroso, não sou? Quando as pessoas pensam na nossa companhia, elas pensam nesse velho maluco. De agora em diante, se você topar, vão pensar em você." Foi assim que Nadia Wadia se tornou a cara da Gap S. A.: em anúncios, em cartazes e em pessoa, atuando como mestra-de-cerimônias nos inúmeros eventos prestigiosos patrocinados pela empresa — desfiles de moda, partidas internacionais de críquete, convenções de vencedores do *Livro Guiness dos Recordes*, a Exposição Terceiro Milênio, campeonatos mundiais de luta livre. Foi assim que ela foi salva da sarjeta e recuperou a celebridade pública a que sua beleza fazia jus. Foi assim que Abraham Zogoiby derrotou mais uma vez Raman Keats, e a canção de Nadia Wadia voltou, relançada num *remix* em ritmo *dance*, à lista das "dez mais" da Masala Television, e ao primeiro lugar do *hit parade*.

Nadia Wadia e sua mãe, Fadia Wadia, mudaram-se para o apartamento da Colaba Causeway, e na parede da sala de visitas Abraham pendurou o único quadro de Aurora Zogoiby que Zeenat Vakil ainda não conseguira exibir na galeria do morro de Cumballa: um quadro em que uma linda jovem beijava um belo e jovem jogador de críquete com uma paixão (fictícia) que tantos problemas causara, muitos anos antes. "Ah, que maravilha", disse Nadia Wadia, batendo palmas quando Abraham pessoalmente desvendou *O beijo de Abbas Ali Baig*. "Nadia Wadia e Fadia Wadia *adoram* críquete, não é mesmo, Fadia Wadia?"

"É verdade, Nadia Wadia", disse Fadia Wadia. "O críquete é o esporte dos reis."

"Ah, não seja boba, Fadia Wadia", reprovou Nadia Wadia. "O esporte dos reis é *cavalo*. Fadia Wadia devia saber disso. *Nadia* Wadia sabe."

"Divirta-se, minha filha", disse Abraham Zogoiby, beijando Nadia na cabeça ao sair. "Mas, por favor: um pouco mais de respeito pela sua mãe."

Jamais encostou um dedo na jovem; sempre agiu com relação a Nadia como um perfeito cavalheiro. E então, sem mais nem menos, ofereceu-a a mim, como se Nadia fosse propriedade sua e ele pudesse dá-la de presente.

Eu disse a Abraham que ia visitar as Wadia e discutir a proposta. As duas mulheres me aguardavam no apartamento luxuoso, apavoradas. Para a ocasião, Nadia Wadia estava toda enfeitada, como um presente de Natal, com brinco no nariz e tudo.

"Seu pai tem sido muito bom conosco", foi logo dizendo Fadia Wadia — os sentimentos maternos foram mais fortes que as exigências da situação. "Mas certamente, caro senhor, minha Nadia Wadia merece filhos... um homem mais moço..."

Nadia Wadia estava me olhando com um ar estranho. "Por acaso Nadia Wadia já não viu o senhor em algum outro lugar?", perguntou-me, lembrando-se vagamente do episódio de Ganpati. Ignorei sua pergunta e fui direto ao que interessava. O problema, expliquei, é que elas estavam sendo apadrinhadas por um dos homens mais poderosos da Índia. Se elas recusassem a oferta que ele lhes fazia, de que Nadia se casasse com seu único filho homem, era muito provável que a proteção oferecida pelo velho terminasse. A partir daí, poucos iriam querer ajudá-las, temendo ofender o grande Zogoiby. Talvez o único interessado fosse um certo cavalheiro que outrora, como cartunista, assinava suas charges com o desenho de um sapo...

"Jamais!", exclamou Nadia Wadia. "Virar mulher de sapo? Isso, Nadia Wadia nunca vai fazer. Eu peço a Fadia Wadia para segurar minha mão, e nós duas pulamos juntas dessa varanda aqui, quer ver?"

"Não, não é preciso", tranqüilizei-a. "Minha idéia é um pouco melhor, a meu ver." O que lhe propus foi um noivado apenas *pro forma*. Abraham ficaria satisfeito, seria ótimo em termos de relações públicas, e o noivado seria prolongado indefinidamente. Contei-lhes o segredo de minha existência acelerada. Estava claro que eu não tinha muito mais tempo de vida pela frente. Depois que eu morresse, elas gozariam os vastos benefícios de fazer parte da família Zogoiby, da qual eu era o único herdeiro. Mesmo se minha vida se prolongasse de tal modo que o casamento se tornasse inevitável, prometi, a coisa permaneceria platônica. Tudo que eu pedia a Nadia Wadia era que ela concordasse em manter as aparências. "O resto será segredo nosso."

"Ah, Nadia Wadia", gemeu Fadia Wadia. "Como somos mal-educadas! Seu lindo noivo vem nos visitar e nós ainda não lhe oferecemos nem mesmo uma fatia de bolo."

•

Por que fiz isso? Porque sabia que o que eu disse era verdade; Abraham tomaria a recusa como um insulto e as jogaria no olho da rua. Porque eu admirava a resistência de Nadia Wadia à ofensiva de Keats, e também o modo como ela lidara com meu pai, cuja lascívia era notória. Ah, e porque ela era tão jovem e bela, e eu tão acabado. Talvez porque, depois de meus anos de violência e corrupção, eu estivesse em busca de uma redenção. Queria penitenciar-me por meus pecados.

Redimir-me de quê? Receber penitência das mãos de quem? Não me façam perguntas difíceis. Fiz o que fiz, e pronto. O noivado de Moraes Zogoiby, único filho varão do senhor Abraham Zogoiby e da falecida Aurora Zogoiby (nascida da Gama), com a senhorita Nadia Wadia, filha única do falecido senhor Kapadia Wadia e da senhora Fadia Wadia, todos de Bombaim, foi devidamente anunciado. E, em algum lugar da cidade, um homem de lata ouviu a notícia, e o mal começou a germinar em seu coração partido e inclemente.

A festa de noivado se realizou no Taj, é claro, e foi um grande evento em Bombaim. Diante de mais de mil estranhos despeitados, elegantes, maledicentes e incrédulos — inclusive minha última irmã, a irmã Floreas, que era cada vez mais uma estranha para mim —, enfiei no dedo da linda jovem um anel com um "brilhante fabuloso", como disseram os jornais, e desse modo se realizou o que, nas palavras de "Waspyjee", foi "um noivado espantoso, quase um sacrifício, entre o Crepúsculo e a Aurora". Mas Abraham Zogoiby — o mais malicioso e frio dos homens — havia preparado, com seu humor negro habitual, uma pequena rasteira para o final da noite. Findo o ritual de noivado, depois que os fotógrafos se fartaram da beleza mais radiante do que nunca de Nadia, Abraham subiu na plataforma e pediu silêncio, pois tinha algo a dizer.

"Moraes, filho único de meu corpo, e Nadia, a mais linda das futuras noras", disse ele, com sua voz de gralha velha, "quero manifestar a esperança de que em breve vocês venham a dar a esta família tão reduzida alguns novos membros. Nesse ínterim, porém, quero apresentar a todos um novo membro.''

Muita perplexidade e expectativa. Abraham riu e fez que sim com a cabeça. ''Sim, meu mouro. Finalmente você terá um irmão menor.''

Nesse instante, com efeito teatral, abriram-se as cortinas vermelhas, detrás da pequena plataforma. Adam Bragança — aquele garoto orelhudo! — deu um passo à frente. Entre as muitas pessoas que não contiveram uma interjeição de espanto estavam Fadia Wadia, Nadia Wadia e eu.

Abraham beijou-o nas duas faces e nos lábios. ''A partir de agora'', disse ele ao rapaz diante da elite da cidade reunida, ''você passa a chamar-se Adam Zogoiby — meu filho querido.''

18

Bombaim era o centro, sempre fora, desde o momento de sua criação: filha bastarda de um casamento luso-inglês, e no entanto a mais indiana das cidades. Em Bombaim, toda-a-Índia se encontrava com a não-Índia, com o que atravessava o oceano escuro para fluir em nossas veias. Tudo que ficava ao norte de Bombaim era o Norte da Índia; ao sul, o Sul. Ao leste, o Leste da Índia; ao oeste, o Ocidente do mundo. Bombaim era o centro; todos os rios desaguavam em seu mar humano. Era um oceano de histórias; nós todos éramos os narradores, e todo mundo falava ao mesmo tempo.

Quanta magia estava contida naquela sopa de *insaans*; quanta harmonia brotava de toda aquela cacofonia! No Punjab, em Assam, na Caxemira, em Meerut — em Delhi, em Calcutá — de vez em quando um cortava a garganta do outro e se banhava naquele sangue quente, espumante. Um matava o outro por ele ser circuncidado; o outro matava um por ele ter prepúcio. Morria-se por usar cabelo comprido ou por cortá-lo curto; pele clara esfolava pele escura, e por falar a língua errada uns perdiam a língua. Em Bombaim, essas coisas nunca aconteciam. — Nunca, mesmo? — Está bem; "nunca" é uma palavra forte demais. Bombaim não era vacinada contra o resto do país, e o que acontecia em outros lugares — por exemplo, a questão dos idiomas — também se refletia em suas ruas. Mas a caminho de Bombaim os rios de sangue de modo geral se diluíam, outros rios desaguavam neles, de modo que quando chegavam às ruas da cidade os desfiguramentos eram relativamente pequenos. — Estarei sendo sentimental? Agora que estou longe de tudo, terei perdido, entre tantas outras coisas, também a clarividência? — Pode ser; assim mesmo, continuo afirmando o que afirmei. Ó Embelezadores da Cidade, não víeis que o que era belo em Bombaim era a cidade pertencer a ninguém e a todos? Não víeis os milagres cotidianos do cada-um-na-sua acotovelando-se nas ruas abarrotadas de gente?

Bombaim era o centro. Em Bombaim, à medida que se esvaía o velho mito fundador da nação, nascia a nova Índia dos deuses e do dinheiro. A riqueza da nação fluía pelas Bolsas da cidade, os portos da cidade. Os que odiassem a Índia, que quisessem destruí-la, teriam de destruir Bombaim: eis uma explicação do que aconteceu. Sim, pode ter sido isso, mesmo. E talvez tenha sido o que aconteceu no Norte (para ser mais preciso — pois é preciso ser preciso —, em Ayodhya) —, aquele ácido corrosivo do espírito, aquela agressividade que entrou na corrente sangüínea do país aos borbotões quando o Babri Masjid foi derrubado, e planos para a construção de um enorme templo a Rama no suposto local de nascimento do deus começaram a suceder-se rapidamente — o ácido, nessa ocasião, veio em doses concentradas demais, e nem mesmo os poderes de diluição da grande cidade foram capazes de neutralizá-lo. De modo que os que sustentam esse ponto de vista também têm lá suas razões; não há como negá-lo. Na Coleção Zogoiby, Zeenat Vakil me propunha, como sempre, sua visão sardônica do problema. "Para mim, a culpa é da ficção", disse ela. "Os seguidores de uma ficção atacam um outro faz-de-conta popular, e pronto! É guerra. Daqui a pouco vão encontrar o berço de Vyasa debaixo da casa de Iqbal, e o chocalho de Valmiki sob o refúgio predileto de Mirza Ghalib. Pois bem. Eu preferia morrer lutando por causa de grandes poetas em vez de numa disputa entre deuses."

Eu andava sonhando com Uma — ah, meu subconsciente traidor! —, Uma fazendo uma de suas primeiras obras, o grande touro Nandi. Como o touro, pensei ao acordar, e como o Krishna azul, o das flautas e das leiteirinhas, o Senhor Rama era um avatar de Vishnu; Vishnu, o mais metamórfico dos deuses. Assim, o verdadeiro "reinado de Rama" deveria ter como premissa as realidades mutantes, inconstantes, da natureza humana — não apenas humana, mas também divina. Isso que estava sendo proposto em nome do grande deus violava não apenas a nossa essência, mas a do próprio Rama. — Mas, quando o pedregulho da história começa a rolar, ninguém se interessa por discutir essas questões delicadas. O carro de Jagrená está solto.

...E se Bombaim era o centro, talvez o que ocorreu tivesse suas raízes nas disputas de Bombaim. Mogambo contra Mainduck: o duelo havia tanto tempo aguardado, a luta entre pesos pesados que decidiria, de uma vez por todas, qual a gangue (a criminosa-empresarial ou a político-criminosa) que mandaria na cidade. Vi algo assim acontecer, e tudo que posso fazer é registrar o que vi. Fatores ocultos? A intervenção de agentes secretos/estrangeiros? Deixo tais questões para serem resolvidas por pessoas mais sábias que eu.

Vou lhes dizer o que acho — o que, apesar de toda uma vida de condicionamento contra o sobrenatural, não consigo deixar de pensar: algo teve início com a queda de Aurora Zogoiby —, não apenas uma briga, mas um rasgão cada vez mais longo e largo no tecido de nossas vidas. Ela não descansava, ela nos assombrava o tempo todo. Abraham Zogoiby a via mais e mais, flutuando em seu jardim suspenso, exigindo vingança. É isso que eu acho. O que se seguiu foi a vingança de Aurora. Desencarnada, ela pairava no céu acima de nós, Aurora Bombaial em toda sua glória, e sua ira chovia sobre nossas cabeças. *Cherchez la femme*. Vejam: o fantasma de Aurora riscando os ares ardentes. E vejam Nadia também — Nadia Wadia, como a cidade de quem ela era a filha autêntica — Nadia Wadia, minha noiva, também ocupou uma posição central na história.

Então foi um conflito à moda de Mahabharat? Uma guerra de Tróia, em que os deuses tomavam partido? Não, senhor. Não, mesmo. Nada de divindades antiquadas, só nós, os recém-chegados, Abraham-Mogambo e seus Cicatrizes, Mainduck e seus Arranca-os-Cinco; todos nós. Aurora, Minto, Sammy, Nadia, eu. Não éramos trágicos, não merecíamos esse atributo. Se Carmem Lobo da Gama, minha infeliz tia-avó Saara, uma vez apostou toda sua fortuna contra o príncipe Henrique, o Navegador, não há por que ouvir aqui ecos da tragédia de Yudhisthira, que perdeu seu reino num fatal lance de dados. E, embora homens brigassem por Nadia Wadia, ela não era Helena nem Sita — era só uma moça bonita numa situação explosiva. A tragédia não fazia parte de nossa natureza. Havia uma tragédia se desenrolando, sem dúvida, uma tragédia nacional em grande escala, mas nós, a desempenhar nossos papéis, éramos — para ser franco — palhaços. Palhaços! Bufões de teatro-revista, levados ao teatro da história por falta de homens maiores. Houve tempo em que gigantes pisavam nosso palco; mas na guimba de uma era, dona História é obrigada a se virar com o que conseguir encontrar. Nesses tempos tardios, Jawaharlal era só o nome de um cachorro empalhado.

•

Por pura bondade, procurei meu novo "irmão" e propus um almoço de mútuo reconhecimento. Pois bem, meus caros, só vendo a confusão que criei. "Adam Zogoiby" — jamais consegui pensar nesse nome sem colocá-lo entre aspas — entrou num verdadeiro pânico de alpinista social. Vamos comer comida polinésia no Oberoi Outrigger? Não, não, lá era só bufê, e sempre é bom a gente ser paparicado um pouco. Talvez o Taj Sea Lounge, não é? Mas, pensando bem, lá era cheio de velhuscos que vivem revivendo as glórias do passado. Que tal o Sorryno? Perto daqui, uma bela vista, mas, meu querido, como aturar aquele proprietário ranzinza? Talvez um almoço rápido num iraniano — o Bombaim A1 ou o Pyrke's, na Flora Fountain? Não, queríamos um lugar menos barulhento, e para conversar direito a gente precisava de *tempo*. Chinês, então? Ótimo, mas era *impossível* escolher entre o Nanking e o Kamling. O Village? Ah, mas aquela atmosfera rústica *fake* era tão *passée*! Depois de um longo e agitado monólogo (do qual só transcrevi alguns lances mais importantes) ele escolheu — ou melhor, resignou-se a enfrentar — a célebre cozinha européia do Society. E, lá chegando, ficou brincando com uma folha, como manda o figurino.

"Dadá! Dedé! Didi! Que bom ver que vocês fizeram as pazes. — Ah, bonjur, Kalidasa, meu clarete de sempre, prata. — Mas sim, meu Mouro querido — posso chamá-lo de 'Mouro'? Ótimo. *Maravilha*. — Harish, meu caro! Um passarinho me contou que você está comprando OTCEI. Faz bem! Ótimas ações, ainda que meio por baixo no momento. — Meu Mouro, mil perdões. Minha atenção é *toda* sua, juro. Mon-suar Fra-suá! Beijinho-beijinho! — Ah, nos traga o que você quiser, nós nos colocamos inteiramente nas suas mãos. Mas nada de manteiga, nada de fritura, nada de carnes gordas, nada de carboidratos, e nada de berinjela. A gente tem que cuidar da forma, não é? — *Finalmente!* Irmão! Como vamos nos divertir! Que grande *maza*, hein? Vai ser DE-MAIS. Você é chegado a boates? Pois esqueça a Midnite-Confidential, a Nineteen Hundred, o Studio 29, a Cavern. Isso tudo passou, meu caro. Estou investindo na nova sensação da cidade. Vamos chamar de W-3: World Wide Web. Ou talvez só The Web. Realidade virtual e DJS com sáris molhados! *Cyberpunks* com decoração *bhranga-muffin*! E talento on-line, sabe? Tecnologia de ponta. DE PONTA.''

E, se fiquei meio trombudo, meio ranzinza, e daí? Achei que estava no meu direito. Fiquei só assistindo àquele espetáculo de cabaré *full-time*, aquela dança dos sete véus que se chamava ''Adam Zogoiby'', o qual me observava também. Não demorou para Adam perceber que eu não estava me impressionando com aquele show; assim, resolveu adotar um tom mais íntimo, de conspirador. ''Mas, meu irmão, soube que você tem todo um passado de lutas. O que não é nada comum num judeu. Eu pensava que vocês todos eram quatro-olhos que viviam lendo, membros de uma conspiração internacional para dominar o mundo.''

Também esse tom não deu certo. Murmurei algo a respeito dos judeus guerreiros mercenários que haviam imposto a presença da comunidade na costa de Malabar, e ele percebeu o toque de gelo em minha voz. ''Ah, que é isso, mano? Será que você não vê que estou brincando? Olhe, sou eu, o Adam! — Madhu, Mehr, Ruchi, oi! É um prazer ver vocês, tão bonitas. Este aqui é o meu irmãozão. Ele é um figuraço; uma de vocês devia passar a mão nele já, já. — E aí, Mouro, que tal? São as *top models* do momento, as primeiríssimas, maiores até que nossa falecida mana Ina, coitada. Sabe o que eu acho? Acho que elas gostaram de você. São moças de classe, muita classe.''

A respeito do tema ''Adam Zogoiby'', eu estava rapidamente formando uma opinião definitiva. Em seguida ele mudou mais uma vez, adotando um tom profissional, de homem de negócios. ''Você devia resolver a sua situação financeira, sabe? Nosso pai, infelizmente, já não está mais tão jovem. No momento estou acertando minhas necessidades pessoais em conversas detalhadas com os homens dele.''

Era o que faltava. Havia algo em Adam que me dava uma sensação de *déjà vu*, e nesse momento compreendi o que era. Ele se recusava a falar em seu passado, mudava constantemente, sempre tentando encantar e seduzir, e sempre seguindo um cálculo frio: eu já caíra nesse conto-do-vigário uma vez, embora a outra vigarista fosse uma praticante muito mais competente das artes camaleônicas, e cometesse muito menos erros. Lembrei-me, com um arrepio, de minha velha fantasia a respeito de um ser alienígena que se alimentava de confusão e assumia forma humana. Da outra vez, uma mulher; agora, um homem. A Coisa tinha voltado.

"Eu conheci uma mulher parecida com você", disse eu a Adam. "E vou lhe dizer uma coisa: maninho, você ainda tem muito que aprender."

"Ora essa!", bufou Adam. "Se *um* está fazendo tanto esforço, não entendo por que *o outro* está tão agressivo. Meu caro Mouro, você tem um problema de relações públicas realmente sério. Não pegou bem. E não foi nada bom para a sua carreira. Já soube que você também foi muito insolente com o querido papai. Não respeita nem a idade dele! Felizmente pelo menos um dos filhos dele está disposto a fazer o que tem que ser feito em vez de ficar com má-criações."

•

Sammy Hazaré morava no subúrbio de Andheri, cercado de um emaranhado aleatório de indústrias leves — Couros Nazareth, Laboratório Aiurvédico de Vajjo (que se especializava na produção de gel de *vajradanti* para as gengivas), a Thums Up (que fabricava tampas para garrafas de refrigerante), a Óleo de Cozinha Clenola, e até mesmo um pequeno estúdio cinematográfico, utilizado principalmente para a produção de anúncios, que ostentava junto ao portão um cartaz: "Temos dublê e dublesa" e "Temos grua manual (operada por seis homens)". Sua casa, um bangalô de madeira, havia muito ameaçado de demolição mas até então em pé, como é comum acontecer em Bombaim, encolhia-se entre os fundos malcheirosos das fábricas e um conjunto habitacional de casas amarelas baixas, como se tentasse a todo custo não chamar a atenção dos demolidores. A porta de tela estava cheia de limões e pimentas verdes, para afastar os maus espíritos. Velhos calendários com representações coloridas do Senhor Rama e do elefantino Ganesha foram, durante muitos anos, os únicos enfeites; agora, porém, fotos de Nadia Wadia, arrancadas de revistas e coladas com fita adesiva, recobriam as paredes verde-azuladas. Havia também fotos, tiradas de colunas sociais, da senhorita Wadia ao lado do senhor M. Zogoiby, no Taj Hotel, e nessas fotos meu rosto tinha sido violentamente riscado a caneta, ou raspado com a ponta de uma faca. Em uma ou duas, eu fora completamente decapitado. Havia palavrões rabiscados no meu peito.

Sammy nunca se casara. Dividia essa casa com um anão careca e narigudo chamado Dhirendra, figurante de cinema que se orgulhava de ter participado de mais de trezentos filmes de longa-metragem, e cuja ambição era entrar para o *Guinness* como recordista nesse setor. Dhiren, o anão, cozinhava e arrumava a casa para Sammy, a fera, e quando necessário até lubrificava sua mão de lata. E à noite, à luz de um lampião de parafina, ele ajudava o Homem de Lata a praticar seu hobby. Bombas incendiárias, bombas-relógios, minas: a casa inteira — armários, cantos, e até mesmo vários buracos cavados especialmente para esse fim pelos dois homens debaixo do assoalho do único cômodo da casa, e depois cobertos com tábuas — se transformara num arsenal particular. "Se vierem nos pegar", dizia Sammy a seu pequeno ajudante, com uma satisfação feroz e fatalista, "ah, rapaz, vai ser uma explosão daquelas."

Em outros tempos, eu e Sammy fôramos amigos; nós dois, com nossas mãos assimétricas, nos considerávamos irmãos, e durante alguns anos fomos o terror da cidade; o nanico Dhirendra, como uma esposa ciumenta, ficava em casa, preparando as refeições que Sammy, ao voltar exausto de um dia de trabalho, devorava sem o menor agradecimento, para depois dormir e encher a casa de potentes peidos e arrotos. Mas então surgiu Nadia Wadia, e o idiota do Sammy, vítima de uma paixão patética por aquela mulher inatingível, minha noiva, estava disposto — ao menos era isso que as paredes de sua casa davam a entender — a cortar fora minha cabeça odiosa.

Em outros tempos, o Homem de Lata fora o capitão número um de Raman Keats, seu braço direito. Mas então Mainduck, ele próprio obcecado por Nadia, mandou Sammy dar um susto na moça, e Hazaré chefiou uma revolução. Durante alguns meses, Mainduck manteve Sammy sob sua vista, e ficou a observá-lo com aqueles olhos frios e mortos, como os olhos do sapo que mira o inseto antes de devorá-lo. Então chamou o Homem de Lata a seu escritório, o do telefone-sapo, e o despediu.

"Vou ter que dispensá-lo, meu caro", disse ele. "Nenhum jogador pode ser maior do que o jogo, e você começou a querer mudar as regras."

"Não, senhor, com todo o respeito. Mulher e criança não são combatentes, não, senhor."

"As regras do críquete mudaram, Homem de Lata", disse Mainduck, em voz baixa. "Pelo visto, você é do tempo do cavalheirismo. Mas agora, meu caro Sammy, é guerra total."

Andhera quer dizer "escuridão", e em Andheri Sammy Hazaré, o Homem de Lata, passava horas em silêncio, envolto em sua treva particular. Nos primeiros dias de sua paixão por Nadia Wadia, às vezes ele dançava pela casa, segurando à altura do rosto, como se fosse uma máscara, uma foto de Nadia Wadia, em cores e de página inteira, onde ele fizera furos no lugar dos olhos, para poder ver o mundo como ela o via; e cantava em falsete as músicas de cinema do momento. "*O que é que eu tenho debaixo do corpete?*", cantava, sacudindo o torso de modo provocante. "*O que é que eu tenho debaixo da blusa?*" Um dia, Dhirendra, enlouquecido com aquela fixação interminável de seu amigo, e também com sua voz horrorosa, gritou em resposta: "*Peitos! Debaixo da porra do corpete dela ficam os peitos! O que é que você imagina que seja? Um peitaço assim!*". Mas Sammy, imperturbável, continuou cantando: "*Amor. É amor que eu tenho debaixo da blusa*".

Mas agora Sammy não cantava mais. O pequeno Dhiren quicava de um lado para o outro, cozinhava, contava piadas, fazia malabarismos — plantava bananeiras, dava cambalhotas, contorcia-se todo —, tentando animar o amigo; chegava mesmo a cantar a musiquinha da blusa, engolindo o ressentimento que lhe inspirava Nadia Wadia, aquela *pin-up girl* fictícia que surgira do nada e, num piscar de olhos, desgraçara suas vidas. O pequeno Dhiren tinha o cuidado de não comunicar tais sentimentos a Sammy, mas Nadia Wadia era uma mulher que ele não teria escrúpulos de prejudicar, se pudesse.

Por fim, Dhirendra encontrou a palavra mágica, o abre-te-sésamo que restituiu a animação ao melancólico Sammy Hazaré. Ele saltou em cima de uma mesa, fez uma pose de anão de jardim e pronunciou as sílabas mágicas: "Ciclonita".

Sammy jamais tivera nenhum problema de consciência por ser criado de dois senhores; ele não passara anos recebendo dinheiro de meu pai para espionar Mainduck? Quem é pobre tem que se virar, e acender uma vela para Deus e outra para o diabo não é má idéia. Não, ter dois senhores não era problema para ele; mas não ter nenhum? Isso o deixava confuso. E essa história de Nadia Wadia havia rompido todos os vínculos do Homem de Lata — com Keats, com o "time de Hazaré", com todo o EM, com Abraham e comigo. Agora ele não estava jogando para ninguém. E, já que Nadia não poderia ser sua, então não seria de ninguém mais. Se a sua casa ia ser demolida, por que não demolir outras casas, mansões e torres também? Sim, era isso. Ele conhecia segredos, sabia fazer bombas. Era isso que lhe restava, esses talentos e essas possibilidades. "Eu topo", disse ele em voz alta. Os que o haviam prejudicado sentiriam o peso da mão do Homem de Lata.

"O dublê e a dublesa garantem", disse Dhiren. "Material de primeira, e com desconto para freguês antigo." O casal de dublês, que se encarregava das cenas de ação do estúdio do bairro — sempre às voltas com explosões estrepitosas, porém inofensivas —, nas horas vagas trabalhava com coisas mais sérias. Ainda que fossem sem dúvida arraia-miúda, nos últimos anos haviam sido para o Homem de Lata os principais fornecedores de dinamite de gelatina, TNT, *timers*, detonadores, fusíveis. Mas ciclonita! Pelo visto, o dublê e a dublesa estavam subindo na vida. Para adquirir ciclonita era preciso dinheiro de verdade, contatos sérios. O casal certamente teria sido recrutado por gente da pesada. Se havia chegado ciclonita a Bombaim, em quantidades tais que os dois dublês podiam até vender um pouco para seus clientes, então havia nuvens carregadas no horizonte.

"Quanto?", indagou Sammy.

"Sei lá!", exclamou Dhiren, com uma pirueta. "Mas, para o que a gente quer, dá e sobra!"

"Eu tenho ouro guardado", disse Sammy. "E dinheiro. E você também tem suas economias."

"Vida de ator é curta", protestou o anão. "Quer que eu morra de fome quando ficar velho?"

"Nós não vamos ficar velhos", respondeu o Homem de Lata. "Vamos virar fogo, como o Sol."

•

Eu e meu "irmão" não voltamos a almoçar juntos. E para "nosso" pai também já se aproximava o dia em que ele iria parar de sugar o sangue do país. Minha mãe já caíra. Chegara a hora de meu pai cair.

A história da queda de Abraham Zogoiby, do alto do pináculo da sociedade bombaísta, é bem conhecida; a velocidade e o tamanho da catástrofe tornaram-na lendária. E quando essa triste história é narrada falta sempre um nome, enquanto outro reaparece inúmeras vezes.

O nome que falta é o meu. O nome do único filho varão de verdade de meu pai.

O nome que reaparece é o de "Adam Zogoiby", antes conhecido como "Adão Bragança", e antes disso conhecido como "Adam Sinai". E antes? Se, como os admiráveis investigadores da imprensa descobriram e subseqüentemente nos disseram, seus pais verdadeiros se chamavam "Siva" e "Parvati", e considerando que — perdoem-me a insistência — ele tinha mesmo orelhas muito grandes, posso sugerir "Ganesha"? Se bem que "Dumbo", ou "Pateta", ou "Bafo-de-onça" — ou talvez "Sabu" — se aplicariam melhor ao caso do detestável Menino Elefante.

De modo que o garoto do século XXI, o informata, o sabichão, o arrivista, o *self-made man*, acabou se revelando não apenas um cínico usurpador mas também um idiota — que se julgava invulnerável, e por isso foi apanhado em flagrante com a maior facilidade. E um Jonas também, que ao cair arrastou com ele tudo o mais. Sim; ao entrar para a nossa família, Adam desencadeou a reação em cadeia que derrubou o grande magnata da Gap S. A. Permitam-me relatar, sem o menor sinal de *Schadenfreude* em minha voz, os principais episódios da gigantesca *débâcle* da firma de minha família.

Quando o superfinancista V. V. Nandy, dito "Crocodilo", foi preso e levado a julgamento, sob a acusação extraordinária de ter subornado ministros do governo federal para que lhe repassassem uma fortuna em fundos do erário, com os quais ele pretendia manipular nada menos que a Bolsa de Valores de Bombaim, juntamente com ele foi preso o tal "*shri* Adam Zogoiby" mencionado acima, que teria participado da operação levando pastas cheias de cédulas velhas, fora de seqüência, às residências de diversos dos homens mais importantes da nação, onde — segundo Adam argumentou, sutilmente, em defesa própria — ele as "esquecera sem querer".

As investigações sobre as atividades do "*shri* Adam Zogoiby" — levadas a cabo com muito zelo pela polícia, a delegacia de fraudes e outras agências competentes, intensamente pressionadas, entre outros, pelo constrangidíssimo governo central, e também pelo governo municipal de Bombaim, controlado pelo EM, o qual, nas palavras do presidente do EM, o senhor Raman Keats, exigia que "esse ninho de víboras seja limpo com Flit e Vim" — logo trouxeram à tona seu envolvimento com um escândalo ainda mais colossal. As notícias referentes à enorme fraude global perpetrada pelos chefes do Banco Internacional Khazana, cujos ativos desapareceram em "buracos negros", e a seu suposto envolvimento com organizações terroristas e com a utilização indevida de materiais físseis, sistemas de mísseis e hardware e software de ponta estavam começando a chegar aos ouvidos perplexos do público; e o nome do filho adotivo de Abraham Zogoiby logo foi associado a uma série de conhecimentos de embarque forjados cuja emissão estava associada ao caso delicado de um supercomputador que fora roubado no Japão e levado em segredo para um país não especificado do Oriente Médio. Com a quebra do Banco Khazana, enquanto dezenas de milhares de cidadãos comuns — desde motoristas de táxis hipotecados até proprietários de bancas de jornais e pequenos estabelecimentos varejistas espalhados pelo país — foram à falência da noite para o dia, continuavam a vir à tona detalhes a respeito do envolvimento da financeira do grupo Gap, a Casa de Granashpenkas, com os chefes do Khazana, muitos dos quais estavam agora em cadeias na Inglaterra ou nos Estados Unidos. As ações da Gap entraram em queda livre. Abraham — até mesmo ele — foi praticamente aniquilado. Quando o escândalo dos armamentos estourou, e os indícios que o implicavam pessoalmente no mundo do crime organizado o levaram ao tribunal para responder a uma série de acusações, entre as quais se incluíam formação de quadrilha, tráfico de drogas, negociatas financeiras em escala gigantesca e lenocínio, o império que ele construíra com base na fortuna da família da Gama já se esfacelara. Os bombaístas apontavam para a Torre Granashpenkas, num misto de indignação e espanto, aguardando a hora em que o prédio, tal como a Casa de Usher, racharia de alto a baixo e despencaria.

Na sala do tribunal, meu pai, aos noventa anos de idade, negou todas as acusações. "Não estou aqui para participar de um *remake* indiano do *Poderoso chefão*", disse, numa postura ereta de desafio, com um sorriso sedutor, o mesmo sorriso que sua mãe,

Flory, reconhecera, muitos anos antes, como o ricto de um homem desesperado. ''Perguntem a qualquer um, de Cochim a Bombaim, quem é Abraham Zogoiby. E a resposta será: é um senhor respeitável que negocia com pimenta e especiarias. Digo e repito, do fundo do coração: é só isso que sou e que sempre fui. Toda a minha vida fui comerciante de pimenta.''

Foi estabelecida uma fiança de dez milhões de rupias, apesar dos protestos vigorosos do promotor. ''Não se manda para a cadeia uma das personagens mais importantes de nossa cidade enquanto não for provada sua culpa'', retrucou o juiz, o senhor Kachrawala, e Abraham fez uma mesura em direção a ele. Ainda havia alguns lugares ao alcance de seu braço. Para pagar a fiança, foi necessário penhorar as velhas plantações da família da Gama. Mas Abraham saiu do tribunal, livre, e voltou para a *Elefanta*, seu Xangri-Lá moribundo. E, sozinho num escritório escuro ao lado de seu jardim suspenso, tomou a mesma decisão que Sammy Hazaré havia tomado no seu barraco condenado em Andheri: já que ele ia cair, ia cair dando tiros para todos os lados. No rádio e na tevê, Raman Keats tripudiava: ''Não vai ser um rosto bonito na televisão que vai salvar Zogoiby agora''. Em seguida, surpreendentemente, começou a cantar, ou coaxar: ''*Quanto mais alto, maior a quédia; Nadia Wadia, a coisa está séria*''. Ao ouvir isso, Abraham emitiu um grunhido desagradável e decidido, e pegou o telefone.

Naquela noite, Abraham Zogoiby deu dois telefonemas, e recebeu apenas um. Depois a companhia telefônica constatou que o primeiro chamado foi para um dos bordéis da Falkland Road controlados pelo chefe de gangue conhecido como ''Cicatriz''. Mas não há indícios de que alguma mulher tenha sido mandada para seu escritório ou para sua casa no morro de Malabar. Ao que parece, sua mensagem era de outro tipo.

Mais tarde, naquela mesma noite — bem depois da meia-noite —, Dom Minto, já com mais de cem anos de idade, fez a única ligação para Abraham. Não existe uma transcrição *ipsis verbis* da conversação, porém meu pai me relatou a conversa. Segundo Abraham, Minto, normalmente um homem entusiástico e irônico, estava estranho: deprimido, desanimado, falando em morrer. ''Que venha logo a morte! Para mim, toda a vida não passou de um filme de sacanagem'', teria dito ele. ''Já me cansei de ver tudo que há de mais imundo e obsceno na existência humana." No dia seguinte, o velho detetive foi encontrado morto, sentado a sua mesa. "Um ato criminoso", disse o investigador da polícia, o inspetor Singh, "está fora de cogitação."

O segundo telefonema de Abraham foi para mim. Atendendo a seu pedido, fui à Torre Granashpenkas, altas horas da madrugada, e usei minha chave especial para entrar no prédio vazio e subir em seu elevador particular. O que ele me disse nesse quarto escuro me fez ter dúvidas quanto ao que o inspetor dissera sobre a morte de Dom Minto. Abraham confidenciou-me que Sammy Hazaré — que, pelo visto, não queria ser visto perto dos lugares normalmente freqüentados por Abraham — tinha visitado Minto e jurado por sua própria mãe que a morte de Aurora Zogoiby fora uma execução perpetrada por um certo Chhaggan Arranca-os-Cinco, a mando de Raman Keats.

"Mas por quê?", exclamei. Os olhos de Abraham brilharam. "Eu já lhe falei sobre a sua mãe, menino. A regra dela, tanto em relação à comida quanto aos homens, era provar um pouquinho e jogar fora o resto. Mas no caso de Mainduck ela provou a fruta errada. O motivo foi sexual. Vingança sexual." Eu nunca o ouvira falar num tom tão cruel. Sem dúvida, a infidelidade de Aurora ainda lhe doía. A dor terrível de ter que tocar no assunto com seu próprio filho!

"Mas como?" Eu precisava saber. A arma, disse ele, fora um pequeno dardo hipodérmico no pescoço, do tamanho usado para anestesiar animais de pequeno porte — não elefantes, mas gatos selvagens, por exemplo. O dardo teria sido lançado da praia de Chowpatty, durante a loucura da festa de Ganpati; ela ficou tonta e caiu sobre as pedras lambidas pelo mar. As ondas devem ter levado embora o dardo, e no meio de tudo aquilo ninguém reparou num pequeno furo em seu pescoço — porque ninguém tentou encontrá-lo.

Lembrei-me que, no dia, eu estava com Sammy e Keats no palanque dos VIPS; mas não sei onde estava Chhaggan — ele que, juntamente com Sammy, era campeão de zarabatana nas olimpíadas de Mainduck. "Mas não pode ter sido uma zarabatana", disse eu, pensando em voz alta. "Longe demais. E ainda mais para cima."

Abraham deu de ombros. "Pode ter sido um lança-dardos", disse. "Os detalhes estão todos no depoimento de Sammy. Minto vai trazê-lo amanhã de manhã. Como você sabe, o depoimento não teria valor no tribunal."

"Nem precisa", respondi. "Esta questão não vai ser decidida por nenhum júri nem juiz."

Minto morreu antes de levar o depoimento de Sammy a Abraham. O documento não foi encontrado entre seus papéis. O inspetor Singh não suspeitava de nenhum crime; mas isso era problema dele. Eu tinha um serviço a fazer. Um dever antigo e irrefutável se impunha a mim. Contra todas as expectativas, a sombra inquieta de minha mãe estava a meu lado, pedindo vingança. *Sangue com sangue se lava. Lave meu corpo nas fontes rubras de meus assassinos para que eu possa descansar em paz.*

É o que farei, mãe.

•

A mesquita de Ayodhya foi destruída. Um enxame de membros das siglas mais diversas, de "fanáticos" ou "heróicos libertadores do lugar sagrado" (escolha o que preferir), cobriu Babri Masjid, um monumento do século XVII, e o destruiu com as mãos, com os dentes, com o poder visceral do que sir V. Naipaul denominou, em tom de aprovação, o "despertar para a história". A polícia, como as fotos divulgadas pela imprensa revelaram, ficou de braços cruzados, vendo as forças da história destruírem um pedaço da história. Bandeiras alaranjadas foram levantadas. Muitos *dhuns* foram repetidos: "*Raghupati Raghava Raja Ram*" etc. Foi um desses momentos que só podem ser caracterizados como irreconciliáveis: ao mesmo tempo jubilosos e trágicos, autênticos e espúrios, espontâneos e manipulados. Um abrir e um fechar de portas. Um fim e um começo. Cumprira-se a profecia feita por Camões da Gama muitos anos antes: a hora do a-Ram-bamento chegara.

Como alguns comentadores ousaram observar, ninguém tinha certeza de que a atual cidade de Ayodhya, em Uttar Pradesh, ficava no mesmo lugar que a mítica Ayodhya, terra do Senhor Rama no *Ramaiana*. E a idéia de que ali ficava o local de nascimento do deus, o Ramjanmabhoomi, não era uma tradição antiga — não tinha nem mesmo cem anos. Na verdade, fora um muçulmano que estava rezando na velha mesquita de Babri o primeiro a afirmar que lá tivera uma visão do Senhor Rama, e dera início a todo o processo; poderia haver melhor imagem de tolerância religiosa e pluralismo que essa? Depois das visões, durante algum tempo muçulmanos e hinduístas dividiram o lugar disputado sem maiores problemas... mas isso tudo eram águas passadas. Quem ligava para aquelas sutilezas pouco salutares? O prédio fora destruído. Era hora de pensar nas conseqüências, não de olhar para trás: de pensar no que aconteceria em seguida, e não no que teria acontecido antes.

O que aconteceu em seguida foi que a Coleção Zogoiby sofreu um roubo na calada da noite. Os gatunos foram rápidos e profissionais; ficou patente que o sistema de alarmes da galeria era de todo inadequado e, em mais de um setor, disfuncional. Quatro quadros foram roubados, todos pertencentes ao ciclo do mouro; sem dúvida, as pinturas haviam sido previamente selecionadas — uma de cada um dos três períodos principais, e mais a última obra do ciclo, inacabada mas assim mesmo magistral: *O último suspiro do mouro*. A curadora, a doutora Zeenat Vakil, tentou em vão convencer as estações de rádio e televisão a publicar a notícia. Mas os eventos ocorridos em Ayodhya e suas sangrentas conseqüências não deixavam espaço para mais nada. Não fosse Raman Keats, a perda desses tesouros nacionais nem teria sido noticiada. O chefe do EM, comentando as ocorrências em Doordarshan, fez uma associação entre a queda da mesquita e o desaparecimento das pinturas. "Que ninguém lamente o desaparecimento desses artefatos alienígenas do solo sagrado da Índia", disse ele. "Para que a nova nação possa surgir, talvez seja necessário erradicar boa parte da história dos invasores."

Então agora passáramos a ser invasores? Dois mil anos depois, ainda éramos alienígenas, e seríamos em breve "erradicados" — e que ninguém lamentasse nosso "cancelamento". Esse insulto à memória de Aurora tornou mais fácil para mim pôr em prática o plano que havia elaborado.

Meus impulsos assassinos não podem ser atribuídos ao atavismo; embora despertados pela morte de minha mãe, não se tratava de modo algum do reaparecimento de características que havia algumas gerações não tinham se manifestado! Seriam mais uma espécie de legado das famílias a que a nossa se associara através de casamentos; pois não fora assim que a violência irrompera entre os da Gama? Epifânia trouxe o clã assassino dos Menezes, e Carmem seus Lobos vorazes. E Abraham tinha o instinto do assassino desde o início, embora preferisse delegar a outros essas tarefas. Apenas meus amorosos avós maternos, Camões e Bela, eram isentos de tais tendências.

Quanto a minhas ligações amorosas, não foram nada melhores que as de meus antepassados. De nada posso acusar minha doce Dilly; mas o que dizer de Uma, que me privou do amor de minha mãe convencendo-a de que eu nutria paixões indecentes? Uma, a assassina fracassada, que só não me matou por causa da intromissão de uma cena de comédia de pastelão no meio de um *grand guignol*?

Mas, pensando bem, não é necessário pôr a culpa em ancestrais e amantes. Minha carreira de espancador — minha fase martelo — foi fruto de um capricho da natureza, que me deu um punho direito tão poderoso, ainda que inútil para outros fins. Até então eu jamais matara ninguém; mas isso era mais uma questão de sorte, tendo em vista algumas das surras violentíssimas e prolongadas que eu administrara. Se, no caso de Raman Keats, atribuí-me as funções de juiz, júri e verdugo, o fiz em conformidade com minha própria natureza.

A civilização é um truque de prestidigitação que oculta de nós mesmos nossa verdadeira natureza. Minha mão, prezado leitor, não tinha dígitos capazes de executar um *presto*; mas ela entendia bem do assunto.

Assim, a sede de sangue estava no meu sangue, e nos meus ossos também. Uma vez tomada a decisão, jamais hesitei; resolvi que me vingaria, ou então morreria tentando me vingar. Eu vinha pensando muito na morte. Agora encontrara uma maneira de dar sentido a uma morte inexpressiva. Dei-me conta, com uma espécie de surpresa abstrata, de que estava disposto a morrer, desde que o cadáver de Raman Keats estivesse junto ao meu. Ou seja: também eu me transformara num assassino fanático. (Ou num vingador coberto de razão; escolha o que preferir.)

Violência é violência, assassinato é assassinato, um mal não justifica outro: eu tinha plena consciência dessas verdades. E também desta: quando descemos ao nível do adversário, perdemos nossa superioridade moral. Nos dias que se seguiram à destruição da Babri Masjid, "muçulmanos moralmente indignados"/"assassinos fanáticos" (mais uma vez, risque a opção que menos lhe agradar) destruíram templos hinduístas e mataram hindus, na Índia e no Paquistão também. Nesses surtos de violência coletiva, chega-se a um ponto em que se torna irrelevante perguntar: "Quem foi que começou?". As conjugações múltiplas da morte se divorciam de qualquer possibilidade de justificação, muito menos de justiça. Hindus e muçulmanos irrompem a nossa volta, de um lado e do outro, com facas e pistolas, matando, queimando, saqueando e brandindo os punhos erguidos em direção ao céu enfumaçado. Com seus atos, as causas que defendem se conspurcam; ambas perdem o direito de reivindicar qualquer virtude; uma se transforma no tormento da outra.

Não me eximo dessa culpa. Fui um agente da violência por muito tempo, e na noite do dia em que Raman Keats insultou minha mãe na televisão dei fim a sua vida maldita por meio de um ato brutal. E, ao matá-lo, fiz com que minha própria existência fosse amaldiçoada.

•

À noite, os muros que cercavam a propriedade de Keats eram patrulhados por oito duplas de seguranças de elite; essas duplas se revezavam a cada três horas. Eu conhecia os apelidos da maioria dos seguranças. Os jardins eram protegidos por quatro pastores alemães treinados para saltar sobre a garganta (Gavaskar, Vengsarkar, Mankad e — para provar que o dono deles era um homem sem preconceitos — Azharuddin); quando me viram, esses avatares de craques do críquete vieram para ser acariciados, e abanaram as caudas, satisfeitos. À porta da casa havia outros guardas. Eu conhecia esses dois brutamontes também — dois jovens gigantes alcunhados de Mau-Humor e Fanho — mas eles me revistaram dos pés à cabeça assim mesmo. Eu não trazia nenhuma arma — isto é, nenhuma arma que pudesse ser retirada de mim. "Hoje barece que os belhos dêpos boltaro", disse Fanho, o mais jovem, de nariz entupido como sempre, que — talvez para compensar o fato — tinha a língua mais solta. "O Hobe de Lada bassou bor agui hoje bara gubribedar o jeve. Ajo gue ele gueria boltar a drabalhar agui, bas o jeve dâo é hobe de boldar adrás." Lamentei ter desencontrado de Sammy; e como estava o Arranca-os-Cinco? "Ele borreu de bena do Hazaré", disse o jovem segurança. "Os dois saíro judos bara dobar u borre."

Seu colega deu-lhe um tapa na cabeça, e ele se calou. "É só o Bardelo", resmungou, assoando o nariz com força. Voou muco para todos os lados. Mais que depressa, recuei.

Foi sorte minha, porém, Chhaggan não estar presente. Ele tinha um sexto — talvez até um sétimo — sentido para captar essas coisas, e eu não teria nenhuma possibilidade de dominar a ele além de Keats e fugir sem desencadear um alarme geral. Eu viera esperando o pior; esse golpe de sorte me dava ao menos uma chance de escapar dali vivo.

O outro guarda, o caladão, que acertara o Fanho na cabeça — Mau-Humor —, me perguntou o que eu queria. Repeti o que dissera no portão: "Só o chefe pode saber". Mau-Humor olhou-me contrariado: "Nem pensar". Fiz uma careta. "Nesse caso, quando ele ficar sabendo, a culpa é sua." Ele mudou de idéia. "Por sorte sua, o chefe está trabalhando até esta hora, por causa dos últimos acontecimentos", disse, furioso. "Espere que vou perguntar." Alguns instantes depois, voltou e apontou, com um gesto irritado, para o escritório de Keats.

Mainduck estava trabalhando à luz amarelada de uma única luminária. Metade de sua cabeçorra estava na luz, metade na sombra; o corpanzil confundia-se com a noite. Estaria sozinho? Difícil dizer. "Martelo, Martelo", coaxou ele. "Você veio aqui como emissário de seu pai ou como traidor de sua causa perdida?"

"Como mensageiro", respondi.

Ele fez que sim. "Então desembuche."

"É só para o senhor", retruquei. "Não para os microfones." Muitos anos antes, Keats falara com admiração do presidente Nixon, que grampeara seu próprio escritório. "Isso é que é consciência histórica", disse ele. "E peito, também. Tudo registrado." Observei que as gravações haviam ajudado a derrubá-lo da presidência. Keats fez pouco de minha objeção. "As coisas que eu digo jamais vão me prejudicar", proclamou ele. "Minha ideologia é minha fortuna! E um dia as crianças ainda vão estudar minhas palavras na escola."

Daí o *não para os microfones*. Ele sorriu de orelha a orelha; naquele pequeno ponto de luz, mais parecia o gato de Cheshire de *Alice* do que um sapo da Índia. "Sua memória é boa, Martelo. Boa demais", ralhou ele, carinhoso. "Então venha cá, meu querido. Diga aqui bem no meu ouvido, meu amor."

Ao aproximar-me dele, pensei, preocupado, que eu estava ficando velho. Talvez não fosse mais capaz de nocautear alguém com um soco. *Dê-me forças*, rezei, a nenhum deus em particular; talvez ao fantasma de Aurora. *Uma última vez. Que meu martelo não falhe.* O sapo-telefone verde me encarava. Meu Deus, como eu odiava aquele telefone! Abaixei-me em direção a Mainduck; num gesto rápido, ele me agarrou pelos cabelos da nuca com a mão esquerda e apertou minha boca contra o lado esquerdo de sua cabeça. Desequilibrei-me por um momento e dei-me conta, um tanto apavorado, de que minha mão direita, minha única arma, agora não podia mais atingir o alvo. Mas, ao cair sobre a beira da mesa, minha mão esquerda — aquela mão que eu fora obrigado, a vida inteira, contra minha natureza, a aprender a usar — por acaso esbarrou no telefone.

"A mensagem é de minha mãe", cochichei, e acertei-o na cara com o sapo verde. Mainduck não emitiu nenhum ruído. Seus dedos soltaram meu cabelo, mas o sapo-telefone continuava querendo beijar-lhe o rosto, e assim acertei-o de novo com toda minha força, depois com mais força ainda, e mais, até que o plástico rachou e o aparelho começou a se despedaçar na minha mão. "Telefone vagabundo", pensei, e coloquei-o na mesa.

•

Foi assim que o Senhor Rama matou o raptor da bela Sita, Ravan, rei de Lanka:

A luta prosseguia, até que Rama, irado,
Brandiu de Brama a seta ígnea e letal!
Dera-lhe o santo Agastya a arma potente, alada
Como o dardo de Indra, fatal como um raio;
Faiscante, partiu do arco e penetrou
O férreo coração do fero herói Ravan ...
E o filho de Raghu ouviu do céu a voz:
"Ó defensor do bem! Cumpriste teu dever!".

Foi assim que Aquiles matou Heitor, que matara Pátroclo:

E retrucou Heitor, do elmo reluzente,
Exangue: "Peço por tua vida, e teus pais,
E teus joelhos: não me deixes junto às naus,

Que os cães dos aqueus me comam as carnes...".
Mas Aquiles ligeiro respondeu-lhe, irado:
"Cão, não me peças por meus pais nem meus joelhos.
Tivesse eu coragem, arrancaria eu próprio
A tua carne vil, e a comeria crua,
Por todo o mal que me fizeste! Não, ninguém
Há de afastar os cães de ti...
...cães e abutres te devorarão".

Vejam a diferença. Enquanto Rama tinha a sua disposição um armamento celestial de alta tecnologia, eu tive que me virar com um sapo telefônico. E depois não ouvi voz nenhuma do céu me abençoando. Quanto a Aquiles, faltavam-me tanto sua selvageria canibalesca (que lembra, aliás, Hind de Meca, o qual devorou o coração do herói Hamza) quanto seus dotes de expressão poética. Por outro lado, os cães dos aqueus tiveram seu equivalente na minha história...

...Depois que matou Ravan, Rama, cavalheiresco, ofereceu a seu inimigo morto um funeral magnífico. Aquiles, muito menos galante, amarrou o cadáver de Heitor a sua carruagem e o arrastou três vezes em torno do túmulo de Pátroclo. Quanto a mim, que não vivia em tempos heróicos, não homenageei nem profanei o cadáver de meu inimigo; eu pensava em mim, na possibilidade de sobreviver e fugir. Tendo assassinado Keats, virei-o em sua cadeira, de modo que seu rosto (embora ele não tivesse mais rosto) não fosse visível da porta. Coloquei seus pés numa prateleira e pousei suas chagas sanguinolentas sobre os braços dobrados, para dar a impressão de que ele havia adormecido, exausto, depois de tantas horas de trabalho. Então, rápida e silenciosamente, procurei os gravadores — haveria dois, por medida de precaução.

Não foi difícil encontrá-los. Keats jamais fizera segredo de sua mania de gravar tudo, e os armários de seu escritório — que estavam destrancados — me revelaram as fitas, girando lentamente, como dervixes, na escuridão. Arranquei grandes pedaços de fita e os guardei em meus bolsos.

Era hora de ir embora. Saí do escritório, fechando a porta com cuidados exagerados. "Não o perturbem", cochichei a Mau-Humor e Fanho. "O chefe está tirando um cochilo." Isso me daria algum tempo, mas seria o suficiente para eu sair da propriedade? Comecei a imaginar gritos, apitos, tiros e quatro jogadores de críquete mutantes rosnando e saltando sobre minha garganta. Meus pés começaram a apressar-se; obriguei-os a diminuir a velocidade, e então parei. Gavaskar, Vengsarkar, Mankad e Azharuddin se aproximaram de mim e lamberam-me a mão boa. Ajoelhei-me e abracei-os. Depois me levantei, deixando para trás os cães e as estátuas de Mumbadevi, atravessei o portão e entrei no Mercedes-Benz que havia pegado na Torre Granashpenkas. Enquanto me afastava dali, fiquei a pensar quem seria o primeiro a me pegar: a polícia ou Chhaggan Arranca-os-Cinco. Sem dúvida alguma, eu preferia a polícia. *O segundo cadáver, senhor Zogoiby. Que descuido. Imprudência da pior espécie.*

Ouvi um ruído animalesco atrás de mim, só que animal algum jamais rugiu tão alto, e uma mão de gigante fez meu carro dar uma volta, duas, e quebrou a janela de trás. O *Mercédes* morreu, virado para trás.

O sol havia nascido. A primeira coisa que me veio à mente foi "A morsa e o carpinteiro": "A lua brilhava, emburrada,/ Pois o sol, lhe parecia,/ Não tinha nada que brilhar/ Quando já não era dia./ 'Que estraga-prazeres', disse ela,/ 'Nunca vi tal grosseria!' ". Depois pensei que um avião tinha caído na cidade. Agora eu via chamas enormes, ouvia gritos; pela primeira vez, percebi que alguma coisa acontecera na casa de Keats. Ouvi a voz do Fanho outra vez: "O Hobe de Lada bassou bor agui hoje bara gubribedar o jeve".

Pela última vez, o velho guerreiro despedido viera cumprimentar o antigo chefe. De que modo a bomba de Sammy havia conseguido escapar da revista? Uma única resposta me ocorreu: *dentro da mão de metal*. Ou seja: teria que ser uma coisa bem pequena. Não caberia uma banana de dinamite ali. Então o quê? Explosivo plástico, ciclonita, Semtex? "Parabéns, Sammy", pensei. "Miniaturização, hein? Sim, senhor. Mainduck merece o que há de melhor em tudo." Tão cedo ele não despediria mais ninguém. Dei-me conta de que eu havia assassinado um defunto. Embora ainda estivesse vivo quando o golpeei, Sammy já havia dado cabo dele.

Não levei muito tempo para entender que não restaria muita coisa de Mainduck. A competência de Sammy não faria por menos. Portanto, era bem possível que ninguém desconfiasse de mim.

Se bem que, por ser a última pessoa a ver Raman Keats vivo, sem dúvida eu teria que responder a algumas perguntas. Obediente, o carro pegou na primeira tentativa. O ar estava carregado de fumaça e fedores horrendos, perfeitamente identificáveis. Muitas pessoas corriam. Hora de ir embora. Ao manobrar o carro, imaginei ouvir os latidos de cães famintos, que inesperadamente haviam recebido grandes pedaços de carne, a maior parte deles ainda em volta do osso. E também o bater de asas dos abutres.

•

"Vá embora", disse Abraham Zogoiby. "Agora mesmo. E não volte."

Foi minha última caminhada com ele em seu pomar no céu. Eu havia lhe contado o que acontecera em Bandra. "Quer dizer que Hazaré está à solta", disse meu pai. "Não faz mal. É uma questão secundária. Algum fornecedor desviando material; temos que cuidar disso. Mas isso não é da sua conta. No momento, nada o impede de ir embora. Portanto, adeus. Vá. Vá enquanto você pode."

"O que vai acontecer por aqui?"

"Seu irmão vai apodrecer na prisão. Tudo vai acabar. Eu também vou acabar. Mas não agora. Ainda não."

Peguei num cesto uma maçã madura e fiz-lhe minha última pergunta. "Uma vez", disse eu, "Vasco Miranda lhe disse que este país não era nosso lugar. Naquele dia, ele disse a você o que você agora está dizendo a mim. 'Caiam fora, intérpretes de Macaulay.' E então — ele tinha razão? O jeito é ir para o Ocidente?"

"Seus documentos estão em ordem?" Abraham, tendo perdido seu poder, parecia envelhecer a olhos vistos, como um imortal por fim obrigado a transpor os portões mágicos de Xangri-Lá. Sim, respondi, meus documentos estavam em ordem. Aquela passagem para a Espanha, tantas vezes renovada, era o legado que minha mãe me deixara. Aquela janela para outro mundo.

"Então pergunte a ele você mesmo", disse Abraham, com seu sorriso de desespero nos lábios; e afastou-se de mim, desaparecendo entre as árvores. Larguei a maçã e virei-me para ir embora.

"Ah, Moraes", gritou ele. Desavergonhado, sorrindo, derrotado. "Sua besta quadrada. Quem você pensa que mandou roubar aqueles quadros? Claro que foi o seu querido Miranda, aquele doido. Vá procurá-los, menino. Vá encontrar a sua preciosa Palimpstina. Vá conhecer o Mouristão.'' E então sua última ordem, a coisa que ele disse que mais se aproximava de uma declaração de afeto: ''Leve a porra do cachorro''. Saí daquele jardim celestial com Jawaharlal debaixo do braço. O dia estava quase nascendo. Uma borda vermelha contornava o planeta, nos separando do céu. Era como se alguém, ou algo, tivesse chorado.

•

Bombaim explodiu. Eis o que me disseram: trezentos quilos de ciclonita foram utilizados. Mais tarde encontraram mais duas toneladas e meia do explosivo, uma parte em Bombaim, a outra num caminhão perto de Bhopal. E mais *timers*, detonadores, o diabo. Nada semelhante jamais ocorrera na história da cidade — uma coisa tão calculada, tão cruel, a sangue frio. *Dhhaaiiyn*! Um ônibus escolar cheio de crianças. *Dhhaaiiyn*! O prédio da Air India. *Dhhaaiiyn*! Trens, residências, cortiços, docas, estúdios de cinema, fábricas, restaurantes. *Dhhaaiiyn! Dhhaaiiyn! Dhhaaiiyn!* Bolsas de mercadorias, edifícios comerciais, hospitais, as ruas mais movimentadas do centro da cidade. Havia pedaços de corpos espalhados por toda parte: sangue, tripas, ossos, de homens e animais. Abutres tão embriagados de carne que ficavam à espreita, inclinados, no alto dos telhados, esperando a fome voltar.

Quem foi? Muitos dos inimigos de Abraham foram atingidos — policiais, membros do EM, rivais no mundo do crime. Meu pai, vendo-se aniquilado, deu um telefonema, e a metrópole começou a explodir. Mas um arsenal daquele tamanho — seria possível que Abraham, mesmo com todos os seus imensos recursos, fosse capaz de reuni-lo? De que modo a matança de tantos inocentes poderia ser explicada por uma guerra de gangues? Foram atacados bairros hindus e bairros muçulmanos; morreram homens, mulheres e crianças; e ninguém veio conferir a suas mortes a dignidade de um sentido, qualquer que fosse. Que demônio vingador pairava no horizonte, despejando fogo sobre nossas cabeças? Ou seria apenas a cidade destruindo a si própria?

Abraham declarou guerra, e sua maldição caiu sobre quem estivesse passando. Isso explica o que ocorreu em parte. Mas não era bastante; não era tudo. Não sei tudo. Estou contando o que sei.

Eis o que *eu* queria saber: quem matou a *Elefanta*, quem matou a minha casa? Quem a reduziu a pedacinhos, a casa com suas paredes e mais "Lambajan Chandiwala" Borkar, e a senhorita Jaya Hé, e Ezequiel com seus cadernos mágicos? Foi vingança póstuma de Keats ou foi o *free lancer* Hazaré, ou terá havido algum movimento mais profundo na história, bem mais profundo, tão fundo que nem mesmo nós, que passáramos tanto tempo no Submundo, conseguíamos enxergá-lo?

Bombaim era o centro; sempre fora. Tal como os fanáticos "reis católicos" sitiaram Granada e aguardaram a queda do Alhambra, agora a barbárie chegava a nossos portões. Ó Bombaim! *Prima in Indis! Portão da Índia! Estrela do Oriente com o rosto voltado para o Ocidente!* Tal como Granada — al-Gharnatah, como dizem os árabes — tu foste a glória de teu tempo. Porém chegou um tempo mais sombrio, e, assim como o sultão Boabdil, o último dos násridas, foi fraco e não soube defender seu grande tesouro, também nós fomos fracos. Pois os bárbaros não estavam apenas diante de nossos portões; estavam também dentro de nossa pele. Éramos nós mesmos os cavalos de Tróia, e nosso triste fim estava contido em nós. Quem acendeu o pavio foi talvez Abraham Zogoiby, ou o Cicatriz: estes fanáticos ou aqueles, os nossos ou os deles; mas as explosões partiram de nossos próprios corpos. Fomos ao mesmo tempo bombas e vítimas. As explosões foram fruto de nosso próprio mal — inútil procurar explicações alienígenas, embora o mal exista também além de nossas fronteiras. Nós solapamos nossa própria base, orquestramos nossa própria derrocada. E agora só nos resta chorar, finalmente, por aquilo que fomos fracos demais, corruptos demais, pequenos demais, desprezíveis demais, para defender.

— Perdão, desculpem este discurso emocionado. Não consegui me conter. O velho mouro não vai mais suspirar. —

•

A doutora Zeenat Vakil morreu na explosão que destruiu a galeria da Coleção Zogoiby no morro de Cumballa. Nenhum dos quadros se salvou; assim, minha mãe, Aurora, foi relegada a uma região próxima à das antigüidades irremediavelmente perdidas — aos arredores do jardim infernal onde ficam as sombras impotentes, sem cabeças e sem braços, como estátuas, daqueles cujas obras se perderam por completo. (Penso em Cimabue, que só conhecemos por um punhado de obras.) *O escândalo* foi poupado. Fora emprestado pela Coleção Zogoiby, em caráter permanente, ao Museu Nacional de Delhi, e continua lá, encarando Amrita Sher-Gil, cheio de autoconfiança. Restam também mais umas poucas telas. Quatro desenhos antigos, da fase Chipkali; *Uper o gur gur...*; e o doloroso *Mãe-mouro nu* — todas essas obras estavam, por acaso, emprestadas, em exposição na Índia ou no estrangeiro. Ironicamente, *O beijo de Abbas Ali Baig*, que tantos problemas criara, e que estava na sala do apartamento das Wadia, também foi preservado. Oito obras, ao todo. Mais o quadro que está no Stedelijk, mais o da Tate Gallery, mais a Coleção Gobler. E uns poucos quadros da "fase vermelha", em coleções particulares. (Outra ironia: a maioria das obras desse período foram destruídas pela própria artista!)

Mais obras sobreviventes do que Cimabue, portanto; porém apenas um fragmento da produção daquela mulher tão prolífica.

Assim, os quatro quadros roubados agora representavam uma parcela crucial do que restava da obra de Aurora.

•

Na manhã das explosões, Nadia Wadia foi pessoalmente abrir a porta quando tocou a campainha, porque a criada havia saído de manhã cedinho para fazer a feira e ainda não voltara. Nadia viu a sua frente duas caricaturas: um anão em trajes cáqui e um homem com rosto e mão de metal. Em sua garganta, um grito e uma gargalhada colidiram; mas, antes que ela tivesse tempo de emitir qualquer som, Sammy Hazaré ergueu seu cutelo e desferiu dois golpes fundos em seu rosto, em linhas paralelas que começavam no alto e à direita e terminavam embaixo e à esquerda, evitando com precisão atingir-lhe os olhos. Ela desmaiou no capacho, e quando recuperou a consciência sua cabeça estava no colo da mãe transtornada, sua boca estava cheia de sangue e os agressores desconhecidos haviam desaparecido, para nunca mais voltarem.

•

O miniguru Khusro morreu nas explosões; o arranha-céu cor-de-rosa em Breach Candy, onde "Adam Zogoiby" fora criado, também foi destruído. O cadáver de Chhaggan "Arranca-os-Cinco" foi encontrado numa sarjeta em Bandra, com fundos cortes de cutelo na garganta. Dhabas em Dhobi Talao, cinemas que exibiam o *remake* em cinemascope do velho clássico *Gai-Wallah*, os cafés Sorryno e Pioneer: todos destruídos. E a irmã Floreas, minha única irmã que restava, errara em suas previsões do futuro: o hospital-convento Gratiaplena foi atingido por bombas, e Minnie foi uma das vítimas fatais.

Dhhaaiiyn! Dhhaaiiyn! Perdi não apenas irmã, amigos, quadros e lugares prediletos, mas também o sentimento. Quando a vida humana se torna tão barata, quando cabeças rolam nas praças e corpos sem cabeça dançam nas ruas, como é possível chorar uma morte específica? Como preocupar-se com a possibilidade iminente de perder a própria vida? Após cada monstruosidade vinha outra maior; era como se fôssemos viciados, precisando de doses cada vez mais fortes. O horror tornara-se habitual na cidade, e todos nós éramos seus usuários, seus zumbis, seus mortos-vivos. Desencantado e — para usar em sentido estrito uma expressão tantas vezes empregada em sentido metafórico — chocado, sentia-me distanciado de tudo, como se fosse um deus. A cidade que eu conhecia estava morrendo. O corpo que eu habitava, também. E daí? "*Que sera sera...*"

E o que aconteceu foi que Sammy Hazaré, vulgo "Homem de Lata", acompanhado do pequeno Dhirendra, entrou no hall da Torre Granashpenkas. Traziam explosivos atados a seus corpos — peito, pernas e costas. Dhirendra levava dois detonadores; Sammy brandia sua espada. Os seguranças do prédio perceberam que a heroína que os dois haviam tomado para dar coragem lhes pesava nos olhos e fazia com que eles se coçassem; recuaram apavorados. Sammy e Dhiren tomaram o elevador que ia direto ao trigésimo primeiro andar. O chefe da segurança telefonou para Abraham Zogoiby, e aos gritos alertou-o e tentou se desculpar. Abraham interrompeu-o secamente: "Evacuem o edifício". Que se saiba, essas foram suas últimas palavras.

Pessoas que trabalhavam no prédio saíram correndo na rua, como loucas. Sessenta segundos depois, porém, o grande átrio no alto da Torre Granashpenkas explodiu no céu como fogos de artifício, e uma chuva de facas de vidro apunhalou os empregados que corriam, perfurando-lhes os pescoços, as costas, as coxas, destruindo seus sonhos, seus amores, suas esperanças. E depois das facas de vidro vieram outras pragas. Muitos empregados haviam ficado presos dentro da torre com a explosão. Os elevadores pifaram, as escadas foram destruídas; havia fogo e nuvens de uma fumaça negra e ávida. Alguns entraram em desespero, saltaram das janelas e se espatifaram na rua.

Por fim, o jardim de Abraham desceu do alto como uma bênção. Terra importada, grama inglesa, flores estrangeiras — açafrões, narcisos, rosas, malvas-rosas, miosótis — caíram sobre o aterro. E também frutas estranhas. Árvores inteiras subiram no céu, graciosas, para depois cair, como esporos. Penas de pássaros estrangeiros flutuaram no ar durante dias.

Pimenta, cominho, canela em casca, cardamomo misturavam-se à flora e à fauna importadas, tamborilando nas calçadas e no asfalto, como granizo perfumado. Abraham sempre tinha sacas de temperos de Cochim em seu escritório. Às vezes, quando estava sozinho, abria as sacas e mergulhava os braços em suas profundezas, para matar a saudade. Feno-grego e ranúnculos, sementes de coentro e assa-fétida caíam sobre Bombaim — porém, mais que tudo, pimenta-do-reino, o ouro negro de Malabar, sobre o qual, uma eternidade atrás, um jovem administrador e uma menina de quinze anos haviam se apaixonado.

•

Formar uma classe — escreveu Macaulay em seu "Documento sobre a educação", em 1835 — *de pessoas indianas na cor e no sangue, porém inglesas quanto a suas opiniões, moralidade e intelecto*. Mas para quê? Ah, para atuarem como *intérpretes entre nós e os milhões que governamos*. Essas pessoas deveriam ser, teriam que ser, muitíssimo gratas! Pois na Índia os dialetos eram *pobres e primitivos*, e *uma única prateleira de uma boa biblioteca européia vale mais que toda a literatura nativa*. História, ciência, medicina, astronomia e religião eram ridicularizadas igualmente. *De envergonhar um ferreiro inglês... provocaria risos numa escola interna para meninas na Inglaterra*.

Assim, a classe de "intérpretes de Macaulay" odiaria o que há de melhor na Índia. Vasco estava enganado. Nós nunca fizéramos parte dessa classe. O melhor e o pior estavam em nós, e lutavam em nós, tal como lutavam por todo o subcontinente. Em alguns de nós, o pior triunfava; mas ainda assim podíamos dizer — e com toda a sinceridade — que havíamos amado o melhor.

Quando o avião decolou, vi colunas de fumaça subindo da cidade. Nada mais me prendia a Bombaim. Não era mais a minha cidade, um lugar especial, a cidade dos prazeres vira-latas da mestiçagem. Alguma coisa havia terminado (o mundo?), e o que restava eu não conhecia. Estava ansioso por chegar à Espanha — a qualquer lugar que não fosse aquele. Eu estava indo para o lugar de onde havíamos sido expulsos muitos séculos atrás. Quem sabe não seria lá o meu lar perdido, meu repouso, minha terra prometida? Minha Jerusalém?

"E então, Jawaharlal?" Mas o cão empalhado no meu colo não tinha nada a dizer.

Porém eu estava enganado quanto a um pormenor: o fim de um mundo não é o fim do mundo. Minha ex-noiva, Nadia Wadia, apareceu na televisão alguns dias depois da agressão, as marcas em seu rosto ainda vivas; sem dúvida, fora desfigurada para sempre. E no entanto sua beleza era tão tocante, sua coragem tão evidente, que sob certo aspecto ela estava mais bela do que nunca. Um repórter pedia-lhe que falasse sobre o ocorrido; porém, num momento extraordinário, ela se virou para a câmara e falou diretamente para o coração de cada espectador. "Então perguntei a mim mesma: Nadia Wadia, será que tudo terminou para você? Cai o pano? E por algum tempo pensei: é, sim, acabou tudo, *khalaas*. Mas então disse a mim mesma: Nadia Wadia, o que é que você está dizendo? Aos vinte e três anos de idade você diz que a vida terminou? Que *pagalpan*, que bobagem, Nadia Wadia! Menina, pare com isso, ouviu? A cidade vai sobreviver. Novos prédios vão ser construídos. Dias melhores virão. Agora digo isso todos os dias. Nadia Wadia, o futuro está chamando você. Ouça esse chamado."

IV

O ÚLTIMO SUSPIRO DO MOURO

19

Fui para Benengeli porque meu pai me tinha dito que Vasco Miranda, a quem fazia catorze anos que eu não via — ou vinte e oito, de acordo com meu calendário pessoal, hiperacelerado —, mantinha minha falecida mãe prisioneira lá; não exatamente minha mãe, porém o melhor do que restara dela. Creio que eu tinha esperança de recuperar aqueles quadros roubados e, desse modo, sarar uma ferida interior antes que eu próprio chegasse ao fim.

Era minha primeira viagem de avião, e a experiência de atravessar as nuvens — eu havia partido num dia nublado, coisa rara em Bombaim — me pareceu tão semelhante às imagens do Além dos filmes, quadros e livros de histórias que fiquei com medo. Estaria eu indo rumo ao país dos mortos? Creio que não me espantaria muito se os portões do paraíso aparecessem sobre as nuvens fofas que via de minha janela, e junto a eles um homem com um livro de contas de duas colunas — boas e más ações. O sono me dominou, e nos primeiros sonhos que tive longe do chão eu havia de fato abandonado a terra dos vivos. Talvez eu tivesse morrido nas explosões, como tantas pessoas e lugares que eram importantes para mim. Quando acordei, essa sensação de ter atravessado um véu persistiu. Uma moça simpática estava me oferecendo comida e bebida. Aceitei ambas. A garrafinha de vinho tinto Rioja estava ótima, porém era muito pequena. Pedi mais.

"Tenho a sensação de que estou viajando no tempo", disse eu à simpática comissária algum tempo depois. "Mas não sei se é em direção ao passado ou ao futuro."

"Muitos passageiros têm essa sensação", disse ela, tranqüilizando-me. "Digo a eles que não é nem uma coisa nem outra. O passado e o futuro são os lugares onde passamos a maior parte da vida. Na verdade, a sensação que o senhor está tendo aqui dentro deste nosso microcosmo é a impressão desconcertante de estar passando algumas horas no presente.'' O nome dela era Eduvigis Refugio; ela estudava psicologia na Universidade Complutense de Madri. Seu lado nômade a levara a pôr de lado sua formação e assumir aquela vida peripatética, confidenciou-me sem maiores cerimônias, quando se sentou por alguns minutos na poltrona vazia a meu lado e pegou Jawaharlal no colo. ''Xangai! Montevidéu! Alice Springs! Sabe que os lugares só revelam seus segredos, seus mistérios mais profundos, às pessoas que estão lá de passagem? Assim como é possível fazer confidências a uma pessoa totalmente desconhecida que a gente conhece no terminal rodoviário, ou no avião; intimidades que nos fariam morrer de vergonha se tocássemos no assunto junto às pessoas com quem vivemos. Mas que gracinha esse cachorro empalhado! Eu tenho uma coleção de pássaros empalhados, e também uma cabeça encolhida, autêntica, do Sul do Pacífico. Mas o motivo verdadeiro que me leva a viajar'', e nesse ponto ela se aproximou mais um pouco, ''é que eu adoro promiscuidade, e num país católico como a Espanha é difícil eu me satisfazer.'' Nem mesmo nesse momento — tamanha a minha turbulência interna, por estar viajando de avião — compreendi que ela estava se oferecendo a mim. A jovem foi obrigada a dizer com todas as letras: ''Neste vôo, os membros da tripulação se ajudam uns aos outros. Meus colegas vão ficar de olho para não haver perigo de que alguém nos incomode.'' Levou-me a um banheiro minúsculo, e lá tivemos um contato sexual muito breve: ela chegou ao orgasmo após uns poucos movimentos rápidos, e eu não gozei, já que ela pareceu perder todo o interesse por mim tão logo se sentiu satisfeita. Aceitei a situação passivamente — eu estava paralisado pela passividade —, ajeitamos nossas roupas e fomos cada um para seu lado. Algum tempo depois, senti uma necessidade intensa de falar mais com ela, mesmo que fosse só para fixar seu rosto e sua voz na minha memória, pois aquela lembrança já começava a esvanecer-se; porém, quando apertei um botão em que havia uma representação esquemática de uma figura humana e uma luzinha se acendeu, quem veio foi uma mulher diferente. ''Eu queria a Eduvigis'', expliquei; mas a nova jovem franziu a testa. ''Como? O senhor disse 'Rioja'?'' Dentro de um avião, os sons ficam distorcidos, e talvez eu houvesse falado de modo difícil de entender; por isso repeti, pronunciando as palavras com cuidado: "Eduvigis Refugio, a psicóloga".

"Deve ter sido um sonho", disse a moça, com um sorriso estranho. "Não temos nenhuma comissária de bordo com esse nome." Quando insisti, talvez levantando a voz, um homem com um blazer cujas mangas tinham debruns dourados se aproximou a passos largos. "Cale a boca e fique quieto", disse, grosseiro, empurrando meu ombro. "Na sua idade, vovô, e ainda por cima com a mão deformada! O senhor devia ter vergonha de fazer propostas indecorosas a moças de família. Vocês indianos acham que todas as mulheres européias são prostitutas." Fiquei atônito; mas quando olhei para a segunda comissária vi que ela estava enxugando os cantos dos olhos com um lenço. "Lamento ter criado tanta confusão", desculpei-me. "Quero deixar bem claro que retiro, de modo inequívoco, todos os meus pedidos."

"Melhorou", disse o homem do blazer. "Já que o senhor assumiu que estava sem razão, não se fala mais nisso." E foi embora com a segunda mulher, que já estava com uma expressão bem alegre no rosto; aliás, enquanto se afastavam pareciam estar rindo, e tive a impressão de que riam de mim. Não consegui encontrar uma explicação para o ocorrido, e por isso voltei a mergulhar num sono profundo. Nunca mais voltei a ver Eduvigis Refugio. Permiti-me a fantasia de que ela era uma espécie de fantasma do ar, evocado por meu desejo. Sem dúvida, devia haver huris flanando naquela altitude, acima das nuvens. Elas certamente eram capazes de atravessar as paredes do avião quando bem entendessem.

Como se vê, eu estava num estado de espírito desconhecido. O lugar, a língua, as pessoas e os costumes que eu conhecia haviam desaparecido a partir do simples ato de entrar naquele veículo voador; e, para a maioria das pessoas, essas coisas são as quatro âncoras da alma. Se acrescentarmos a isso os efeitos — alguns deles retardados — dos horrores ocorridos nos últimos dias, talvez se entenda por que eu tinha a impressão de que todas as raízes de minha identidade haviam sido arrancadas, como as árvores voadoras arrancadas do átrio de Abraham. Aquele novo mundo em que estava entrando me dera um sinal de alerta enigmático. Era necessário ter em mente que eu não sabia nada, não entendia nada; estava sozinho num mistério. Mas ao menos havia uma busca;

eu precisava ater-me a ela. Era essa a minha direção, e, se insistisse nela com todas as minhas forças, talvez com o tempo eu viesse a compreender aquela estranheza surreal cujo significado ainda não me era possível decodificar.

Em Madri mudei de avião, e me senti aliviado de deixar para trás aquela tripulação estranha. No avião muito menor que tomei em direção ao sul, assumi uma postura muito reservada; abraçado a Jawaharlal, recusava todas as ofertas de comida e bebida com um movimento de cabeça seco. Quando cheguei à Andaluzia, a lembrança daquele vôo transcontinental já começava a desaparecer de minha memória. Já não me era possível evocar os rostos e vozes dos três comissários que — disso eu não tinha mais dúvida — haviam conspirado para me fazer de bobo; certamente me escolheram por ser aquele meu primeiro vôo, fato esse que eu talvez tivesse revelado a Eduvigis Refugio — sim, pensando bem, eu havia mesmo contado a ela. Pelo visto, as viagens de avião não eram tão animadas como Eduvigis dera a entender; os que eram condenados a viver voando, sujeitos a horários alterados, tinham que dar um certo sabor a suas vidas, acrescentar-lhes um pouco de erotismo, às custas de passageiros virginais como eu. Pois eu lhes desejava boa sorte. Eles haviam me dado uma lição: era preciso ficar com os pés firmemente fincados na terra; além disso, dado meu estado de decrepitude, oferecer-me sexo era sem dúvida um ato de caridade.

Quando emergi do segundo avião, vi-me num dia de sol forte e calor intenso — não o "calor podre", pesado e úmido, de minha cidade natal, mas um calor seco, salutar, que incomodava bem menos meus pulmões destruídos. Vi pés de mimosa floridos, vi encostas cobertas de oliveiras. Porém a sensação de estranhamento permanecia. Era como se eu não tivesse chegado por completo, ou uma parte de mim ainda não estivesse lá, ou, talvez, como se aquele lugar a minha volta não fosse exatamente o lugar certo. Sentia-me tonto, surdo, velho. Ao longe, cães latiam. Minha cabeça doía. Eu estava com um casaco de couro pesado, e suava em bicas. Senti que devia ter bebido água durante o vôo.

"Férias?", perguntou-me um homem de uniforme quando chegou minha vez.

"É."

"O que o senhor vai ver? Não deixe de ver as nossas grandes atrações turísticas."

"Espero ver alguns quadros da minha mãe."

"Curioso. No seu país o senhor não tem muitos retratos dela?"

"Não se trata de retratos dela, e sim de quadros pintados por ela."

"Não entendi. Onde está a sua mãe? Ela está aqui? Neste lugar, ou em algum outro? O senhor vai visitar os parentes?"

"Ela morreu. Nós estávamos brigados, e ela morreu."

"A morte da mãe é uma coisa terrível. Terrível. E agora o senhor tem esperança de encontrá-la num país estrangeiro. É curioso. Talvez o senhor não tenha tempo de fazer turismo."

"É verdade."

"Mas o senhor precisa arranjar tempo. Precisa ver nossas grandes atrações. Sem dúvida! O senhor compreende?"

"Compreendo."

"O que é este cão? Por que este cão?'

"É o antigo primeiro-ministro da Índia, metamorfoseado em cachorro."

"Deixe para lá."

Como eu não falava espanhol, não pude barganhar com os motoristas de táxi. "Benengeli", disse eu, e o primeiro motorista sacudiu a cabeça e foi embora, escarrando copiosamente. O segundo respondeu com um número que não significava nada para mim. Eu estava num lugar onde não sabia os nomes das coisas nem as motivações dos atos das pessoas. O universo era absurdo. Não sabia dizer "cachorro", nem "onde?", nem "eu sou um homem". Além disso, minha cabeça estava turva como sopa.

"Benengeli", repeti, jogando minha mala no banco de trás do terceiro táxi, e entrando com Jawaharlal debaixo do braço. O motorista sorriu, exibindo uma fileira de dentes de ouro. Os que não eram de ouro haviam sido limados, ficando ameaçadoramente pontudos. Mas ele parecia um sujeito simpático. Apontou para si próprio e disse: "Vivar". Apontou para as montanhas: "Benengeli". Apontou para o carro: "OK, parceiro. Vamos levantar acampamento". Dei-me conta de que nós dois éramos cidadãos do mundo. A língua que tínhamos em comum era o *argot* fragmentado de filmes americanos vagabundos.

A aldeia de Benengeli fica nas Alpujarras, um ramo da serra Morena que separa a Andaluzia da Mancha. Enquanto subíamos a serra, vi muitos cachorros atravessando a estrada. Depois fiquei sabendo que os estrangeiros moravam aqui por uns tempos, com suas famílias e animais de estimação, e depois, desarraigados e imprevisíveis, iam para outro lugar, abandonando seus cães. A região estava cheia de cães andaluzes, famintos e desapontados. Quando fui informado desse fato, passei a apontar para esses animais, dizendo a Jawaharlal: "Você é um cachorro de sorte. Podia ser um deles".

Entramos na cidadezinha de Avellaneda, famosa por sua praça de touros tricentenária, e Vivar, o motorista, acelerou. "Cidade de ladrões", explicou. "Mau remédio." A localidade seguinte era Erasmo, um lugarejo menor que Avellaneda, mas grande o bastante para ter uma escola de bom tamanho, em cujo pórtico estavam inscritas as palavras *Lectura — locura*. Perguntei ao motorista se ele saberia traduzi-las, e após hesitar um pouco ele disse, orgulhoso: "Leitura, *lectura*. *Lectura*, leitura".

"E *locura*?"

"É loucura, parceiro."

Uma mulher de preto, envolta num longo cachecol, encarava desconfiada nosso carro, que sacolejava ao sabor dos paralelepípedos. Havia uma reunião exaltada numa praça, à sombra de uma árvore frondosa. Slogans e faixas por toda parte. Copiei várias inscrições. Imaginei que se referissem a questões políticas, mas descobri que eram algo muito mais estranho. "Os homens são necessariamente tão loucos que seria uma loucura adicional não ser louco também", era o que dizia uma das faixas. A outra afirmava: "Tudo na vida é tão vário, tão oposto, tão obscuro, que não podemos ter certeza de nenhuma verdade". E uma terceira era mais sintética: "Tudo é possível". Parecia-me que uma turma de filosofia de alguma universidade da região resolvera se reunir naquela aldeia, por se chamar ela Erasmo, para discutir as idéias radicais e céticas de Blaise Pascal, do próprio Erasmo, o defensor da loucura, e de Marsilio Ficino, entre outros. O ardor dos filósofos era tamanho que atraía multidões. — Sim, o mundo era tudo que era! — Não, não era! — Sim, a vaca continuava no campo quando ninguém estava olhando para ela! — Não, alguém poderia ter deixado a porteira aberta! — A personalidade era homogênea e os homens eram responsáveis por seus atos! — Muito pelo contrário: éramos entidades tão contraditórias que o próprio conceito de personalidade perdia o sentido, quando examinado com mais atenção!

— Deus existia! — Deus morrera! — Podia-se, e devia-se, falar com segurança na perenidade das verdades eternas, no absoluto dos absolutos! — Mas que bobagem galopante, relativamente falando, é claro! — E, quanto ao modo como um cavalheiro deve dispor seu membro sob a roupa de baixo, todas as principais autoridades concluíam que era necessário colocá-lo à esquerda. — Ridículo! Todos sabem que, para o verdadeiro filósofo, o lado correto é o direito. — A extremidade mais larga do ovo é a melhor! — Cáspite, que absurdo! A mais estreita é sempre a melhor! — "Para cima!", afirmo eu. — Mas, meu caro senhor, está claro que a única afirmação correta é "para baixo". — Bem, nesse caso, "para dentro". — "Para fora!" — "Para fora!" — "Para dentro!"...

"Muito estranha a gente deste vilarejo", opinou Vivar, ao sairmos da cidade.

Segundo meu mapa, a aldeia seguinte era Benengeli; mas quando partimos de Erasmo a estrada começou a descer a serra em vez de continuar subindo. Pelo que entendi com base no que Vivar disse, desde o tempo de Franco, quando Erasmo era a favor da república e Benengeli era pró-Falange, um ódio profundo separava a gente de Erasmo da de Benengeli, tão profundo que as populações não permitiram que fosse construída uma estrada de uma aldeia para a outra. (Quando Franco morreu, o povo de Erasmo comemorou, enquanto em Benengeli todos ficaram de luto, menos a numerosa comunidade de "parasitas" ou expatriados, os quais só ficaram sabendo do ocorrido quando começaram a receber telefonemas dos amigos no estrangeiro, preocupados.)

Assim, tivemos que percorrer um longo caminho, descendo o morro de Erasmo e subindo o da aldeia seguinte. No lugar onde a estradinha de Erasmo se encontrava com a auto-estrada muito maior, de quatro pistas, que levava a Benengeli, havia uma propriedade grande e bela, cercada de romãzeiras e pés de jasmim em flor. Beija-flores voejavam junto ao portão. Ao longe, ouvia-se o ruído agradável de bolas de tênis. Acima do portão, num arco, lia-se: *Pancho Vialactada Campo de Tenis*.

"Esse Pancho", disse Vivar, com um gesto de polegar. "Um sujeito e tanto."

Vialactada, nascido no México, era um dos grandes da época pré-*open*. Jogara com Hoad e Rosewell e Gonzales no circuito profissional, e portanto não pudera participar das partidas do Grand

Slam, onde ele teria decerto brilhado. Tornou-se uma espécie de fantasma glorioso, afastado dos eventos mais glamourosos, enquanto jogadores menos talentosos que ele colecionavam troféus. Morrera de câncer no estômago anos antes.

Então ele terminara assim, dando aulas de tênis a matronas ricas, pensei: outro limbo. Assim tivera fim sua trajetória mundial; como terminaria a minha?

Embora eu ouvisse as bolas, não vi nenhum jogador nas quadras de barro vermelho. Certamente haveria outras quadras fora de nosso campo de visão, pensei. "Quem é o dono do clube agora?", perguntei a Vivar, e ele fez que sim com a cabeça, sorrindo seu sorriso monstruoso.

"Claro, o Vialactada", insistiu. "Esta terra é toda do Pancho."

•

Tentei imaginar como seria essa paisagem no tempo de nossos ancestrais remotos. Não era necessário subtrair muita coisa da cena — a estrada, a silhueta negra de um touro que me olhava do alto de uma elevação, alguns postes telefônicos e da companhia de força, alguns carros Seat e caminhonetes Renault. Benengeli, uma faixa de muros brancos e telhados vermelhos, ficava no alto da serra; teria mais ou menos o mesmo aspecto de séculos atrás. *Sou um judeu da Espanha, como o filósofo Maimônides*, disse a mim mesmo, para ver se acreditava naquelas palavras. Achei-as vazias. O fantasma de Maimônides riu de mim. *Sou como a mesquita de Córdova transformada em igreja católica*, tentei. *Uma obra de arquitetura oriental com uma catedral barroca plantada no meio.* Também isso não me pareceu verdade. Eu era um ninguém vindo de lugar nenhum, diferente de todos, que não fazia parte de nada. Isso me pareceu melhor. Pareceu verdade. Todos os meus vínculos haviam se afrouxado. Eu chegara a uma anti-Jerusalém: não um lar, mas um embora. Um lugar que não prendia, e sim dissolvia.

Vi o castelo fantástico de Vasco, com paredes vermelhas que dominavam o alto do morro. Chamou-me a atenção em particular a torre altíssima, que parecia saída de uma história de fadas. Era coroada por um gigantesco ninho de garças, embora eu não visse por ali nenhuma dessas aves altivas e majestosas. Sem dúvida, Vasco teria subornado as autoridades locais para que lhe permitissem construir uma coisa tão destoante das outras casas da localidade, estruturas baixas e frescas, caiadas. O castelo era tão alto quanto as torres gêmeas que enfeitavam a igreja de Benengeli; Vasco resolvera rivalizar com Deus, e também por esse motivo, fiquei sabendo, ele fizera muitos inimigos na cidade. Pedi a Vivar que me levasse até o "Pequeno Alhambra". O carro foi subindo as ruas sinuosas da aldeia, que estavam desertas, talvez por ser hora da sesta. Porém o ar estava cheio de ruídos de tráfego e de pedestres — gritos, buzinas, freadas. Eu imaginava que na próxima esquina encontraria um monte de gente, ou um engarrafamento, ou as duas coisas. Mas parecia que, por acaso, estávamos evitando aquela parte da cidade. Na verdade, estávamos perdidos. Quando passamos por um certo bar, La Gobernadora, pela terceira vez, resolvi pagar o motorista e seguir a pé, apesar do cansaço, da cabeça que doía e zumbia, por efeito do *jet-lag*. O taxista não gostou de ser despachado de modo tão brusco, e é possível que, por não conhecer a moeda e os costumes do local, eu tenha dado uma gorjeta insuficiente.

"Que você nunca encontre o que procura", gritou ele, num inglês perfeito, com os dedos da mão esquerda formando chifres. "Que você se perca neste labirinto infernal, nesta aldeia maldita, por mil e uma noites."

Entrei no La Gobernadora para pedir informações. Meus olhos, que eu vinha apertando para protegê-los do brilho cortante da luz refletida pelas paredes brancas de Benengeli, levaram um momento para adaptar-se à escuridão do interior do bar. Um barman de avental branco estava enxugando um copo. No fundo do bar estreito e comprido percebi uns vultos de velhos. "Alguém aqui fala inglês?", perguntei. Era como se eu não houvesse falado. "Com licença", disse eu, dirigindo-me ao barman. Ele fez que não me viu e virou-se para o outro lado. Teria me tornado invisível? Mas não, claro que não; o mal-humorado Vivar sem dúvida vira a mim e meu dinheiro. Irritado, estendi a mão por cima do balcão e dei um tapinha nas costas do homem. "Casa do senhor Miranda", disse eu, falando devagar. "Qual a rua?"

O homem, um sujeito rotundo, de camisa branca, colete verde e cabelos negros cheios de brilhantina, emitiu uma espécie de gemido — desprezo? preguiça? repulsa? — e saiu detrás do balcão. Foi até a porta e apontou. Vi então, em frente à entrada do bar, uma travessa estreita entre duas casas; na extremidade dessa travessa havia muita gente andando depressa de um lado para o outro. Então era dali que vinha o barulho que eu estava ouvindo; mas como era possível que não tivesse percebido a existência daquela rua antes? Claramente, eu estava pior do que pensava.

Com uma mala que pesava cada vez mais, puxando Jawaharlal pela corrente (as rodinhas chocavam-se ruidosamente contra as pedras irregulares do calçamento), subi a travessa e me vi num lugar de aspecto muito pouco espanhol, uma rua de pedestres cheia de estrangeiros — a maioria deles já velhuscos, embora muito bem vestidos, junto com uma minoria de jovens calculadamente desleixados, à maneira das pessoas que correm atrás das modas — os quais não demonstravam o menor interesse pela sesta nem por nenhum outro costume local. Nesse logradouro, que, como fiquei sabendo mais tarde, era conhecido pelos nativos como "rua dos parasitas", havia um grande número de butiques caras — Gucci, Hermès, Aquascutum, Cardin, Paloma Picasso —, e comedouros de todo tipo, desde carroças de vendedores de almôndegas escandinavas até um restaurante, o Chicago Rib Shack, com garçons cujo uniforme era uma adaptação da bandeira americana. Fiquei parado no meio da multidão, que passava por mim ignorando minha presença por completo, como é comum nas cidades grandes e raro nas aldeias do interior. Ouvi pessoas falando em inglês, americano, francês, alemão, sueco, dinamarquês, norueguês e mais uma língua que era ou holandês ou africâner. Mas essas pessoas não eram turistas; não tinham máquinas fotográficas, e agiam como se estivessem em casa. Aquele trecho desvirtuado de Benengeli agora lhes pertencia. Não havia um único espanhol ali. "Talvez estes expatriados sejam os novos mouros", pensei. "E eu sou um deles, afinal; vim para cá procurando algo que só tem interesse para mim, e talvez fique aqui até a morte. Talvez, em uma outra rua, os nativos estejam tramando uma reconquista, e nesse caso tudo terminará quando nós, tal como nossos precursores, formos levados para os navios que nos aguardam no porto de Cádiz."

"Observe que, embora a rua esteja cheia, os olhos das pessoas estão vazios", disse uma voz atrás de mim. "Talvez seja difícil para o senhor sentir piedade destas almas perdidas com sapatos de couro de crocodilo e camisas com crocodilos acima dos mamilos, mas é mesmo o caso de ter compaixão. Perdoe os pecados destas sanguessugas, pois elas já estão no inferno.''

Quem falava era um cavalheiro alto, elegante, grisalho, com um terno de linho creme e uma expressão sardônica constante no rosto. A primeira coisa que nele me chamou a atenção foi sua língua enorme, que parecia não caber na boca. Ele ficava constantemente lambendo os lábios de um modo satírico. Brilhavam seus belos olhos azuis, que certamente não eram vazios; pelo contrário, pareciam cheios de conhecimentos e malícias de toda espécie. ''O senhor parece cansado'', disse ele, formal. ''Permita-me pagar-lhe um café e atuar, se for de seu interesse, como seu interlocutor e guia.'' Chamava-se Gottfried Helsing, falava doze línguas — ''ah, a dúzia de sempre'', disse, num tom natural, como se falasse de ostras — e, embora tivesse os modos de um fidalgo alemão, notei que lhe faltavam os recursos necessários para mandar o terno à lavanderia. Exausto, aceitei sua oferta.

''É difícil perdoar a vida pela força com que as grandes máquinas d'o-que-é se impõem às almas d'os-que-são'', disse ele, num tom natural, depois que nos sentamos numa mesa de um barzinho, uma mesa protegida por uma sombrinha, diante de xícaras de café forte e copos de Fundador. ''Como perdoar o mundo por sua beleza, que apenas oculta sua feiúra; por sua suavidade, que apenas esconde sua crueldade; por sua ilusão de continuidade, de uma sucessão inconsútil de dias e noites, quando na realidade a vida é uma série de rupturas brutais, que descem sobre nossas cabeças indefesas como o golpe de um machado de lenhador?''

''Desculpe-me, senhor'', disse eu, escolhendo as palavras com cuidado para não ofendê-lo, ''mas vejo que o senhor se dedica a uma vida contemplativa. Porém acabo de chegar de uma longa viagem, que aliás ainda não chegou a seu termo; minhas necessidades do momento não me permitem o luxo de jogar conversa fora...''

Mais uma vez, tive aquela sensação de inexistência. Helsing simplesmente continuou falando, como se não tivesse ouvido nada do que eu dissera. ''Está vendo aquele homem?'', disse ele, apontando para um velho que, curiosamente, parecia espanhol, tomando cerveja num bar do outro lado da rua. ''Ele já foi prefeito de Benengeli. Durante a Guerra Civil, porém, aderiu à causa republicana, ombro a ombro com os homens de Erasmo — o senhor conhece Erasmo?'' Não esperou minha resposta. ''Depois da guerra, homens como ele, cidadãos importantes que haviam se oposto a Franco, foram reunidos na escola de Erasmo, ou na praça de touros de Avellaneda, e fuzilados. Ele resolveu se esconder. Na sua casa havia um vão atrás de um armário, e ali ele passava o dia. À noite sua mulher fechava as janelas e ele saía do esconderijo. As únicas pessoas que sabiam do segredo eram a esposa, a filha e o irmão. Sua mulher descia o morro todos os dias para comprar comida, para que a gente da aldeia não percebesse que estava comprando alimento para duas pessoas. Eles não podiam fazer amor porque, sendo católicos devotos, não usavam métodos anticoncepcionais, e se ela engravidasse as conseqüências seriam fatais para ambos. Essa situação durou trinta anos, até a anistia geral.''

''Trinta anos escondido!'', exclamei, fascinado com a narrativa, apesar do cansaço. ''Que sofrimento não deve ter sido!''

''Não foi nada, em comparação com o que aconteceu depois que ele saiu do esconderijo'', disse Helsing. ''Pois então sua amada Benengeli foi tomada por esta ralé internacional; além disso, os homens de sua geração que ainda estavam vivos tinham todos aderido à Falange, e se recusavam a falar com ele. Sua mulher morreu de gripe, o irmão morreu de câncer e a filha se casou e foi morar em Sevilha. No final, não lhe restou nada senão ficar aqui, em meio aos parasitas, porque já não havia lugar para ele junto a sua gente. Assim, como o senhor vê, ele também se tornou um estrangeiro sem raízes. Foi nisso que deu ele ser um homem de princípios.''

Helsing fez uma pequena pausa em seu monólogo e ficou a meditar sobre a história do prefeito; aproveitei para lhe perguntar como se chegava à casa de Vasco Miranda. Ele me encarou com um leve toque de curiosidade nos olhos, como se não tivesse entendido direito a pergunta, e em seguida, com um leve dar de ombros, retomou o fio de sua meada.

''Também eu fui recompensado do mesmo modo'', prosseguiu. ''Fugi de meu país quando os nazistas subiram ao poder, e passei alguns anos na América do Sul. Sou fotógrafo. Na Bolívia publiquei um livro mostrando os horrores das minas de estanho. Na Argentina, fotografei Eva Perón, uma vez em vida e outra depois de morta. Nunca mais voltei à Alemanha, porque sentia profundamente a poluição da cultura alemã causada pelas coisas que aconteceram lá. Senti a ausência dos judeus como um hiato enorme, muito embora eu próprio não seja judeu.''

''Eu sou judeu por parte de pai'', disse eu. Bobagem; Helsing ignorou meu comentário.

''Por fim, com parcos recursos financeiros, vim para Benengeli, porque aqui era possível para mim levar uma vida simples com minha pequena pensão. Quando os parasitas souberam que eu era alemão e que havia morado na América do Sul, começaram a referir-se a mim como 'o nazista'. Agora é esse o nome pelo qual sou conhecido. Foi nisso que deu eu passar a vida inteira me opondo a certas idéias malévolas: agora que estou velho, me atribuem exatamente essas idéias. Não falo mais com os parasitas. Não falo mais com ninguém. Que prazer raro poder conversar com o senhor! Os velhos daqui foram todos malfeitores de nível médio: chefes da Máfia de segunda, fura-greves de terceira, racistas de quarta categoria. As mulheres são dessas que se excitam com botas e esporas e se decepcionam com o advento da democracia. Os jovens não prestam: são viciados, vagabundos, plagiários, prostitutas. Estão todos mortos, os velhos e os moços, mas como ainda recebem pensões e mesadas se recusam a ficar quietos nas suas sepulturas. Assim, ficam andando de um lado da rua para o outro, comendo e bebendo, e fofocando sobre as minúcias mesquinhas de suas vidas. Queira observar que aqui não há espelhos. Se houvesse, nenhuma dessas almas penadas se refletiria neles. Quando compreendi que isto era o inferno deles, tal como eles são o meu, comecei a sentir pena deles. Pois assim é Benengeli, a cidade onde moro.''

''E Miranda...'', repeti, sem ânimo, achando que seria melhor não contar muito a Helsing a respeito de minha vida moralmente comprometida.

''Não há a menor possibilidade de ser recebido pelo senhor Vasco Miranda, nosso mais importante e mais horrendo habitante'', disse Helsing, com um sorriso discreto. ''Eu achava que o senhor ia entender o motivo pelo qual eu me recusava a responder a suas perguntas insistentes, mas como isso não aconteceu sou obrigado a dizer-lhe que o senhor está perdendo seu tempo. Como diria Dom Quixote, o senhor está procurando as aves deste ano nos ninhos do ano passado. Ninguém vê Miranda todo mês, nem mesmo suas criadas. Veio uma mulher procurá-lo recentemente —

uma moça pequena, bonita — mas não conseguiu, e foi embora sabe Deus para onde. Dizem que..."

"Que mulher?", interrompi. "Há quanto tempo? Como o senhor sabe que ela não conseguiu entrar?"

"Só sei que era uma mulher", respondeu ele, lambendo os lábios. "Há quanto tempo? Não muito. Há *pouco* tempo. E ela não entrou porque ninguém entra lá. O senhor não está prestando atenção ao que estou lhe dizendo? Dizem que dentro daquela casa tudo estagnou; tudo, mesmo. Dão corda nos relógios, mas o tempo não passa. A grande torre está trancada há anos. Ninguém sobe nela, com a possível exceção do velho louco. Dizem que a poeira lá chega até a altura dos joelhos, porque ele não deixa as criadas entrarem para fazer a limpeza. Dizem que toda uma ala daquele palácio enorme foi tomada por uma planta, *la gobernadora*. Dizem que..."

"Não me interessa o que dizem", exclamei, sentindo que era hora de tomar uma atitude mais firme. "Preciso falar com ele. Vou usar o telefone deste bar."

"Não seja bobo", disse Helsing. "Ele mandou retirar o telefone há anos."

•

Duas garçonetes espanholas, quarentonas, bonitas, com vestidos pretos e aventais brancos, haviam surgido a meu lado. "Sem querer, ouvimos a sua conversa", disse uma delas, num inglês excelente. "E, se o senhor me perdoa a interrupção, sinto-me obrigada a dizer que o nazista não tem razão. Vasco tem uma linha telefônica, ligada a uma secretária eletrônica e a um fax também, só que nunca responde a nenhuma mensagem. Mas o proprietário deste bar, um dinamarquês pão-duro chamado Olé, não deixa os clientes usarem o telefone em hipótese alguma."

"Demônios! Vampiros!", gritou Helsing, subitamente furioso. "Deviam cravar estacas nos corações de vocês duas!"

"O senhor não devia perder seu tempo com este velho cretino e vigarista", disse a segunda garçonete, cujo inglês era talvez ainda mais puro que o da primeira, e cujas feições eram também um pouco mais finas. "Todo mundo aqui sabe que ele é um mitômano doente e de mal com a vida, que sempre foi fascista e que agora se diz antifascista, que vive importunando as mulheres, que sempre o rejeitam, e depois não perde nenhuma oportunidade de insultá-las. Certamente ele lhe terá contado um monte de histórias sobre si próprio e sobre nossa linda aldeia. Se o senhor desejar, venha conosco que vamos desfazer a impressão falsa que ele deve lhe ter passado. Infelizmente, há muitos mitômanos vivendo em Benengeli, envolvendo-se em mentiras como se fossem xales."

"Meu nome é Felicitas Larios, e esta é minha meia-irmã Renegada", disse a primeira garçonete. "Se o senhor quer falar com Vasco Miranda, saiba que somos empregadas dele desde que ele se mudou para cá. Na verdade, não trabalhamos aqui no bar do Olé; hoje estamos só lhe fazendo um favor, porque as moças que costumam trabalhar aqui estão doentes. Ninguém pode lhe dizer mais sobre Vasco Miranda do que nós."

"Megeras! Vacas!", gritou Helsing. "Elas estão querendo enganá-lo. As duas trabalham aqui há muitos anos, ganham uma miséria, tendo que puxar o saco de todo mundo, lavando e varrendo, e o dono, aliás, não é dinamarquês nem se chama Olé; é um barqueiro do Danúbio aposentado que se chama Uli."

Eu já estava farto de Helsing. As criadas de Vasco já haviam tirado os aventais, colocando-os nas grandes cestas de vime que carregavam; claramente, estavam ansiosas para ir embora. Levantei-me e pedi licença. "Quer dizer que todo o tempo que investi no senhor foi desperdiçado?", disse o infeliz. "Resolvi ser seu mentor, e é assim que o senhor me recompensa."

"Não dê nada a ele", aconselhou-me Renegada Larios. "Ele vive tentando arrancar dinheiro de desconhecidos, como um mendigo."

"Vou pagar nossas bebidas, pelo menos", disse eu, deixando uma nota sobre a mesa.

"Elas vão devorar-lhe o coração e prender-lhe a alma numa garrafa", alertou-me Helsing, enlouquecido. "Depois não vá dizer que não foi avisado. Vasco Miranda é um espírito mau, e estas mulheres são suas asseclas. Cuidado! Já as vi se transformarem em morcegos..."

Embora ele estivesse falando alto, ninguém naquela rua apinhada de gente dava a menor atenção a Gottfried Helsing. "Já estamos acostumadas com ele", disse Felicitas. "Deixamos que ele fique falando sozinho, e vamos para o outro lado da rua. De vez em quando o sargento da Guarda Civil, Salvador Medina, o tranca na cadeia por uma noite, e aí ele se acalma."

•

Devo reconhecer que Jawaharlal, o cachorro empalhado, já vira dias melhores. Desde que comecei a carregá-lo de um lado para o outro, ele já perdera a maior parte de uma das orelhas e um ou dois dentes. Não obstante, Renegada, a mais bonita de minhas novas conhecidas, elogiou-o de modo efusivo; sempre arranjava um jeito de encostar em mim, no braço ou no ombro, para ressaltar seus sentimentos. Felicitas Larios não dizia nada, mas me dava a impressão de não aprovar esses momentos de contato físico.

Entramos numa casinha de dois andares, numa ladeira íngreme onde todas as casas eram iguais, chamada Calle de Miradores — nome pouco apropriado, pois as residências dessa rua eram humildes demais para terem varandas envidraçadas. Porém a placa onde o nome estava escrito (letras brancas sobre fundo azul-escuro) parecia não se dar conta do fato. Mais um sinal de que Benengeli era um lugar de sonhadores, além de segredos. Ao longe, no alto da estrada, divisei o vulto de um chafariz grande e horrendo. "Ali é a praça dos Elefantes", disse Renegada, num tom afetuoso. "O portão principal da casa de Vasco Miranda fica lá."

"Mas não adianta bater na porta nem tocar a campainha, pois ninguém vem abrir", disse Felicitas, com uma expressão preocupada no rosto. "Melhor o senhor entrar e descansar. O senhor me parece cansado e, se me perdoa a intromissão, doente."

"Por favor", disse Renegada, "tire os sapatos." Não entendi esse pedido um tanto religioso, mas obedeci, e ela me levou a um quarto bem pequeno onde o chão, o teto e as paredes eram recobertos de azulejos de um azul-arroxeado, que representavam um grande número de cenas diferentes em miniatura. "Não há dois azulejos idênticos", disse Renegada, orgulhosa. "Dizem que são tudo o que resta da antiga sinagoga de Benengeli, que foi demolida depois das últimas expulsões. Dizem que eles têm o poder de mostrar o futuro a quem é capaz de vê-lo."

"Conversa fiada", disse, com uma gargalhada, Felicitas, que além de ser a mais pesadona e de feições mais grosseiras, com uma grande verruga no queixo, era também a menos romântica das duas. "Estes azulejos são baratos, e nada têm de antigos; há muito tempo que este tom de azul está na moda aqui em Benengeli. E, quanto à capacidade de prever o futuro, isso é pura bobagem. Pare com essas histórias da carochinha, Renegada, minha querida, e deixe o moço dormir um pouco.''

Eu não precisava de maiores convites para descansar — mesmo nas piores circunstâncias, jamais tive problemas de insônia! — e me joguei na cama estreita do quartinho, sem nem sequer me despir. Nos últimos instantes antes de adormecer, por acaso meu olhar pousou num certo azulejo perto de minha cabeça, e vi o retrato de minha mãe olhando para mim, com um sorriso insolente. Nesse momento o sono me dominou; mergulhei na inconsciência.

Quando despertei, vi que me haviam despido e enfiado uma camisola pela cabeça. Por baixo da camisola eu estava completamente nu. As duas empregadas eram muito ousadas, pensei; e eu devia mesmo estar dormindo um sono muito profundo! — No instante seguinte, lembrei-me do milagre do azulejo, mas por mais que eu tentasse não consegui encontrar nada que lembrasse de longe a imagem que tinha certeza de ter visto logo antes de adormecer. ''A imaginação faz coisas extraordinárias no momento em que estamos prestes a adormecer'', pensei, e me levantei. Era dia claro, e da sala vinha um cheiro forte e irresistível de sopa de lentilhas. Felicitas e Renegada estavam à mesa, e havia um terceiro lugar, onde uma tigela grande e fumegante já tinha sido colocada. Elas me observavam com prazer enquanto eu tomava uma colher após a outra.

''Quanto tempo dormi?'', perguntei; as duas se entreolharam.

''Um dia inteiro'', disse Renegada. ''Hoje já é amanhã.''

''Que nada'', discordou Felicitas. ''O senhor só cochilou algumas horas. Hoje ainda é hoje.''

''Minha meia-irmã está brincando'', disse Renegada. ''Na verdade, não quis assustá-lo, e por isso falei em um dia apenas. O senhor dormiu quarenta e oito horas, no mínimo.''

''Um cochilo, só isso'', insistiu Felicitas. ''Renegada, não confunda a cabeça do pobre homem.''

''Nós lavamos e passamos a sua roupa'', disse a outra, mudando de assunto. ''Espero que o senhor não se incomode.''

Os efeitos da viagem ainda não haviam passado, apesar de eu ter dormido. Se de fato haviam se passado dois dias enquanto eu roncava, porém, era de se esperar que eu estivesse um pouco desorientado. Voltei meus pensamentos para coisas práticas.

"Minhas senhoras, muito obrigado", agradeci, educadamente. "Mas agora preciso que me aconselhem, em caráter urgente. Vasco Miranda é um velho amigo de minha família, e preciso falar com ele para resolver uns problemas importantes. Gostaria de apresentar-me. Moraes Zogoiby, de Bombaim, Índia, a sua disposição."

As duas não puderam conter uma exclamação de espanto.

"Zogoiby!", murmurou Felicitas, sacudindo a cabeça, como quem não consegue acreditar.

"Jamais imaginei que voltaria a ouvir esse nome detestado", disse Renegada Larios, enrubescendo ao falar.

Eis a história que consegui fazê-las me contar.

Quando Vasco Miranda veio morar em Benengeli, no auge da fama, as meias-irmãs (que na época estavam na faixa dos vinte anos) ofereceram-se para trabalhar para ele, e foram aceitas na hora. "Ele disse que gostava do nosso inglês e do nosso trabalho, mas acima de tudo da nossa ascendência", disse Renegada, inesperadamente. "Nosso pai, Juan Larios, era marinheiro; a mãe de Felicitas era marroquina, e a minha era da Palestina. De modo que Felicitas tem sangue árabe, e eu sou judia por parte de mãe."

"Então eu e você temos algo em comum", disse eu. "Pois eu também tenho cinqüenta por cento de sangue judeu." Renegada pareceu ficar satisfeitíssima.

Vasco lhes dissera que ia recriar, em seu "Pequeno Alhambra", a fabulosa cultura múltipla da al-Andalus de outrora. As relações entre eles não seriam como as que costumam haver entre patrão e criadas; formariam uma família. "Nós o achamos meio maluco, é claro", disse Felicitas, "mas todo artista é maluco, não é mesmo? E ele nos ofereceu salários bem acima da média." Renegada concordou com a cabeça. "E de qualquer modo isso não tinha nada a ver com a realidade. Só da boca para fora. Para nós ele sempre foi um patrão. E depois foi ficando cada vez mais maluco: vestia-se como um sultão e se comportava de modo ainda pior do que aqueles mouros despóticos e infiéis." No momento, elas iam lá todas as manhãs e limpavam a casa na medida do possível. Os jardineiros tinham sido demitidos, e o jardim aquático, outrora uma verdadeira jóia, uma espécie de miniatura da Generalife, estava quase morto. A equipe da cozinha fora dispensada havia muito tempo; Vasco se limitava a deixar dinheiro e listas de compras para as duas criadas. "Queijo, lingüiça, vinho, bolo", disse Felicitas. "Acho que este ano naquela casa não se cozinhou nem mesmo um ovo."

Desde que fora insultado por Salvador Medina, cinco anos antes, Vasco vivia em retiro. Passava os dias trancado em seus aposentos no alto da torre, onde as criadas não podiam entrar; se desobedecessem seriam demitidas na hora. Renegada afirmou que tinha visto alguns quadros em seu estúdio, obras blasfemas em que Judas aparecia no lugar de Cristo na cruz; mas essas pinturas de "Judas Cristo" estavam no mesmo lugar havia meses, inacabadas, aparentemente abandonadas. Pelo visto, Vasco não estava trabalhando em mais nada. Também não viajava como antes, para pintar murais em aeroportos e saguões de hotéis. "Ele comprou muito equipamento *high-tech*", confidenciou-me ela. "Gravadores, até uma máquina de fazer radiografia. Ele usa os gravadores para gravar umas fitas estranhas, cheias de guinchos e estouros e gritos. Baboseiras vanguardistas. Ele toca essas gravações a todo o volume na torre, de modo que as garças abandonaram os ninhos." E a máquina de radiografia? "Não sei. Talvez ele use aquelas chapas transparentes como obras de arte."

"É uma vida doentia", disse Felicitas. "Ele não recebe ninguém — ninguém."

Fazia mais de um ano que nem Felicitas nem Renegada viam o patrão. Porém de vez em quando, em noites de luar, da aldeia se via seu vulto, embrulhado numa capa, caminhando junto às ameias de seu castelo, como um fantasma gordo e lerdo.

"E que história é essa de meu nome ser 'detestado'?", perguntei.

"Havia uma mulher", disse Renegada, por fim. "Perdão. Sua tia?"

"Minha mãe", respondi. "Pintora. Já falecida."

"Deus a tenha", exclamou Felicitas.

"Vasco Miranda tem muito ódio dessa mulher", disse Renegada, falando depressa, como se apenas desse modo conseguisse tocar no assunto. "Creio que ele a amava muito, não é?"

Não respondi.

"Desculpe. Compreendo que deve ser difícil para o senhor. É uma coisa difícil. Filho, mãe. O senhor não pode traí-la. Mas acho que ele e sua mãe foram... foram... foram..."

"Amantes", disse Felicitas, áspera. Renegada corou.

"Se o senhor não sabia, desculpe", disse ela, pondo a mão em meu braço esquerdo.

"Por favor, continue", respondi.

"Aí ela foi muito bruta com ele, e não quis mais saber dele. Desde então uma espécie de ressentimento vem crescendo dentro dele. Cada vez mais. É uma possessão."

"É doentio", disse Felicitas, outra vez. "O ódio consome a alma."

"E o senhor", disse Renegada, "creio que ele não vai querer recebê-lo, por ser filho de sua mãe. Acho que seu nome será demais para ele."

"Ele pintou personagens infantis e super-heróis nas paredes do meu quarto quando eu era menino", retruquei. "Ele tem que me receber. Ele vai me receber."

Felicitas e Renegada entreolharam-se de novo, um olhar cujo significado era: desisto.

"Minhas senhoras", disse eu, "também eu tenho uma história a contar."

•

"Há algum tempo ele recebeu um pacote", disse Renegada, quando terminei minha narrativa. "Talvez fosse uma pintura. Não sei. Talvez a tal que foi pintada por cima do retrato da sua mãe. Ele deve ter levado para a torre. Mas quatro quadros grandes? Não, isso não."

"Talvez seja cedo demais", expliquei. "O roubo foi muito recente. Peço-lhes que fiquem atentas, para se chegar alguma coisa. E na atual situação, pelo que vejo, não seria uma boa idéia eu aparecer de repente à porta do castelo. Se ele me vir, não vai deixar que as pinturas venham para cá. Portanto, peço-lhes que fiquem de olho; enquanto isso, eu fico esperando."

"Se o senhor quiser se hospedar nesta casa", disse Felicitas, "podemos entrar num acordo. Se o senhor quiser." E nesse momento Renegada desviou o olhar.

"O senhor fez uma longa viagem", comentou, sem olhar para mim. "Um filho buscando os tesouros perdidos de sua mãe, buscando a paz de espírito. Como mulheres, é nosso dever ajudálo a encontrar o que o senhor busca."

Fiquei mais de um mês naquela casa. Durante esse período, elas me trataram bem, e eu gostei de sua companhia; porém fiquei sabendo muito pouco sobre suas vidas. Ao que parecia, haviam perdido os pais, mas tive a impressão de que elas não queriam se aprofundar no assunto; naturalmente, não insisti. Pelo visto, não tinham irmãos nem amigos. Nem tampouco namorados. No entanto, pareciam absolutamente felizes, inseparáveis. Saíam de manhã para trabalhar de mãos dadas, e voltavam juntas. Houve momentos em que, na minha solidão, comecei a delinear desejos lúbricos por Renegada Larios, mas jamais ocorreu de ficarmos sozinhos os dois, de modo que não pude tomar nenhuma iniciativa. Todas as noites, após o jantar, as irmãs subiam para o andar de cima e deitavam-se na cama que repartiam, e eu as ouvia murmurando e mudando de posição até tarde da noite; mas na manhã seguinte sempre estavam de pé antes de mim.

Por fim, não resisti à curiosidade e perguntei-lhes, à mesa do jantar, por que motivo elas nunca haviam casado. "Porque por estas bandas os homens todos estão mortos do pescoço para cima", disse Renegada mais que depressa, com um olhar feroz dirigido à irmã. "E também do pescoço para baixo."

"Minha irmã exagera, como sempre", disse Felicitas. "Mas é verdade que somos diferentes das pessoas daqui. Todos nós, toda a nossa família. Os outros morreram, e não queremos nos separar por causa de maridos. Os vínculos que nos unem são mais estreitos. Como o senhor vê, nossas atitudes não são compreendidas pela maioria das pessoas de Benengeli. Por exemplo, ficamos satisfeitas quando o franquismo caiu e a democracia voltou. Além disso, para entrar em assuntos mais pessoais, não gostamos de fumo nem de bebês, e aqui todo mundo adora as duas coisas. Os fumantes vivem falando no prazer que é fumar cigarros Fortuna ou Ducados, na sensualidade de acender o cigarro de uma pessoa amiga; mas nós duas detestamos acordar com aquele cheiro de sarro nas roupas, ou ir dormir com os cabelos esfumaçados. Quanto às crianças, as pessoas daqui acham que quanto mais, melhor; mas nós não temos nenhuma vontade de viver presas por um bando de ferinhas a gritar e espernear. E, se o senhor não se incomoda, gostamos do seu animal de estimação justamente por ele ser empalhado e não dar nenhum trabalho."

"No entanto, vocês me tratam muito bem", argumentei.

"Isso é diferente", disse Felicitas. "O senhor nos paga."

"Não é possível que nunca nenhum homem se interessasse pelas senhoras como pessoas, sem querer ter filhos", insisti. "E se os homens de Benengeli são politicamente incorretos, por que não recorrer a Erasmo? Parece que lá eles são diferentes."

"Já que o senhor tem a petulância de exigir uma resposta", disse Felicitas, "nunca conheci um homem que fosse capaz de ver uma mulher como pessoa. E, quanto a Erasmo, não há estrada ligando Benengeli a Erasmo."

Percebi uma expressão estranha nos olhos de Renegada. Talvez ela não concordasse com tudo que sua irmã dizia. Depois dessa conversa, eu ficava a imaginar, em minhas noites solitárias, que a qualquer momento a porta se abriria e Renegada Larios entraria e se deitaria a meu lado, sem nada por baixo da longa camisola branca... mas isso nunca veio a acontecer. Eu ficava deitado sozinho, insone, ouvindo os ruídos que vinham do andar de cima.

•

Durante esse mês de espera, perambulei pelas ruas de Benengeli — às vezes puxando Jawaharlal, mas na maioria das vezes desacompanhado —, presa de um tédio entorpecedor que por algum motivo me impedia de pensar no passado. Estaria eu com o mesmo olhar vazio que caracterizava muitos dos "parasitas", que pareciam passar o dia inteiro andando de um lado para o outro pela "sua" rua, comprando roupas, comendo em restaurantes e bebendo em bares, conversando furiosamente o tempo todo, com um curioso ar de desligamento que dava a impressão de que eles eram de todo indiferentes aos temas daquelas conversas? Porém tudo indicava que Benengeli fosse capaz de exercer seu encantamento até sobre aqueles que não tinham o olhar vazio, pois toda vez que eu cruzava com Gottfried Helsing ele sorria para mim, alegre, acenava e exclamava, piscando o olho, maroto: "Precisamos ter mais uma daquelas nossas conversas excelentes um dia desses!", como se fôssemos amicíssimos. Concluí que ali era um lugar aonde as pessoas iam para se esquecerem de si próprias — ou, mais exatamente, para se perderem em si próprias, para viver numa espécie de sonho do que poderiam ter sido, ou do que gostariam de ter sido — ou então, tendo perdido suas antigas identidades, para se ausentarem discretamente do que haviam passado a ser. Assim, uns se tornavam mentirosos, como Helsing, outros beiravam a catatonia, como o "parasita honorário", o ex-prefeito, que ficava sentado, imóvel, num banco de bar ao ar livre desde a manhã até a noite, sem jamais dizer uma palavra, como se ainda estivesse enfiado no vão escuro atrás de um armário na casa de sua esposa morta. E o ar de mistério que pairava sobre a aldeia era na verdade uma atmosfera de não-saber; o que parecia um enigma era na verdade um vazio. Aqueles vagabundos desarraigados haviam se transformado, por vontade própria, em autômatos humanos. Sabiam simular a vida humana, mas não eram mais capazes de viver como pessoas.

A população local — pelo menos assim me parecia — era menos afetada pelos ares narcóticos de Benengeli que os parasitas; porém não escapavam de todo da alienação e apatia que caracterizavam a localidade. Foi necessário perguntar a Felicitas e Renegada três vezes a respeito da jovem que viera à procura de Vasco Miranda não muito tempo antes, que fora mencionada por Gottfried Helsing. Das primeiras duas vezes, elas deram de ombros e observaram que não se podia confiar em Helsing; mas, quando voltei ao assunto uma noite, Renegada largou no colo a costura e abriu o jogo: "Ah, sim, pensando bem, veio mesmo uma mulher — uma mulher com jeito de boêmia, uma especialista em arte de Barcelona, restauradora de quadros ou coisa parecida. Toda coquete, mas não conseguiu nada; deve ter voltado para a Catalunha, que é o lugar dela". Mais uma vez, tive a impressão de que Felicitas não aprovara a indiscrição de sua irmã. Coçou a verruga e apertou os lábios, mas não disse nada. "Quer dizer que a tal moça catalã acabou conseguindo falar com Vasco?", perguntei, animado. "Não dissemos isso", disse Felicitas, seca. "Não tem sentido insistir neste assunto." Renegada baixou a cabeça, submissa, e retomou a costura.

Em minhas caminhadas, volta e meia eu encontrava o chefe da Guarda Civil, Salvador Medina, sempre transpirando profusamente; toda vez que isso acontecia ele me olhava franzindo a testa e retirava o quepe para coçar os cabelos empapados, como se tentasse lembrar quem eu era. Jamais nos falávamos, em parte porque meu espanhol ainda era parco, embora estivesse melhorando aos poucos, graças a meus estudos noturnos e às aulas diárias que me davam as irmãs Larios, em troca de um acréscimo à quantia que eu lhes pagava todas as semanas pela estada e refeições; e em parte porque o inglês se esquivara de Salvador Medina todas as vezes que ele tentara se apoderar dele, como um gênio do crime que está sempre dois passos à frente da polícia.

Agradava-me constatar que Medina me dava tão pouca importância que se esquecia de mim com muita facilidade; isso queria dizer que as autoridades indianas não estavam interessadas em descobrir meu paradeiro. Voltava-me à mente a idéia de que eu havia cometido, não muito tempo antes, um assassinato; e eu concluía que a explosão ocorrida na casa de minha vítima sem dúvida tivera o efeito de obliterar meu ato. A violência maior da bomba fora pintada por cima da cena em que eu tivera participação, ocultando-a dos investigadores. Outra prova de que eu não estava sob suspeita era fornecida por minhas contas bancárias. Durante os anos em que freqüentei a torre de meu pai, eu havia conseguido transferir quantias polpudas para bancos no estrangeiro, algumas delas para contas numeradas na Suíça (ou seja, eu não era apenas um valentão pateta, como pensava "Adam Zogoiby"!). E, que eu soubesse, não ocorrera recentemente nenhuma tentativa de interferir com minha vida, muito embora diversas atividades do falido grupo Gap estivessem sendo investigadas, e várias contas bancárias estivessem sob controle do síndico da massa falida, quando não haviam sido bloqueadas.

Era curioso, não obstante, que meu crime — afinal de contas, um crime hediondo, um assassinato, o único que jamais cometi — houvesse em pouco tempo resvalado para os desvãos de minha memória. Talvez meu inconsciente tivesse também aceitado a autoridade mais forte, a realidade acachapante das explosões, zerando meu placar moral. Ou talvez essa ausência de culpa — essa suspensão do senso moral — fosse um presente que Benengeli me dera.

Também quanto ao físico eu me sentia numa espécie de interregno, uma zona fora do tempo, sob a égide de uma ampulheta cuja areia permanecia imóvel, ou uma clepsidra cujo mercúrio não fluía mais. Até mesmo minha asma havia melhorado; sorte dos meus pulmões, pensei, ter me hospedado com as duas únicas pessoas na cidade que não fumavam — pois, de fato, aonde quer que eu fosse todos fumavam como possessos. Para evitar o fedor dos cigarros, eu perambulava pelas ruas das padarias e confeitarias, enfeitadas com festões de salsichas, para sentir os cheiros deliciosos de carnes, massas, pão fresco, e submetendo-me às misteriosas leis da cidade. O ferreiro, cuja especialidade era fabricar correntes e algemas para a cadeia de Avellaneda, cumprimentava-me com a cabeça, tal como fazia com todos que passavam, e gritava, com o sotaque carregado da região: "E então, ainda está solto? Um dia desses, um dia desses...". E balançava suas correntes pesadas, rindo a bandeiras despregadas. À medida que meu espanhol melhorava, fui me afastando mais e mais da rua dos parasitas, e assim comecei a vislumbrar o outro lado de Benengeli, aquela aldeia derrotada pela história, onde homens ciumentos com ternos engomados vigiavam as noivas, convictos da infidelidade daquelas donzelas castas, e onde os cascos dos cavalos de mulherengos mortos havia muito ainda ressoavam nas pedras da rua à noite. Comecei a entender por que Felicitas e Renegada Larios passavam a noite em casa, com os postigos fechados, conversando em voz baixa, enquanto eu estudava espanhol no conforto de meu cubículo.

•

Na quarta-feira de minha quinta semana em Benengeli, voltei a minha pensão depois de uma caminhada em que uma jovem perneta e grosseira colocou na minha mão, à força, um panfleto mal impresso enumerando as exigências de um movimento antiaborto chamado "Vinde a mim as Criancinhas, a cruzada revolucionária pelos cristãos ainda não nascidos", e convidou-me a uma reunião. Recusei o convite de modo categórico, porém de imediato me veio à mente a lembrança da irmã Floreas, que levou a guerra contra o aborto às regiões mais superpovoadas de Bombaim, e que fora para um lugar onde a gravidez indesejada não era mais problema, imaginava eu; Minnie, tão doce e fanática, pensei, espero que você esteja feliz agora... E pensei também em meu ex-treinador de boxe, o perneta Lambajan Chandiwala, Borkar, e em Totah — aquele papagaio que sempre odiei, que desaparecera depois das explosões, para nunca mais voltar. Enquanto pensava na ave desaparecida, fui dominado por sentimentos de saudade e dor, e comecei a chorar no meio da rua, para consternação e constrangimento da jovem militante, a qual mais que depressa foi juntar-se a suas colegas da VMC.

O mouro que retornou à casinha das Larios na Calle de Miradores era, portanto, um homem mudado, que fora jogado de volta, graças a uma coincidência, ao mundo dos sentimentos e da dor. As emoções, anestesiadas havia muito, fluíam a minha volta como uma inundação. Antes que eu tivesse tempo de explicar o que ocorrera a minhas senhorias, porém, elas começaram a falar ao mesmo tempo, uma interrompendo a outra, ansiosas para me dizer que as pinturas roubadas tinham por fim chegado, tal como o esperado, ao "Pequeno Alhambra".

"Chegou um furgão...", começou Renegada.

"...no meio da noite; passou pela frente da nossa casa...", acrescentou Felicitas.

"...de modo que peguei meu xale e saí correndo..."

"...e eu fui atrás..."

"...e vimos o portão do castelo aberto, e o furgão..."

"...entrou..."

"...e hoje as lareiras estavam cheias de madeira barata..."

"...do tipo que se usa para embalar coisas, sabe?..."

"...ele deve ter passado a noite rachando madeira!..."

"...e no lixo havia um monte daquelas folhas plásticas..."

"...cheias de bolinhas..."

"...que as crianças gostam de estourar..."

"...e mais papelão ondulado, e aros de metal..."

"...de modo que havia embrulhos grandes no furgão, e o que mais podia ser?"

Não era uma prova propriamente dita, mas eu sabia que, naquela aldeia de incertezas, eu não conseguiria nada melhor que isso. Comecei pela primeira vez a imaginar como seria meu reencontro com Vasco Miranda. No passado, eu era um menino que adorava sentar-se a seus pés; agora nós dois éramos velhos, disputando a mesma mulher, e o fato de ela estar morta não tornaria a luta nem um pouco menos feroz.

Era hora de planejar o próximo passo. "Se ele não quer me receber, vocês vão ter que dar um jeito de fazer com que eu entre clandestinamente", disse eu às irmãs. "Não vejo outra alternativa."

Na madrugada seguinte, bem cedo, quando o sol ainda era um mero rumor nas cristas das serras longínquas, fui com Renegada Larios ao seu local de trabalho. Felicitas, que tinha ossos maiores e era mais corpulenta, me emprestara a saia e a blusa mais largas que tinha. Eu calçava sandálias de borracha anônimas, compradas na parte espanhola da aldeia. Pendurada no braço direito, eu levava uma cesta contendo minhas roupas, escondidas sob um monte de espanadores, esponjas e sprays; a mão direita, tal como a cabeça, ia oculta atrás de um xale, que minha mão esquerda segurava com força para que não saísse do lugar. "O senhor não convence como mulher", disse Felicitas Larios, olhando-me com seu olho crítico. "Mas felizmente ainda está escuro e o castelo é perto daqui. Abaixe-se um pouco e dê passos pequenos. Vão embora logo! Estamos arriscando nossos empregos pelo senhor; não se esqueça disso."

"Não pelo senhor, mas por uma mãe morta", corrigiu Renegada. "Nossa mãe também já morreu. É por isso que nós o compreendemos."

"Vou deixar meu cachorro a seus cuidados", disse eu a Felicitas. "Ele não vai lhe dar trabalho."

"Disso não há dúvida", retrucou ela, ranzinza. "Assim que o senhor for embora, ele vai para dentro daquele armário, e não há perigo de ele sair antes de vocês voltarem. Aqui nesta casa ninguém é louco de levar um cachorro empalhado para passear."

Despedi-me de Jawaharlal. Ele fizera uma longa viagem, e merecia um fim melhor do que um armário de vassouras numa terra estrangeira. Mas o jeito era mesmo ele ficar no armário. Eu ia finalmente enfrentar Vasco Miranda, e Jawaharlal acabara se tornando mais um cão andaluz abandonado.

•

Minha primeira experiência como travesti me trouxe à mente a história de Aires da Gama envergando o vestido de noiva de sua mulher e indo passar uma noite de orgia com o príncipe Henrique, o Navegador; mas que decadência, que diferença entre aquelas roupas negras e o magnífico vestido de Aires! E, em comparação com ele, eu não estava gabaritado para usar aquele traje. Quando saímos, Renegada Larios me disse que o ex-prefeito da cidade — o mesmo cidadão que agora passava o dia inteiro, anônimo e sozinho, tomando café na rua dos parasitas — uma vez fora obrigado a caminhar por aquelas ruas com as roupas de sua avó, pois já quase no final de seu cativeiro a casa tivera que ser demolida e a família fora obrigada a mudar-se. Assim, além dos precedentes familiares, havia um precedente local para meu ato.

Era a primeira vez que eu e Renegada estávamos sozinhos, sem a companhia inibidora de Felicitas, mas, embora ela me dirigisse uma série de olhares sugestivos bem explícitos, eu estava inibido demais (tanto por causa dos trajes femininos quanto por estar preocupado com o desfecho imprevisível que me aguardava) para retribuí-los. Chegamos à entrada de serviço do Pequeno Alhambra sem que ninguém nos observasse, pelo menos que eu percebesse, se bem que era impossível ter certeza de que nenhum curioso nos vira das janelas escuras da Calle de Miradores, quando a subíamos em direção ao detestável e incongruente chafariz elefantino de Vasco. Vi de relance alguma coisa verde sobrevoando as muralhas do castelo. "Aqui na Espanha existem papagaios?", perguntei a Renegada num cochicho, porém ela não me deu resposta, talvez por estar irritada de ver que eu me recusava a aproveitar uma oportunidade tão rara para flertar.

Havia um pequeno teclado eletrônico ao lado da porta, embutido na parede de terracota, e Renegada rapidamente digitou quatro números. A porta se abriu com um estalido, e entramos no refúgio de Miranda.

Imediatamente, fui dominado por uma sensação de *déjà vu* tão forte que minha cabeça começou a rodar. Depois que me recuperei um pouco, fiquei admirado de ver como Vasco Miranda havia conseguido reproduzir no interior de seu castelo as pinturas de Aurora Zogoiby da série do mouro. Eu me encontrava num pátio aberto, onde a *piazza* central era pavimentada com ladrilhos que formavam um padrão xadrez, cercada por arcadas, e pela janela na extremidade oposta vi uma planície vasta, que brilhava à luz do amanhecer como um oceano. Um palácio de onde se descortinava uma miragem do mar; uma mistura de estilo árabe com mogol, com um toque de Chirico — era exatamente o lugar que Aurora me descrevera uma vez como o local "onde mundos entram em choque, onde um homem de ar pode se afogaficar na água, ou então adquirir guelras; onde uma criatura aquática pode se embebedificar, ou então se sufocar, com ar". Apesar do estado de dilapidação do prédio e dos jardins, eu havia mesmo encontrado o Mouristão.

Em cada cômodo vazio eu via a reprodução tridimensional de um dos cenários dos quadros de Aurora, e não me teria surpreendido muito se suas personagens entrassem de repente e representassem suas melancólicas narrativas diante de meus olhos incrédulos, nem se meu próprio corpo se transformasse naquele mouro arlequinal cuja tragédia — a tragédia da multiplicidade destruída pela singularidade, da derrota do Múltiplo e da vitória do Uno — fora o princípio unificador da seqüência. E quem sabe minha mão deformada não se transformaria, sem mais nem menos, em flor, luz ou chama! Vasco, que sempre achara que a idéia da série do mouro de Aurora fora inspirada por sua pintura *kitsch* que representava um cavaleiro lacrimoso, gastara fortunas e uma energia nascida da mais profunda obsessão para apropriar-se da visão de minha mãe. Aquela casa fora uma obra de amor ou de ódio? Se era verdade o que me haviam dito, era uma verdadeira Palimpstina, em que a ira amarga do presente coagulara por cima da lembrança de uma doce ternura, perdida havia muitos anos. Pois existia algo de azedo ali, um toque de inveja naquela imitação brilhante; e, à medida que meu espanto inicial ia passando, e o dia ia clareando, comecei a perceber defeitos na concepção geral. Vasco Miranda continuava a ser o mesmo medíocre de sempre, e o que na imaginação de Aurora fora tão vivo e delicado tinha sido concretizado por Vasco em cores que — eu via agora — se afastavam da nuance exata por uma pequena distância, a distância pequena porém vital que separa o belo e equilibrado do grosseiro e desajeitado. As proporções do prédio também não eram adequadas, e as linhas eram mal concebidas. Não, não se tratava de nenhum milagre, pensando bem; minhas primeiras impressões foram ilusórias, e aquela ilusão já estava se dissipando. O "Pequeno Alhambra", com toda a sua grandiosidade e todo o seu espalhafato, não era nenhuma Nova Mourosalém, e sim uma casa feia e pretensiosa.

Eu ainda não vira nenhum sinal dos quadros roubados, nem da maquinaria de que Renegada e Felicitas haviam me falado. A porta da torre alta estava trancada. Vasco deveria estar lá em cima, com suas máquinas e seus segredos roubados.

"Quero mudar de roupa", disse eu a Renegada. "Não posso enfrentar o velho sacana vestido desse jeito."

"Esteja à vontade", respondeu ela, espevitada. "Você não tem nada que eu ainda não tenha visto." Realmente, ela estava outra pessoa; desde o momento em que entramos no castelo Renegada assumira uns modos agressivos, de proprietária. Sem dúvida, teria percebido o olhar de reprovação cada vez mais acentuado que eu dirigia — após umas poucas interjeições de admiração no início — à casa de que ela vinha cuidando há tantos anos. Era natural que ficasse contrariada ao ver que eu não me entusiasmava com o "Pequeno Alhambra". Não obstante, aquele comentário era desavergonhado demais, era intolerável.

"Cuidado com o que você diz", retruquei, ameaçador, e entrei num cômodo adjacente em busca de um pouco de privacidade, ignorando a expressão irritada da mulher. Enquanto eu me trocava, comecei a ouvir um ruído que vinha de uma certa distância. Era uma barulheira infernal — mistura de gritos de mulheres e microfonismo, ululos de seres de sexo indefinível, gemidos e papocos gerados por computador, e ao fundo uns sons estrepitosos que lembravam uma cozinha sacudida por um terremoto. Aquilo era certamente a "música de vanguarda" que fora mencionada. Vasco Miranda já havia acordado.

Renegada e Felicitas tinham afirmado, de modo categórico, que não viam o velho recluso havia mais de um ano, de modo que fiquei muitíssimo surpreso quando, ao sair do cômodo, encontrei a figura obesa de Vasco me aguardando na *piazza* xadrez. E a governanta não apenas estava a seu lado como também fazia-lhe cócegas com um espanador, enquanto ele ria e gritava de prazer. Tal como as irmãs me tinham dito, ele estava fantasiado de mouro; com aquelas pantalonas largas, aquele colete bordado, por cima de uma camisa bufante sem colarinho, parecia um monte tremelicante de *rahat lacoum* turco. O bigode havia murchado — as estalagmites duras de cera tinham desaparecido por completo — e a cabeça calva estava manchada, como a superfície da Lua.

"Hi, hi", ele riu, afastando o espanador de Renegada com um tapa. "*Hola*, *namaskar*, *salaam*, mouro, meu rapaz. Você está com péssimo aspecto; parece que vai cair morto a qualquer momento. Então as minhas moças não estão cuidando de você direitinho? Você não está aproveitando bem estas férias? Quanto tempo faz? Meu Deus... catorze anos. Pois é, os anos não foram muito bons com você."

"Se eu soubesse que você era tão... acessível", disse eu, com um olhar zangado para a criada, "teria dispensado essa palhaçada toda. Mas pelo visto o que andam dizendo a respeito da sua vida de recluso é exagero."

"Quem anda dizendo o quê?", perguntou ele, com ar de sonso. Depois acrescentou, num tom tranqüilizador: "É, pode ser, mas só quanto a alguns pequenos detalhes". Despachou Renegada com um gesto; ela baixou o espanador sem dizer palavra e recolheu-se a um canto do pátio. "É bem verdade que aqui em Benengeli a gente dá valor à privacidade — mas você também dá, a julgar pelo caso que você criou para trocar de roupa! Renegada achou muita graça. Mas o que era mesmo que eu estava dizendo? Ah, sim. Você já reparou que o que caracteriza Benengeli é a falta de certas características típicas da região? Por exemplo, aqui você não encontra excrescências como as boates Coco-Loco, excursões de turistas com guias, táxis puxados a burro, casas de câmbio nem vendedores de sombreiros de palha. Nosso excelente sargento Salvador Medina afasta todos esses horrores dando surras noturnas, nos muitos becos escuros da aldeia, em todos os que tentam introduzir tais práticas aqui. Aliás, Salvador Medina me odeia, a mim e a todos os estrangeiros, mas como todo imigrante estabelecido — como a grande maioria dos parasitas — sou a favor de sua política de impedir novas ondas de invasores. Agora que estamos aqui dentro, queremos mais é que alguém feche a porta para quem mais que queira entrar."

Prosseguiu ele: "Você não acha admirável a minha Benengeli?". E, com um gesto largo, indicou o falso oceano que se via pelas janelas. "Adeus à sujeira, às doenças, à corrupção, ao fanatismo, às castas, aos cartunistas, aos lagartos, aos crocodilos, aos alto-falantes e, acima de tudo, à família Zogoiby! Adeus, Aurora, a grande e cruel — adeus, Abie, seu escroque asqueroso!"

"Não exatamente", discordei. "Pois vejo que você tentou — com sucesso apenas limitado, se me permite uma crítica — reconstruir o mundo imaginário de minha mãe a sua volta, para cobrir, como uma folha de parreira, a sua própria incompetência; além disso, há mais um Zogoiby para você enfrentar, e temos que resolver a questão de alguns quadros roubados."

"Estão lá em cima", disse Vasco, dando de ombros. "Você devia me agradecer por ter mandado roubá-los. Que fortúnio! Você devia me agradecer de joelhos. Não fosse a minha gangue de profissionais, eles teriam virado carvão."

"Exijo vê-los imediatamente", disse eu, com firmeza. "E, depois, talvez o tal Salvador Medina me faça um favor. Podemos mandar Renegada ir chamá-lo, ou então usar o telefone."

"Vamos subir para dar uma olhada, sim", disse Vasco, parecendo tranqüilo. "Agora, por favor vá devagar, que estou gordo. No mais, estou certo de que você não está mesmo disposto a ir direto bater à porta da polícia. Nos círculos que você freqüenta, o que é melhor, ser incógnito ou excógnito? Aposto que in é mais *in*. Além do que, minha amada Renegada seria incapaz de me trair. E — será que ninguém lhe disse isso? — meu telefone foi cortado há anos."

•

"Você disse 'minha amada Renegada', é?"

"E minha amada Felicitas, também. Elas jamais fariam mal a mim."

"Quer dizer que as duas irmãs fizeram um jogo duplo comigo."

"Elas não são irmãs, meu pobre mouro. São amantes."

"Uma da outra?"

"Há quinze anos. E minhas há catorze. Há não sei quanto tempo que eu ouço essa lengalenga de vocês sobre a unidade na diversidade e outras baboseiras. Pois eu, Vasco, com as minhas meninas, criei esta nova sociedade."

"Estou me lixando para a sua vida sexual. Por mim, elas podem pular em cima de você como se fosse um colchão que não estou nem aí para isso. O que me irrita são os seus métodos de ação."

"Mas a gente tinha que esperar a chegada dos quadros, não é? E depois era preciso que você viesse aqui sem ninguém saber."

"Por quê?"

"Por quê? Ora, para eu poder me livrar de todos os Zogoiby que consegui juntar, quatro quadros e uma pessoa — o último membro da linhagem maldita, aliás —, com um bom *bum*! Ou, para usar uma outra expressão: para arrancar os cinco ao mesmo tempo."

"Uma arma? Vasco, você está falando sério? Está mesmo apontando uma arma para mim?"

"Uma coisa à-toa. Mas está na minha mão. Para meu fortúnio. E para o seu in."

•

Eu fora avisado: *Vasco Miranda é um espírito mau, e estas mulheres são suas asseclas. Já as vi se transformarem em morcegos.*

Mas eu fora envolvido nessa teia desde o início. Quantos habitantes da aldeia seriam seus aliados? Certamente não Salvador Medina. Gottfried Helsing? Tinha razão quanto aos telefones; quanto ao resto, havia me confundido. E os outros? Teriam todos conspirado contra mim nesta pantomima, obedecendo às ordens de Vasco? Quanto dinheiro fora gasto na operação? Seriam todos membros de alguma sociedade secreta, alguma maçonaria — a Opus Dei, ou coisa parecida? E onde tivera início a conspiração? Talvez com Vivar, o motorista de táxi? Com o funcionário do serviço de imigração? Com a estranha tripulação do avião? Vasco falara em "arrancar os cinco". De modo que os tentáculos do evento se estendiam até a propriedade bombardeada em Bandra; seria esta a vingança da vítima? Senti que minha razão estava desorientada, e resolvi conter minhas especulações, que nada valiam. O mundo era um mistério, um mistério incognoscível. O presente era um enigma a resolver.

•

"O Zorro e o Tonto estão num vale sem saída, cercados por índios hostis", disse Vasco Miranda, subindo a escada atrás de mim, bufando. "E o Zorro diz: 'Não tem saída, Tonto. Nós estamos cercados'. E o Tonto responde: '*Nós* quem, cara-pálida?'."

Do alto da torre vinha a música de ruídos que eu ouvira antes. Era uma coisa sinistra, torturada — ou melhor, torturante —, um barulho sádico, frio, insensível. No início da subida, queixei-me daquele som, e Vasco fez pouco de minhas objeções. "Em algumas partes do Extremo Oriente", informou-me, "este tipo de música é considerado muito erótico." À medida que íamos subindo, Vasco tinha que falar cada vez mais alto para que eu pudesse ouvi-lo. Minha cabeça começava a latejar.

"O Zorro e o Tonto estão montando acampamento para passar a noite", gritava ele. " 'Prepare o fogo, Tonto.' 'Sim, *kemo sabay*', responde o outro. 'Prepare o café, Tonto.' 'Sim, *kemo sabay*', diz o índio. E assim por diante. Mas de repente o Tonto solta uma exclamação de nojo. O Zorro pergunta: 'O que foi?'. '*Argh*', responde o Tonto, olhando para a sola do mocassim. 'Acho que pisei num monte de *kemo sabay*.' "

Veio-me à mente o que me dissera o motorista de táxi, Vivar, o aficionado de *westerns* cujo nome era uma homenagem a um caubói medieval, o segundo maior cavaleiro andante da Espanha — refiro-me ao Cid, Rodrigo de Vivar, não a Dom Quixote —, a respeito de Benengeli, num tom de voz que era uma mistura de John Wayne em qualquer filme dele com Eli Wallach em *Sete homens e um destino*: "Cuidado, parceiro. Lá em cima é terra de índio".

Mas teria ele dito isso mesmo? Seria uma falsa lembrança, ou um sonho semi-esquecido? Eu já não tinha certeza de nada — ou tinha certeza apenas de que ali era mesmo terra de índio. Eu estava cercado, e estava afundando cada vez mais na *kemo sabay*.

Num certo sentido, eu sempre vivera em terra de índio, aprendendo a entender os sinais, seguir as trilhas, deslumbrando-me com a imensidão da terra, sua beleza inesgotável, disputando território, mandando sinais de fumaça, batendo em tambores, expandindo fronteiras, correndo perigo, tentando encontrar amigos, temendo a crueldade daquela terra, ansiando por seu amor. Nem mesmo um índio estava protegido em terra de índio; bastava ele pertencer à tribo errada — usar o tipo de cocar errado, falar a língua errada, dançar as danças erradas, cultuar os deuses errados, andar em companhias erradas. Como agiriam aqueles guerreiros que cercavam o homem mascarado, com suas balas de prata, com relação a seu amigo índio? Em terra de índio não havia lugar para um homem que não queria fazer parte de tribo alguma, que sonhava ir mais além; que sonhava largar sua pele e revelar sua identidade secreta — isto é, o segredo da identidade de todos os homens —, enfrentar os guerreiros, com sua pintura de guerra, e exibir-lhes a unidade nua da carne esfolada.

•

Renegada não subira a torre conosco. A traidora certamente teria corrido de volta para os braços de sua amante verruguenta, vangloriando-se de haver conseguido fazer-me cair na armadilha. Uma luz fantasmagórica penetrava no poço daquela escada em espiral através de janelas estreitas como fendas. As paredes teriam no mínimo um metro de espessura, de modo que dentro da torre estava quase frio. O suor secava em minha espinha; um arrepio percorreu-me o corpo. Vasco subia atrás de mim, bufando e arfando, um espectro balofo com uma arma na mão. Ali, no Castelo Miranda, aqueles dois fantasmas exilados, o último dos Zogoiby e seu inimigo enlouquecido, dançariam os últimos passos de sua dança espectral. Todos haviam morrido, tudo fora perdido, e na penumbra da torre só havia tempo para aquela última história de fantasmas. Haveria balas de prata no revólver de Vasco Miranda? Dizem que são as únicas que destroem os seres sobrenaturais. Assim, mesmo se eu também tivesse me transformado em fantasma, não escaparia daquelas balas.

Passamos pelo estúdio de Vasco, e vi de relance uma obra inacabada: um homem crucificado fora retirado da cruz e estava deitado no colo de uma mulher em prantos, com moedas de prata — certamente seriam trinta — em sua mão estigmatizada. Aquela anti-*pietà* devia fazer parte da tal série de "Judas Cristo" de que me haviam falado. Foi só um rápido relance, mas a atmosfera sinistra do quadro, pseudo-El Greco, me pesou no estômago; eu esperava que Vasco tivesse mesmo abandonado o projeto em caráter definitivo.

No andar seguinte, ele me fez entrar numa sala onde vi — e nesse instante meu coração bateu mais forte — um quadro inacabado de nível muito diferente: a última obra de Aurora Zogoiby, uma angustiada declaração de amor materno capaz de transcender e perdoar todos os crimes supostamente cometidos pelo filho, *O último suspiro do mouro*. Vi também na sala uma máquina grande, que só podia ser o tal equipamento de radiografia; e havia diversas radiografias presas aos negatoscópios que cobriam uma das paredes. Ao que parecia, Vasco estava examinando o quadro roubado detalhe por detalhe, como se julgasse possível descobrir, ao examinar as camadas inferiores da pintura, o segredo do gênio de Aurora, para apossar-se dele. Como se estivesse procurando uma lâmpada mágica.

Vasco fechou a porta, e o ruído altíssimo da música dissonante desapareceu. Sem dúvida, aquela sala fora submetida a um tratamento acústico bem caro. Porém a luz ali dentro — as janelas haviam sido cobertas com pano preto, de modo que toda a iluminação provinha dos negatoscópios, uma luz branca, ofuscante — era quase tão opressiva quanto o ruído lá fora. "O que você está fazendo aqui?", perguntei a Vasco, no tom mais antipático possível. "Aprendendo a pintar?"

"Vejo que você agora está com a língua ferina dos Zogoiby", respondeu ele. "Mas é uma imprudência zombar de um homem armado; ainda mais quando este homem lhe fez o favor de desvendar o enigma da morte de sua mãe.''

''Isto eu já sei'', disse eu. ''E não tem nada a ver com este quadro.''

''Todos os Zogoiby são mesmo arrogantes'', prosseguiu Vasco Miranda, ignorando meu comentário. ''Por mais que vocês maltratem uma pessoa, vocês têm certeza de que ela vai continuar gostando de vocês. Era isso que sua mãe pensava de mim. Ela me escreveu, sabia? Pouco antes de morrer. Depois de catorze anos de silêncio, um pedido de ajuda.''

''Mentira'', retruquei. ''Você jamais poderia tê-la ajudado em nada.''

''Ela estava com medo'', continuou Vasco, ignorando-me. ''Disse-me que alguém estava tentando matá-la. Alguém que tinha raiva e ciúmes dela, e que era cruel o bastante para mandar alguém assassiná-la. Ela esperava ser morta a qualquer momento.''

Eu estava tentando manter uma expressão de desprezo, mas como permanecer indiferente à imagem de minha mãe tão aterrorizada — e isolada — que tivera de recorrer àquela figura desgastada, àquele louco havia tanto tempo afastado de tudo e todos? Como não ver seu rosto em minha imaginação, contorcido de medo? Ela andava de um lado para o outro do estúdio, e cada ruído a assustava, como se fosse um mau agouro.

''Eu sei o que aconteceu com minha mãe'', insisti, em voz baixa.

Vasco explodiu: ''Os Zogoiby sempre sabem tudo! Mas vocês não sabem nada, absolutamente nada! Sou eu — Vasco, de quem vocês sempre zombaram, o artista de aeroporto que não era digno de beijar a bainha do vestido de sua mãe genial; Vasco, o pintor *kitsch*; Vasco, o grande palhaço —, desta vez sou eu quem sabe''.

Sua silhueta se destacava contra os negatoscópios, cercada de radiografias por ambos os lados. ''Ela me disse que, se fosse morta, queria que o assassino fosse apanhado. Por isso ocultou o retrato dele sob sua obra inacabada. Tire uma radiografia da obra, disse-me ela, que você verá o rosto do assassino.'' Vasco tinha na mão a carta. Assim, finalmente, naquele tempo de miragens, naquele lugar de truques, havia um fato concreto. Peguei a carta, e ouvi minha mãe falar comigo de além da morte.

"Olhe só." Vasco apontou para as radiografias com o revólver. Calado, envergonhado, obedeci. Não havia dúvida de que a tela era um palimpsesto; percebia-se que os segmentos formavam, em negativo, um retrato de corpo inteiro, oculto por baixo da camada superficial de tinta. Mas Raman Keats era uma figura tão corpulenta quanto Vasco, enquanto o homem que aparecia naquela imagem espectral era alto e magro.

"Mas este não é o Mainduck", disse eu; as palavras saíram por vontade própria.

"Correto! Acertou em cheio", disse Vasco. "O sapo é um bicho inofensivo. Mas este sujeito? Você não o conhece? Siga os seus instintos e os seus extintos! Você já o viu na superfície, ainda que aqui ele apareça na subfície! Olhe, olhe — o chefe dos vilões em pessoa. Blofeld, Mogambo, dom Vito Corleone: não reconhece a figura?"

"É meu pai", afirmei. E era mesmo. Sentei-me, pesadamente, no chão frio de pedra.

•

A sangue-frio: essa expressão foi feita para referir-se a Abraham Zogoiby. Partindo de origens humildes (quando convenceu um capitão relutante a enfrentar os mares), ele chegara a seu éden excelso; do alto de sua torre, como uma divindade gélida, despejou catástrofes não só sobre os pobres mortais a seus pés como também — e nisso ele se distinguia da maioria das divindades — sobre sua própria família. — Observações desconexas se apresentavam a mim para que eu as aprovasse, ou examinasse, ou lá o que fosse. — Como o Super-Homem, eu recebera o dom da visão em raio X; ao contrário do Super-Homem, minha visão me revelara que meu pai fora o homem mais perverso que jamais vivera. — Aliás, se Renegada e Felicitas não eram meias-irmãs, então quais seriam seus sobrenomes? Lorenço, Del Toboso, De Malindrania, Carcumliambro? — Mas meu pai, eu estava falando de meu pai, Abraham, que dera início à investigação para esclarecer as circunstâncias misteriosas da morte de Aurora; que não conseguia deixá-la em paz, e via seu fantasma caminhando em seu jardim todos os dias — seria efeito de seu sentimento de culpa, ou faria parte de sua grande trama, traçada a sangue-frio? Abraham, que me falara de um depoimento dado por Chhaggan Arranca-os-Cinco a

Dom Minto sob juramento, depoimento esse que jamais se materializou, mas que me levou a matar um homem, esmagando seu rosto. — E Gottfried Helsing? Talvez ele não soubesse a verdade a respeito das "irmãs Larios" — por outro lado, talvez sua indiferença fosse tão grande que ele não sentia necessidade de oferecer-me informações; teria o sentimento da solidariedade humana decaído de tal modo entre os parasitas de Benengeli que um homem já não sentia a menor responsabilidade pelo destino de um semelhante? — Esmagar, sim, esmagar, isso. Esmagar seu rosto até não restar nada. E Chhaggan, também, foi encontrado morto na sarjeta; Sammy Hazaré era o suspeito, mas talvez houvesse uma mão oculta por trás desse crime. — Mas quais eram mesmo os nomes dos atores que desempenhavam o papel do homem mascarado e seu companheiro índio? A-B-C-D-E-F-G, isso, Jay, Jay Silverheels. O chefe Jay Silverheels e Clayton Moore. — Ó, Abraão! com que facilidade sacrificaste teu filho no altar de tua ira! Quem você pagou para soprar o dardo envenenado? Mas foi mesmo um dardo, ou teria sido um método ainda mais sutil — um pouco de vaselina no lugar exato, fácil de derramar, fácil de retirar, seria o bastante; por que acreditar naquela história que Minto teria contado, afinal? Ah, eu estava perdido no meio de ficções, e cercado de assassinatos por todos os lados. — Meu mundo enlouquecera, e eu junto com ele; como acusar Vasco quando os Zogoiby cometiam tais loucuras uns com os outros, nestes tempos desgraçados? — E Mainá, minha irmã Mainá, morta numa explosão anterior; Mainá, que pusera na cadeia um político corrupto e obrigara seu pai a desembolsar uma polpuda quantia! Teria a filha também sido vítima do pai — teria sido a morte da filha um ensaio geral para o assassinato da esposa? — E Aurora: seria inocente ou culpada? Ela me julgara culpado, e eu não era; não seria melhor evitar cair nessa mesma armadilha? Teria ela, ao trair o marido, dado a ele motivo para sentir um ciúme feroz — de modo que, após toda uma existência passada na sua sombra, cedendo a todos os seus caprichos (enquanto no resto de seus atos se tornava monstruoso, onipotente, diabólico), ele a matou e em seguida usou o mistério de sua morte para distorcer minha mente, para levar-me a matar seu inimigo também? — Como distribuir culpas depois que o passado foi reduzido a cinzas? — Quanto a uma coisa, não havia dúvida: eu fora palhaço do destino, e de meus pais. — Este chão é frio. Melhor levantar deste chão. Ainda tem um sujeito gordo ali, apontando uma pistola para o meu coração.

20

Perdi a conta dos dias que transcorreram desde que comecei a cumprir minha sentença de prisão no alto da torre da fortaleza louca de Vasco Miranda, na aldeia de Benengeli, nas montanhas da Andaluzia; mas agora que tudo terminou preciso registrar as lembranças que guardo daquele terrível encarceramento, mesmo que seja só para homenagear o papel heróico desempenhado por minha companheira de cativeiro, pois sem sua coragem, inventividade e serenidade tenho certeza de que não teria sobrevivido para contar minha história. Pois, como descobri naquele dia em que tantas coisas descobri, eu não era a única vítima da insana obsessão de Vasco Miranda com minha falecida mãe. Havia uma segunda refém.

Ainda abalado até as profundezas de meu ser pelas revelações que me foram feitas na sala de radiografia, fui obrigado a continuar subindo. Assim cheguei à cela circular onde viria a ficar apodrecendo por tanto tempo, ensurdecido pelos ruídos medonhos que vinham dos alto-falantes instalados no topo, certo de que minha morte estava próxima, consolado apenas por aquela mulher extraordinária que brilhou nesses meus tempos de trevas como um farol. Apeguei-me a ela, e por isso não sucumbi.

Também no centro dessa sala havia uma pintura num cavalete: o Boabdil de Vasco, o cavaleiro chorão, também havia fugido em prantos para a Espanha, trocando a casa de C. P. Bhabha pelo castelo de seu criador. O que fora gerado na *Elefanta* estava culminando em Benengeli — assassinato, vingança, arte. A primeira tela de Vasco e a última de Aurora, o recomeço da carreira dele e o triste fim da dela: dois quadros roubados, ambos abordando o mesmo tema, cada um deles contendo um de meus pais sob a superfície. (Jamais vi os outros "mouros" roubados. Vasco disse que os havia cortado em pedaços e queimado juntamente com os engradados em que haviam chegado; ele só os havia roubado, afirmou, para ocultar o fato de que o quadro que realmente o interessava era *O último suspiro do mouro*.)

Os raios X acusavam Abraham Zogoiby num círculo inferior daquele inferno ascensional, mas para a Aurora oculta as fotografias não bastavam. O mouro de Vasco estava sendo destruído, arrancado aos pedaços; a imagem de minha mãe quando jovem, aquela madona sem menino com o seio de fora, que tanto indignara Abraham tantos anos atrás, estava emergindo de seu prolongado encarceramento. Mas sua liberdade estava sendo conquistada em detrimento de sua libertadora. Não demorei para perceber que a mulher que estava em pé diante do cavalete, arrancando pedaços de tinta e colocando-os num prato, estava acorrentada — pelo tornozelo! — à parede de pedra vermelha.

Ela era de origem japonesa, mas havia passado boa parte de sua vida profissional trabalhando como restauradora de pinturas nos grandes museus da Europa. Então se casou com um diplomata espanhol, um tal de Benet, e viajou com ele pelo mundo até o casamento terminar. Um belo dia Vasco Miranda veio procurá-la na Fundación Joan Miró, em Barcelona — dizendo apenas que ela lhe fora "altamente recomendada" —, e convidou-a a visitá-lo em Benengeli para examinar umas pinturas-palimpsesto que ele adquirira pouco antes. Embora não admirasse o trabalho de Vasco, ela não conseguiu recusar o convite sem ofendê-lo; além disso, tinha vontade de conhecer por dentro seu famigerado castelo, e quem sabe descobrir o que havia por detrás da máscara do famoso recluso. Ao chegar ao Pequeno Alhambra, trazendo consigo seus instrumentos de trabalho, tal como ele lhe pedira com insistência, a restauradora foi levada para conhecer o "Mouro" por ele pintado e as radiografias da pintura que havia por baixo da superfície; e Vasco perguntou-lhe se seria impossível exumar a pintura enterrada removendo a camada superficial.

"Seria perigoso, mas talvez possível, sim", disse ela, após realizar um exame preliminar. "Mas certamente o senhor não vai querer destruir uma obra sua."

"Pois foi para isso que a chamei até aqui", disse ele.

Ela se recusou. Embora não gostasse do "Mouro" de Vasco, um quadro que lhe parecia ter pouco mérito, sentia-se pouco atraída pela idéia de passar semanas, talvez meses, trabalhando na destruição, e não na restauração, de uma obra de arte. Foi delicada ao recusar, mas a reação de Miranda foi um acesso de raiva. "Você quer dinheiro de verdade, é isso?", perguntou Vasco, e lhe ofereceu uma quantia tão absurda que confirmou as suspeitas da restauradora quanto a sua saúde mental. Como ela continuasse se recusando a aceitar o serviço, Vasco apontou-lhe uma pistola; assim começou seu encarceramento. Ela só seria libertada quando terminasse a tarefa; se insistisse na recusa, seria abatida a tiros, "como um cachorro". Assim, a restauradora começou a trabalhar.

Ao entrar na cela, estranhei as correntes. Que espécie de homem seria aquele ferreiro, pensei, para instalar uma coisa daquelas numa residência sem fazer perguntas? Depois me lembrei de seu bordão — *E então, ainda está solto? Um dia desses, um dia desses* —, e a idéia de uma grande conspiração voltou-me à mente, onde ficou a corroer-me.

"Uma companhia para você", disse Vasco à mulher, e depois, virando-se para mim, disse que, por nos conhecermos há tanto tempo e devido à sua natureza bondosa e imprevisível, ele havia decidido adiar minha execução por algum tempo. "Vamos reviver os velhos tempos", propôs, sorridente. "Já que os Zogoiby vão ser varridos da face da terra — se os pecados do pai, e da mãe, também, vão ser expiados pelo filho —, então que o último dos Zogoiby conte a saga perversa da família." A partir daí, todos os dias Vasco me trazia papel e lápis. Transformou-me numa Xerazade — el-Zogoiby, o Xerazarado. Enquanto minha história o interessasse, ele me deixaria viver.

Minha colega de prisão dava-me bons conselhos. "Faça render", disse ela. "É o que estou fazendo. A cada dia que permanecemos vivos aumentam nossas possibilidades de escapar." Toda uma vida — seu trabalho, seus amigos, seu lar — a esperava, e sua ausência prolongada sem dúvida despertaria suspeitas. Vasco tinha consciência disso, e a obrigou a escrever cartas e cartões-postais, em que ela pedia licença de seu emprego e explicava aos seus amigos que o "fascínio" de estar no mundo secreto do famoso V. Miranda a detinha lá. Essas cartas adiariam as investigações, mas não para sempre, pois ela havia inserido nelas erros propositais — por exemplo, trocando os nomes ao referir-se ao namorado ou animal de estimação de uma amiga; mais cedo ou mais tarde, alguém ficaria desconfiado. Quando fiquei sabendo disso, fiquei excitadíssimo, pois o desânimo que se abatera sobre mim na sala de radiografia de Vasco me fizera perder as esperanças de salvação. Agora minha esperança voltara, e fiquei num frenesi de expectativa. Na mesma hora, a mulher me fez pôr os pés na terra. "É só uma possibilidade remota", observou. "As pessoas, de modo geral, são desatentas. Elas não estão esperando receber mensagens em código, e portanto podem não perceber nada." Para exemplificar, contou-me uma história. Em 1968, durante a "primavera de Praga", um colega americano levara um grupo de estudantes de arte à Tchecoslováquia. Estavam na praça Wenceslas quando os primeiros tanques russos entraram na cidade. Nos distúrbios que se seguiram, o professor americano foi uma das pessoas presas aleatoriamente pelas tropas de choque; só saiu dois dias depois, graças ao cônsul dos Estados Unidos. Em sua cela, o professor viu um código de batidas rabiscado na parede, e começou a mandar mensagens ansiosas para quem estivesse do outro lado da parede. Depois de ficar mais ou menos uma hora batucando, a porta de sua cela abriu-se de repente e entrou um carcereiro rindo, dizendo-lhe, num inglês péssimo, que seu vizinho pedia que parasse com aquilo, porque "ninguém deu a ele a porra do código".

"Além disso", prosseguiu ela, tranqüila, "mesmo se alguém vier nos salvar, mesmo se a polícia começar a derrubar os portões deste lugar terrível, quem sabe se Miranda vai permitir que escapemos com vida? No momento ele está vivendo só no presente — livrou-se das amarras do futuro. Mas, se esse futuro vier a se realizar, se ele for obrigado a enfrentá-lo, talvez resolva morrer, como esses líderes de seitas que a gente vê cada vez mais nos jornais, e o mais provável é que resolva levar nós todos junto com ele — Renegada, Felicitas, eu e você também."

Nós dois nos conhecemos já tão perto do final de nossas histórias que não tenho como lhe fazer justiça. Não tenho tempo nem espaço para traçar-lhe, por assim dizer, um retrato de corpo inteiro — embora ela também tivesse sua história, amasse e fosse amada, fosse um ser humano e não apenas uma prisioneira naquela cela odienta, cercada de paredes espessas, tão fria que passávamos as noites tiritando, abraçados para nos aquecermos, embrulhados no meu sobretudo de couro. Não posso sequer começar a contar sua história; tudo que me é possível fazer é deixar um registro da força e da generosidade com que ela me abraçava durante aquelas noites intermináveis, enquanto eu sentia a aproximação da Morte, apavorado; e murmurava em meu ouvido, e cantava para mim, e me fazia rir. Ela conhecera paredes mais auspiciosas que aquelas, olhara por janelas mais generosas que aquelas fendas rasgadas na pedra vermelha, através das quais lâminas de luz penetravam em nossa jaula durante o dia, e nenhum grito de socorro poderia jamais chegar a ouvidos amigos. De outras janelas, mais felizes, ela certamente teria chamado amigos e parentes; isso não lhe seria possível ali.

É tudo que posso dizer. Seu nome era um milagre de vogais. Aoi Uë: os cinco sons que sustentam a linguagem humana, agrupados nessa ordem, a construíam. Era uma mulher pequenina, esguia, pálida. Seu rosto era uma oval lisa, sem rugas, onde duas sobrancelhas discretas, muito altas, lhe davam um ar de estar sempre um pouco surpresa. Era um rosto sem idade. Podia ter trinta ou sessenta anos. Gottfried Helsing falara em "uma moça pequena, bonita", e Renegada Larios — fosse lá qual fosse seu nome verdadeiro — dissera se tratar de uma mulher "com jeito de boêmia". As duas descrições eram um tanto inadequadas. Ela não era nenhuma mocinha frágil, e sim uma mulher forte e contida — no mundo exterior, sua força talvez fosse até um pouco desconcertante, mas dentro daquela cela indevassável era meu principal suporte, meu alimento durante o dia e meu travesseiro à noite. Também não era de modo algum um tipo desregrado, e sim uma pessoa das mais organizadas. Sua formalidade e sua precisão despertaram um lado meu havia muito tempo submerso, o lado que se atinha aos ideais de limpeza e arrumação na infância, antes de eu me entregar aos imperativos de meu punho disforme e brutal. Nas circunstâncias horrendas da vida que levávamos acorrentados, ela impunha a disciplina necessária, e eu a obedecia sem pestanejar.

Era Aoi quem dava forma a nossos dias, estabelecendo um horário que seguíamos com rigor. Éramos acordados todas as manhãs bem cedo por uma hora daquela "música" que Miranda insistia em chamar de "oriental" ou mesmo "japonesa", mas, se a mulher japonesa que ele mantinha presa achava essa designação ofensiva, ela jamais deu a Vasco o prazer de manifestar sua contrariedade. O ruído nos horrorizava e incomodava, mas aproveitávamos essa hora para fazer, seguindo uma sugestão de Aoi, nossas necessidades diárias. Um virava para a parede enquanto o outro fazia o que tinha que ser feito num dos dois baldes que Vasco, o mais cruel dos carcereiros, nos fornecia; e a cacofonia amplificada que nos feria os ouvidos poupava-nos o constrangimento de ouvir os ruídos que emitíamos. (De vez em quando, recebíamos uns poucos quadrados de papel pardo áspero para nos limparmos, e esses papéis nós defendíamos como dragões que guardam tesouros.) Depois nos lavávamos, usando as bacias de alumínio e as jarras de água que uma das "irmãs Larios" nos trazia uma vez por dia. Nessas visitas, Felicitas e Renegada mantinham semblantes imperturbáveis, ignorando toda e qualquer súplica, argumento ou insulto. "Até onde vocês são capazes de ir?", gritava-lhes eu. "O que vocês são capazes de fazer por aquele gordo maluco? Matar? Vocês vão até o fim da linha? Ou vão saltar algumas estações antes?" Elas permaneciam implacáveis, indiferentes, surdas. Aoi Uë explicou-me que, numa situação assim, a única maneira de não perdermos a dignidade era permanecer em silêncio. A partir daí, passei a deixar que as mulheres de Miranda entrassem e saíssem sem dizer palavra.

Quando a música terminava, começávamos a trabalhar: ela a descascar a pintura, eu a escrever estas páginas. Mas fazíamos intervalos para conversar, durante os quais, conforme o combinado, falávamos sobre qualquer coisa, menos a situação em que nos encontrávamos; havia também breves períodos para "discutir negócios", em que examinávamos nossas possibilidades de fugir; e hora de fazer exercícios; e momentos de solidão, em que não falávamos, porém ficávamos cada um em seu canto, cuidando de nossas identidades privadas, que o encarceramento desgastava. Desse modo nos apegávamos à nossa humanidade, impedindo que o cativeiro nos definisse. "Somos maiores do que esta prisão", dizia Aoi. "Não devemos encolher para cabermos entre estas paredes estreitas. Não podemos nos transformar nos fantasmas que assombram este castelo idiota." Nos distraíamos com jogos — jogos de palavras, de memória, escravos-de-jó. E com freqüência, sem nenhuma intenção sexual, nos abraçávamos. Às vezes ela se entregava às lágrimas, e eu a deixava chorar, chorar. Outras vezes — e estas eram mais numerosas — a situação se invertia. Pois eu me sentia velho, desgastado. Meus problemas respiratórios haviam voltado, piores do que nunca; eu não tinha remédios. Tonto, dolorido, compreendi que meu organismo estava me transmitindo uma mensagem simples e categórica: meu tempo estava chegando ao fim.

Havia um evento cotidiano que não podia ser planejado. Era a visita de Miranda, quando ele vinha inspecionar o trabalho de Aoi, recolher as páginas que eu havia escrito desde a véspera e me dar mais papel e lápis, se necessário; de diversas maneiras, ele se divertia às nossas custas. Havia inventado nomes para nós dois, disse ele uma vez, como se dá nome a um animal de estimação, pois afinal não era isso que éramos? Ele nos mantinha acorrentados num canil, transformados em cão e cadela. "Pois bem, o mouro é o Mouro, claro", disse ele. "Mas você, minha cara, de agora em diante se chama Chimène."

Falei a Aoi Uë sobre minha mãe, que ela estava ressuscitando — e da seqüência de quadros em que uma outra Chimène havia conhecido, e amado, e traído, um outro mouro. Disse ela: "Eu amei um homem, você sabe; o meu marido, Benet. Mas ele me traía, muitas e muitas vezes, em muitos países diferentes; não conseguia se conter. Me traía e continuava me amando. No final, fui eu que parei de amá-lo e o deixei: parei de amá-lo não porque ele me traísse — já estava acostumada a ser traída —, mas porque alguns hábitos dele, que sempre me irritaram, acabaram erodindo meu amor. Coisas muito pequenas. O prazer com que ele enfiava o dedo no nariz. O tempo que ele demorava no banheiro enquanto eu o esperava na cama. Sua mania de não me dirigir nenhum olhar, nenhum sorriso, quando estávamos na companhia de outras pessoas. Coisas triviais; ou não? O que você acha? Quem mais traiu quem, eu ou ele? Mas isso não importa. O fato é que nosso amor continua sendo o evento mais importante de minha vida. Amor fracassado continua a ser um tesouro, e os que optam por não amar não conquistam nenhuma vitória".

Amor fracassado... Ah, os ecos do passado que me devastaram o peito! Na minha pequena mesa, naquela cela fatal, o jovem Abraham Zogoiby cortejou sua jovem herdeira e aliou-se ao amor e à beleza contra as forças da feiúra e da morte; seria isso verdade, ou estaria eu apenas colocando as palavras de Aoi dentro do balãozinho que representava os pensamentos de meu pai? — Do mesmo modo, quando, à noite, eu sonhava que estava sendo esfolado, e depois escrevia sobre as visões de Mortimer d'Aeth; e quando registrava os pensamentos masturbatórios de Carmem da Gama de muitos anos antes, quando, por minha vontade e na privacidade de sua imaginação, ela ansiava por chicotadas e pelo aniquilamento, o que era ela senão uma criação de minha mente? — Todos o são; não poderiam ser outra coisa, já que só existem através de minhas palavras. E eu, também, conhecia o amor fracassado. Uma vez eu amara Vasco Miranda. Sim, isso era verdade. O homem que queria me assassinar era uma pessoa que eu havia amado... porém eu sofrera um fracasso ainda pior do que esse.

Uma, Uma. "E se a pessoa que você amou na verdade nunca existiu?", perguntei a Aoi. "E se foi ela que se inventou a si própria, com base no que ela imaginava serem as suas necessidades? E se ela representou, como uma comediante, o papel da pessoa a quem você não conseguiria resistir jamais, o amor de seus sonhos — se ela fez com que você a amasse a *fim de poder traí-la*? E se a traição não for o fracasso de amor, e sim o objetivo da coisa desde o início?"

"Mesmo assim, você a amou", disse Aoi. "Você não estava representando."

"É, mas..."

"Mesmo assim", disse ela, categórica. "Mesmo assim, entende?"

•

Disse Vasco: "Ouça, Mouro. Li no jornal que uns caras lá na França inventaram uma droga fantástica. Ela desacelera o processo de envelhecimento, incrível! A pele fica flexível, os ossos continuam ósseos, os órgãos continuam organizados por mais tempo, o bem-estar geral e a lucidez dos velhos são prolongados. Vão começar a realizar testes clínicos com voluntários em breve. Pena que chegou tarde demais para você."

"É", disse eu. "Obrigado pela solidariedade."

"Leia você mesmo", disse ele, me entregando o recorte. "Parece que é o próprio elixir da vida. Puxa, mas como você deve estar frustrado."

•

E à noite chegavam as baratas. Dormíamos sobre uma enxerga de palha coberta de aniagem, e quando escurecia as criaturas saíam de dentro dela, espremendo-se por todas as fendas do universo, como fazem todas as baratas, e nós as sentíamos percorrendo nossos corpos como dedos sujos. No início, eu estremecia e me punha de pé num salto, pisoteava e sacudia os braços às cegas, chorava lágrimas quentes de pavor, enquanto meu peito zurrava como um burro. "Não, não", dizia Aoi, confortando-me, abraçando-me o corpo que estremecia. "Não, não. Você tem que aprender a livrar-se destas coisas. O medo, a vergonha." Ela, a mais asseada das mulheres, não estremecia nem sequer se queixava, exibindo uma férrea disciplina, mesmo quando as baratas tentavam mergulhar em seus cabelos. Lentamente, aprendi a seguir seu exemplo.

Quando ela agia como minha professora, lembrava-me de Dilly Hormuz; quando trabalhava, era a reencarnação de Zeenat Vakil. Era o verniz que tornava sua tarefa possível, explicou-me: aquela fina camada que separava a pintura mais velha da mais nova. Dois mundos se confrontavam em seu cavalete, com algo invisível entre eles, que permitia aquela separação. Mas após a operação um dos mundos seria inteiramente destruído, e o outro podia com facilidade ser danificado. "É muito fácil, mesmo", disse Aoi. "Basta a minha mão tremer de medo." Ela sabia encontrar motivos práticos para não ter medo.

O meu mundo havia se incendiado. Eu pulara para fora dele, porém caíra dentro do fogo. Mas a vida de Aoi não merecia terminar assim. Ela passara sua existência vagando de um lugar para o outro, e havia sofrido, como todos sofrem, mas como parecia estar bem naquele desarraigamento, como parecia segura de si! Então talvez o eu fosse mesmo autônomo, talvez o marinheiro Popeye — e Jeová — tivesse razão quando afirmava *Eu sou o que sou*, e danem-se as raízes. O nome de Deus, no final das contas, era também o nosso. Eu sou, eu sou, eu sou. Eu sou. *Dizei-lhes: aquele que é me enviou a vós.*

Por mais imerecido que fosse aquele destino, ela o suportou. E por muito tempo não permitiu que Vasco percebesse seu medo.

De que tinha medo Aoi Uë? Leitor: de mim. Tinha medo de mim. Não de minha aparência, nem de meus atos. Tinha medo de minhas palavras, das coisas que eu escrevia no papel, naquele canto silencioso e cotidiano com o qual prolongava minha vida. Lendo o que eu escrevia antes que Vasco o levasse embora, descobrindo a verdade completa a respeito da situação na qual ela injustamente fora envolvida, Aoi tremia. O horror que sentia diante do que havíamos feito uns com os outros ao longo do tempo a fazia tremer ao pensar no que ainda seríamos capazes de fazer, uns com os outros e com ela. Nos piores momentos da narrativa ela escondia o rosto nas mãos e sacudia a cabeça. Eu, que precisava de sua serenidade, que me apegava a seu autocontrole como quem se agarra a uma bóia de salvamento, sucumbia ao desânimo ao me dar conta de que eu era responsável por aquele medo.

"Então minha vida foi mesmo terrível?", perguntei-lhe, patético, como uma criança dirigindo um apelo à diretora da escola. "Foi mesmo tão terrível assim?"

Eu via os episódios passando diante dos olhos dela — o incêndio das plantações, Epifânia morrendo na capela sob o olhar de Aurora. O talco, as trapaças, os assassinatos. "Claro que foi", respondeu ela, com um olhar penetrante. "Todos vocês... terríveis, terríveis." Então, após uma pausa, acrescentou: "Será que vocês não conseguiam... se acalmar?".

Era um resumo de nossa história, uma representação de nossa tragédia encenada por palhaços. Podem escrever isso em nossas lápides, cochichá-lo aos quatro ventos: os da Gama, os Zogoiby — eles *não conseguiam se acalmar*.

Éramos consoantes sem vogais: pontiagudas, disformes. Quem sabe, se tivéssemos Aoi para nos orquestrar, nossa senhora das vogais... Talvez assim. Talvez, numa outra vida, numa encruzilhada, ela viesse a nós, e todos nos salvássemos. Há em nós, em todos nós, uma certa quantidade de luz, de possibilidades. Começamos com isso, mas também com a força contrária negativa, e as duas passam toda nossa existência lutando; e, se a luta termina em empate, temos de nos considerar pessoas de sorte.

E eu? Nunca consegui encontrar quem me ajudasse. E só agora eu encontrava minha Chimène.

No final, ela começou a afastar-se de mim, dizendo que não queria ler mais; mas lia assim mesmo, e a cada dia ficava um pouco mais horrorizada, um pouco mais enojada. Eu lhe pedia perdão, dizia-lhe (minhas confusões de caju continuavam até o fim!) que precisava que ela me absolvesse. Ela disse: "Meu trabalho não é esse. Arranje um padre". A partir daí, abriu-se um fosso entre nós.

E, à medida que nossas tarefas se aproximavam do fim, o medo descia sobre nós e se instilava em nossos olhos. Eu tinha longos acessos de tosse, durante os quais, com ânsias de vômito e os olhos cheios de lágrimas, quase chegava a desejar que o fim viesse dessa maneira, para negar a Miranda o prazer de me matar. Minha mão tremia sobre o papel, e Aoi também tinha que interromper o trabalho a toda hora e recolher-se a um canto, arrastando as correntes, para recuperar o autocontrole. E isso me horrorizava, pois era mesmo terrível ver uma mulher tão forte naquele estado. Mas quando eu tentava confortá-la, nos últimos dias, ela rejeitava meu abraço. E é claro que Miranda via tudo, via Aoi enfraquecendo, via a distância entre nós; deliciava-se com o espetáculo de nosso desmoronamento, e provocava-nos: "Quem sabe hoje. Isso, hoje mesmo! — Não; pensando bem, amanhã". Não o agradava o retrato seu que eu estava pintando, e em duas ocasiões encostou o cano da pistola em minha fronte e puxou o gatilho. Em ambas as ocasiões, o tambor estava vazio; felizmente, meus intestinos também estavam; caso contrário, eu sofreria mais uma humilhação.

"Ele não vai fazer nada", eu repetia. "Não vai, não vai, não vai."

Aoi Uë explodiu. "É claro que vai, seu calhorda", gritou ela, soluçando de terror e raiva. "Ele é louco, louco de p-pedra, e tem os braços todos p-picados de agulha."

Era verdade. Aquele Vasco enlouquecido era agora um viciado. Miranda, o homem da agulha perdida, havia encontrado muitas outras agulhas. Assim, quando viesse nos ver pela última vez, ele viria com uma coragem artificial circulando nas veias. De repente, com um arrepio me percorrendo a espinha, lembrei-me da expressão no rosto de Vasco no dia em que ele leu o capítulo em que eu falava das atividades de Abraham Zogoiby no ramo da produção de talco; vi mais uma vez o sorriso torto de satisfação em seus lábios, e ouvi outra vez — horrorizado com o novo sentido que aquilo ganhara para mim agora — sua voz cantarolando, enquanto ele descia as escadas:

Baby Fofo pro neném
É bom pra mamãe também
O bebê mais bonzinho
Ganha o talco mais fofinho.

Claro que ele ia mesmo nos matar. Eu o imaginava sentado entre nossos cadáveres, tendo purgado o ódio por meio da violência, contemplando o retrato de minha mãe: finalmente sua amada lhe fora restituída. Ele esperaria com Aurora até que viessem prendê-lo. Então, talvez, utilizaria a última bala de prata para matar-se.

•

Ninguém veio nos salvar. Os códigos não foram decifrados. Salvador Medina não desconfiou de nada, as "irmãs Larios" permaneceram fiéis a seu senhor. Seria uma lealdade paga com talco? Será que elas também se interessavam por agulhas de outro tipo, além das de tricô?

A história que eu escrevia já chegara a Benengeli, e minha mãe, com um vazio nos braços, me contemplava de seu cavalete. Aoi e eu praticamente não nos falávamos mais; e todos os dias esperávamos o fim. Às vezes, durante a espera, eu dirigia perguntas ao retrato de minha mãe, perguntas mudas, pedindo respostas às grandes questões de minha existência. Eu lhe perguntava se ela fora mesmo amante de Miranda, ou de Raman Keats, ou de alguém; pedia-lhe uma prova de seu amor. Ela sorria e nada respondia.

Muitas vezes me punha a observar Aoi Uë, em seu trabalho. Essa mulher que era ao mesmo tempo íntima e desconhecida. Eu sonhava reencontrá-la um dia, depois de escaparmos daquele destino, num vernissage em alguma cidade estrangeira. Será que cairíamos um nos braços do outro? Ou fingiríamos não nos conhecermos? Depois de tantas noites que passamos abraçados, tremendo, cobertos de baratas, teríamos ainda alguma importância um para o outro ou não representaríamos nada? Talvez pior do que nada: um lembraria ao outro o pior momento de sua vida. Assim, nos odiaríamos, e cada um viraria o rosto para o outro lado.

•

Ah, estou coberto de sangue. Sangue nas minhas mãos trêmulas, sangue nas minhas roupas. Estas palavras que escrevo saem manchadas de sangue. Ah, a vulgaridade, a total falta de sutileza do sangue. Que coisa barata, que coisa pobre... Penso nas notícias sobre violência que saem nos jornais, histórias de escritores delicados que se revelam assassinos, de corpos apodrecidos descobertos debaixo do assoalho de um quarto ou num canteiro de jardim. O que me vem à mente são os rostos dos sobreviventes: as esposas, os vizinhos, os amigos. "Ontem nossas vidas eram ricas, intensas", dizem os rostos. "Então ocorreu a atrocidade, e agora não passamos de figurantes numa história que não é nossa. Uma história que nem em sonhos jamais imaginamos que poderia ser nossa. Fomos achatados, reduzidos."

Catorze anos é uma geração; é tempo bastante para um reconhecimento. Durante esses catorze anos, Vasco poderia ter deixado que o rancor escorresse de seu organismo, poderia ter livrado sua terra de seus venenos e plantado coisas novas nela. Porém ele havia chafurdado no que deixara para trás, havia se marinado no que o rejeitara, em sua bílis. Também ele era prisioneiro de seu próprio lar, sua maior extravagância, que o prendia em sua própria incompetência, sua incapacidade de atingir o nível de Aurora; estava preso num labirinto de lembranças que gritavam, num tom cada vez mais alto, até que começaram a destroçar coisas — tímpanos, vidro, vidas.

A coisa que temíamos finalmente aconteceu. Acorrentados, aguardávamos; até que a hora chegou. Quando minha história já havia chegado à sala de radiografia e Aurora já havia aparecido por trás do cavaleiro chorão, ao meio-dia, ele veio nos ver, vestido de sultão, com um boné preto na cabeça, revólver na mão, cantarolando o jingle do Baby Fofo. É um *remake* indiano de um filme de caubói, pensei. Um duelo ao meio-dia; o problema é que só um está armado. *Não tem saída, Tonto. Nós estamos cercados.*

O rosto dele estava escuro, estranho. "Por favor, não faça isso", disse Aoi. "Você vai se arrepender. Por favor."

Ele se virou para mim. "Chimène está implorando para eu lhe poupar a vida, Mouro", disse. "Você não vai correr para socorrê-la? Não vai defendê-la até suas últimas forças?"

Faixas de sol riscavam-lhe o rosto. Seus olhos estavam rosados; seu braço estava trêmulo. Eu não sabia do que ele estava falando.

"Não tenho como defender ninguém", respondi. "Mas solte minha corrente, largue essa arma que eu luto com você." Meu peito piava alto, de modo que fiz triste figura mais uma vez.

"Um mouro de verdade", retrucou Vasco, "atacaria o homem que ameaça sua amada, mesmo que isso implicasse sua morte imediata." Levantou a arma.

"Por favor", disse Aoi, encostada na parede de pedra vermelha. "Mouro, por favor."

Uma vez, uma mulher me pedira que eu morresse por ela, e eu escolhera a vida. Agora a pergunta estava sendo feita outra vez, por uma mulher melhor, que eu amava menos. Como nos agarramos à vida! Se eu me jogasse sobre Vasco, meu gesto só prolongaria a vida dela por um único momento; e no entanto como aquele momento parecia precioso, infinito; como ela ansiava por essa eternidade, e se ressentia por minha recusa!

"Mouro, pelo amor de Deus, por favor."

Não, pensei. Não.

"Tarde demais", disse Vasco Miranda, alegre. "Ó Mouro falso e covarde."

Aoi gritou e correu por volta da cela, inutilmente. Houve um momento em que a parte de cima de seu corpo ficou oculta atrás da tela. Vasco atirou, uma vez. Surgiu um furo na tela, sobre o coração de Aurora; mas fora o peito de Aoi Uë que tinha sido atingido. Ela caiu pesadamente sobre o cavalete, agarrando-se a ele; e por um instante — imaginem a cena — seu sangue jorrou pela ferida no peito de minha mãe. Então o retrato caiu para a frente; a quina de cima da direita bateu no chão, e todo o quadro deu uma cambalhota, terminando com a pintura para cima, manchada com o sangue de Aoi. Mas Aoi Uë permaneceu de bruços, imóvel.

O quadro fora danificado. A mulher estava morta.

Assim, fui eu quem ganhou aquele momento, que antes parecera tão eterno, e em retrospecto parecia tão breve. Desviei os olhos rasos d'água do cadáver de Aoi. Resolvi olhar de frente meu assassino.

" '*Bem fazes de chorar o que perdeste como uma mulher*' ", disse-me ele, " '*já que não soubeste defendê-lo como um homem.*' "

Então ele simplesmente explodiu. Houve um ruído de gargarejo, e cordas invisíveis o sacudiram, e uma torrente de sangue foi desencadeada, sangue jorrava do nariz, da boca, dos ouvidos, dos olhos. — Juro! — Surgiram manchas de sangue em suas calças de mouro, na frente e atrás, e ele caiu de joelhos, sobre uma poça de seu próprio sangue. A torrente continuava, sem parar, o sangue de Vasco se misturava com o de Aoi, escorria até meus pés e passava por baixo da porta e pingava escada abaixo, para dar a notícia às radiografias de Abraham. — Uma overdose, diz você. — Uma picada a mais no braço fizera o corpo agredido vazar por todos os lados. — Não, era uma coisa mais velha, uma agulha mais antiga, a agulha da retribuição que fora colocada dentro de Vasco antes mesmo que ele cometesse qualquer crime; ou, e, era uma agulha fabulosa, era a lasca de gelo que ficara em seu sangue depois de seu encontro com a Rainha da Neve, minha mãe, que ele amara e que o enlouquecera.

Quando Vasco morreu, seu sangue cobriu o retrato de minha mãe que ele pintara; as últimas gotas escureceram a tela. Também ela se tornara irrecuperável, e não chegou a dizer-me nada, a confessar nada, a me dar o que eu precisava, a certeza de seu amor.

Quanto a mim, voltei a minha mesa e escrevi o final de minha história.

•

O capim grosseiro do cemitério está alto; sinto-o a me espetar, sentado nesta lápide, como se eu estivesse me apoiando sobre as pontas amarelas do capim, sem peso, flutuando, sem nenhum peso sobre os ombros, sustentado por folhas que, por milagre, não se dobram sob mim. Tenho pouco tempo. Minha respiração está nas últimas, só me resta um número limitado de fôlegos, um número que vai decrescendo, como os anos antes de Cristo, e a contagem regressiva já se aproxima do zero. Usei minhas últimas forças para realizar esta peregrinação; pois quando recuperei o sangue-frio, quando me libertei das correntes usando as chaves que Vasco trazia consigo, quando terminei de escrever, de fazer justiça aos dois mortos, dando a cada um o que merecia — então compreendi com clareza qual era meu último objetivo na vida. Vesti meu sobretudo e, saindo da cela, encontrei o resto de meu texto no estúdio de Vasco, e enfiei o grosso maço de papéis nos bolsos, juntamente com um martelo e pregos. As duas mulheres logo encontrariam os corpos, e Medina começaria sua busca. Que me encontrasse, pensei; que não pensasse ser minha intenção escapar. Que ele saiba tudo que há para saber, e que conte tudo a quem bem entender. Assim, deixei minha história pregada em minha trilha. Evitei as estradas; apesar dos pulmões que já não obedecem a meu comando, atravessei terrenos acidentados e caminhei em leitos secos de rios, movido pela determinação de chegar a minha meta antes que me encontrassem; espinhos, galhos e pedras rasgaram-me a pele. Não liguei para essas feridas; se minha pele finalmente estava se desprendendo de mim, era com satisfação que eu me livrava daquele fardo. E assim, ao pôr-do-sol, eis-me aqui, no alto desta pedra, em meio a estas oliveiras, contemplando um morro distante, do outro lado de um vale, onde se ergue a glória dos mouros, sua obra-prima triunfal e seu último reduto. O Alhambra, a fortaleza vermelha da Europa, irmã da de Delhi e da de Agra — o palácio de formas entremeadas e da sabedoria secreta, de pátios aprazíveis e jardins com lagos, esse monumento a uma possibilidade perdida que no entanto permanece de pé, muitos anos após a derrota de seus conquistadores, como um testamento ao amor perdido, porém doce, o amor que permanece, sobrevivendo à derrota, ao aniquilamento, ao desespero; ao amor derrotado que é maior do que a derrota, à mais profunda de nossas necessidades, nossa necessidade de fluir juntos, de dar fim às fronteiras, de abandonar as fronteiras do eu. Sim, pude contemplá-lo do outro lado de uma planície oceânica, ainda que não tenha podido caminhar por seus nobres pátios. Vejo-o sumindo no crepúsculo, e à medida que sua imagem se esvaece meus olhos se enchem de lágrimas.

Nesta lápide lêem-se três letras já gastas; leio-as com a ponta de um dedo. R. I. P. Muito bem: vou descansar, e esperar pela paz. O mundo está cheio de pessoas adormecidas aguardando a hora de voltar: Artur dorme em Avalon, Barba-Roxa em sua caverna. Finn MacCool dorme nos morros da Irlanda, e o verme Ouroboros no fundo do mar. Os ancestrais da Austrália, os wandjina, descansam debaixo da terra, e em algum lugar, num emaranhado de arbustos espinhentos, uma bela adormecida aguarda o beijo de um príncipe dentro de um caixão de vidro. Vejam: eis meu frasco. Vou beber um pouco de vinho; em seguida, como um Rip van Winkle moderno, vou me deitar sobre esta pedra talhada, encostar a cabeça debaixo destas letras, R I P, e fechar os olhos, seguindo o velho hábito de nossa família, de adormecer em momentos difíceis, com a esperança de despertar, renovado e feliz, num tempo melhor.

AGRADECIMENTOS

A maior parte da fala do residente nas páginas 48-9 foi extraída do conto de Rudyard Kipling "On the city wall", incluído na coletânea *In black and white* (reeditada pela Penguin, 1993).

A maior parte da passagem grifada nas páginas 60-1 foi extraída do romance de R. K. Narayan *Waiting for the Mahatma* (Heinemann, 1955).

A carta de Jawaharlal Nehru a Aurora Zogoiby, na página 127, é baseada numa carta escrita por Nehru a Indira Gandhi, datada de 1º de julho de 1945, e publicada com o número 274 em *Two alone, two together: letters between Indira Gandhi and Jawaharlal Nehru 1940-64*, organizado por Sonia Gandhi (Hodder & Stoughton, 1992).

A ilustração do Homem da Rua na página 241 é de R. K. Laxman.

O trecho do Ramaiana citado na página 384 foi traduzido da versão inglesa de Romesh C. Dutt, publicada originariamente em 1944; a edição usada é a da Jaico Books, 1966.

O trecho da *Ilíada* citado na mesma página foi traduzido da versão inglesa de sir William Marris, Oxford University Press, 1934.

1ª EDIÇÃO [1996] 2 reimpressões

ESTA OBRA FOI COMPOSTA PELA HELVÉTICA EDITORIAL EM GARAMOND LIGHT
E IMPRESSA PELA RR DONNELLEY EM OFSETE SOBRE PAPEL PÓLEN SOFT DA SUZANO
PAPEL E CELULOSE PARA A EDITORA SCHWARCZ EM JULHO DE 2010